KAPOKS SCHWESTERN

KATHRIN
SCHMIDT

KAPOKS SCHWESTERN

ROMAN

Kiepenheuer
& Witsch

Die Autorin dankt dem Deutschen Literaturfonds e.V. herzlich
für die Unterstützung der Arbeit.

MIX
Papier aus verantwortungsvollen Quellen
FSC® C083411

Verlag Kiepenheuer & Witsch, FSC® N001512

1. Auflage 2016

Umschlaggestaltung und -motiv: © Rudolf Linn, Köln
Foto der Autorin: © Gunter Glücklich, www.guntergluecklich.com
Gesetzt aus der Arno Pro und Alegreya Sans
Satz: Buch-Werkstatt GmbH, Bad Aibling
Druck und Bindung: CPI books GmbH, Leck
ISBN 978-3-462-04924-4

Ich habe zu danken. Natürlich den Erfundenen, aber auch den Lebenden und den Toten. Stellvertretend seien genannt: Katja und Heinz Stern, Stefan Doernberg, Henny und Norbert Jacob, Angela und Gerd Schäfer, Dieter Segert, Adisa Bašić, Adnan Smajić, Willi Wilhelm, Ronald Schwandtke und Juliane Rösch, ohne die das Buch um einige Farben ärmer geraten wäre.

WERNER KAPOK SPRINGT vom Stuhl am Schreibtisch seiner Schwester auf, als er durchs offene Fenster das Trippeln hört. Er hat keineswegs darauf gewartet, aber in diesem Moment wird ihm klar, wie sehr es gefehlt hat an diesem Tag. Die Schaechters, beide auf Ende fünfzig zugehend und ausgestellt lebenslustig, laufen mit kleinen Schritten vorbei, wobei die münzgroßen Absätze ihrer schwarzen Schuhe in schnellem Wechsel den Takt schlagen. Sie wohnen im Nachbarhaus, das sie von ihren Eltern übernommen haben. Die Schwestern gehen noch immer elegant gekleidet und ein wenig extravagant, einen Tick überm Horizont der alteingesessenen Siedlungsbewohner. Sie wissen natürlich, dass sie beobachtet werden auf Schritt und Tritt. Er fragt sich, ob sie der alltäglichen Gafferei der Nachbarn während der letzten Jahre womöglich weniger gewachsen waren als der einst angeordneten Ausforschung, und er erinnert sich erstaunt ihrer Mädchenhaftigkeit, die sie längst eingebüßt haben. Die Ältere, Claudia, hatte das Haar damals lang und meist offen getragen, und Barbara den Gegenentwurf dazu abgegeben mit ihrer blond gefärbten Kurzhaarfrisur.

Er steht im Dachgeschoss, sieht sie also von oben und verzieht das Gesicht: Breiter Ansatz von Grau unterwandert die mahagonigefärbten Scheitel, die beide in der Mitte des Oberkopfes tragen. Die Haare fallen in gleicher Länge links und rechts der Gesichter exakt bis auf Ohrläppchenhöhe. Barbara trägt ein grün schillerndes Kleid mit tief angesetztem Rock. *Charlestonstil,* denkt er, lächelt und wendet den Blick Claudia zu und deren schwarzem Kostüm mit breitem, leuchtend orangefarbenem Ledergürtel. Beide zeigen einen Ansatz zum Buckel, sodass sie die Köpfe vorgeschoben und aufgereckt halten.

Gestern Abend ist er nach einer Ewigkeit, die er mit beinahe zweieinhalb Dekaden beziffert, hierher zurückgekehrt, und Renate hat, nachdem sie einander nicht gerade herzlich, aber doch vorsorglich tastend begrüßt hatten, auch von den Schaechtermädchen erzählt. Dass sie wieder in ihrem Elternhaus wohnten wie sie selbst. Dass man Anfang der Neunzigerjahre den infarktüberwältigten Vater, Tage vor seinem Krankenhaustod, und zwei Jahre später die demenzkranke Mutter aus dem Haus getragen habe.

Kapok merkt, dass da, wo die Schaechtereltern offenbar in seinem Herzen gehaust haben, ohne dass er sie bemerkt hätte in all den Jahren, ein deutliches Loch bleibt, nun, nachdem er sich bewusst gemacht hat, dass sie endgültig davongegangen sind. Das Loch aber ist keineswegs leer: Die Schwestern, langsam in die Realität alternd, hocken noch drin und lachen, dass es ihn schmerzt.

Inzwischen haben sie das Vorgartentor geöffnet.

Nun, da es zweifellos zu spät ist, fragt sich Kapok, warum er keiner von beiden je einen Antrag gemacht hat.

Claudia Schaechter zieht die Sandalen aus und stellt sie im Erdgeschoss in den Winkel zwischen Küchenwand und Kellertür. Ihre Schwester behält ihre Schuhe bis zur oberen Etage an den Füßen, zieht sie erst dort aus und wirft sie in den Schuhkipper. Mit dem Tod der Mutter haben sie das Haus aufgeteilt. Die Küche in der unteren Etage und den Garten benutzen sie gemeinsam. Von Grund auf muss saniert werden. Sie sind übereingekommen, das Dach erneuern und die Fassade dämmen, die Elektrik komplett auswechseln und den Keller trockenlegen zu lassen. Nächtelanges Rechnen ist dem Bestellen der Handwerker vorausgegangen.

Barbara arbeitet als Sachbearbeiterin für dezentrale Kulturarbeit im öffentlichen Dienst des Bezirksamtes Marzahn-Hellersdorf, Claudia ist Kostümbildnerin, hatte bis Anfang der Neunziger am Theater gearbeitet. Seit sie nach einer der Entlassungswellen auf der Straße stand, hat sie nie wieder einen Fuß in die Tür kriegen wollen, sondern näht jene extravaganten Kleider, die in einigen Boutiquen der Stadt für gutes Ein- und damit Auskommen sorgen und der Schwestern Sonderstellung in der Siedlung *Eintracht* befestigen. Der verschlafene Winkel Berlins zwischen der Kleingartenanlage *Formosa* und der Siedlung *Heimatscholle* war früher grenznah gewesen und deshalb abgelegen. Die Grenze gibt es längst nicht mehr. Dennoch haben die weiten Baumschulgebiete in der Umgebung dafür gesorgt, dass sich an ihrer Abgelegenheit nicht viel änderte. Endlich ist es, wie es überall ist auf der Welt: Die in die Jahre gekommenen Bewohner der Häuser sind ans Sterben gegangen und haben sie ihren Kindern vererbt, die ihrerseits auch schon zu alt sind, um ihr Glück noch anderswo suchen zu wollen. Aber es ist ein Schwebezustand des verabredeten Besitzens, denn die nun in den Häusern Lebenden wissen ihre Kinder oft weit im Land oder gar über den Erdball verstreut, wo sie auf eine Weise existieren, die ihren Eltern nicht mehr nahe und nicht mehr verständlich ist. Sie würden die Häuser weder übernehmen wollen noch können, und so versuchen die einen gar nicht erst, sie noch auszubauen oder besonders gut zu erhalten, sondern leben auf Rente und Ende zu, während die anderen sie verscheuern und das Geld, je nach innerfamiliärem Zusammenhalt, entweder für die Kinder anlegen oder auf ihre älter werdenden Tage verjubeln. So hat das eine oder andere Grundstück über die Jahre neue Besitzer bekommen, die aber meist nach dem Kauf nicht mehr genug Geld haben, abreißen und neu bauen zu lassen. Die Siedlung hat ihr Gesicht bis heute behalten.

Barbara und Claudia Schaechter haben keine Kinder, und auch ihr Haus sondert sie ab. In den Zwanzigerjahren des letzten Jahrhunderts von einem Gropiusschüler errichtet, krönt das Pultdach zwei Volletagen mit der Klarheit seines Entwurfes. In den Nachbar- und Abernachbargärten hingegen waren den winzigen Zimmerchen unter niedrigen Spitzdächern im Laufe der Jahre immer neue Zimmerchen angepflastert, waren Dächer übereck mit, je nach Verfügbarkeit, unterschiedlichen Ziegeln gedeckt worden und bestenfalls in den letzten Jahren unterm Schlingknöterich verschwunden. Diesen Häusern glauben Barbara und Claudia Schaechter übrigens schon von Weitem anzumerken, dass ihre Bewohner nicht nur vor der Wildheit des erst nach der *Wende* aufgekommenen Gewächses resigniert haben.

Claudia weiß um die Härte von Depressionen. Deshalb hat sie ihre Schwester überredet, an den Sonntagen zu einer Runde über den Spinat- in den Alpenrosen- und Ligusterweg aufzubrechen und an den Zäunen der Knöterichhäuser nach deren Bewohnern Ausschau zu halten. Sind sie bei ihren Verrichtungen zu entdecken, im Garten oder hinter den Gardinen, gehen die beiden weiter. Sehen sie aber niemanden, so klingeln sie. Klopfen, wenn eine Reaktion ausbleibt, an die Türen und versuchen, sich Einlass zu verschaffen. Den alten Achernkötter haben sie so halb tot in seinem Bad gefunden, er war gestürzt und konnte sich alleine nicht mehr helfen. Hatte sich und die Welt aufgegeben, die nun aber in Gestalt zweier elegant gekleideter Frauen in seinen Nahraum zurückkehrte und ihn aufforderte, sich ihr noch nicht zu entziehen.

Das ist gut ausgegangen, die Schaechterschwestern haben den Notarzt geholt, und nach zwei Wochen Krankenhaus und einer anschließenden vierwöchigen Rehabilitation ist Achernkötter zurückgekehrt. Mit Kraftaufwand hat er den Knöterich gekappt. Seitdem schlurft er am Stock hin und wieder zum Gropiusbau, spielt mit den beiden Skat oder erörtert das Ausbleiben des Anschlusses an die Kanalisation, um den sich die Schwestern schon zu alten Zeiten starkgemacht und mithilfe ihrer Eltern über Eingaben an das Zentralkomitee der damals herrschenden Partei zu befördern geglaubt hatten.

Je länger der Anschluss verschoben wird, desto gleichmütiger wird man in der Siedlung darum. Achernkötter und die beiden Schwestern scheinen die Einzigen zu sein, denen es etwas ausmacht, regelmäßig die Scheißeabfuhr bestellen zu müssen. Sie haben Flyer gedruckt und in die Briefkästen gesteckt, auf denen sie die Mitbürger auffordern, wieder und wieder an die Berliner Wasserbetriebe heranzutreten in der Angelegenheit, sich in Erinnerung zu bringen, aber selbst wenn sie die Nachbarn darauf ansprechen, ernten sie nur ein müdes Schulterzucken. Achernkötter zieht jedes Mal nach solcher Erörterung wutschnaubend ab und hat wieder genügend Energie geladen für ein paar Tage Weiterlebens.

Eigentlich geraten alle Anwohner der näheren Umgebung, auch die längst verstorbenen oder verzogenen, für die Dauer eines Knopfannähens etwa oder einer Tasse Kaffee aus dem im vergangenen Jahr angeschafften Vollautomaten in die flatternden Gedanken der Schwestern. Nur Werner Kapok wollen sie lieber hinauswerfen. Kapok, den Barbara stets *Kapo* nennen möchte, nachdem sie irgendwo gelesen hat, dass dieses Wort in der albanischen Umgangssprache einen Spitzel bezeichnet. Denkt sie länger an ihn, als sie will, nimmt sie aber doch Zuflucht zur Deutung, der von italienischen Wanderarbeitern in die süddeutsche Handwerkersprache eingebrachte Begriff *Kapo* für Vorarbeiter sei nach der Eröffnung des Konzentrationslagers Dachau in die Lagersprache eingegangen, weil bayerische Angehörige der Arbeiterbewegung dessen erste Häftlinge gewesen waren.

Seine Schwester wohnt nach wie vor im Nachbarhaus, das einmal das Elternhaus der Kapokkinder gewesen ist. Ganz aus dem Sinn gerät Kapok den Schaechters nie, Renate scheint sie zudem aus seinen Augen anzublicken, wenn sie beim Wäscheaufhängen einen Schwatz übern Gartenzaun riskieren oder man sich beim Einkaufen trifft. Claudia versucht wie Barbara, ihm den Zutritt zu ihren Gedanken zu verwehren, hat dafür jedoch andere Gründe als ihre Schwester.

Heute hat sie Mozzarella gekauft, aufgeschnitten und zwischen Tomatenscheiben gepackt, mit Olivenöl und Balsamico beträufelt und Basilikumblätter aufgestreut. Sie ruft Barbara mit ihrem Handy an, um sich einen Treppenaufstieg zu ersparen, und bittet sie zu einem gemeinsamen Abendessen in die Küche. Morgen werden die ersten Handwerker anrücken. Ihr graut davor.

Die Nacht fließt über die Siedlung, schwarzgrundiger Mousselin, dem hier und da ein Goldpunkt eingewebt scheint vom Licht einer Straßenlaterne. Nichts ist zu hören, niemand kehrt spät heim. Es ist der 24. August, Kapoks Schwester wird morgen wieder den Schuldienst antreten, die Ferien gehen zu Ende. Sie hat sich früh schlafen gelegt.

Werner Kapok sitzt auf der Terrasse, der Seite der Schaechters abgewandt, hat das Windlicht zwei Meter von sich weggeschoben, weil er sich vor Insekten fürchtet. Die Stille lässt jeden Anflug eines solchen Tierchens vernehmen, sodass Kapok gebannt auf die Kerze starrt, um beim Auftauchen einer Hornisse etwa im Inneren des Hauses zu verschwinden. Der Garten, knappe achthundert Quadratmeter groß, hält sicher das Jahr über Aufgaben bereit, die er längst vergessen hat. Die Eltern hatten hier, hinter dem Haus, einst Gemüse, Erdbeeren, sogar Kartoffeln angepflanzt, die Scheiben um die Obstbäume mit Tagetes und Astern versehen, den Zaun mit Stachel- und Johannisbeeren gesäumt. Seine Schwester hat zwar mit den Jahren jedes Beet in Rasenland verwandelt, das sie nur noch mähen muss, aber das tut sie offenbar gründlich und genau. Wenigstens die Beerenbüsche gibt es noch, sie werfen sogar in der Nacht lange Schatten, denn insbesondere die Johannisbeersträucher haben es auf eine bewundernswerte Größe gebracht. Ende Juni bis Anfang Juli, rechnet Kapok nach, konnte seine Schwester ernten. Sie hat einen Stachelbeerkuchen gebacken zu seiner Ankunft, mit Baiserhaube. Kapok sah seine alten Eltern mit am Tisch sitzen, als er davon aß. Selbst Johannisbeerlikör wie in früheren Zeiten hat sie angesetzt.

Er öffnet ein Bier und schielt hinauf zum Mansardenfenster. Offen steht es, bewegt sich kaum sichtbar, das Glas spiegelt im Mondschein, wenn die Scheiben einen bestimmten Winkel erreichen. Kapok scheint es, als riskiere die Dunkelheit nach jeweils längerem Zögern ein schnelles Eintauchen ins Zimmer, um sich im nächsten Moment ängstlich zurückzuziehen. Renate hat ihm erzählt, dass Henry dort gelebt habe, bis vor einem Jahr etwa. Sie weiß nicht, wo der Junge jetzt ist, aber er kommt ein bis zwei Mal im Monat vorbei, um sang- und klanglos wieder zu verschwinden, wenn seine Wäsche sauber ist. Er habe gespielt, sobald er zu ein bisschen Geld gekommen sei. Sie vermutet, sexuelle Dienstleistungen haben ihm dazu verholfen.

Die Mutter seines Sohnes hat er jetzt geschlagene sechsundzwanzig Jahre nicht mehr gesehen, er zweifelt, ob er sie überhaupt wiedererkennen würde, liefe sie an ihm vorbei. Die Abstände, in denen er seinen Sohn früher bei ihr abgeholt hatte für ein gemeinsames Wochenende oder ein paar Urlaubstage, waren groß genug gewesen, ihm ihr fortschreitendes Aufschwemmen deutlich werden zu lassen. Als er sie das letzte Mal getroffen hatte, zur Einschulung des Jungen, hatte er sich des gemeinsamen Auftretens halbwegs geschämt. Jetzt, da er daran denkt, riecht er sie: abgestandene Fleischbrühe im Zustand des Umkippens in die Fäulnis. Es schüttelt ihn in genau dem Moment, da er die Flasche an die Lippen setzt. Das Bier rinnt durch den Bart, tropft auf die kurze Hose. Kapok flucht. Während er mit der linken Hand das Kinn trocken zu wischen versucht, hört er von der Seite der Schaechterschwestern leise Musik, Klassik, wie er sie auch zuweilen zu Hause in Trebesee anstellt mit seinem alten, wunderbar volltönenden Radiogerät Rema andante, das er aus zwei defekten Apparaten zusammengebaut hat und das sein ganzer Stolz ist. Er stellt die Bierflasche auf den Tisch und streicht im Schutz der Beerensträucher zum Zaun, begierig, einen Blick auf die Damen zu erhaschen, die ihm heute wieder ins Bewusstsein getrippelt sind, jenseits dessen er auf sie gewartet zu haben scheint. Auch sie sitzen hinter dem Haus, Claudia hält eine entkorkte Weißweinflasche in der Hand und füllt zwei Gläser, während Barbara, wie in einer Ohnmacht, fast aus dem Korbsessel rutscht, so sehr hat sie alle viere von sich gestreckt. Claudia klopft ans Glas, um die Schwester zurückzuholen von ihrem Ausflug in die schläfrige Gelenklosigkeit, Kapok erahnt ihren Gesichtsausdruck mehr, als dass er ihn sieht, sie steht ungünstig hinter dem Pfosten des Holzdaches, das die Garage verlängert. Dafür kann er Barbara genau beobachten, wie sie die Augen öffnet und sich des Mittelpunktes ihres Körpers zu erinnern scheint, sie zieht das Gesäß zurück auf die Sitzfläche, wobei der Rumpf nach vorn wandert, die Arme auf den Sessellehnen Platz finden und die Beine in einer Art sittsamer Grazie eng nebeneinander, leicht schräg zur Körperachse und in den Knien streng abgewinkelt, aufgestellt werden. Ihre im Licht der Terrassenbeleuchtung blaustichige Gesichtsfarbe irritiert ihn, er muss sich zwingen, sie anzuschauen. Das Alter hat die Augen tief in violett schimmernde Höhlen gedrückt, aus denen aufzutauchen sie Mühe haben. Die Nase ist noch spitzer geworden. Was ihn aber bestürzt, ist der Mund, der wie der einer Greisin in Zahnlosigkeit zugezogen scheint. Werner Kapok fühlt die Härchen seiner Unterarme, wie sie sich aufstellen und stehen bleiben im Zustand der Schreckstarre. Die Zeit ist eine Dampframme, der nichts widersteht. Mit der Zunge fährt er sein Zahnrund ab: Links oben sondiert er drei überkronte Zähne, aber rechts unten hat ihn die zu erwartende Rechnung sozusagen abspringen lassen von der Brücke, die nötig gewesen wäre, die Lücke zu schließen. Er redet sich ein, dass ihm das lieber sei als die Kronenlösung, denn die Spalten zwischen den Zähnen links oben lassen Fleisch- und Gemüsefasern erst unter heftigem Zusetzen mit einem Zahnstocher wieder frei nach den Mahlzeiten, während er ein Bröckchen aus der Lücke rechts unten einfach mit der Zunge herausschieben kann. Sitzt es sehr fest, benutzt er in unbeobachteten Momenten, und um solche handelt es sich beinahe ausnahmslos, wenn er zu Hause in Trebesee isst, den Zeigefinger der linken Hand, um es auszulösen. Im Angesicht der alternden Barbara Schaechter muss er sich vorstellen, wie er eine grobe Bratwurst zigarrengleich in den Mund schiebt und versucht, sie mit dem Gaumen zu zerquetschen. Eine grobe Schweinswurst kann ihn noch immer an früher denken lassen, da er im thüringischen Wölfis die größeren und kleineren Ferien verbracht und als Kind so manches Schlachtfest erlebt hat. Wurstsuppe, Blut-, Leber- und Knackwurst sind unerreicht geblieben im Geschmack, nur irgendeine Discounter-Bratwurst enthält etwas, was ihm von damals bekannt vorkommt. Oft hat er gerätselt. Majoran? Thymian? Sein Blick fällt auf die sich im Terrassenlicht windende Kräuterschnecke der Schaechterschwestern, wo Melisse, Minze, Borretsch, Bohnenkraut üppig wuchern, aber vom Liebstöckel übertrumpft werden. Nein, es will ihm einfach nicht einfallen, welche Ingredienz für das Wohlgefühl verantwortlich sein soll.

Auf morgen!, prostet Claudia der Schwester zu.

Barbara Schaechter lacht plötzlich und greift zu der auf dem Tisch stehenden Porzellandose. Sie schiebt sich etwas in den Mund, was ihr Gesicht aus der Jenseitigkeit des Alters in die gegenwärtige Sommernacht rettet.

Sie trinken, genussvoll, mit kleinen Schlucken, stellen die Gläser auf den Tisch.

Den ihm zufliegenden Gesprächsfetzen entnimmt er, dass morgen in aller Herrgottsfrühe Handwerker anrücken, das Haus mit einem Gerüst umgeben und beginnen werden, die Teerpappe vom Dach zu nehmen, um es neu einzudecken. Barbara erhebt sich und geht ins Haus, kommt zurück. Die Musik wechselt zu langsamem Jazz. Claudia steht auf und erwartet ihre Schwester mit ausgestreckten Armen und nach hinten gedehntem Oberkörper.

Das Letzte, was er jetzt sehen will, ist ein tanzendes Schwesternpaar.

* *

DAS SCHWESTERNPAAR TANZTE am Faschingsdienstag des Jahres 1962 im Kindergarten zu Radiomusik. Barbara und Claudia, drei und sechs Jahre alt, sahen gut aus als Hänsel und Gretel. Joachim Schaechter trug seine alte Reflex-Korelle am Mann, die er kurz nach dem Krieg auf dem Schwarzmarkt erstanden hatte. Er war froh darüber gewesen, sie ergattert zu haben, kannte er ihren Vorläufer doch gut aus den Dreißgerjahren.

Seine Töchter hatten heute das Glück gehabt, dass er sie hinbringen konnte. So mussten sie nicht schon kurz vor der Öffnungszeit um sechs Uhr mit der Mutter in der Kälte vor dem Haus stehen. Und er blieb noch zur Feier und fotografierte, musste niemanden zum Grinsen auffordern: Die Kinder sprangen laut gackernd umeinander. Vor fünf Wochen hatte er anderswo zu *knipsen* gehabt, die Reflex-Korelle hatte er zu Hause gelassen und stattdessen die Ercona II benutzt, die er vor vier Jahren angeschafft hatte. Mit ihr fühlte er sich bei solchen Gelegenheiten sicherer, obwohl er nicht sagen konnte, warum. Am S-Bahnhof Wollankstraße war Ende Januar ein Fluchttunnel entdeckt worden, der am ersten Februar der Öffentlichkeit präsentiert wurde. Der Bahnhof lag über der Straße auf hochgelegten Gleisen Ostberliner Territoriums, war aber nur von der Westseite Berlins aus zu erreichen. Ein fremdes Ei im eigenen Schoß, sagte Kurt Kapok dazu, der in den Betriebsräumen der Tribüne genannten Zeitung des Freien Deutschen Gewerkschaftsbundes auf seinen proletarischen Schweiß auch nach seinem erfolgreichen Aufstieg vom Arbeiterkorrespondenten zum hauptamtlichen Redakteur großen Wert legte. Joachim Schaechter hingegen hatte studiert und niemals in seinem Leben einen proletarischen Schweiß geschwitzt. Da er hervorragend fotografierte, geriet manchmal beinahe ins Abseits, dass er vor allem hervorragend schrieb, aber das war ihm nicht ganz unrecht in diesen Zeiten. Hätte er zum Beispiel schreiben müssen, dass der Tunnel gebaut worden sei, um Westagenten in den Osten zu schleusen, hätte sich ihm vermutlich die Hand über der Schreibmaschine spontan versteift. Also überließ er das Kurt Kapok, bemühte sich später, den Artikel nicht zu lesen, und hatte ein Foto beigesteuert, das den Verkehrsminister Kramer vor der versammelten Journalistenschar zur Pressekonferenz zeigte.

Kurt Kapok spürte, dass Schaechter nicht proletarisch schwitzte. Das brachte ihn zuweilen in Rage, verführte ihn aber auch dazu, Schaechter oft sehr nahe auf die Pelle zu rücken, um ihn riechen zu können. Er wusste einfach nicht, was er da roch, wenn seine Nase sich neben dem Ohr des vor ihm sitzenden Schaechter blähte und begierig die ihn umgebende

Luft einsog. Schaechter wurde von einem Anflug Widerwillens erfasst, wenn er bei solchen Gelegenheiten Kapoks Hang zum Rasierwasser Perlonta feststellen musste, drehte aber, ehe das bemerkt werden konnte, rasch den Kopf und fragte die Nase neben seinem Ohr nach deren Begehr.

Kurt Kapoks Sohn Werner besuchte mit Schaechters Töchtern den Kindergarten, er trug eine sehr kleine Budjonowka zum Fasching, die ihm seine Mutter genäht haben musste. Schaechter lächelte, als er das Kerlchen sah, wie es sich zwischen Barbara und Claudia drängte, die Kinder waren eng miteinander, jetzt tanzten sie zu dritt. Schaechter drückte mehrmals auf den Auslöser der Kamera. Der rote Stern auf der Kopfbedeckung von Werner Kapok funkelte, er war nicht, wie beim Original, aus rotem Stoff, sondern Lenin als Kind war in der weißen Mitte des rotzackigen, glänzenden Metallsterns zu sehen, der als große Brosche auf dem Mützchen thronte. Schaechter fühlte sich plötzlich klein werden beim Anblick dieses Jungen, ja, er merkte, wie er der Erinnerung entgegenschrumpfte, die ihn gleich einholen wollte. Er riss am Rollkragen seines Pullovers, wollte Luft und lief ins Freie. Dort aber klebte ihm der Kaltleim des Winters die Arme über die Brust zusammen, er atmete noch einige Mal tief ein und aus und schlüpfte wieder hinein.

Barbara, ein bisschen blass nach einer eben überstandenen Lungenentzündung, war erst seit dem Vortag wieder im Kindergarten. Sie hatte den Vater sofort vermisst und war unruhig geworden. Schaechter hatte Mühe, die Arme von der Brust zu lösen, um Frau Theuerkauf das leise weinende Mädchen abzunehmen.

Wissen Sie was?, sagte er, *ich nehme sie wieder mit nach Hause, es ist zu früh.* Hals über Kopf hatte er dem Kind das dicke schwarze Mäntelchen angezogen, das Kapoks Frau aus den noch guten Partien eines ausrangierten Wintermantels gearbeitet hatte. Die beiden vorderen Taschen hatte sie mit weißen, wollenen Heftstichen verziert und dem Kragen ein großes Stück Minchen aufgesetzt. Minchen, die schwarze Schaechterkatze, war vor Kapoks Augen von einem der nur selten durch die Straßen der Siedlung kurvenden Autos erfasst worden. Im Kaninchenschlachten erfahren, hatte Kapok kurz entschlossen das tote Tier hinters Haus gebracht, abgezogen und das Fell seiner Frau für den Mantel gegeben. Barbara war zu klein, Claudia zu arglos Erwachsenen gegenüber. Als sie sich zum ersten Mal tief und voller Entzücken in den Kragen hineingewühlt hatte, war Schaechter einen Moment lang versucht gewesen, dessen Herkunft zu offenbaren. Er hatte sich einst geschworen, seinen Kindern nie ein X für ein U vormachen zu wollen …

Er schüttelte sich laut schnaufend, gab Claudia und Werner ein Küsschen, reichte Frau Theuerkauf die Hand und verließ das Haus.

Kapok hatte dafür gesorgt, dass Schaechter mit seiner Familie einen Hauswürfel beziehen konnte in der *Eintracht*-Siedlung, die Bewohner hatten sich nach dem Westen abgesetzt im letzten Sommer. Er wohnte mit seiner Familie im Nachbarhaus, hatte also den Auszug brühwarm mitbekommen. Schaechter und seine Frau hatten als Korrespondenten des *Zentralorgans* in den Fünfzigern in Moskau gelebt, waren erst vor zwei Jahren zurückgekommen und in ein Köpenicker Mietloch jenseits der Karrieretreppe gezogen, die ihnen erst einmal verstellt worden war. Nicht nur Kapok war der bürgerliche Habitus der Schaechters ein Dorn im Auge. Joachim Schaechter war bei der Tribüne gelandet, seine Frau in der Kaderleitung des an der Spree gelegenen Transformatorenwerks. Das Angebot, in ein Haus zu ziehen, war ihnen mehr als recht gewesen, ungläubig hatten sie die Wohnraumzuweisung zunächst in den Händen gehalten, dann aber beschlossen, die Insel zu entern.

Kapoks Frau Henny arbeitete als Näherin im VEB Herrenbekleidung Fortschritt und ließ es sich nicht nehmen, der Schaechterfamilie hin und wieder gute Taten zukommen zu lassen, die sie nicht vergolten haben wollte. Schaechter fand es erstaunlich, wie sie aus dem Augenmaß Kleidung entwerfen konnte, die den Kindern tatsächlich passte. Einige Wochen nach dem Verschwinden der Katze hatte Kapoks Frau den Mantel vorbeigebracht. Cilly Schaechter hatte ein wenig bänglich dreingeschaut, als Barbara ihn anprobierte, aber nichts war geschehen.

Schaechter merkte, dass er den Mantel schlecht ertrug.

Ihm war, als hätte er ihn selbst jahrelang getragen.

In der Dumpfheit dieses Eindrucks lag ein Erschrecken, aber Schaechter ließ es, wo es war, und schichtete Pläne darüber, was er mit diesem Tage anzufangen gedachte.

Zu Hause brühte er erst einmal einen Kamillentee für Barbara und überlegte, was er zum Mittag kochen konnte. Nudeln und Suppengrün fanden sich in der Speisekammer, er löste Brühpaste auf und bereitete eine Nudelsuppe zu, während Barbara sehr ruhig an ihrem Tischchen saß, hin und wieder einen Strich aufs Papier brachte und ansonsten durch die Terrassentür ins Freie sah. Dort hatten sie ein Vogelhaus aufgestellt und es mit Futter befüllt, mit Haferflocken und Sonnenblumenkernen. Seine Tochter beobachtete die Vögel in großer Stille, die ihn erstaunte.

Er setzte sich neben sie auf den Fußboden und sah sie

lange von der Seite an. Ihre kurzen Haare waren so dunkel, dass die zarte Haut des Gesichtchens fast durchsichtig schien und Adern erkennen ließ, er glaubte sogar ein Pulsieren in der Schläfengegend wahrzunehmen, das ihm Tränen in die Augen trieb. Mit dreiundvierzig Jahren gehörte er nicht mehr zur jungen Vätergeneration, allenfalls zur mittleren. Cilly hatte er vermutlich schon vor sechzehn Jahren zum ersten Mal gesehen. Damals hatten andere Frauen nach ihm Schlange gestanden, er hatte Cilly in ihrer ihm gegenüber zurückhaltenden Art zunächst gar nicht wahrnehmen können. Barbara hatte ihre hohe, gewölbte Stirn und den kleinen, zurückgezogenen Mund, dafür trug sie seine gebogene Spitznase dazwischen. Schaechter wunderte sich, als er sie ansah, warum sie nicht zehn Jahre älter war. Immerhin wäre das möglich gewesen. Aber vielleicht hatten Cilly und er die zehn Jahre gebraucht, um im Vertrauen aufeinander existieren zu lernen.

Die breiten Nagelspuren, die seinen Rücken narbig verändert hatten, stammten von ihr. Nie hatte sie sich geschämt, ihm in höchster Erregung das Blut aus der Haut zu kratzen, er war überrascht, ja, erstarrt gewesen, als sie das erste Mal mit solcher Heftigkeit vergaß, was sie tat. Aber kaum hatte er es einmal ausgehalten, verlangte es ihn wieder und wieder nach den Wunden, die sie ihm beibrachte. Ihre Art, mit ihm zu schlafen, unterschied sich von der ihrer Vorgängerinnen. Sie war weder gurrend noch seufzend, sie war inständig fordernd und dabei von großer Ernsthaftigkeit, die ihn anfangs verwirrt hatte. Bis zu Cilly hatte es ihm Spaß gemacht, Frauen systematisch aufzulesen. Bittersüßes Karamell. Aber Cilly war ihm sofort mit offen vorgebrachter Unvollständigkeit entgegengetreten, die verlangte, dass er sie aufhob, gegenstandslos machte für eine Weile. Der Spaß war harte, erschöpfende Arbeit geworden über der ersten Nacht mit ihr, und seitdem wusste er auch, wie geheilt er sich nach einer Frau fühlen konnte.

Er genoss es als ein Geheimnis, das zu hüten er sich nicht bemühen musste. Während er auf die Schläfe seiner Tochter starrte, überkam ihn das Verlangen, das Kind festzuhalten, er musste sich anstrengen, es nicht zu sehr zu drücken.

Noch hatten sie kein Telefon bekommen, obwohl das seiner Arbeit nicht zuträglich war. Um in der Redaktion Bescheid zu geben, dass er zu Hause blieb, musste er eine öffentliche Zelle aufsuchen. Er bedauerte, nicht früher daran gedacht zu haben. Kurt Kapok hatte ein Telefon, aber natürlich war er längst aus dem Haus. Die schwächelnde Barbara konnte er kaum noch einmal anziehen und mitnehmen, die nächste Zelle befand sich am S-Bahnhof, und er brachte es auch nicht übers Herz, sie allein zu lassen, selbst wenn er nur zwanzig Minuten unterwegs sein würde. Nicht einmal schlafend würde er sie hier zurücklassen wollen, die Vorstellung, sie schrecke auf und sei allein, ängstigte ihn. Zwar wusste auch Cilly nicht, dass er Barbara mit nach Hause genommen hatte, aber sie würde es erfahren, wenn sie die Kinder am Nachmittag abholen wollte und nur Claudia vorfand. Während er noch überlegte und den Blick dabei gedankenverloren über die Straße schickte, sah er Henny Kapok, wie sie die Tür des Hauses abschloss, um sich auf den Weg zu machen. Schnell öffnete er das Fenster und pfiff hinüber, sie entdeckte ihn sofort und kam auf sein Winken vorbei. Er bat sie, doch in der Redaktion anzurufen, wenn sie die Zeit noch habe, und erklärte ihr die Situation. Sie lachte und meinte, sie müsse erst zur Mittelschicht im Betrieb sein und habe früher losgehen wollen, um bei einer Freundin Mittag zu essen und dann gemeinsam mit ihr zur Arbeit zu gehen. Er wunderte sich über ihre Abschiedsgeste, sie hob zwei Finger in Stirnhöhe neben den Kopf. So etwas hatte er nur von Männern gesehen bislang. Sie schloss die Haustür wieder auf, um mit Kapok oder jemand anderem in der Tribüne zu telefonieren.

Barbara war noch vor der Mittagssuppe eingeschlafen, hatte sich aufs Sofa gelegt. Er holte das Federbett aus ihrem Zimmer und deckte sie zu, legte noch zwei, drei Kohlen nach. Dann streckte auch er alle viere von sich, er saß im Sessel, die Arme hinter dem Kopf verschränkt, und hielt für Zufriedenheit, was er fühlte.

Kurt Kapok erreichte der Anruf seiner Frau kurz vor der Mittagspause. Schaechter konnte also nicht schon heute abkommandiert werden, um in verschiedenen Städten des Landes die Vorbereitungen zur Wehrerfassung der 40er- bis 43er-Jahrgänge zu dokumentieren, wozu er ihn ausersehen hatte. Hoffentlich würde er wenigstens ab morgen wieder zur Verfügung stehen. Er hatte Schaechter und seiner Frau, die ja auch voll berufstätig war, schon mehrmals empfohlen, die Kinder ins Wochenheim des Transformatorenwerkes zu geben, sicher wären sie da gut aufgehoben. Aber nicht einmal innerhalb seiner eigenen Ehe hatte er sich mit solch einer Idee durchsetzen können. Werner nur am Wochenende zu sehen, war Henny unvorstellbar. Stattdessen hatte sie mit Cilly Schaechter, die Normalschicht arbeitete, verabredet, dass sie Werner gelegentlich mit in den Kindergarten nahm oder mit den eigenen Töchtern von dort abholte, wenn ihre Schichtpläne mit den Arbeitszeiten ihres Mannes kollidierten. Eigentlich war es Henny Kapoks aus dem Rheinland zugezogene Mutter, die Werner oft abholte und mit zu sich nach Hause nahm, gelegentlich schlief er auch bei ihr. Aber zuweilen hatte sie anderes vor, und Schaechters waren gefragt.

Ärgerlich zuckte Kurt Kapok mit den Schultern, er wollte sich dem Gedanken an sein mangelndes Durchsetzungsvermögen lieber nicht hingeben. Die Wehrerfassungsgeschichte würde er erst einmal auf morgen schieben.

Auf dem Tisch lag Schaechters Schal, er hatte ihn offenbar gestern vergessen. In einem unbeobachteten Moment steckte Kurt Kapok seinen Kopf tief in das handgestrickte Ding.

Er konnte den Geruch nicht benennen.

* *

WERNER KAPOK STEHT am 25. August des Jahres 2014 früh genug auf, um die Sonne aufgehen zu sehen. Dafür hat er sich den Wecker nicht stellen müssen, denn um 5.30 Uhr rücken auf dem Nachbargrundstück Handwerker an und beginnen tatsächlich, das Haus einzurüsten. Seine Schwester erhebt sich eine Viertelstunde später aus ihrem Bett. Die Rückkehr zur Routine ist ihr zunächst nicht mehr wert als ein kurzes, resigniertes Aufseufzen. Erst als sie beim Kaffee sitzt und sich einige ihrer Schüler vorzustellen beginnt, die gleich braun gebrannt und in einigen Fällen sonnenblondiert vor ihr sitzen würden, legt sich ein Wärmefädchen ums Herz. Dass ihr Bruder tatsächlich nach vierundundzwanzig Jahren Kontaktabbruch neben ihr am Tisch sitzt, kann sie nach wie vor kaum fassen. Immer wieder sieht sie ihn prüfend an. Gesucht hatte sie ihn nie während seiner Abwesenheit, zu deutlich hatte er sich von allem verabschiedet und war gegangen. Dass ihr Mann Klaus vor nun schon sechs Jahren verstorben war, hat sie ihm erst letzte Woche mitgeteilt, nach seinem ersten Brief seit seinem Fortgang.

Werner Kapok ist einen Augenblick unsicher geworden, ob

er sie überhaupt aufstören darf aus ihren Gewohnheiten. Solche Störungen verträgt er selbst nämlich kaum. Wenn man allein lebt, so hat es sich sein Verständnis zurechtgelegt, ist man auf rituelle Vollzüge nahezu angewiesen, um in den Tag zu finden. Kaffeewasser aufsetzen, heizen, rasieren, zwei Scheiben Brot abschneiden, Marmelade, Wurst und Käse hinstellen, ein Müsli anrühren, mit Joghurt oder Buttermilch. Fremde Augen sind lästig dabei. Als er das zum ersten Mal gespürt hatte, hatte er sich noch zur Ordnung gerufen, aber die Stimmung hinter der auferlegten Freundlichkeit war wie verhohlener Harndrang gewesen, man war froh, wenn sich endlich eine Gelegenheit zur Erleichterung bot. Frauen sagte er, noch bevor er sie in seine Wohnung treten ließ, ohne Umstände, dass sie ihn spätestens am nächsten Morgen stören würden, und wenn sie das nicht aushielten, sollten sie lieber nicht mitkommen. Natürlich glaubten das die meisten ihrer Art nicht und kokettierten mit dem eigenen Zauber, aber tatsächlich war es keiner gelungen, sich vor seine Rituale zu schieben. Er hält es für möglich, dass er seine Schwester ähnlich stört, und überlegt. Hat sie Rituale? Gestern bevorzugte sie schwarzen Tee zum Frühstück, heute starken Kaffee mit Milch. Gestern hat sie ein Stück Kuchen gegessen, heute Porridge. Gestern hatte sie das Haar lang und offen getragen, es heute aber streng in einen Knoten gebändigt. Er ist bereit, es auf den Wechsel vom Urlaub zum Arbeitsalltag zu schieben, es ärgert ihn, dass er darauf überhaupt achten muss. Ihr Mund ist schwer zu schließen. Sie redet viel. Ihm gefällt das, es passt zu seiner über die Jahre gewachsenen Schweigsamkeit, ergänzt sie unmerklich, sodass keine Verlegenheit aufkommt, auch er müsse zur Unterhaltung beitragen.

Sie erzählt von alten Nachbarn, die neuen gewichen sind,

von Kindern, die in den letzten zwanzig Jahren in der Siedlung gezeugt wurden und in zwei Fällen sogar ihrerseits schon wieder Mutter beziehungsweise Vater sind, oder von Bäcker und Gemüsehändler, die es schon lange nicht mehr gibt hier. So viele Worte fallen aus ihrem Mund, dass er versucht ist, sie zu zählen. Er schafft es immer nur bis zu irgendeinem, das eine Erinnerung freisetzt. Der hängt er eine Weile nach, ehe er von Neuem zu zählen anfängt, aber wiederum nicht weit kommt.

Gerade beginnt seine Schwester von Claudia und Barbara zu sprechen, die es schwer haben würden in den nächsten Wochen, vielleicht sogar Monaten, denn Handwerker im Haus seien ja immer eine Herausforderung.

Claudia und Barbara …

Werner Kapok sieht aus dem Küchenfenster aufs Nachbarhaus, als die Tür geöffnet wird. Barbara und Claudia treten heraus, den Blick zu den Dachdeckern erhoben, die noch längst nicht auf dem Dach angekommen sind. Barbara ist gut gekleidet, *bürofein,* hätte Henny gesagt. Sie geht zur Arbeit? Renate beantwortet Kapoks fragenden Blick mit einem Kopfnicken, *ja, sie geht immer um diese Zeit, setzt sich in ihren Mini und düst los, sie muss ja bis nach Hellersdorf fahren, wo sie ein Büro im Rathaus hat.*

Claudia hat den Handwerkern zwei Thermoskannen mit Kaffee auf einem Tablett auf den gemauerten Zaunpfosten gestellt, Zucker und Milch, nun bringt sie Tassen und eine große Platte mit belegten Brötchen. Er merkt, wie seine Rituale ins Hintertreffen geraten: Belegte Brötchen kann er sich auch gut vorstellen zu diesem Frühstück. Er lächelt. Seine Schwester hält inne, als sie das Lächeln über sein Gesicht ziehen sieht.

Nein, das nicht.

Sie hat es so schneidend hineingesprochen in diesen Morgen, dass Werner Kapok meint, der Luftraum sei geteilt worden zwischen ihm und ihr. Beim nächsten Atemzug merkt er, dass er den Kopf zurückziehen muss aus ihrem Bereich, um genug Sauerstoff zu bekommen.

Keine Angst, Schwesterchen. Ist vorbei. So und so.

Renate bezähmt sich und steht auf, zeigt ihm Fleisch und Gemüse im Kühlschrank. Wenn er will? Aber natürlich kann er auch alles so machen, wie er denkt. Rausfahren, spazieren gehen, über den Wannsee schippern.

Ja, denkt er still und sagt's dann laut.

Als die Schwester gegangen ist, setzt er sich ans Fenster und sieht durch die Gardine zu, wie die Männer essen. Sie reißen Zoten, die er verstehen kann, denn das Fenster ist angekippt. Auf dem Bau hat er manchmal auch gearbeitet nach seinem Fortgang von hier. Hilfstätigkeiten, meist schwarz, der Rücken hatte sich bald quergestellt. Undenkbar wäre das gewesen früher. Ihm, den im Herbst 1989 eine Professur an der Humboldt-Universität ereilt hatte. Sein Vater war stolz gewesen, Werner sieht ihn, als er sich vom Fenster wegdreht, plötzlich die Küche betreten: ein großer, schlanker Mann mit schütterem Haar, das er über die beginnende Glatze nach hinten gekämmt trägt, die großen blauen Augen *zur Sonne, zur Freiheit* erhoben, immer mit einem Ausdruck trotzigen Staunens in den Winkeln. Er hat ein kariertes Baumwollhemd an, nach *Arbeiterart,* die er auch Werner nahelegte für die Wahl seiner Kleidung. Die olivfarbene Manchesterhose zeigt schon Auflösung am rechten Knie, der Flor des Cordsamts verflüchtigt sich, und unterm Arm trägt er die schwarze Wattejacke, während er ein Stück Brot in den Mund stopft und sich mit der anderen Hand Muckefuck einschenkt. Aber er ist schon verschwunden, als Werner Kapok auch noch seine Mutter hervorzaubert aus dem imaginären Zylinder in seiner Hand. Klein und schmal steht Henny am Herd, rührt mit der linken Hand schnell noch im Suppentopf, während die rechte schon darauf wartet, den Koffer mit der schweren Nähmaschine auf den Tisch zu wuchten, auf dem ein Stoffstapel liegt und eine Schachtel mit Stecknadeln steht. Ihr Haar hat die Tönung honigfarbenen Kiefernholzes, kein Grau ist darin auszumachen, obwohl es Zeit dafür wäre. Sie würde es niemals färben. Es wellt sich natürlich über die Ohren bis in den Nacken, das Stirnhaar gefangen in einer breiten Spange auf dem Oberkopf. Damals hatte er diese Frisur altmodisch genannt, während sie heute, im Fünfzigerjahre-Stil, womöglich noch einmal zu großen Ehren käme. Henny trägt ein schmales, wadenlanges Kleid in Gelb- und Brauntönen und an den Füßen hellbraune Sandaletten mit kleinem Absatz. Die Strumpfhose lässt eine repassierte Stelle erkennen unterhalb des Knies. Werner hatte auf dem Weg zur Schule oft einen Beutel mit Mutterstrumpfhosen mitnehmen müssen, um sie zur Reparatur bei Frau Hiller im Ligusterweg abzugeben, die ihr Geschäft zu Hause betrieb.

Je länger Werner seine Mutter so anschauen will, desto weniger von ihr kann er genau ausmachen, sie verwischt im klaren Sommerlicht des beginnenden Tages, und er wendet sich mit einem Ruck wieder dem Ausblick auf die Männer zu. Die haben ihr Frühstück beinahe schon beendet, der jüngste von ihnen nimmt sich noch einen Kaffee, stolpert aber beim Abstellen der Kanne und kippt die Tasse um. Mit einer wütenden Wischbewegung fegt er sie vom Tablett und wagt resigniert einen Tritt gegen das Trinkgefäß, es kullert ein Stück über den kurz geschnittenen Rasen. Der Längste der Runde fasst nach dem Bein des Jüngsten, bringt ihn zu Fall, hilft ihm lachend wieder auf und reicht ihm eine Flasche Wasser statt des Kaffees. Irgendwie scheint die Luft raus, keine Zote springt über und gibt Zunder.

Barbara Schaechter geht zum Zaun, wo die Männer sich eben erheben. Sie holt eine Schachtel aus der Hosentasche, lässt den Autoschlüssel noch einmal zurückrutschen und zündet sich eine Zigarette an. Die Männer tun es ihr nach, bis auf den Jüngsten diesmal. Ja, sie hatten auch früher schon geraucht. Barbara hatte Werner mit auf ihr Zimmer genommen, Claudia hatte angeschleppt, was an Westzigaretten im Haus war. Die hatten ihm besser geschmeckt als jene, die er damals kannte. Seit vielen Jahren raucht er nun schon nicht mehr, hat es einfach aufgegeben, als er glaubte, kein Geld mehr dafür zu haben. Nun aber verspürt er den Drang, sich eine anbieten zu lassen. Sogar von Barbara.

Heutzutage, da sie ihm offen jede beliebige Westzigarette offerieren könnte, raucht sie *Club*.

* *

Willkommen im Klub!

Kurt Kapok rief es während der Montagssitzung vom 12. März 1962 auf eine Weise in die Runde, die man als spöttisch bezeichnen konnte, kannte man ihn nicht. Joachim Schaechter jedoch hörte das Schroffe der Abweisung, das aus Kapoks Stimmlage sprach, deutlich. Kapok selbst bemerkte das Unpassende seines Ausrufs nicht, während die Kollegen irritiert dreinschauten. Schaechter fingerte das dicke Tuch vom Hals, das ihm seine Frau am Morgen als Ersatz für den von ihr gestrickten Schal aus dem Schrank gekramt hatte, als er selbigen bei einem Streifblick über den großen Sitzungstisch vor Kapok liegen sah. Der grinste augenblicks, strich sich mit einer zwischen Verlegenheit und Triumph schwankenden Geste das Hemd überm Bauch glatt und versuchte, den Redefaden wiederaufzunehmen, den er mit Schaechters Eintreten verloren hatte. Erfolglos. Er stockte, stotterte.

Schaechter setzte sich schnell auf einen freien Platz neben Bruckner, den Volontär, dessen Hände tief in den Taschen steckten. Er schien schräg auf dem Stuhl fixiert, nahezu gestreckt, nur Füße und Kopf wichen in stumpfem Winkel von der Geraden ab. Schaechter suchte unwillkürlich nach dem dicken Kissen zwischen Sitzfläche und Lehne, das Bruckner diese Stellung ermöglichte. Plötzlich aber lachte er belustigt auf, als ihm Doris Schwing, einen Stuhl weiter, heimlich die Hand reichte durch das Dreieck unter Bruckners Rücken. Er ergriff sie. Nun lachten alle, als Bruckner aus der Starre erwachte, den Arsch von der Stuhlkante nach hinten verschob und erschrocken um sich sah, ohne Entscheidendes wahrzunehmen. Kapok hatte auch das nicht bemerkt, und es war beileibe nicht seine verzweifelte Sinnsuche, die dafür verantwortlich war. Da ihm die Köpfe der Kollegen jedoch im Einvernehmen mit Joachim Schaechter hin und her zu gehen schienen im Lachen, steigerte sich schroffe Ablehnung in Zorn. Selbst für Entrüstung vermochte er gerade keine Worte zu finden, sodass er wutentbrannt aus dem Raum stürzte, die Tür krachte ins Schloss.

Bruckner, ehrgeizig, hob sofort Kapoks Faden aus dem Staub, dass die anderen ungläubig dreinschauten, einige in Erinnerung an ihre eigenen, schüchtern-devoten Volontariatszeiten. Vor ihren Augen und Ohren begann Bruckner, die Wehrerfassung der 40er- bis 43er-Jahrgänge als Erfordernis der Staatsräson auseinanderzusetzen, gebrauchte Worte wie voluntas, necessitas und utilitas, die niemals den Weg über Kapoks Lippen hätten finden können, und machte so dessen kümmerndes Fädchen zur schimmernden Schnur, die sich durch den Raum wand und um den Fensterknauf zu wickeln begann, zu dem Bruckner, während er sprach, unverwandt hinschaute. Ohne das Wort Mauer zu gebrauchen, setzte er Satz um Satz dieses letztjährige Staatsbauwerk in Szene, dass die Anwesenden schließlich glaubten, in dessen Schatten Schutz suchen zu müssen vor dem Glanz der brucknerschen Rede. Sie rückten die Stühle näher zum Tisch und damit auch dichter zusammen, die Staatsräson wog schwerer und schwerer, bis Schaechter, als wolle er sie abschütteln, aufsprang und seine Bereitschaft bekundete, die Sache, also die Wehrerfassung, fotografisch zu begleiten. Wer denn das Schriftliche übernehmen wolle?

Erleichtert kehrten die Kollegen zurück, ergriffen ihr jeweiliges Ruder. Graupner wagte einen Einwurf, der die Bedeutung der Wehrerfassung für eine Gewerkschaftszeitung zwar nicht ausschließen, zwar nicht anzweifeln, mindestens aber ins rechte Maß setzen wollte. Friedrich verwies auf sein mit der Schauspielerin Annekathrin B. vereinbartes Interview, das keinen Aufschub dulde, denn in einigen Tagen sollte ihr der Kunstpreis des Landes verliehen werden. Doris Schwing, zuständig für Sozialpolitik, verkroch sich hinter drei Kindern, derentwegen sie natürlich nicht auf Abruf für mehr als einen Tag ausrücken konnte, es hätte verschiedener Absprachen bedurft zuvor. Jedoch hätte sie das gar nicht mehr in die Runde zu werfen brauchen, denn großmännisch gab

Bruckner zu verstehen, dass er in diesem ersten großen Auftrag seiner Zeitung, *nach reiflicher Überlegung*, selbst loslegen wolle. Schaechters rechte Augenbraue zuckte. Von Auftrag konnte keine Rede sein. Aufträge vergab Kapok, und Kapok hatte den Salon verlassen, der so wenig Salon war wie er je ein Klub hätte sein können. Obwohl alle, selbst Doris Schwing, heftig rauchten. Obwohl gelegentlich Russenwodka kursierte. Obwohl vornehmlich Männer den Raum bevölkerten. Es fehlte an distinguiertem Habitus. Schaechter war bislang der Einzige gewesen, der diesem Gedanken hin und wieder aufgesessen war, aber er hatte sich selbst heftig gerügt, später verspottet für diese Rückfälle ins Bourgeoise. Nunmehr vermutete er jedoch, auch Bruckner könne die Abwesenheit des Distinguierten bemerkt haben.

Depressio oeconomica usque gravescens voluntatem separationis auget[1], zischte Schaechter ihm durch die Zähne zu. Bruckner grinste und setzte pantomimisch Stein auf Stein, baute eine Mauer.

Klar. Genau deshalb.

Seine Bewegungen erloschen mit dem Wiedereintritt Kapoks in die verräucherte Redaktion. Doris Schwing blickte einer Birne hinterher, die sich aus einem Rauchkringel geformt hatte und auf dem Weg zur Zimmerdecke langsam auflöste. Sie versuchte gerade, Birnenaroma zu halluzinieren, als Kapok mit fuchtelndem Arm zur Ruhe aufforderte, schließlich mit einem Brüller nachhalf, der aber, da er bereits in vollkommenes Schweigen hineinplatzte, dazu führte, dass Bruckner zu lachen begann und die anderen ansteckte. Kapoks hochroter Kopf drohte zu platzen. Schaechter konnte nicht anders, als ihm den Arm um die Schulter zu legen, eine Geste, die zunächst tatsächlich für das Verebben des Gelächters sorgte.

Genossen, wir müssen doch. Äh, wollen doch. Wir arbeiten im Auftrag. Der Partei der Arbeiterklasse. Doris Schwing, die der Partei nicht angehörte, wagte in keineswegs gespielter Naivität den Einwurf, dass ein solcher Auftrag eher von der Gewerkschaft erteilt worden sei. Ein Unterschied, der Kapok offenbar nicht einleuchtete, denn er fuhr der Schwing halbwegs radebrechend über den Mund, dass er es doch wohl sei, der hier am besten Bescheid wisse, die Klasse gehöre der Masse, da die Masse der Klasse angehöre, und wem die Partei als Vorhaut gehöre, sei damit wohl klar beantwortet: der Klassenmasse nämlich, das sei in diesem Staate zum Glück alles eins, weshalb er mit Fug und Recht von sich sagen könne, im Auftrag der Klasse in Gestalt der Partei zu arbeiten und eine klassenmäßige Zeitung machen zu wollen, *nicht wahr.*

Das Wort *Vorhaut* hatte den Sturm des Gelächters nun endgültig über den Anwesenden losbrechen lassen, er war nicht mehr unterzukriegen. Bruckner versuchte mehrmals, wie übrigens auch Schaechter und Schwing, Kapok eine Erklärung zu geben, nahm jedoch die Einsicht hin, dass es sinnlos war, dem Sturm entgegenschreien zu wollen. Er ebbte nicht ab, sondern riss jedes Mundloch immer wieder auf, Lachsalven von sich zu geben. Anzeichen von Verzweiflung paarten sich in Kapoks unruhig nach einem Verbündeten heischenden Augen mit tiefem Unverständnis der entstandenen Situation. Schaechter griff ein, verwies darauf, dass am 1. März zum sechsjährigen Bestehen der Nationalen Volksarmee eine neue Briefmarkenserie editiert worden war. Das wusste er, weil er seinen Freund Gerhard Stauf daran hatte arbeiten sehen bei einem seiner letzten Besuche in Leipzig. Er dachte gern an seinen *lieben Freund und Kupferstecher.* Die Marken wären vielleicht was für die Kulturseite? Und wenn das am gleichen

Tage erschiene wie die Reportage über die Wehrerfassung, wäre das doch eine schöne Korrespondenz.

Dankbar konnten die anderen sich langsam beruhigen, und Kapok fragte, wer seinen Schreibblock aufgeklappt habe. Er hatte ihn auf dem Tisch liegen gelassen, die Wehrerfassung auf Blatt drei notiert, das wie vor seinem Verlassen des Zimmers sicher unter zwei papierenen Seiten und einem Deckblatt aus dünner Pappe verborgen lag. Grund genug, jemanden zum Schuldigen zu erklären für das zwischenzeitliche Lüpfen eines *Redaktionsgeheimnisses,* wie er es nannte. Wenn die Wehrerfassung schon durch war, hier, in der Redaktionskonferenz, ohne dass er sie aufs Tapet gebracht hatte, musste jemand in seine Unterlagen gelunzt haben.

Wer?

Bruckner wollte ansetzen, Schaechter gebot mit erhobener Hand Innehalten. Sagte dann, dass sie ihm, Kurt Kapok, Zeit lassen und ihm Arbeit hatten abnehmen wollen, einfach nach Themen gesucht hätten, und was hätte nähergelegen als die Wehrerfassung, die ja, siehe *Zentralorgan,* schon seit dem 12. Februar im Gange sei. Höchste Zeit also, sich darum zu kümmern, bald würden die Ersten einrücken. Müssen, schob er nach. Sie hätten sich für Güstrow entschieden, Bruckner würde Kontakt mit dem Wehrkreiskommando aufnehmen, den Besuch der Musterungsbaracke Hafenstraße in den nächsten Tagen vorklären. Er, Schaechter, wolle fotografieren, Bruckner habe sich anerboten, das Schriftliche zu übernehmen.

Kapok gefror. Dass diese verdammten Kerle das so schnell während seiner kurzen Abwesenheit ausbaldowert haben wollten, nahm ihm das, was er seinen Verstand nennen würde, hätte er das Wort im unkontrollierbaren Wutschwelen hinter der Eisfassade ausmachen können. Steif drehte er ab, setzte sich auf seinen Stuhl. Klappte den Block auf.

Was er schrieb, erinnerte Schaechter an die dunkle Spur schmutziger Hühnerfüße auf frisch gefallenem Schnee. Er bedauerte gerade, dass seine Sehkraft zum Entziffern nicht ausreichte, als Kapok die Sitzung für geschlossen erklärte, für Auskünfte stünde er freilich zur Verfügung.

Als Bruckner und Schaechter wenig später tatsächlich darangingen, das Güstrower Wehrkreiskommando anzurufen und sich über die Modalitäten der gemeinsamen Fahrt dorthin zu verständigen, trug Schaechter seinen Schal wieder. Er hatte ihn vom Tisch genommen, als sich Kapok längst nicht mehr im Triumph darüber sonnte, das vermeintliche Fundstück eingesackt zu haben. Bruckner fragte Schaechter, wie ihm auf die Schnelle Güstrow eingefallen sei. Die Erklärung, seine Freunde wohnten dort, ein Sohn sei letzte Woche gemustert worden und hätte den Dienst verweigern wollen, er sei bei Weitem nicht der Einzige gewesen, irritierte ihn. Schaechter empfand offenbar Respekt für diese Haltung, was Bruckner von einem altgedienten Parteimitglied nicht unbedingt erwartet hätte.

Er schlug vor, den IFA F8 seines Großonkels zu nehmen, der in Köpenick eine Autowerkstatt betrieb. Zehn Jahre alt, das Ding, aber natürlich werkstattgepflegt, es würde sie sicher hin und zurück befördern. Schaechter freute sich. Er hatte ein Faible für Autos dieser Linie, seit er Ende August 1945 im anhaltinischen Ammendorf mit einem DKW Front Luxus Cabriolet F8, beige, hochglänzend, zu einer Rundfahrt aufgebrochen war. Dass der Wagen einem Arzt namens Dr. med. Franz Wolff gehört hatte und, mit Schlüssel und allen

Papieren, vor dem Haus eines Patienten vorübergehend abgestellt worden war, hatte ihn veranlasst, das Automobil nach etwa einer Stunde eigenhändig zurückzubringen und dem Arzt eine Speckseite zu geben, damit er von einer Anzeige absah. Davon erzählte er Bruckner nichts, aber sein Lächeln zeigte sich noch, als er am späten Nachmittag die Redaktion verließ, um nach Hause zu fahren. Am S-Bahnhof Treptower Park roch er eindeutig Bockwurst, drehte er sich einmal um die eigene Achse, weil er den Ursprung des Duftes nicht gleich auszumachen vermochte. Ein neuer Imbisswagen stand an der Ecke Puschkinallee, Halberstädter Würstchen. Er konnte nicht anders, als gleich zwei zu nehmen. Dass er Hunger hatte, merkte er meist erst nach der Arbeit, konnte viele Stunden ohne einen Bissen auskommen. Der Verkäufer zeigte ihm einen Vogel, als er um drei weitere, kalte Würste bat, die er mit nach Hause nehmen wollte. Sie schmeckten hervorragend.

* *

DER SPÄTE SOMMER LEGT sich ins Zeug. An der Südseite des Gropiusbaus haben die Schaechterschwestern in Abgrenzung zur Straßenseite vor einigen Jahren ein Spalier aufstellen lassen und roten Wein gepflanzt. Er trägt inzwischen überreichlich, sodass Barbara dazu übergegangen ist, einen Teil ihres Urlaubs auf den September zu legen. Dann kann sie mit Claudia Traubengelee kochen oder die Früchte dampfentsaften. Das Ergebnis reicht das Jahr über aus, Freunde und Bekannte zu leisen Juchzern des Entzückens über die Mitbringsel der Schwestern zu verleiten. Jetzt geht es erst einmal auf Ende August, sanfte Röte hat das Grün der Beeren zwar beinahe schon besiegen können, aber der Weg zum Blauschwarz liegt noch vor ihnen.

Seit Barbara am Morgen aus dem Haus gegangen ist, säubert Claudia Gläser vor. Solche mit fest haftenden Etiketten stellt sie in heißes Wasser. Wenn sie sie nach Stunden herausnimmt, lassen sich die papierenen Aufkleber meist gut mit Scheuermilch und Kratzschwamm entfernen. Sie sammeln das ganze Jahr über, im Keller erreicht die Zahl der leeren etwa im März die der gefüllten, ehe sich das Verhältnis umzukehren beginnt.

Claudia läuft barfuß im Haus, wie auch ihre Mutter es stets tat. Wenn sie an Cilly denkt, halten sich Erleichterung und Trauer in etwa die Waage. Wie im März leere und gefüllte Glasgefäße. Der Vergleich zieht ihre Mundwinkel nach oben, sie atmet durch. Cillys Demenz hatte sich unmittelbar nach dem Tode ihres Mannes angekündigt, mit plötzlichem Schweigen in Gesprächen über Alltägliches, wer besorgt was, wie wird das nächste Wochenende geplant. Die Schwestern lebten damals jede für sich. Claudia in Karlshorst, Ehrenfelsstraße. Kleine Zweizimmerwohnung, der unmittelbar nach der *Wende* neuer Standard verpasst worden war und in der sie hatte alt werden wollen. Barbara im Prenzlauer Berg, Chodowieckistraße, unter dem Dach, fünf Stockwerke hoch. Sie raucht seit nun fast vierzig Jahren, es war ihr zunehmend schwerer gefallen, die Treppe in einem Rutsch zu nehmen. Joachim Schaechter hatte auch geraucht und es zum Ende seines Lebens vermieden, seine ältere Tochter unter dem Dach zu besuchen. Während eines Schachspiels gegen seinen guten alten CM diamond aus dem thüringischen Erfurt hatte das Herz ausgesetzt, er war mit schwerem Infarkt in die Klinik eingeliefert worden und lebte noch eine knappe Woche, während der er nicht noch einmal erwachte. Sie hatten sich abgewechselt an seinem Bett, waren aber im Moment des Sterbens zu dritt bei ihm gewesen.

Claudia spürt Kälte in den Füßen, zieht nun doch dicke Socken an.

Die Rede zur Trauerfeier hatte sie selbst entworfen nach dem ersten Schmerz und sie, unterbrochen nur von zwei, drei kehligen Schluchzern, tapfer gehalten. Dabei sah sie die Züge ihres Vaters auf der dunkelbronzenen Urne erscheinen, sie verschwanden mit den letzten Worten. Seit jenem Tage war ihnen die Versorgung der Mutter zur selbst gestellten Aufgabe geworden. Cilly hatte sich wehren, ankämpfen wollen dagegen. Die Sinnlosigkeit dieses Wunsches hatte sie schließlich gar nicht mehr empfinden können, so schnell vergaß sie.

Als die Schwestern zum ersten Mal ihre weinende, völlig verwirrte Mutter an der Straßenbahnhaltestelle Winsstraße fanden, glücklicherweise, nachdem sie nicht zur vereinbarten Zeit zu Barbaras Geburtstag erschienen war, hatte Claudia es übernommen, öfter im Gropiusbau zu übernachten. Cillys alte Freundinnen und ehemalige Kollegen aus dem Transformatorenwerk waren unsicher im Umgang mit ihr. Monate nach Joachims Tod war sie zu einer Historiker-Tagung eingeladen und gebeten worden, über die Verwaltungsstrukturen eines großen *volkseigenen* Betriebes in den Sechzigerjahren und die Stiche des Apparates in Richtung des einzelnen Arbeiters zu sprechen, was ein Jahr zuvor eine große Freude für sie gewesen wäre. Nun aber brachte sie am Rednerpult kein Wort über die Lippen, weinte, schaute sich Hilfe suchend um. Claudia hatte es geahnt, war froh gewesen, dass Cilly ihr noch hatte mitteilen können, dass sie an dem und dem Tage dort zu sprechen habe. Sie hatte die Mutter begleitet und sie schließlich von der

Bühne geholt, auf die sie einfach nicht hatte verzichten können, sosehr ihr die Schwestern auch abgeraten hatten.

Nach einem halben Jahr hatte Claudia ihre Karlshorster Wohnung aufgegeben und war in die *Eintracht* zurückgekehrt, aber ihre Mutter war nicht mehr zu bändigen gewesen. Zwei, drei Pflegeeinrichtungen hatten sich schnell außerstande gesehen, sie zu versorgen, sie riss aus, wurde im Nachthemd nahe der Autobahn aufgegriffen oder in Unterwäsche in einer Einkaufspassage. Schließlich hatte Barbara eine passable Tagesbetreuung ausfindig gemacht, die Mutter wurde morgens abgeholt und am Abend ins eigene Bett zurückgebracht. So war sie auszuhalten gewesen. Eine Kuh, die nach dem Tag auf der Weide in den vertrauten Stall zurückgetrieben wird. Sie aß immer weniger. Sah sich vorsichtig um, ehe sie in eine Bockwurst biss, trank keine Milch mehr. Barbara bereitete ihr einmal, wie in den letzten Jahren immer am Vorabend ihres Geburtstages, ihr *nachwendliches* Lieblingsessen zu, Spaghetti alle vongole, das sie während einer Italienreise kennengelernt hatte. Plötzlich verschwand sie unter ängstlich-zornigen *trejfe!, trejfe!*-Schreien erstaunlich behände unterm Esstisch im Wohnzimmer. Zunächst hatten sie das für eine weitere Verheerung des Geisteszustands ihrer Mutter gehalten und sie unter dem Tisch hervorzuziehen versucht, bis Barbara auf einmal in den Sinn kam, was Cilly Schaechter da schreien mochte. *Kosher, kosher,* sprach sie beruhigend auf sie ein, es dauerte lange, bis die verblüffende Kraft des Weibleins nachgab. Die Venusmuscheln mussten sie ihr aus dem Gericht herauslesen, sie suhlte sich dann geradezu in der Speise und wischte den Sugo mit den Fingern aus dem Teller.

An jenem Abend, Cilly lag längst im Bett, saßen sie zusammen im Wohnzimmer, dunkle Stimmung, in der Befangenheit mitschwang, Seelenröte, wie Barbara es nannte, und es war, als spürten sie wieder den Stoff, dessen Moleküle womöglich von allem Anfang an ihr Blut grundiert, ihr Haar getönt hatten. *Quatsch,* sprach Barbara in das Stillewasser zwischen ihnen hinein, das sich kurz kräuselte, aber schnell zurückkehrte in die Unbewegtheit.

Claudia setzt die Brille auf. Vor ihr auf dem Tisch liegt ein Ballen blauen kräftigen Velvetons, sie schneidet gut zwei Meter ab und freihändig einen wadenlangen Bahnenrock zu, Achtzigerjahre-Stil. Renate hat ihn in Auftrag gegeben, trotz Gickerns und Gackerns um andere Modelle, zu denen Claudia sie eigentlich bewegen wollte. Kürzere, gezipfelte, solche mit einem Ausbrennereinsatz oder einem riskanten Schlitz über dem Knie, asymmetrisch in der Länge oder ballonförmig. Renate ist bei ihrem Standardmodell geblieben, das sie seit Jahren schon nähen lässt. Als sei das Altern ein Witz, als habe weder sie die Achtziger noch haben die Achtziger sie verlassen können, läuft sie allmorgendlich mit Haarknoten und langem, dunklem Rock zum Bus. Das Brillenmodell hinkt der Mode allerdings nur etwa fünfzehn Jahre hinterher. Ovales Metallgestell, vermutlich Federbronze, goldfarbene Bügel, die Fassungen altrosa getönt. Kein Sinn für Mode.

Claudia näht die vier Bahnen zusammen, setzt den Reißverschluss ein. Cilly hatte sie Boutiquekleider anpassen können. Groß gewachsen, dabei feingliedrig, war sie ausgesucht elegant durch die Malimo- und Dederonwelt geschwebt, mit einer türkisfarbenen Federboa oder einer schwarzen Kappe mit kleinem Tüllschleier hatte ihr Aufzug im *sozialistischen Alltag* gar etwas im wahrsten Sinne Jenseitiges bekommen, was aber so zwingend zu ihr passte, dass nur selten irgendeine piefig gekleidete Person daran Anstoß nahm. Im Zustand der inneren Verwesung, wie Barbara die letzten beiden Lebensjahre der Mutter nannte, hatte sie auch vergessen, auszusehen. Alles angezogen, oft verkehrt herum, was Claudia ihr bereitgelegt hatte. Die Schwestern hatten zwei Anzüge aus Samtjersey für sie gekauft, grau und schwarz, die Jacken mit Reißverschluss und Kapuze, die Hosen mit Gummizug und breiten Rippabschlüssen am Bein. Sie knitterten nicht und waren leicht überzuziehen. Claudia hat sie als einzige Kleidungsstücke ihrer Mutter in den eigenen Fundus überführt und trägt sie zu Hause oft, während sie den übrigen Bestand an drei warmen Wochenenden nach Cillys Tod vor dem Haus auf einem Tapeziertisch ausgebreitet und an Vorübergehende abgegeben hatte. Manchmal gegen einen kleinen Geldbetrag, das meiste aber hatte im Gespräch einfach den Besitzer gewechselt. Wort für Wort waren so Cilly Schaechters Kleider verschwunden.

Claudia hat dem Rock ein blaues, elastisches Gurtband in Bundhöhe eingenäht, säumen will sie ihn lieber von Hand. Sie heftet, bügelt vor. Fragt sich, warum Renate so gar nichts von alledem versteht, wo doch ihre Mutter eine Näherin vor dem Herrn gewesen war. Sie selbst hatte sich das Nähen als junges Mädchen von ihr abgeguckt, war abends oder am Wochenende bei Kapoks gewesen. Henny hatte ihr gezeigt, wie der Faden in die Maschine gefädelt wurde, wie man Knopflöcher hinkriegte, wie man beim Zuschneiden einen ordentlichen Schlag ins Hosenbein bekam.

Je länger sie jung wird, desto schärfer will sie das Gedächtnis bestrafen, dem sie nicht einfach so glaubt. Das ja ebenso alt geworden ist wie sie selbst. Sie hatte Henny schließlich immer dann aufgesucht, wenn die Offerten der staatlichen Läden ihre Verzweiflung angestachelt hatten. Ja, ganz elend war sie gewesen, als Henny sie zum ersten Mal mit hinübergenommen hatte an ihre Maschine. Das Elend gehört zur Erinnerung, die bis eben doch nur angenehm gewesen war. Zum Tanzstundenabschlussball in der zehnten Klasse hatte ein graues Kleid gedroht, schmucklos, runder Halsausschnitt, knielang.

Ein Brotsack, hatte Barbara gesagt, *in dem die Hauptsache versteckt bleibt.*

Aber immerhin geschützt ist, hatte Cilly, leicht verlegen, geunkt. Sie hatte dann Tage später, weiß Gott, woher, einen großen Abschnitt *Silastik* angeschleppt, gelb, mit großen Blüten in Grau und Lila. Claudia entwarf ein unfassbar längendeziminiertes Futteral, Henny musste ran. Wie sie das tat, sicher, ohne Umstände, nach der ersten Erklärung ohne jegliches Nachfragen, hatte Claudia erstaunt merken lassen, dass es ihr gefiel. Bislang ohne Fixstern am Berufshimmel, hatte sie sich bald vorstellen können, zu entwerfen und zu schneidern, war häufiger bei Henny erschienen und hatte gelernt. Renate war damals in der Siedlung als Rüpel durchgegangen, der mit den Jungencliquen um die Häuser zog, Äpfel klaute und an der Bushaltestelle schon mal ein Bier zog. Ein Lehrerschreck zudem.

Was die Zeit macht, scheint sie planvoll zu tun, als liege auf ihren Knien ein schnittmustergleicher Lebensplan, nach dem sie einen jeden hierhin oder dorthin schiebt und Weichen stellt, die offenbar im Verborgenen bleiben. Dass Renate Lehrerschreck ausgerechnet Lehrerin geworden war, hatte sie alle verwundert, aber die Zeit hat ihr recht gegeben: Im ersten Lehrerleben hat sie Russisch und Geografie unterrichtet, im zweiten ist das Russische nach erneutem Studium durch das Französische ersetzt worden. Arbeitslosigkeit braucht sie nicht zu befürchten, und in den letzten Jahren ist man sogar auf Russisch zurückgekommen. Nicht in großem Umfang, aber eine Gruppe von Schülern bekommt sie jedes Jahr zusammen.

Claudia hatte das Russische in Moskau gelernt. Die ersten Lebensjahre hatte sie dort verbracht. Ihre Eltern, Korrespondenten des *Zentralorgans,* hatten auf dem Leninski Prospekt eine überraschend große Wohnung bezogen, wohnten zusammen mit vielen Ausländern in einem Hochhauskarree mit grünem, weitläufigem Innenhof. Als sie sich 1954 dorthin aufgemacht hatten, waren sie zwar schon lange verheiratet, aber noch kinderlos gewesen. Claudia hatte sich ein Jahr, Barbara dann drei Jahre später angekündigt, sie waren 1956 und 1959 geboren worden. Cilly hatte es vorgezogen, jeweils in Berlin zu entbinden, ihr war die Moskauer Klinikkultur rätselhaft vorgekommen.

Claudia, an den Händen ihres Vaters und der jungen Ljussja, des Hausmädchens, das schnell eine gute Freundin der Eltern geworden war, sieht ihre junge Mutter mit der neugeborenen Barbara aus dem Flugzeug steigen. Die Schleife kratzt, dieses riesige, weiße Etwas aus Kunstseide. Sie kann sie nicht zurechtrücken, die beiden halten sie fest, um sie im Gedränge der Wartenden nicht zu verlieren, und außerdem trägt sie ein festgezurrtes Kopftuch darüber, dessen Enden sich unter dem Kinn kreuzen und im Nacken verknotet sind. Sie murrt, will sich kratzen, ihr kleiner Aufruhr geht in der nervösen Bewegung derer, die doppelt so groß sind wie sie, einfach unter. Das ist sie nicht gewöhnt. Sie murrt weiter, und als der Vater sich schließlich von ihr löst, um Cilly mit Kind zu umarmen, zu küssen, steht sie einen halben Meter entfernt an der Hand der fiebrigen Ljussja und beginnt zu schreien. Cilly, gerade dabei, Barbara dem Vater zum ersten Mal zu übergeben, erschrickt und lässt das Bündel beinahe fallen, das Joachim gerade noch fassen kann. Sofort gehen die Erwachsenen in die Knie, alle drei, und sehen ins aufgerissene Milchzahnmäulchen. Die Tränen stürzen links und rechts davon hinunter, die geschlossenen Lider sind den Blicken der Augen, hinein wie hinaus, eine erst einmal sichere Barriere und bleiben die lange Taxifahrt vom Flughafen nach Hause fest zusammengepresst. Claudia möchte glauben, nicht mehr da zu sein. Noch heute hört sie, wie Ljussja währenddessen auf sie und die anderen einredet, besorgt. Sie fragt den Vater, ob man nicht erst einmal zu einem Arzt solle. Der bügelt das ab, meint, am Zucken der Lider erkenne man doch, dass das Mädchen da sei, dabei sei, das sei ganz normal, er habe das als Kind in unliebsamen Situationen ganz genau so gemacht. Sie wird von Ljussja in den Fahrstuhl getragen. Oben angekommen, wird sie auf das rote Kanapee im Arbeitszimmer gelegt, die Erwachsenen verschwinden in den Weiten der großen Wohnung, und Claudia öffnet die Augen.

Sie war erst drei Jahre alt gewesen. Dass sie sich daran so gut erinnern kann, erinnern zu können glaubt, macht sie wie immer misstrauisch. Cilly hatte den Schwank wieder und wieder erzählt, er gehörte zum Standardrepertoire bei Zusammenkünften aller Art, ob in der Familie oder im Freundeskreis. Womöglich hatte sie die Erzählung in Bilder übersetzt mit den Jahren. Aber sie hat die Episode auf Russisch gedacht, merkt sie, und erinnert sich auf der Stelle daran, dass Cilly Schaechter sich die Haare gerauft hatte, weil sie nach der Rückkehr aus Berlin keine gemeinsame Sprache mehr hatten. Claudia fühlte sich aufgehoben in ihrem Moskauer Kindergarten, wo sie Klaschenka hieß bei Galja Borissowna und Klawotschka bei Larissa Sergejewna, und die beiden schwerbusigen Frauen hatten sie verzärtelt und den anderen ganz offen vorgezogen. Hatte sie das Deutsche tatsächlich vergessen, oder hatte sie sich ihrerseits abgrenzen wollen von der Mutter, die in einer milchweißen Blase mit dem neuen Kind zu leben schien? Jedenfalls hatte der Vater übersetzen müssen, am Tisch, beim Anziehen, beim Spielen, was Cilly Schaechter veranlasst hatte, auf Deutschunterricht für das Kindergartenkind zu dringen. Ohne Erfolg hatte sich eine Lehrerin der Botschaftsschule an Klawotschka versucht, bis man übereinkam, die Rückkehr nach Deutschland zu planen. Das zog sich, das schob sich.

Claudia wurde im Jahr des Weggangs aus Moskau schließlich sechs Jahre alt. Man beschloss, sie in Berlin ein weiteres Jahr im Kindergarten zu belassen, was gerade noch möglich erschien, denn sie war erst Ende Mai, wenige Tage vor dem Stichtag, geboren worden und wäre in der ihr eigentlich zugedachten Klasse eine der Jüngsten gewesen. Wie ein Strohfeuer war das Russische tatsächlich gelöscht worden, erst in der späteren Schulzeit wieder hervorgekommen, und es hätte für aufsehenerregende Ergebnisse bei den jährlich ausgetragenen Russisch-Olympiaden gesorgt, hätten Cilly und Joachim Schaechter dem nicht rechtzeitig vorgebeugt durch eine Mitteilung an die Schulbehörde. Claudia merkt tonlose Melancholie, strafft sich und vernäht den Saumfaden an Renates Rock.

Seit dem frühen Morgen sind die Männer da draußen damit beschäftigt, das Haus einzurüsten. Eine Firma zu finden, die Fassade und Dach in eine Hand nimmt, war schwerer gewesen, als sie sich vorgestellt hatte. Aber sie ist froh, so kann das

Gerüst gleich stehen bleiben, wenn die neuen Trapezbleche auf dem Dach liegen werden.

Es ist ihr bislang nicht eingefallen, dass die Männer ja Hunger kriegen würden. Sie hat ihnen zwar Frühstück gebracht, das aber eigentlich für eine Begrüßungsgeste gehalten. Ist es üblich, dass Auftraggeber Auftragnehmer versorgten? Die Frage stürzt sie in ernst zu nehmende Unsicherheit. Was, wenn es von ihr erwartet wird? Sie beginnt, unruhig an den Fenstern entlangzustreichen. Auf der Vorderseite des Hauses sind sie bereits abgeklebt mit beigefarbener Folie, und nach hinten raus sieht sie die Männer am Grill stehen, sie sind offenbar mit der Glut übereingekommen, jetzt die Würste daraufzulegen. *Mein Grill!*, zischt es heftig in ihrem Kopf, aber nahezu zeitgleich durchstreicht sie Erleichterung. Sie erwarten demnach nicht, bekocht zu werden.

So gedankenversunken am Badezimmerfenster stehend, wird sie von einem der Männer entdeckt, er lädt sie ausholend ein, hinzuzukommen. Baurülpse … Erschrocken will sie ein Stück zurückspringen, aber der Duft der Würste beginnt sich auszubreiten, er lockt und lockt, bis sie ihm nicht mehr standhalten kann, sich Sandalen über die dicken Socken zieht und hinaustritt.

Als sie die Haustür schließt, ist ihr, als habe sich am Küchenfenster im Nachbarhaus die Gardine bewegt. Gardinen passen aber auch wirklich zu ihr, sagt sie sich, ehe ihr einfällt, dass heute die Schule wieder begonnen und Renate sich sehr früh auf den Weg gemacht hat.

Vielleicht hat sie versehentlich ein Fenster im Haus offen stehen lassen.

* *

Am Faschingsdienstag des Jahres 1962 stand Cilly Schaechter gegen 9:30 Uhr am offenen Fenster ihres Büros im VEB Transformatorenwerk Oberspree. Sie hatte die aus ihrem Haushalt abgezweigten Gardinen zurückgezogen, einfache Stores mit leider schmutzig gelbem Unterton, vor und nach jeder Wäsche. Auf dem Fensterbrett eine Sansevierie, in der Ecke des Raumes ein Gummibaum. Sie hatten ohnehin zu viel Grünzeug im Gropiusbau. Es war kalt draußen, aber der durchdringend strenge Geruch des Mannes, der ihr gegenüber am Schreibtisch gesessen hatte bis eben, wollte sich einfach nicht verziehen. Der Bursche hatte um Arbeit in der Werksküche nachgefragt, wohl zwei, drei Jahre als Beikoch hinter sich, aber ihre Nase hatte sie darauf hingewiesen, wie unpassend das war. Stattdessen hatte sie ihn auf eine Pförtnerstelle aufmerksam gemacht. Das Werktor war zwar gut besetzt, aber zwei der Männer würden demnächst in Rente gehen. Sie kannte den Riechenden, er hieß Achernkötter und wohnte in ihrer Siedlung, in einer Laube aus den Dreißigern. Wie er sie in dieser Jahreszeit warm kriegte, war ihr ein Rätsel. Die dünnen Wände hielten keine Wärme, und das Teerpappendach war Flickschusterei. War es ihm zu kalt, sich zu waschen? Eigentlich stank er ja nicht, sie machte schnell einen Unterschied auf zwischen strengem Geruch und fauligem Mief und beruhigte sich selbst im Hinblick auf die Pförtnerloge, zu der sie freie Sicht hatte.

Ihre Kinder feierten heute. Trotzdem war sie froh, sie nicht schon zu sechs Uhr in den Kindergarten gebracht zu haben. Joachim konnte sie gegen acht abgeben, er musste erst um zehn in der Redaktion erscheinen und wollte die Zeit bis dahin nutzen, ein paar Fotos der Faschingskinder zu schießen. Sie streckte sich, riss ein paar Mal die Arme hoch, dann Kniebeugen.

Fenster zu.

Lange sah sie hinunter, der frische Schnee hatte dem Betriebsgelände einen Überwurf verpasst, der leider hier und da schon wieder aufgerissen worden war von Lastwagen, Menschen und Dampf. Sie arbeitete der Not gehorchend hier, wobei das Wort *Not* problemlos durch *Partei* zu ersetzen war. Ihre Rückkehr aus Moskau war nicht die erhoffte Rückkehr in ihre seit 1951 andauernden Arbeitsverhältnisse gewesen, die sie nach der Beendigung ihrer Leipziger Studiengänge angetreten hatten. Vielmehr hatte man Joachim Schaechter wenige Wochen nach seinem Wiedereinstieg vorgeworfen, seine Arme um die zarten Schulterchen junger Volontärinnen gelegt zu haben, was seinen Verbleib beim *Zentralorgan* aus moralischen Gründen unmöglich mache. Es war Joachims Art, Frauen, mit denen er arbeitete, um die Schulter zu fassen, ihnen die Hand zu drücken oder einen Kuss zum Abschied auf die Wange zu setzen. Dass anderes hinter dem Abservieren stand, war ihnen klar gewesen, auch wenn sie noch nicht sagen konnten, was es war. Bei der Tribüne, wo er schließlich unterkam, nachdem er eine *selbstkritische* Auswertung seiner Redaktionstätigkeit vor der Partei-Grundorganisation abgeliefert hatte, mochte es gehen. Er befand sich nicht mehr in der Schusslinie. Seine Selbstkritik hatte die ihm vorgeworfenen sündigen Handlungen wider die Damenwelt im Übrigen nicht einmal thematisiert.

Cilly hatte man eine Auszeit in ihrer journalistischen Tätigkeit empfohlen und die Stelle als Mitarbeiterin der Kaderabteilung dieses Betriebes angeboten. Auch Sekretariatsaufgaben. Hier stand sie nun und sah aus dem Fenster über die Spree. Vor ihr im Süden, nur wenige Kilometer entfernt, lagen Rudow, Buckow und Britz, seit einem halben Jahr stand die Mauer. Sie war Berlinerin, aber nach Buckow, Rudow oder Britz hatte es sie nie verschlagen, und auf die Frage, ob es ein Verlust sei, nun nicht mehr dorthin fahren zu können, fand sie keine Antwort. Als kleines Mädchen hatte sie sich geschworen, das alte Scheunenviertel hinter sich zu lassen, sicher hätte sie auch nichts gegen Rudow, Buckow, Britz gehabt, wenn sich dort eine Wohnmöglichkeit geboten hätte. Als sie 1924 geboren wurde, waren die drei Ortsteile vor gerade vier Jahren eingemeindet worden nach Groß-Berlin, aber sie hatten schon damals außerhalb ihres Horizontes gelegen.

Es klingelte. Cilly riss mit dem Sprung zum Telefon auf dem Schreibtisch die Kanne Muckefuck um, die braune Plörre traf zum Glück nur den alten Linoleumboden. Eine Neuerer-Jugendbrigade hatte sich um das Projekt Konsumgüter scharen müssen und einen Rasenmäher entworfen, der demnächst in die Produktion gehen sollte. In einer halben Stunde erwartete man ihre Teilnahme an einem Aufstockungsgespräch, es fehlten Mitarbeiter für die Herstellung, Fräser und Dreher. Wenn sie das früher gewusst hätte! Sie dachte an Achernkötter, vielleicht sollte sie abends bei ihm vorbeischauen.

Einen Rasenmäher konnten sie eigentlich auch gut gebrauchen. Aber wenn das Gras im Garten halbmeterhoch stand, waren die Kinder stets hingerissen von der Pracht, die Große begann schon, Kränze zu flechten aus aufgeschossenen Gänseblümchen mit langen Stängeln. Sie sollte trotzdem einen Trolli zu erstehen versuchen, Joachim quälte sich doch sehr mit der Sense.

Nachdem sie den Ersatzkaffee vom Boden gewischt hatte, schloss sie endlich das Fenster. Legte die dicke braune Jacke fester um die hohen Schultern und versuchte, deren Vorderteile übereinanderzuziehen, damit kein Fitzelchen Körperwärme durch die Maschen entweichen konnte.

Im Scheunenviertel hatte sie winters oft gefroren. Mit Eltern und Bruder wohnte sie in der Rückerstraße, in einer Parterrewohnung, die ihr Onkel Chaim Blauminz irgendwann während des Ersten Weltkriegs bezogen hatte. Aus Przemysl hatte er sich bis Berlin durchgeschlagen und der Reihe nach all seine Schwestern, darunter Cillys Mutter Chaya, hierhergelockt. Schließlich hatten die Geschwister die Bude zu siebt bevölkert, bis Heirat um Heirat ihre Zahl reduzierte. Die Letzte war Chaya gewesen, 1922 hatte sie mit Cillys Vater Hersch die vom Bruder Chaim arrangierte Ehe geschlossen. Die Wohnung war an ihnen kleben geblieben. Hersch stammte aus der Gegend um Dukla, war ganz allein nach Berlin gekommen auf der verzagten Suche nach einer Existenz, und 1938 ebenso allein wieder in Richtung Dukla verschwunden. Cilly hatte nichts mehr von ihm gehört. Er hatte ihr zur Geburt den Namen Bokshorn übergeben wie einen Staffelstab, den sie aber am liebsten sofort wieder losgeworden wäre, als sie zur Schule kam.

Sie wusste so wenig über ihre Großeltern, hatte sie ja nie kennengelernt! Die Geschwister der Mutter trugen unterschiedliche Nachnamen, Blauminz und Billig. In einem der seltenen Gespräche zur großen Familie hatte ihr die Mutter etwas von einer Vorprikaszeit und einer Nachprikaszeit erzählt. Während in der Vorprikaszeit standesamtliche Ehen nicht üblich gewesen waren und die Kinder den Namen der Mutter bekamen, war das nach dem Prikaserlass nicht mehr möglich. Heiraten mussten vor dem polnischen Staat beglaubigt werden, die nachher geborenen Kinder bekamen den Nachnamen des Vaters.

Zwei ihrer Tanten lebten in Berlin, eine von hier aus gesehen vor, die andere hinter der Mauer. Cilly sah Fanny in ihrem Atelier sitzen, sie hatte sich nach dem Krieg als Schneiderin in Charlottenburg selbstständig gemacht. Und Malka arbeitete im Magistrat von Berlin, Abteilung Volksbildung. Sie hatte sich zu alt gefühlt, nach 1945 noch Lehrerin zu werden, wie sie es sich immer gewünscht hatte, aber für ein gesellschaftswissenschaftliches Studium war es offenbar nicht zu spät gewesen. In Leipzig hatte sie es hinter sich gebracht und war dann in einer Bezirksleitung der Partei, in einem Dresdener Großbetrieb und schließlich im Magistrat gelandet.

Cilly hing heute eher Fanny als Malka an, obwohl sie ja alle drei etwas teilten, an das schon lange nicht mehr gerührt worden war. Aber hier ging es doch voran, nach vorn, man war der Gegenwart verpflichtet und der Zukunft! In Moskau hatten sie freilich eine Zeit lang debattiert, und das Wort *herzzerreißend* geht ihr durch den schönen, auf hohem Hals sitzenden Kopf, wie weiter, wo weiter, was weiter. Nikita Sergejewitsch hatte Stalin zerfleddert, hatte Kopf und Rumpf und Glieder des Übervaters in einer Rede auf dem 56er-Parteitag demontiert, unter Ausschluss der Öffentlichkeit, und von sich geworfen. Einen Moment lang hatten sie Schutz suchen wollen vor den Trümmern, bis sie merkten, dass sich in ihnen selbst Ruinenlandschaften beträchtlichen Ausmaßes erstreckten. Was sie anstrebten, lag von Glaubenssplittern übersät, sie konnten es kaum noch finden, und lange genug glaubten sie an Staubblindheit zu leiden. Wären sie in Berlin gewesen, das Pendel hätte wohl eher in Richtung Westen ausschlagen können. Aber im Auge des Zyklons lebte es sich nicht schlecht, und sie wähnten sich in einem exklusiven Klub mit gutem Zugang zu Informationen, die aufzubereiten sie sich für unersetzbar hielten. Den Rest hatte das *Tauwetter* getan. Es hielt sich eine Weile. Wer die Vögel dabei beobachtete, wie sie sich aus Schlamm und Dreck hervorschälten, um schüchtern zunächst den Flügelschlag zu proben, ehe sie die Kehlen öffneten und vorsichtig zu singen begannen, musste bemerken, dass sie alsbald alle Befangenheit ablegten und auch ihre roten Federn wieder zeigten. Schaechters wollten, dass sie anders sangen als zuvor. Manchmal stritten sie darüber, was sie gehört hatten. Das Leben jedoch legte sich ins Zeug, sie an dem Platz zu belassen, auf das es sie verfrachtet hatte. So waren sie schließlich zurückgekommen auf die *helle Zukunft*. Deren Verheißung, relativierte sie, denn sie stand ja immer noch aus.

Wenn sie ihrem Mann heute in die Augen sah, glaubte Cilly zu erkennen, dass sie ein wenig schielten, um nicht zu genau fokussieren zu müssen. Sie selbst spürte, dass der Rückzugsraum Gropiusbau ihr wichtig geworden war. Ihn einzurichten, verwandte sie Kraft und Energie. Sie hatte vier Selmanagić-Sessel aus Hellerau gekauft, ebenso Bücherschränke und eine Vitrine, und einen uralten Küchenschrank von einer verstorbenen Köpenicker Nachbarin in Pastellfarben gestrichen, für die Mädchen. Sie wollte ein offenes Haus führen, an die Moskauer Runden in ihrer großen Wohnung anknüpfen, kochte gut und gern. Aber Joachims Kollegen hier waren von anderem Kaliber, und im Transformatorenwerk war sie nicht gelandet, um sich lieb Kind zu machen auf Teufel komm raus.

Teufel, komm raus!

Der Schrei sprang zurück in ihren Mund, ehe er für Unruhe hätte sorgen können. Wenn sie es recht bedachte, blies sich der innere Zensor außerhalb des Gropiusbaus ohnehin derart auf, dass er größer wurde als sie und über die Kontur ihres Körpers hinauswuchs, ihre Bewegung behinderte und Worte im Kopf um und um rollen ließ, ehe sie entkommen konnten. Während er sie am Haken hatte, glaubte sie das, was sie in diesem Zustand sagte, für eine Weile. Kam sie aber nach Hause, verlor er seine Macht sehr schnell und zog sich zurück. Sie hätte zu gerne gewusst, in welchem Körperteil er hauste. So führte das Verlassen und Erreichen des Gropiusbaus jeweils zu einer körperlichen und seelischen Erschütterung, die Spuren hinterließ. Sie war jetzt achtunddreißig, und wenn sie daran dachte, dass noch viele Jahre vor ihr lagen, merkte sie, dass sie kein Bild von der Zukunft erwischen, sie nicht malen und schon gar nicht ausmalen konnte. Dazu fehlten ihr nicht etwa die Farben: Sie konnte sie einfach nicht sehen.

Es war schon lange her, vor ihrer Moskauer Zeit, dass die Weberin Frida Hockauf in einem *Aufruf des Tages* den Satz geschrieben hatte: *So, wie wir Werkstätigen heute arbeiten, wird morgen unser Leben sein.* Hatte das nicht gar in der Tribüne gestanden, bei der Joachim untergekrochen war? Sie hatte sich den Satz gemerkt, über dessen Inhalt gerätselt. Arbeitete man heute hart und kompromisslos, so würde man später hart und kompromisslos leben? Wenn man es sich aber gut gehen ließ und bequem machte, so würde es einem auch später gut gehen und man alle Bequemlichkeit haben? Sie hatte es nicht verstanden und nicht gewagt, das zuzugeben. Der Aufstand vom 17. Juni lag gerade mal drei Monate zurück, als Frida Hockauf die von oben ergangenen Normerhöhungen durch eine von unten zu vernehmende Selbstverpflichtung zu ersetzen hatte. Lächerlich. Jetzt gab es den Satz in abgewandelter Form überall zu lesen, auf Spruchbändern und Wandzeitungen: *Wie wir heute arbeiten, werden wir morgen leben.* Bloß nicht!, dachte sie und merkte, dass es kitzelte in der Nasenregion. Nicht heulen.

Sie griff einen Schreibblock, trat aber noch einmal zurück ans Fenster. Buckow, Rudow, Britz: Seltsam, das wörtlich zu nehmende Auftauchen dreier nun unerreichbarer Stadtteile von Berlin vor ihren Augen hatte sie in Zeiten eintauchen lassen, die ebenso unerreichbar waren, sich aber hinter ihr befanden. Vielleicht sah sie besser, wenn sie die Augen schloss? Chaim tauchte auf, dann Sprinze, Rosa und Sara, die anderen Muttergeschwister. Sie waren *verloren gegangen,* wie sie Joachim an einem der ersten gemeinsamen Abende erzählt hatte. Wie sie dabei den Kopf wiegte, hatte Nachfragen seinerseits unterbunden.

Chaim Blauminz hatte seine Söhne Mendel und Bruno mithilfe der Schwiegereltern in die USA schicken können in den Dreißigerjahren, weil sie in Deutschland geboren worden waren und damit in die Quotenregelung der Vereinigten Staaten passten. Sprinzes Sohn Henoch hingegen war 1917 während der Fahrt nach Deutschland in Polen geboren worden und passte nicht. (Dass seine letzte Reise ihn dorthin brachte, wo Erzherzog Carl Franz Joseph Ludwig Hubert Georg Otto Maria von Habsburg-Lothringen, Karl I. Kaiser von Österreich, IV. Károly König von Ungarn und Kroatien und Karel III. König von Böhmen, sich in Henochs Geburtsjahr 1917 auch als Herzog von Auschwitz bezeichnen durfte, wusste Cilly freilich nicht.)

Sie hatte den Kontakt zu den Cousins nicht gesucht nach dem Krieg. Zwar sperrte sich angesichts ihres Schicksals alles in ihr, sie *Westemigranten* zu nennen, aber sie kannte genügend Westemigranten, die zurückgekommen waren und sich, vor allem, wenn sie Mitglieder der *Partei* waren, des offenen oder versteckten Misstrauens der Führung zu erwehren hatten. Das wollte sie, wenn auch nur in ihrem Inneren, den beiden ersparen. Fanny in Charlottenburg hatte einen regen Briefwechsel mit ihnen, über sie hatte Cilly oft ein paar verschämte Grüße über den Ozean geschickt. Auf dem Moskauer Parteitag von 1956 war dann nicht nur Stalin gefällt worden. Der Begriff der *friedlichen Koexistenz* war ins Giftfeld zwischen den Blöcken gefallen. Danach hatte sie sich vorgenommen, Bruno und Mendel in Amerika regelmäßig zu schreiben, und die Fotos, die sie von dort bekam, hatte sie mit kleinen Schwarz-Weiß-Aufnahmen der Familie Schaechter vergolten, Claudia und Barbara voran. Sie war froh über die Mädchen, die sie spät und allen gynäkologischen Unkenrufen zum Trotz doch noch bekommen hatte. Und gut, dass sie nicht den Namen Bokshorn tragen und sich zum Gespött machen lassen mussten.

Vor allem: Gut, dass sie es nicht auf der Stirn trugen.

Dieser Satz stimmte und stimmte nicht, wie sie an den unguten Empfindungen merkte, die sich von der Speiseröhre durch den Magen bis in die Därme durchschlugen. Cilly sorgte dafür, dass ihr keine Zeit blieb, ihm auf den Grund zu gehen.

* *

WERNER KAPOK HAT Kopfschmerzen vom Lärm um den Gerüstbau bekommen. Gut, dass das aufhört, denkt er und wundert sich, dass er dem Krach nicht hatte entgehen wollen. Hätte doch einfach, wie Renate ihm angetragen hat, auf die Pirsch gehen können! Den Westen hatte er nur wenige Male aufgesucht, als er noch hier wohnte, und meist zu Dienstzwecken. In der Umbruchszeit Treffen und Absprachen mit Kollegen der Freien Universität, auch zwei, drei Kongresse. Das spätere Berlin kannte er nur aus dem Fernsehen. Trotzdem hat er sich im Bett verkrochen und Ohropax eingelegt. Blödmann.

Es kommt oft vor, dass er sich nicht versteht. Warum er dies tut und jenes lässt. Ärger kriecht den Hals herauf wie ein Spulwurm, erreicht den Kehlkopf, dass er husten muss. Wütend stellt er fest, dass er am liebsten alles abholzen würde, was ihm im Weg steht, das Haus zu verlassen, doch im Weg steht, Ende der Wut, vor allem Claudia. Er sieht sie vom oberen Giebelfenster aus, hält sich hinter der dichten Gardine versteckt. Am Grundstückszaun, nahe der seitlichen Tür des Kapokhauses, isst sie Rostbratwurst und spricht mit den Männern, die sich vorgenommen haben, ihrem Haus aufzuhelfen. Nicht aus einem Dornröschenschlaf, denn der Gropiusbau hatte immer zu den besseren Häusern der Siedlung gehört, und wenn es auch *seinerzeit* (sagt er, wenn er von den Jahren des untergegangenen Staates spricht) nicht zu einem Neuanstrich der Fassade gekommen war – der grobe Grauputz hat sich gut gehalten. Klar, dass nun wärmegedämmt und das Dach erneuert wird. Solche Sachen hätte er selbst gern gekonnt, nach seiner Ankunft in Trebesee.

Damals war er am Verrücken gewesen, wie er selbst es nannte. Das Eindampfen der Sektion marxistisch-leninistische Philosophie an der Humboldt-Universität hatte ihn kalt erwischt, kälter, als er es sich hätte vorstellen können. Er denkt nicht gerne daran, wie er damals die Tage verbrachte. Sie waren aus der Zeit gefallen, gehörten ihr nicht mehr an. Die Zeit schritt voran, ihn aber ließ sie hinter sich zurück. Er hätte verhungern, verblöden, einfach verschwinden können, es wäre nicht aufgefallen. Als er dann tatsächlich verschwand, schien sich das zu bestätigen. Nicht einmal seine Schwester hatte gezögert, den Kontakt zu ihm einschlafen zu lassen. Zwar hatte er darum gebeten in seinem letzten Brief an sie, aber nicht damit gerechnet, dass sie sich darauf einlassen würde. Jetzt hat sie ihm erzählt, dass sein Prorektor sich damals durchgefragt hatte zu ihr, um ein Gespräch zu suchen, und sie hatte ihm wohl eindeutig gesagt, er sei fort, auf eigenen Wunsch, Nachfragen zwecklos.

Trebesee hatte er kaum gekannt, sich nach einem Besuch bei einem seiner ehemaligen Kommilitonen, dem es ähnlich ergangen war wie ihm, jedoch gut vorstellen können, dort zu verrotten. Das kleine Städtchen war so trostlos gewesen wie er, der geglaubt hatte, mit dem Anmieten einer der erbärmlichen Wohnungen in einem der abrissreifen Häuser der Innenstadt innere und äußere Lebenslage in Übereinstimmung bringen zu können. *Verrücken* war die Art gewesen, mit der er dem *Verrücktwerden* etwas entgegenstellen wollte. Verrückte also sich selbst nach Trebesee. Verrückte seine in den verschiedenen Gehirnkästen existierenden Präferenzen, seine Art sich zu kleiden, zu essen, einzukaufen. Es kam vor, dass er Socken an den Händen trug und eine dunkle Unterhose, zur Mütze verschnürt, auf dem Kopf. Dass er winters in dicker Jacke unter dem XXL-Oberhemd das Haus verließ. Auf der Toilette war er dazu übergegangen, wie in Jahren seiner frühen Kindheit Zeitung zum Abwischen zu benutzen. Grüßte am Morgen mit *Guten Abend* und umgekehrt. Stellte seine Küchenmöbel ins Wohnzimmer, während er Sofa und schwere Sessel in die kleine Küche bugsierte, in der er sich dann kaum noch drehen konnte. Daran nahm niemand Anstoß. Wie denn auch, hatte doch in den ersten Trebeseer Jahren kaum jemand seine Wohnung betreten. Dass er jedoch nicht angesprochen wurde, wenn er im Pyjama Brötchen holte, war anfangs seltsam gewesen. Es hatte ihn aber bestärkt, in seinem Verrücken fortzufahren. Irgendwann hatte er das Ausbleiben von Reaktionen dann als das nehmen können, was es vermutlich war: Die Jungen waren fortgezogen aus der Stadt, hatten die Alten zurückgelassen, die entweder zu viel in ihrem Leben gesehen hatten, als dass es ihnen eingefallen wäre, verknotete Unterhosen auf dem Kopf anstößig zu finden, oder sie waren nicht mehr helle genug, schwarz zu sehen ob seines vermeintlichen Geisteszustands.

Schließlich hatte er noch eine Zeit lang versucht, von rechts nach links zu lesen. Das war aber schon zwei, drei Jahre nach dem Umzug gewesen und hatte ihn vom Verrücken geheilt, weil er merkte, dass das Verrücktwerden auch als eine Folge des Verrückens verstanden werden konnte. Das eine war ja die Voraussetzung des anderen, und er hatte sich geschämt, dass ihm das nicht früher auf- oder eingefallen war. Anfangs als Gegensatzpaar aufgefasst, wandten sich die Worte nun aber einander zu, gaben sich als Aktiv und Passiv zu erkennen, und wenn er sich selbst verrückte, so war er andererseits derjenige, der verrückt wurde. Er hatte Hand an sich gelegt.

Das Erste, was er nach dieser Erkenntnis mit großer Willensanstrengung wieder von links nach rechts gelesen hatte, war ein Aushang am Trebeseer Rathaus gewesen. Die neu zu eröffnende Heimatstube suchte eine ABM-Kraft als Leiter. Er hatte sich beworben, seine Zeugnisse wiesen ihn als mit magna cum laude promoviert aus, was im Städtchen freilich niemand hatte wissen können, und er hatte die Stelle stillschweigend bekommen. Sie ließ seinen Lebenswillen, ein kleines, schwach züngelndes Flämmchen, zwar nicht gerade auflodern, gab ihm aber genügend Nahrung, nicht auszugehen, und wurde nach ihrem Auslaufen in eine karge Teilzeitbeschäftigung umgewandelt. Die Arbeit hatte ihm nicht schlecht gefallen, denn er hatte sich gleich am ersten Tag vorgestellt, die dicke Ditte wolle die Treppe heraufkommen. Stecken geblieben wäre sie, denn die steile Stiege war gerade mal fünfzig Zentimeter breit. Dass damit ältere Leutchen mit den üblichen Gebrechen vom Besuch ausgeschlossen waren, hätte er nicht ändern können, hatte aber auch kaum Besucher außer einigen Schulklassen und verirrten Touristen, die noch mit dem Zug aus Velgast herüberkamen. Seit Mitte der Neunziger war die Strecke stillgelegt, und vor fünf, sechs Jahren hatte man auch die Schienen abgebaut. Busse fuhren nicht oft, man musste hinterher sein, wenn man in Grimmen den Bahnhof erreichen wollte.

Je weniger Leute in sein kleines Stübchen kamen, desto mehr hatte er sich in die Trebeseer Geschichte verkrochen, die ihn anfangs nicht einmal interessiert hatte. Er bemerkte jedoch schon bei der Lektüre eines alten A4-Heftes, das er aus einer Kiste mit angesammeltem Krempel hervorzog, die Gelegenheit, seine eigenen, mit den Jahren doch sehr fest verzurrten Denkschleifen aufzuziehen und die Bänder eine Weile im Wind der deutschen Wiedervereinigung flattern zu lassen, ohne sie neu verknoten zu müssen. Das verlangte hier niemand von ihm, was er für ein kleines Glück nahm und sich mit der Zeit sogar freuen konnte daran. Das Heft, eine vom Rat der Stadt 1960 herausgegebene Broschur zur 675-Jahr-Feier, behandelte die Geschichte seit der Stadtgründung so, wie auch er gelernt hatte, die Geschichte zu betrachten: Christen gegen Heiden, Deutsche gegen Slawen, Adel gegen Bürger, Oberschicht gegen untere Schichten, Verfall der katholischen Geistlichkeit gegen gesundes

Urteilsvermögen des Volkes, katholische Habsburger mit päpstlicher gegen deutsche Fürsten mit schwedischer, dänischer, französischer Unterstützung. Wer – wen? Diese leninsche Frage war ihm ins Blut übergegangen und hätte ihn sicher auch erst mit dem Blut verlassen, ob es nun vertröpfelt, um ihn herum versickert oder einfach versackt wäre in ihm. Jedoch hatte das Dritte Reich offenbar nicht stattgefunden in Trebesee, sondern war auf wundersame Weise vorbeigezogen. Wie die Russen.

Letztere aber hatten, das hatte er vom alten Weckbarth gehört, in der Wirklichkeit jenseits der Festschrift mit ihrem Einzug nicht nur das Rathaus übernommen, sondern auch die Häuser der Innenstadt belegt und ein strenges Regime unterhalten. Sogar die Villa der Frau Kuckelsberg am Steintor, außerhalb der mittelalterlichen Stadtanlage, war beschlagnahmt worden, um Armeeangehörige unterzubringen. Dort untergekrochene Flüchtlinge zogen wieder zum Bahnhof, um in den Zügen, mit denen sie gekommen waren, wenigstens nachts eine notdürftige Bleibe zu finden. Marodierende Rotarmisten, die zuweilen sogar um sich schossen, versuchten, sich Zugang zu den Waggons zu verschaffen, die aber von den wenigen Männern *verriechelt un verrammelt* worden waren, wie Weckbarth, gebürtiger Sachse, meinte. Nicht nur das Pfarrhaus war vom Keller bis zum Boden mit Flüchtlingen voll gewesen, die wie die Einwohner Trebesees Zitterstunden um Zitterstunden verbrachten vor den verschnapsten Soldaten. Vielleicht hatte Weckbarth das 1991 zum ersten Mal erzählt, während ihm in den Jahren davor der Mund jeweils anders aufgegangen war, Brüder. Zur Sonne! Zur Freiheit! Jedenfalls war es Kapok sehr recht gewesen, diese Ergänzungen zur Festschrift in seinem Gedächtnis zu verbuchen, wenngleich er wusste, dass zwischen Erinnerung und Tatsachen größere Entfernungen liegen konnten.

Was aber die Geschehnisse in den Jahren des Dritten Reiches in Trebesee anging, so vermochte er trotz häufiger Kneipenbesuche im *Trebeseer Hof* oder im *Volkspark* keine Zunge zu finden, die bereit gewesen wäre, hierzu etwas über eines Mannes Lippen zu befördern. (Er traf selten Frauen in der Kneipe.) Die Männer waren, überschlagen, im Alter zwischen 40 und 60, ihre Eltern gehörten zur Generation der damals Erwachsenen oder älteren Kinder. Freilich hätten sie etwas zu sagen gehabt, was sie sich aber verkniffen. Lieber nichts über die eigenen Vorfahren in Zeiten (von heute aus) unschöner Truppenbewegungen und Schlachte-Exzesse zu wissen, hatten sie so verinnerlicht, dass sie auch nichts zu berichten wussten über die Auswirkungen des stetig fallenden Gesinnungsschnees während der Jahre der *Diktatur des Proletariats.* Kapok hatte das Anfang der Neunziger schneller kapiert, als ihm lieb gewesen war. Dass er den Balken im eigenen Auge nicht sah, gehörte zunächst dazu. Später nahm er ihn wahr, wollte ihn herausreißen. Obwohl er schon mehrmals versucht hatte, sich so zu verletzen, dass er ihn ziehen konnte, schien ihm das nicht zu gelingen. Über kurz oder lang bemerkte er ihn wieder im Blick.

Trebesee hatte neben Loitz in den Dreißigerjahren zum Kreis Grimmen gehört. Nach langer Suche in Grimmens städtischen Archiven fand Kapok wenigstens heraus, dass die Stadt dem Reichssippenamt der Gestapo Berlin im Jahre 1939 gemeldet hatte, bereits seit 1938 judenfrei zu sein. Es gebe aber im Kreisgebiet noch zwei Juden, zwölf Mischlinge ersten und sieben zweiten Grades. In Trebesee hatte man 1890 neben 12 Katholiken auch 11 Juden unter den 3103

Einwohnern erfasst, die jedoch bei späteren Zählungen nicht mehr aufgetaucht waren. Unmöglich, jemanden zu befragen. Niemand wusste. Alles rauschte. Wie bei den Schaechtermädchen, hatte er damals gedacht. Die wären nicht darauf gekommen, mit ihrem Judentum hausieren zu gehen. Trotzdem waren auch sie es gewesen, die ihn zu dieser Archivsuche aufgestachelt hatten.

Zu ihnen hatte er bei seinem Fortgang aus Berlin schon an die zehn Jahre kaum noch Kontakt gehabt. Anfang der Achtziger hatte er zwar nicht weit weg gewohnt mit Frau und Sohn, in Treptow, aber Barbara und Claudia hatten unterdessen eigene, von hier weiter entfernte Domizile bezogen und waren ebenso selten in die *Eintracht* gekommen wie er selbst.

Claudia isst offenbar die zweite Bratwurst, packt sie in das zweite Brötchen, sie schüttelt den Kopf, als einer der Männer ihr ein Bier anbietet, sie lacht, sie spricht mit vollem Mund. Die Schaechtermädchen hatten immer mit vollem Mund sprechen dürfen, das war anders gewesen als bei ihm zu Hause, wo Kurt Kapok auf Schweigen beim Essen Wert gelegt, manchmal die Regel aber auch mit einer anderen gebrochen hatte, nach der nur Erwachsene während des Essens reden durften. Claudia ist eine Spur fülliger geworden, findet er, und das gefällt ihm. Jetzt merkt er, dass sein Glied sich regt. Er wendet sich ab, geht ins Bad, zieht die Hose aus und lässt die Dusche kalt auf den Aufständischen niederprasseln. Da ist er nun so alt geworden, und noch immer lässt ihn das Ding nicht in Ruhe. Für den Moment hasst er es, legt es aber nach dem Abtrocknen beinahe liebevoll zurecht in der Unterhose.

Als er noch im Elternhaus wohnte, hatte er begonnen, mit Barbara zu schlafen, die ihn mit ihrem Scharfsinn faszinierte und Anstrengungsbereitschaft abforderte. Für eine einzige Nacht, die sich noch dazu am Vormittag ereignete, stieg er dann auf Claudia um und bemerkte irritiert, dass es ihm anders erging mit ihr. Sie war so viel einfacher und unkomplizierter als ihre Schwester, dass er sich voller Leichtigkeit zwischen ihre Beine, ihre Brüste wühlte. Die Zeit reichte nicht, sich darüber klar zu werden, was er dabei gefühlt hatte. Barbara war am Tag danach von einer dreiwöchigen Reise in die Sowjetunion zurückgekommen, und er hatte sich aus dem Staub gemacht, weil er die Aufregung fürchtete und keinen Stunk wollte zwischen den Häusern. Lieber Kopf in den Sand und abgewartet.

Erleichtert hatte er nach einigen Wochen, in denen sich keine der Schwestern bei ihm meldete, die Tändelei mit der dicken Ditte angefangen und sie geheiratet, als sie schwanger war. Den neugeborenen Sohn hatte er noch voller Stolz mit dem Kinderwagen aus der Klinik nach Hause gefahren, wohl auch eine Zeit lang geglaubt, erfolgreich eine Familie gegründet zu haben, aber die Lust auf die dicke Ditte war ihm doch schneller vergangen als geahnt.

Er denkt nicht gerne an sie. Sie ist ein voluminöser Schatten über den Achtzigerjahren, der ihm offenbar einen anderen, noch voluminöseren Schatten verstellt hat. Einen Tag nach dem 35. Jahrestag hatte er sich scheiden lassen. (*Republikgeburtstag?* Er grinst höhnisch.) Heute wundert er sich, dass es ihm nicht eingefallen wäre, den dreijährigen Henry zu sich zu nehmen, wo doch die dicke Ditte so viel Alkohol trank, dass sie sich wohl selbst schon im Zustand alkoholischer Gärung befand. Nein, lieber wieder Kopf in den Sand. Abgewartet. Als er ihn herauszog, war der Junge Gott sei Dank nicht mehr zu sehen gewesen, und was er nicht sah, machte ihm erst einmal auch keine Beschwerden. Er hatte damals manchmal über die Beziehungen von Katern oder Rüden zu ihrem zufälligen oder absichtsvoll erwirkten Nachwuchs nachgedacht und war zu der Auffassung gekommen, dass sie sich nicht sonderlich von jenen unterschieden, die er selbst unterhielt. Pünktlich zu zahlen, war ihm selbstverständlich und in den ersten Jahren unproblematisch gewesen. Ziemlich genau sechs Jahre nach seiner Scheidung hatte er seine Arbeit an der Uni verloren, nein, aufgegeben, sich davongestohlen, es aber auch danach fast immer mit schwarzen Gelegenheitsarbeiten geschafft, den von der dicken Ditte geforderten Betrag zu überweisen.

Inzwischen ist Henry dreiunddreißig Jahre alt geworden und, wenn man Renate glaubte, eine verkrachte Existenz. Er hat keinen Grund, ihr das nicht zu glauben, und wenn sie auch manchmal vor Mitleid trieft – dass sie wahrscheinlich immer ein Notanker gewesen ist für den Jungen, bis heute, darf er ihr nicht vergessen.

Ein plötzliches Zittern fährt ihm in die Knie, womöglich würde ihm Henry hier über den Weg laufen, er brauchte ja nur bei Renate vorbeizuschauen, was er, ihren Erzählungen zufolge, ein oder zwei Mal im Monat tat. Sie hat ihm ein paar Fotos gezeigt, aber er hat sich Henrys Gesicht nicht merken wollen, ja, kaum ansehen können, das ein fremdes bleiben und gefälligst keine Erinnerung auslösen soll.

Noch immer tänzelt Claudia da unten zwischen den Kerlen herum, er kommt nicht ungesehen hinaus. Da fällt ihm der Kellerausgang auf der anderen Seite des Hauses ein, der Schlüssel befindet sich am großen Bund, das ihm Renate überlassen hat. Schnell streift er seine Sandalen über, geht hinunter und tut, was er nicht länger lassen kann: Er verlässt das gute alte Kapokhaus, verschließt sorgfältig die Tür und steigt die Stufen hinauf, wobei er darauf achtet, keinen Schlurfton von sich zu geben, man weiß ja nie. Als er über den Gartenzaun steigt, er kann ja nicht zum Tor hinüberlaufen, ohne von Claudia gesehen zu werden, hat er einen Anflug jenes alten Kraft- und Glücksgefühls, das er vom Obstklau kennt, und er reißt an Achernkötters Haus einen Klarapfel ab, der allerdings an einem weit über den Zaun hinausragenden Ast hängt.

Später wird ein auf die sechzig zugehender, mittelgroß gewachsener Mann, schlank und mit noch deutlichen Anzeichen einer im Vergehen begriffenen Athletik, die Berliner S-Bahn besteigen. Er wird Berlin kreuz und quer durchfahren, hier und da umsteigen. Sein welliges, volles, nur an den Schläfen ergrautes Haar wird einer etwa zehn Jahre jüngeren Dame Grund genug sein, ihn lange und über Gebühr zu mustern, um ein mögliches Interesse an ihrer Person zu prüfen, ja, sie wird gar über ihren eigentlichen Zielbahnhof hinausfahren. Leider erfolglos. Ansonsten wird er weitgehend unbemerkt bleiben, was auch darauf zurückzuführen ist, dass die Passagiere mit ihren Smartphones beschäftigt sind oder zu schlafen versuchen, wenn ihre Fahrtstrecke fünf bis sechs Stationen übersteigt. Vor allem aber wird er sich in eine Vielzahl von auf die sechzig zugehenden, mittelgroß gewachsenen Männern einreihen, die mit anderweitigem Interesse an ihrer Person nicht rechnen und damit richtigliegen.

* *

WAS FÜR EIN TAG! In der von klein auf rebellischen Barbara Schaechter rührt sich ein Gärteig aus Missfallen, Überdruss und Unwillen, ihn Akten, Petitionen und Aktionspläne lesend im Büro zu verbringen, sodass sie sich mit einem großen Papierstapel auf die der Öffentlichkeit unzugängliche Zwischendachterrasse setzt. Sie befindet sich etwa in Zweidrittelhöhe des Gebäudes, das aber um sie herum noch einige Meter hinaufreicht und die Sonne schnell frisst, wo sie sich zeigt. Nach jeweils kurzer Zeit muss Barbara die Bank wechseln, um auf der nächsten ein paar Strahlen abzukriegen.

Sie beschließt, sich eine Jacke aus dem Büro zu holen. Wenn schon nicht Sonne, dann wenigstens frische Luft. Gleichmütig nimmt sie den ganzen Stapel mit hinunter und schleppt ihn auch wieder hoch. Angekommen, zündet sie sich erst einmal eine Zigarette an. Als sie das Feuerzeug in die Jackentasche stecken will, fällt ihr das zusammengefaltete Papier auf, das dort schon eine ganze Weile verdämmert haben muss. Die Jacke hat sie seit Wochen nicht getragen, sie hängt für gewöhnlich im Schrank.

Poonam! Diesen Brief haben sie gesucht zu Hause. Claudia behauptete, ihn ihr gegeben zu haben zum Lesen, was sie aber mit einem unwilligen Kopfschütteln verneinte. Schuldgefühl kriecht herauf, sie wischt es schnell weg, wiederum mit einem unwilligen Kopfschütteln. Das weiße Papier ist mit dickem lila Buntstift beschrieben, mit dem Poonam ihm auch einen Rahmen verpasst hat, und kleine Glitzersterne kleben zwischen den Zeilen. Sie wird bald achtzehn, denkt Barbara. Wahrscheinlich hat sie selbst mit achtzehn auch solche infantilen Schriftsachen verschickt? Als Absender steht die Adresse des deutschen Vereins auf dem Kuvert, der den Ashram in Kolkata führt und unterhält. Seit Jahren schon bekommen sie ihre Post von dem Mädchen auf diese Weise: Irgendwer sammelt die Briefe ein und gibt sie einem der deutschen Gäste oder Mitarbeiter mit nach Hause. Von Karlsruhe aus werden sie dann an die Empfänger weitergeleitet. Spart das nun Porto, oder ist es sicherer? Freilich haben sie Poonam längst geschrieben nach Erhalt des bis eben unauffindbaren Briefes, das tun sie gern, mit beinahe kindlich zu nennendem Übereifer, wie Barbara jetzt denkt. Natürlich, nun fällt ihr auch wieder ein, wie Claudia aus einem Rest Blumenstoff die rosa- und lilafarbenen Blüten ausgeschnitten und auf den Bogen geklebt hat, ehe sie sich ransetzte, ihr rudimentäres Englisch zu bemühen. Sie geben sich wohl nicht weniger infantil als Poonam, und schon steigt die Schuld wieder über die obere Kragenkante. Sie schluckt.

Westermeyer ruft an, fragt, wo sie sei. Will sie treffen. Westermeyer ist Stadtrat für Kultur und Jugend. Die Linke. Der erfolglose Kampf mit den Windmühlen der Bürokratie hat ihn offenbar dazu gebracht, sich lieber gleich all die Don Quichottes vorzunehmen, die der *normativen Kraft des Faktischen,* wie er neulich im Beirat gesagt hat, nicht die gebührende Anerkennung zollen. Trotzdem gefällt ihr Westermeyer. Er mutet ernüchtert an wie sie selbst, und in dieser Ähnlichkeit ist es vor vier, fünf Wochen zu einer Annäherung zwischen ihnen gekommen, die sie Claudia bislang verschwiegen hat. Westermeyer sieht gut aus, ist Anfang sechzig, das Bäuchlein viel zu klein, als dass man sagen könne, es schwappe über den Bund. Trägt meist Jeans und Turnschuhe, nun ja. Sie findet das nicht – zeitgemäß? Was für ein Wort passte da besser? Modern, à jour, aktuell, up to date? Dabei kleidet sie sich ja auch selbst weder *modern* noch *zeitgemäß.* Claudia sorgt für einen Chic, der immer ein wenig schräg neben dem Gängigen liegt, hier in Hellersdorf sowieso. Retro, mit Kapriölchen, manchmal verspielt. Sie schaut auf die hochgebogenen Spitzen ihrer Schuhe, die sie zur Ballonhose aus blutrotem Leinen gekauft hat. Kleiner Muck. Jeans und Turnschuhe passen schlecht dazu, dann schon eher ein untadeliger Anzug, Burberry oder Windsor, obwohl er so viel Geld nun auch nicht haben wird, also vielleicht Otto Kern.

Er kommt durch die Glastür, tritt aufs Zwischendach. Begrüßt sie mit flüchtigem Wangenkuss, es ist zu früh, andere wissen zu lassen, dass die lange Leitung zwischen ihnen unterdessen sehr kurz geworden ist. Oder zu spät, vielleicht rollt sie sich ja wieder aus, wer weiß. Dann, denkt Barbara, würde er die Episode sicher lieber im Fach *Ungeschehen* ablegen wollen, ohne Gewese. Letzte Nacht hatte sie einen Traum, der sie aus dem Halbschlaf heraus stark beunruhigte, sie musste sich in den Morgen zwingen, um die Verunsicherung loszuwerden. Attraktivität ist schon lange keine Kategorie mehr, nach der sich irgendetwas drehen könnte in ihrem Spätmädchenleben. Sie ist stets gepflegt, mit frischer Frisur, sie liebt Lippenstift, den sie auch in knalligen Farben trägt, aber auf das, was sich in ihrer Generation *gut aussehen* nennt, legt sie nun nicht gerade Wert. Ihre Mimik muss abweisend genannt werden, das weiß sie und trägt sie wie fremdes Silikon, das sich den eigenen Zügen anschmiegt, bis man es nicht mehr spürt. Ihre Rückenwölbung, nackenabwärts, tritt von Jahr zu Jahr stärker zutage, was sie auch Jahr um Jahr kleiner macht. Wenigstens ist sie schlank, aber ihre Beine, findet sie, staksen zu weit voneinander entfernt durch die Tage, ohne dass sie sagen könnte, woran das liegt, und wenn sie sich auf Fotos sieht, so macht sie schon den Eindruck eines alternden Bussards, besonders im Profil. Nein, sie ist nicht *schön* – ob es das war, was ihr Westermeyer als ausgebufften Heiratsschwindler hatte erscheinen lassen im Traum? Nicht zu fassen, dass er sich für sie interessieren sollte, wo sich doch junge Knackärsche genug zwischen den Altschranzen tummelten. Wie sie eine ist, natürlich. Nach einer kalten Dusche, Morgenritual, hatte sie sich endlich eingestanden, dass nichts an ihr ihn dazu hätte bringen können, sich irgendeinen Vorteil zu erhoffen.

Wie er jetzt neben ihr steht und sie ansieht, lässt sie den Mund verziehen. Der reine Kitsch, befindet sie still und fordert ihn auf, doch zur Sache zu kommen.

Zur *Sache.*

Das Wort löst bei beiden ein Innehalten aus. Barbara schießt durch den Kopf, was sie seit der Kindheit aus dem Musikunterricht kennt: *Denn du wusstest um unsre Sache. Denn du standest zur großen Sache. Denn du dientest der großen Sache.* Ein vertontes Poem, Friedrich Wolf?, von Paul Dessau, über Lilo Herrmann. Sie hatten gerade diese Sätze spöttisch nachgesungen nach der Schule, im Gropiusbau-Garten sich lustig gemacht, in großer Pose die imaginäre Fahne geschwenkt. Bis Werner Kapok ihnen Dresche angedroht hatte, weil er es nicht leiden konnte, dass jemand die *große Kommunistin* Lilo Herrmann verunglimpfte, er war ungefähr so wütend gewesen wie Barbara erschrocken, als sie Tränen ausmachte, die ihm über den Lidrand kullern wollten.

Und Westermeyer aus dem *Westen* (wie der Name schon sagt, bemerkt er bei jeder Selbstvorstellung seiner Person) ist das Wort ein rotes Tuch, das ihm Hörner wachsen und zum Angriff übergehen lässt. Nicht erst, seit er im Juni zu einer Gedenkveranstaltung für Ernst Thälmann in Ziegenhals gewesen war. Er wohnt in Niederlehme und hatte sich, Freizeit, unter die Zuhörer mischen wollen, die *ihre Sache* für ein riesiges, außerhalb ihrer gewachsenes Objekt hielten. Offenbar freiwillig hatten sie ihre Köpfe in vorgestanzte Öffnungen des Objekts gesteckt und erblickten drinnen nur noch die Gesichter der

Gleichgesinnten und eben *die Sache.* Während der Hauptredner davon gesprochen hatte, dass es um *ihre Sache* ja nun nicht gerade schlecht stehen könne, weil die medialen Kläffer sich immer und immer wieder in gewohnter Manier darauf stürzten und dafür sorgten, dass ihr großes Unrecht geschah, hatte Westermeyer eine mittlere Übelkeit verspürt und sich davongestohlen. Diese sich selbst aufblähende, nur sich selbst wahrnehmende Meute war ihm suspekt. Er erinnerte sich freilich an den vier Jahre währenden Radikalenerlass aus den Siebzigern, der ihm den Weg in den Lehrerberuf zunächst verstellt hatte. Aber als Turnschuhjoschka als hessischer Umweltminister vereidigt wurde, hatte er sich doch stark genug gefühlt in der Bundesrepublik, um Xaver Westermeyer zu bleiben. Und sich geschworen, den Kopf nicht noch einmal durch ein Loch in irgendeine *Sache* zu stecken. Freier Blick war ihm wichtiger.

Beide lächeln, als sie sich ihrer gedanklichen Kurzausflüge bewusst werden. Westermeyer erklärt, er habe zu ihr kommen wollen. Ob sie sich etwa als Sache definiere? Das sei ihm noch gar nicht aufgefallen, aber wenn sie es sage, dann würde er schon gern ihre Eigenschaft des Lebendigseins überprüfen. Wenn er zu negativem Ergebnis käme, könne er sie ja zu den anderen Sachen schmeißen, die er so hinter sich gelassen habe im Leben.

Barbara muss lachen. Westermeyer, wie er ihr gefällt. Westermeyer hat sechs Kinder, war zwei Mal verheiratet, ist mehrfacher Großvater. Sie selbst ist im Leben nicht einmal in die Nähe einer Mutterschaft oder gar Ehe gekommen, was sie keinesfalls als Verlust bezeichnen würde.

Westermeyer fragt, ob sie mitkommen wolle heute nach Niederlehme, er habe Sehnsucht.

Wonach?

Nach dir, deinem tiefschwarzen Loch. Deinem noch viel schwärzeren Humor. Danach, deine Füße zu riechen, deine Achseln zu schmecken. Nicht alleine zu sein über Nacht, die immerhin schwarz genug ist, mich zu fürchten vor ihr.

Typisch Westermeyer. Füße riechen und Achseln schmecken? Hat er das ernst gemeint? Wo sie doch täglich ihre Füße und Schuhe mit Deosprays eindieselt und dem Achselgeruch so misstraut, dass sie zweimal am Tag unter die Dusche geht?

Kann eine *alte Frau* so etwas ernst nehmen, oder sollte sie nicht lieber wieder in ihre gewohnte Abwehrstellung gehen und ihm den virtuellen Tritt verpassen? Sie schaut ihn an, sucht nach einem Zeichen, dass ihr die Entscheidung leichter machen könnte. Eigentlich ist sie es, die berühmt ist für klare Ansagen. Hätte er ein Loch, hätte sie ihm auch mitgeteilt, dass es ihr gefalle. Aber das Wort *Schwanz?* Ob es ihr überhaupt von den Lippen käme? In dieser Situation …

Sie ermannt sich. Atmet durch.

Dass dein Schwanz so schön in mein Loch passt, haben wir beide verdient.

Aber heute müsse sie nach Hause, die Handwerker. Habe sie ja schon erzählt. Mit Claudia besprechen, wie es weitergehen solle. Und kontrollieren! Sage jede Bauzeitschrift.

Westermeyer hat schnell verstanden. Wirklich und wahrhaftig, wie sie verwundert feststellt. Liest offenbar keine Ablehnung in ihre Rede hinein. Nimmt sie so, wie sie gemeint war: als notwendige Zustandsbeschreibung, und streichelt mit Grandezza ihren linken Arm, ehe er ihr, schon im Verschwinden begriffen, zuruft, er freue sich auf gemeinsame Probezeit mit ihr, sie solle sich aussuchen, wann sie stattfindet.

Sie merkt das Zucken der zitternden Möse. Sie schämt sich, sie schämt sich nicht. Sie schämt sich? Lieber nicht. Nein. Hat es viel zu lange in den Skat gedrückt und dabei immer gemeint, die Hormone seien übereingekommen, ihr allmählich den Spaß zu verderben, den sie ab einem gewissen Zeitpunkt sowieso mit sich selbst am liebsten gehabt hatte.

Mit Werner Kapok war es anfangs reine Neugier gewesen, die mit einem seit dem Kleinkindalter befreundeten Jungen am unkompliziertesten zu befriedigen gewesen war. Sie hatte, entschlussklar, nicht als Jungfrau auf die Suche nach großen Gefühlen gehen wollen. Je länger die dann aber ausgeblieben waren, desto selbstverständlicher hatte sie Werner zu sich genommen, um sich etwas zu holen, was ihr wie ein Lohn erschienen war für ihre Entschlussklarheit. In sexueller Hinsicht war sie damals genauso unerfahren gewesen wie er. Auf anderen Gebieten als dem der Sexualität hatte sie über deutlich mehr Erfahrung verfügt. Aber konnte man überhaupt Erfahrung nennen, worin sie meinte, einen Vorsprung gehabt zu haben? Sie war in einem anderen Elternhaus groß geworden. Joachim und Cilly waren klug genug gewesen, ihren Töchtern nie ein X für ein U vormachen zu wollen, denkt sie. Als sie damals im Garten posierten und *die Sache* persiflierten, hatte ihr Vater auf der Terrasse gesessen und Zeitung gelesen. Er hatte Werners Wutschrei gehört, wahrscheinlich auch die anschließende Stille. Stille hatte er besonders gut hören können. Begütigend war er auf die drei Kinder zugegangen und hatte von Lilo Herrmann erzählt, die ja nicht hatte wissen können, dass ein deutscher Schriftsteller einmal ein Poem auf sie verfassen würde. *Was ein Mensch ist und was andere aus ihm machen, sind immer zweierlei Dinge.* Und zu Werner hatte er gesagt, dass er ihn verstehen könne. Er wisse zwar nicht genau, ob Lilo Herrmann eine *große Kommunistin* gewesen sei, aber das sei eigentlich auch nicht von Belang: Tatsache sei wohl, dass sie sich geradlinig und klar verhalten und das mit dem Leben bezahlt habe. Ja, er sei traurig, dass sie es nicht habe retten können. Ob er auch so hätte handeln wollen wie sie, könne er heute nicht mehr sagen. Seine Töchter haben sich nicht über Lilo Herrmann lustig gemacht, sondern über *die Sache,* ein aufgeblasenes Etwas, das heutzutage auch schon mal zur Rechtfertigung des größten Blödsinns benutzt werde.

Er hatte gemerkt, dass er kurz vor der Explosion stand, und rasch Werner Kapoks Lockenkopf durchwuschelt. War zu sich gekommen. Lächelnd hatte er den Jungen ins Haus geschoben, wo Cilly für alle Kakao gekocht und Rührkuchen aufgeschnitten hatte.

Barbara bleibt noch eine halbe Stunde, wo sie ist, dann geht sie zurück ins Büro, holt sich einen Kaffee. Zu Hause schmeckt er besser. Zu Hause hat er schon immer besser geschmeckt, sie hatten Kaffee von Tante Fanny aus Westberlin bekommen. Der Duft durchzieht noch heute ihre Nase, ist aber nach dem Fall der Mauer weder durch die früher bevorzugte Marke Jacobs noch durch die damals seltener über die Grenze wandernden Sorten Melitta, Dallmayr prodomo oder Eduscho wiederherstellbar gewesen. Heute bevorzugen sie Segafredo für ihre Maschine, Claudia besorgt auch hin und wieder seltene, vollmundige Kaffees aus Spezialgeschäften. Es geht ihnen gut. Zu gut, denkt sie, als sie aus dem Fenster schaut. In dieser Ecke Hellersdorfs wohnen die Unterprivilegierten, wie man heute gedankenfrei sagt. Dicke, schlampig gekleidete Madonnen mit mehreren Kindern. Tätowierte Schwachköpfe mit Bierdosen im Beutel. Blondierte Unschönheiten mit pink oder türkis getönten Strähnen und Fingernägeln, die in den Vietnamesenstudios doch immerhin noch mehr Geld kosten dürften, als den Unschönheiten zur Verfügung steht. Keifende Schnapsflaschen mit Frauen oder Männern am Hals, die sich um Imbissbuden scharen. Blasse Kinder ohne Frisur, viele von ihnen fett zu nennen. Warum fallen sie alle ihr zuerst ein? Es gibt auch Alte mit schmucklosen, schlichten Gesichtern und ebensolcher Kleidung, oft in ähnlicher Farbe wie ihr Haar. Rentnern sieht man hier noch Würde und so etwas wie Großmut an, sie waren im besten Alter gewesen, als sie hierhergezogen waren und mit verstecktem Stolz Anfang der Achtziger die Wohnviertel in Besitz genommen hatten. Versuchen sie etwa, den Stolz aufrechtzuerhalten? Billigladen um Billigladen hat das Zentrum erobert, in dem vor einigen Jahren noch große Ketten ihre Filialen unterhielten. Zu teuer für hiesiges Publikum. Das Kino hat sich strikt verkleinern müssen, eine große Indoor-Kletterhalle ist eingezogen. Die wenigstens hält sich nun schon eine ganze Weile. Und in einer solchen Gegend ist sie nun Sachbearbeiterin für dezentrale Kulturarbeit.

Die Schizophrenie, für ein Stadtgebiet zu arbeiten, in dem sie um Himmels willen nicht leben müssen möchte, treibt ihr zuweilen einen Keil zwischen die Sätze, die sie täglich schreiben muss, um ihre Aufgabe zu erfüllen. Es dauert dann meist eine Weile, ehe Bibliothek und Stadtteiltheater wieder Einrichtungen heißen oder Ein-Euro-Jobs eben AGH-MAE[2]. Andere Stadträte leben im Bezirk, aber in den randständigen Einfamilienhaussiedlungen. Westermeyer wohnt noch in Niederlehme, trägt sich jedoch mit Umzugsgedanken. Bevorzugt eine *ganz normale Hellersdorfer Wohnung*. Westermeyer, wie er leibt und lebt. Seine alleinerziehende Mutter habe eine Imbissbude im Ruhrgebiet gehabt. Ist das etwa eine Erklärung?

Sie hat die Bestandsanalyse regionaler freier Träger auf dem Laufenden zu halten. Das sieht nicht gut aus. Für viele Häuser werden gerade die Betriebskosten aufgebracht, die Arbeitsagentur schickt schnell wechselnd Ein-Euro-Jobber, während für die eigentliche Arbeit, Kurse, Theaterinszenierungen, die Verpflichtung von Künstlern, kaum Geld aufgebracht werden kann. Schon die Öffnungszeiten sind wegen Personalmangels oft nicht zu halten. Eine mittlere Schicht beschäftigt hier das Prekariat, das Prekariat kulturell zu beschäftigen. Grotesk. Manchmal beschäftigt das Prekariat auch die mittleren Schichten, zum Beispiel in der *Marguerite,* einer Villa aus den Dreißigerjahren. Sie steht im Siedlungsgebiet, weitab von der Platte. Ewig lächelnde Damen, bestenfalls mittleren Alters, lächeln dort ewig den prekär Beschäftigten zu, die ihnen während der Veranstaltungen eine Tasse Kaffee einschenken, eine Schmalzstulle verkaufen. Wahrscheinlich glauben die Damen sogar, ihnen Gutes zu tun mit ihrem Besuch der halbseidenen Lesungen, der Laienkonzerte, der Ausstellungen von Freizeitmalern.

Barbara spürt wieder Schuld Richtung Kragenkante aufsteigen. Nein, sie möchte sich nicht darüber erheben, es ist ja gut, dass die Leute diesen An- und Ablaufpunkt haben. Das Haus in einer betuchteren Kommune aber wäre ein Edelstein. Wie Anfang der Neunziger schon einmal, da es als vom Stadtbezirk getragenes, sogar international renommiertes Werkhaus elektronischer Musik firmierte. Der gleichnamige Trägerverein traute sich nicht zu, die *Marguerite* zu übernehmen, als sie unter lautstarkem Protest aus dem Bestand der kommunalen Kultureinrichtungen ausgegliedert wurde. Ein größerer fand sich zwar, das Haus hilfsweise zu bewirtschaften, hatte aber darüber hinaus keine Ressourcen, es auch inhaltlich zu entwickeln. Das obliegt nun weiterhin dem *Marguerite e. V.,* der sich redlich müht. Er wagt aber nicht, größere Sprünge zu machen, als sich um die jährlich neu ausgeschriebenen, sehr bescheidenen Mittel zu bewerben. Mit Projekten, die ohne Barbaras Tatkraft beinahe nie auch nur annähernd die Kriterien erfüllen, die sie überhaupt zulässig machen, von formalen Anforderungen ganz zu schweigen. Die Jurysitzungen, die sie zu leiten hat, sind eine Quälerei für alle Beteiligten, weil immer viel weniger Geld auf der Haben-Seite steht, als die Antragsteller brauchen würden, um wenigstens einen Grundbetrieb sicherzustellen. Vor ein paar Jahren noch hätte sie in Altersteilzeit wechseln können. Der Gedanke behagt ihr. Der Gropiusbau ist ja bald alle Sorgen los, wäre doch gut, wenn sie mithalten könnte! Dem Laden mehr und mehr den Rücken kehren, ohne ihm nachzuweinen. Oder? Ihre beiden Kolleginnen sind krank, eine davon wird womöglich auf lange ausfallen. Sie sitzt allein im Arbeitszimmer. Ein schöner Zustand, so ohne Beobachtung. Und doch fällt es auf sie zurück, wenn Termine nicht gehalten, Einrichtungen nicht besucht, Besucher nicht umsichtig beraten werden. Sie tut mehr, als sie will. Als sie kann? Ausgereizt fühlt sie sich noch nicht, weder energielos noch angewidert. Mit Westermeyer ist ja sogar noch eine Verlockung hinzugekommen, morgens etwas früher einzutrudeln und abends die Letzte zu sein. Ist das ein Zwiespalt, in dem sie da steckt?

Seien Sie froh, dass Sie keine Kinder haben.

Bis vor etwa zehn Jahren war ihr dieser Satz regelmäßig entgegengeschallt, wenn es darum gegangen war, sie für Wochenendveranstaltungen zu ködern, an denen andere angeblich *gar zu gerne* teilgenommen hätten, *aber die Kinder, Sie wissen ja ...* Nein, wusste sie nicht. Und wollte sie auch nicht wissen, wie sie jedem mitteilte, der ihr so gekommen war. Gut, dass sie aus dem Reproduktionsalter nun endgültig raus ist und für solche Sätze nicht mehr in Betracht kommt. Übrigens war es dann oft tatsächlich sie gewesen, die ihren Samstag- oder Sonntagnachmittag in den Wind der kulturellen Peripherie gehängt hatte. Welch Glück, wenn sie an solchen Tagen abends ins Theater hatte flüchten können, ins Deutsche, ins Gorki, die Schaubühne ...

Sie ermahnt sich, den Rest des Tages lieber nicht an Vorruhestand und andere Freuden zu denken, die sicher auch nur vermeintliche sind. Selbst Programmpunkt Westermeyer ist leider schon abgearbeitet für heute, sie muss nicht die Letzte sein. Also schließt sie gegen 17 Uhr das Büro ab, fährt hinunter ins Parkhaus und im Auto nach Hause.

Das Radio dudelt.

* *

DAS NEUE RADIO, noch verpackt im Karton, stellte Cilly Schaechter auf dem Wohnzimmertisch ab. Sie konnte kaum abwarten, es auszupacken und auszuprobieren, bezähmte sich aber. Das Gerät Rossini Stereo 6002 hatte sie, nach langer Bestellzeit, erst heute erstanden. Das allerdings im wahrsten Sinne, die Schlange hatte sich beinahe bis zum Ladenausgang gezogen. Stereo war neu und ungewohnt, ihr stand der Sinn nach klassischer Musik.

Der 2. November 1964 war ein trüber Tag, zwar regnete es nicht, aber auch die Sonne ließ sich kaum sehen. Ihre

Mädchen mussten sich am Wochenende den Magen verdorben haben. Wie Werner Kapok, denn sie hatte ihn mit seiner Mutter heute Vormittag, nach dem Radiokauf, beim Kinderarzt Dr. Zeman getroffen. Zeman hatte Barbara und Claudia gleich zusammen mit Werner ins Behandlungszimmer gerufen, er kannte sie und wusste um das Einvernehmen zwischen den Kindern. Denen ging es erstaunlich gut, lediglich Claudia klagte hin und wieder über Bauchschmerzen, aber sie wollten nichts essen und gaben, hatte man ihnen etwas aufschwatzen können, dies entweder sofort oben oder nach etwas längerer Zeit weiter unten von sich. Dann allerdings als hellbraune, stinkende Brühe, die viel, viel Zeit brauchte und eigentlich nicht aufhören wollte zu laufen. Der Kinderarzt hatte Aktivkohle verordnet, keine Infektion hinter den Durchfällen vermutet. Die Symptome boten dafür auch keinen Anlass. Zwei weitere Tage Karenz, dann könnten die Älteren wieder zur Schule und Barbara in den Kindergarten gehen. Dass er geriebenen Apfel empfahl, hatte Henny Kapok in planlose Aktivität gestürzt, dieses Obst irgendwo aufzutreiben. Die Erntezeit lag noch nicht lange zurück, aber Kapoks hatten keinen Baum mit Winteräpfeln im Garten. Dafür herrliche Klaräpfel und Gravensteiner, von denen auch Schaechters ihr Teil abbekommen hatten. In deren Garten waren vor wenigen Tagen erst Boskoop und Ontario geerntet und eingelagert worden, und die septemberlichen Hasenschnauzen waren gerade so reif, dass man sie guten Gewissens reiben und durchfallkranken Kindern verabreichen konnte.

Cilly hatte Henny beruhigt. Sie würde ihr zu Hause gleich eine große Papiertüte voll aus dem Keller holen, zuvor könnten sie aber noch gemeinsam essen. Henny war gern darauf eingegangen, sie hatte nichts vorbereiten können. Natürlich aßen sie kurz darauf ohne die Kinder, die derweil im Garten in der Klettereibe hockten und Claudias Geschichten zuhörten. Cilly hatte vorgestern Nacht Tscholent köcheln lassen zum Sonntag, ein Gericht, das sie sehr liebte und von dem sie immer so viel kochte, dass es zwei, drei Tage reichte. Danach war der Appetit für eine ganze Weile gestillt, und der stundenlange Kochprozess würde erst in ein paar Monaten wieder reichlich Gas fressen. Das kostete nicht viel, aber es saß ihr noch fest in den Knochen, wie ihre Mutter einst in der Rückerstraße mit zusammengestotterten Münzen den Gasometer im Keller gefüttert hatte, um kochen zu können. An Tscholent wäre mit Gas nicht zu denken gewesen. Dafür hatten sie, selten genug, denn die Zutaten waren teuer, den Küchenofen benutzt. Aber auch Kohlen überstiegen für gewöhnlich ihr Budget, sodass sie immer nur so viel hatten nachlegen können, dass es überschlagen blieb in der Küche. In einer Nacht mit Tscholent in der Röhre war nur Holz infrage gekommen, der Ofen hatte mehrmals nachgefüllt werden müssen. Nach solcher Schlaflosigkeit, mit der sie wissentlich die Schabbatruhe gebrochen hatte, war Chaya Bokshorn am Mittag nach dem Essen todmüde und einigermaßen glücklich eingeschlafen, manchmal noch am Tisch sitzend, und die um ihn Versammelten hatten sie unter großen Mühen, sie nicht aufzuwecken, ins Bett getragen.

Wie fassungslos Henny den graubraunen Mischmasch auf ihrem Teller anschaute, entging Cilly zwar nicht, aber sie vertraute darauf, dass die ersten Bissen sie auf den Geschmack bringen würden. Tatsächlich wollte Henny nach zwei Kellen Nachschlag alles über Rezept und Zubereitung erfahren und bemerkte anschließend, bei ihnen in Rheinland-Pfalz sei heute ja Feiertag, Allerheiligen, da sei es in ihrer Familie Sitte gewesen, fleischlos zu bleiben, Kartoffelsalat oder Suppe, und abends ein Käsebrot. Tscholent klinge irgendwie russisch, ob sie es aus Moskau mitgebracht hätten?

Aus dem Osten, ja.

Henny erwartete wohl mehr, aber die Kinder stürmten ins Haus, und Cilly köderte sie mit der Aussicht auf einen gemeinsamen Nachmittag, wenn sie sich in ein Mittagsschläfchen schickten. Ausnahmsweise. Claudia und Barbara versuchten zunächst, wenig überzeugend, dem zu entgehen, verzogen sich aber recht bald in ihre Betten. Werner knurrte, murrte, Henny musste ihn an die Hand nehmen und hinter sich herziehen. Cilly begleitete sie nach drüben, der Apfeltüte wegen, denn Henny nahm Werner schließlich auf die Hüfte. Als sie die Haustür erreichten, ruhte sein Kopf bereits auf Mutters Schlüsselbein.

Auch für Cilly trat mit der Ruhe im Haus Ruhe im Kopf ein, sie verdämmerte wohlig ein halbes Stündchen auf dem Sofa. In der Strausberger Werkstatt von Käte Hellner-Ivers hatte sie es nach eigenem Entwurf anfertigen lassen, es stand noch nicht lange im Wohnzimmer und war vor allem als Schlafgelegenheit für Gäste gedacht. Außerordentlich bequem, befand Cilly. Sie wusch die Teller ab, stellte den Tscholenttopf in die kalte Speisekammer und machte sich über den Karton auf dem Wohnzimmertisch her.

Zum Kauf wäre es heute Morgen beinahe nicht gekommen. Sie hatte eine schriftliche Benachrichtigung erhalten, die Abholzeit war auf Montagvormittag festgesetzt worden. Arbeitszeit. Gerade dabei, sich fertig zu machen für den Weg ins *Neue Deutschland,* waren auch schon die Anrufe eingetrudelt, dass beide Mädchen an Durchfall litten und abzuholen seien. Sie hatte nicht lange überlegt, sich abgemeldet in der

Redaktion, und zur Schule und dem gleich nebenan gelegenen Kindergarten den Umweg über das Elektrogeschäft in der Baumschulenstraße genommen. Für das Radio hatte sie jene Tragegurte verwendet, die ihr schon während der Kriegsjahre gute Dienste geleistet hatten und die sie aus alten, derben Kartoffelsäcken selbst genäht hatte. Das Radio wurde, ebenso wie früher andere Lasten, fest in die Gurte geschnürt, die sie sich dann über die Schultern legen und über Kreuz vor dem Bauch verknoten konnte. Sie hatte die Hände frei und trug den Rucksack mit Freude, auch heute.

In der Schule hatte sie Claudia, neben einem anderen Mädchen liegend, im Sekretariat auf einem Kanapee vorgefunden, das wahrlich schon bessere Zeiten gesehen haben musste. Sie lag zur einen Hälfte auf der durchgesessenen Vorderkante, zur anderen auf drei Stühlen, die dem Ungetüm beigestellt worden waren, damit sie nicht einfach abrollte. Cilly war der Schmerz sofort in den eigenen Rücken gekrochen.

Den Karton wollte sie zum Verfeuern zerreißen, besann sich dann aber eines Besseren, weil sie nicht wissen konnte, ob das Radio tatsächlich funktionierte oder womöglich wegen eines Fehlers wieder zurückgebracht werden musste. Bedienungsanleitungen blieben ausnahmslos unbeachtet liegen, lieber versuchte sie, mit Irrtümern haushaltend, selbst, dem Wesen der Dinge auf den Grund zu gehen. Sie steckte den Stecker die Dose, drückte auf eine Taste, drehte an einem Knopf. Dachte an ihre Arbeit, die ihr mit diesem Radio auf einmal wie eine Verheißung erschien.

Im Februar des vergangenen Jahres war sie vom Chefredakteur des *Zentralorgans* gefragt worden, ob sie sich vorstellen könne, wieder bei ihm anzufangen. Er hatte Cilly dargelegt, der Kaderleiter ginge in Rente, und da sie doch nun einschlägige Erfahrungen habe, sei man auf sie gekommen. Nein, vorstellen können hatte sie sich das nicht, sondern geglaubt, dass es zuerst Joachim gebühre, gefragt zu werden. Sie hatte Bedenkzeit erbeten, während derer sie mit ihm eine geharnischte Absage zu erarbeiten gedachte. Joachim hatte es wider Erwarten geschafft, ihre anfängliche Abwehr langsam, aber stetig in eine verhaltene Zustimmung zu verwandeln. Er sei ganz zufrieden mit der Tribüne, da könne er gut abtauchen in die Fotografie, brauche sich die Finger nicht zu schmutzig zu machen mit der Schreibmaschine, und das würde sie in der Kaderleitung doch auch so halten können? Warm geworden war sie im Transformatorenwerk nie (wenn auch inzwischen ein Trolli im Schuppen stand), war immer die Abgesägte geblieben, die man dorthin verpflanzt hatte. Als Krüppelkiefer Wurzeln zu schlagen, war ihr nicht mehr gelungen. Schließlich hatte sie zugesagt, und kurz nach Unterschrift des neuen Arbeitsvertrages hatte die Deutsche Post einen Telefonanschluss im Gropiusbau installiert. Obwohl Kadertante, war sie gleich zu Beginn der Arbeit gebeten worden, eine junge, hochschwangere Kollegin der Kulturredaktion während des Schwangerschaftsurlaubs zu vertreten. Nach dessen Ende war es dann dabei geblieben, dass sie Rundfunkproduktionen rezensierte.

Im Januar 1963 war in der Dramaturgie des staatlichen Rundfunks eine Featureabteilung gegründet worden und vor zwei Wochen erstmals auf Sendung gegangen. *Der Fahrstuhl der Welt* behandelte die Geschichte des Panamakanals. Sie hatte hierzu einen kurzen Text verfasst, der die 1955 auf Druck der panamaischen Regierung erfolgte Erhöhung der durch die USA zu zahlenden Jahrespacht und die ausgehandelte bessere Bezahlung der panamaischen Arbeiter zum

Anlass nahm, zu beweisen, dass seit Mitte des Jahrhunderts der Imperialismus in der Welt nicht mehr so könne, wie er wolle. Immerhin hatte Dwight D. Eisenhower 1960 nachlegen müssen und ein 9-Punkte-Programm veröffentlicht, das auf eine Verbesserung der Arbeits- und Lebensbedingungen in der Kanalzone hinarbeitete und den Bau einer Wasserleitung nach Panama-Stadt ankündigte. Und im September 1960 war die panamaische Flagge erstmals gleichberechtigt neben der der USA auf dem Shaler Triangle gehisst worden, zum Zeichen der Anerkennung der nominellen Souveränität Panamas. Da war was faul im Staate Dänemark, und diese Fäulnis hatte sie dem Weltkapitalismus imperialistischer Prägung auch für die Zukunft geweissagt. Jetzt erst fiel ihr auf, dass sie eigentlich nichts zur Qualität des Features geschrieben hatte, zu Sprecherleistung oder Schnitttechnik, aber das war offenbar auch keinem anderen Mitarbeiter der Redaktion aufgefallen.

Das neue Radio hatte einen deutlich besseren Klang als das alte russische, das nun in der Küche seinen Platz finden würde. Und eine feinere Senderabstimmung. Sie wischte leicht mit der flachen Hand über den mittelbraunen, sanft abgerundeten Holzkorpus, freute sich, wie die Stoffbespannung unter den aufgelegten Fingern vibrierte. Alexander Glasunow, Violinkonzert a-Moll. Noch einmal drehte sie am Knopf, der Klang wurde zu groß für den Gropiusbau, sodass sie ein Fenster aufriss, zum Glück aber schnell innehielt und die Lautstärke wieder regulierte. Dieses Konzert liebte sie über alle Maßen und nahm es als Zeichen, dass das Gerät es gut mit ihr meinte.

Die Mädchen waren von der Klassikexplosion wach geworden, kamen die Treppe heruntergetorkelt. Cilly rief Henny an, sie hatten vorhin gar nicht vereinbart, wo der gemeinsame

Kindernachmittag stattfinden solle, aber Henny war ohnehin davon ausgegangen, dass Barbara und Claudia zu ihr kommen würden. *Mit tausend Dank für das wunderbare Essen …* Wenigstens einen Pfefferminztee wollte Cilly mitgeben, brühte ihn auf und füllte ihn in eine Thermosflasche um, während sich die Mädchen Mäntel und Schuhe anzogen.

Dass sie Henny mochte und ihre unkomplizierte, rheinische Frohnatur, hatte auch damit zu tun, dass diese eben nur geradeaus zu gehen brauchte, ohne sich immer wieder nach rechts und links umblicken zu müssen wie sie selbst, die sie allezeit auf Versicherung aus war. Dabei war beinahe unerheblich, ob es sich um Gefährdung oder Gefahrlosigkeit handelte, derer sie sich zu vergewissern suchte. Das Ungefähre war bedrohlich, sie brauchte klare An- und Absagen, um sich bewegen zu können. Wie eben jene von Henny, die Kinder zu ihr zu schicken. Mit Selbstverständlichkeit, die keinen Raum für Interpretationen verschiedenster Art ließ: dass die Kinder zwar kommen könnten, sie aber eigentlich keine Zeit habe für sie. Dass es ihr lieber wäre, sie würde Werner für ein, zwei Stunden bei Cilly parken können, um sich ein bisschen auszuruhen oder die Nähmaschine auszupacken. Nein, dass sie die Kinder mit *tausend Dank für das wunderbare Essen* entgegennahm, schien Cilly eine einfache, ausreichende Erklärung. Eine, die sie brauchte, um sich nicht zu sorgen.

Der lose Korken in der Thermosflasche war Grund genug, sie selbst hinüberzutragen, statt sie Claudia in die Hand zu drücken. Die Mädchen sprangen nach dem Klingeln und Türöffnen sofort über die Schwelle, hätten Henny beinahe umgerissen, wenn sie nicht zur Seite gesprungen wäre und sich an der Garderobe festgehalten hätte. Sie lachten. In zwei, drei Stunden würde Henny die Kinder zurückschicken.

Cilly setzte sich wieder ans Radio. Beim Versuch, sich einen Überblick zu verschaffen über die zu empfangenden Sender, blieb sie beim RIAS hängen. Sie wohnten nicht weit entfernt von der Mauer, und weil auf den Vier-Mächte-Status der Stadt Berlin Rücksicht genommen werden musste, verzerrte kein Störsender den Empfang. In den Nachrichten wurde vermeldet, dass es ab heute Menschen, die das 65. Lebensjahr vollendet und somit das Rentenalter erreicht hatten, gestattet war, den Grenzübergang Oberbaumbrücke nach Westberlin zu passieren. Bereits im September hatte der Ministerrat verkündet, dass ältere Einwohner Berlins demnächst ihre Verwandten im Westteil der Stadt würden besuchen dürfen, aber dass das linke Türchen an der Oberbaumbrücke tatsächlich seit heute offen stand, war neu. Offen stand? Sie kannte ihre Pappenheimer, sah sie im Formularkrieg den Daumen heben oder senken. West- und Ostteil? Gab es nicht. *Berlin – Hauptstadt der Deutschen Demokratischen Republik* als Wohnort der Leutchen auf den Ausreisebögen stehen zu haben, kam einem Triumph gleich, sodass sich Ludwig Erhard vor dem Westen zu beteuern genötigt sah, mit Zugeständnissen an den Osten nur gerade so weit gegangen zu sein, dass Ausreisen möglich wurden. Sich mit der Mauer abzufinden, käme für die Bundesregierung nicht infrage.

Cilly war heiß geworden, während sie der Stimme des Sprechers folgte. Unter diesen Umständen dauerte es noch zwanzig Jahre, bis sie Fanny würde besuchen können. Leichte Übelkeit stieg auf, die sie zunächst auf die Tatsache schob, sich ihres Alterns bewusst zu werden. Als aber jene 1956 mühsam rekonstruierten Glaubenssätze ihr den Horizont zu verstellen begannen, an dem sie sich als altes Weiblein mit Fanny im Café Kranzler traf, um bei Frankfurter Kranz und Filterkaffee das, was jetzt Gegenwart war, durchzuhecheln, beeilte sie sich wieder einmal, zu ihnen zu stehen.

Es war ihre Tante Malka gewesen, die diesen Glauben installiert hatte. Nein, sie wollte lieber nicht Abstand nehmen von ihm. Stattdessen blies sie ihn immer dann sehr beflissen auf, wenn ein Unrecht zu fuchteln begann, das sie nicht sehen mochte. Malka, die *Inhaberin des Generalschlüssels zur Welterklärung* (ihr Bruder Chaim), als junges Mädchen schon Sekretärin bei der Roten Fahne, hatte immer Antwort gewusst, wenn Fragen (lästige Raupen) der kleinen, der halbwüchsigen Cilly Bokshorn über die Lippen gekrochen waren. Wenn sie sich heute daran erinnerte, fiele ihr zuerst das Glücksgefühl ein, das sie empfand, als ihre jüdische Mädchenschule aus den Baracken in der Kaiserstaße, nah beim Alexanderplatz, in das neue Gebäude in der Auguststraße umgezogen war. Die modernste Schule Berlins! Mitten im Scheunenviertel hatte sich ihr eine andere Welt aufgetan. Eine viel, viel bessere als die, die sie kannte. Sie hatte sich morgens immer sehr beeilt, hinzukommen, und am Nachmittag hatte sie getrödelt, was das Zeug hielt. Nur jede Minute auskosten, bis sie das Schulgelände verlassen musste. Auch Malka hatte immer von der *besseren Welt* gesprochen, die der Kommunismus bereithalte für Leute wie sie, und für Cilly hatte die *bessere Welt* damals eben aus dem Boden herausschraubbare Reckstangen gehabt und achtsame Lehrer, die ihre Schülerinnen ernster nahmen, als die Eltern es vermochten in ihren Alltagskämpfereien um das Nötige. Malka war in den Widerstand abgetaucht nach der Machtergreifung, gemeinsam mit ihrem Mann Helmut, und die beiden hatten auch Cilly im Versteck durch die Jahre gebracht.

Damals hatte sie sich wieder und wieder die dimitroffsche Faschismusdefinition von 1935 durch den Kopf gehen lassen. Dass dieser *die offene, terroristische Diktatur der reaktionärsten, chauvinistischsten, am meisten imperialistischen Elemente des Finanzkapitals* sei, konnte sie im Schlaf herbeten. Und später? Dem Finanzkapitalismus keinen Raum lassen. Die Produktionsmittel verstaatlichen. Grund und Boden in *Volkseigentum* überführen. Dem Faschismus jede Grundlage entziehen. Dafür stand er, der Kommunismus, und deshalb war er das unangreifbar Gute. Zu Hause in der Sowjetunion. Die den Faschismus schließlich besiegt hatte. Das Paradies. Auf Erden, mit sehr weitem Himmel darüber. Das sie kennengelernt hatte vor wenigen Jahren. Das mit Kinderkrankheiten zu kämpfen hatte, denen zu Leibe zu rücken war. Wenn man sie ließe? Wieder leichte Übelkeit. Die Sätze hatten inzwischen die Qualität mantrischer Gesänge erreicht, die anderes übertönen sollten. So wagte sie es nicht mehr, laut zu werden den Älteren gegenüber, die in Brandenburg gesessen hatten oder in Halle. Die so viel mehr erlitten hatten als sie? Da war sie sich nicht sicher, aber irgendetwas verbot ihr, dem auf den Grund zu gehen. Kommt Zeit, kommt vielleicht auch Rat. Aber wann kommt der Knochen zum Hund? Na ja, wenn der Prophet nicht zum Berg kommt, muss eben der Berg zum Propheten kommen ... Aber unverhofft kommt doch oft! Wenn es hochkommt, würde ihre Stunde noch kommen. Aber dann kommt es womöglich dicke. Knüppeldick. Und außerdem kommt erst einmal das Fressen, dann erst die Moral ... Ihr wurde schwindlig. Sie stellte das Radio aus.

Joachim kam etwa zwei Stunden früher nach Hause als sonst, er hatte die Mädchen im Schlepptau, die offenbar gerade ihren Abschied genommen hatten bei Henny und ihm in die Arme gesprungen waren, als er die Gartenpforte hatte öffnen wollen. Ihr war das sehr recht, sie fühlte sich kraftlos, obwohl es zum Mittag Tscholent gegeben hatte, sie ärgerte sich über ihre vermeintliche Hinfälligkeit.

Auf dem Sofa sitzend, überlegte sie mit Joachim, wo der beste Platz für das neue Radio war. Sie beschlossen, es auf die Hellerau-Anrichte zu stellen, und nahmen dafür zwei Töpfe Grünzeugs fort, die Joachim in die Kinderzimmer hinauftrug. So stand das Gerät in Ohrhöhe, wenn sie saßen. Nicht schlecht. Später brachte Joachim die Mädchen ins Bett, las ihnen *Alarm im Kasperletheater* vor, seit Wochen schon ihre Lieblingsgeschichte.

Cilly hatte den heutigen Abend für sich haben wollen, hatte die Rezension eines Hörspiels übernommen, das in einer Viertelstunde gesendet werden würde. Ein junger Mann namens Günter de Bruyn hatte es geschrieben, *Aussage unter Eid*. Sie war müde. Eigentlich wollte sie schlafen, als sie in die Küche trottete und sich einen starken Kaffee brühte.

Jacobs Krönung.

Jakob, hebräisch Israel, Stammvater der zwölf Stämme … Jakob, der am Fluss Yabbok mit Gott gerungen und von ihm den Namen Israel empfangen hatte … Irgendwo lag die Zeit, aus der diese Geschichten von ferne heraufklangen. Freilich hatte sie die nicht mit der Muttermilch eingesogen. Ihre Mutter war eine politisch interessierte Frau gewesen, die mit der Religion nichts am Hut hatte, dafür aber mit den Ansichten ihrer Töchter Malka und Fanny liebäugelte, auch hin und wieder eine ihrer Versammlungen besuchte. In der Schule jedoch hatte neben dem Hebräischen auch Religionslehre auf dem Stundenplan gestanden. Märchenhafte Ausflüge, geerdet durch die Tatsache, dass sie Zensuren bekommen hatte für Nacherzählen und Auswendiglernen. Die Tanten hatten das Fach von allem Anfang an für unwichtig erklärt. Malka und Fanny hatten auch gelacht über das *koshere* Essen, von dem ihre Schwester Chaya Bokshorn dennoch nicht hatte lassen können, und diese hatte zuweilen mitgelacht, aber doch, mehr oder weniger heimlich, darauf geachtet, dass die Regeln eingehalten wurden. *Das ist so drin,* hatte sie, ertappt, immer schnell herausgebracht und war zu anderem übergegangen. Cilly lächelte.

Joachim verzog sich ins Schlafzimmer, in dem auch sein Schreibtisch stand, ein uraltes, eichenes Monstrum mit einer Schreibauflage aus Leder. Dort saß er, dort las er, zuweilen bis tief in die Nacht, da Cilly längst schlief und gar nicht merkte, wann er sich endlich zu ihr legte. Das tat er leise und vorsichtig, um sie nicht aufzuwecken. Lag er erst einmal, konnte er jedoch oft nicht einschlafen und schob eine Hand auf ihren Bauch, ein Zeichen, das sie bis in den Schlaf hinein verstand.

Sie öffnete eine Flasche Eselsmilch, goss sich ein Glas ein, stellte sie zurück in die Kammer. Auch Papier und Stift mussten noch her, ohne Notizen würde sie wohl kaum auskommen.

Der Deutschlandsender übertrug das Hörspiel in ihr Wohnzimmer, sie merkte nicht gleich, wie es sie in seinen Bann zog. Eine westdeutsche Provinzstadt, ein Gerichtssaal. Wahrheit muss rekonstruiert, eine individuelle Schuld anhand objektiver Beweise belegt werden, um einen Angeklagten angemessen zu verurteilen. Eine Verteidigung, die darauf abzielt, diesen Angeklagten als kleines Rädchen im Getriebe darzustellen, ohne das es genauso funktioniert hätte.

Als das Stück aber zu Ende war und sie das Radio ausgestellt hatte, lag vor ihr ein leeres Blatt. Nur schnell ein zweites Glas Wein, sie lief nach der Flasche und stellte sie vor sich auf den Tisch. Staunte darüber, wie Stimmen und Geräusche Bilder evoziert hatten. Sie war im Gerichtssaal gewesen, im Hotel, im Gefängnis, hatte zuletzt gar gemeint, einer Voyeurin nicht unähnlich zu sein. Vor allem aber hatte sie mit angesehen, wie in einem Lager namens Eichhof ankommende Juden auf Lastwagen verladen und mit umgelenkten Auspuffgasen getötet worden waren. Zwanzig Minuten, bis das Wimmern endlich erlosch. Im sogenannten Waldlager dann penetranter Geruch, Wasserlachen. Kleine Fontänen, die aus der Erde kamen. Der Lagerkommandant: Ach ja, es wird Zeit, sich an die Massengräber zu machen, sie müssten ausgehoben und die Leichen verbrannt werden, außerdem habe er schon große Kaffeemühlen zum Zermahlen der Knochen bestellt. Ein Zeuge erzählt von der Räumung eines Gettokrankenhauses in Lodowice, was Cilly nicht ertragen und sich die Ohren zugehalten hatte. Sie war zerknüllt, zerknickt, versuchte nun dennoch, die Handlung festzuhalten. Dazu trennte sie das vor ihr liegende Blatt mit einem vertikalen Strich und notierte auf der linken Seite, überschrieben mit DAS EINE, woran sie sich erinnerte:

Zeuge Malzmann kommt aus holsteinischem Dorf zum Prozess gegen Dr. Runge, früher Gestapo-Leiter und Oberbürgermeister der polnischen Stadt Lodowice. Schwierig, ihn dranzukriegen für die Tötung von 70 000 Juden im nicht weit entfernten Lager Eichhof. Hat ja eigenhändig keinen umgebracht. Viele Zeugen, meist Mittäter, die schon kurze Haftstrafen verbüßt haben und sich zu keiner Erinnerung mehr aufraffen können. Im Hotel sind Malzmann nebst Frau und die anderen Zeugen untergebracht. Malzmann kann eigentlich auch nicht gegen Runge aussagen. Hatte sich bei einem Besuch des Lagers mit Lysol ein Auge verätzt, war ins Lazarett gekommen und hatte daraufhin seine Versetzung an die Front betrieben, um nicht mitmachen zu müssen. Weiß von Runges Rolle nur aus Berichten, Erzählungen. Malzmanns Frau ist von den Kontakten zu den alten Kameraden entzückt, hofft auf ein Großstadtleben, indem sie ihren Mann bei einem von ihnen, dem Fleischkonservenfabrikanten Karl Schwabe, unterzubringen gedenkt. Malzmann geht, eher notgedrungen, auf seine Frau ein, sodass er sich in der Gemengelage aus Gerechtigkeitssinn und Imponiergehabe gegenüber seinem möglichen Brotgeber dazu hinreißen lässt, gegen Runge auszusagen. Was er behauptet, entspricht der Wahrheit, er hat es aber, anders, als er aussagt, nicht als Augenzeuge beobachtet. Karl Schwabe reagiert darauf leider nicht so, wie Malzmann erwartete: sein persönliches Interesse hat hinter dem geschäftlichen zurückzustehen, seine Hauptabnehmer wünschen keine Aufklärung deutscher Vergangenheit, sodass Malzmann als Vertreter für ihn nicht mehr infrage kommt. Schließlich wird Malzmann wegen Meineids zu langer Haft verurteilt, während Runge mit wenigen Jahren davonkommt und früher aus der Haft entlassen werden wird als Malzmann. Dessen Frau lässt sich mit Schwabe ein. Ihr letzter Satz: Ja, es ist alles in Ordnung.

Cilly wusste, was man erwartete von ihr. Zum einen hatte sie die westdeutsche Justiz zu verurteilen, in der Kriegsverbrecher auf Kumpanei und Filz ritten und nicht gerade viel zu befürchten hatten. Zum anderen musste herausgestellt werden, dass das Geld im Westen selbst sehr persönliche Beziehungen regierte. Nicht nur, dass Schwabe durch das Zudeckeln der Vergangenheit Kunden vor unliebsamem Aufsehen bewahren wollte, selbst Liebe und Freundschaft lagen ökonomische

Interessen zugrunde. Sie war geeicht darauf. Das war Klassenkampf. Den sie merkwürdig abzutrennen begonnen hatte von ihrem sonstigen Dasein?

Sie goss sich ein drittes Glas Wein ein, ehe sie sich daranmachte, die rechte Blattseite mit DAS ANDERE zu überschreiben. Darunter kritzelte sie:

– Zum ersten Mal ist mir die (nun ja, zweckfreie?) Tötung von Juden so nahe gekommen, bin ich erschüttert? Ich glaube, ja.
– Darüber spricht man nicht. Darüber liest man nicht. Darüber hört man nicht. Weil die, die das taten, sich ebenso wenig offenbaren wie die, die es überlebten? Das könnte möglich sein.
– Ich muss einen dicken Balken im Auge tragen. Natürlich weiß ich, was allein innerhalb meiner Familie geschah ... Aber ist es richtig zu sagen, »ich weiß«? Nie habe ich das auf mich bezogen, in Relation gesetzt zu mir.
– Als mir in den Dreißigern das »Judentum« zugeschanzt wurde, schlug ich um mich. Bin untergetaucht. Nein, ich war eine Deutsche, ehe ich zur Internationalistin wurde. Kein Platz für Juden. In mir!
– Ökonomischer Sinn der tausendfachen Tötungen zumindest zweifelhaft für mich, es schwankt zwischen »Unsinn« und »eher ja«, wenn ich darauf antworten sollte, denn freilich hat man ihnen alles weggenommen und anderweitigem Gebrauch zugeführt, reicht solcher Nutzen aber zu ökonomischem Sinn? Erfassung, Transport, Tötung – war doch alles nicht für lau ... Und was ist dann mit der Faschismusdefinition???

– *Die westdeutsche Provinz ... Genauso, wie ich das nicht auf mich (persönlich!) bezog, genauso wenig habe ich es mit der anderen Seite zusammengebracht, den Menschen, mit denen ich mich bislang nur in einem Zusammenhang verstand: meine (deutschen, ich schreibe es bewusst, und grenze mich davon ab???) Landsleute diesseits der Grenze. Auch darüber wäre zu reden. Hat bis jetzt keiner gemacht, soweit ich das überschaue.*

Befleckt kam sie sich vor. Fühlte sich überfordert, nein, ungeeignet, diese Rezension zu verfassen. Der Wein in der Flasche gab höchstens noch ein weiteres, das vierte, Glas her, sodass sie es mit wild zu nennender Entschlossenheit füllte. Er war nicht mehr kalt genug, aber er schmeckte ihr dennoch. Sie hatte nicht viel Ahnung von Wein. Diese Süße wurde auf dem Etikett mit *lieblich* bezeichnet. Plötzlich lachte ihr Zilla Lieblich zu, ihre Mitschülerin auf dem Lyzeum. Keine Erinnerung, dass sie jemals nach Beendigung der Schulzeit 1938 wieder an sie gedacht hätte.

Trotz der fortgeschrittenen Nacht heizte sie den Badeofen an, überbrückte die Wartezeit, bis das Wasser warm genug sein würde, mit dem Öffnen einer weiteren Flasche Wein. Weißer war nicht mehr im Hause. Gamza fand sich, in der dicken, bauchigen Rotweinflasche. Allerdings konnte sie davon nur noch kleine Schlucke in großen Abständen trinken. Sie wollte ihn mögen, er schmeckte jedoch unreif, grün. Später, in der Wanne, schrubbte sie sich ab, mit Seife und einer Wurzelbürste, wurde aber nicht sauber. Ihre Haut roch unangenehm, fand sie, als sie sich sehr leise zum schlafenden Joachim ins Bett legte und daran dachte, dass es in dieser Reihenfolge wohl noch nie geschehen war, seit die Kinder geboren waren.

Sie war es nun, die nicht schlafen konnte. Zögerlich, unentschlossen, versuchte ihre Hand, seinen Bauch zu erreichen. Auch er verstand. Sie war froh.

Dass sich die Schreibweise des Familiennamens ihres Chefredakteurs im Leipziger Adressbuch von 1931, *Aksen,* Vorname Hermann, von der späteren unterschied, erfuhr sie nie. Dass er jüdischer Abstammung war wie sie selbst, gelangte erst 1988 in ihr Bewusstsein, als er im Auftrag ihrer Regierung eine Einladung des Institute for Contemporary Studies an der Johns Hopkins University in Washington annahm, um mit der Jewish Claims Conference verhandeln zu können. »Finanzielle Hilfen« für die Opfer des Holocaust hatte er in Aussicht stellen sollen, die aber unter Verweis auf wirtschaftliche Probleme des Landes *(prekär!, prekär!)* erst noch verdient werden müssten. Deshalb sollten die USA, Gespräch auch mit dem Außenminister George Schultz und dem Handelsminister William Verity, seinem Land die Meistbegünstigungsklausel gewähren.

* *

LAUE, SELTSAM SÜSSE Luft. Barbara schmeckt sie sofort, als sie aus dem Auto steigt. Wegen des Gerüsts und der rund ums Haus abgestellten Baumaterialien wird sie es nicht in die Garage fahren können. An die Beifahrertür gelehnt, sieht sie die Straße hinauf und hinunter, ehe sie zum Tor schlendert. Sie träumt? Wie es wäre, sie beträte jetzt gemeinsam mit Westermeyer das Haus. Grinsen. Da die Schwestern sich gut aufeinander eingeschossen haben, würden die Spitzen nicht ausbleiben. Westermeyer, der Vielversteher. Der Schnellversteher. Zum Glück. Womöglich ein Allesversteher? Sie sieht sich die Schuhe ausziehen und seinen begehrlichen Blick auf ihre Füße gerichtet. Welch erogenes Potenzial ihre Fußsohlen bereithalten, weiß sie erst seit Kurzem. Und versteht nicht, wie ihr das sechzig Jahre lang hatte verborgen bleiben können. Sie sagt jedem, der sie nach ihrem Alter fragt, nicht ohne Stolz, sie sei sechzig. Korrektur: Ihr fehlen noch fünf Jahre bis dahin. Und, *meinetwegen,* sie wäre für diese Rechnung auch bereit, die Zeit der frühen Kindheit von sechzig abzuziehen. Trotzdem – unendlich. Ohne Westermeyer hätte sie diese Sensation wohl nie erlebt, das Leben hätte sie betrogen darum. Aber warum nur Westermeyer, und warum ausgerechnet sie? Sie ist ein Nichtversteher, konstatiert sie. Im Vergleich zu ihm, setzt sie relativierend hinzu. Zwischen allem und nichts sollte am besten die Zeit Platz nehmen, sie würde ihr zeigen, wo es langzugehen hatte. Aber auch das war nicht ihre Idee – Westermeyer hatte von Probezeit gesprochen heute …

Ganz benommen trottet sie die Stufen zur Haustür hoch, schließt die Tür auf. Claudia sitzt in der Küche und liest.

Du liest zu viel.

Du sprichst zu viel, sagt Claudia und legt brummend das Buch beiseite, streckt alle viere von sich.

Barbara, alte Gewohnheit, sucht die Dusche auf, lässt den Bürostaub ins Kümpfchen fließen. Mit gewaschenen Haaren, ein Handtuch zum Turban darübergeknotet, den türkisfarbenen Bademantel übergeworfen, kommt sie zurück: *Du liest schon wieder zu viel.*

Beide hätten nicht übel Lust, den Abend draußen zu verbringen. Tisch und Stühle haben sie von der Terrasse in den Keller verbannt für die Dauer der Bauarbeiten. Eigentlich dumm, findet Barbara jetzt, weiter hinten im Garten wäre das doch auch für die Kerle nicht schlecht gewesen. Claudia erzählt von Bratwurst, von Bautzener Senf, und Hunger droht Barbara zu übermannen. Ein Blick in den Kühlschrank. Bratwurst? Fehlanzeige. Sie müsse ohnehin schlank bleiben. Westermeyer. Das sagt sie sich, nicht laut. Nein, sie haben keine Lust, das Mobiliar aus dem Keller hinauf in den Garten zu schleppen. Nicht jetzt. Aber die Liegestühle! Alte Modelle, Holz, mit halbleinenen, verblichenen Bezügen. Im Schuppen müssten die stehen.

Barbara greift den Schlüssel vom Brett. Wenig später stehen sie, fein säuberlich abgestaubt, unter der großen Birke, die Walnuss gibt auch ein bisschen Schatten ab, und Claudia holt drei ihrer Stapelhocker dazu, nützliche Tischchen. Sie liegen. Dösen. Barbara nackt, den Bademantel unter sich. Wie typisch, die fürchtet sich einfach nicht, denkt Claudia, wagt aber, weil sie die Schwester für ihre Schamlosigkeit bewundert, keinen Einspruch. Selbst als Renate an den Zaun kommt, um sich nach dem Fortgang der Näharbeiten an ihrem Rock zu erkundigen, bleibt Barbara still und stumm, mit geschlossenen Augen, liegen, sie weiß ja, dass das nur ihre Schwester angeht. Wenn sie nichts sieht, sieht man sie auch nicht.

Claudia bespricht mit Renate, dass sie gerne in Bundhöhe auf der Vorderseite noch einen Blindgürtel anbringen würde, die Schnalle auch schon bestellt hat, aber die würde wohl erst morgen oder übermorgen kommen.

Renate freut sich, nimmt Wäsche von der Leine, die sie noch vor der Schule aufgehängt hatte. Fleißiges Lieschen.

Blindgürtel?

Barbara hat das Wort beinahe ausgehustet, mit dem Qualm ihrer Zigarette, die sie sich unterdessen angezündet hat.

Triumph. Sie hat Claudie da, wo sie sie so gerne sitzen sieht: auf der Palme.

Wie sie das denn sonst nennen solle. Es sei ihr eben gerade eingefallen. Wie soll man denn sagen zu so was, was keine Funktion hat, außer dran zu sein. Am Rock. Es gäbe ja auch Blindstopfen oder einen Weg, der blind endet, und es gäbe den Blinddarm, der sei ja auch ein funktionsloses Etwas. Und den Blindgänger und …

Claudia im Blindflug, sagt Barbara spöttisch und dreht sich zufrieden zur Seite, jetzt zieht sie auch den Bademantel über.

Schlaffe Kurven. Claudia hat es einigermaßen verkniffen herausgepöbelt, aber ihre Züge klaren darüber auf.

Beide lachen, ohne einander ins Gesicht sehen zu können, aber sie ahnen es, und Barbara wendet sich schließlich zu Claudia um und blickt ihr grienend in die Augen.

Gut, das klappt also noch. Zeit, einen darauf zu trinken?

Sie erhebt sich, um Weißwein aus dem Kühlschrank zu holen.

Wein hatten sie früher nicht von Fanny bekommen. Manchmal hatte Joachim Schaechter ein gutes Tröpfchen aus dem Ausland mitgebracht. Spanisch, französisch. Mitte der Achtziger, gleich nach Erreichen des Rentenalters, war er zwei oder drei Mal in Österreich gewesen. Dortige Winzer hatten damals ihren Weinen Glykol zugesetzt, der Skandal weitete sich rasch aus, und sie erinnert sich, enttäuscht mit angesehen zu haben, wie Joachim zwei Mitbringsel-Flaschen in den Ausguss kippte. Sie hätte ihn getrunken, hatte sie protestiert, es werden doch nicht alle so blöd gewesen sein, dem guten Gesöff Frostschutzmittel zugesetzt zu haben. Dass sie ausgerechnet jetzt auf Glykol kommt, belustigt sie. Zwei Gläser, den Korkenzieher, auch noch eine Tüte Kartoffelchips packt sie aufs Tablett, greift die Flasche dazu, die sie an der Küchentür abgestellt hat.

Als sie wieder auf Claudias Bildfläche erscheint, grinst sie selbstverloren, während die Schwester mit einem Brief wedelt. Poonam. Barbara erzählt einigermaßen schuldbewusst, deren letzten Brief in ihrer Bürojacke gefunden zu haben am Vormittag, ob sie ihn holen solle? Solle sie nicht, sagt Claudia, das habe Zeit, beantwortet haben sie ihn ja längst. Stattdessen liest sie vor. Zunächst Poonams Brief, den sie, stockend und überlegend, ins Deutsche befördert. Poonam schreibt vom College, das sie demnächst abschließen werde. Von Gott, der immer um sie sei und dem sie für seine allumfassende Gnade danke, ihr den Weg ermöglicht zu haben, den sie bislang gegangen sei. Sie sei bald eine – Bürofachfrau? So ungefähr, Claudia ist sich nicht sicher. Das Papier ist diesmal mit buntem Glitter überstreut worden, der aus irgendeinem Grund fest darauf haftet, und den Rand ziert sorgfältig aufgeklebte Watte. Wie immer in den letzten Jahren hat Poonam mit Buntstift geschrieben, diesmal dunkelblau. (*Wenigstens lesbar,* meint Barbara.) Mit der Bitte um Gottes Segen werden sie nur von diesem indischen Mädchen bedacht. Gottes Segen verfolgt sie, seit Poonam mit ungefähr sechs Jahren zur Schule kam. Zuerst hatten sie noch geglaubt, unter dieser Bitte den Kopf einziehen zu müssen, so unsicher waren sie, wie Gottes Segen aussehen würde, käme er tatsächlich über sie. Inzwischen steht der ritualisierte Briefschluss als Zeichen, dass Poonam noch immer nicht vom Glauben abgewichen ist, wie Barbara für ihr Erwachsenenalter prophezeit hatte.

Anbei aber noch ein kurzes Schreiben von der Geschäftsführung des deutschen Unterstützervereins des Ashrams in Kolkata: Poonam freue sich unbändig darauf, ein Jahr nach Deutschland kommen zu können, zu ihren deutschen Mamas, die sie nun schon so lange auf ihrem Lebensweg begleitet haben und die sie gerne kennenlernen möchte, wenn sie die Ausbildung abgeschlossen haben wird.

Beider Herzen setzen für einen Moment aus, um dann umso schneller wieder loszuschlagen.

Claudia: *Ach du je. Nun wirklich. So was aber auch. Jetzt also tatsächlich. Das ändert alles. Mein Gott, aber schön!*

Barbara: *Das ändert absolut gar nichts. Nur das Cillyzimmer oben muss frei. Zum Glück ist das Haus dann wie neu. Aber mein Gott, tatsächlich schön!*

Eine Telefonnummer und eine E-Mail-Adresse werden mit der Bitte um baldige Kontaktaufnahme mitgeteilt, aber auch Herr S. werde sich in den kommenden Tagen deswegen melden.

Erst recht ein Grund, endlich die Flasche zu entkorken. Barbara gießt die großen Gläser randvoll und trinkt ihres gierig in einem Zug aus, ohne mit Claudia anzustoßen oder wenigstens auf sie zu warten. Füllt sich ein zweites – und prostet nun doch der Schwester zu, die vorsichtig ein Schlückchen zwischen Zunge und Gaumen malträtiert, um dann selbstvergessen den Abgang zu loben. Barbara mokiert sich über den Tonfall des beigelegten Schreibens. Sie sei mitnichten *Mama*. Eine Frau, die sich für die Begleitung Poonams sehr bewusst entschieden habe damals, ja, das wäre vertretbar. Aber dass diese Vereinsmänner immer so tümelten?

Sie schweigen. Schweigen auch noch, als überraschend lauer Sommerregen einsetzt, den der Wetterbericht nicht vorausgesagt hatte für heute.

Claudia erhebt sich, klappt ihren Liegestuhl zusammen und lehnt ihn an den Nussbaum. Begütigend schlägt sie auf Barbaras Schulter, als sie an ihr vorbei zum Haus geht. Barbara seufzt, folgt ihr aber schließlich.

In der Küche, und sie wundert sich, dass sie das jetzt erst wahrnimmt, steht nicht nur ein Wäschekorb mit leeren, sauberen Gläsern und Flaschen, selbige stehen auch auf der Arbeitsfläche, auf dem Esstisch. Selbst zwei der vier Stühle sind von Flaschenkartons belagert. Claudia hat von ihrem Wein bislang nur genippt und ihn mitgebracht, Barbara das Tablett mit der fast geleerten Flasche und den unberührten Chips. Sie trägt es in Claudias Wohnzimmer hinüber, irgendwie wird der Abend ja weitergehen? Aber auch hier ist der Tisch belegt: Claudia lädt zum Film. Hat den alten Spritzgussprojektor Weimar 2 und die Leinwand aufgebaut. Dieser Tage hatten sie sich der Sache annehmen wollen, das schon, aber Barbara weiß nicht genau, ob ihr heute danach ist. Erst einmal stellt sie das Tablett auf einem Hocker ab, als sie sich aber wieder umdreht, ist es entschieden: Claudia hält ihr einen Film vor die Nase. Sie legt ihn ein, das Gerät rattert los.

Tante Ursel ist dick und trägt ein leinenes Kleid. Knöchellang und gerade geschnitten, versteckt es die Stampfer und zeichnet die Wülste am Bauch nicht nach. Tante Ursel, gemeißelte Großraumfigur, holt eine Schokoladenkugel aus dem Mund, wickelt sie in Stanniol, steht auf, beugt sich weit über den Tisch und legt sie in die orangefarbene, mit großen Blättern und Blüten verzierte Porzellanschale.

Wallendorf.

Barbara erinnert sich genau daran, es stand auf der Unterseite. Claudia holt die Schale aus der Hellerau-Vitrine. Um die Möbel werden die Schwestern seit wenigen Jahren allenthalben beneidet, dabei hatten sie sich nach dem Tod der Eltern eigentlich auch davon trennen wollen wie von Cilly Schaechters Kleidervorrat. Als Claudia, untere Etage, das Wohnzimmer auf einmal zu klein erschien, hatte Barbara, obere

Etage, den Schreibschrank und das Sideboard hochschleppen lassen. Nun haben beide was davon. Claudia würde es nach dem erfahrenen Zuspruch für die Schränke eigentlich gern wieder rückgängig machen.

Erstaunen zeigt sich auf Claudias Gesicht: Es stimmt. Wallendorf. Sie hat sich ablenken lassen und möchte lieber noch einmal sehen, wie Tante Ursel sich Süßigkeiten aus der Mundhöhle entfernt. Nichts leichter als das: Barbara spult zurück. Das gleiche Spiel. Es bleibt nicht bei der Schokoladenkugel. Auch kleine Kuchenbissen holt sie hervor und setzt sie auf dem Teller zu großen Stücken zusammen. Wenn man es genau nehmen möchte, hat Barbara nicht zurück-, sondern vorgespult: Joachim Schaechter hatte einst damit angefangen, die Filme verkehrt herum laufen zu lassen, die er mit Akribie und Begeisterung aufgenommen hatte. Ein schönes Beispiel hatte er an Tante Ursels 50. Geburtstag geliefert. Die Tradition, ihre Geburtstage bei Schaechters im Gropiusbau zu begehen, hatte sie dort zusammengeführt, denn ihre winzige Wohnung in Köpenick hätte einer größeren Gesellschaft keinen Platz geboten. Joachim Schaechter hatte die Filmvorführung mit einer kleinen Rede angekündigt, in der er die Jubilarin dazu beglückwünschte, nunmehr auf die mühsamen Pfade einer Diät eingeschwenkt zu sein. Tante Ursel war eine selbstbewusste Dicke, die darüber ebenso lauthals lachte wie die anderen Anwesenden, als sie sich die Aufnahmen ansah. Tränen waren aus ihren Augen gekullert, sie hatte den Mund mühsam mit einem vorgehaltenen Taschentuch abgedeckt, weil er sich so weit geöffnet hatte beim Lachen, dass sie womöglich glaubte, man könne ihr bis in den Magen hinabschauen. Und darin wurden zum Zeitpunkt der Filmvorführung immerhin schon einige Leckereien um- und umgewälzt. Das Mittagessen hatte nach würziger Fischsuppe aus einem Gericht bestanden, das Cilly Schaechter während der Herstellung Kreplach genannt, es aber als russische Pelmeni auf den Tisch gebracht hatte. Saure Sahne durfte nicht fehlen. Danach Hamantaschen, die die Mädchen sehr liebten. Tante Ursel hatte sich den Bauch vollgeschlagen.

Sie war keine leibliche Tante, sondern eine Freundin der Mutter, hatte aber Anfang der Sechziger während der *Sozialistischen Namensgebung* für beide Mädchen die Funktion einer Patin übernommen, sodass es nicht weit hergeholt war, sie Tante zu nennen. Tante Ursel kam bis in die Siebziger oft aus Köpenick herüber, um bei den Mädchen zu sein, wenn Cilly und Joachim viel zu arbeiten hatten, nicht ansprechbar oder abwesend waren. Dabei arbeitete Tante Ursel selbst, sie war Lehrerin, aber meist gegen 14:30 Uhr zu Hause. Wenn nicht der einmal im Monat angesagte Pädagogische Rat oder ihre Schulgarten-Arbeitsgemeinschaft sie länger in der Schule hielt.

Ohne die Generalrevision des Hauses, die sie wegen der geplanten Bauarbeiten vor wenigen Wochen erst vorgenommen hatten, wäre ihnen der Vorführapparat nicht unter die Finger gekommen. Er war in einer der Kisten versteckt gewesen, die Joachim Schaechter durch eine Luke auf die höhere Seite des Dachbodens verfrachtet hatte. Nicht begehbar, bot er sich dennoch als Lager für selten Gebrauchtes an. Und auch um den Filmfundus hatten sich die Schwestern bislang nicht kümmern können, denn er hatte sich in drei weiteren Dachbodenkartons befunden. In einer vierten Kiste alte Fotoapparate. Seine Reflex-Korelle darunter.

Jetzt sind sie erst einmal froh, dass der Projektor so unverdrossen läuft wie vor Jahren. Wann hatte Joachim zu letzten

Vorführungen geladen? Mitte der Achtziger. Etwa. Er hatte die Spulen einer geheim anmutenden Signatur unterzogen, Barbara und Claudia können im Voraus nicht überblicken, was sie nach dem Einlegen erwartet. Barbara hatte das Filmeinlegen früh übernommen und zum Glück nicht vergessen, wie es zu bewerkstelligen ist. Tante Ursel (und jetzt fällt Claudia auch noch ein, dass sie sie Tantusel genannt hatten hinter ihrem Rücken) hat sie erheitert, ist aber nicht das, was sie suchen.

Was suchen sie?

Eine andere Vorgehensweise. Stimmt. Eine, bei der vorab zu entscheiden ist, ob ein Film der mühseligen Einlegeprozedur unterzogen wird oder nicht. Viel will ihnen nicht einfallen. Barbara verweist auf die Jahreszahlen, die unter den undurchsichtigen Buchstabenkombinationen geschrieben stehen, nimmt das aber gleich wieder zurück. Unbrauchbar. Sie suchen die Filmkartons erfolglos nach einem Papier ab, das die Signaturen entschlüsseln helfen kann. Claudia, indem sie die Filme gegen das Licht hält, versucht, sich einen Begriff von den Aufnahmen zu machen, kann aber den unzähligen Einzelbildern nichts entnehmen, was ihr auf die Schnelle eine Erinnerung entlocken könnte. Also nichts da mit Schnelle, sie würden die Filme wohl erst einmal einlegen müssen. Das wird Zeit brauchen.

Es wird auch Zeit brauchen, bis die Schwestern sich der Tatsache bewusst werden, dass jene Kappe, die Joachim Schaechter während der Tantuselaufnahmen trug und die ihm Cilly für seinen glänzenden Kopf gehäkelt hatte, einer Kippa ähnelte. Vorerst haben sie nur erstaunt wahrgenommen, dass er selbst überhaupt zu sehen ist, als Tantusel sich vorbeugte, um die Schokoladenkugel auf den Teller zurückzulegen. Vermutlich hatte Cilly für einen Moment die Kameraführung übernommen. Sie können sich aber nicht erinnern, dass ihre Mutter am Film ein gesteigertes Interesse gezeigt hätte.

* *

AM 11. MAI 1931, einem durchwachsenen Montag, war Fritz Langs Film *M* uraufgeführt worden. Joachim Schaechters Eltern liebten es, Filme zu sehen. Besonders, seit es den Tonfilm gab. So versuchten sie, wenigstens einmal im Monat Zeit für einen Kinobesuch zu finden. Ein wunderbar milder Abend gehörte zu jenem Samstag, der als 16. Mai im Kalender stand, sodass sie sich in den frühen Abendstunden aufmachten, im Kempinski am Kurfürstendamm eine Kleinigkeit zu Abend zu essen und später den Ufa-Palast am Zoo aufzusuchen. Das Kempinski gab es seit drei Jahren, ein nobles Restaurant, das gute Speisen und Getränke zu zivilen Preisen anbot. Der 12-jährige Joachim und seine beiden jüngeren Schwestern blieben zu Hause in der Obhut von Frau Blaschke, die als Zugehfrau angestellt war, gelegentlich jedoch auch anderes übernahm. Joachim hatte gemosert, weil er unbedingt hatte mitkommen wollen ins Kino, *aber das Jugendverbot, du verstehst?* Verstand er natürlich nicht. Hatte gemault, die Türen geworfen, sich am meisten über das teilnehmende Lächeln der Eltern geärgert, das ihm immer so ganz den Mut nahm. Während die Mädchen mit Frau Blaschke *Mensch ärgere dich nicht* spielten, verkroch sich Joachim in sein Zimmer und wollte lesen. Aus dem Bücherregal im Bibliothekszimmer hatte er sich neben der *Westindienfahrt* von Carl von der Boeck auch Storms *Pole Poppenspäler* geholt, als er doch lieber nach seinem Tornister langte und darin nach dem Text für die Oper wühlte, die übermorgen an seiner Schule aufgeführt werden würde. Ein Herr Bertolt Brecht hatte sie geschrieben, seit einigen Monaten diskutierten sie das Stück nun schon. Dieser Herr Brecht ... Ein bisschen ähnelte er seinem Vater. Die hohe Stirn, das schmale Gesicht. Besonders aber die tief liegenden Augen, deren Lider zuweilen selbst im geöffneten Zustand die Augäpfel halb überlappten, wenn er in die Runde schaute. Nicht unsympathisch. Jedenfalls musste man keine Sorge haben, sich bloßzustellen mit *dummen* Einwürfen. Aber in dieser Schule spürte er solche Angst ohnehin selten. Anders als in der vorangegangenen. Die jüdische Volksschule Brünn, in der Hybeschgasse, hatte es nach dem Willen der Großeltern sein sollen, aber sein Vater hatte sich überworfen mit ihnen und ihn in eine deutsche Volksschule geschickt. Drei Jahre später war auch in der Hybeschgasse das Tschechische als verpflichtende Unterrichtssprache eingeführt worden. Er rätselte noch immer, warum der Streit zwischen Eltern und Großeltern damit nicht aus der Welt war. Er mochte sie. Und er mochte Brünn, das er ebenso lange nicht mehr gesehen hatte wie seine Großeltern. In den Ferien zwischen dem zweiten und dritten Schuljahr waren sie nach Berlin gezogen, Lydia war vier Jahre alt und Lea noch nicht auf der Welt gewesen. Victor Schaechter hatte sich am Tag vor dem Umzug das Haar schneiden lassen, und jetzt fiel Joachim auch die Ähnlichkeit seiner Frisur mit der brechtschen auf: raspelkurz, daher die hohe Stirn.

Hier in Steglitz bewohnten sie eine große Mietwohnung, die sie sich leisten konnten, weil Victor Schaechter eine gute Stellung als Ingenieur bei der AEG gefunden hatte, er arbeitete in der Turbinenhalle in Moabit. Ein so schönes Gebäude! Joachim merkte, wie ihm die Augen zu schwimmen begannen in einer offenbar körpereigenen Flüssigkeit aus Rührung und Inbrunst.

Sein Vater hatte in Brünn studiert, Maschinenbau, an der Deutschen Technischen Hochschule, wo er nach dem Studium als Assistent von Professor Kaplan gearbeitet hatte. Die beiden Victors hatten oft in ihrer Wohnung zusammengehockt bei Zigarren und Wein, nach Rinderbraten mit Semmelknödeln, zum Nachtisch *bramborové placky,* Kartoffelpfannkuchen, mit Pflaumenmus eingerollt und in einer Form in den Ofen gestellt. Seine Mutter Johanna kochte fabelhaft. Das Wasser lief ihm im Mund zusammen, er stand auf und schlich in die Küche, spähte in die Speisekammer. Eine Stulle mit Schmalz musste es sein, er streute reichlich Salz darauf und pfefferte dick. Wieder zurück, warf er sich aufs Bett und nahm sich den Text vor. *Der Jasager.* Die Geschichte hatte ihn anfangs irritiert und abgestoßen. Sein Musiklehrer Paul Hermann hatte die Uraufführung der Oper gesehen, vor einem Jahr, in irgendeinem Berliner Institut, das sich mit Erziehungsfragen abgab. Und als sie in diesem Schuljahr nach einem Stoff suchten, der sich von Schülern aufführen ließ, war ihm die Idee gekommen, es damit zu versuchen. An Projekttagen hatten sie möglichst viel über das japanische Nō-Theater herausfinden wollen. Brecht hatte ein Stück aus dem 15. Jahrhundert gewählt und es bearbeitet. Die Großen hatten ihn im Herbst sogar in seiner Wohnung in der Charlottenburger Hardenbergstraße besucht, er war ihnen, wie sie erzählt hatten, voller Neugier auf ihre Einwände begegnet.

Das Stück erzählte von einem Jungen, dessen Mutter erkrankt. Hilfe und Arznei gibt es nur jenseits des Gebirges, sodass sich der Junge an einer Expedition dorthin beteiligen will. Sein Lehrer hat Einwände, aber schließlich wird der Junge mitgenommen. Unterwegs wird er krank, ist unfähig, weiterzugehen, und ihn zu transportieren, ist im Gebirge nicht möglich. Also fragt ihn der Lehrer, dem *Großen Brauch* entsprechend, ob die Expedition umkehren solle. Die Antwort, dass man das nicht tun dürfe, ist durch das Ritual vorgeschrieben, das ausgesprochene Einverständnis mit dem *Großen Brauch* aber erforderlich, und ihm entsprechend wird der Junge schließlich ins Tal gestürzt. *Hingerichtet,* hatte Joachim Schaechter nach der ersten Bekanntschaft mit dem Text verständnislos gesagt, und skeptisch waren auch die Großen gewesen, die den Text schon im letzten Herbst kennengelernt hatten. Der *Große Brauch* entspringe nicht einer lebendigen Gemeinschaft, sondern sei eine Formel des Todes, hatte er Harry Hauptmann aus der Oberprima auf dem Schulhof sagen hören. Der Herr Brecht habe daraufhin Verbesserungsvorschläge erbeten, und nun hatten alle Klassen begonnen, ihre Gespräche hierzu zu protokollieren.

Die Quarta hatte ihre Diskussionen mit den Sextanern zusammen in jahrgangsübergreifenden Projektstunden und seine Angebetete Barbara Korsch das Protokoll geführt. Brecht hatte nach Erhalt desselben tatsächlich die Schule besucht und mit ihnen gesprochen, hatte ihre Entwürfe und Vorschläge notiert und den Text zu ändern begonnen. *Der Neinsager* entstand, eine Variante, in der der Junge nicht zustimmt, ins Tal geworfen zu werden. Wer a sagt, müsse nicht unbedingt b sagen, wenn er erkannt habe, dass a falsch war. Brecht schwebte wohl vor, beide Stücke nacheinander zur Aufführung zu bringen, aber wieder maulten die Schüler um Paul Hermann, wollten Eindeutigkeit. Sie schlugen eine Neufassung vor, in der nicht nur die Mutter des Jungen, sondern viele Einwohner einer Stadt an einer Seuche erkrankt waren. Der Junge sollte sich nach einem Vorschlag von Mira Trepper aus der Unterprima selbst opfern, weil er von der Dringlichkeit, die ganze Stadt zu retten, überzeugt war. Nicht mehr der *Große Brauch,* sondern das Überleben der Gemeinschaft war der Fixpunkt, um den alles kreisen sollte. Plötzlich war Lachen und Erleichterung ausgebrochen, auch beim Herrn Brecht, und schließlich waren aus ihnen allen Jasager geworden. Und als der Herr Brecht nach wenigen Wochen die dritte Fassung mitgebracht hatte, war die Freude ebenso groß wie die Begeisterung gewesen, dass er ihre Vorschläge aufgegriffen hatte: Der Quartaner Joachim Schaechter hatte angeregt, den Jungen bei aller Freiwilligkeit seines Opfers zögern und ihn überlegen zu lassen, was er im Stück nun tatsächlich tat.

Noch hier auf dem Bett wollte ihm ein wenig die Brust schwellen, als er daran dachte. Er sang im Chor, die Passagen waren nicht zu schwer. Anfangs hatte er gedacht, dass der Herr Brecht auch die Musik geliefert habe. Erst während der Proben hatte er erfahren, dass ein richtiger Komponist, er hieß Kurt Weill, dafür verantwortlich war. Die Instrumente wurden von Schülern und Lehrern gespielt, und er bewunderte insbesondere Fritz Griepentrog, zwei oder drei Jahre jünger als er, für sein Geigenspiel, das ihm so mühelos von den Händen ging.

Seit die Familie ein Grammofon besaß, hörte Joachim abends manchmal durch die Zimmerwände, wie der Vater Schellackplatten abspielte, die er tagsüber im geschlossenen Schrank seiner Bibliothek aufbewahrte. Das *Lied vom Roten Wedding* kannte er unterdessen auswendig, auch, weil er die ziemlich neue Platte, wenn seine Eltern außer Haus waren, öfter aufgelegt hatte. Verwundert war er gewesen, als eine Rede auf ihn herabgedonnert war, nachdem er den Tonarm abgesenkt hatte, aber er erinnerte sich, dass er deren Tonfall schon gehört, sich vom Inhalt aber keinen Begriff hatte machen können. *Her zu uns! Willi Münzenberg zur Reichstagswahl 1930, Proletarische Schallplatten-Zentrale Berlin, Versandhaus Arbeiter-Kult.* Sein Vater saß manchen Abend in seinem Zimmer, rauchte eine Zigarre zur Platte. Wenn Joachim durchs Schlüsselloch lunzte, konnte er nicht sagen, ob sein Vater der Rede tatsächlich folgte, denn er machte an seinem Schreibtisch währenddessen Notizen. Auch andere Platten hatte er neu erstanden: *Der heimliche Aufmarsch* von einem Herrn Erich Weinert, die Musik hatte Wladimir Vogel geschrieben, *Button off your overcoat* mit Syd Roys Lyricals oder das Karkoff Orchester, *Blüten in Rot,* die er der Mutter mitgebracht hatte. Die sagte, dass bei einem Foxtrott ihre Laune gleich Berge besteige. (Die Verlockung, eine Platte aufzulegen, ließ seine Beine zucken, erstarb aber bald unter dem Gelächter der Schwestern und der zum Glück weit entfernten Sirrstimme von Frau Blaschke.)

Johanna Schaechter arbeitete, was für eine Mutter dreier Kinder ungewöhnlich war. Sie schrieb für einen Rechtsanwalt, der ihr an drei Tagen der Woche diktierte oder ihr Schriftsätze zum Abschreiben mitgab, sodass das Klappern der Schreibmaschine aus ihrem Zimmer zu den vertrauten Geräuschen gehörte, wenn Joachim die Wohnung betrat. Manchmal spürte er, wie die Zusammengehörigkeit mit der Mutter Risse bekam, die er möglichst vor ihr zu verbergen suchte. Noch vor Monaten waren sie Hand in Hand über den Kurfürstendamm gelaufen. Er konnte nicht sagen, was ihn nun davon abhielt und dazu anstachelte, lieber ihre Einkäufe schleppen zu wollen oder auch nur die Handtasche zu tragen, die sie ihm ohnehin nicht gab. Weder war er gewachsen noch hatte sie ihm irgendeinen Anlass gegeben, sich ihr weniger nahe zu fühlen als früher. Es schien mit Barbara Korsch zu tun zu haben.

Auch jetzt machte ihr Gesicht ihm keine Mühe: Der dichte Pony hatte die gleiche Farbe wie die braunen Augen, die oft viel mehr sagten als der Mund. Dessen aufgeworfene Lippen, in geschlossenem Zustand deuteten sie Trotz an, hatten in ihm schon mehrfach das Verlangen, sie zu küssen, ausgelöst. Jedes Mal, wenn er das bemerkte, drehte er sich weg von ihr, mit der er ja eigentlich nur wenig zu tun hatte. Zu wenig. Außerdem war sie zwei Klassenstufen unter ihm, was ihn beschämte. Während er an sie dachte, merkte er, dass die Hose sein Glied in Schach hielt. Wie merkwürdig. Was hatte sein Glied mit Barbara Korsch zu tun? Er griff danach, rieb es erst vorsichtig durch den Stoff, zog dann jedoch die Hose bis zu den Knien hinab, kroch unter die Bettdecke und ergab sich der wilder werdenden Bewegung seiner rechten Hand. Das war nicht merkwürdig, das war schön. Sein Körper bäumte sich auf, und er stöhnte wohlig, als in zwei, drei Stößen etwas hervorschoss, das ihm auch nachts zuweilen schon gekommen sein musste. Während er schlief. Ohne Reibung. Eine Weile lag er schlaff. *Wie erschossen.* Dann ging sein Kopf auf die Suche nach jenem Mut, den es brauchte, seinem besten Freund Karl Linow davon zu erzählen. Er musste ja nichts über Barbara verlauten lassen dabei. Karl hatte ihn manchmal gefragt, ob der *feuchte Traum* schon über ihn gekommen sei. Anfangs habe der Karl entsetzlich genervt. Eine Weile habe er am Morgen danach seine Schlafanzughose ausgespült und sie zum Trocknen irgendwo zu verstecken versucht. Inzwischen aber passiere das nicht mehr oft, weil er eben selbst versuche, abends im Bett so weit zu kommen. Dann könne er es einfach abwischen, und nichts sei versaut.

So fühlte sich das also an, dachte Joachim. Bislang hatte er *feuchte Träume* verneint, aber langsam konnte er auch mit der Wahrheit herausrücken. Er zog sein Taschentuch hervor und wischte die Flüssigkeit, die offenbar schnell eintrocknete, von Beinen und Bauch, rieb mit Spucke nach. Er war müde, schlich ins Bad, Katzenwäsche. Schlafenszeit endlich auch für seine Schwestern. Lydia kam gickernd aus dem Wohnzimmer gelaufen und versuchte, sich in seinem Beisein mit Lea um die Seiflappen zu streiten, aber die Kleine war zu müde, gähnte, schlief im Stehen beinahe ein. Frau Blaschke nahm sie auf ihre breite Hüfte, nicht ohne Lydia einen Blick zuzuwerfen, der wohl Missfallen hatte sein sollen. Der Ärger jedoch wurde von ihren Wangengrübchen schnell eingefangen und weggeputzt. Lydia kannte sie gut.

Joachim Schaechter wurde noch einmal wach, als seine Eltern ins Haus kamen. Er hörte, wie sie Frau Blaschke dankend verabschiedeten, Johanna gab ihr die am Mittag übrig gebliebene Suppe mit. Das obere Drittel seiner Tür hatte zwei Milchglasscheiben, er konnte dem Lichtschein nur ausweichen, wenn er sich auf die andere Seite drehte, als auch schon die Tür vorsichtig geöffnet wurde. Joachim wollte auf seine Maulerei vom späten Nachmittag zurückkommen und fragte nach dem Film. Victor Schaechter hatte vor, ihn auf morgen zu vertrösten, aber Johanna zog ihn ins Zimmer, beide setzten sich auf Joachims Bettkante. *Aufwühlend,* sagte Johanna, ihr Mann im gleichen Atemzug *gesellschaftsimmanent.*

Joachim rotzte ein *Hä???* in den hellen Winkel, den das Flurlicht dem Zimmer belassen hatte

Die beiden lachten, Victors linke Hand griff das Haar seiner Frau, die rechte zog ihr Gesicht ins Licht. Joachim sah in die lebhaften Augen seiner Mutter, als sie ihm in groben Zügen die Filmhandlung wiedergab. *Der Mörder hatte eine krankhafte Sexualität, was Peter Lorre einfach wunderbar darzustellen verstand.* Joachim schlang ihr unwillkürlich die Arme um den Hals. Dafür, dass sie das schwer Auszusprechende so leicht dahingesagt hatte? Lieber sollte sein Antrieb zu dieser Geste verborgen bleiben, und er war froh, dass im matten Licht seine Gesichtsfarbe nicht zu definieren war. Spürte jedoch, wie ihm die hitzige Röte den Hals hinaufschoss. *Bin zu müde,* murmelte er, *machen wir morgen weiter.* Johanna deckte ihn bis zum Kinn zu und stopfte das Federbett links und rechts unter Rücken und Beine. Als kleiner Junge hatte er es geliebt, so eingepackt zu werden. Als die beiden aber leise aus dem Zimmer gegangen waren, machte er sich sofort frei, er war nun alles andere als müde. Lange lag er im Dunkeln und dachte an den Jasager, an Barbara Korsch und an Peter Lorre. Und vor allem an die Sexualität, die er nicht gesucht, die ihn aber heute gefunden hatte.

Aus dem Schlafzimmer der Eltern drangen später ein rhythmisches Bettknarren, ein sich aufschaukelndes Keuchen seiner Mutter, das in einem unterdrückten Schrei zur Ruhe kam, und ein Stöhnen seines Vaters, das dem eigenen von vorhin nicht unähnlich war, an sein Ohr. So geht das also, dachte er und fühlte sich nicht gut, seine Eltern gehört zu haben *dabei.* Dass er *es* tun würde, lag außerhalb des Vorstellbaren.

Er schlief ein. Womöglich träumte er davon, wie er Barbara Korsch den Schlüpfer auszog, ihn ins Gras warf und sich auf ihren Bauch. Womöglich träumte er gar, was die Zukunft bringen würde: Der Herr Brecht würde Barbara Korsch in ein paar Jahren im dänischen Exil das Autofahren beibringen.

Sie würde nach Amerika auswandern, eine anerkannte Kinderärztin werden und bis weit über Joachims Tod hinaus im kalifornischen Los Angeles praktizieren. Der jüdische Schauspieler Peter Lorre würde sich in zwei Jahren von hier verabschieden mit den Worten: *Für zwei Mörder wie Hitler und mich ist in Deutschland kein Platz,* er würde nach Paris gehen mit seiner Verlobten und später in die USA, um sich schließlich ebenso in Los Angeles niederzulassen wie Barbara Korsch. Joachim Schaechters Töchter würden an einem Märzabend des Jahres 2010 bei einer Flasche Weißwein namens Eselsmilch beieinandersitzen. Die würde Barbara in Erinnerung an ihre Mutter in einem *DDR-Markt* in Leipzig gekauft haben, überrascht, dass es die Sorte noch gab. *(Wahrscheinlich,* würde sie zu ihrer Schwester sagen, *ist nur das Etikett das alte.)* Gemeinsam würden sie sich schließlich den Film *Der ewige Jude* aus dem Jahre 1940 ansehen, den sie sich aus dem dann längst installierten *Netz* gezogen haben. Der Schauspieler Peter Lorre würde darin in einer Szene des Films *M* vorgeführt werden, als Vertreter seiner jüdischen Rasse, der im abartigen Filmwerk eine abartige Sexualität ausstellt und dafür auch noch um Verständnis wirbt. Claudia würde den Wein nicht anrühren können dabei, während die robuste Barbara nichts Anstößiges daran finden würde. Womöglich stand aber 1931 noch gar nicht fest, was die Zukunft bringen würde, und Joachim Schaechter mochte sich in tiefem Schlaf traumlos in den 17. Mai hineinbegeben haben.

* *

HAT ER LANGE hier gelegen? Werner Kapok versucht, schlaftrunken auf die Armbanduhr zu schauen, aber die Augen erlauben einfach keinen klaren Blick. Die Sonne steht nicht mehr hoch, es mag gegen 18 Uhr sein. Er kneift ein paar Mal die Lider zusammen und reibt den Schlaf aus den Augen. Wo ist er? Die Erinnerung kommt mit fortschreitender Rückkehr in den belebten Zustand: Neukölln, St.-Jakobi-Kirchhof. Neukölln, das dem Haus seiner Eltern so nahe ist, das er aber nie zuvor gesehen hat. Auf Umwegen erst gelangte er hierher, nach langer S-Bahn-Fahrt bestieg er irgendwo die U7 und sprang Hals über Kopf hinaus, als die Ansage *Rathaus Neukölln* ertönte. Auf die Straße taumelte er geradezu, so sehr blendete ihn die Sonne beim Verlassen des U-Bahn-Schachtes. Dann Verwirrung über das Straßenschild: Karl-Marx-Straße. Er glaubte für Momente, sich getäuscht zu haben und noch im Ostteil der Stadt zu sein, aber je länger er sich umsah, desto klarer wurde ihm – das Gegenteil? Ist der Westen Berlins das Gegenteil des Ostens? Diese Frage erheiterte ihn minutenlang, insbesondere, als er versuchte, den beiden Stadthälften gegenteilige Adjektive zuzuordnen. Allerdings stellte er bald fest, dass er diese Adjektive nur in seltenen Fällen tatsächlich mit dem Stadtgebilde in Verbindung bringen konnte und damit haltlos scheiterte (grau – bunt, laut – leise, alt – neu). Auch als er die Gegensatzpaare auf die Bewohner verteilte (beliebt – unbeliebt, aggressiv – friedfertig, neidisch – gönnerhaft, beweglich – fixiert), stimmte etwas nicht. Er brauchte länger, auch hierbei sein Scheitern zu konstatieren, da es ihm erst nach und nach aufging, dass er sich vom jungen Berlin keinen Begriff machen und eigentlich nur Leute seines Alters und Ältere meinen konnte. Auch als Kurzzeitprofessor vor fünfundzwanzig Jahren hatte er seine Kurzzeitstudenten nicht in erster Linie als Jüngere erlebt bei dem nur wenige Jahre betragenden Altersvorsprung. Für eine wirkliche Beziehung zu einem jüngeren Menschen hätte er sich womöglich nur einmal im Leben entscheiden können: Als sein Sohn geboren worden war. Für Momente mochte er an die Möglichkeit geglaubt haben. Zugleich aber war sie ihm wie eine Drohung erschienen, und er hatte sich festgelegt, sie auszuschlagen.

Die Adjektivpaare sind jetzt dabei, seinen Kopf erneut zu besetzen, er gibt sich alle Mühe, sie zu verscheuchen. Denkt an sein Trebesee, dessen Tod ihm erst hier im Angesicht der Läden, Cafés, der Vielzahl der Menschen, die sie einzeln oder in Gruppen bevölkern und unterschiedlichste Sprachen sprechen, eine tatsächlich beschlossene Sache scheint.

Ihm war es schnell zu viel geworden vorhin, auf dem Trottoir immerzu auf Entgegenkommende achten zu sollen und die Ohren nicht verschließen zu können vor dem ungewohnten Geräuschpegel, und entnervt war er auf den Kirchhof geflohen. Eingeschlafen im Schatten einer hohen alten Buche. Schon als Kind hatte er auf jegliche Art von Überlastung mit Einschlafen reagiert. Seine Mutter hatte oft erzählt, wie er als Fünfjähriger vom Stockbett gefallen war. Seine große Schwester hatte mit dem Bogenschießen begonnen und ein neues, gutes Stück aus Fiberglas bekommen. Sie stand unten, den Bogen vor sich in der Hand, als Werner offenen Mundes abstürzte, die Bogenstange traf seinen Gaumen. Obwohl die Verletzung stark geblutet und er zunächst laut geschrien habe, sei er Augenblicke später fest eingeschlafen. Man sei übereingekommen, erst einmal sein Erwachen abzuwarten, ehe man ihn einem Arzt vorstellen wollte. Umso größer sei das familiäre Erstaunen gewesen, als er nach zwei Stunden frisch, frech und fröhlich aus dem Kinderzimmer getapst kam. Ein bisschen weniger habe er essen wollen in den nächsten Tagen, auch hin und wieder den Schmerz beklagt, aber insgesamt sei das Einschlafen die beste Reaktion gewesen, die vorstellbar gewesen sei.

Werner Kapok merkt erst, dass er gegrinst hat, als seine Mundwinkel sich wieder in Normalposition begeben.

Er steht auf. Hunger. Durst. Hier kein Problem. In Trebesee schon. Tagsüber gibt es einen Imbiss in den inzwischen drei Discountern. Aber jenseits deren Öffnungszeiten? Tote Hose. Er liest Blättchen und Hölzchen von Hemd und Hose. Draußen am ehemaligen Trebeseer Bahnhof gibt es noch eine nicht jeden Tag geöffnete Kneipe, die ist aber nicht sein Ding. Der letzte Bäcker in der Altstadt hat vor zwei, drei Monaten dichtgemacht. Die Fleischerei gibt es schon lange nicht mehr. Wenn er gute Wurst essen will, fährt er mit dem Fahrrad nach Bad Sülze zu Kaeding, dessen Auslagen knapp bemessen, aber tatsächlich selbst hergestellt sind. In Erinnerung an die Blaubeerleberwurst läuft ihm der Speichel. Den Rucksack hebt er vom Boden, huckt ihn auf, geht langsam in Richtung Ausgang, als ihm ein heulendes Mädchen entgegenkommt. Er beachtet es zuerst nicht, aber das Heulen wird mit jedem Meter, den das Kind zurücklegt, lauter, bis es ein Geschrei geworden ist, dem er sich nicht mehr entziehen kann. Zunächst schaut er sich um, ob ein Erwachsener zu dem Geschöpf gehören könnte. Fehlanzeige.

Die Kleine ist jetzt dabei, laut plärrend und mit beinahe zugekniffenen Augen an ihm vorbeizustreichen. Er zögert. Man darf sich doch keinem Kind nähern, oder? Einem Mädchen noch dazu … Die Unsicherheit, die sich seiner bemächtigt, bringt ihn auf der Stelle ins Schwitzen, solch unvorhergesehene Begegnung mit einem laut schreienden Menschenkind hat kein Vorbild in seiner Lebensgeschichte. Jedenfalls nicht, was seine Verhaltensalternativen betrifft. Laut schreiende

Kleinkinder begegnen ihm (in Berlin) alle nasenlang, jedoch ist immer jemand da, der für sie zuständig ist. Ihr Gebrüll stört ihn zwar, fordert aber nicht zum Eingreifen auf. Doch hier? Und jetzt?

Das Mädchen trägt ein rüschenbesetztes Kleid und weiße Kniestrümpfchen, die Füße stecken in strassbesetzten Schnallenschuhen. Das blonde, halblange Haar fällt glatt auf die Schultern, ein Haarreif hindert es daran, dem Kind in die Stirn zu rutschen. Wie alt mag es sein? Das kann er nicht schätzen. Hat sich noch jedes Mal vertan, wenn er im Bus oder an der Kasse Müttern mit Kindern begegnet war und sich trotz seiner abweisenden Mimik ein Gespräch nicht hatte verhindern lassen.

Als er sich noch einmal um sich selbst gedreht und Ausschau gehalten hat, macht er drei Schritte auf das Kind zu, steht stocksteif neben ihm, ehe er sich hinunterbeugt und versucht, dem Kind zwischen zwei lauten Schluchzern in die Augen zu schauen.

Na?

Überrascht vom Klang seiner Stimme, die ihren Ursprung in diesem Fall wohl nicht im Kehlkopf, sondern an einer schwer auszumachenden Stelle tief im Leibe hat, schweigt er sofort und greift vorsichtig nach dem Arm des Mädchens. Das schweigt ebenso plötzlich, um, als es ihn angesehen hat, in noch lauteres Geschrei auszubrechen.

Er weicht zurück, nimmt es dann aber auf den Arm. Wie ungewöhnlich. Die Haut wie Samt, das ganze Ding so zerbrechlich. Und das größte Wunder: Das Kind hört auf zu schreien, schluchzt noch leise, legt dann seinen Kopf auf Werner Kapoks linke Schulter.

Da steht er nun. Mit einem Kind auf dem Arm, das sich

offenbar an ihn schmiegt wie an seinen Retter. Er ist ratlos. Weiß nichts zu tun. Steht still aus Angst, das Kind könnte bei einer Bewegung wieder losheulen. Zu allem Überfluss setzt lauer Sommerregen ein, der nicht vorausgesagt war. Jeden Tag vergewissert er sich im Radio der Wetteraussichten. Nun muss er doch ein paar Schritte machen, unter den nächsten Baum, dessen Laubdach Schutz bietet, solange es ein kleiner Sommerregen bleibt. Überrascht stellt er fest, dass sein linker Arm, mit dem er das Mädchen hält, warm wird. Es hat offenbar gepinkelt, vom Ellbogen tropft es auf den Boden, er dreht den Arm vorsichtig vom Körper weg, um seine Klamotten zu schonen. Andererseits würden sie ohnehin nass werden, wenn er das Laubdach verließe …

Er lehnt sich erst einmal an den Stamm und überlegt. Was macht man mit einem Mädchen, das einem zugelaufen ist wie ein junger Hund? Nicht nur seine Unwissenheit lässt es schutzlos erscheinen, sondern auch seine weiche Zartheit. Wenn er es gegen den Stamm schleuderte, den Kopf voran, die Füße in der Hand, wäre es vermutlich tot. Wo, zum Teufel, kommen solche Gedanken her? Welchen Hirnwindungen entstammt das wirre Zeug, das anfallsweise hervorblitzt? Das er nicht kennt und vor allem nicht kennen möchte? Er streicht sachte über das blonde Haar, lässt die rechte Hand dann im Nacken des Mädchens liegen, um dessen Kopf zu stützen, zu schützen. Es regnet stärker. Der Kirchhof ist wie leer gefegt, nicht einmal in der Ferne ist noch irgendjemand zu sehen.

Werner Kapok beschließt, von hier fortzugehen und das Mädchen mitzunehmen. Auf dem Weg zum Ausgang wird ihm ja wohl hoffentlich einfallen, was er mit dem Kind anstellen kann, um es wieder an Mutter oder Vater zu bringen. Wie auf Eiern läuft er durch den inzwischen Wasserfäden ziehenden Regen, vorsichtig, bedacht. Ein Mann mit Schatz, muss er denken, wird sich der Zweideutigkeit des Wortes sogleich bewusst und sucht nach einem anderen. Mann mit Kostbarkeit. Mann mit Kleinod. So ungefähr. Der rechte Arm des Kindes baumelt inzwischen, woraus er schließt, dass es eingeschlafen ist. Verblüfft stellt er die Ähnlichkeit mit sich selbst fest. Vielleicht ist es ja auch eher *allgemeinmenschlich,* so zu reagieren? Und hat nicht auch er *allgemeinmenschlich* reagiert, als ihm das Kind entgegenkam? Das Wort *allgemeinmenschlich* hat er seit 1990 nicht mehr gebraucht. Weder in den Mund genommen noch ausgespuckt. Auch jetzt will er das nicht. Er schüttelt sich, das Kind auf seinem Arm hebt den Kopf, legt ihn aber gleich wieder ab. Es muss seltsam aussehen, wie er mit seinem Kleinod durch den Regen stelzt. Ja, er läuft nicht geradewegs, sondern achtet im Voraus einigermaßen darauf, nicht in Pfützen zu stolpern.

Als er endlich wieder auf der Straße steht, weiß er noch immer nicht, was zu tun ist. Am besten erst einmal in ein Café? Er schaut sich um. Eine gestikulierende Menschentraube schart sich in fünfzig Meter Entfernung, als ein Mann plötzlich innehält, sein Blick ist auf Werner Kapok gerichtet, es muss ihm wie Schuppen von den Augen fallen. Erst langsam, dann immer schneller kommt er auf ihn zu, zerrt ihm das Kind vom Arm, das wieder mit seinem Geschrei beginnt, so aus dem Schlaf gerissen, und nun könnte Werner Kapok eigentlich den Hergang des Fundes erklären, aber der interessiert offenbar keinen. Eine heulende Frau löst sich aus der Mitte der Traube, ihr Gesicht klart auf, als sie das Mädchen sieht, und plötzlich ohrfeigt sie es vor aller Augen, dass Werner Kapok Zahnschmerzen spürt. Er schließt die Augen, presst die Hände an die Ohren und wäre gern weit, weit weg von allem. Ist er aber nicht.

Offenbar haben die Leute neuerlich einen Gegenstand der Erörterung, die Ohrfeige der Frau, die nun auf Kapok zukommt und ihm in die Arme fällt wie die dicke Ditte am Abend der Hochzeit: sich ihm überlassend. Er hält sie, sie wimmert noch ein bisschen, dann ermannt sie sich und dankt ihm, dass er das Kind gefunden habe. Dafür kann sie ihm ja nun nicht danken, findet er, das Kind hat eher ihn gefunden, auch wenn es ihn nicht gesucht hat, aber ein *nicht doch* und ein nachgeschobenes *nicht der Rede wert* rutschen ihm dennoch von den Lippen. Jetzt öffnet die Frau ihr Portemonnaie und holt einen Zwanzig-Euro-Schein heraus, offenbar alles, was sie an Bargeld besitzt, und will es ihm geben. Das ist ihm zu viel und dem Mann der Frau, dem Vater des Mädchens?, endlich auch, er zieht sie zurück, steckt das Geld wieder ein und fragt in sachlichem Ton, wie man sich erkenntlich zeigen könne. *Nicht doch,* sagt Werner Kapok zum Zweiten, dreht sich um und ist froh, dass er weglaufen kann. Nur weg. Zur S-Bahn, die ihn in nicht einmal fünf Minuten von Neukölln nach Baumschulenweg bringt. Der Regen hat inzwischen aufgehört, sodass er die paar Kilometer unter die Füße nimmt. Kopf klarkriegen. Auslüften.

Noch immer glaubt er da, wo das Kind saß, auf seinem Arm dessen Samthaut zu spüren. Ein Erlebnis. Der dritten Art? Für ihn schon, denn Kinder entstiegen doch stets irgendwelchen Ufos der Mütterlichkeit, wenn sie sich auf ihn zubewegten und er den Kontakt zu vermeiden versuchte. Allgemeinmenschlichen Ufos vielleicht, die er nicht kennen wollte in seinem selbst gewählten inneren und äußeren Trebeseer Exil …

Da ist das Wort wieder, lässt sich diesmal nicht vertreiben, sondern sorgt in der frischen, regennassen Luft, deren Sauberkeit er bis tief in die Bronchien gelangen lassen will und darum heftig ein- und ausatmet, für Bewegung in seinem Kopf. Eduard Schewardnadse fällt ihm ein. Als er in der zweiten Hälfte der Achtziger zu einem Staatsbesuch nach Berlin kann, waren Studenten und Lehrkräfte der Uni aufgefordert worden, seinem Wagen Spalier zu stehen in den Straßen der Innenstadt. War auch Gorbatschow dabei? Er kann sich nicht erinnern. Wahrscheinlich kannte er Gorbatschows Gesicht schon, aus der Presse natürlich, aber Schewardnadses Anblick hatte ihn gehörig überrascht. Dessen intelligenter, sensibler Blick prägte sich als etwas ein, was er aus der Politikerkaste nicht kannte, weder der sowjetischen noch der des eigenen Landes. Wie eine Offenbarung war ihm das für den Moment der Begegnung erschienen. So, als sei noch etwas möglich, was er irgendwo in den Tiefen einer Schublade in Honeckers biederer Sprelacart-Küche vermutete, um dort dem Vergessen überlassen zu bleiben. Auch seinem Vergessen, natürlich. Deshalb hatte er ja auch nicht gleich sagen können, was es war. Und der Moment war ohnehin so schnell vorbei gewesen, dass er Tage später schon Mühe hatte, den Grund der Stimmung zu erinnern. Dass es sie gab, ist ihm unauslöschlich, aber ihr Gegenstand blieb verborgen bis heute. Mit Honeckers Schublade auf dem Müll gelandet, auch wenn die Küche vermutlich noch etwas länger in Wandlitz geblieben war als der *Generalsekretär* selbst …

Als im Januar 1988 auf der Rosa-Luxemburg-Demonstration in Berlin die (mehr als sieben) Aufrechten ihr Fähnlein mit dem Spruch *Freiheit ist immer auch die Freiheit der Andersdenkenden* hatten hissen wollen, war ein Ruck durch das

Land gegangen. Ein Ruck aus Angst und Aufruhr. Aufruhr, an dem er sich damals allmählich selbst beteiligt geglaubt hatte. Dass Freiheit auch anders zu definieren war als durch den aus dem Zusammenhang gerissenen Engels, hatte ihm schon lange eingeleuchtet, aber er hatte dieses Leuchten weit hinter sich stattfinden lassen und nach vorn energisch weitergemacht. Er hatte sich innerhalb der Partei den Ruf eines kritischen Geistes erarbeitet und unter den Professoren den einen und anderen gefunden, mit dem er darüber zumindest privat oder im engen Kreis fachsimpeln konnte. Und dann war Ende 1988 in der Sowjetunion mit unionsweiten Feierlichkeiten des 40. Jahrestages der Menschenrechtsdeklaration der UNO gedacht worden. Zum ersten Mal. Und zum ersten Mal wurde auch deren Text in der Sowjetpresse veröffentlicht. Schewardnadse hatte im Außenministerium eine Weisung erlassen, eine moderne, wissenschaftliche Interpretation des Begriffes *allgemeinmenschliche Werte* auszuarbeiten. Das kam einer absoluten Umwertung der Menschenrechtsphilosophie gleich, die noch dazu im Staatsauftrag zustande kam. Gorbatschow hatte ohnehin die *westlich-liberalen* Werte stets neutral *allgemeinmenschlich* genannt.

Werner Kapok hatte als Dozent die sozialen Menschenrechte betonen sollen, deren Verwirklichung. Recht auf Arbeit, Bildung, Gesundheit. Die politischen Menschenrechte, Versammlungs-, Rede- und Pressefreiheit, Reise- und Bewegungsfreiheit zum Beispiel, hatten zunächst unter den Tisch zu fallen, um dann, waren sie nicht unter dem Deckel zu halten gewesen, mit dem Engelssatz *Freiheit ist Einsicht in die Notwendigkeit* aus dem Anti-Dühring glatt gebügelt zu werden. Wem diese Einsicht nicht gelang, der war eben unreif und sah nicht, was notwendig war. Er hatte zu lavieren gelernt, sich mit einer Zustimmung zum Wohnungsbauprogramm der Partei einen Seitenhieb auf die Reiseregelungen oder das Einklagen des Rechtes auf freie Meinungsäußerung erkauft. Eigentlich war es ein Ausdruck tiefer Resignation gewesen, wenn der Engelssatz spöttisch unter den Leuten kursierte. Wenn er ehrlich war, und damals gelangen ihm durchaus Augenblicke der Ehrlichkeit, sind die politischen Menschenrechte viel wert. Auch deshalb hat er sich später die alten Zustände nie zurückgewünscht. Da er aber keinen heute noch zu bemessenden Anteil an deren Zerschlagung in Anspruch nehmen kann, fühlt er sich oft nicht befugt, auch die sozialen Rechte einzufordern. In Trebesee spürt er nicht weniger Resignation als im Ostberlin der Achtziger. Dabei findet er die Lebensart der Trebeseer heute stiller, apathischer als die der Ostberliner damals: Private Feten, Feiern, Partys hatten auf der Tagesordnung gestanden. Vielleicht hatten sie dafür gesorgt, dass die Resignation nicht den Sieg davontragen konnte. Als Bier nicht viel kostete und sich Kneipen in Trebesee noch in Mehrzahl fanden, mag der Geräusch- und Launepegel auch dort höher gewesen sein als heute. Aber allein die Lethargie, mit der sich die Menschen durch einen Lebensmitteldiscounter wälzen, um ihn dann mit Kartoffeln, Sauerkraut, einem Kloben Grützwurst und Büchsenbier wieder zu verlassen, lähmt auch ihn oft genug.

Er ist arm. Er kommt mit Aufstockung durchs Jobcenter gerade so über die Runden. Seit einigen Wochen ist er, zusätzlich zu seinem Museumsjob, aushilfsweise bei einem reichen Ehepaar angestellt, das in einem kleinen, zu Trebesee gehörigen Dorf ein riesiges Gutshaus gekauft und saniert hat, um darin zu wohnen. Die Arbeit im weitläufigen Garten- und Parkgelände ist für die beiden Pensionäre nicht zu schaffen. Mehreren Leuten im Dorf haben sie unverhofft zu einer Stellung verholfen, unabhängig von Alter und früherem Beruf. Anfangs war ihnen mit Skepsis begegnet worden, die bis in die Trebeseer Altstadt hinein zu vernehmen gewesen war. *Wessis.* Wer sonst sollte auch Geld haben, so ein altes, heruntergewirtschaftetes Areal zu kaufen und wiederaufzurichten. Und während der Bauarbeiten hatten sie sich eine Wohnung in der Hauptstraße gemietet, verfügten also neben ihrem Haus irgendwo im Ruhrgebiet über eine Zweitwohnung und ein im Bau befindliches Herrenhaus. Unvorstellbar. Unvorstellbar auch die Energie, mit der die doch nicht mehr jungen Herrschaften an die Arbeit gegangen waren. Wenn man ihnen aber begegnete, traf man auf kultivierte, offene Menschen, nicht distanzlos und kumpelhaft, aber doch zugewandt und aufmerksam. Als er zum ersten Mal dort eingerückt war, um Rasen zu mähen, hatte er geglaubt, in Aufnahmen für einen Propagandafilm geraten zu sein: Eine Handvoll älterer Frauen rückte in Arbeitskleidung, mit Gartengerätschaften, fröhlich schnatternd an. Sie grüßten ihn lachend, ehe sie sich daranmachten, in Hörweite voneinander entfernt eine Reihe von Gemüsebeeten zu bearbeiten, wobei das Lachen und Schnattern keineswegs aufhörte. Für einige Zeit kam auch die Hausherrin dazu, arbeitete umstandslos mit, ehe sie sich ihrer offensichtlichen Kniebeschwerden wegen entschuldigte. Zur Pause wurde ein großer Tisch im herrlichen Park gedeckt, aus der Küche das Hauses kam Kaffee, dazu aßen alle aus mitgebrachten Büchsen Frühstücksbrot, Salat oder Würstchen. Die Hausherren, mit am Tisch sitzend, besprachen währenddessen mit ihnen die nächsten Aufgaben, hörten sich Kranken- oder Enkelberichte an und gaben ebensolche zum Besten. Als sie die Zeit für gekommen hielten, verabschiedeten sie sich höflich, um im Haus weiter ihren Dingen nachzugehen. Für die Angestellten war das kein Grund zum sofortigen Pausenende. Sie schnackten zu Ende, aßen zu Ende, tranken zu Ende und erhoben sich dann. Nicht alle gleichzeitig. Und er hatte mit ungläubigem Staunen dabeigesessen. Das Wort Achtung war nicht gefallen während dieser ersten Begegnung, und doch hatte er es als Leuchtschrift über dem Tisch prangen sehen. Nicht als Signalwort oder militärische Warnung, sondern ganz im Sinne der Ethik Kants. Achtung, die die unverletzliche Würde des Menschen anerkennt. Großbürgerlich, war ihm eingefallen, im Gegensatz zum kleinbürgerlichen Habitus seines Elternhauses, das ja immer darüber hatte hinweg sein wollen mit proletarischem Eifer. Ja, seine erste Begegnung mit etwas, das er als *großbürgerlich* bezeichnen wollte und das ihn unerwarteterweise nicht abgeschreckt, sondern neugierig gemacht hatte. Er kann sogar hoffen, es dort zum Vollzeitgärtner zu bringen. Auf seine alten Tage.

Jetzt sieht er sein Elternhaus schon. Renate hat noch kein Licht gemacht, obwohl es längst dämmert. Er läuft dicht an den Zäunen, als wolle er nicht unbedingt gesehen, erkannt werden. Unsinnig, denkt er, rückt aber auch nicht ab. Zu Hause erwartet ihn warmer Fleischgeruch, erst jetzt fällt ihm ein, dass er vor Stunden schon Hunger hatte. Auf dem Küchentisch ein Zettel: Renate schläft bei einer Kollegin, der die Babysitterin erkrankt ist, die aber heute mit ihrem Mann zu einem Konzert gehen möchte. Guten Appetit! Die Suppe hat sie in Henny Kapoks Manier gekocht, Hammelfleisch mit grünen Bohnen, es gibt nichts Besseres. Später schiebt er einen Film ein, dessen Inhalt an ihm vorbeirauscht. Vielleicht brauchte er dieses Rauschen? In Trebesee schläft er darüber ein, jeden Abend, auf dem Sofa. Hier jedoch, in seinem Elternhaus, sollte er besser ins Bett gehen. Renates Zimmer ist nur durchs Wohnzimmer zu erreichen, und die Vorstellung, sie müsse ihn so sehen, ist ihm unangenehm. Er erhebt sich gegen Mitternacht, putzt die Zähne, trottet die Treppe nach oben und ist schon beinahe eingenickt, als er das rechte Bein ins Bett nachzieht.

Etwa zur gleichen Zeit bewegt sich ein junger Mann auf Werner Kapoks Elternhaus zu. Nicht, dass er ängstlich darauf bedacht ist, überhört zu werden, aber er ist auf eine Weise in Not, dass seine Sicht- und Hörbarkeit abzunehmen scheint mit jedem Schritt, den er noch tun muss bis zur Haustür. Langsam, das rechte Schienbein unterhalb der aufgekrempelten Hose dürftig mit einem schmutzig grauen Stoffstück verbunden, schleicht er die letzten Meter, öffnet die Tür, verschließt sie wieder. Kriecht auf allen vieren die Treppe hinauf in die Kammer, wo er leise und bleiern aufs Bett sinkt. Das Kopfkissen riecht ebenso wie Laken und Decke nach Zeit. Eigentlich will er einschlafen, aber der Schmerz in seinem Bein hält ihn davon ab. Schließlich reißt er entnervt am Verband. Was kurz darauf zu Boden fällt, ist zweifellos sein Oberhemd – er ist unter dem Jackett nackt, als er an sich herabsieht. Hatte er aber am Morgen nicht auch ein Unterhemd angezogen? Im gleichen Atemzug sieht er es aus der Hosentasche baumeln, bestimmt hat er beides in einer Bewegung über den Kopf gerissen. Das graue Feinrippding wäre wohl besser geeignet gewesen als Verband. Er muss zu jenem Zeitpunkt voller als angebracht gewesen sein.

Der Kopf fällt als erschöpftes Anhängsel des Rumpfes auf die Brust. Im Verharren schießen die Bilder der Verletzung wieder auf. Am S-Bahnhof wollte er noch einen Absacker ziehen und war, als er den intus hatte, über die Brücke auf die andere Seite der Gleise gewechselt. Die pöbelnde Clique schien dort auf ihn gewartet zu haben, jedenfalls fing einer von ihnen an, ihn zu rempeln, während die anderen diesen einen anfeuerten, nicht etwa aufzuhören damit. Er stolperte, die schwere Zunge tat ihm nicht den Gefallen, den Jungs etwas entgegenzuschleudern, was sie für einen Moment hätte innehalten lassen, aber dieser Moment hätte ohnehin nicht gereicht, sich in die Büsche zu schlagen, da auch die Beine schwer waren und nicht gehorcht hätten. Als er zu stürzen drohte, hatte sich einer der hübschen, mit hautengen Jeans überzogenen Knackärsche zwischen ihn und den Boden gestemmt. Während er also lallend, über den einen Kerl gebreitet, mehr baumelte als stand, musste ein anderer ein Messer gezogen und ihm in die rechte Wade gerammt haben. Zunächst hatte er keinen Schmerz verspürt, erst als der Arsch unter ihm sich davongemacht hatte und er lang hingeschlagen war auf den rissigen Beton, als das Blut aus dem Muskel lief und er die klaffende Wunde durch den Schleierdunst des Alkohols wahrnahm, spürte er so etwas wie Schmerz. Die Kerle verpissten sich schnell, er verband die Wade notdürftig und machte sich wankend auf den Heimweg. Ja, das Kapokhaus war sein Zuhause, ob er wollte oder nicht. Er hatte kein anderes, dachte er wieder und wieder, und das Selbstmitleid stieg mit jeder Wiederholung des Satzes, dass er schließlich flennte, als er die Kammer erreichte.

Vor deren geschlossener Tür steht nun Werner Kapok. Nach anfänglichem Wunsch, das Nudelholz hier oben zur Hand zu haben, ahnt er, wer da heimkam. Langsam, vor allem aber zitternd drückt er die Klinke. Als er seinen Sohn ausgestreckt auf dem Bett liegen sieht, will er dem Tag vorwerfen, ihn erschlagen zu wollen. Aber es ist ja bereits ein neuer angebrochen! Dessen relative Unschuld kann er ihm dann doch nicht übel nehmen und tritt hinzu. Der Junge, der unzweifelhaft ein Mann ist, noch dazu einer, der ihm unzweifelhaft ähnlich sieht, hat die Augen fest geschlossen. Riecht widerlich. Nicht nur nach Alkohol. Die Haut? Kapok prüft. Kein Samt wie am gestrigen Abend. Aber doch sein Kind! Das er ein paar Mal sogar gebadet hat, als es ein Baby war. Das nun seine Größe erreicht hat, vielleicht ein paar Zentimeter größer ist.

Kapok läuft ins obere Bad, lässt Wasser in die Wanne laufen, fügt von den verschiedenen Badezusätzen, die seine Schwester hier parkt, eines mit dem Namen Wilde Rose hinzu. Seinen Sohn zu wecken, will ihm zunächst nicht wirklich gelingen, er ist betrunken, aber Kapok schafft es, ihn in die Wanne zu hieven. Er hat nicht viel eingelassen, damit der Junge ihm nicht unter Wasser gerät.

Mit Ruhe und Bedachtsamkeit wäscht Kapok das Haar seines Kindes, die Ohren, das Gesicht. Geht jeder Hautfalte dessen Körpers auf den Grund. Als er ihm aber das Blut vom rechten Bein abseift, schreit es laut und ist endlich ganz wach. Schaut ihn an. Hat vielleicht keine Lust oder keine Kraft, sich körperlich gegen die Aktivität aufzulehnen, die Werner Kapok an den Tag legt. Jedenfalls hört es nicht auf zu schreien, wie am frühen Abend das Mädchen, und wirft sich an Kapoks Schulter. Wie am frühen Abend das Mädchen. Es braucht Zeit, bis es zur Ruhe kommt. Kapok nimmt es mit in sein Zimmer. Das Bett riecht dort besser, und es ist das alte Holzbett seiner Eltern. Da haben sie Platz. Den sie aber gar nicht brauchen, denn der Junge (das Kind) bleibt auch schlafend fest an Kapoks Schulter gedrängt bis zum Morgen.

Die Vögel haben vor etwa zwei Stunden zu schlagen begonnen, ihr lautkehliges Singen stößt hin und wieder seine Spitzen in Kapoks Bewusstsein, als Renate vor der Schule noch einmal nach Hause kommt, um Unterlagen zu holen.

* *

Какие бумаги?

Die Frage stand als lauernder Fuchs in der Luft überm Schreibtisch. Johanna Schaechter hatte sie auch ohne den Übersetzer verstanden. Welche Unterlagen ... Ratlos hockte sie vor dem Genossen Jegor Fjodorowitsch Kisseljow. Sie fragte sich, ob dieser Name mit der dickflüssigen, süßen Kompottspeise zu tun hatte, die sie gleich nach ihrer Ankunft in Moskau noch auf dem belorussisch-baltischen Bahnhof bekommen und die die barsche Frau an der Essensausgabe *Kissel* genannt hatte. Ihre Gedanken suchten nach Nägeln, an denen sie sich aufknüpfen konnten, um der Leasorge wenigstens für Sekunden zu entkommen. Ihr schönes Kind. Ihr Ein, ihr Alles.

Sie waren nach Wien gegangen zu Beginn dieses Jahres, weil Victor nach Paris hatte fliehen können und sie in Berlin weitere Übergriffe der SA hätten befürchten müssen. Und nun hatte sie ihr Jüngstes in Wien zurücklassen müssen, weil es an Halsbräune erkrankt und auf die Quarantänestation eingeliefert worden war. Tränen wollten davonlaufen aus ihren Augenwinkeln, aber sie konnte sie zurückhalten, als sie die beiden anderen Kinder neben sich sah. Sie dachte an Rifka Koen, die neu gewonnene Freundin, die ihr versprochen hatte, sich um Lea zu kümmern und darum, die Familie wieder zusammenzubringen.

Gestern, am 25. April 1934, hatte der Zug Moskau erreicht.

Zunächst waren sie von Wien nach Prag gefahren, auf Victors Geheiß, der ihr über illegale Kanäle Fahrkarten und Papiere hatte zukommen lassen. Es hieß, er sei noch immer in Paris, wolle von dort aber bald nachkommen. In Prag hatten sie die sowjetische Botschaft aufzusuchen, wo sie viele Österreicher trafen. Den Gesprächen mit ihnen entnahm Johanna, dass es sich vornehmlich um Schutzbündler handelte, die der Februaraufstand heimatlos gemacht und außer Landes getrieben hatte. In der Sowjetunion hatte man den Februaraufstand begeistert begrüßt. *Die proletarische Revolution klopft im Herzen Europas,* war in der *Prawda* zu lesen gewesen. Freilich hatte Genosse Kisseljow, eifriger Leser der *Prawda* sowie aller Komintern-Papiere, derer er habhaft werden konnte, sich gefragt, wo die Schutzbündler denn überhaupt ihre Waffen hergeholt hatten, um gegen Dollfuß zu kämpfen. Vor einiger Zeit geisterten sie nämlich noch als *Verräter-Sozialisten* durch die Presse, die ihre Gewehre längst den Behörden übereignet hatten. Aber schnell war wieder Klarheit eingekehrt: Es gab ja *untere* und *führende* Kreise innerhalb des Schutzbundes! Die revolutionäre Energie der einfachen Mitglieder sei darauf aus gewesen, um Räte zu kämpfen und schließlich um die politische Macht im Land, aber ihre Oberen seien eingeknickt und nicht entschlossen genug gewesen, aufs Ganze zu gehen. Die schöne revolutionäre Energie sei in den Vororten Wiens sozialdemokratisch umgebracht worden. (Jedoch hatte in der Innenstadt, zum Beispiel in der Dorotheergasse 1, Imbiss Trzesniewski, kaum jemand mitbekommen, dass überhaupt geschossen wurde.) In den ersten Märztagen überwies die MOPR[3] begeistert viele, viele Schillinge nach Wien und forderte die sowjetischen *Werktätigen* unter der Losung *Ein Stundenlohn pro Woche für die Opfer der Kämpfe in Österreich!* zum

Spenden auf. Trotzdem erwiesen sich die angesagten Hilfen für die Schutzbündler als nicht recht geeignet, sodass viele von ihnen, um der Verhaftung zu entgehen, illegal die Grenze zur Tschechoslowakei überschritten. Nach einigem Moskauer Hickhack beschloss man dort, viele von ihnen im *Land der Werktätigen* aufzunehmen, was man von einer Überprüfung des Neigungswinkels zur kommunistischen Partei, wenigstens aber zur kommunistischen Idee abhängig machen wollte. Die Prawda berichtete, umgekehrt, davon, dass sozialdemokratische Funktionäre in Österreich dem Kommunismus zugeneigten Schutzbündlern ihre Hilfe verweigerten. Am 10. März erging der Aufnahmebeschluss, der eigentlich für den sowjetischen Gesandten in Wien, Petrowskij, bestimmt gewesen war, jedoch um die 250 Kilometer nordwestlich seines Botschaftsgebäudes zur Anwendung kam, nämlich in der Vertretung in Prag, deren Oberhaupt, Sergej S. Alexandrowskij, zum Ende des Monats für befugt erklärt wurde, um die 300 Visa auszugeben. Ein geeigneter Sammeltransport war zu organisieren, für den sich die sowjetischen Genossen nicht lumpen lassen wollten. Der Zug durfte nicht weniger bequem sein als der Reisezug, den die Tschechoslowakische Staatsbahn für den ersten Teil der Fahrt zur Verfügung stellte, zumal Arbeiter in Österreich vermutlich in besseren Verhältnissen lebten als jene in der Sowjetunion. Und es erschien wichtig, die Schutzbündler aus propagandistischen Gründen zum 1. Mai, dem *Internationalen Kampftag der Arbeiterklasse,* im Lande zu haben. Also nicht getrödelt, Genossen! Und tatsächlich schafften sie es. Als der Zug am Abend des 24. April die polnisch-sowjetische Grenzstation Negoreloje passierte, stieg eine Delegation des Zentralrates der Gewerkschaften zu, des Weiteren einige Journalisten, die die Reisenden interviewten. Die knapp 800 Kilometer nach Moskau reichten für die Vielzahl der Formulare kaum aus, die auszufüllen waren. Johanna Schaechter, von einem der Zeitungsleute für ein Porträt ins Auge gefasst, konnte nicht anders, als sich stumm zu stellen, denn ihre Mitfahrt in diesem Transport war ja eine besondere, die nichts mit dem Arbeiteraufstand zu tun hatte. Sie ersuchte in unbeobachtetem Moment den Kommandanten der Fahrt, Heinz Roscher, um dessen besonderen Schutz, verwies, ohne Namen zu nennen, auf ihren Mann in Paris, der ihre Mitfahrt über die sowjetischen Genossen lanciert hatte, und auf ihre letzte Berliner Anschrift, die es ihr unmöglich mache, als Wienerin aufzutreten. Roscher verstand und sah zu, dass sie sich mit den Kindern in seiner Nähe aufhalten konnte. Als Held der Kämpfe in Floridsdorf genoss er offenbar hohes Ansehen bei den sowjetischen Genossen.

Nach einem ersten Essen noch auf dem Bahnhof wurden die Ankömmlinge dann ins Dritte Haus der Räte in der Sadowo-Karetnaja Uliza verfrachtet, wo Johanna Schaechter mit Joachim und Lydia ein großes Zimmer zugewiesen bekam. Lydia, die während der Fahrt nur wenig hatte schlafen können, zog die Schuhe aus und rollte sich im Mantel unter die Bettdecke, während Joachims Neugier kaum zu bezähmen war und er immer wieder die Tür öffnete, um den Flur und das, was auf ihm geschah, im Blick zu haben. Schließlich schmiegten sie sich alle drei in Lydias breiter Bettstatt eng aneinander und ergaben sich. Joachim endlich sogar dem Schlaf, während Johanna den Blick aus dem Bus vom Bahnhof hierher nicht aus dem Sinn bekam und das Gefühl, tatsächlich in der Gegenwelt gelandet zu sein. Dass die aber, wie ihr Mann stets behauptet hatte, eine viel bessere war als jene, die sie bislang bewohnt hatte, vermochte sich ihr nicht zu erschließen.

Noch nicht, versuchte sie zu denken, ehe sie wider Erwarten doch zu träumen begann.

Und nun saß sie, am ersten Tag nach der Ankunft, der als einer der Erholung ausgegeben worden war für die Ankömmlinge, vor dem Genossen Kisseljow und versuchte sich klarzumachen, was er von ihr wollte. Victor hatte ihr in seiner letzten Nachricht mitgeteilt, dass die Moskauer Genossen sie erwarteten, dass sie Vorkehrungen getroffen hätten, sie gut unterzubringen und auf ein Leben in der Sowjetunion vorzubereiten. Er hatte auf eine schriftliche Zusage der MOPR verwiesen, die in Kopie an das Empfangskomitee für die österreichischen Genossen gegangen sei, und auf diese Papiere hatte Johanna Schaechter gehofft, als sie auf der Grundlage der im Zug ausgefüllten Formulare befragt wurde. Sie schienen dem Genossen Kisseljow jedoch unbekannt zu sein. Angewiesen, nach Agenten Ausschau zu halten, von denen leider mit Sicherheit einige unter den Österreichern zu erwarten gewesen waren, roch er hier Lunte und begann, Johanna Schaechter nach Ähnlichkeiten mit Margaretha Geertruida Zelle, unter anderem auch Mata Hari genannt, abzusuchen. Tatsächlich beeindruckte ihn sogleich Johannas ebenso dunkle Haarpracht, die hohe Gestalt, die vollen, aufgeworfenen Lippen, und unmerklich geriet ihm für einen Moment jede Abbildung der Frau Zelle aus dem Gedächtnis und wurde durch jene von Johanna Schaechter ersetzt, die er weitgehend entblößt, mit Perlentellerchen auf den Brüsten, vor sich liegen sah. Oder sie stand vor ihm mit nacktem Nabel, eine Handbreit darunter wand sich exotischer Stoff um ihre Hüften, fiel hinab und endete da, wo ihre Beine natürlich längst zu Ende sein mussten, was aber, da sie offenbar auf einem Podest stand, für den Bildbetrachter nicht gleich ersichtlich wurde und ihnen zu ungeahnter Länge verhalf. So schön war es, eine Agentin vor sich zu haben, dass Kisseljow einen Speicheltropfen nicht verhindern konnte, der zeitlupenlangsam fadenziehend auf seinem Unterarm landete, ihn aber zum Glück zurückbrachte in den beginnenden Moskauer Frühling. Im gleichen Augenblick kam ein junger Mitarbeiter mit einem Aktendeckel gelaufen, in dem sich offenbar der Johannas Aufnahme vorausgehende Schriftwechsel befand, woraufhin sich Genosse Kisseljow von der schönen Verheißung, eine leibhaftige Agentin zu enttarnen, erst einmal verabschieden musste und sie barsch für die nächsten Tage in die Masse zurückschickte, mit der sie sich ins Land gewälzt hatte.

Время покажет, sagte er.

Kommt Zeit, kommt Rat, meinte der Übersetzer.

Zunächst jedoch kam aus dem Nachbarzimmer ein Junge gelaufen, zehn, elf Jahre alt, in Lydias Alter. Ihm folgte eine stattliche, selbstbewusste Frau mit einer Haartolle, die vielleicht zu schnell oder ungeübt frisiert worden war, jedenfalls schimmerte ein Batzen Papier durch die gebändigten Strähnen hindurch, den Johanna Schaechter als ein Zeitungsknäuel ausmachte. Sie musste lächeln und hätte sich im gleichen Moment, Leas wegen, dafür ohrfeigen wollen.

Моприан! Что с тобой? Почему не спишь?

Was für eine donnernde Stimme dieser Kisseljow aber auch hatte! Der Übersetzer, brav gefangen in seinem Modus, schrie ziemlich laut und unter Nachahmung von Kisseljows Mimik und Gestik:

Moprian! Was ist mit dir? Warum schläfst du nicht?

Entgeistert sah Kisseljow ihn an, hob gar die Hand, wie um ihm eine Schelle zu versetzen. Der Übersetzer wurde augenblicks klein, rot und Opfer seines eigenen, servilen Redeschwalls. Wahrscheinlich ein Laufband voller Entschuldigungen, die er klagend hervorbrachte, eine nach der anderen. Johanna Schaechter wollte die Gelegenheit nutzen, den Raum zu verlassen, aber Moprian stürzte auf Lydia zu und umarmte sie heftig. Auch der Sohn des Genossen Kisseljow wolle die österreichischen Genossen Kinder sehr herzlich willkommen heißen, ließ sich der Übersetzer schließlich kleinlaut vernehmen. Unwirsch zog Kisseljow den Jungen weg, schob ihn der Frau zu, die des Lächelns unfähig zu sein schien, selbst angesichts des offensichtlichen Idealismus ihres Sohnes. Lydia war damit beschäftigt, ihr langes Haar wieder in Ordnung zu bringen nach dieser Attacke, und Joachim sah verständnislos von einem zum anderen.

* *

DER DREIMONATSKALENDER in der Küche fordert, dass Claudia das rote Viereck auf die 26 im Feld *August* verschiebt. Morgens fiele ihr ohnehin nicht ein, irgendetwas anderes als Erstes zu tun. Wie die allmorgendliche Mahnung tatsächlich beschaffen ist, kann sie nicht genau sagen, zumal der Kalender nicht gerade die Anmutung eines Brandbriefes aufweist. Eine graue Industrienähmaschine ziert das obere Viertel. Ihr Nähmaschinenmechaniker, den sie um jegliche Reparatur bitten kann, hatte ihn Ende letzten Jahres mit dem neuen Overlocker gebracht. Am ehesten, vermutet sie, konnte es die Drohung sein, die abgebildete Maschine ratterte unter Druck und Krach los, wenn das Datum nicht das richtige war.

Was diese Gedanken sie aber auch heimsuchen. Den Versuch, sie sich aus dem Kopf zu schlagen, untermauert sie mit dem Griff zum Knopf des Küchenradios, die Sieben-Uhr-Nachrichten haben eben begonnen. Dass sie jeden Morgen als Erste aufsteht, obwohl es Barbara ist, die man an einem sogenannten Arbeitsplatz erwartet, scheint zu einer Naturkonstante geworden, deren Wert keine der beiden im Laufe der Jahre zu beeinflussen gedacht hatte. Weder Raum noch Zeit konnten ihn verändern. Vermutlich musste erst eine von ihnen verschwinden, ehe sich diese Konstante im Nichts auflöste.

Claudia stellt zwei Teller auf den Tisch, schiebt gefrorene Schusterjungs in die Backröhre. Frühstück ist ihr die wichtigste Mahlzeit am Tage, während Barbara oft gerade mal abbeißt vom Brötchen oder auch nur Kaffee nimmt. Den aber reichlich, schwarz und stark.

Claudia bringt den Biomüll zum Komposthaufen in der linken hinteren Gartenecke. Der Wetterbericht in den Nachrichten hatte für Berlin zwar nicht durchgehend Sonne geweissagt, aber wenigstens sollte es trocken bleiben. Morgenkühle lässt ihr die Härchen auf Armen und Beinen strammstehen. Piloerektion. Das Wort gehört zu jenen, die ihr über kleine Umwege regelmäßig zu einem Grinsen verhelfen. Schon wieder fuchst es sie, was sie heimsucht im Kopf. Wäre doch besser, sie könnte sich an Blüten und Früchten berauschen oder wenigstens den Gestank des Komposthaufens wahrgenommen haben, aber schon ist sie wieder nahe beim Haus. Renate? Die schließt tatsächlich die Tür des Kapokhauses auf, und Claudia fragt sich, neue Heimsuchung, wo sie wohl die Nacht verbracht hat. Renate kommt offenherzig auf sie zu. Wünscht den besten Morgen, den sie sich denken könne. Sie habe Unterlagen vergessen, als sie gestern aufgebrochen sei zu einer Kollegin, Kinder hüten über Nacht. *Ganz schön kühl heute, nicht?*

Claudia denkt an ihre Haarbalgmuskeln, die sich offenbar auch gerade ihrer selbst erinnern und erneut zahllose winzige Berge mit gerade nach oben stehenden blonden Stoppeln auf der Haut sichtbar werden lassen. Sie gähnt. Warum muss sie nur immer so früh raus, warum verlocken ihre teure Matratze, das fluffige, leichte Federbett, das flauschige Kopfkissen sie zwar spätabends zum Eintauchen, nie aber morgens zum Verweilen? Senile Bettflucht, was sonst. Sie seufzt, was Renate als Zustimmung zu ihrem Temperaturbefund aufnimmt. Sie werde jetzt mal. Das Tagwerk rufe. Claudia hebt zwei Finger in Stirnhöhe neben den Kopf, und Renate meint, für einen Moment verwirrt, ihre Mutter Henny vor sich zu sehen, die von dieser Geste sogar auf dem Sterbebett nicht hatte lassen können.

Drinnen sitzt unterdessen Barbara am Küchentisch. Ungewöhnlich früh. Sie trägt nichts als Slip und BH, sodass Claudia sich zwei oder drei Mal auf die Zunge beißt, sie weiß, dass ihr Schweigen hierzu die Schwester zur Weißglut anstacheln wird. Die aber verbeißt sich die Weißglut ebenso wie Claudia die spitze Bemerkung, sodass beider Erregung die Stille zwischen ihnen aufheizt. Schließlich doch um einen Schritt in die Unverfänglichkeit bemüht, läuft Claudia in ihr Schlafzimmer, um eine Jacke oder einen Pullover gegen die Kühle aus dem Kleiderschrank zu greifen. Zurück nimmt sie den Umweg über das Bad. Für gewöhnlich wartet sie die Zeit nach dem Frühstück ab, sich die Zähne zu putzen. Etwas liegt in der Luft, das sie annehmen lässt, es sei besser, das jetzt schon zu tun. Etwas, das auch Barbara darauf bringt, den Tag einvernehmlicher zu beginnen: Angezogen sitzt sie am Tisch, ungeschminkt zwar, aber dafür würde sie später nicht viel Zeit brauchen.

Die Berliner Zeitung. Berichtet von Dunkelhäutigen, die

an diesem Dienstag ihre Unterkünfte zu verlassen haben, weil der Senat jegliche Zahlung für sie einstellen wird. Nach monatelangem Ausharren auf dem Oranienplatz, der Besetzung der Gerhart-Hauptmann-Schule und dem Aushandeln eines Vertrages mit dem Berliner Senat, ihre Anträge auf ein Asyl umfassend zu prüfen, hat ebendiese Überprüfung für sie ein negatives Ergebnis erbracht. Wenigstens, was ihren Berlin-Aufenthalt betrifft. Die einen sind aus anderen Bundesländern hierhergekommen, und Berlin, nicht dumm, bestätigt ihnen nun, dass sie wieder dorthin zurückzukehren haben. Die anderen sind über sogenannte sichere Drittländer eingereist und müssen sich auf den Weg zurück nach Spanien, Italien, Griechenland machen. Einer dritten Gruppe wirft man vor, zwei Mal nicht zu Terminen bei der Ausländerbehörde erschienen zu sein und damit ihr Asylrecht verwirkt zu haben.

Barbara kocht. Nicht etwa ein Ei oder zwei, was Claudia gerade zu tun im Begriff ist, sondern es wallt, brodelt, schäumt in ihr, was an Wut da ist. Jeglichem Gutmenschentum abhold, würde es ihr sicher nicht einfallen, einem *armen, schwarzen Kind* mitleidig über den Kopf zu streichen. Sie will sich aber nicht vorstellen, deutsche Behörden mit deutschen Amtsmannen und -frauen darin verführen nach deutscher Art: Gesetze einhaltend, die sie eigentlich nicht gemacht hatten. Darauf pochend, um den eigenen Broterwerb nicht infrage zu stellen. Da ist sie empfindlich, wie sie sagt, wenn jemand jemanden zum Juden macht. *Beim Eichmann!*

Der Ausruf lässt Claudia erschrocken herumfahren, ein rohes Ei übersteht die Landung auf dem Fliesenboden nicht.

Verärgert schlägt Barbara mit der Faust auf den Tisch. Claudia ist sich über das Temperament ihrer Schwester im Klaren, nicht aber über die Ursache des Ausbruchs.

Über allen strahlt die Sonne! Barbara stimmt das Lied mit höhnisch verzogenem Gesicht an, bricht es nach der ersten Zeile ab. Es hatte sie schwanzwedelnd, als gedankenloses Gewohnheitshündchen, über die ersten Schuljahre begleitet. Sein Zwillingstier, die kleine weiße Friedenstaube, war zwar immer einen Meter vorausgeflogen, hatte sich aber nie trennen können von ihm. *Froh und glücklich will doch spielen auf der Erde jedes Kind, ob nun seine Eltern Schwarze, Gelbe oder Weiße sind.* Diese Strophe hatten sie wie die beiden anderen lauthals gesungen, auf Wanderungen, an Pioniernachmittagen und zum morgendlichen Schulbeginn. Die Schwarzen und Gelben hatte zumindest Barbara in Gedanken um Rote ergänzt, sie hatte Indianergeschichten geliebt. Die Beschwörung der Gleichheit aller war ins Leere gelaufen. Zum Bestaunen, von Seltenheitswert die Andersfarbigen, deren Kontakt zu Einheimischen nicht erwünscht. Unweit vom Gropiusbau hatte es eine *Verschlussstätte* (Barbara) für Vietnamesinnen gegeben, aus der sie morgens oder abends, sprachlos und in Scharen, zur S-Bahn nach Köpenick in die Rewatex-Wäscherei ausgerückt waren. Abends oder morgens ebenso zurück. Ihre Schrittfrequenz, hatte Barbara damals vom Fenster aus festgestellt, war höher als die einheimischer Frauen gewesen. Einheimischer Männer sowieso. Wenn die Eigenarten der Frauen in der Ähnlichkeit ihrer Körpermaße, ihrer Haarfarbe und Frisuren und in der Einheitlichkeit ihrer Schrittfrequenz auch auf den ersten Blick im Schwarmcharakter verloren gehen konnten, so reichte für den kurzen zu beobachtenden Wegabschnitt, hin oder zurück, die Konzentration auf irgendeine von ihnen, um sich der Eleganz und Einzigartigkeit ihrer Bewegungsabläufe klar zu werden. Schon damals hatte Barbara für die eigene Gangart nur den Begriff *stakseln* parat und deshalb erhöhte Schrittfrequenz einüben wollen. Dazu hatte sie sich auf dem Weg zur Arbeit den Vietnamesinnen so sehr genähert, dass diese schüchtern lächelnd, den Kopf senkend, einen Schritt beiseitegetan hatten. Barbara hatte nicht vorgehabt, die Intimdistanz zu durchbrechen, und sich gewundert, dass sie im asiatischen Raum größer sein sollte als im mitteleuropäischen. Womöglich war es im Schwarm zur Addition gekommen?

Sie lacht auf. Die Grundzüge der Proxemik hätte sie damals gern mit Werner Kapok diskutiert, denkt sie, will ihn sich jedoch sofort aus dem Kopf jagen. In den letzten Jahren hat er sie zum Glück nicht so oft aufgesucht.

Claudia hat das Ei unterdessen vom Boden gewischt, weiß nicht genau, ob sie auf eine Erklärung warten oder sie einfordern soll. *Eichmann?* Als sie sich an den Tisch gesetzt und Kaffee eingegossen hat, reicht ihr Barbara die Zeitung mit triumphierendem Augenaufschlag. Den kennt Claudia gut. Der will sich Claudia aber nicht gleich erschließen. Auch als sie die Flüchtlingsseite gelesen hat, bleibt ihr nichts als ein fragender Blick.

Die Bürokratie gibt, berufsbedingt?, Barbaras liebstes Feindbild ab. *Die Bürokratie!,* faucht sie los. Sie redet sich nicht in Rage. Die Rage ist ja längst da und ist groß, heftet sich jedem Wort, jedem Blick, jeder Geste an, um ihren Körper möglichst schnell zu verlassen. Sie redet sich also heraus aus der Rage. Das geht ungefähr so: *Isn dit für 'n Scheiß, wenn se jetze im Nachmauerdeutschland so tun, als jehöre et janz allein ihnen und müsse verteidicht wern. Jejen die Fremden, die von annerswo anrücken und wat suchen hier. Wat suchen se denn? Is doch wurscht! Is doch ejal! Könn doch suchen, wat se wolln! Ick hab dit Land nich jepachtet hier, is nich meins, is nich deins. Ick würds uffsperrn für alle, dit wär am besten. Dit se uns nich allein lassen mitte Deutschen un ihre Bürokratie. Is doch nich anners als Mauerbau, wat se da machen! Nur dass de Mauer nich ze sehn is. Dit is doch das Perfide: Keener sieht se, und drüber kommt nur, wer reich oder kriminell jenuch is, sich nich abspeisen ze lassen. Vonne Ämter, jawoll. Wo Frauen und Männer sitzen un den Eichmann jeben, den pflichtbewussten, der keener Fliege je nich wat zeleide jetan hätte, aber als Uniformträjer leider, leider jebunden jewesen sei. An Befehle. Jesetze. Zeiten. 'S is Kriegszeit, ey! Bei uns vielleicht nich, nich uffn erstn Blick jehnfalls, aba jetan wird ehmt so, als könnten wa uns den Kriech vom Halse halten. Den wa allerorts befördert hamm. Mit Waffen, an denen sich de Produzenten krumm un dämlich verdienen. Aba nich nur: Wenn wa billje Klamotten koofen, sorjen wa ooch dafür, dass in Asien de Billicharmada abhängig bleibt von uns. Is doch 'n schönet Jefühl, wa, dit wa jroß sin un bessa als die da unten, un wenn se komm, stehts uns zu, ze entscheiden, wer rin darf un wer nich. Die meisten dürfen nich. Ick will dit nich! Is nich MEIN Land! Hab keen Recht dazu! Is doch heillos, de Bürokratie uffzefahrn un in Stellung ze bring! …*

So ungefähr klingt es gern, wenn sie sich rausredet, denkt Claudia. Aus der Rage. Und tatsächlich sitzt, als sie endlich fertig ist, eine kleingefaltete Barbara auf der Stuhlkante und fingert nach einer Zigarette. Claudia kann es nicht leiden, wenn im Haus geraucht wird, sagt aber nichts.

Sagt aber schließlich, ein bisschen kleinlaut, dass Barbara doch selbst zur Bürokratie gehöre, *oder etwa nicht?*

Die Kleingefaltete will sich noch einmal aufplustern, erschlafft aber jäh und gibt sich erschossen Feuer. Zieht, saugt.

Und außerdem: Auch Barbara selbst berichte ja oft genug von den Zwängen, in denen sie stecke bei ihrer Arbeit, und auch da gehe es oft um die Existenz. Von Kultureinrichtungen, ja, aber zumindest vermittelt doch auch um die der darin und daran Beschäftigten, oder?

Die erschossen Erschlaffte ergibt sich. Der eigenen Erschöpfung. Entzieht sich dem Chaos im Denken, das bedenkenlos anrollt und sie, machte sie weiter, bedenkenlos kleinschlüge. Diesen Weg auf den Höh'n ist sie oft gegangen? Vöglein sangen? Lieder? Das Rennsteiglied hatte ihr Vater angestimmt, wenn er sich Situationen hatte entziehen wollen, die ihm über den Kopf zu wachsen drohten. Anfang der 50er hatte ein Mann namens Herbert Roth es zur Nationalhymne der Thüringer Waldbewohner gemacht. Joachim Schaechter hatte diesen Rückgriff in die Kleinstbürgerlichkeit, wie er es nannte, stets verspottet und doch im Ritual Zuflucht zur Einfalt von Text und Melodie genommen, die bis in die Achtzigerjahre durch die Redaktionsflure waberte. Kurt Kapok hatte das Lied geliebt.

Der nächste Kapok, denkt Barbara, die nun die beiden Kapökke überrascht nebeneinanderstellt in ihrem Kopf. Vereint schieben sie dem Denkchaos einen Riegel vor. Das ist wunderbar. Das tut gut.

Noch besser täte es, wenn auch Claudia schwiege. Aber sie droht zu monologisieren. Zum Beispiel über ihre Freundin Carola, die im Flüchtlingsheim Karlshorst ehrenamtlich arbeite. Hebamme. Schwangerenbetreuung. Oder über Frau Weise, drei Häuser weiter, vom Landesamt für Gesundheit und Soziales, Zentrale Leistungsstelle für Asylbewerber. Ganz sicher keine Bürokratin, da seien schon die bunten selbst gestrickten Pullover und Pippisocken vor, bei Gott. Und dann fällt ihr ein: Wo wolle Barbara denn eigentlich hin mit ihrer Wut? Naaa? Sie in den Rücken der freiheitlich-demokratischen Grundordnung zu bohren, käme ja wohl nicht infrage. Claudia erinnert an Joachim Schaechters Freund W., Verleger aus dem Westen, der vor vierzig Jahren von der Bundesrepublik zum Staatsfeind erklärt, zu einer auf Bewährung ausgesetzten Gefängnisstrafe verurteilt worden war und 25 Jahre später das Bundesverdienstkreuz bekam. Bemerkt, dass die Bundesrepublik wieder und wieder ihre enormen Lernwillen und ihre Beweglichkeit unter Beweis stelle, was bei allen Unzulänglichkeiten ja wohl nicht abzustreiten sei. Und so weiter. Und so fort.

Hui, so eine Rede hat sie sich gar nicht zugetraut.

Hui, so eine Rede kann Barbara aber gar nicht gebrauchen. Es stimmt, was Claudia sagt. Es stimmt, was sie selbst gesagt hat. Es stimmt immer alles und nichts, je nachdem, wo man beim Redenhalten gerade steht. Welchen Ausblick man hat. Oder sucht. Oder sich verordnet. Wenn sie berlinert, tendiert sie nach links, weshalb sie im Normalfall sehr bemüht ist ums Hochdeutsche. Das Berlinern unterläuft, selten, aber wenn es das tut, ist sie hinterher leer und gebeutelt. Wie jetzt.

Mit zwei Kapökken im Kopp, sagt sie laut und lacht los.

Sie kann nicht wissen, dass Claudia gerade eben Werner Kapok erblickt hat, durchs Fenster. Er ist aus dem Haus getreten, umrundet es nun, raucht eine Zigarette dabei. Wie rot sie wird. Eine Ewigkeit schon hat sie ihn nicht mehr gesehen und hatte ihn doch vor vierunddreißig Jahren einen halben Tag lang heiraten wollen.

* *

AM 6. OKTOBER 1924 heiratete der in Belgrad gebürtige Jacob Ahron Koen, Sohn von Ahron und Sarah Koen, in der Stadt Wien, wo er ein Studium der Musik am Wiener Konservatorium hinter sich gebracht hatte, seine Braut Rifka Riki Salem, geboren in Sarajevo als Tochter von Isac und Sarah Salem. In Sarajevo hatten sich die beiden auch kennengelernt, als der junge Jacob zu einem Violinkonzert eingeladen worden war von einem entfernten Verwandten. Das war schon zehn Jahre her, jener 27. Juni 1914 würde ihnen unvergesslich bleiben. Am darauffolgenden Tag hatte Gavrilo Princip den österreichischen Thronfolger erschossen. Der jüdische Wohltätigkeitsverein *La Benevolencija* hatte den Knaben Jacob mit seinen Eltern für die Dauer ihres Aufenthaltes im Hotel Europa untergebracht, das sich nicht weit entfernt vom Ort des Attentats befand. Während die allgemeine Aufregung einsetzte, hatte der nicht mehr junge Ahron Koen im Wiener Café des Hotels gesessen, das ihm in Erzählungen eines Freundes in verführerischen Farben geschildert worden war. Er war begeistert, es übertraf seine Erwartungen sogar noch. Dass die Familie nicht selbst hatte Spalier stehen wollen für den österreichischen Thronfolger, hatte mit serbischem Nationalstolz zu tun, den Ahron Koen nach Bedarf für sich beanspruchte, obwohl sich seine Bewunderung für das Wiener Café damit womöglich nicht vertrug. Aber damit vertrug sich ja auch der Unwillen nicht, mit dem er in diesem Jahr die Vorbereitungen des 525. Jahrestages der Schlacht auf dem Amselfeld erlebt hatte. Er war froh gewesen, dass er diesen Festivitäten mit der Fahrt nach Sarajevo hatte aus dem Weg gehen können. Der Tonfall hatte ihm noch nie gefallen, den die Christen da anschlugen. Es ging der Familie nicht schlecht in Belgrad. Koen besaß eine Fleischerei, die ihnen ein bescheidenes Auskommen garantierte. Auch wenn er nicht schächtete, nicht *kosher* verkaufte, fand sich kein Schweinefleisch in seiner Auslage. Das reichte ihm. Die Serben aßen gern Schwein und suchten seinen Laden darum nicht oft auf. Er verdarb es sich ungern mit einer der Seiten, lavierte sich durch.

Seine Frau beaufsichtigte wie gewohnt Jacobs Übungsstunden im Hotelzimmer, saß still im Hintergrund, mit einer Kreuzstickerei beschäftigt. Auch wenn das Konzert des Jungen am Vorabend ein richtiger Erfolg gewesen war – ihm die Übungen zu erlassen, wäre den Eltern nicht eingefallen, zumal die Rückreise nach Belgrad Zeit in Anspruch nehmen würde, in der es keine Gelegenheit zum Violinspiel gab. Die Bosnische Ostbahn sollte sie das erste Drittel der Strecke über Višegrad nach Vardite an der serbischen Grenze bringen, die Strecke gab es schon seit einigen Jahren. Für die beiden anderen Drittel hatten sie sich auf eine Kutsche verständigt. Sarah Koen hörte den Aufruhr auf den Straßen, die nahe Baščaršija war in Wallung geraten. Sie sah aus ihrem Fenster und bemerkte im allgemeinen Geschrei das Klopfen an der Tür nicht. Ihr Sohn öffnete sie. Draußen stand Isac Salem, an der Hand jenes Mädchen, das ihm gestern Abend in der ersten Reihe so gebannt zugehört hatte. Der Stolz, ihm die Nachricht überbringen zu dürfen, sprang aus ihren Augen, löste aber in Ahron etwas aus, was er erst fünf oder sechs Jahre später Liebe nennen würde und was ihm jetzt nur eine erhebliche Aufregung bescherte, die weit über jene, die die Botschaft vom Tode des Thronfolgers mit sich brachte, hinausging.

Diese Geschichte ihrer Eltern erzählte die alt gewordene Lea Bašić am frühen Abend des 23. September 2011 ihrem guten Freund Fehim Delić. Sie saßen in seiner Teestube, die bezeichnenderweise »Franz & Sophie« hieß und sich in der Petrakijina in Sarajevo befand. Lea kam gern hierher, sie freute sich, dass es Fehim gelungen war, sich diesen Traum zu erfüllen. Ihre Geschichte hatte mit den Jahren immer mehr Beiwerk bekommen. Eigentlich wusste sie nicht, welche Seelen in der Brust ihres Großvaters Ahron Koen miteinander rangen, und dass er kein Schweinefleisch verkauft hatte, stand ihr erst seit ein oder zwei Jahren vor Augen. Sie hatte ihn nicht kennengelernt, sich aber gemerkt, was ihr die Eltern von ihm erzählt hatten. Dass es sich in Wahrheit nicht um ihre leiblichen Eltern handelte, war erst seit dem Tode ihres Mannes Zulko Bašić zu einer Tatsache geworden, der sie größere Aufmerksamkeit gönnte. Sie berichtete Fehim, nach einer ersten Tasse Darjeeling, den Fortgang der Dinge so, wie sie ihn aus den Schilderungen ihrer Mutter Rifka erinnerte.

La Benevolencija hatte, da das Geld der Koens nicht ausreichte, nach unzähligen Beratungen und Aussprachen, Jacob Koen ein Stipendium in Aussicht gestellt für ein Musikstudium am Wiener Konservatorium. Das konnte er allerdings nur als Einwohner Sarajevos erhalten. Also hatten seine Eltern, nach ebenso unzähligen Beratungen und Aussprachen, ihm die Übersiedlung zu jenem entfernten Verwandten nahegelegt, der ihn 1914 zum Konzert eingeladen hatte. Der Kontakt zu Rifka war niemals abgebrochen, und als er nach seinem Umzug in Sarajevo lebte, nannte er sehr bald Liebe, was sie verband. Das Königreich Jugoslawien ging ins zweite Jahr, als er sich zum Studium nach Wien aufmachte. Nach dessen Ende konnte er Rifka heiraten. Sie standen im Türkischen Tempel in der Zirkusgasse 22 unter der Chuppa und blieben in Wien, wo Jacob Koen zum Kantor berufen wurde. Sie sprachen Serbokroatisch, Ladino und Deutsch, was sich später als Glücksfall für die kleine Lea herausstellen sollte. Sie war 1929 in Deutschland als Lea Schaechter geboren worden, ihre Mutter hieß Johanna, wie Rifka und Ahron sicher gewusst, aber zugegeben hatten, sich beim Namen des Vaters irren zu können. Vermutlich Victor.

Seit Anfang des Jahres 1934 hatte Johanna Schaechter in Wien gelebt, und im Tempel war ihr Unterstützung zuteilgeworden, die sie dringend benötigt hatte nach ihrem überstürzten Fortzug aus Berlin. Dabei hatte sie Rifka kennengelernt, und die Frauen waren bald enge Freundinnen geworden. Sehr plötzlich hatte Johanna Schaechter mit ihren drei Kindern Mitte April ihre Abreise angekündigt, hatte ein Geheimnis darum gemacht, wohin es gehen sollte, aber versprochen, sich so bald wie möglich zu melden. Am Tag vor dem geplanten Aufbruch war sie, Lea, dann aber sehr krank geworden, woran sie sich freilich nicht erinnern konnte. Johanna hatte Halsbräune vermutet und sich voller Verzweiflung an einen Arzt gewandt, der ihre Diagnose bestätigte. Sie, Lea, war sofort ins Rothschild-Hospital eingeliefert worden. Johanna Schaechter hatte die ganze Nacht zu Hause geweint und geschrien, war aber dennoch am Morgen mit den älteren Geschwistern losgefahren, und Rifka Koen hatte ihr immer wieder versprechen müssen, sich um Lea zu kümmern, sie zu besuchen, sie wieder zu sich zu nehmen, wenn sie aus dem Krankenhaus entlassen werden würde. *Moskau,* hatte Johanna Schaechter zum Abschied durch die Zähne gepresst, *ich melde mich, ich melde mich bald!,* und war verschwunden, und das Entsetzen über das Zurücklassen der Schwester hatte Lydias und Joachims Augen zu überfrorenen Kieseln gemacht, wie Rifka erzählt hatte.

Fehim lauschte der Geschichte, deren ersten Teil er schon in seiner Wohnung im Sarajevoer Viertel Alipašino polje in zwei oder drei in Details unterscheidbaren Varianten gehört hatte, ungläubig. Nicht, dass sein Mund offen stünde, dazu legte er Mimik zu sparsam auf seine fein geschnittenen Gesichtszüge, aber die Augen verrieten Erregung. Lea wohnte im gleichen Block wie er, er hatte ihr manchmal die Einkäufe ins Haus geschleppt und vom Fahrstuhl zur Wohnung, er hatte ihr den Syphon in der Küche gereinigt oder für die Reparatur ihres Telefons gesorgt. Lea war nicht dazu zu bewegen, zu ihrer Tochter zu ziehen. Sie hing an dieser Wohnung, die sie mit ihrem Mann bezogen hatte, als die Kinder, frisch verheiratet, eigene Wege gegangen waren. Bis zum letzten Krieg hatte sie als Lehrerin für Biologie und Chemie genügend Geld verdient für ein Leben mit allem Nötigen. Über den Bosnienkrieg sprach sie nicht. Die Verletzungen und das Zusammenstehen wohnten im selben Haus, verteilt auf verschiedene Wohnungen. Sie wusste, wen sie ansah und wen nicht. Was sollte sie da noch sagen mit ihren 82 Jahren, da die Kraft nicht mehr weit reichte? Sie reichte zum Glück, zuweilen mit der Straßenbahn ins Zentrum zu fahren, und dann ging sie immer auf ein Stündchen zu Fehim, in dessen ungewöhnlichen, sauberen, klugen Laden, wie sie sagte.

Auf Bitten Fehims buchstabierte sie wenig später ihren Geburtsnamen, der in ihren Papieren nicht zu finden gewesen wäre, dazu die Namen ihrer Geschwister und der leiblichen Mutter. Rifka Koen hatte sie alle fein säuberlich notiert und den Zettel über alle Grenzen gerettet, sodass Lea wusste, wie man sie schrieb. Zwar wollte Fehim mehr wissen, aber er war zurückhaltend genug, ihr nicht mehr abzupressen, als sie jetzt geben konnte. Ihre Augen waren noch immer klar und sehr blau, und zum ersten Mal fiel ihm auf, dass ihre äußere Erscheinung der der englischen Queen ähnelte. Nein, nicht Frisur und Kleider, ganz zu schweigen von den extraordinären Hutkreationen auf deren Kopf. Aber sie hatte eine ähnliche Gestalt, der das Alter sicher ebenso wie der Königin mehrere

Zentimeter Länge abgejagt hatte. Das weiße Haar trug sie kurz geschnitten, Dauerwellen waren in ihrem Budget nicht vorgesehen, und seit Fehims Freundin Taida das Haarschneiden übernommen hatte, sah sie immer außerordentlich gepflegt und elegant aus.

Ob er auch einen beruhigenden Tee habe?

Ohne Umschweife empfahl ihr Fehim eine Kräutermischung und übergoss sie mit kochendem Wasser.

Eine Gruppe österreichischer Touristen betrat den Raum. Einer von ihnen stieß einen Pfiff aus, als er im Regal neben der Tür, auch deutschsprachige Bücher, ein abgelesenes Exemplar einer Franz-Ferdinand-Biografie zog.

Die alten Habsburger … Und auf Deutsch!

Nun kam Fehim nicht umhin, sie auch in klarem Deutsch zu begrüßen. Sie nahmen Platz, ließen sich Tee empfehlen, bestellten, genossen, in der kühlen Räumlichkeit ausspannen zu können. Draußen war es tagsüber noch immer heiß. Fehim hatte in den Neunzigern in Weimar gelebt, war zurückgekehrt, hatte aber seinen Beruf als Arzt nicht mehr ausüben wollen. Er sprach darüber ebenso wenig wie Lea Bašić über den letzten Krieg. Die verabschiedete sich bald, wollte zum Markt und etwas Gemüse kaufen. Fehim versprach, am Abend noch bei ihr vorbeizuschauen.

Zwischen den wenigen Gästen, die ihn nach den Österreichern noch aufsuchten, hing er später Leas Geschichten nach. Da er ein Auto hatte und sie nicht mehr so gut zu Fuß war, Berge zu besteigen, brachte er sie ein, zwei Mal im Jahr zum Alten Jüdischen Friedhof auf dem Trebević, wo ihre Eltern begraben lagen. Sie hatte ihm erzählt, dass sie im zweiten Jahr nach ihrer Hochzeit mit Zulko kurz nacheinander verstorben waren, so, als hätten sie mit der Verheiratung der Tochter ihr Lebensziel erreicht. Sie packte Kiesel auf die Grabsteine. (Jetzt dachte er, dass sie womöglich die Augen ihrer Geschwister abgelegt hatte.) Lange blieb sie meist nicht dort oben, aber doch lange genug, dass er sich jedes Mal ein anderes Eckchen vornehmen und erkunden konnte. Freilich entzifferte er nur die Grabsteine der Aschkenasis, die erst seit dem 19. Jahrhundert hier bestattet worden waren. Das tat er aber gern, und er notierte sich hin und wieder Namen, die ihm eigenwillig trotzig erschienen. Cila Mondšajn. Avram S. Kabiljo. Dr. Jarhi Mojsije mit Hulda und Gido, die 1942 im Konzentrationslager Jasenovac von der Bildfläche verschwunden sein mussten. Simon und Reza Glückselig, deren Todeszeitpunkte Anfang der Dreißiger ihnen das Schlimmste erspart hatten. Das Taharahaus war erst 1962 neu erbaut worden, die letzte Beerdigung gab es nur vier Jahre später.

Lea legte keinen Wert darauf, Jüdin zu sein. Ihre Kinder waren ohne Gott aufgewachsen, hatte sie ihm erzählt, und dass sie zunehmend staune, wie ihre Enkelin Naida ihrem muslimischen Mann folge und die Rituale des Islam praktiziere. Nach dem Krieg waren Moscheen und muslimische Religionsschulen aus dem Boden geschossen. Aus seinem Küchenfenster sah Fehim – wie Lea – auf die überdimensionierte König-Fahd-Moschee, errichtet mit saudi-arabischem Geld. Sie hockte so hässlich zwischen den zernarbten Neubauten, dass ihn anfangs Übelkeit befiel, wenn sein Blick sie traf. Inzwischen ertrug er sie, so gut es ging. Mit Lea war er sich einig, dass sie auch zu Erkundungszwecken keinen Fuß hineinsetzen wollten. Dass aber regelmäßig viele Menschen dorthin strömten, dass Männer an Hanteln trainierten, während der Turnsaal für Frauen geschlossen blieb, dass Computer- und Englischkurse abgehalten wurden und Koranfestigkeit offenbar keine Voraussetzung für eine Teilnahme war, erreichte ihn schon. Eine Beziehung zu einem Gott, zu einer Instanz der Transzendenz sozusagen, war ihm einleuchtend genug, er verstand sie als elementare Bewegung der unruhigen Menschenseele. Der spirituellen Suche stand ihr kultisch-ritueller Vollzug zur Seite. Gebete konnten Gemeinschaft stiften, Beschneidungen und Taufen Familien und Gemeinden zusammenführen. Was er sich bestenfalls vorstellte, war das Gleichgewicht beider Dinge, das er mit dem Bau riesiger, prächtiger Kultstätten nicht in Übereinstimmung bringen konnte. Er musste versuchen, beim Tee zu bleiben. Nicht beim Geld, das regierte. Den Bau von Moscheen wie das zerklüftete Staatswesen, in dem sich Korrupte auch damit ihre Ecken mit ihren Pfründen zu sichern versuchten. Nicht leicht.

Sein Auto war in der Werkstatt, er nahm die Straßenbahn. Taida wartete nicht auf ihn. Sie war eine hellwache Frau, die sich ihren eigenen Reim machte, im wahrsten Sinne des Wortes, auf alles, was um sie herum geschah, und nebenbei noch einen aufreibenden Job als Assistentin bei einem Germanistikprofessor an der Uni hatte. Für Warten kein Platz. Aber für Freude, dass er nach Hause kam. Olivenpaste und echtes Sauerteigbrot hatte sie mitgebracht, das es nur in der Bäckerei Huth in der Innenstadt zu kaufen gab. Während des Essens erzählte er Leas Geschichte, und Taida brauchte keine drei Minuten, bis sie auf die Suche gehen wollte. Sofort. Facebook. Umstandslos. Diese Idee wäre ihm nicht gekommen, aber das war eben Taida. Prompt. Direkt. Manchmal über das Ziel hinausschießend, sodass er sie bat, das erst noch mit Lea zu besprechen. Da er sich bei ihr angekündigt hatte, stiegen sie schließlich beide die drei Treppen hinauf und klingelten, die Freude der alten Dame war sprichwörtlich. Lea bat sie herein, sie hätte gern ein Abendessen gemacht, ganz auf die Schnelle, und nach der begründeten Ablehnung dieser Aktion holte sie Wein aus dem Kühlschrank, einen Zilavka aus Mostar. Dies und das, Auto in der Werkstatt (Fehim), Studenten ziemlich faul (Taida), morgen ein guter Bosanski Lonac (Lea), der Muezzin, ehe Taida es nicht mehr aushielt und auf das zu sprechen kam, was sie umtrieb. Ob Lea oder ihre Eltern irgendwann in früheren Jahren gesucht hätten nach der Schaechterfamilie? Womöglich wären die Geschwister noch am Leben! Zumindest aber könnten sie Kinder haben, Cousins und Cousinen im Verhältnis zu Leas Tochter und ihrem Sohn, das wäre eine ziemliche Sensation, oder? Lea Bašić zögerte, hob den Kopf, senkte ihn wieder und entschloss sich zum dritten Teil der Geschichte, die sie am Morgen begonnen hatte.

Sie war, eigentlich wider Erwarten, tatsächlich gesund geworden im Rothschild-Hospital. Rifka und Jacob hatten erzählt, dass sie sie so oft wie möglich besucht hatten. Sie besaßen eine handschriftliche Vollmacht Johanna Schaechters, die es ihnen erlaubte, Lea nach dem Krankenhausaufenthalt zu sich zu nehmen. Zunächst warteten sie, dass sie sich wie versprochen meldete, aber nichts geschah. Sie sprachen beim sowjetischen Botschafter, hieß er Petrowskij?, vor, der ihnen allerdings nicht helfen konnte. Im Sommer 1934 erkrankte Rifkas Mutter in Sarajevo schwer, wollte sie noch einmal sehen, sodass guter Rat teuer war. Da der sephardischen Gemeinde des Türkischen Tempels eine eigene Matrikenführung verblieben war, gelang es Jacob Koen, fingierte Geburtspapiere für Lea zu beschaffen. So kam das Ehepaar Koen im August 1934 mit seiner Tochter Lea in Sarajevo an. Im kleinen Häuschen der Großeltern in der Ulica Gornja

Manjija war die Freude der Bettlägerigen groß über das Wiedersehen. Zunächst wollten sie sich zu ihrem dunkel bezopften Mitbringsel nur hinter vorgehaltener Hand verständigen, in der Nachbarschaft wurde gefragt, wie man denn so etwas Niedliches fünf Jahre lang habe verschweigen können, ob etwa die Ehe auf der Kippe gestanden habe? Rifka und Jacob entschlossen sich, die Annahme an Kindes statt bekannt zu geben. Lea wurde als Tochter einer Wiener Jüdin ausgegeben, die an Halsbräune gestorben sei und nach deren letztem Willen das Kind bei den Koens habe bleiben sollen. (Das Wort *Halsbräune* war nun der Fixpunkt, an dem sich Realität und Fiktion miteinander verbanden.) Mit einer großen Feier, zu der sich Nachbarn und Freunde der Familie eingefunden hatten, wurde die glückliche Adoption begangen.

Der fingierten Geburtspapiere, vor allem aber des Februaraufstandes und seiner Folgen wegen erschien Rifka die Rückkehr nach Wien zu gefährlich, und so reiste Jacob allein. Er versah seinen Dienst nur noch wenige Monate, löste die Wohnung auf und siedelte im September 1934 endgültig nach Sarajevo um. Die Großeltern hatten unterdessen die obere Etage des Häuschens bezogen, während die jungen Leute nun unten wohnten.

(Aus meinem eigenen Gedächtnis ist die Zeit bis zu diesem Punkt vollkommen raus, sagte Lea. *Ausradiert. Aber in der Ulica Gornja Mandjija setzen endlich Erinnerungen ein.)*

Ihre Mutter Rifka bezeichnete sie immer als ihr *Wiener Glück,* wenn sie auch jedes Mal eine kurze Pause vor das Wort *Glück* setzte. Auf dem Totenbett endlich gestand sie Lea, was es mit dieser Pause auf sich hatte: Das Wort *Unglück,* das Johanna Schaechter betraf, hatte sich jedes Mal vordrängen wollen.

Rifka und Jacobs Verlangen nach eigenen Kindern, zum Zeitpunkt der Adoption schon zehn Jahre alt, begann mit Leas Auftauchen langsam grau zu werden. Rifka wandte sich auch an den neuen sowjetischen Botschafter in Wien. Lea durfte den Brief eigenhändig unterschreiben, was ihre Großeltern verärgerte und das Gespräch mit ihnen eine Zeit lang verstummen ließ. Aber weil sie unterschreiben durfte, erinnerte sie sich auch genau an den Namen des Adressaten: Iwan Leopoldowitsch Lorenz. Auf den Brief bekamen sie jedoch nie eine Antwort. So wurde Lea zur geliebten einzigen Tochter, und womöglich war es auch die kurze Freundschaft mit Johanna Schaechter gewesen, die Rifka angestachelt hatte, ihr eine möglichst gute Mutter zu sein.

Lea saß auf dem Diwan in ihrer Küche, die Beine übereinandergeschlagen, und dachte offenbar nach. Fehim suchte nach Zeichen der Erschöpfung in ihrem Gesicht, aber Taida brannte auf Fortsetzung. Nun waren es schon eigene Erinnerungen, die Lea durch den Kopf gingen, sie musste ordnen? Auseinanderfalten? Auseinanderhalten? Jedenfalls schwieg sie, schloss zuweilen die Augen. Taida zwang sich zur Zurückhaltung, Fehim wollte Taida zum Abgang zwingen, aber Lea bezwang beide mit ihrer Stimme.

Sie erzählte, wie sie die Zeiten des vorletzten Krieges durchlebt hatte.

Am 10. April 1941, nähere Umstände hatte sie später freilich nachgelesen, war die deutsche Wehrmacht in Zagreb einmarschiert, nachdem vier Tage zuvor Deutschland das Königreich Jugoslawien überfallen hatte. Am gleichen Tag hatte der Oberst Savko Kvaternik im Namen des Ustascha-Führers, *Poglavnik* Ante Pavelić, den Unabhängigen Staat Kroatien ausgerufen. Die neuen Staatsgrenzen umfassten auch

Bosnien und die Herzegowina, die Hatz begann. Die Großmutter hatte 1939 endlich das Zeitliche gesegnet, der Großvater nicht ohne sie weitermachen wollen, sodass er ihr bald gefolgt war. Oft versteckte der Schneidermeister Gavro Perkušić die Koens in seiner Werkstatt, wenn er von irgendwoher Wind bekommen hatte von einer geplanten Aktion gegen Serben oder Juden. Rifka hatte ihnen die lebensnotwendigsten Dinge in drei Rucksäcke gepackt, ohne die sie das Haus nicht verließen. Ihr Glück war, dass sie an einem Steilhang wohnten, mit armer muslimischer Nachbarschaft. Kamen Beamte bis zu dieser Höhe, erschraken sie vor den ärmlichen Verhältnissen, in denen sie keine Juden vermuteten, und zogen wieder ab. Drang doch einer weiter vor und fragte nach, antworteten die Nachbarn, die seien doch schon alle abgeholt worden. Dass Rifka zu den wenigen Frauen hier oben gehörte, die des Lesens und Schreibens kundig waren, hatte ihr bei Musliminnen Respekt verschafft. Die brauchten sie, wenn sie in manchen nicht für Männer bestimmten Angelegenheiten nicht weiterkamen, und damit genoss sie einen gewissen Schutz. Ja, sie hatten Glück gehabt, zur Denunziation ließ sich keiner hinreißen, und einmal verbrachten sie gar eine ganze Woche in einem serbischen Kleinstschweinestall. Lea erinnerte sich daran, wie Rifka ihr Hochzeitskleid abgegeben hatte für ein paar Kilo Mehl und ein Stück Seife.

Als Halbwüchsige hatte sie nicht vollends verstehen können, wer da gegen wen kämpfte. Ein Muslim aus ihrer Nachbarschaft hatte sich zur Schwarzen Legion, einer Eliteeinheit der kroatischen Ustascha, gemeldet, die zunächst vor allem gegen serbische Četniks ins Feld zog. Bald aber wurden die Juden von der Ustascha ebenso gejagt. Als sie dabei gewesen war, das zu begreifen, hatte sie von Mira Papo gehört, sie sei zu den Partisanen gegangen. Mira war Jüdin wie sie selbst und eine Freundin der Familie. Die Partisanen machten anfangs Anstalten, sich zu Aktionen gegen die Schwarze Legion mit den Četniks zu verbünden, jedoch siegte auch hier bald die Feindschaft. Es entstand ein Bermudadreieck, von dessen Eckpunkten aus jeweils Zweifrontenkriege geführt wurden und in dem die Hoffnungen der Erwachsenen immer wieder unterzugehen drohten. Erst im April 1945 war Sarajevo ganz und gar in Partisanenhand geraten. Dass ihr Vater mit den Partisanen sympathisiert und sogar hin und wieder Kurieraufträge für sie übernommen hatte, erfuhr sie erst nach dem Krieg.

Jacob Koen hatte nach seiner Wiener Zeit keine Kantorenstelle in Sarajevo antreten können, stattdessen bis 1941 ein kleines Orchester und zwei Chöre geleitet. Als 1946 das Nationaltheater um eine musikalische Bühnensparte mit Oper und Ballett erweitert wurde, konnte er sich glücklich schätzen, die Orchesterleitung zu übernehmen. Sein Eintritt in die Kommunistische Partei Jugoslawiens geriet nach dem Krieg nur noch zur Formsache, er wurde ein geschätzter Mann über die Grenzen Sarajevos hinaus. Ihr Haus konnten sie grundlegend renovieren, es gab ein Bad mit Wanne, ein Wasserklosett und ein Küchenbecken schon in den Fünfzigern.

Nun war es doch spät geworden, wiewohl Taida nicht satt war und unbedingt hätte weitermachen können. Es gelang Fehim, in der Minute zwischen Leas letztem Wort und Taidas Ausholen zu möglichen Fragen ein tiefes Gähnen zu platzieren, gefolgt von der Ankündigung, Lea jetzt aber doch lieber schlafen zu lassen.

* *

WERNER KAPOK STREICHT am Morgen des 26. August ums Haus. Renate, schon wieder verschwunden, hat ihn mit ihrem unplanmäßigen Erscheinen nicht geweckt, aber erschreckt, wenn auch nur für Augenblicke: Ihre Art, das Schlüsselbund auf die Telefonbank im Flur zu knallen, hat sich keinen Deut verändert. Dass der Klang immer noch derselbe ist, hat aber auch damit zu tun, dass Renate nicht daran denkt, die alte Möblierung ihrer Eltern durch eine zeitgemäßere zu ersetzen. Zwar ist die Telefonbank heute keine Telefonbank mehr, Renate hat drei Schnurlosstationen im Haus verteilt, und auf der ehemaligen Stellfläche für das gute alte Tesla-Telefon, schwarzes Bakelit, steht ein Behältnis mit Kunstblumen, aber das Gefühl, in einem Schlüsselknallen *zu Hause* zu sein, hatte ihn über die letzten Tage schwer beschäftigt. Dass es ein Gefühl war, hat sich nur langsam hergestellt in ihm. Er war weder gespannt noch anderweitig bewegt gewesen, als er sich die Reise vorgenommen hatte. Es war einfach sein Jahresurlaub, für ein anderes Ziel, Pension oder Hotel, hätte das Geld wohl nicht gereicht. Dass er den Nebenjob bei den *Großbürgern* ergattert hatte, ermöglichte ihm solch eine Fahrt doch erst, und dass er nun Aussicht auf eine späte Festanstellung hat, macht den Kopf merkwürdig frei. So frei, dass er seinen Sohn Henry wirklich hineinlassen kann, ohne dass der sich an der dicken Ditte oder an Schuld und Scham wegen unterlassener Kontakte stoßen und zusehen muss, wieder hinauszukommen. Nein, er ist drin, jetzt, und er ist es auch, der Werner Kapoks Wunsch, sich bedeckt und versteckt zu halten, den Rang abläuft. Dass Claudia ihn gesehen hat, weiß er zwar noch nicht, aber selbst wenn er es wüsste, brächte es ihn nicht aus dem Konzept. Das Konzept ist ein ziemlich dickes Knäuel verwirrter Verhaltensfäden, zwischen denen er kaum hindurchschauen kann. Eigentlich steckt er im Konzept im Gefängnis, merkt er, als er an einem der Fäden zu ziehen versucht und feststellen muss, dass es eng wird um ihn. Dass sie ihm auf die Pelle rücken, in die Haut schneiden wollen, die Fäden. Eben hat er an einem gezogen, an dessen Ende er Henry neben sich am Frühstückstisch sitzen sieht, in Trebesee. Kann er ihm vorschlagen, mitzukommen? Lieber greift er zu einem anderen: Er will herausbekommen, wovon der Junge lebt. Schmerz schießt in die Schulter, als er am Faden zieht. Wenn er wirklich anschaffen geht, wäre das so fremd und unverständlich für Werner Kapok, dass ihm womöglich am Morgen noch die Seife aus der Hand fallen wollte, mit der er den Jungen nachts wusch. Er sieht ihn, es ist dunkel, verschwinden, in einem Gebüsch, und nach einer Viertelstunde wieder hervorkommen. Nicht nur Schmerz, auch Tränen. Werner wischt sie mit dem Jackenärmel fort. Der Fremde. Sein Sohn. Mit der dicken Ditte, die er wegdrücken will, was aber nicht geht, sie schiebt sich immer wieder ins Bild, und auf einmal denkt Kapok: Was sonst. Sie gehört ja dazu. Zur Geschichte. Zu Henry. Nicht, dass er sie auf einmal gut leiden könnte, aber ihr genetischer Code hat erst in der Verwicklung mit seinem zu Henry geführt. Etwas weicht auf, etwas ploppt über seinen Kragen, etwas rückt ihm den Kopf so richtig zurecht, dass der Nacken Geräusche macht. Etwas geht ihm über die Schnur des Hutes, den er nicht trägt, und etwas will ihn ganz wuschig machen. Er kriegt es nicht zu fassen, so neu fühlt es sich an und nie gedacht.

So väterlich, rutscht es ihm über die Lippen und tropft, dass er sich mit dem Jackenärmel nun auch noch den Mund abreiben muss. Aber da es nun einmal heraus ist, bläst es sich neben ihm gleich noch ein bisschen auf, dass er es streicheln kann mit der Hand. Das tut gut. Kapok lächelt. Im Lächeln hebt er beinahe selig den Kopf. Sein Blick trifft das schaechtersche Küchenfenster und zwei Gesichter darin, die ihm im ersten Augenblick gar nichts anhaben wollen, dann aber in ihrer aufgeregten Schreckstarre Grund genug sind, von Henry abzulassen und ihnen in die Augen zu schauen. In seinem Blick liegt noch Wärme. Die kennen sie. Er hatte sie einst jeder von ihnen einzeln gezeigt, nie beiden zusammen. Hatte das damals nicht die Maxime sein sollen? Teile und herrsche? Bis sie ihn dazu gebracht hatten, sich selbst zu teilen, in einen mächtig ackernden, auf Barbara rackernden Kapok und einen in Claudia liebenden Werner, der sich selbst genug war.

Jetzt, da es ihm wieder einfällt, schätzt er sie beide, nicht sie haben ihn fallen lassen, sondern er hat sich davongemacht. Ist vor beiden geflohen und hat sich selbst zurückgelassen. Dass er sich nun wiedertrifft mit einem Blick in ihre Augen, hat er nicht ahnen können.

Guten Morgen, Werner Kapok.

Guten Morgen, die Damen!

Die Dachdecker sind da. Barbara und Claudia sind schneller vom Fenster verschwunden, als Werner Kapok registrieren kann, nach wie vor schaut er unverwandt auf den unterdessen verlassenen Punkt hinter der Scheibe. Erst als die Tür des Gropiusbaus sich öffnet und Barbara hinausspringt, sich für heute mit den Bauarbeitern abzusprechen, dreht er sich um und läuft zurück ins Haus. Drinnen muss er erst einmal stehen bleiben, sich verschnaufen, als habe er mehrere Tausend Meter im Galopp genommen. Hände zittern. Puls rast. Blut kocht. Atem jagt. Schweiß rinnt. Ist es so warm draußen? Ist es nicht. Eher ein kühler Morgen, der Himmel bedeckt, er sieht ihn auf einmal im Spiegel, der dem Fenster gegenüber im Flur hängt, über der Telefonbank, mit der das ganze Heimatgefühl anfing heute Morgen. Mit seinem Sohn im Haus seiner Eltern, den Schwestern nebenan. Und als gehörte er dazu, meldet sich Hunger. Hunger mit einer Geräumigkeit, die schwer zu füllen sein würde. So viel steht fest, denkt er und beginnt, ungelenk den Geschirrspüler auszuräumen. Einige Attribute der Neuzeitlichkeit hat sich Renate glücklicherweise nicht verkneifen können. Er stellt zwei Teller auf den Tisch, wirft die Kaffeemaschine an, brät Schinken sehr kross, den er später aufs Rührei legen will. Sucht Teiglinge. Das Wort hat er in Trebesee beim Bäcker in der Karl-Marx-Straße gesehen, als angeliefert wurde. Diese stillen, weißhäutigen Brötchenembryonen aus Polen … Renate hat keine im Vorrat, aber im Frost finden sich Bäckersemmeln, vielleicht vom Wochenende. Alle fünf packt er in den Ofen, geht dann hinaus, die Zeitung zu holen, nimmt sie mit zur Toilette. Wieder zurück, stellt er Renates CD-Player an, ohne die Scheibe zu wechseln. Die Hülle liegt obenauf: Judy Collins, *Wales & Nightingales.* Als er später vorm gedeckten Tisch sitzt, freut er sich über das Anheimelnde. Aber ihm knurrt der Magen so sehr, dass er Henry nun doch wecken muss, um zu fragen, ob er schon so weit sei, mit ihm Frühstück zu essen. Judy ist bei *Sons of* angekommen. *Sons of your sons, sons passing by, children were lost in a lullaby,* singt sie.

Werner Kapok steigt die Treppe hinauf.

Das Bett ist leer.

* *

ALS JOACHIM SCHAECHTER am 6. April 1968 das Bett verließ, um ins Wahllokal umzuziehen für einen Tag, waren die Mädchen längst munter. Barbara trug ein rot-weiß gestreiftes Kleid mit Schlips, Claudia dasselbe Modell, eine Nummer größer, in Gelb. Cilly hatte sie im HO-Warenhaus am Alexanderplatz erstanden. Für den Tag des Volksentscheids hatten sie sich *fein machen* wollen, schließlich waren sie die letzten Wochen mit selbst gemalten Zetteln von Haus zu Haus, von Briefkasten zu Briefkasten gezogen. Ein Kreis, ein Kreuz drin, ein JA drunter. Hunderte Blatt Papier. Dass Achernkötter es sofort zum Klo brachte und auf den Nagel für die Zeitungspapierabschnitte zum Hinternwischen spießte, hatten sie zum Glück nicht sehen müssen. Dafür waren sie stolz gewesen und hatten vor ihren Pioniergruppen Rechenschaft abgelegt über ihr Tun für die neue Verfassung der Deutschen Demokratischen Republik. Frau Fischer und Herr Fauer hatten sie damit beauftragt, aber nicht alle Kinder waren dem nachgekommen. Die wurden gerügt.

Dass euch mal nicht der Kamm schwillt, hatte ihr Vater beim abendlichen Erzählen kommentiert, was Barbara veranlasste, zwei Tage lang kein Wort mit ihm zu wechseln. An diesem Sonntag wollte er die Mädchen mit ins Wahllokal nehmen, wo sie die Leute am Einlass begrüßen und Brause zu trinken bekommen sollten. Vorerst aber waren sie damit beschäftigt, ihre Haare in Fasson zu bringen und auf ihre Mutter zu warten, die sich nur langsam dazu bequemen konnte, zum Frühstück herunterzukommen.

Joachim Schaechter hatte eine Langspielplatte auf den Teller des neuen Plattenspielers, eines Perfekt 215 aus dem VEB Funkwerk Zittau, gelegt. Dem ADN-Korrespondenten in Frankreich hatte es offenbar keine Mühe bereitet, sie in seinem Koffer über verschiedene Grenzen zu befördern. *Jacques Brel 67,* aufgenommen im Pariser Studio Barclay. Joachim Schaechter, des Französischen mächtig, liebte den Sänger. Als ein zunächst ruhiges, dann schneller und kraftvoller gesungenes Lied des Chansonniers erklang, *Fils de,* erregte es ihn offenbar. Er lauschte dem Text gespannt und bedachte die sich zeckenden Töchter mit einem unwilligen Kopfnicken. *Fils de bourgeois ou fils d'apôtre/Tous les enfants sont comme les vôtres./ Fils de César ou fils de rien,/Tous les enfants sont comme le tien …* Er schrieb den Text auf ein weißes Blatt und übertrug ihn später auf die ersten Seiten seines neuen Notizbuches. Es sollte sein Lieblingslied werden.

Die Mädchen, aufmerksam geworden, begannen sich im Rhythmus zu wiegen, verlangten das neuerliche Abspielen und tanzten bald entschlossen durch Küche und Wohnzimmer. Als Cilly herunterkam, warf sie Joachim einen fragenden Blick zu, den er mit einem auf die Lippen gelegten Zeigefinger vertröstete. Kurt Kapok klingelte, um ihn abzuholen, aber Joachim konnte nicht anders, als ihn zu einer Tasse Kaffee hereinzubitten, er sei noch nicht ganz so weit. In der Tat war Kapok zehn Minuten zu früh erschienen. Jacques Brel war bei den Schafen angelangt, *les moutons* sprangen gemeinsam mit Barbara und Claudia durchs Haus, die Musik war zu laut, aber das Lied dauerte nur so lange, bis Kurt Kapok am Tisch saß und Cilly ihm eine Tasse eingeschenkt hatte. Konsterniert hörte er das Französische, sah die Plattenhülle auf dem Küchentisch liegen, wo Schaechter sie zum Lesen hingelegt hatte. Wo der nur immer dieses Zeug herbekam! Er räusperte sich, setzte aber nicht an zu sprechen. Joachim wusste, was in ihm vorging, und konnte sich ein Grinsen nicht verkneifen. Dass fünfzehn Jahre später das AMIGA-Label Lied der Zeit

Schallplatten-Gesellschaft mbH Berlin eine Platte des Sängers auflegen würde, ahnten beide freilich nicht.

Joachim Schaechter rief die Mädchen in Mäntel und Straßenschuhe. Die Geduld, mit der er die Aktion begleitete, verärgerte Kurt Kapok. Seine eigenen Kinder durften ihm mit solcher Trödelei nicht kommen, so etwas musste doch wohl *zack, zack* gehen! Und wenn nicht, setzte es einen Katzenkopp! Seine rechte Hand zuckte, unmerklich hielt er sie mit der linken fest.

Genosse Kollege, sagte er schließlich, *nun reicht's aber, wir müssen los.*

Kollege Genosse, konterte Schaechter, *das Volk entscheidet, und das Volk besteht in diesem Fall aus meinen Töchtern.*

Er zwinkerte Kapok zu, wissend, dass ihn das fuchsteufelswild machen konnte. Da er aber noch immer jede Auseinandersetzung zu glimpflichem Ende hatte führen können, wusste er, dass Kurt Kapok, regte er sich weiter auf, nicht mehr in der Lage sein würde, ihm Paroli zu bieten. Kapok wusste das auch und schwieg lieber.

Als sie endlich losgingen, winkte ihnen Cilly an der Tür nach und rief, dass sie noch vor dem Mittagessen zum Entscheid kommen wolle. Hoffentlich war den Töchtern dann langweilig genug, sie wieder mit nach Hause zu nehmen.

Kurt Kapok und Joachim Schaechter liefen mit hochgestelltem Mantelkragen, es war kalt. Joachim bedauerte es, den Mädchen keine Handschuhe nahegelegt zu haben. Zum Glück lag das Wahllokal nur zwei Straßenecken entfernt, ein Flachbau in der Straße 19, heute Ligusterweg, das auch einen Lebensmittelladen beherbergte. Es lohnte nicht, umzukehren deshalb. Dass Kapok sich freiwillig als Wahlhelfer gemeldet hatte, war nichts Besonderes. Dass er Joachim Schaechter dazu hatte verdonnern können, schon.

Schaechters Freund Zygmunt Bauman, Lehrstuhlinhaber für Soziologie an der Warschauer Universität, hatte im Januar sein Mitgliedsbuch der PVAP[4] zurückgegeben. Kennengelernt hatte Joachim ihn in Moskau, wo sie Mitglieder ein und derselben Komsomolorganisation gewesen waren. Die Studentenunruhen waren in vollem Gange, als Bauman vor anderthalb Wochen von der Lehre *freigestellt* wurde. Zunächst hatte Schaechter die Geschehnisse in Polen umstandslos mit denen in der Tschechoslowakei verknüpft: Alexander Dubček, seit Januar Erster Sekretär der KPČ, stand für Reformkommunismus, den auch die polnischen Studenten einforderten. Kurz nach Dubčeks Amtsübernahme war es am 30. Januar zu Studentenprotesten gegen die Absetzung des Stückes *Dziady* am Warschauer Nationaltheater gekommen. Kazimierz Dejmek hatte es mit deutlichen Spitzen in Richtung Moskau inszeniert. An diesem Abend war es zum letzten Mal gespielt worden, die Zuschauer skandierten wider die Zensur und vereinten sich am Ausgang mit den Protestlern, um zum Adam-Mickiewicz-Denkmal zu ziehen. Schlagstöcke hatten die Versammlung beendet, viele Studenten waren festgenommen und zwei der Universität verwiesen worden, weil sie westlichen Reportern Rede und Antwort gestanden hatten. Ihre Namen: Adam Michnik und Henryk Szlajfer.

Nur langsam, und Joachim Schaechter merkte noch immer, dass er das lieber für eine Fiktion halten wollte, hatte sich wieder und wieder der Gedanke einen Weg in sein Bewusstsein gebohrt, dass es sich nicht nur bei Bauman, sondern auch bei den relegierten Studenten um *Söhne von Juden* handelte. (Er vermied es, *Juden* zu denken, wie er auch sich selbst allenfalls für den Sohn eines Juden hielt.) Im *Zentralorgan* vom

21. März, wie immer von Cilly mit nach Hause gebracht, hatte er Gomulkas Rede vor dem Warschauer Parteiaktiv, zwei Tage zuvor gehalten, nachlesen können. Und erst beim Lesen dieser Rede hatte er bemerkt, wie sich die seit dem Sechstagekrieg in Polen abzeichnende antiisraelische Kampagne mit den innenpolitischen Ambitionen der polnischen Führung geschickt übereinbringen ließ: Gomulka verwies auf die jüdische Herkunft der intellektuellen Aufwiegler, gleichzeitig verwahrte er seine Person gegen jede Unterstellung antisemitischer Regungen. Seine Frau war Jüdin. Schaechter bemerkte zwar, dass ihn das betraf, ließ aber, war er nahe an den heißen Kern geraten, nicht zu, dass ihm etwas klar wurde. Für zu tückisch hielt er das Gefühl, sich auszuliefern durch Geburt und Herkunft. Und auch Bauman sträubte sich, wie Schaechter seinem letzten Brief entnahm, dagegen.

Kurt Kapok hatte in der Redaktionssitzung am 21. März von Schaechter verlangt, für den nächsten Tag eine Gomulka zustimmende Stellungnahme der Redaktion zu schreiben. Kapok hatte das Antijüdische der staatlichen Vorgehensweise in Polen gar nicht mitbekommen, sondern wetterte wie üblich gegen die Feinde des Sozialismus. Blies sich, bekannt, zum sprachlosen Wüterich auf, als Schaechter Schach vorschützte. Er hatte es vor zwei Jahren übernommen, den Lesern der Tribüne wichtige Schachpartien aufzubereiten. Bis zum Abend beides zu schaffen, sei unmöglich. Wutpilz Kapok wusste, dass er dem nichts zu entgegnen hatte, zumal ein Volontär sich anbot. Von *Pflicht und Schuldigkeit* hatte er gesprochen und daraufhin Schaechter unmissverständich aufgefordert, das Seine zu tun und am Tag des Volksentscheids im Wahllokal zu sitzen. Dann lassen wir das kleinere Übel eben mit Fassbrause winken, hatte Schaechter gedacht. Fassbrause hatte bei den letzten

Wahlen zur Volkskammer auf den Tischen der Wahlhelfer gestanden. Er liebte Fassbrause. Wenigstens das.

Seine Töchter klapperten mit den Zähnen, als sie das Wahllokal erreichten. Drinnen waren die Frauen schon damit beschäftigt, belegte Brote auf großen Platten zu drapieren. Drei Brausekästen standen in der Ecke des als provisorischen Küchenraum genutzten Hinterzimmers. Schaechter lachte laut.

Barbara wurde auserkoren, dem ersten Besucher den obligatorischen Blumenstrauß zu übergeben. Die Instruktion, was sie dazu zu sagen hatte, oblag Kapok. Er zog sich für ein paar Minuten mit dem Mädchen zurück. Zeit, in der Schaechter nicht wohl war, die er aber anstandslos vergehen ließ. Als er sich mit der Hand durchs Haar fuhr, hielt er ein ganzes Büschel in der Hand.

Da war es wieder.

* *

CLAUDIA HAT DIE Schnalle für den Blindgürtel bekommen und einen Streifen Velveton in leichter Raffung hindurchgezogen. Renates Rock ist fertig. Sie weiß aber nicht, ob sie es wagen wird, ihn zum Abend hinüberzubringen. Nach diesem Morgen. Der ihr in den Knochen steckt, obwohl nichts passiert ist. Rein gar nichts, wenn sie es genau nimmt.

Barbara hat das auch sofort gesagt. Sei doch nichts weiter. Eigentlich. Sie haben Werner nach mehr als vierundzwanzig Jahren wiedergesehen. Na und? Alte Kiste. Längst leer geräumt. Zum Vergessen.

Sie bläst sich eine Strähne aus dem Gesicht. Den ganzen Vormittag über hat sie immer wieder Lauerblicke in Richtung Kapokhaus gewagt. Ob sie etwas erkennen kann. Konnte sie aber bislang nicht. Da sie den Hauseingang von der Küche aus nicht im Blick hat, beschäftigt es sie, ob Kapok überhaupt daheim ist. *Daheim?* Sie ist verärgert, dass sie immer wieder schauen muss. Muss sie ja gar nicht. Sie legt den Rock über den Stuhl und nimmt sich einen Schlag von der Hühnersuppe, die sie gekocht hat. Zu wenig Salz. Zu viel Sellerie. Sie salzt nach, pfeffert. Den Sellerie kann sie nicht mehr rauskriegen aus der Angelegenheit, also löffelt sie los. Löffelt schnell, löffelt mit Eifer. Noch ein Schlag. Sie lässt das Küchenrollo herab. Am helllichten Tag? Zieht es wieder hoch, verlässt aber den Raum. Setzt sich ins Wohnzimmer.

Ihr Vater hatte Werner gemocht. Mit dem Heranwachsen hatte sie die Spannung bemerkt, die zwischen Joachim Schaechter und Kurt Kapok zunahm, die aber das Verhältnis der beiden auf seltsame Art nicht beherrscht hatte. Kurt Kapok war so ganz anders gewesen als ihr Vater, streng und unzugänglich. Nicht nur zu seinen eigenen Kindern, auch sie hatten das gespürt. Als Nachbarsmädchen waren sie oft genug nebenan gewesen, in Haus und Garten, und Henny Kapok hatte dafür gesorgt, dass sie sich wohlfühlten dort. Ihren Mann hatte sie abgeschirmt, er hatte sich aber oft genug auch selbst abgeschirmt von Kinderlärm und familiärer Gemeinsamkeit. Wie hatte ihr Vater gesagt?

Der Werner kann nichts dafür.

Der Werner ist der Sohn seines Vaters.

Und seiner Mutter!, hatte Cilly sofort eingeworfen, woraufhin Joachim Schaechter verdruckst genickt hatte, *ja, aber …* Hatte dann manchmal Jacques Brel gesummt, *Fils de bourgeois ou fils d'apôtre/Tous les enfants sont comme les vôtres …*. Wie, um sich selbst zu beschwichtigen, denkt sie jetzt.

Sie waren ja auch die Kinder ihrer Eltern, und wie sich ihr

Verhältnis zueinander mit den Jahren und Jahrzehnten wandelte, ist ihr noch immer Anlass zum Rekapitulieren. Großes Liebhaben, Schönfinden, bis sie sieben oder acht Jahre alt war und plötzlich bemerkte, dass Cilly und Joachim alterten. Dass sie Falten und zuweilen schlechte Laune hatten. Dass sie, selten, ihre Kinder nicht bemerkten, wenn sie im Gespräch waren. Das Gefühl zu stören. Wie ihre Mutter sie später aufzuregen begann mit der allmorgendlich ertönenden Frage, ob sie auch ein Taschentuch in die Schulmappe gepackt hätten. Meist traf sie diese Frage aus dem Fenster, auf den ersten Metern des Schulweges. Wie die Schwestern Joachim Schaechters Spötteln über ihre Aktivitäten als Junge Pioniere verabscheut hatten, später aber, als sie mit dem fünften Schuljahr Thälmannpioniere geworden waren und in der achten Klasse dann FDJler, selbst gelästert hatten über das, was man ihnen in unschöner Regelmäßigkeit abverlangte. Resolutionen. Aufrufe. Subbotniks. Solisammlungen. Wandzeitungen. Wie sie, als sie diese gähnende Langeweile in den Jahren der Pubertät immer stärker erbost hatte, sich sicher sein konnten, bei Cilly und Joachim Verständnis zu finden. Barbara war viel aufmüpfiger gewesen als sie selbst und hatte nicht selten Werner Kapok zu Wutausbrüchen getrieben.

Claudia erinnert sich an eine Auseinandersetzung ums Westfernsehen, die sie im FDJ-Studienjahr geführt hatten. Eigentlich hatten sie einen Aufsatz verfassen sollen, warum das verhetzende, dem westlichen Imperialismus dienende Programm zu hassen und zu meiden sei. Barbara hatte geschrieben, dass sie nichts hassen könne, was sie nicht kenne, und dass es nichts bringe, diesseits der Grenze von jenseits der Grenze zu berichten, ohne dass es auch nur einem einzigen Normalbürger gestattet sei, sich das selbst anzuschauen und seinen Grips anzustrengen. Sie wolle das Widerwärtige des Westfernsehens gar nicht bestreiten, aber es sei unter diesen Umständen nicht mehr als eine Behauptung, die das Volk dumm dastehen lasse. Mit Werner hatte sie das diskutiert, er war rot angelaufen und hatte von der Unreife gesprochen, mit der sie an die Sache heranginge. So unreif wie sie selbst seien die meisten Bürger des Landes, deshalb müsse man sie ja gerade bewahren vor westlichen Einflüsterungen, und wenn sie diesen Aufsatz abgebe, sei es zu Ende mit ihrer Freundschaft. *Und außerdem seid ihr jüdische Großkotze!*, hatte er schließlich geschrien, als Barbara ihm einen Vogel gezeigt hatte, und war davongestürzt. Das hatte gesessen.

Claudia merkt ihren Herzschlag auf einmal. Das hatte damals noch niemand zu ihnen gesagt. Barbara war nach Minuten der Erstarrung hinuntergerannt, sie selbst hinterher.

Es ist ein kühler, zugezogener Tag. Das Küchenradio meldet, dass vor einer Stunde der Regierende Bürgermeister seinen Rücktritt angekündigt habe. Der Coup ist ihm gelungen. Seine über die Jahre zu beobachtende, wenn auch mäßige Gewichtszunahme war mit zunehmender Unbeweglichkeit einhergegangen. Werner Kapok ist hingegen so schlank wie früher, hat vielleicht sogar noch etwas weniger auf den Rippen? Ein athletischer Typ. Claudia merkt, wie sich etwas regt in ihrem Bauch. Das ist ihr unangenehm. Lieber kehrt sie zurück ins Erinnern. Doch ein unangenehmes Gefühl hat sie auch, als sie daran denkt, wie Barbara den Eltern Werners Wutschrei wiedergab. Entsetzt hatte sie ausgesehen dabei und herausfordernd in Joachim Schaechters Augen geschaut, als erwartete sie das gleiche Entsetzen, die gleiche Brüskierung aus seinem Mund. Aber was hatte er gesagt?

Der Werner kann nichts dafür.

Der Werner ist der Sohn seines Vaters.

Dieses Mal hatte Cilly geschwiegen.

Claudia zieht jene Schublade der Anrichte auf, in der sie Kassetten verwahrt. Lange schon hat sie keine mehr angehört, obwohl sie weiß, dass sie Schätze dort hortet. Joachim hatte schon in den frühen Siebzigern einen tragbaren Rekorder angeschafft, um den oft Streit mit Barbara ausgebrochen war. Während sie einander hatten übertreffen wollen, damit ordentlich aufzuschneiden vor anderen, hatte Joachim Schaechter ihn für eigene Aufnahmen verwendet. *Genug bramarbasiert!* Mit diesem Ruf war er zuweilen auch in ihr Zimmer gekommen, hatte ihn ihr aber nie einfach weggenommen, sondern immer für eine Stunde im Voraus angekündigt, wann er ihn brauchen würde. Den Freundinnen hatte es imponiert, wie ernst er seine Töchter nahm. Jedoch merkten sie selbst einen gewissen Stolz auf ihren Vater erst, wenn sie bei Freundinnen zu Gast waren, bei denen es anders zuging als zu Hause, erinnert sich Claudia.

Gerade zieht sie eine Fidelio-Aufnahme in schöner Kassettenverpackung hervor, sie hatte sie ihrem Vater irgendwann in den Siebzigern zu Weihnachten geschenkt und damit so große Freude ausgelöst, dass sie ganz erstaunt gewesen war über die Küsschen und Umarmungen danach. Aber was sie sucht, hat keine solche Aufmachung, sondern müsste sich in einer einfachen Plastik-Umverpackung finden lassen. Wie viele hier lagern! Aber da ist sie schon. Erstaunlich, wie gut die Kassetten beschriftet und gekennzeichnet sind. Joachim Schaechter hatte ihnen die Glatzen-Geschichte erzählt damals, hatte sie ihnen nicht direkt, von Angesicht zu Angesicht, sondern nur vermittelt über den Rekorder offenbaren können. Nach seinem Tode hatten sich die Schwestern die von ihm besprochenen Kassetten noch einmal gründlich, mit oftmaligem Vor- und Rückspulen, angehört. (Manchmal hatte Cilly noch entrückt dabeigesessen, Joachims Stimme schien sie zu beruhigen und ihr Hirn sanft wie warmes Wasser zu wiegen, dass sie kaum wagte, sich zu rühren und ihre augenscheinlich sehr angenehme Stellung zu verlassen.)

Dass Claudia noch genau weiß, auf welcher der Kassetten Barbara in die Aufnahme stürzte und sich auf diese Weise verewigte, ist kein Wunder: Sie hat ein dickes, schwarzes Filzstiftkreuz über das Cover gezogen. Nach dem Einlegen setzt sie sich an den Tisch, auf dem noch die Filmvorführapparatur von gestern steht. Sie will, feste Gewohnheit, stricken beim Hören.

Vor dem Monolog singt Joachim Schaechter aufgekratzt.

Ich bin ein Glatzenmann, ich bin ein Glatzenmann,
schaut euch doch nur einmal mein Glatzenglänzen an!
Kein Augenbrauenwuchs, kein Haar im Wimpernkreis –
so nackt gibt selten sich ein schöner Erdmann preis …

Liebe Töchter, es ist an der Zeit, euch zu erzählen, wie ich zum ersten Mal meine Haare verlor.

Ich bin der Sohn zweier einst mit prachtvollem Haar versehener Menschen. Hatte, wenn man den Bildern glaubt, selbst dunkle Locken, die meine Mutter mir erst abschnitt, als ich zur Schule kam. Aber auch das geschnittene Haar wollte sich nicht lange daran halten, einem vorgegebenen Bild zu entsprechen. Wöchentlich wurde bald nachgeschnitten, so sehr strupselte das Haar aus und wollte in verwirbelte Richtungen streben. Meine Schwester Lydia, sechs Jahre jünger als ich, wäre über solches Haar sehr froh gewesen, sie hatte dünne, hellbraune Zöpfchen, die sich völlig der Gravitation zu ergeben schienen. Die Farbe nannte sie missmutig Hühnerscheiße, in ihrem Blick auf mich sah ich Neid, bei dem ich mich allerdings nie aufhalten wollte. Tat so, als sei es mir völlig egal, wie mir die Haare sprossen. Oder ihr. Die andere der Schwestern, Lea, hatte zum Glück wie ich die Vatermutterpracht geerbt, die sich bei ihr als Mädchen auch noch zu schönster Form auswachsen konnte. Überall, auf der Straße oder im Milchladen, auf der Post oder im Zug, zog sie entzückte Blicke der Erwachsenen auf sich. Zum Glück war Lydia vier Jahre älter als Lea, was sie davor bewahrte, mit ihr um solche Blicke konkurrieren zu müssen. Von welchen Jahren spreche ich eigentlich? Ich meine die Zeit in Berlin, wohin wir im Sommer 1927 von Brünn aus gekommen waren. Lea wurde Ende 1929 hier geboren, und die Jahre bis 1933 habe ich in guter Erinnerung. Ich weiß nicht, ob Vater Glück hatte oder wirklich eine unersetzliche Fachkraft war, wahrscheinlich trifft beides zu. Jedenfalls erreichte uns die Weltwirtschaftskrise nur an den Füßen, die kalt wurden, wenn wir mitkriegten, wie andere litten. Ich ging zur Neuköllner Karl-Marx-Schule. Meine Mutter packte mir morgens die drei- oder vierfache Ration dessen ein, was ich selbst hätte vertilgen können. Darüber sprachen wir nicht, sie machte es einfach, und ebenso wortlos gab ich die Brote an Mitschüler weiter. Andere taten das auch. Dass mein Vater Kommunist war, wussten wir Kinder nicht. Und er hat sich bedeckt gehalten, sogar in seinem Betrieb. AEG. Arbeitete in Moabit, in der Turbinenhalle. Stolz zog ich mit meinen Freunden dorthin, um ihnen zu zeigen, wo mein Vater beschäftigt war.

Wir hatten eine Zugehfrau, Frau Blaschke, die heilfroh war, bei uns beschäftigt zu sein. Mein Vater hatte sich oft mit meiner Mutter darüber auseinandersetzen wollen, dass es seiner unwürdig sei, Hauspersonal zu halten, aber sie hatte ihn immer wieder überzeugen können, damit ein gutes Werk zu tun für Frau Blaschke und ihre ganze Familie, die sonst keinen Broterwerb gehabt hätten. Das relative Glück überstand jedoch die Machtergreifung nicht, mein Vater wurde nicht nur schon im Frühjahr 33 mehrmals schlimm zusammengehauen auf der Straße, sondern er verlor seine Arbeit, man lieferte ihn ein in der Prinz-Albrecht-Straße, wo im Unglück das relative Glück noch einmal aufleuchtete: Er hatte einen akuten Blinddarm und wurde ins Polizeikrankenhaus verlegt, von wo aus er entkommen konnte bis nach Paris. Kurz darauf verlor ich meine Haare. Und das kam so:

Wir drei lagen, vom Tag erschöpft wie eigentlich immer in jenen Zeiten, längst im Bett. Vielleicht hatte meine Mutter noch mit einer Zeitung im Wohnzimmer gesessen und darin nach einer kleineren, bezahlbaren Bleibe für uns gesucht, als es klingelte und kurz darauf energisch und unabweisbar an die Tür klopfte. Polizei und SA stürmten die Wohnung, Letztere zur Verstärkung Ersterer angetreten, sie durchwühlten alles bis in den letzten Schlüpfer. Ich schrie und zitterte, als sei ich nicht etwa 14, sondern ich schrumpfte unter den Anstrengungen der Männer, irgendetwas bei uns zu finden, was auf meinen geflohenen Vater verwies. Ihr rüdes, gröbliches Vorgehen entsetzte mich, der ich von der Angst, sie könnten womöglich meine Mutter mitnehmen, in Sturzbäche von Tränen getrieben wurde. Wir waren vielleicht zu verzärtelt aufgewachsen, denke ich heute manchmal. Die Schwestern schrien und heulten mit mir um die Wette, und als ein SA-Mann ganz dicht an mich herantrat, um mir durch die Zähne gepresst mitzuteilen, ich könne verhindern, dass sie die Mutter mitnehmen, indem ich alles, alles sage, was ich wisse, ich sei doch ein großer, verständiger Kerl, da war es um mich geschehen. Ich fiel in tiefe Bewusstlosigkeit, aus der mich keiner der Anwesenden wieder herausholen konnte. Der Polizeiobermeister, vor Kurzem noch Angehöriger der preußischen Geheimen und ein Bekannter meiner Eltern, be-

kam es mit der Angst. Ein totes Kind wollte er sich nicht leisten im schönen neuen Geheimen Staatspolizeiamt, er begann beruhigend auf die SA-Leute einzureden. Na ja, ich rang nicht gerade mit dem Tode, aber das wusste ja niemand so genau. Ein Arzt wurde gerufen, die Männer ließen nach Stunden ab von uns und der erfolglosen Durchsuchung, und ich erwachte schließlich unter den stillen Tränen meiner Mutter, die mich in ihren Armen wiegte. Es tropfte auf meine Augenlider, die Nase, die Wangen, es tropfte sogar in den Mund. Unvergesslich der Salzgeschmack auf der Zunge. Als der Arzt eintraf, war ich längst wieder auf dem Wege der Besserung. Aber als meine Mutter mir durchs Haar strich, hielt sie ein ganzes Büschel davon in der Hand, war erschrocken, wurde fahrig, begann erneut und nun viel lauter zu heulen. Und diesmal sogar zu schreien. Ich tat es ihr nach und holte mir in kürzester Zeit alle Haare vom Kopf, am nächsten Tag hatten sich auch Wimpern und Augenbrauen verabschiedet. Ein Glatzkopf. Ich war ein Unschönling geworden. Die nächsten Wochen wurden schwer. In der Schule –

Papa! Papaaa! Er hat gesagt, wir sind jüdische Großkotze! Der spinnt doch, Papa! Ich hasse ihn! So was Blödes! Wir sind doch keine Großkotze!

Wer hat was gesagt, Bärbelchen? Nu mach mal halblang, sei mal ruhig, Mädchen …

(Claudia hört Barbaras Wutschnauben und -schnaufen, das nun mehr als vierzig Jahre alt ist und dem von heute früh doch sehr ähnelt.)

Na, der Werner, der Blödmann! Nennt uns Großkotze! Aber immer dabei sein wollen, wenn's bei uns was gibt, was ihm gefällt, und das gibt's doch oft genug!

Hab ich verstanden, meine Kleene. Aber was hat er gesagt? Was für Großkotze sind wir?

Jüdische! Der tickt doch wohl nicht richtig! Ich bin zwar keine Jüdin, aber ich wäre sogar gerne eine, wenn der das als Schimpfwort gebraucht! Der hat sie doch nicht mehr alle …

An dieser Stelle hatte sich Joachim Schaechter daran erinnert, dass der Rekorder noch lief, und ihn ausgeschaltet.

Am Abend jenes Tages in den Siebzigern war es zu einem Familiengespräch im Gropiusbau gekommen. Joachim Schaechters Einleitung waren jene Sätze gewesen, die Claudias Suche veranlasst hatten:

Der Werner kann nichts dafür.

Der Werner ist das Kind seines Vaters.

Aber im weiteren Verlauf war es gar nicht mehr um Werner gegangen, auch nicht um die *Großkotze,* sondern um das Wort *jüdisch.*

Und Claudia fühlt, wenn sie ihrem Körper Zentimeter für Zentimeter nachspürt, heute wieder jenes Band, das sie vier an jenem Abend umschlang und sie auf einmal von allem anderen um sie herum trennte.

* *

AM SPÄTEN ABEND des 24. September 2011 legte Fehim Delićs Freundin Taida ihren neuen Band aus der Hand. Ein bisschen knisterte die Spannung in ihr, wie die Gedichtsammlung ankommen würde. Beim Feuilleton, aber vor allem bei den Lesern.

Sie sehnte sich nach Fehim, der gar nicht weit weg wohnte. Weil der Höhepunkt ihrer Rührigkeit in den Nachtstunden lag, seiner aber mitten am Tage, ängstigte sie der Gedanke an ein Zusammenziehen noch. Seufzend schaltete sie den Laptop ein. Lea Bašićs Geschichte war ihr tagsüber immer wieder in die Quere gekommen, sie hatte sie weggeschoben, mangels Gelegenheit, ihr nachzugehen. Jetzt aber suchte sie den Namen *Schaechter* per Facebook. Viele Treffer. Besonders viele in den USA und in Israel. Der Entschluss, es mit der von Lea überlieferten Schreibweise des Namens zu versuchen und sich zunächst auf Personen in Deutschland zu beschränken, hatte damit zu tun, dass sie besser Deutsch als Englisch sprach und Deutschland mehrmals im Jahr besuchte. Ihr Schreiben an zehn deutsche *Schaechters* sollte kurz sein und nicht zu viel offenbaren. Zum einen wollte sie Lea nicht ausliefern, zum anderen Wichtigtuer abhalten. Nach vielen Überlegungen, denen immer wieder Änderungen auf dem Fuße folgten, lautete der Text:

Lieber Herr/ Liebe Frau Schaechter, ich bin auf der Suche nach Verwandtschaft einer alten, in Bosnien lebenden Freundin, die einmal Lea Schaechter hieß, in Berlin geboren wurde und über Wien nach Sarajevo kam in den Dreißigerjahren. Sie hatte zwei Geschwister, Joachim und Lydia Schaechter, von denen sie damals getrennt wurde. Vermutlich kamen Bruder und Schwester mit den Eltern, bis zum Kriegsende?, in Moskau unter. Sie bzw. ihre Nachfahren zu finden, ist mir ein Herzensanliegen. Ich grüße Sie freundlich – Taida Hamzić.

Eigentlich war sie guter Dinge, was den Ausgang dieser Suche betraf. Ganz im Gegensatz zu Fehim, der sich davon nichts versprach. Er wehrt sich einfach zu sehr gegen ihm undurchschaubare Dinge wie Facebook, dachte sie und fühlte zugleich Vertrauen in ihn. Gut, dass es solche wie ihn gab, die sich nicht willig zu Anhängseln von Megaservern machten. Sie versuchte ständig und inständig, Vor- und Nachteile eines Accounts gütig miteinander zu verbandeln, was ihr mal besser, mal schlechter gelang, und sie tröstete sich an dieser

Stelle der heutigen Nutzung damit, dass, sollte sie erfolgreich sein, das Leben der verehrten Lea Bašić noch einmal gehörig an Fahrt aufnehmen konnte. Dieser Gedanke machte nicht nur Spaß, sondern wärmte sogar. Es war schon ziemlich kalt in den Nächten, während man tagsüber noch knapp bekleidet gehen konnte. Sie aber fror nicht, wie sie überrascht feststellte. Holte sich vorsichtshalber dennoch eine Jacke aus dem Schrank.

Die Antworten ließen nicht lange auf sich warten. Drei der Angeschriebenen bedauerten, ihr nicht weiterhelfen zu können. Einer wollte sie mit seiner Website zur Familiengeschichte verlinken, die er in den letzten Jahren als Rentner zusammengestellt hatte, aber ihr fehlte die Neugier. Die fünfte Antwort kam von einer Frau namens Barbara Schaechter, sie schrieb auch im Namen ihrer Schwester Claudia. Taida wusste sofort, dass sie weitere Antworten nicht abzuwarten brauchte. Vorsichtig, wie, um nicht unversehens auszurutschen, erkundigten sich die beiden Schwestern nach Lea Bašićs genauem Alter und gaben sich zu erkennen als Töchter eines vor Jahren bereits verstorbenen Joachim Schaechter, der eine Schwester namens Lydia gehabt habe. Diese sei in der Sowjetunion Ende der Dreißigerjahre an der Ruhr gestorben. Dass auch eine Schwester Lea zur Familie gehört haben musste, wüssten sie nur von einer Kassettenaufnahme aus den Siebzigerjahren. Er habe kurz von ihr gesprochen. Allerdings wären sie niemals darauf zurückgekommen, eingehender nach ihr zu fragen, weil schon das Erzählen von den Todesumständen Lydias ihn bis zuletzt zum Weinen gebracht habe. Wie sollte es da erst um das kleinste Schwesterchen stehen! Er hätte es verschwiegen, die Schwestern nicht nachgefragt. Allerdings käme ihnen die Möglichkeit, eine, ihre!, Lea Schaechter könnte am Leben sein, so ungeheuerlich vor, dass sie nicht mehr schlafen könnten seit dieser Nachricht.

Volltreffer.

Nun gar nicht mehr vorsichtig, schickte sie Barbara Schaechter ein paar Aufnahmen von Lea, die aufgeregt aus ihrem Album auch Jugendfotos entnommen hatte. Dazu, gescannt, den Zettel mit den von Leas Mutter handschriftlich vermerkten Namen der Eltern, Victor und Johanna Schaechter. Breite, sehr deutsch aussehende Druckschrift. Keine Adresse.

Und am Abend des 2. Oktober saß Lea Bašić in der bosnisch-herzegowinischen Hauptstadt Sarajevo vor dem Bildschirm eines Laptops ins Fehims Wohnung und unterhielt sich mit seiner und Taidas Hilfe mit zwei nicht mehr jungen deutschen Frauen, die womöglich die Töchter ihres leiblichen Bruders waren. Das war viel für ihr Herz. Fehim sorgte sich, dass es zu viel wurde. Streute Nonsens und Witzchen zwischen die ungläubigen Staunesätze. Schleppte Themen, die sich nur kurz und ganz am Rande der Unterhaltung zeigen wollten, in deren Zentrum und schlug am Ende vor, die beiden Schwestern sollten bitte recht bald nach Sarajevo kommen. Für die verehrte Frau Lea sei es doch nicht mehr so leicht, weit zu reisen. Zudem sei das Leben endlich, was natürlich für alle an der Unterhaltung Beteiligten gelte, aber unterschiedliche Dringlichkeit habe. Barbara und Claudia, die ganz ohne Mühe und unabhängig voneinander Joachims Lachen in Lea Bašićs Gesicht gesehen hatten und die der Schnitt ihrer Augen so sehr verwirrt hatte, dass sie beinahe ins Wasser gefallen wären, so nahe, wie sie daran gebaut hatten in diesen Minuten, waren sprachlos und still und sahen in den sich rundenden Mond hinauf.

Ist das zu glauben? Claudia wisperte es beinahe tonlos in die gemeinsame Küche, während Barbara aufsprang und die Schwester hochriss und mit ihr durch den Raum wirbelte und Gott dankte und der modernen Technik und Mark Zuckerberg und dem vierundzwanzigsten September und Heike Angelus. Die hatte ihr vor zwei Monaten beigestanden, als sie Facebook für sich entdeckt und eingerichtet hatte. Waren sie glücklich? Barbara dachte an diesem späten Abend an Berge von Glück. (Am nächsten Morgen war das Glück zu einem Feldstein geworden. Immer noch schwer, aber von der Enttäuschung angenagt, dass es nicht ein Vierteljahrhundert früher eingeschlagen haben konnte. Als Joachim Schaechter noch lebte. Dafür malten sich beide Schwestern wieder und wieder ihres Vaters Freude aus, hätte er das erlebt, und Claudia befahl in ungewohnt herrischem Ton für die nächsten Tage einen Gang zum Friedhof in der Kiefholzstraße. Sie mussten es ihm einfach erzählen.)

Auch Fehim und Taida hätten die gute, alte Lea am liebsten zu einem Tänzchen gebeten. Die war aber sprachlos und verschwand geradezu hinter der großen Dankbarkeit, die sie zwischen sich und Taida geschoben hatte. Auch Zweifel und Angst waren ihr beigemischt, hielten sich aber zurück.

Drei leuchtende Augenpaare trotzten dem plötzlichen Ausfall der Elektrizität. Als eine Rückkehr der Stromversorgung auch nach zehn, fünfzehn Minuten ausblieb, bot Fehim Lea an, hier unten zu übernachten statt die drei Treppen zu laufen, aber sie wollte in ihrem eigenen Bett schlafen. Unter Zuhilfenahme seiner Stabtaschenlampe geleitete er sie nach oben. Sie hatte Taschenlampe und Kerzen gleich neben der Wohnungstür stehen, auf dem Zählerkasten. Fehim half ihr bei allem, wobei Hilfe jetzt guttun mochte, und verabschiedete sich dann.

Taida jedoch erinnerte sich in dieser Nacht an eine Beschäftigung, die sie während des letzten Krieges mit ihren Freundinnen geliebt hatte: Strom gucken. Sie hatten sich bei Tageslicht geschminkt und die besten Sachen angezogen, die sie in den ausgedörrten Schränken hatten finden können. Dann waren sie kichernd und gackernd eng an den Plattenbauten entlang, um vor Heckenschützen sicher zu sein, bis zu ihrer Schule gesprungen, die sich damals noch nicht lange in einer ehemaligen Drogerie und dem dazugehörigen Lagerkeller befand. Davor konnten sie sich auf den kalten Beton setzen und ein Stück den Berg hinuntersehen. Ein UNPROFOR-Gebäude unter ihnen, stacheldrahtig am Berghang vertäut, war das einzige gewesen, dessen Stromversorgung durch Generatoren sichergestellt war. Das hatten sie verzückt angeschaut, ganze Abende lang, und sich vorgemacht, auf der Welt zu sein, obwohl sie auf der Rückseite derselben vegetierten.

* *

BARBARA WILL WESTERMEYER morgen nach der Arbeit mit nach Hause bringen. Dieser Entschluss ist das zweitwichtigste Ereignis des heutigen Tages. Das wichtigste, und das bemerkt Barbara auf der Toilette zähneklappernd und gliedmaßenschlotternd, hat am Morgen schon stattgefunden. Werner Kapok zeigte sich auf dem Grundstück seiner Eltern, einigermaßen schutzlos, wie sie jetzt findet, und verschwand wortlos wieder. Werner Kapok, von dem sie weiß, dass er ihr vor Zeiten ein wichtiger Mensch gewesen war, und von dem sie nicht weiß, ob sie ihn einmal geliebt hat. Heute verneinte sie es wahrscheinlich, spräche man sie darauf an. Aber wer sollte das tun?

Dieser Dienstag ist ein Brocken von einem Arbeitstag gewesen. Gut, dass er aufs Ende zugeht. Sie ist wie immer die Letzte, schließt den Raum ab und geht die Treppe hinunter. Nicht sofort ins Parkhaus, denn sie möchte zu gern noch eine Zigarette rauchen und, seltsames Gelüst, einen Eisbecher essen. Wahrscheinlich ist es nicht mehr lange angenehm, draußen zu sitzen. Sie lebt nun mal nicht in Rom, wo die Cafés eigentlich das ganze Jahr über Plätze im Freien bereithalten. Aber in den letzten Jahren, jetzt fällt es ihr auf, ist es auch in diesen Breiten Europas üblich geworden, in eine Decke gewickelt und in der Nähe eines Gasheizstrahlers draußen zu überwintern. Ihr jedenfalls ist das keine angenehme Vorstellung.

Das Eiscafé Andante ist gut besucht, sie setzt sich in der Lil-Dagover-Gasse an einen Zweiertisch und kramt in der Tasche nach dem Zigarettenetui. Das ist aus Leder, echt Krokodil, und uralt. Sie hat es von ihrem Vater bekommen, der nicht mehr hatte sagen können, wo es herstammte. Vielleicht hatte er es aber auch nicht verraten wollen, weil es längst politisch inkorrekt war, ein Krokodillederetui zu besitzen, als er es ihr übergab. Die Wahl eines Eisbechers fällt ihr schwer, sie entscheidet sich für Nusskrokant, ohne Schlagsahne, und schließt die Augen, als sie den ersten Zug inhaliert. Gut, dass der Tag abfällt. Dass sie ihn hinter sich hat. Dass er sie nicht zusammenfalten konnte wie so mancher vorher, nach dem sie Schwierigkeiten hatte, ihr Auto zu starten. Der Schlüssel hatte sich einfach nicht im Schloss drehen lassen und sie das Signal schließlich verstanden: Bitte U- und S-Bahn benutzen! Nein, so einer hatte sie heute nicht erwischt, und das hatte sie Xaver Westermeyer zu verdanken. Der hatte ihr gleich am Morgen ein Schmalzbrötchen gebracht, feinste Weihnachtsgans vom letzten Jahr. Er war ein Einwecker. Bratenduft mit Zwiebel- und Apfelnote, dazu hatte er Holunderblütenlimonade im Angebot. Ebenfalls eingeweckt. Weckte sie aber auf. Sie glaubte nämlich, geschlafen zu haben auf der Fahrt ins Rathaus, konnte sich an nichts mehr erinnern, was ihr die Fahrt über begegnet war. Mit der Limo im Bauch krempelte sich das Trägheitsgefühl um in blanke Aktivität. Als sie Westermeyer zum Mittagessen in der Kantine der nahe gelegenen Fachhochschule abpasste, warf sie sich entgegen aller bisherigen Vor- und Umsicht an seinen Hals und dankte ihm. Er habe ihr mit seiner morgendlichen Stärkungsgabe Kraft gegeben, die ihr gefehlt habe. Es wurde ein techtelndes, mechtelndes Essen mit Drücken und Schnäbeln. Hinterher bat sie ihn, morgen mit zu ihr zu kommen nach der Arbeit. Sie wolle ihm den Gropiusbau und ihre Schwester vorstellen. Und da sie gerade bei vorstellen sei: Sie könne sich überhaupt nicht vorstellen, bis morgen Nacht auf ihn warten zu müssen, aber leider sei ihr Auto zu klein, und im Büro sei zu viel los heute.

Er freute sich. Sie sah es den schwarzen Einsprengseln seiner dunkelbraunen Iris an, die zu glühen schienen. Wie konnte das sein? Noch während sie sich das fragte, zog er sie ins Freie. An den U-Bahn-Gleisen gab es ein eingezäuntes Wäldchen, der Zaun war für beide kein Hindernis.

Später saß sie mit bemüht zusammengezogenem Mund an ihrem Schreibtisch, weil sie glaubte, dass nicht nur die einen, sondern auch die anderen Lippen während der Westermeyereinlassung angeschwollen sein mussten. Das Lachen jedoch überwältigte sie schließlich, sodass sie den verschlossenen Zug um den Mund fahren ließ.

Sie sehen so schön aus heute!, sagte die Vereinsvorsitzende der *Marguerite,* als sie zum Nachmittag zur Abgabe eines Antrages vorbeikam.

Tja, wenn Sie wüssten!

Ihre unüberlegte Entgegnung tat ihr nicht leid, auch wenn sie dem Gesicht der Vorsitzenden einen irritierten Ausdruck aufzwang.

Das Eis ist zuckersüß, wie gewünscht. Ihr Löffel gleitet hindurch, reißt die cremige Masse in Stücke, die noch zueinanderzustreben scheinen, bis das Eis im Mund verschwindet. Es ist gut, dass sie jetzt allein ist.

Sie kennt nicht viele Männer, vielleicht waren es fünf oder sechs, die sich eine Weile abgegeben hatten mit ihr. An sie? Das eher nicht. Am längsten hatte es Werner Kapok geschafft. Er war Schüler derselben Schule gewesen, ein Jahr über ihr, und hatte sie sich als Tanzstundenpartnerin erbeten. Zehnte Klasse. Sie war darauf eingegangen, weil sie im nächsten Jahr ohnehin dran gewesen wäre und keine Lust gehabt hatte, sich unter den Hähnchen ihrer Klasse ein passendes auszuwählen. Während des halbjährigen Tanzkurses hatte sie generalstabsmäßig geplant, mit Cilly über die Pille gesprochen und sie sich schließlich besorgt. Nach dem Abschlussball hatte er sie nach Hause gebracht und sie ihn mit der Aussicht auf eine West-HB in ihr Zimmer gelockt. Leise hatte es zugehen müssen. Als die erste Neugier gestillt war, hatte sich das *Verhältnis* fortgesetzt, war Gewohnheit geworden. Ein bisschen wie das morgendliche und abendliche Zähneputzen oder eine Dusche, die hin und wieder einfach nötig war. Es war hart zugegangen zwischen ihnen. Eine Härte, die im Kontrast zu den langweiligen, einschläfernden Abläufen in der Schule stand. Meist hatten sie das einfach in ihrem Zimmer abgefackelt. Seins war kleiner und dunkler, außerdem war das ganze Haus hellhöriger als der Gropiusbau, und von Kurt Kapok erwischt zu werden, wäre keine reine Freude gewesen.

Nach Unterrichtsende klingelte er oft. Mit ihr sei besser zu sprechen als mit irgendjemandem sonst, den er kannte, hatte er oft gesagt, wenn ihm die Luft ausgegangen war. Sie erinnert sich an eine Fetzerei über die Ostflüchtlinge nach dem Krieg. Flucht? Vor den Russen? Vor Mord und Vergewaltigungen? Gar Vertreibung? Das war zunächst nicht denkbar gewesen für ihn, den Sohn seines Vaters. Als sie ihm aber erzählt hatte, dass Joachim Schaechter als Sowjetsoldat in Berlin einmarschiert sei und es ja wohl wissen müsse, war er ins Grübeln gekommen. Dabei hatte der Vater seinen Töchtern gegenüber lange nichts von Übergriffen sowjetischer Soldaten erzählt. Sie wusste es von einer Klassenkameradin, Marlene Meyer, bei der sie manchmal ein paar Stunden verbracht hatte. Von der Vergewaltigung ihrer Großmutter und ihrer Mutter hatte sie ihr erzählt, die damals eine Halbwüchsige gewesen sei, und Barbara darauf einschwören wollen, darüber zu niemandem ein Wort zu verlieren. Das konnte mit Barbara nicht gelingen, sodass Marlene alsbald ein Album hervorgeholt und aufgeschlagen hatte. Auf kleinen, privaten 6×6-Fotos waren deutsche Soldaten zu erkennen, die vier Frauen nebeneinander an einen Balken gehängt hatten, ein zerfetztes Baby lag zu ihren Füßen. Marlene hatte gemeint, das sei von ihrem Onkel, der die Fotos alle selbst gemacht und kommentiert habe. Allerdings in Sütterlinschrift, die für die Mädchen nicht ohne Weiteres lesbar war. Ihre Eltern wüssten nicht, dass sie das Album gefunden habe, und jetzt müsse sie es auch sofort wieder auf den Boden bringen. In der Tat hatte der Anblick Barbara dazu veranlasst, den Mund zu halten, aber nur so lange, bis sie sich klar darüber geworden war, dass das eine nicht mit dem anderen aufzurechnen war, es waren in jedem Falle Schandtaten gewesen. Die der einen wurden ihr verschwiegen, die der anderen dazu benutzt, Erstaunen bei den Nachgeborenen herzustellen für die Güte der Sowjetsoldaten. Daraufhin hatte sie Joachim natürlich gefragt, und er hatte sich Zeit genommen und darüber gesprochen, dass es ihm schwerfalle und er sich heute noch schäme. Auch von seiner Kompanie sei Grausiges zu hören gewesen. Er hatte das Gespräch beendet und gemeint, das bitte im Gropiusbau zu belassen.

Barbara wusste, dass sie Werner mit so etwas aufbrachte. Mit der Zeit schien er zu merken, dass er einen Kopf hatte und ihn auf eine Weise gebrauchen konnte, die eigentlich nicht vorgesehen war. Von diesen Ausflügen war er immer wieder ins Kapokhaus und von dort in den öffentlichen Raum mit seinen abgezirkelten, vorgeschriebenen Wegen zurückgekehrt. Sie hatte das kaum verstehen können und einen missionarisch zu nennenden Eifer entwickelt, ihn auf Abwege zu bringen. Was ihr wohl nicht gelungen war. Aber auch ihre eigene Art zu denken hatte sie ja nicht etwa ausscheren lassen aus dem, was sie für ihr Leben hielt!

Huch, das wird ihr jetzt aber zu pathetisch.

Einen Nusssplitter hat sie zwischen den Zähnen, will ihn hinter vorgehaltener Hand herauspulen. Die *vorgehaltene Hand* war damals im Gropiusbau abgemachte Sache gewesen. Die Familie hatte geglaubt, hinter ihr alles besprechen zu können, und sie hatte das in ihren Gesprächen mit Werner allzu wörtlich genommen. Als er nämlich, nach drei Armeejahren, 1979 Marxismus-Leninismus zu studieren begonnen hatte, war er Inoffizieller Mitarbeiter geworden. Sie hatte das gerochen. Er fragte sie plötzlich, was er vorher nie getan hatte. Sie war die Impulsgeberin in Diskussionen gewesen. Nun aber wollte er auf einmal wissen, wie Joachim in dieser oder jener Frage ticke oder woran Cilly gerade arbeite. Als sie es ihm auf den Kopf zugesagt hatte, war ein Grienen über sein Gesicht gekrochen, er hatte gestanden. Auch, dass er nur auf sie angesetzt worden sei. Vorerst. Zur Übung sozusagen. Die vorgehaltene Hand, muss sie denken.

Nach einer regelrechten Schlägerei, die sie in ihrem Zimmer veranstaltet hatten, es war niemand außer ihr zu Hause gewesen, hatte sie ihm vorgeschlagen, die Berichte für seinen Führungsoffizier selbst zu schreiben. Da war er wieder, der Aufmupf, den sie doch liebte. Und nach einer kurzen Bedenkzeit hatte sie tatsächlich damit begonnen. Sie hatte sie entworfen und ausformuliert, er sie in seine Handschrift übertragen und später davon berichtet, wie sie angekommen seien. Über Monate hinweg hatte sich das zu großem Spaß gesteigert, dessen doppelte, dreifache Gefährlichkeit sie einfach nicht reflektiert hatten. Nach einer dreiwöchigen Reise nach dem zweiten Studienjahr zur Lehrerin für Deutsch und Geschichte mit dem *Freundschaftszug* in die Sowjetunion im Juli 1980 hatte es Werner den Spaß verschlagen, zum Glück. Wie ihr selbst. Verhältnis zu Ende. Jedenfalls hatte sie ihn danach nur noch selten und nie allein gesehen. Nach ein paar Monaten hatte er eine dickliche Person geehelicht, deren intellektuelle Beschaffenheit nicht vermuten ließ, dass er auch auf sie angesetzt worden war, hatte später seinen Sohn Henry bekommen und eine Wohnung in Treptow. Für einen Studenten ungewöhnlich, aber seine Frau arbeitete wohl als Verkäuferin in einer Konsum-Kaufhalle. Sie selbst fand ihre Zuarbeit für den Dienst, anders konnte sie es nun nicht mehr sehen, nach dieser Reise so infantil und beschämend, dass sie froh gewesen war, Werner nicht mehr jeden Tag sehen und daran denken zu müssen.

Sie schüttelt sich. Zu kühl? Zieht die Jacke fester um sich.

Einmal hatte sie geschrieben, dass Joachim Schaechter vorhabe, eine Plastikpuppe zu grillen in seinem Garten und das als Protest gegen die Unterversorgung mit Wohnungen auszugeben. Was sollte man auch machen, wenn man zu viele Kinder hatte? Gerade grotesk genug war ihr das vorgekommen, die Neugier auf die Reaktion schien unersättlich. Tatsächlich hatte ihr Vater zu einem Samstagabend im Frühsommer 1980 Kollegen der Tribüne zum Einläuten der Grillsaison eingeladen, hatte sich Thüringer Bratwürste besorgt und zwei Kästen Bier im Keller kühlgestellt. Barbara achtete an diesem Abend genau darauf, wer von den Anwesenden sich *verdächtig* benahm. Einer der Neuen, Fischermann hieß er, sie lobt ihr Gedächtnis, fragte gleich nach dem Eintreffen, womit denn heute zu rechnen sei. Er meinte aber wohl eher die Steaks-oder-Würste-Frage. Cilly hatte ihren berühmten Kartoffelsalat mit viel Curry angerichtet, mit dem sich manche der Anwesenden derart die Bäuche vollschlugen, dass kaum noch anderes hineinpasste. Es war Kurt Kapok, der bis zuletzt blieb und blieb und nicht gehen wollte, er hatte ja auch den kürzesten Heimweg, und auf die Wohnungsfrage zu sprechen kam. Redete vom VIII. Parteitag, der 1971 beschlossen hatte, *die Wohnungsfrage als soziales Problem bis 1990* zu lösen. Nun kam das einem allseits bekannten, vielfach zu lesenden und zu hörenden Slogan gleich. Seit wenigen Jahren wurde in Marzahn ein großes Gebiet erschlossen und mit Plattenbauten vollgestellt. Dass aber Kurt Kapok die Sprache ausgerechnet und ziemlich zusammenhanglos darauf brachte und die Worte des Parteitagsbeschlusses verwandte, riss ihm vor Barbaras Augen die Maske des Nachbarn und Kollegen ihres Vaters ab. Joachim Schaechter hielt Kapoks Verharren womöglich für Unlust, nach Hause zu gehen, weil er vielleicht mit Henny gezankt hatte, was er oft genug tat. Auch hätte es sein können, dass entweder sein dreißig Meter entfernter Kühlschrank kein Bier mehr barg oder er an diesem Abend bereits so viele Flaschen davon getrunken hatte, dass ihm das Aufstehen schwerfiel. Jedenfalls verdrehte Joachim, als Barbara in der Küche die Teller abwusch und er hinzukam, um ein Tablett schmutziger Gläser auf den Tisch zu stellen, unzweideutig die Augen und zog die Mundwinkel herab. Sie trat daraufhin mit einem Lappen auf die Terrasse, wischte den Tisch ab, leierte die Markise hoch und kippte einen bereitstehenden Eimer Wasser in die Restglut des Grills.

Na ja, dann will ich mal, brummte Kurt Kapok und trollte sich endlich.

Na ja, dann will ich mal, sagt Barbara jetzt lauter, als ihr lieb sein kann. Eine Frau vom Nachbartisch lächelt ihr zu. Barbara geht an den Tresen, um das Eis zu bezahlen, die Kellnerin schaut kaum noch nach den zwei, drei Gästen draußen. Die meisten sitzen unterdessen im Innenraum. Als Barbara die Treppe ins Parkhaus hinuntergeht, ist ihr Blick als bewölkt zu bezeichnen.

Wie der Himmel, der oben thront und von allem nichts weiß.

* *

LEA BAŠIĆ SAH am 22. Dezember des Jahres 2011 immer wieder in den Himmel über Butmir hinauf. Sie hatte es sich nicht nehmen lassen, mit Fehim zum Flughafen zu fahren, um die beiden Töchter ihres Bruders abzuholen. Der Flug wurde mit einer Stunde Verspätung angekündigt, sodass sie den Flugzeugen beim Starten und Landen zusah. Als die Türen sich endlich öffneten für Barbara und Claudia, erkannte Lea sie sofort und konnte nicht anders, als sie heftig zu umarmen und dazu slawisch zu weinen. Das Deutsche lag zu lange zurück, als dass sie es hätte hervorholen können. Zwar hatte sie sich das Wort *Nichten* von Taida vorsprechen lassen, gebrauchte es dann aber doch nicht zur Begrüßung. Es kam ihr wie die Mehrzahl des Wortes *nicht* vor, das als eines der einst am häufigsten gebrauchten deutschen Worte in ihrem Kopf noch vorhanden war. Lea war aufgewühlt, immer wieder musste sie Claudia und Barbara im Auto anschauen und sich Tränen abwischen.

Später saßen sie am Tisch in Leas guter Stube, und Lea trug auf, dass sich die Balken bogen. Taida hatte in der Zwischenzeit die Aufsicht über Töpfe und Pfannen geführt, sodass man sich im Fett suhlen konnte. Claudia fragte sich nach dem Essen besorgt, wie viel Kalorien zu viel sie wohl zu sich genommen habe. Sie war bemüht, Figur zu halten, was sich in den kommenden Tagen als unmöglich erweisen sollte. (Vor der Abreise war sie im Gropiusbau gewohnheitsmäßig auf die Waage gestiegen, die 75,3 Kilogramm angezeigt hatte. Nach der Rückkehr am 3. Januar sollten es zweieinhalb Kilo mehr sein.)

Nach behördlicher Planung war nur die Weihnachtszeit als nächstmöglicher Urlaubszeitraum für Barbara infrage gekommen. Sie hatten Tickets besorgt, Mitbringsel einpacken wollen. Claudia hatte nach von Taida übermittelten Maßen ein dunkelblaues Kostüm für Lea genäht. Enkel und Urenkel waren ihnen zu fremd, um sie mit Geschenken bombardieren zu wollen. Weihnachten, erzählte Lea und übersetzte Taida, sei in ihrer Familie nie gefeiert worden. Erst nachdem ihr Vater am Nationaltheater zum Orchesterleiter gekürt worden war, habe man wie die Serben die Adventszeit hindurch zu fasten versucht (*halbfasten,* sagte Lea) und zum orthodoxen Heiligabend im Januar Äste mit Eichenlaub gekauft. Eine Erinnerung an den hölzernen Stall von Bethlehem. Ihre Mutter habe begonnen, Božićna Česnica zu backen, ein Hefebrot mit versteckter Münze. Wer sie fand, sollte Glück haben im kommenden Jahr. Mit dem Tod ihrer Mutter habe sie selbst dann das Brotbacken übernommen, bis heute. Geschenke? Na, vielleicht ein ganz kleiner Geldbetrag, und weil man an diesem Tag etwas Neues anziehen sollte, ein Paar Socken oder Unterwäsche. Claudia war beruhigt.

Aber halt, sagte Lea, *ich sage immer Mutter, wie ich auch Vater sage, dabei war ja eure Großmutter meine Mutter und euer Großvater mein Vater!*

Sie hielt inne, als sei soeben eine Erleuchtung über sie gekommen. Barbara nahm es zum Anlass, Fotos hervorzukramen, die sie aus alten Alben geklaubt und mitgebracht hatte. Ihr Vater als kleiner Junge, ein anderes der Schwester Lydia. Ihr Vater als Moskauer Komsomolze, glatzköpfig, aber mit merkwürdig aufgemalt aussehenden Augenbrauen. Ihr Vater als Soldat der Roten Armee in der zerbombten, schuttüberhäuften Französischen Straße in Berlin, ihr Vater als Student in Leipzig. Ihr Vater als Bräutigam. (Lea sah sich das Bild besonders lange an, als wolle sie die Schwägerin prüfen, ob sie ihres Bruders würdig sei.) Ihr Vater fotografierend bei einer Demonstration zum 1. Mai in den Siebzigern, ihr Vater als Grillmeister im Garten des Gropiusbaus. Ihr Vater mit Barbara, Claudia und Cilly in einem Pariser Restaurant in den

Achtzigern, ihr Vater schachspielend, frühe Neunziger. Auf den meisten Fotos war er als Glatzkopf und ohne Augenbrauen zu sehen, und als ob sich für Lea endlich ein Kreis schlösse, holte sie aus dem Schlafzimmer das einzige Foto herbei, das sie von ihren Geschwistern besaß. Rifka hatte es immer wie ihren Augapfel gehütet und auf dem Totenbett endlich herausgerückt. Es zeigte den halbwüchsigen Joachim Schaechter mit seinen Schwestern Lydia und Lea vor dem Brandenburger Tor.

Als Claudia es umdrehte, las sie, Kopierstift in weiblicher Handschrift: *22. April 1933, aufgenommen vom Korallenonkel.* Lea sah plötzlich, was sie in den Jahren zuvor zwar bemerkt, nicht aber hatte benennen können: Der Junge hatte keine Augenbrauen, während die Tatsache, dass er eine dunkle Schiebermütze trug, die Frage nach der Frisur nicht aufkommen ließ. Verwirrung. Auf dem Foto als Bräutigam verfügte ihr Bruder offenbar wieder über sanft gelocktes, volles Haar und geschwungene Brauen. Dass es ihm später ausging, war so verwunderlich nicht, schließlich hatte auch Zulko mit vierzig schon den Großteil seiner Kopfbehaarung eingebüßt. Aber die Brauen? Die ihm offenbar schon als Junge gefehlt hatten? Jedoch nicht, als er heiratete? Lea schwieg, wollte sich genau überlegen, wonach hier gefragt werden musste.

Dass sie plötzlich so still wurde, war für Barbara und Claudia das Signal, sich erst einmal zurückzuziehen. Taida übernachtete für die Dauer ihres Besuches bei Fehim und hatte ihre Wohnung für sie frei gemacht. Sie verabschiedeten sich gemeinsam von Lea, liefen die wenigen Schritte zu Fuß, ließen sich von Taida in die wichtigsten Dinge der fremden Behausung einweisen und winkten ihr aus dem Küchenfenster nach. Von hier aus fiel der Blick auch auf die riesige König-

Fahd-Moschee, die ein tiefes Gefühl der Fremdheit in ihnen auslöste. Nur einen Tag später sollten sie verdutzt sein, wie schnell einander verschiedene Gefühle in dieser Stadt begegneten und ablösten, wie eins den Staffelstab ans nächste weitergab und schon verklungen war. Einige Gefühle blieben, nachdem sie erst einmal aufgetaucht waren. Das, in Osteuropa zu Hause zu sein, kannten sie zum Beispiel noch gar nicht, als sie in Butmir gelandet waren. Es bemächtigte sich ihrer aber umstandslos beim Gang durch die Straßen der Stadt oder die Gassen der Mahalas. Sie glaubten, mit einem Blick in die Augen der Menschen eine altbekannte Seelenverfassung auszumachen, an die sie schon sehr lange nicht mehr gedacht hatten, die aber das Gefühl einer unbedingten Vertrautheit aufsteigen ließ. Barbara wehrte sich dagegen. Wie konnte das sein? Bei früheren Besuchen Osteuropas hatte doch immer Befremden gesiegt! (Sie dachte an ihre Reise mit dem *Freundschaftszug* in die Sowjetunion. Moskau hatte sich lange auf die Olympischen Sommerspiele vorbereitet, die unmittelbar bevorstanden. Barbara war nie eine Sportskanone gewesen und fand es zudem lächerlich, körperliche Kraft und Beweglichkeit zum Anlass zu nehmen, Gesellschaften gegeneinander in Stellung zu bringen. Nach Montreal sollten es die zweiten Boykottspiele werden.) Claudia aber meinte, dass die Augen vieler Frauen, denen sie begegnete, Klaschenka zu ihr sagten oder Klawotschka, und sie fühle sich einfach zu Hause. Beide beschlossen, das slawische Temperament sozusagen mit der Muttermilch aufgesogen zu haben, damals in Moskau. Vermutlich brauchten sie diese Erklärung, merkten sie doch, dass ihnen damit der Kopf frei wurde für das, weswegen sie hierhergekommen waren: Lea und ihre Familie, die ja nun irgendwie auch zu ihnen gehörte.

Für den Abend hatte sich nämlich Enkelin Naida mit ihrem Mann Midhat und den Kindern Sevketa, Taliba und Latif angesagt. Sie lebten in Mostar und klingelten kurz nach sechs. Dazu Leas Tochter Hana, geschieden, in Grbavica, gleich nebenan, zu Hause. Deren Töchter Selma und Lejla, Zwillinge, studierten an der Columbia University in Missouri, vielleicht würden sie im Sommer zu Besuch kommen. (*Geplowder, Geplowder!,* schrieb Claudia am Abend in das Tagebuch, das sie während dieser Reise führte.) Naidas Vater, Leas Sohn Ahman Bašić, lebte als Aharon Baruch in Tel Aviv seit dem letzten Krieg, wo er seine zweite Frau Milka Bigeleisen geheiratet und drei Söhne, Ehud, Yaron und Elan, bekommen hatte. Seine erste Frau, Naidas Mutter Zikreta, war am 5. Februar 1994 mit Naidas jüngerer Schwester Esrefa auf dem Markt gewesen, als dort ein Mörsergeschoss detonierte.

Menschen und Orte, Orte und Menschen. Die einen lernten sie jetzt kennen, die anderen nicht. Wohl den Markt, nicht aber Zikreta und Esrefa. Wohl Naida, nicht aber ihre drei kleinen Brüder und Tel Aviv. Wohl Hana, nicht aber Missouri. Wohl Naidas Mann Midhat, nicht aber ihren Vater Ahman/Aharon. Wohl Naidas drei Kinder, nicht aber Hanas Zwillingstöchter. Vielleicht Mostar? Nicht aber Leas junge Schwiegertochter Milka .... Claudia und Barbara rackerten sich ab mit der Verwandtschaft und ihren Graden. Sie mussten zugeben, dass vieles ihnen unklar blieb: die muslimisch verschleierte Naida mit drei jüdischen Halbbrüdern in Tel Aviv. Die über den kroatischen Exmann dem Katholizismus verschriebene Hana. Lea, die als allenfalls gewesene Jüdin und Frau eines Bosniaken das serbische Halbfasten im Advent nicht so ernst nehmen musste, in diesem Jahr schon gar nicht, aber zum orthodoxen Weihnachtsfest das orthodoxe Weihnachtsbrot buk. Religiösen Eifer bemerkten sie dabei lediglich in Naidas Augen, aber er kollidierte nicht mit dem Glanz, den sie zeigten, wenn sie zum Beispiel Fotos ihrer Brüder Ehud, Yaron und Elan herumreichte. Barbara ertappte sich dabei, Naidas Blick auf Intelligenz zu untersuchen.

Ihre junge Familie wollte am Abend nicht mit dem Auto zurückfahren, sondern bei Midhats Eltern übernachten, die in der Mahala Vratnik wohnten und in deren Haus es genügend Platz gab. Nach ihnen verabschiedete sich auch Hana. Claudia glaubte deutlich bemerkt zu haben, dass sie es nicht wahrhaben wollte, in ihnen zwei leibliche Cousinen zu erblicken. (Das Wort *leiblich* veranstaltete in ihrem Kopf darüber hinaus ein langes Techtelmechtel mit dem Wort *Kind,* in dessen Folge sie Trauer verspürte.)

Wieder hatten sie den Abend über auf Taida und Fehim als Übersetzer zurückkommen müssen. Die beiden waren rechtschaffen müde, und Claudia verspürte den Anflug eines schlechten Gewissens, das sich aber nicht auswachsen wollte. Zum Glück.

Zum Glück war ja auch Taidas Wohnung nicht weit entfernt.

* *

AM ABEND DES 26. August 2014 finden Barbara und Claudia in Renates Küche einen heulenden, flennenden, aufgelösten Werner Kapok vor. Renate ist ebenfalls eine gewisse Kopflosigkeit anzusehen. Als die Schwestern an der Tür klingelten, hat sie geöffnet, Claudia den Rock abgenommen, den sie über dem Arm trug, und die Tür wieder schließen wollen, aber Barbaras Blick hat ihr umstandslos mitgeteilt, dass es damit nicht getan sei. Renate ist, Kopf gesenkt, beiseitegetreten, hat Platz gemacht.

Nun sind sie also im Kapokhaus. Werners Schluchzen hat den Kampf gegen die Stille aufgenommen, die sie gefangen nehmen möchte. So schnell gibt sie aber nicht auf, die Schwestern schweigen. Alle drei. Claudia ist die Erste, die *gefühlig* zu werden droht. Rote Flecken schleichen aus ihrem Blusenausschnitt über Hals und Wangen. Barbara weiß, was folgt, wenn sie nichts tut: Claudia wird sich auf dem Absatz umdrehen und davonlaufen. Rote Flecken sind deutliche Anzeichen dafür, dass sie sich unbedingt zurückziehen möchte. Also fasst Barbara sie fest bei der Hand und ruckt sie zurecht. Zeit gewonnen. Womöglich nicht viel. Vorhin im Gropiusbau haben sie diskutiert, was mit dem Abend anzufangen sei. Claudia fragte, ob Barbara es ihr nicht abnehmen wolle, den Rock hinüberzutragen. Er sei ja nun fertig. Und was aus dem Haus sei, sei aus dem Haus. Barbaras Kopfschütteln kam einer Entscheidung gleich. Sie haben sich angesehen und zugenickt. Damit war nichts gesagt, aber beschlossen: Sie würden gemeinsam gehen.

Claudia weiß, dass Werner Barbaras Unschuld mit sich herumträgt, sie hat sie ihm ja vor Jahrzehnten überlassen. Dass Barbara nicht gut auf ihn zu sprechen ist, glaubt sie zu wissen und nimmt es als ungesund verfestigte Reaktion der Exliebhaberin. Dass sie selbst eingesprungen ist, als Barbara in der Sowjetunion war, hat sie ihr nie gesagt und fühlt sich noch immer schuldig. Dass sie etwas weiß, was Barbara nicht ahnt, scheint sie zum Mädchen zu machen, das fortlaufen will. Und Barbara weiß etwas, was Claudia nicht ahnt: dass sie einst Werners Stasi-Berichte als großen Jux selbst verfasst hat. Froh ist, dass Werner damals verschwand und sie, Kopf in den Sand, nicht mehr immerzu daran denken zu müssen glaubte. Und nun, da mit Werner der Kopf aus dem Sand wieder ans Tageslicht kam, merkt sie, dass die Scham nicht gealtert ist wie sie selbst … (Ach, ihr beiden von Jugendsünden Verfolgten, ihr Armen, ihr Ärmsten, ihr ach so gebeutelten Mädchen, fliegen nicht eure Röckchen vor Angst? Schlottern euch nicht die Arme, die Beine? Wisst ihr eigentlich noch, wie alt ihr jetzt seid? Glaubt ihr etwa an den Allmächtigen? Fürchtet ihr Strafe? Glaubt ihr denn, dass noch alle Tassen im Schrank stehen? Oder seid ihr als Blödmeisters Lehrlinge gerade dabei, die letzte Prüfung zu bestehen? In dieser Art zieht Frage um Frage durch die Schaechterschwestern hindurch, sie wissen sich nicht zu wehren, wollen es aber. Dringlich. Unbedingt. Die eine will weg, die andere hinein. Als springender Punkt in die Falle des Falls. Nur nicht länger so heimgesucht und im Gewirre unnützer Fragen verheddert werden. *Von König Konfusius beherrscht,* wie Joachim Schaechter es immer genannt hat, wenn sie ihm wild entschlossen ihre Fragen in beide Ohren geschossen hatten …)

Aber Renate tritt auf. Tritt an, Werners Weinen erklären zu wollen. Henry, der Schluckspecht. Die Grasdrossel. Sei in der Nacht wieder mal angerückt. Sternhagelvoll und zerschlagen. Nach so vielen Jahren die erste Begegnung. Mit seinem Vater. Der habe ein Bad eingelassen und Henry gewaschen, ihn dann ins Bett gebracht. Miteinander geschlafen. Die restliche Nacht. Und am Morgen sei er plötzlich verschwunden gewesen. Sie weist auf den Herd, wo das Ei in der Pfanne verrückt wird. Noch immer liegt braun gebratener Schinken darauf, ein kalter Haufen aus Eiern und Fleisch, und Claudia wird schlecht. Barbara aber entsetzt sich. Zunächst über Werner, dann über sich wegen des Auftauchens schlüpfriger Bilder vor ihrem inneren Auge. *Miteinander geschlafen.* Die Worte sind so besetzt, dass Barbara gleich an Westermeyer denken muss, mit dem sie kein bisschen geschlafen hat heute Mittag. Das, was sie stattdessen taten, aber ebenso ausdrücken würde, müsste sie's tun.

Renate fällt natürlich gleich nach dem Ende der Rede auf, was sie eben gesagt hat, aber sie berichtigt es nicht, sondern wird stattdessen knallrot in der Hoffnung, nicht oder richtig verstanden worden zu sein. Je nachdem. Wie man's nimmt.

Werner schaut auf, schnauft, wischt sich die Heulerei aus dem Gesicht und sagt leise, dass er ihn wohl ein bisschen zu heiß gebadet habe, seinen Sohn, dass der gar nicht anders mehr konnte, als morgens zu fliehen. Beinahe flehend sieht er in Barbaras Augen. Beinahe erleichtert stimmt sie ein: Natürlich, so 'n Sohn sei das eine, das andere aber die Art der Begegnung. Die Zwischenzeit, deren Schalen zurückblieben, während sie selbst sich längst auf und davon gemacht hat. Manchmal hätten sie Henry ja auch sehen können, wie er ins Haus kam oder davonschlich, mal im Garten ein Sonnenbad nahm oder rauchte, dass guter Hanfgeruch bis in den Gropiusbau hinüberwehte und, sie gibt es ja zu, manchmal Gelüste auslöste in ihr. Renate habe nicht viel erzählt über ihn, wofür Barbara auf eine Art dankbar gewesen sei, die ihr erst jetzt etwas rätselhaft vorkomme. Handele es sich doch bei Henry um den Sohn ihres Kindheitsgefährten, an den jeder Stein, jeder Ziegel des Kapokhauses sie hätte erinnern müssen, es aber nicht tat.

Überraschte Stille.

Poetisch gesprochen, sagt Claudia.

Anerkennend? Wohl nicht.

Aber Barbaras Rede nimmt den Druck vom Kapokhauskessel, lüpft das Dach wie den Deckel desselben, dass sie nun erst einmal durchatmen können. Renate holt Wasser aus dem Keller, Gläser aus dem Schrank, Äpfel auf den Tisch.

Wasser und Äpfel sind nichts für Claudia, sie fragt nach Brot. *Trockenbrot* sagt sie, wie einst ihre Mutter.

Barbara fällt das gleich auf, und es dauert nicht lange, da sitzt Cilly auf Claudias Schoß und hört mit. Auf Barbaras Knien Joachim, ein Bier in der Hand. Auf Werners Schoß Henny, die Mutter, im bernsteinfarbenen Kleid. Renate hält Kurt Kapok schön fest, der immer wieder wegrutschen möchte im Halbschlaf. Komisch ist höchstens, dass Henny und Kurt nur den Schwestern, Joachim und Cilly nur den Kapokgeschwistern sichtbar sind. (Im Hintergrund König Konfusius, der darauf wartet, zuschlagen zu können.)

Alle zittern ein bisschen. Was ist das. Was soll das. Wo führt das hin. Können wir das lenken. Können wir davonkommen oder müssen wir durch. (Henny Kapok: *Da müssen wir durch!*) Müssen wir? Wieder ist es Barbara, die den ersten, fürs Erste umlenkenden Satz sagt: *Wo warst du die Jahre?,* und Werner beginnt, zunächst stockend, dann flüssiger zu erzählen. Entwirft ein Bild seiner neuen Heimstadt (Heimatstadt? Heimstatt?), als wär's ein Juwel. Die mittelalterliche Stadtanlage. Die Gassen wie früher. Die Südquebbe, die Nordquebbe. Die Ost-, Nord- und Südmauerstraße. Die Wasser-, die Heilgeist-, die Knochenhauerstraße. Der Kirchplatz, die hoch aufragende St.-Thomas-Kirche auf dem Katharinenberg. Die Königliche Präparandenanstalt, die heute das Heimatmuseum beherbergt. Sein Heimatmuseum. Sein überaus graues und sehr kleines Haus in der Karl-Marx-Straße, die früher Langeheer hieß. Das Steintor. Das Mühlentor gegenüber. Nicht mal ein Kilometer dazwischen. Welch große Pracht, sein kleines Juwel. Jede Straße in Ordnung, frisch und munter gepflastert, dank EU. Modellprojekt in den Neunzigern. Kunst auch, nun ja, mittendrin. Die Trebel. Das Flusstalmoor. Die Landschaft zum Hinknien. Dann: Der große Speicher, Denkmalschutz, aber verfallend. Die vielen Ruinen im Stadtbild. Notdürftig gesicherte Fassaden. Brachflächen nach Abriss. Läden geschlossen. Geschäftshäuser leer. Viel zum Verkauf, keiner will's. Dass er die ganze Stadt kaufen würde, hätte er Geld, und sie herrichten lassen. Handwerker rein und Künstler, oder Kunsthandwerker? Er weiß nicht so recht, aber ein Glück wäre das schon für sein Kleinod im Abseits. Denn abseits aller touristischen Ströme liegt es nun mal, sein Trebesee, das ihm Asyl bot, bis es zum selbst gewählten Exil werden konnte, irgendwie, und dort lebt er und harrt der Dinge, die kommen, und kommen wird nun noch einiges. Festanstellung vielleicht. Im grünen Bereich …

Er lacht.

Sieht, wie auch Joachim Schaechter ihm zuprostet und gluckst, hebt die Hand, als hielte sie eine Flasche, prostet zurück, setzt an, will trinken. Imaginäres Bier. Claudia verwundert. Barbara, den wegdösenden Kurt Kapok im Blick, raunzt in dessen Richtung: *Hör gefälligst zu! Er ist schließlich das Kind seines Vaters!,* was Renate nun aber auf sich beziehen muss. Sie sieht den Alten ja nicht und druckst, das habe sie doch schon mehrfach gehört, seit Werner aufgetaucht sei. Ja, wirklich, er schildere absolut spannend, was Trebesee ihm sei, und bildreich und übergenau, und man merke, dass Herzblut mit reinschwappt in seine Rede, sie höre sie aber nicht zum ersten Mal, das sei doch wohl zu entschuldigen.

Nun aber mal. Langsam.

Claudia sieht sich bedächtig um in der Runde. Ihr Blick

wandert die Augenpaare der (für sie: sieben) Anwesenden ab, was Zeit braucht. Kurt Kapok zum Beispiel kann sie nicht recht in die Augen sehen. Er döst. Nach wie vor. Ihr münzrunder Absatz schlägt ein paar Mal rhythmisch den braunroten Fliesenboden der Küche. Alarm? Eher Unschlüssigsein. Konfusius in Lauerstellung, den Speer erhoben. So ein Abend zu fünft liegt sehr lange zurück. Werner war verschwunden gewesen für sie. Sie hatten nach ihm nicht gefragt. Man hatte zu ihm nichts gesagt.

Nun ist er da und hat die Schwestern, deren Herzklappensurren er durch Haut und Knochen zu hören meint, geweckt und erschreckt mit seinem Auftauchen. Gern sagte er ihnen, was er dachte, als er sie sah vor zwei Tagen: Warum hatte er keiner von ihnen je einen Antrag gemacht? Von seinem Schwanzaufstand könnte er sprechen, gestern, beim Anblick Claudias, aber er weiß natürlich, dass das weder ihrem Verhältnis zueinander noch der Situation angemessen wäre, und von ihm selbst gäbe es kein auch nur annähernd zutreffendes Bild. Alles herausgerissen, geschnitten aus dem, was sein Leben mittlerweile ausmacht. Herausgeschnitten auf eine Weise, die dazu passt, dass das Kapitel Henry wie eingeklebt wirkt. Alles nicht wirklich, nicht fassbar, nicht halb und nicht ganz. Konfusius rüstet zum Wurf, und wiederum versucht Renate, ihn auszubremsen. Entschlossen spricht sie davon, dass ihr Bruder es tiefstens bedaure.

So über seinen Kopf hinweg? Da ist ihm nicht wohl, sieht Barbara. Fragt nach.

Na, dass er damals sich habe anwerben lassen und den Nachbarn auf die Pelle gerückt sei wie einst ihr Kater Frotz dem Minchen der Schaechters …

Trifft Renate nun unbewusst ins Schwarze? Oder weiß sie von uns?, denkt Barbara. Es ist als eindeutig überliefert, dass Frotz dem Minchen sehr nahekam. Reihenweise waren die Kätzchen aus ihr gepurzelt, zwei, manchmal drei Mal im Jahr, und sie hatten immer das fuchsige Rot mit im Fell gehabt, das Frotz stolz zur Schau trug. Als Minchen überfahren worden war, hatte Frotz noch einen Herbst lang gelebt und sich am ersten Weihnachtsfeiertag 1961 zum Sterben unter den Baum gelegt, den Renate geschmückt hatte mit Hennys Pfefferkuchen und Äpfeln.

Claudia schlägt sich derweil die Hand vor den Mund, so sehr trifft sie die Spitzelrede. Deshalb greift sie zu, als sich gleich darauf die Idee zeigt, Werners anderweitige Hochzeit könne als Ablassen gelten von diesem Tun. *Von dir und von mir,* denkt sie und schaut ihre Schwester an. *Von den Juden in uns,* rutscht es nach. *Welch ein Quatsch,* fängt sie sich ein und verharrt. Gespannt. Aller Augen scheinen auf Werner gerichtet. Henny auf seinem Schoß, Claudia sieht es genau, beginnen die Augen zu zittern. Kurt Kapok erwacht, sodass Renate Mühe hat, ihn zu halten.

Und Werner spricht:

Ich habe es ihr gesagt, als ich fortging. Lange Geschichte. Kontakt zu Henry war ohnehin brüchig, kein Halt für mich, sowieso. Hatte noch einige Zeit nach der Öffnung der Mauer die Stellung halten wollen, die ich erarbeitet hatte und für eine einigermaßen wichtige hielt. Freilich war ich Parteimitglied. Gehörte zur Dienstklasse, wie Eure Eltern übrigens auch. Es gab unter ihnen bis 89 wohl keine kritische Masse, wer kritisch dachte, musste nach Verbündeten suchen. Dass ich sie nur unter Genossen auszumachen versuchte, hat sich letztlich als dümmster Fehler erwiesen. Tienanmen, der durchlöcherte Eiserne Vorhang – ich kam nicht umhin, über des engen Landes Grenzen hinaus zu denken, nicht aber über die des Parteizirkels, in dem ich dümpelte. Gefangen im Aquarium des Kommunismus, dessen gläserne Wände ich nicht als Wände wahrnahm. Wer aber von außen reinschaute, wusste, dass die, die drin lebten, nur mit seiner Hilfe hinauskommen würden. Wenn sie Kontakt suchten mit ihm, ihn gar wünschten. So weit war ich damals längst nicht. Ich weiß noch, dass wir am 20. September 89 im Café Bauer an der Friedrichstraße gesessen hatten. Offiziell, um meine gerade erfolgte Berufung auf eine Professur zu feiern. Meine drei Gutachter und ich. Honecker hatte im Juli und August im Krankenhaus gelegen, Mittag vertrat ihn. Lähmung in der Lähmung. Eigentlich suchten wir nach Verbündeten, einen Putsch gegen Honecker in Gang zu bringen. Von außen? Undenkbar. Wer kam infrage? Wir gingen sie durch, kamen auf Hans Modrow. Einer der drei, gleichzeitig mein Chef, erzählte mir später, er habe schon im August 89 mit Modrow, damals Bezirksoberster von Dresden, in einem Auto auf irgendeiner Landstraße die Krisenlage des Staates besprochen. Das wussten wir anderen damals nicht. War das unfair von ihm? Ich denke, das Café Bauer war auch kein sicherer Ort für solche Gespräche. Vermutlich hätte er Modrow in Gefahr gebracht durch diese Mitteilung. Ich dachte an Harich, der 1956 per Telefon versucht hatte, Genossen zum Sturz von Ulbricht zu motivieren. Ohne Erfolg, stattdessen saß er kurz darauf ein. Dass die Gewalt seit den Fünfzigern jedenfalls nicht an Stärke verloren hatte, lastete schwer auf uns. Es brachte uns aber nicht dazu, uns aus ihrem Dunstkreis zu entfernen. Obwohl die Partei längst geschwächt war, hielten wir sie noch immer für stärker als uns selbst. Amateure am Werk. Bei Kaffee und Kuchen zu Grand-Hotel-Preisen. Ich war nicht bereit, ins Gefängnis zu gehen. Andere schon.

Nicht gegen das System opponierten wir, sondern wollten Reformen, politische Demokratie im Lande. Wir sahen das, was wir Sozialismus *nannten, ja auch nicht als etwas uns von außen, nach dem Ende des letzten Krieges, Aufgezwungenes an. Und wir hatten eine andere Generation vor Augen, Leute, die zum Kriegsende 15 oder 20 Jahre alt gewesen waren und deren kritisches Denken, und aufrichtig danke ich Dir, Barbara, uns durchs Studium geleitet hatte. Ohne Dich wären das Feinde für mich gewesen. Peter Ruben. Hans Wagner. Die den Gang durch die Institutionen für sich versucht und uns damit aufgefordert hatten, es ihnen nachzutun. Gegen das System zu sein, hätte für mich bedeutet, am Status quo zu zweifeln. Der stand aber für mich nicht zur Debatte, wir gehörten zum Ostblock, und da rauszubrechen, war nicht denkbar für mich. Lag außerhalb des Vorstellbaren. War gar nicht zu wünschen, ich hielt die Ordnung hier für die bessere und war damit nicht allein. Unter unseren Lebensumständen musste man erst mal drauf kommen, sie anzuzweifeln. Hatte mich zwar von der Stasi gelöst, aber litt nicht wirklich unter ihr. Wollte sie nicht bemerken, obwohl alle wussten, witzelten, sich an wichtigen Stellen bedeckt hielten. Sie gehörte dazu und war nach unserem Willen ebenso abzuschaffen wie bürokratisch-stalinistische Gedankenverwaltung. Im Land jedenfalls. Auslandsgeheimdienst wollten wir nicht bezweifeln. War ja Parteimitglied, hielt mich für auf der richtigen Seite stehend. Spätestens im Neunziger Januar änderte sich das. Modrow kam aus Moskau zurück mit der Parole »Deutschland, einig Vaterland!« und hatte doch Wochen zuvor noch auf dem Sonderparteitag sich leidenschaftlich eingesetzt, die Partei zu erhalten. Sie sei Voraussetzung für den Fortbestand unseres Landes. Ich war sogar Delegierter dieses Parteitages gewesen, und es war mir schließlich vorgekommen wie all die Jahre zuvor: Schon wieder stand ich abseits mit denen, die auf eine Auflö-*

sung der Partei drängten. Wir wurden abserviert, hatten das Gefühl, alles sei vorab beschlossen und dingfest gemacht worden. Ich wollte nicht mehr und gab nach Modrows Pressekonferenz meinen Parteiausweis ab.

Zur gleichen Zeit nahm dann das Institut für interdisziplinäre Zivilisationsforschung – *welch schöner Name, der hätte doch gut in den Westen gepasst! – seine Arbeit auf. Mit mir als Professor. Einer der jüngsten, die das Land je gehabt hatte: Sie hatten meine Diplomarbeit als Dissertation A anerkannt, die B folgte zwei Jahre später. Ja, wir hatten das lange vorbereitet, seit 88 beschäftigte sich eine Reihe vor allem jüngerer Leute mit moderner Sozialismustheorie, und hatten es schließlich geschafft. Noch immer wollten wir rauskriegen, was den Staatssozialismus so obsolet gemacht oder ihn gar als totgeborenes Kind zur Welt gebracht hatte. Noch immer kritisierten wir den Kapitalismus und unterschieden uns darin in nichts von Strömungen westlicher Politikwissenschaft – und es ging uns um einen demokratischen Sozialismus, der, vielleicht nur für vier Wochen, im Herbst 89 zumindest seinen Haarschopf gezeigt hatte, dann wieder verröchelt war.*

Im Februar 1990 konnten wir uns, falls wir das wollten, nach Verordnung der Modrow-Regierung unsere Personalakten aushändigen lassen. Zu Reinigungszwecken. Mir kam das dämlich vor, denn am Horizont dräute bereits die sogenannte Evaluation, und ich hatte mich einerseits zwar durchaus zu schämen, aber nicht unbedingt vor Leuten, denen die Bedingungen, unter denen wir gearbeitet hatten, unverständlich waren. Viel Lob fand ich vor, meines Klassenstandpunktes, meiner Parteitreue, meiner marxistisch-leninistischen Kenntnisse. Verschiedene Lebensläufe, die ich unangenehm berührt zur Kenntnis nahm, sprachen sie doch nicht nur die Sprache der Vereinnahmung, sondern von der Anpassung an die weggebrochenen Unwerte. Ich wollte nichts ändern, kopierte mir so ein Ding und hängte es später in Trebesee gerahmt an die Wand, als warnendes Zeichen vor jeglichem Opportunismus. Zugegeben, ins Schlafzimmer. Gleichzeitig wusste ich, dass viele der Belobigungen auch deshalb ausgesprochen worden waren, weil es kritischen Leuten wichtig gewesen war, gerade mich in ihre Mitte zu holen. Das wäre nicht zu vermitteln gewesen, niemandem, der sich davon keine Vorstellung machte, und so klappte ich das Ding zu. Zum 31. März legte ich die Professur schriftlich nieder und verschwand.

Mit dem, was dann kam, hatte ich nicht gerechnet. Auf einmal war alles nichts, perdu, verloren, von gestern, erledigt, abhandengekommen. Ich hab doch nur Scheiße im Kopf, war mein häufigster Satz. Auch so gemeint. Nur noch weg. Und Scham steckte mir damals ja marktief im Knochen. Die wollte nicht raus. Wollte verschluckt bleiben und mich verrückt machen. Ich hab mich dann selber verrückt. Erst örtlich nach Trebesee, dann wörtlich in andere Zustände. Unterhosen als Mützen getragen. Die Küche ins Wohnzimmer verlegt. Ebenso umgekehrt. Tschüss zur Begrüßung gesagt und morgens Gutnacht. Gelesen von rechts nach links. Bis ich drauf und dran war, wirklich verrückt zu werden, und mich gerade noch einkriegen konnte mit Kleinzeitarbeit. Im Heimatmuseum. Kontakt zu Renate gab's keinen, das hatte ich der Scheiße in meinem Kopf verboten. Bevor ich loszog, erzählte ich ihr von der Anwerbung und meiner Verpflichtung, von der Auflösung des Kontraktes noch vor Henrys Geburt aber auch, und davon, dass ich nun sehr weit wegwolle von allem Alten. Keinem begegnen. Die Uni nicht in derselben Stadt wissen müssen wie mich. Mein Lebenslauf schnurrte zusammen unter dem neuen Blick, den ich nicht annehmen wollte und der mir doch aufgab, nun anders zu sehen. Eine Zeit lang konnte ich problemlos vom alten zum neuen Blick springen. Alt: Ich arbeitete als Professor an der Berliner

Humboldt-Universität und hatte mich einst verpflichtet, meinem Land durch aktive Mitarbeit im Staatssicherheitsdient ergeben zu dienen. Neu: Das Fach, das ich unterrichtete, war Humbug, gechlorte Kacke, und passte in seiner trägen Verdummungsfunktion zum Zuträgerjob. Wie sollte ich leben damit? Mit dem einen wie mit dem anderen? Wusste dann eine Weile oft nicht, in welchem Blickmodus ich mich jeweils befand, musste das überprüfen, bevor ich was sagte. Mit der Zeit merkte ich aber, dass beide Blicke nicht stimmten. Irgendwas fehlte.

Als ich noch Zuträger war, hattest Du, liebe Barbara, mir mit Teeren und Federn gedroht, mir handverlesene Leviten gelesen, aber Dein Spaß, damit umzugehen, steckte mich an. Als ich jedoch mit der zu grillenden Puppe ankam, haben sie mich zum Arzt nach Herzberge geschickt. Danach war es dann vorbei, ich hab um Entlassung gebeten, weil ich mich enttarnt habe. Na ja, ich habe gesagt, Du seist dahintergekommen, ganz von allein, und ich nicht in der Lage gewesen, es abzustreiten im trunkenen Zustand, in den mich westliche Alkoholika aus der schaechterschen Hausbar versetzt hätten. Ich sei nicht geeignet. Erst wollten sie wüten, beruhigten sich aber dann.

Oder nimm den Neu-Blick: Marxismus ist ja mitnichten gechlorte Kacke, hat einen gültigen Kern, dessen Studium ich nicht bereuen muss, eigentlich. Zumal Du mir so viel gesagt, so viel beigebracht hast, Barbara, dass ich gar nicht wüsste, wie ich ohne Barbaraklugheit die Kurve hätte kriegen sollen. Unsre Mutter war eine liebe, gute Person, der Vater uns auch zugetan, aber verbohrt und nicht grade klug, so wie Deiner zum Beispiel. Der Unterschied schmerzte, weil ich vom Unklugen abstamme und Zweifel am eigenen Intellekt mehr als angebracht waren. Einmal hat er gesagt, ihr wärt Juden, jüdische Großkotze, das merke man schon am Geruch. Wie alt war ich damals, fünfzehn, sechzehn? Auf alle

Fälle zu grün, als dass ich es hätte verstehen und einordnen können. Bei nächstbester Gelegenheit habe ich es Dir um die Ohren gehauen, und als Du austicktest, rannte ich weg. Ihr wisst vielleicht nichts vom Gespräch, das Euer Vater an jenem Tage noch mit mir geführt hat? Er holte mich aus dem Haus, wir trödelten durch die Königsheide, am Kinderheim Makarenko vorbei, und er sprach und sprach und sprach und hielt mich mit Worten fester, als mein eigener Vater es je mit seinen Armen und Händen getan hat. Erzählte mir von Euren Familien, seiner und Cillys, es war, als spräche er von versunkenen Städten, Vineta, Atlantis, Rungholt, Shi Cheng im Qiandao-See. Er wolle kein Geheimnis machen um Euer Geheimnis, hat er gesagt, das Jüdische sei aber nicht mehr wichtig im Sozialismus, dem er sich verschrieben habe wie mein Vater auch, das sei wichtiger. Dass wir alle. Gemeinsam. Vorangehn. Und wenn mein Vater von Großkotzen spricht und sie jüdisch nennt, dann sei er eben durch seine Herkunft nicht weniger geprägt als ihr durch die eure. Das könne Kurt Kapok nicht so gemeint haben. Das sei ihm wohl rausgerutscht in einem Augenblick der Wut, die ihn immer dann überkomme, wenn er sich unterlegen fühle, und tatsächlich sei ihm ja höhere Bildung versagt geblieben. Daran zeige sich der Klassencharakter der vergangenen Gesellschaft, die zu überwinden sie angetreten seien, und er nehme es Vater nicht übel. Bloß er, Werner, solle sich bitte genau überlegen, wie weit er ihm folge. Natürlich, Vater bleibt Vater, und Irrtümer, sone und solche, seien verzeihlich. Euch aber Juden zu nennen und das als Schimpfwort zu brauchen, wie das angehängte »Großkotze« beweise, gehe daneben. Eure Vorfahren seien noch Juden gewesen, ihr aber stammtet allenfalls von ihnen ab, und es stünde Euch zu, zu entscheiden, ob Ihr das Erbe annehmen wollt. Gestern noch hätte er gesagt, dass er das längst ausgeschlagen habe. Aber heute habe ich ihn, nein, er sagte Kurt Kapok, dazu gebracht, noch mal nachzudenken darüber. Und dann nahm er mich fest in den Arm und drückte mich so, dass mir die Tränen kamen, wie der Zitrone der Saft ausgeflossen wäre unter seinem Druck. Ich war sprachlos. Es war, als liebte er mich.

Und als ich Jahre später gefragt wurde, ob ich bereit sei, dachte ich, lacht ruhig, auch an den Klassencharakter und seine Überwindung und unser aller gemeinsames Vorwärtsgehen – und sagte Ja. Unterschrieb. Für meinen Vater und euren. So sah ich das damals. Heute sage ich: leider, und denke, es ist zu spät, das noch zu verstehen. Ich wollte die einen Genossen von den anderen überzeugen, dachte, wenn ich nur Gutes schriebe über euch, käm das der Sache entgegen. So ungefähr. Bis Barbara mir den Star stach mit ihrer Art, mich genauer zu sehen, als ich es selbst vermocht hätte. Danach tauchte ich sehr bald ab, in eine Art Fremdehe, in der ich den Henry bekam und nicht annehmen konnte. Seit ich in Treptow wohnte, nur noch selten zu Hause gewesen, hab mich für Ditte geschämt, vor allem vor Euch. An der Sektion immer fleißig, das hielt mich am Laufen. Im Hamsterrad. Auf Hochtouren bis zum Schluss. Als das Hamsterrad wegbrach, musste ich einfach weiterlaufen, aber wohin? Wohin denn? Nicht weiterzulaufen, Stillstand, hätte doch Innehalten bedeutet, still überlegen, was war und was ist! Das ging nicht. Selbst Trebesee hab ich noch aufgeraucht in den ersten Jahren mit meinem Verrücken. Bis der platte Norden mich gebändigt bekam mit seiner Menschenleere und seinem Verfall. In dem meiner dann nichts Besonderes mehr war, sodass ich ihn geschehen lassen konnte. Die Scheiße lief irgendwann raus ausm Kopp, ich kriegte ihn klarer und klarer, bescheidete mich, indem ich was Neues annahm. Ein Glück. Das Museum. Die Heimatgeschichte. Nun vielleicht Gärtner. Die alten Tage. Jetzt denk ich auf einmal, genau das wollt ich Euch sagen, als ich hierherkam. Ich wusste das aber noch nicht …

Er ist still. Hat nicht schnell und nicht langsam gesprochen.

Wie gut du reden kannst! Barbara drückt ihr Erstaunen aus. So kennt sie ihn nicht, schaut gerührt in die Runde, will Rührung natürlich verbergen. Vor allem vor Werner. Dass er Henny noch eben auf dem Schoß hatte, ist schon vergessen, und auch die drei anderen Alten sind fort. Dahin. Wie weggeblasen. Renate holt nun eine Flasche Rotwein aus dem Schrank, öffnet ihn, man prostet sich zaghaft zu, als hätte man Hoffnung, er löste die Zungen. Aber da kommt nichts, außer dass Claudia *Chapeau!* sagt nach dem ersten Schluck und Werner zunickt. Dem fällt ein, wie die Schwestern Wein tranken am Abend der Ankunft, interessiert schaut er auf Barbaras Gebiss, das strahlend weiß und gut aussieht. Er könnte sich ohrfeigen für den Fluss seiner Impulse. So unpassend. So daneben nach allem, was er eben erzählt hat. Schnell trinkt er sein Glas in wenigen Zügen leer, schenkt nach. Befreiung kann klemmen. Hier klemmt sie gewaltig. Barbara hebt die Situation schließlich entschlossen auf, indem sie auf ihren morgigen Arbeitstag verweist und die vom heutigen herrührende Müdigkeit, *machen wir morgen weiter, oder übermorgen.* Für Renate Anlass, aufzuspringen und ihr Portemonnaie zu holen, sie will den Rock gleich bezahlen. Konfusius schüttelt den Kopf und trollt sich resigniert, als die Tür hinter den Schwestern ins Schloss fällt.

Barbara liegt noch lange wach in dieser Nacht. Muss sie sich wundern, dass Werner sie mit seinem Bericht zu Joachim zurückgeschickt hat, statt sich selbst in ihr Erinnern zu hieven? Unzählige Diskussionen fallen ihr ein, die ihr Vater mit ihr, der aufbegehrenden Tochter, geführt hatte. Nie war das Gefühl aufgekommen, er sei ihr weniger zugetan, wenn sie deutlichen Abstand nahm von der *Klassenposition,* die zu behaupten er nicht lassen konnte, selbst wenn es ihn schmerzte. Es war wie ein trotziges Festhalten an einer einmal getroffenen Entscheidung gewesen, die durch nichts ins Wanken geraten durfte. Als sie die Ausbürgerung Biermanns beklagte, sprach er von der Hoffnung, Biermänner wüchsen nach wie das Gras, dass die alten Männer mit dem Mähen nicht mehr hinterherkämen. Von der Eitelkeit Biermanns und seiner Angeberei sprach er auch, aber so, als neidete er ihm diese Züge, die in seiner eigenen Konstitution nicht vorgesehen schienen. Sie hatten sich sein legendäres Kölner Konzert am 19. November 1976 in einer Aufzeichnung im ersten Westfernsehen angesehen, gemeinsam, alle vier im Wohnzimmer des Gropiusbaus. Entgeistert beäugte sie ihn, als er nach dem Ausschalten des Fernsehapparates murmelte, dass Biermann Halbjude sei. So entgeistert, dass ihm auffiel, was er da gesagt hatte. Beschämt schob er nach, er halte es halt mit Mendel, nicht mit der Halacha, und als die Entgeisterung nun auch Cilly und Claudia erfasste, wurde er sehr still und ging bald ins Bett.

Dass er sich auch immer so hatte zurückziehen müssen, wenn das Jüdische Thema zu werden drohte! Ganz in Fleisch und Blut war ihnen übergegangen, das zu umschiffen, zu meiden. Ein einziges Mal hatten Cilly und Joachim, um die Zeit der *Großkotze* herum, sich mit ihnen zusammengesetzt und gesagt, *was gesagt werden musste,* hatten ein einziges Mal die Jüdischkeit (Cilly) und das Jüdischsein (Joachim) vor sich auf den Tisch gepackt wie ein zu lange liegen gebliebenes Geschenk, von dem man nicht mehr viel erwartete, weil die Zeit daran genagt hatte, und es war, als hätten sie diese Gabe nach einer kurzen Bestätigung ihrer Existenz wieder fest verschnüren wollen, um sie wegzulegen. Aber das Geschenkband war nicht mehr aufzufinden gewesen. Nach einer Weile hatte Barbara gespürt, wie es sich wie von selbst um ihre vier Körper am Tisch geschlungen hatte und sie so von der Welt draußen trennte.

Jedenfalls ist ihr so, als sie daran denkt. Auch Cilly hatte das schließlich bemerkt, ein Ende gegriffen, gezogen und das Band ziemlich fest über dem Päckchen vor ihnen verknotet, als solle es fest verschlossen bleiben fürs Kommende. Erledigt also. Abgegessen. Wenn Werner sich richtig erinnerte, hatte an jenem Tag auch das Gespräch zwischen Joachim und ihm stattgefunden, Gang durch die Königsheide, und Barbara spürt den durch Kurt Kapok frisch aufgerissenen Zwiespalt des Vaters, sich entweder trotzig ums jüdische Erbe zu mühen oder aber es nach einer letzten Kenntnisnahme endgültig verschwinden zu lassen, im eigenen Fleisch: ein Gliederzerreißen, ein Kopfverschmerzen. Vielleicht hatte er sich an jenem Abend zu viert mit Cilly nicht erst verabreden müssen, die Angelegenheit lieber für beendet zu erklären. Vielleicht hatte an jenem Abend ja auch Kurt Kapok gesiegt, in einem Kampf, der nie erklärt worden war.

* *

NACH VIER JAHREN jüdischer Volksschule und heftigem Kampf mit den Eltern wechselte Cilly Bokshorn im April 1934 ans Lyzeum in der Weinmeisterstraße. Sie war eine gute Schülerin, aber die 25 Mark Schulgeld konnten von der Familie nicht aufgebracht werden. Die Jüdische Gemeinde gewährte ihr schließlich ein Stipendium, sodass Chaya und Hersch Bokshorn die Argumente ausgingen und sie zustimmen mussten. Die neue Schule gefiel ihr mindestens ebenso gut wie die bisherige. Jüdische Kinder waren an Samstagen davon befreit, einen Stift zur Hand nehmen zu müssen. Familie Bokshorn war der *Schabbes,* wie sie ihn nannte, schon lange nicht mehr ganz heilig. Dennoch freute es Cilly, sich in seinem Namen um Dinge drücken zu können, die ihr gegen den Strich gingen. Wobei dieser Strich der einer überaus intelligenten Zehnjährigen war, in deren Körper die Pubertät erste, noch nicht von durchschlagendem Erfolg gekrönte Versuche machte, das Szepter zu übernehmen. Zumindest schaffte sie es schon, Cillys Aufmerksamkeit, die in den vergangenen Schuljahren beinahe ausschließlich auf eine Tätigkeit namens *Lernen* ausgerichtet gewesen war, auch auf andere Gegenstände zu lenken.

Cilly war beileibe nicht das einzige jüdische Mädchen auf dieser Schule. Am Mittwoch, dem 25. April, saß sie neben Salomea Gebirtig, beide waren bemüht, in der Mathematikstunde leise zu sein und die Lackbilder unter der Bank versteckt zu halten, die von einer Reihe in die nächste wanderten. Lackbilder waren nichts, was sich Cilly Bokshorn leisten konnte, aber umso mehr liebte sie sie und hatte es schnell auf einen guten Tauschhandel hinauslaufen lassen: Eine Hausaufgabe in Mathematik – drei mittelgroße, einmal Vorsagen in beliebigem Fach – zwei kleine. Die eingehandelten Objekte packte sie immer sofort in eine flache Zigarrenschachtel, die sie im Tornister mitführte, und die sie auch nicht durch die Bankreihen wandern ließ. Zu groß war die Furcht, sie nicht wiederzubekommen.

Lehrer Weischke popelte derweil, was er immer tat, wenn er den Mädchen eine Aufgabe erteilt und die eingetretene Ruhe mit Alleinsein verwechselt hatte. Wie so oft war Cilly die Erste, die es bemerkte und ihre Nachbarin anstieß, um sie darauf aufmerksam zu machen. Salomea prustete los, was Weischke veranlasste, die jüdische Wesensart des hinterhältigen Beobachtens und Ausschlachtens zum Gegenstand einer fünfminütigen Philippika zu machen. Die Kinder nahmen das nicht sonderlich ernst, er tat es zu oft. Als er aber anhub, die jüdische Hinterhältigkeit als einen Ursprung der Ritualmorde auszumalen, die nach wie vor geschehen, der *Stürmer* würde es in wenigen Tagen belegen, wie er aus sicherer Quelle erfahren habe, erstarrten viele von ihnen. Jüdische, weil sie nie beobachtet hatten, dass ihre Mütter beim Mazzebacken Blut in den Teig rührten. Nichtjüdische, weil sie für möglich hielten, dass es stimmte und ihre jüdischen Mitschülerinnen womöglich Blut geleckt hatten. Weischke malte in grausigen Farben aus, wie der kleine Karl Kessler aus Manau vor fünf Jahren nicht vom Spielen nach Hause gekommen und später im Wald mit durchschnittener Kehle aufgefunden worden sei. *Völlig ausgeblutet!,* schrie er mit heiserer, sich überschlagender Stimme über die Köpfe der Mädchen, dass der Schall von der gegenüberliegenden Wand zurück in den Raum zu prallen und ein Echo zu hinterlassen schien. Seine wulstigen Lippen vibrierten, und der Kopf war so rot, dass die Mädchen befürchteten, er könne platzen und der ganze Kerl dann tatsächlich völlig ausbluten.

Nach der darauffolgenden Unterrichtsstunde, Handarbeit, vermerkte Fräulein Stofter in einer Schrift, die ihren besten gestickten Monogrammen auf Küchen- oder Taschentüchern ähnelte, im Klassenbuch:

Gebirtig, Salomea: Fieber

Lieblich, Zilla: beständiges Weinen

Bokshorn, Cilly: Fieber

Wandel, Gertrude: Durchfall

Blaustich, Mirja: Kopfschmerzen

Schramm, Eleonore: Herzrasen

Schramm, Magdalena: Benommenheit

Jacob, Wanda: Anfall, sehr schlimm!

Die Mädchen wurden nach Hause geschickt, Wanda habe ich im Rektorenzimmer zur Ruhe betten können und Dr. Lasar gerufen. Kind wird so schnell wie möglich abgeholt.

Mathilde Stofter

Sechs Klassenkameradinnen waren die Stunde über damit beschäftigt, die so plötzlich Erkrankten nach Hause zu begleiten, wobei die Zwillinge Schramm sich mit einer Begleitperson zufriedengaben. Traute Schulze an Cillys Seite hatte sich immer wieder verstohlen umgeschaut, ob ihnen nicht etwa ein Ritualmörder auf dem Fuße folgte. Dabei hatte sie sich nicht darüber klar werden können, ob es im Hinblick auf einen Unhold von Vorteil oder von Nachteil war, mit einer Jüdin auf der Straße unterwegs zu sein. Immer wieder schaute sie Cilly mit einem angsterfüllten Blick von der Seite an, vermied es, sie zu berühren, obwohl sie noch am gestrigen Morgen, als sie aus südlicher Richtung die Rosenthaler hinaufgegangen war, auf Cilly gewartet hatte, die aus der Gormannstraße auf sie zugelaufen kam. Die letzten Meter bis zur Schule waren sie dann Arm in Arm geschlendert und in dieser Eintracht auch Fräulein Stofter unter die Augen geraten. Sicher hatte sie deshalb ausgerechnet Traute dazu ausersehen, Cilly zu begleiten. Traute gruselte. Sie fühlte sich, wie sie sich eigentlich immer fühlte: Wieder einmal konnte sie nicht fort aus dem Käfig, in dem sie im Rad lief. Dem einen Lehrer nicht zu glauben und die Anweisungen der anderen Lehrerin nicht zu befolgen, wäre ihr nicht im Traum eingefallen. Beide verlangten ihr schwer vereinbare Dinge ab, die sich schließlich in ihrem Kopf zu einem Brei verrührten und es dem Kleinhirn schwer machten, ihren Bewegungen Ziel und Richtung zu geben. Sie taumelte mehr als dass sie lief.

Cillys Fieber hingegen war eines der Wut, des Trotzes, in dem sie Traute kaum wahrnahm, sich vielmehr eins fühlte mit ihr im Ablehnen der Weischkeattacke und laut vor sich hin moserte und maulte, dass der Weischke ja wohl vollkommen verblödet sei und wie er dazu komme, diesen Schwachsinn zu verbreiten. Erst als sie bemerkte, dass Trautes Zustimmung ausblieb, sah sie zu ihr hinüber. Sah Furcht und Verzagtheit in ihren Augen, während der Mund, aufeinandergepresste Lippen, fest verschlossen blieb. Erschrocken sprang sie der Freundin bei, umarmte sie fest und fester, stand stark und aufrecht im Aprilwetter, sodass Traute sich endlich gehen lassen und zusammenfallen konnte, wie die Psyche es schon seit einiger Zeit verlangt hatte. Dass die Mädchen nun weinten, brachte beiden Erleichterung. Cilly stellte Traute, um sie dazu zu bewegen, weiterzugehen, eine Tasse Tee in Aussicht, wenn sie erst einmal zu Hause angekommen seien, und Traute musste lächeln bei dem Gedanken, die durch Tränen verlorene Flüssigkeit wieder nachzufüllen. Sie hatte Cilly gestern gestanden, dass sie immer so denken musste. Beim Ausscheiden ans Essen, beim Pinkeln ans Trinken, beim Wachsein ans Schlafen, beim Sitzen ans Stehen, beim Stehen ans Gehen. Das Leben war ein ewiger Kreislauf, eine Abfolge von Gegensätzen. Cilly hatte gesagt, das sei ein kluger Gedanke, aber wenn Traute glaube, dass sie in diesem Ablauf nur ein farbloses Kügelchen sei, das irgendjemand hineingeworfen habe, damit es sich abnutze, so irre sie sich. ***Das** ist ein kluger Gedanke!,* hatte Traute erstaunt gemeint, und als sie sich jetzt daran erinnerte, spürte sie zum ersten Mal, dass sie ihren Beinen befehlen konnte, sich zu bewegen. Konnte sie auch ihrem Kopf befehlen, Weischke zu glauben oder ihn zu verabscheuen für das, was er erzählte? Sie war unsicher, wollte aber jetzt lieber Mut als Furcht spüren und ging mit Cilly im Eckhaus in der Linienstraße hinauf in deren Wohnung.

Die Bokshorns teilten sie sich mit einer zweiten Familie, die am Ende des langen Flures lebte. Bokshorns bewohnten zwei Zimmer, eines mit einem schönen Balkon, und nutzten Küche und Bad gemeinsam mit den anderen Mietern. Nicht schlecht, dachte Traute Schulze, als sie der Behausung ansichtig wurde. Das hatte sie gar nicht gedacht, denn Cilly ging geflickt und geschustert.

Seit fünf Jahren wohnten sie hier, erzählte Cilly. Im Parterre in der Rückerstraße sei es furchtbar gewesen, einmal habe sogar ein Mann mit entblößtem Dingsda im Hauseingang gestanden (Traute wurde sehr rot), und das Gesindel! Lauter verkrachte Existenzen, und so viele Katzen, die ständig in alle Ecken pinkelten! Sie habe von den Erwachsenen gehört, dass sich ein Kindermörder in der Gegend herumtreiben solle, und ständig Angst gehabt, ein Haus allein zu betreten. An dieser Stelle schaute Traute sie beinahe zudringlich an, sodass sie sich befleißigt fühlte, hinterherzuschieben, nichts darüber vernommen zu haben, ob der Mann Jude war. Hier jedenfalls sei alles viel besser, obwohl die Rückerstraße so nah sei.

Dass Cilly gern auf dem Diwan in der Küche schlief, leuchtete Traute ein. Zu gern hätte auch sie das zu Hause getan, musste aber das Zimmer mit zwei Schwestern teilen, während die Eltern die Abende in der Küche verbrachten. Im bokshornschen Schlafzimmer stand neben dem schweren, eichenen Ehebett der Eltern ein weiteres für Cillys Bruder, der in die zweite Klasse der jüdischen Volksschule ging. Die Mutter arbeitete als Hausangestellte in der Schönhauser Allee, der Vater schleppte mal Kohlen, mal Holz für einen Fuhrunternehmer. Nun, da Traute sich als eingeweiht in die Familienkonstellation betrachten konnte, trank sie gern eine Tasse Tee. Cilly hatte ihn beim Erzählen aufgebrüht. Sie mochte die Pfefferminze, die sie im Sommer aus der Gegend um Teltow heimschleppten, und zwar in solchen Mengen, dass sie ein ganzes Jahr über reichte.

Dass sie Jüdin sei, sagte Cilly, sei ihr doch angehängt worden in letzter Zeit, früher sei das nichts gewesen, über das sie nachgedacht habe. Sicher, weil es auch ihren Eltern nicht allzu wichtig war. Die seien ja schließlich nach Berlin gekommen, um dem Judendasein im Osten zu entgehen, irgendwie. Zwar ins Scheunenviertel gezogen, der Not und der Sitte gehorchend, aber bestrebt, sich eines Tages anderswo anzusiedeln, wenn auch die Aussichten derzeit alles andere als rosig waren.

Traute staunte über Cillys Klugheit, sie selbst hatte sich solche Gedanken um ihre Familie noch nie gemacht. Verstohlen sah sie sich um. Das Küchenbüfett, der zweiflammige Homann-Gasherd neben der Küchenhexe, der alte Diwan mit dem Wandteppich darüber, der Küchentisch mit zwei

Waschschüsseln zum Ausziehen, der Emailleausguss – das war mehr Komfort als zu Hause. Diese Bokshorns sparten sicher an ihren Kindern, wenn sie sich das alles leisten konnten. Gerade wollte sie etwas wie Mitleid mit Cilly und ihrer ärmlichen Kleidung verspüren, als es klingelte und der Bruder in die Küche stürmte, den es nie so lange in der Schule hielt wie Cilly früher. Dass die Eltern ihm einen *nordischen* Namen verpasst hatten, war ihr erst vor Kurzem klar geworden. In der Schule bei Frau Wissler hatten sie eine Liste abschreiben sollen, in dessen linker Spalte *arische,* in der rechten hingegen *rassenfremde* Vornamen zu finden waren. Zum Glück hatte *Cilly* nicht darauf gestanden, auch *Salomea* fehlte und sogar *Traute* war wohl nicht geläufig genug. Aber *Gotthold* hatte gleich an zweiter Stelle der männlichen Vornamen geprangt, und zwar auf arischer Seite, und wenn sie über den Namen des Bruders bis dahin auch kaum nachgedacht hatte, so fand sie nun, dass ihre Eltern es jedenfalls reichlich übertrieben mit ihren Anstalten, Deutsche sein zu wollen. Dafür konnte Gotthold zum Glück nichts, der sich sofort über den Tee hermachte und dann einen Bückling aus der Speisekammer holte, den ihm die Mutter als Mittagessen hingestellt hatte. Meist kochte sie zum Abend, wenn sie aus ihrer Stellung kam, und oft brachte sie auch Reste vom Essen der Herrschaften mit, bei denen sie half.

Cilly widerte der Fischgeruch an, sie wunderte sich darüber. Bückling gehörte zu den guten Sachen, die nicht jeden Tag auf dem Speiseplan standen. Die Augen schmerzten auf einmal stark, und sie erinnerte sich daran, dass sie wegen Fieber nach Hause geschickt worden war – hätte Traute nicht längst zurück sein müssen in der Schule? Die Mädchen beschlossen, dass auch Traute von einer rätselhaften

Benommenheit erfasst worden sei, die eine Rückkehr unmöglich mache. Chaya Bokshorn, da war sich Cilly sicher, würde das mit einem kurzen Brief an Trautes Eltern bestätigen, und die könnten sie ja dann für den Rest des Schultages entschuldigen, indem sie morgen eine Bescheinigung mitgaben. Gotthold suchte nach dem Bückling das Weite, seine Fußballpiefkes warteten schon auf ihn. Cilly und Traute hingegen lümmelten sich auf den Diwan und hingen den Lackbildern nach, die Cilly aus ihrem Tornister gefischt hatte. Geschichte um Geschichte dachte sie sich aus beim Anblick der rosenbekränzten Kleinstmädchen, der brennscherenfrisierten Backfische und der Sinnsprüche, die ihr unter die Augen kamen. *Ist klein der Herd, wenn alles blitzt, kann glücklich sein, wer ihn besitzt* verführte sie zu einer Erzählung über einen Gaskocher, der ein rostiges, verkrustetes Dasein in einer Armeleuteküche führte und seinen Zustand mit häufigem Funktionsausfall quittierte. Erst als die Frau des Hauses ihn mit einer Menge ATA putzte, die sie sich leisten konnte, weil ihr Mann einer anderen Familie den Gasherd repariert hatte, und ihn sogar mit ranzigem Speiseöl abrieb, um den Rost weniger sichtbar zu halten, zeigte er sich in stolzem Können, wunderbare Suppen entstehen zu lassen. Die Frau kam auf die Idee, eine Suppenküche zu betreiben. Zunächst in ihrer Wohnung, später dann sogar in einem gemieteten Lokal, brachte sie Suppenkultur unter die Leute, inzwischen mit zwei großen Gasherden in der Lokalküche, wurde reich und immer reicher und kochte doch zu Hause stets nur mit jenem kleinen Kocher, der ihr zu ihrem Glück verholfen hatte und den sie darum in Ehren hielt und stets und ständig putzte.

Und wenn sie nicht gestorben ist?, fragte Traute erwartungsvoll.

Dann lebt sie trotzdem längst nicht mehr, aber der Kocher steht immer noch in ihrer Wohnung, in der nun andere Leute hausen, erwiderte Cilly. Sie lachten sich scheckig.

Wenige Tage später erwies sich Weischkes Voraussage als nicht aus der Luft gegriffen. Der Stürmer gab am 1. Mai 1934 eine Sondernummer heraus, in der unter der Schlagzeile *Jüdischer Mordplan gegen die nicht jüdische Menschheit aufgedeckt* zwei grässlich aussehende Männer gezeigt wurden. Einer hielt ein blutüberströmtes Messer in der Hand, der andere stemmte ein Gefäß, in dem er das Blut von Christenengelchen auffing. Tot, soeben ermordet, lagen sie in der oberen Bildhälfte, im Himmel der Hölle sozusagen, und sollten die Leser gar sehr dauern.

* *

WERNER KAPOK SPRINGT am nächsten Morgen nicht aus dem Bett, wie es seine Gewohnheit ist, sondern schraubt sich gegen verschiedene Widerstände geradezu daraus empor. Wieder hat er die Nacht im elterlichen Doppelbett verbracht, das nach Henry riecht. Oder nach Badezusatz und Creme, wie er zugeben muss. Als er sich darüber klar zu werden versucht, was ihn am Aufspringen hindert, kommt ihm zuerst die Kälte in den Sinn, die in dem nordwärts ausgerichteten Hausteil herrscht. Natürlich hat Renate noch nicht daran gedacht, die Heizung anzustellen. Ende August! Er erinnert sich daran, dass in seiner Kindheit auch an kühlen Sommertagen manchmal ein paar Kohlen in den Ofen wanderten. Anfang der Achtzigerjahre, nach seinem Auszug, Renate war schon vor ihm flügge geworden, hatten die Eltern dann eine Gasheizung einbauen lassen und den alten Kachelöfen nicht einmal die Ehre von etwas Wehmut erwiesen, die ihre jahrzehntelange Zuverlässigkeit eigentlich verdient hätte. Inzwischen ist schon die nächste Heizungsanlage eingezogen, eine Brennwerttherme, wie Renate immer betont.

Werner Kapok zieht eine dicke Strickjacke über den Pyjama und denkt an seine Freundin Silvia in Trebesee, die sie ihm gestrickt hat. Mit Silvia kann man vielleicht keine Pferde stehlen, aber auf jeden Fall Katzen klauen. Sie ist zwei Jahre älter als er und hatte sich einstmals Hoffnungen gemacht, ihre Verrücktheit könne sich der seinen komplementär zugesellen, aber dem hatte er von allem Anfang an einen Riegel vorgeschoben. Silvia versorgt in ihrem Häuschen, in dessen Wohn- und Schlafzimmer er von der oberen Etage des seinen aus hineinsehen kann, eine große Zahl von Katzen und Katern, die die Wohnung durch eine Türklappe verlassen und wiederkommen können, so es ihnen beliebt. Und es beliebt offenbar. Dass sie strickte, hatte er von seinem Ausguck aus beobachten können, noch bevor sie überhaupt ins Gespräch gekommen waren, und noch bevor sie überhaupt ins Gespräch gekommen waren, hatte sie ihm die Jacke angeschleppt, die sie extra für ihn gestrickt habe, wie sie mit demütigem Augenaufschlag bekannte. Dass sie dann endlich ins Gespräch kamen, versteht sich von selbst, aber Werner Kapok hatte keinen Zweifel daran gelassen, dass er nicht verrückt genug sei, sich in sie zu verlieben. *Na, denne ehmt nich,* hatte ihr Blick gesagt, sie aber nicht aufgehört, auch Handschuhe, Mützen, Schals und Socken für ihn zu produzieren. Das war ihm durchaus angenehm, denn die Sachen waren aus guter Wolle und in faszinierenden Musterungen gearbeitet. Silvia, vormals Buchhalterin einer kleinen Lackfabrik, ist von allen Frauen, die er kennt, seit Langem jene, die ihm am nächsten lebt und an deren kleinem Leben er durchaus Anteil nimmt, während jene Frauen, denen er kurzzeitig seinen Nahraum geöffnet hat, sehr schnell wieder daraus verschwunden sind, ohne Leerstellen zu hinterlassen. Nie hat er Silvia von Henry erzählt, dabei sind ihre beiden Töchter, von einem Vater oder zwei Vätern dazu war nie die Rede gewesen, in Trebesee allgegenwärtig. Die eine residiert als Ärztin in einem wiederrichteten, schönen Haus in der Altstadt, die andere arbeitet als Lehrerin in der ortsansässigen Grundschule. Beide schämen sich ihrer Mutter nicht, was er zunächst erstaunt, dann befriedigt zur Kenntnis genommen hatte. Sie vermeiden es allerdings, ihr Haus zu betreten, leiden beide an Tierhaarallergie. Wenn sie sich zusammensetzen wollen, fahren sie mit dem Auto hinüber ins *Markt Nr. 7* nach Grimmen, und zwei, drei Mal haben sie auch ihn mitgenommen. Dass er allerdings bislang nie bezahlen kann, macht es ihm unmöglich, öfter dabei zu sein.

Schon wieder ist er also im Trebeltal unterwegs, dabei hat ihn Berlin in den letzten Tagen gepackt und geschüttelt, dass es seine Art hat. Vielleicht ist die gedankliche Zuflucht nach Norden ja ein Reflex auf das Unaushaltbare, das hier zutage getreten ist und ihn stärker bedroht, als er es hätte vermuten können? Er hatte sich in Illusionslosigkeit üben wollen nach dem Zusammenklappen früherer Illusionen, dabei aber nicht bedacht, dass sein Sohn Henry keineswegs eine Illusion, sondern im physikalischen und biologischen Sinne ein Körper ist, von Geist ganz zu schweigen. Jetzt fühlt er Henrys raue Haut, seine Wunden, sein Haar unter den Fingern und wundert sich nicht, dass seine Hände nass sind, als er auf sie herabsieht.

Henry ... Die dicke Ditte hatte ihn Henry nennen wollen, um sich ihrer Schwiegermutter Henny anzudienen, was ihr aber gründlich missglückte. Henny war ihr anfangs freundlich und loyal entgegengetreten, hatte sich allerdings bald an ihm, Werner, orientiert, der sie nicht lange hatte leiden können. Er versucht sich vorzustellen, wie er mit ihr schläft, stößt dabei aber in ein schwarzes Loch, zu dem kein Gesicht gehört, sosehr er es auch hervorzaubern will. Dass er dabei keinen Ekel empfindet, verwundert ihn, freut ihn aber gleich darauf. Vielleicht hängt es ja wirklich mit der Tatsache zusammen, dass er sich zum ersten Mal einen Begriff hat machen können von seinem Sohn, den er gewaschen und eingecremt und im Schlafen neben sich gehabt und dabei gespürt hat, zu ihm zu gehören, was immer das heißen mochte. Nun war Henry schon wieder fort, abgetaucht in einem Berlin, das ihm, Werner, unbekannt ist, obwohl er mehr als die Hälfte seines Lebens hier verbracht hat, und ihm ist, als habe sein Sohn den Schaechterschwestern gestern Platz machen wollen mit seinem Verschwinden.

Zum ersten Mal fragt er sich, ob ihm die Woche reiche, die er sich herausgenommen hat für Berlin. Es bedrückt ihn, dass er Henry nicht einfach anrufen, sich nicht einfach verabreden kann mit ihm auf ein Bier im *Kupferkessel.* Und die Schwestern waren ihm so unerwartet zugetan nach seiner gestrigen Einlassung, dass seine Furcht, ihnen zu begegnen, aus der Zeit gefallen scheint. Es zieht ihn ins Gespräch, aber was ist das: es?

Leise geht er in die Küche hinunter. Renate muss schon unterwegs sein, wie er nach einem Blick auf die Uhr feststellt. Als er Kaffee gebrüht und sich an den Tisch gesetzt hat, fällt ihm auf, dass Hennys uralte Holzpantoletten unter dem altmodischen Küchenbüfett hervorschauen, und er muss lächeln, weil er sieht, wie ihre kleinen, derben Füße hineinschlüpfen wollen. Ihm ist nicht mehr kalt. Er sollte sie besuchen.

Da denkt er also an den Tod. In seinem Alter kann es ja ohnehin jeden Tag vorbei sein. Ein Herzinfarkt, eine Ampel bei Rot, ein Schlaganfall. Auch bei seinem Vater war es letztlich schnell gegangen. Kurt Kapok war mit den Jahren immer wunderlicher geworden. Nach Beginn des Rentenalters kam ihm die Sprache abhanden, die schon immer seine Achillesferse gewesen war. Zuerst waren es die Subjekte, die aus seinen Sätzen verschwanden, später auch die Objekte. Am längsten hielten sich die Prädikate, er war oft Verben stammelnd ums Haus gestrichen, hatte zu Gartenarbeiten Zuflucht genommen. Den ehemaligen Kollegen war es womöglich peinlich gewesen, oder sie waren zu hilflos im Umgang mit einem mümmelnden Greis, jedenfalls hatten sie sich nicht mehr hören und sehen lassen, was des Alten Fassungslosigkeit über den eigenen Verfall nur noch mehr anheizte. Dass Joachim Schaechter sehr regelmäßig vorbeischaute, zählte für ihn aber nicht. Werner hatte es bemerkt, weil er damals etwas häufiger in die *Eintracht* gekommen war.

Eigentlich hatte er, wenn er es heute bedenkt, eher seiner Mutter beispringen als Mitleid mit dem Alten zeigen wollen. Mitleid wäre das Letzte gewesen, was er aufbringen konnte für seinen Vater, und erst jetzt fällt ihm ein, dass dieser wahrscheinlich Mitleid auch am wenigsten hätte gebrauchen können. Freude steigt auf, dass er nicht *das Gute* im Sinn gehabt hatte damals und doch das Richtige damit tat. Seltener Zustand. Wie es im Oberstübchen des Alten ausgesehen haben mochte? *Alles wie immer,* hatte Henny gesagt, die ihren Mann durch die Jahre begleitet hatte, ohne dass ihr je der Gedanke gekommen wäre, damit aufzuhören. Eben alles wie immer.

Seinen Vater hatte er zeitlebens als festgesetzt in Regularien und Prinzipien erlebt, die kleinste Abweichung vom Gewohnten hatte ihn völlig auflösen können. Das erste Signal war immer gewesen, dass ihm die Worte wegblieben, allenfalls in hölzernen Floskeln daherkamen. Wenn alles wie immer war, dann musste er eigentlich im Alter jegliche Ordnung verloren haben. Er war 1986 in Rente gegangen, zwei Jahre nach Joachim Schaechter, und hatte das frühe, zackige Aufstehen, die beiden Stullen zum Frühstück, das Klappstullenpaket für den Tag lange nicht aufgeben können. War nicht aus dem Haus gegangen ohne Brotbüchse, selbst wenn er, während einer leichten Erkrankung seiner Frau zum Beispiel, nur einen kurzen Stadtgang zur Apotheke oder zur Kaufhalle vorhatte. In den letzten Arbeitsjahren hatte er endlich darauf verzichtet, seine Thermosflasche mit ins Verlagsgebäude zu schleppen. Von seiner Arbeit hatte er nie erzählt zu Hause, während in abendrunden Stunden bei Schaechters stets auch der Tag im jeweiligen Verlag durchgehechelt wurde. Umgehauen hatte ihn das, als er es das erste Mal erlebte.

Wenigstens hatte er mitbekommen, dass sein Vater seit Anfang der Siebziger nicht mehr in der Redaktion arbeitete, sondern das bis dahin schlampig geführte Archivwesen der Zeitung auf Vordermann bringen sollte. Über die Hintergründe dieses Wechsels hatte er nicht nachgedacht. Erst der Zugriff der Pubertät mit ihrem Aufbegehren und dem Abwerten der Alten hatte ihn darauf gebracht, dass es eine Herabsetzung gewesen sein konnte, und er hatte sich gewundert, dass er nicht früher gemerkt hatte, wie kläglich sein Vater in Gesprächen einbrach. Eine gut kaschierte Herabsetzung. Weder sein Vater noch zum Beispiel Joachim Schaechter hatten davon ein Aufhebens gemacht, und er merkt auf einmal, wie er sich Letzterem gegenüber dafür schämt, dass er der Sohn seines Vaters ist. Schaechter hatte kein Sterbenswort darüber verloren, dass er erleichtert sein musste nach diesem Abtauchvorgang Kurt Kapoks in irgendwelchen Papieren, er hatte ihn nach wie vor als Kollegen behandelt. Jedenfalls hätte ihm, Werner, ja auffallen müssen, wenn es nicht so gewesen wäre. Das Wort *Erbarmen* schiebt sich plötzlich ins unscharfe Bild, das er sich gerade von den damaligen Vorgängen zu machen versucht, und es ist ein Erbarmen, das ihm auf einmal typisch scheint für den Vater der Schwestern. Seiner hatte wohl eher für das Gegenteil von Erbarmen gestanden. Hart. Verhärtet. Vertrocknet, ja. Der Richtige fürs Papierwesen. Steif und zugeknöpft, sodass er selbst dann nicht aus seiner Haut konnte, wenn er es gewollt hatte. Manchmal hatte Henny ihn überreden wollen, mit ihr tanzen zu gehen. Das war nichts für ihn. Die Vorstellung eines tanzenden Vaters findet einfach keinen Platz. Obwohl Kurt Kapok hin und wieder nachgegeben hatte – ein Tanzpaar konnten sie unmöglich abgegeben haben.

Drei aufeinanderfolgende Apoplexe hatten seinen Vater im Herbst 1989 dann vollständig gefällt, dass er die letzten Wochen seines Lebens reglos, mit offenen Augen, aber leerem Blick, in einem Pflegebett im Krankenhaus Köpenick verbracht hatte. Gern hätte ihn Henny zu Hause (zu Ende, muss er denken) gepflegt, aber damals war es weder üblich gewesen, solchen Wunsch zu äußern, noch, ihm nachzugeben. Oft war sie zwei Mal am Tag in die Klinik gefahren, hatte seine Hand gehalten, ihm erzählt, vorgelesen. Aus flauschigem Karo-Flanellstoff hatte sie ihm zwei neue Schlafanzüge genäht. Womöglich war Liebe warm, weich und kariert? Er weiß es nicht. Er rätselt. Sein knochentrockener Vater. Seine wärmende, wachsweiche, aber nie die Form verlierende Mutter. Kann sein, dass es ihn nichts angeht, was sie viele Jahre so eng miteinander verband, dass Henny nach dem Ende dieser Gemeinsamkeit keinen Gefallen mehr am Dasein als Überbleibsel finden wollte.

Den Grabstein für den Vater hatte er nach dessen Tod im Januar 1990 noch gemeinsam mit Henny in Auftrag gegeben. Die untere Hälfte hatte sie für sich reklamiert und gleich ihren Namen mit dem Geburtsdatum einmeißeln lassen, um dann zügig heimzugehen. Zu entschlafen. Sich hinraffen zu lassen. Zu erlöschen. Das Zeitliche zu segnen. Sich aufzumachen zur letzten Reise. Was sind diese Umschreibungen hohl! Wenn er sie aufbliese und draufschlüge, zerplatzten sie mit einem Knall, dass nur Fetzen blieben. Leere Tüten also, in denen Hennys Leben und Sterben niemals Platz fände. Dann schon lieber *zu Staub werden, den Löffel abgeben, krepieren.* Das war ehrlicher. Henny war kurz vor dem geplanten Einbringen des Grabsteines krepiert. Dem Steinmetz war es ganz recht gewesen, einen Aufwasch machen zu können. Vermutlich war er mit Aufträgen eingedeckt, sodass ihn der finanzielle Verlust, der darin bestand, dass der Stein nur einmal gesetzt werden musste, nicht gejuckt hatte. Werner hat roten Granit in Erinnerung, die Schrift silbergrau, aber gesehen hat er ihn in fertigem Zustand nie.

Er schließt die Augen. Stellt sich vor, in den Gropiusbau hinüberzugehen. Merkt Erwartung auf die Schwestern, die ihm noch vor wenigen Tagen, Quark im Schaufenster, sehr ferngelegen hätte. Aber er möchte sie lieber beide antreffen, und Barbara ist vermutlich längst aus dem Haus.

Frühstücken kann er nicht, brüht sich aber noch einen Kaffee.

Gestern Morgen hat er geflucht, dass sein Sohn ihm Hemd und Hose geklaut hat, um verschwinden zu können. Heute findet er es hingegen gut, dass der Apfel nicht weit vom Stamm fällt und sie ihm offenbar beide passen.

Die Möglichkeit, dass er selbst nicht weitab vom Stamm liegen kann, will er sich aus dem Kopf schlagen.

* *

JOHANNA SCHAECHTER SASS, an den Stamm einer russischen Birke gelehnt, im Gras. *Mein Kaselchen, Herzbaselchen,* sang sie leise, strich dazu einem Bübchen übers Gesicht, über die Augen, das Haar. Kasimir, dreijähriger Sohn von Wojciech Mazur und seiner Frau Danuta, sollte schlafen. Dieser Julitag 1938 war so heiß, dass sie fürchtete, ihre Haut schlüge Blasen, wenn sie den Schatten unter dem Baum verließe. Die Eltern des Jungen hatten ihn ihr gestern am Vormittag übergeben, wollten nur ein paar Besorgungen machen, waren aber nicht aus Moskau zurückgekehrt in die Datscha nach Perlowka.

Fast zwei Jahre wohnten sie nun schon hier. Das Anwesen gehörte Wojciech Mazurs Eltern, die sich ihrer angenommen hatten, als Victor Schaechter wenige Wochen nach ihnen aus Paris nach Moskau gekommen war. Mazurs konnten sich glücklich schätzen, eine Moskauer Wohnung für sich allein zu haben. Als sie älter wurden, überließen sie es den Kindern, sich sommers auf der Datscha aufzuhalten, kamen nur gelegentlich an den Wochenenden dazu. Danuta und Wojciech lebten nämlich in nur einem Kommunalkazimmer und waren froh über das Ausweichquartier. Als nach einem Jahr in einer Gemeinschaftsunterkunft immer noch keine geeignete Behausung für Familie Schaechter in Sicht gewesen war, hatten die alten Mazurs sie kurzerhand auch auf der Datscha untergebracht. Es war eng, aber die Gegend entschädigte. In den

Gärten wuchsen Äpfel und Birnen, wurde Gemüse angebaut. Johanna war in ihrem Element, wenn sie das Obst einweckte, die Gurken und den Kohl einlegte, Pilze mit Essigsud übergoss. Sehr schnell hatte sie die russische Art des Zubereitens und Konservierens übernommen. Ihr böhmisches Pflaumenmus aber, mit einer Spur Zimt und einem Schuss Sprit, war als besondere Delikatesse zugelassen und zu einem begehrten Mitbringsel geworden, wenn Schaechters Freunde besuchten.

Sie wohnten in zwei der drei Zimmerchen, die jungen Mazurs begnügten sich mit dem dritten. Der Winter, den sie allein hier draußen verbrachten, war nicht leicht. Das Holz für die Öfen musste selbst geschlagen, das Wasser aus einem Brunnen geholt werden, aber wenigstens gab es elektrischen Strom. Was es nicht gab, waren Zank und Streit. Im Gegenteil: Das, was man hier *Weltanschauung* nannte, verhalf den Sommer über zu einvernehmlichem Zusammenleben und *Einsicht in die Notwendigkeit,* wie Zofia Mazur ganz zu Anfang gesagt hatte: Wenn es noch nicht genügend Wohnungen gab im Sozialismus, musste man eben zusammenrücken. Die alten wie die jungen Mazurs sahen sich aber außerstande, die deutsche Familie in den Wintermonaten in ihre festen Moskauer Häuser aufzunehmen: Dazu waren die Räumlichkeiten nun wirklich zu beengt. Der kleine Kasimir hatte weder ein eigenes Zimmer noch die Aussicht darauf. Weil solch ein Zimmer die Ausnahme der Ausnahme war, also eine eigene Wohnung, erste Ausnahme, ein Zimmer mehr als Bewohner aufweisen musste, zweite Ausnahme, dachten seine Eltern gar nicht daran, sich eines herbeizuwünschen.

Ach, Kaselchen.

Die Angst fraß Johanna Schaechter schon lange jeden Appetit. Mager war sie geworden, ohne sich erleichtert zu fühlen. Vermutlich würde sie Kasimir heute oder morgen zu seinen Großeltern bringen müssen, fürchtete sich aber davor, dass sie den Verstand verlören, wenn sie ihnen die näheren Umstände erläuterte, von denen sie, genau genommen, alles und nichts wusste.

Das Kerlchen schlief jetzt tatsächlich. Sie erschrak, als eine Träne ihn traf, wischte sie vorsichtig ab und beugte sich zurück. Einen Moment lang meinte sie, Lea auf den Knien zu haben, und befahl sich barsch, wieder klar zu sehen.

Ihre Anstrengungen, etwas über sie zu erfahren, waren ins Leere gelaufen. Wenn sie bedachte, wie es heute um den Verbleib ihres Mannes stand, wunderte sie das nicht. Victor war im Frühjahr in den Südural gefahren, um im Stahlwerk vom Magnitogorsk eine Stelle als Ingenieur anzutreten. Bald darauf hatten sie einen Brief bekommen, in dem er verkündet hatte, demnächst eine geräumige Betriebswohnung beziehen zu können, ihrem Nachzug stünde schon bald nichts mehr im Wege. Welche Hoffnung! Die Wochen waren dann vergangen, ohne dass sie auch nur noch eine kurze Nachricht von ihm erhalten hätten. An die Betriebsleitung des Stahlwerkes hatte sie geschrieben, mit Joachims Hilfe, denn das Russische war ihre Sache nicht. An die Parteileitung des Stahlwerks. An das Tscheljabinsker Gebietsparteikomitee. Keine Antwort.

Vor zwei Wochen dann hatte sie im Briefkasten einen gefalteten Zettel gefunden, der in der Mitte mit einem von Victors einzig verbliebenen und streng gehüteten Manschettenknöpfen verschlossen war. Er ließ neben Victors untrüglicher Handschrift keinen Zweifel: Ihr Mann saß im Gefängnis von Swerdlowsk ein, über 500 Kilometer von Magnitogorsk entfernt. Vermutlich kam ihm die Zeit des Untertauchens auf dem Weg nach Paris zugute, er wusste, wie man Kassiber auf den Weg brachte. Wie der Knopf die Gefängnismauern passiert haben konnte, war ihr ein Rätsel, aber sie hatte sich nicht lange damit aufgehalten und stattdessen versucht, irgendetwas herauszubekommen. Nicht einmal eine Bestätigung der Verhaftung war ihr ausgestellt worden, dafür hatte man ihr vorgestern gestattet, an einer zentralen Stelle ein Paket und ein paar Rubel abzugeben für ihn. Ob ihn das wirklich erreichte, konnte sie nicht wissen.

Joachim hatte heute frei, es war Sonntag. Lydia hatte bis zu den Sommerferien, wie er früher auch, die Karl-Liebknecht-Schule besucht, aber seit letztem Herbst waren mehr und mehr Lehrer verhaftet worden. Bestimmt hatte man nun vor, die Schule zu schließen, denn auch viele Schüler waren an andere Schulen verwiesen worden, die sie ab dem kommenden Herbst besuchen sollten. Lydia an die 273.

Sie hatte den Kindern noch nicht gesagt, wo ihr Vater sich derzeit aufhielt, und auch von der gestrigen Post hatte sie nichts erzählt. Nach dem Essen wollte sie Joachim bitten, das Amtsschreiben zu übersetzen. Sie ahnte nichts Gutes. Wenigstens weinte sie jetzt nicht mehr, hob Kasimir vorsichtig von den Knien, legte ihn ins Gras und stand eine Weile still im Schatten. Sah zur Sommerküche hinüber, wo offenbar Mittagessen gekocht wurde. Lydia hatte aus der Stadt Buchweizen mitgebracht und liebte unterdessen Kascha. Nicht süß, mit Kompott aus dem Garten oder Warenje aus Kirschen oder Beeren, sondern herzhaft, mit gebratenen Zwiebeln und einem Klecks Smetana. Der Gedanke an die bevorstehende Mahlzeit ließ Übelkeit aufsteigen.

Joachim war ein Mann geworden, der sich hoffentlich unaufhaltsam dem Abitur näherte. Gleich nach ihrer Ankunft in Moskau hatte er noch zwei Jahre lang die Liebknecht-Schule besuchen können, die mit dem Abschluss der siebten Klasse endete. Er war um zwei Jahre gegenüber der deutschen Schule zurückgestuft worden. Zum einen hatte man das mit seinem Alter begründet: In der Sowjetunion würden Kinder halt erst mit acht Jahren eingeschult. Zum anderen mussten mangelnde Russischkenntnisse herhalten, dabei war die Unterrichtssprache in allen Fächern Deutsch. Aber an dieser Schule hatte er einen Anfängerkurs belegen können, sprach nach einem Jahr schon ein ganz passables Russisch und konnte sich gut verständigen. Die meisten seiner Mitschüler waren Deutsche oder Österreicher, aber es gab offenbar auch Russen, die ihre Kinder nur mit fabelhafter Fremdsprachenkenntnis ins Leben entlassen wollten. Den Gesprächen mit ihm hatte sie entnommen, dass er sich wohlgefühlt hatte auf dieser Schule.

Das Verschwinden der Lehrer und die wohl bevorstehende Schulschließung betrafen Joachim zum Glück nicht mehr, er besuchte inzwischen die Arbeiterfakultät *Lenin* in der Kropotkinstraße. Dort gab es eine Sonderklasse für deutschsprachige Studenten, die hier auf schnellerem Wege zum Abitur kommen konnten als im regulären Schulbetrieb. Der Unterricht begann erst um 18 Uhr am Abend, sodass die Schüler tagsüber arbeiteten.

Joachim hatte eine Stellung im Hauptpostamt in der Kirowstraße angenommen. Dort brachte er in der Abteilung Zeitungen und Zeitschriften die anderen Mitarbeiter damit in Rage, dass er die Leistung anhob. Es gab Leistungslohn, und wenn er 300 Prozent brachte, erhielt er eben dreimal so viel Geld wie jene, die gerade mal das Geforderte schafften. Wahrscheinlich, vermutete Johanna Schaechter, hatte er ein ausgeklügeltes System von Handgriffen und Schreibvorgängen entwickelt, womit ihm das gelingen konnte. Die Wut der anderen konnte sie sich gut vorstellen, denn die Normen waren daraufhin erhöht worden. Sie sollte sich da nicht einmischen, dachte sie oft, Joachim war ein idealistischer Dickschädel wie Victor. Sie sah ihn, wie er mit den Kollegen diskutierte, die er freilich als Genossen anredete, jetzt, da er längst Mitglied des Kommunistischen Jugendverbandes war. Die Arbeitsproduktivität! Wie sie zu steigern sei, würde er ihnen schon zeigen! Sie sollen nur mitziehen, alles Weitere ergebe sich von selbst! Ach, Joachim. Vielleicht war sein Weg vorgezeichnet? Sie schüttelte sich.

Dass alle nicht viel hatten, störte ihn nicht. Dass aber keiner viel besaß, war ihm geradezu eine Freude, die er viel lieber und öfter wahrzunehmen glaubte als seinen gelegentlichen Hunger oder die Kälte in ungeheizten Räumen. Der Besitz eines Menschen? Nichts im Vergleich mit seinem *wirklichen Wert.*

Ein merkwürdiger Junge. Hatte schon gleich nach ihrer Ankunft im Paradies begeistert davon berichtet, dass Kinder an den Haltestellen der neuen ersten Metrolinie oder an Busstationen von Älteren vorgelassen wurden beim Einstieg. Hatte einen besonderen Blick dafür, dass hier die Großen neben den Kleinen wohnten. Professor Fjodor Sidorowitsch Schurawljow, achtbarer Mathematiker, Tür an Tür mit Klawdija Prochorowna Timofejewa, Kantinenköchin in einer Zuckerfabrik. So etwas konnte ihn derart entzünden, dass er selbst zur Flamme der Revolution zu werden drohte. Freiheit. Gleichheit. Solidarität. *Schlagwortjoachim* nannte sie ihn, aber das wischte er mit einem Schulterzucken weg, um dann erneut anzusetzen zu einer Eloge auf den Roten Oktober. Sie musste sich nicht einmal anstrengen, seine Brille aufzusetzen, denn sie schob sie sich ja gelegentlich selbst auf die

Nase, wenn sie meinte, es nicht mehr aushalten zu können. Sie waren immerhin im Arbeiterparadies, das hier draußen tatsächlich etwas vom Garten Eden hatte, wenn sie sich umsah. Ein Garten Eden war aber auch das Grundstück ihrer Eltern gewesen, und das befand sich in Ober Gerspitz im Süden Brünns. Mit den dortigen Pflaumen war sie eingestiegen in die Muskocherei, die ihr hier auf bescheidene Weise zugutekam. Sie ging los und holte ein Glas aus der Vorratskammer, es würde vielleicht zwei, drei Löffelchen Kascha zum Weg in ihren Magen verhelfen.

Lydia, still und ernst, stellte gerade den Topf auf den grob zusammengezimmerten Tisch. In einer Pfanne hatte sie tatsächlich Zwiebeln gebraten, die in einem Schüsselchen auf den Tisch kamen. Johanna nahm einen Schlag Kascha für Kasimir beiseite, er würde Hunger haben, wenn er aufwachte. Beim Essen sprach nur Joachim, der bemüht war, seiner Schwester bei der Lösung einer komplizierten Knobelaufgabe aus der Pionierzeitung behilflich zu sein, aber die bedauerte längst, damit überhaupt angefangen zu haben, es interessierte sie nicht besonders. Johanna Schaechters Ohren nahmen zwar alles auf, leiteten es aber nicht durch zur verarbeitenden Instanz, der Geräuschfilm legte sich ihr gar über die Augen. Sie war ganz froh darüber, hätte sie ihren Kindern doch nicht in die Augen sehen können, ohne dass ihre eigenen wieder zu schwimmen begonnen hätten.

Nach dem Essen meinte Lydia, sich ein wenig hinlegen zu wollen, und verschwand. Auch das kam Johanna entgegen. Sie holte Victors Kassiber aus einem kleinen Täschchen, das sie selbst genäht und sich an einer Schnur unter der Bluse um den Leib gebunden hatte, und den zwischen ihrer Unterwäsche im Schrank gelagerten gestrigen Brief hervor. Beides legte sie vor Joachim mit der Bitte auf den Tisch, Letzteren zu übersetzen. Er überflog den Brief neugierig, ehe sich Entsetzen über sein Gesicht zog. Stammelnd versuchte er, sich zu fassen, riss aber ungestüm sein Teeglas vom Tisch, das in kleinste Scherben zersprang. Johannas Erschrecken übertraf ihre Gespanntheit bei Weitem, sie vergaß völlig, Joachim nach dem Inhalt zu fragen, und lief weinend davon, weg vom Tisch, weg vom Garten, hinein in den kurz vor der Ernte wogenden Weizen jenseits der Datschensiedlung.

Dort ließ sie sich fallen und wollte ihr Herz ausschalten, wie sie immer das Licht ausknipste in der Datscha, mit einem Handgriff. Jetzt erst merkte sie, dass Joachim ihr gefolgt war, die Papiere in der Hand, und sagte, was er vorhin nicht hatte sagen können: Das Schreiben war ihre Ausweisung aus der Sowjetunion zum nächstmöglichen Zeitpunkt.

Sie erstarrte. Brauchte das Herz vielleicht gar nicht auszuknipsen, denn sie fühlte, dass es stehen bleiben wollte. Aber es nahm den Schlag wieder auf, alles würde weitergehen, und sie sprach stockend davon, dass Victor im Swerdlowsker Gefängnis saß, verwies auf den Zettel mit seinem Manschettenknopf, den Joachim aus dem Papier zog und es auffaltete. Sie weinten beide. Weinten, dass das Korn an dieser Stelle im Regen stand.

Zum Glück fiel ihr Kasimir ein. Getrieben und verstummt stand sie auf, zog auch Joachim auf die Beine, hinter sich her. In der Datscha packte sie ein paar Sachen für Kasimir in eine Tasche. Sie brauchte ihn nicht zu wecken, er kam selbst gelaufen und freute sich, als sie ihm für den Abend die Babuschka verhieß. Die Kascha aß er mit ihrem guten Pflaumenmus bis zur Neige auf, und als sie sich in Bewegung setzten, um die Bahn in die Innenstadt zu bekommen, war Johanna Schaechter sehr froh, einen so großen Sohn zu haben. Stärker als sie, würde er nicht zulassen, dass sie unterwegs das Ziel oder die Besinnung verlor.

Auch Lydia kam mit. Als sei sie zu kostbar, um sie mit den Tatsachen womöglich zu Fall zu bringen, behielten die beiden Erwachsenen ihr Geheimnis vorerst für sich. Lydia alberte mit Kasimir herum, hatte Kernseife in einem Fläschchen aufgelöst und blies zu seiner Freude herrliche Seifenblasen aus dem Zugfenster. Vor dem Wohnhaus der Mazurs verdonnerte Joachim sie dazu, mit dem Kleinen erst einmal unten zu bleiben, damit sie nachsehen konnten, ob überhaupt jemand zu Hause sei. Sie weinten schon, als die Mazurs ihnen die Tür öffneten, und die Mazurs weinten, als Joachim hinunterging, um Kasimir zu holen.

Auf der Rückfahrt war auch Lydia bedrückt und beunruhigt, sie spürte, dass etwas ihrem Leben einen Schlag versetzt hatte, dessen Folgen nicht absehbar waren. Joachim und Johanna schwiegen noch immer. Erst auf dem Weg von der Station Perlowka zur ihrem bescheidenen Zuhause sprach Johanna davon, eine Nachricht vom Vater erhalten zu haben, der im Gefängnis sei, und sicher nicht nur deshalb habe man sie aufgefordert, das Land zu verlassen. Lydia, dreizehnjährig, blickte mit dem Gesicht einer Erwachsenen auf die entstandene Situation. Als Joachim der Rede hinterherschob, dass es sich natürlich um einen Fehlschluss handele, der Vater irrtümlich eingesperrt worden sei und ihre Ausweisung daher auf keinen Fall Rechtsgültigkeit besitzen könne, lachte sie mit erstaunlicher weiblicher Galle laut auf. Ihr Gesicht sollte die Bitterkeit bis zu ihrem baldigen Ende nicht mehr ablegen.

Die nächsten Tage waren von Chaos geprägt. Johanna Schaechter suchte Kisseljow auf, bei der MOPR nach wie vor für deutsche Asylanten zuständig. Zunächst an Wilhelm Pieck verwiesen, sprachen sie kurz darauf auch bei Georgi Dimitroff vor. Beide schienen zuzuhören, bekundeten Anteilnahme und Wohlwollen. Das konnte jedoch nicht darüber hinweghelfen, dass sie in der Sache nichts tun zu können glaubten.

Bald war die Frist zur Ausreise verstrichen, sie hielten sich illegal in Moskau auf. Aus der Datscha hatten sie das Nötigste mitgenommen, dort zu bleiben, wagten sie nicht. Die Tage verbrachten sie bei Mazurs oder deren zuverlässigen Bekannten, die Nächte im Freien, in einem Perlowkaer Wäldchen etwa oder in der Gegend um Mytischtschi.

Zofia und Oskar Mazur hatten einen alten Draht zu Michail Kalinin. Seit sie als Mitglieder der Sozialdemokratie des Königreichs Polen und Litauens im Sommer 1917 aus Oszmiana nach Moskau gezogen, Sowjetbürger geworden und später der KPR(B) beigetreten waren, hatten sie an diesem Draht festgehalten. In den letzten Jahren waren viele der Herkunft nach polnische Kommunisten und ihre Familien aus ihrem Freundeskreis verschwunden, und dass ihnen das bislang nicht widerfahren war, führten sie nicht zuletzt auf dieses alte, bröselige Drahtende zurück. In Sachen ihres Sohnes und seiner Frau hatten sie ihn ebenfalls um Hilfe ersucht. Wahrscheinlich, vermutete Joachim, waren sie es auch gewesen, die es geschafft hatten, seiner Mutter einen Termin bei ihm, dem Vorsitzenden des Präsidiums des Obersten Sowjets, zu verschaffen. Als sie ihn aufforderte, sie als Übersetzer dorthin zu begleiten, war er für kurze Zeit niedergeschlagen genug, das ablehnen zu wollen.

Bringt nichts, sagte er nur.

Wehr Dich!, schrie sie ihn an.

Ohne zu wissen, was sie damit meinen konnte, kam er

schließlich mit, die seit Tagen stumme Lydia im Schlepptau. Kalinin empfing sie in einem sauberen, holzgetäfelten Raum, ein Telefon stand vor ihm auf dem Schreibtisch. Der Spitzbart weiß, das Haar füllig und noch nicht ganz grau, nach hinten gekämmt. Von der hinteren Wand holte er einen dritten Stuhl vor den Schreibtisch, auf die beiden dort stehenden hatte er Johanna und Lydia dirigiert. Dabei Geplänkel, die Hitze, das Fehlen von Regen. Johanna wusste von Mazurs, dass er viele Leute mit ähnlichen Anliegen empfing, sie wunderte sich nicht über die Beiläufigkeit, mit der er sich nach ihrem Befinden erkundigte. Wahrscheinlich wollte er noch einmal Leichtigkeit tanken, sich sozusagen ausschütteln, ehe man ihn mit immer gleichem Begehr traktierte. Johanna war für einen Moment danach, einfach davonzulaufen. Den Impuls niederkämpfend, setzte sie ein.

Das faschistische Deutschland, dem sie den Rücken gekehrt hatten. Einreise über Wien, mit den österreichischen Schutzbündlern. In Moskau Victor wiedergetroffen, der sich aus Berlin über Paris hierher hatte retten können. Erst vier Jahre her. Victor zu Jahresbeginn nach Magnitogorsk, neue Arbeit. Alles voller Hoffnung. Wohnung in Aussicht. Dann keine Nachricht mehr. Victor verhaftet, Gefängnis. Das alles ein Irrtum, ein Fehler (Joachim, ausweichend: *недоразумение*). Der sich aufklären musste. Bald. Schnellstens. Rückkehr undenkbar. Sie Kommunisten. Zu schlechter Letzt Juden. (Übersetzung unmöglich, *в конце концов,* sagte Joachim.) Verfolgung unausweichlich. Die Nürnberger Gesetze. Juden nur raus aus Deutschland, nicht rein …

Erschöpftes Schweigen.

Dass sie nun illegal in Moskau lebten, sagte sie nicht. Es sollte Kalinin klar sein.

Der zeigte – Betroffenheit? Johanna erschauerte. Womöglich fürchtete er nur um seine eigene Person, wenn er sich immer wieder in solchen Angelegenheiten verwendete. Ihr Mut, ihr Zutrauen befanden sich jenseits der Null im negativen Bereich, aber alles getan haben zu wollen, was ihnen noch helfen konnte, brauchte weder Mut noch Zutrauen. Sie waren am Endpunkt, am finalen Ort vormaliger Utopie, im Maul des Drachen, der sie anscheinend gelangweilt darauf warten ließ, endgültig gefressen zu werden. Lydia hatte während Johannas Tirade stumm dagesessen und aus dem Fenster geschaut. Es war nicht etwa der dunkle Raum, der die drei Bittsteller grau und entkräftet aussehen ließ.

Kalinin schwieg eine Weile. Wog er ab, was zu sagen war? Beugte sich in seinem Lehnstuhl zurück, die Finger ineinander verschränkt, und äußerte schließlich Verständnis. Dass er prüfen lassen wolle, was es mit der Ausweisung auf sich habe. Dass sie in einer Woche wiederkommen sollten.

Und bis dahin? Illegal in Moskau?

Kalinin wusste das, wie Johanna mit einem Blick in seine Augen feststellte. Gleichzeitig las sie die Bitte heraus, darüber nichts verlauten zu lassen. Nicht hier. Nicht bei ihm. *Das bringt nichts,* sagte sein geschlossener Mund. Zuletzt hatte sie diesen Satz vor wenigen Tagen von Joachim gehört.

Obwohl Demut bislang nicht vorgesehen war in ihrem Verhaltensrepertoire, ergab sie sich dieser Aufforderung mit deutlicher Botmäßigkeit. Gehorsam und gesenkten Kopfes griff sie nach Lydias Hand, stellte Joachim ruhig, indem sie seinen Arm kniff. Sie gingen keineswegs schnell aus dem Gebäude. Als sie ins Freie traten, war jeder Anflug von Unterwürfigkeit aus Johannas Körperhaltung schon wieder verschwunden, und hätte Kalinin ihnen nachsehen wollen, hätte er sie von hinten für ein Paar mit Tochter halten können, deren gemeinsames Ziel sie erhobenen Hauptes dahingehen ließ.

Die Mazurs erwarteten sie, Spannung lag in der Luft. Johanna beschwichtigte, wollte sich erst einmal setzen, erzählte dann aber doch, wie das Gespräch ausgegangen war. Zofia Mazur schüttelte den Kopf. Nicht etwa um die Längsachse des in den Atlas hineinragenden Fortsatzes des Axis, sondern um die nach vorn ausgerichtete Horizontalachse. Lydia schien diese Bewegung besonders zu faszinieren, sie versuchte, sie in unbeobachtetem Moment nachzuahmen.

Oskar Mazur hatte den Tisch gedeckt, es ging auf 17 Uhr, die richtige Zeit für ein polnisches Abendbrot, wie Zofia bemerkte. Tischte *pierogi* auf, mit Sauerkraut- und Fleischfüllung. Johanna, gerührt über diese Geste, nahm Platz. Ihr fiel die letzte Rabotniza ein, die Frauenzeitschrift für Arbeiterinnen, auf deren Mittelseiten sich die Pirogge als halbweltumspannendes Zeichen der Völkerfreundschaft, ja -verwandtschaft breitgemacht hatte. Aber wenn sie es genau nahm, dividierte der Piroggenbegriff völlig unterschiedliche Ernährungsauffassungen auseinander. Sie sah Zofias handgemachte, gedämpfte, polnische Rundlinge auf ihrem Teller verschiedene Gestalt annehmen, etwa zu russischen gebackenen Schweinchen oder karelischen, offenen Backrundlingen werden. Schließlich sogar zu den frittierten Teigetuis mit einigen Fleischkrumen, die auf der Straße angeboten wurden und so fetttriefend waren, dass man sie auf der Stelle vertilgen musste.

Plötzlicher Heißhunger stieg auf, den sie gerade so lange zurückhalten konnte, bis alle am Tisch saßen. Sie schlug zu. Fünf, sechs *pierogi.* Trank von Zofias Kwas, dessen feine Säure ihren Durst löschte. Nahm von der gebratenen Butter mit Speck. Wie lange hatte sie an Essen kaum noch denken können!

Als ahne Zofia, was in ihr vorging, fiel sie Johanna in den Arm und mahnte sie, die Verdauung mache womöglich nicht mit, sie habe ja gesehen, was Johanna in den letzten Tagen zu sich genommen habe, und zwar beinahe nichts! Nicht mal ein Gabelchen Hering, nur ein halbes Gürkchen, einen Bissen vom Brot, da müsse sie jetzt aber aufpassen, sonst verdürbe sie sich's. Mit dem Magen.

Johanna aber war sich ihres Körpers sehr sicher, das mache schon nichts, des sei sie gewiss, sagte sie ernst und leckte sich den Finger ab, der wie versehentlich in die Speckstippe geraten war.

Oskar Mazur, Geiger im Orchester des Bolschoi Theaters, fiel seinerseits nun seiner Frau Zofia in den Arm, sie solle die Gute doch lassen. Die wisse schon. Wirklich. Und außerdem müsse er nun leider zur letzten Durchlaufprobe für die abendliche Vorstellung.

Zofia küsste ihn lange und, wie Johanna peinlich berührt fand, viel zu innig (für die Kinder) auf den Mund, drängte sich an ihn, als wär's zum letzten Mal, holte eine Blechschachtel der Marke Muratti Ariston unter dem Stapel Tischdecken im Wohnzimmerschrank hervor. Sie packte ihm fünf Zigaretten daraus in seine Herzegowina-Flor-Schachtel, ehe sie ihn zur Tür begleitete.

In diesem Augenblick sank Johanna Schaechter erschöpft nach vorn und deponierte ihren Kopf auf dem fettigen Teller, der vor ihr auf dem Tisch stand. Lydia tat es ihr nach, und da sie beide nebeneinandersaßen und die Köpfe einander zugewandt abgelegt hatten, konnten sie sich in die Augen sehen. Sie lächelten.

Eine solch innige Verbindung zu ihrer Mutter hatte Lydia schon lange nicht mehr erlebt. Beglückt schnappte ihr Mund nach einem Piroggenstück, sog es auf. Sie zerdrückte es mit Zunge und Gaumen, fühlte sich kleiner und kleiner werden in Johannas verfließendem Blick, und wäre nicht Joachim dazwischengegangen mit einer großen Serviette, mit der er zuerst Johannas linke, dann Lydias rechte Gesichtshälfte reinigte und die beiden zurechtrückte auf ihren Stühlen, hätte sie ganz verschwinden wollen darin, dachte Lydia.

Als sie später in der Bahn Richtung Mytischtschi saßen, um dort ihr Nachtlager aufzuschlagen, wies Johanna, benommen von Sorge, Lydia an, auf dem Koffer Platz zu nehmen, in dem sie ihre drei Decken mit sich schleppten. Tagsüber hatte er bei den Mazurs gestanden, jetzt aber fürchtete sie, er könne Aufsehen erregen, obwohl es genügend Menschen im Zug gab, die mit Koffern unterwegs waren. Sie versuchte, sich möglichst belanglos mit den Kindern, die, jedes auf seine Weise, keine mehr waren, zu unterhalten, was ihr aber nicht so recht gelang. Es bestürzte sie, dass sie ihnen noch vor wenigen Tagen die baldige Rückkehr nach Deutschland ausgemalt hatte wie stets in den letzten vier Jahren. Der Spuk könne sich nicht lange halten dort, hatte Victor immer gesagt. Es schien verabredet unter den deutschen Emigranten, mit denen sie zu tun hatten, dass womöglich die Weltrevolution bevorstehe, erhebe sich das Volk gegen Hitler und seine Mannen. Darauf zu warten, schien ihrem Blick ein Anker, der jenseits der Sowjetunion lag und den sie brauchten, um bei Sinnen zu bleiben im Mutterland des Kommunismus. Hatte dieser Anker bislang nur gedroht, unterzugehen, war er mit der Ausweisung in der Tiefe verschwunden.

Den Gedanken, Stalin könne den Terror Hitlers einfach

eingebürgert haben in die Sowjetunion, als er angeklopft habe, vertrieb sie jedoch auf der Stelle. Lieber glaubte sie, ein und dieselbe Mobilmachung drohe dort wie hier mit den Zeichen der Tyrannei, die nun roh und nackt vor ihr stand und mit der Faust fuchtelte.

Vor Joachim stand sie keineswegs nackt und roh. Für ihn war sie schon wieder dabei, aller Erfahrung zum Trotz, sich in roten Stoff zu hüllen, der ihre Konturen verbarg. Das Missverständnis um Vaters Haft würde sich aufklären, dahin drehte er das Gespräch mit Kalinin (der davon aber gar nichts hatte verlauten lassen). Das Land war so groß, so gewaltig, dass die Konterrevolution in ihren verschiedenen Nestern sich unbemerkt von Stalin formieren konnte. Er würde gegen sie antreten, wie sein Vater es ihm beigebracht hatte.

Als Lydia plötzlich sagte, sie fühle sich zum ersten Mal in ihrem Leben *jüdisch,* sie sagte nur diesen einen Satz, sah dann abwesend zum Fenster hinaus, beeilte sich Joachim, ihr zu erklären, dass in der Sowjetunion, im Gegensatz zu Hitlerdeutschland, den Juden die gleichen Rechte wie allen anderen Staatbürgern zustünden. Er holte sein Notizbuch aus der Hosentasche, schlug es auf und begann ihr eine Abschrift vorzulesen, die er nach einem 1931 in Wien erschienenen Buch getätigt hatte: *Nationaler und Rassenchauvinismus ist ein Überbleibsel der für die Ära des Kannibalismus charakteristischen unmenschlichen Sitten, Antisemitismus seine krasseste Ausdrucksform. Antisemitismus dient den Ausbeutern als Blitzableiter, mit dessen Hilfe sie dem von der Arbeiterschaft geführten Schlag ausweichen wollen. Der Antisemitismus bedeutet für das arbeitende Volk, das er vom Wege ab und in einen Sumpf zu führen sucht, eine Gefahr. Als konsequente Internationalisten sind die Kommunisten überzeugte und unversöhnliche*

Feinde des Antisemitismus, der in der Sowjetunion als eine dem Sowjetregime feindliche Erscheinung streng verfolgt wird. Nach den Gesetzen der Sowjetunion steht streitbarer Antisemitismus unter Todesstrafe.[5]

Lydia sah genauso abwesend aus dem Fenster wie zuvor, vielleicht sogar mit noch mehr Bitterkeit. Worauf hier die Todesstrafe stünde, sagte sie, wolle sie gar nicht wissen, weil sie dann wahrscheinlich nicht einmal mehr essen und schlafen dürfe.

Für Joachim war das Grund genug, erneut auszuholen. Erst vor zwei Monaten etwa war er im Staatlichen Jüdischen Theater gewesen mit seiner Abendschulklasse, *König Lear* in jiddischer Sprache. Die Tatsache, dass es sich um ein staatliches Theater handelte, führte er als Beweis dafür an, dass von Zurücksetzung keine Rede sein konnte. Shlomo Mikkoels in der Titelrolle spielte einfach himmlisch, fand er, und versuchte, dessen schauspielerische Leistung mit eigener Mimik und Gestik nachvollziehbar zu machen.

Lydia sah an ihm vorbei, was ihn davon nicht abbringen konnte. Johanna jedoch versetzte die Erleichterung über das unverfängliche Thema, an dem sich Joachim hoffentlich eine Weile aufhalten würde, in einen Zustand der Erschlaffung, sie verspürte, wie Schlaf nach ihr griff. Kurz bevor er sie ganz bezwang, erinnerte sie sich, dass sie mit Joachim, nicht lange nach ihrer Ankunft in Berlin, eine Vorstellung dieses Theaters in Berlin besucht hatte. Das Stück, *Bay nakht oyfn altn mark,* hatte sie begeistert. Shlomo Mikkoels hatte mitgespielt. Die Verzückung schien ganz Berlin überwältigt zu haben. Sie wusste noch, dass Victor nach der Vorstellung im Applaustaumel immer wieder verstohlen um sich geblickt hatte. Auch anderen Zuschauern konnte ja nicht verborgen geblieben sein, dass es sich bei diesem Theater um eine wunderbare Errungenschaft der noch jungen gesellschaftlichen Ordnung in der UdSSR handelte, und die Zeichen dafür hatte er auf den Gesichtern ausmachen wollen. Johanna lächelte, als sie nun wegdämmerte.

Wie sie nie erfahren sollte, hatte sich der Theaterleiter, Alexander Granowskij, jedoch einen Teufel geschert um seinen parteipolitischen Auftrag. Als Abraham Azark 1890 in einer großbürgerlichen Moskauer Familie geboren, war er mit ihr wenige Tage nach seiner Ankunft nach Riga umgezogen, studierte Schauspiel und Regie in St. Petersburg und ab 1913 zwei Jahre in München, um danach vornehmlich als Regisseur zu arbeiten. Sein Debüt gab er in Riga. Es folgten mehrere russische Bühnen, ehe er 1917 in Schweden vorübergehenden Aufenthalt nahm. Nach seiner Rückkehr wurde er 1919 von der Jewsekzija, der Jüdischen Sektion der Kommunistischen Partei, mit der Gründung eines jüdischen Theaters beauftragt. Zum ersten Mal die staatliche Gründung und Finanzierung eines jüdischen Theaters! Granowskijs Enthusiasmus ließ ihn in Petrograd, wie die Stadt seit dem zweiten Jahr seines Münchenaufenthaltes hieß, eine *shul far tsenisher kunst* gründen. Bald stellte er fest, dass seine Schauspieler und er zwar über ein gesichertes Grundeinkommen verfügen, nicht aber frei und ungebunden arbeiten konnten. Von ihm wurde erwartet, den jüdischen Arbeiterschichten modernes Theater zu vermitteln. Die jüdische Intelligenzija, der die beliebten jiddischen Truppen mit ihren Farcen und Komödien und Melodramen peinlich waren, erhoffte sich, dass er denen den Schmackes nahm, dem zeitgenössischen bürgerlichen Theater des Westens Tribut zollte und das jüdische aufklärend modernisierte. Als er jedoch wenige Wochen nach der ersten Premiere eine Gastspielreise nach Witebsk in Weißrussland antrat, bei der er zum ersten Mal mit der Provinz und dem Leben im Shtetl in Berührung kam, wusste er, dass eine Säkularisierung jüdischer Kunst in der Sowjetunion nur um den Preis der Zerstörung des überlieferten Kanons zu haben war.

Fortan bemühte er sich, einer zweiten Aufgabe gerecht zu werden, nämlich der Erinnerung an die über Jahrhunderte gewachsene jüdische Identität. Sein Theater sollte den Massen, nicht der Elite verpflichtet sein, und weil sich in Petrograd keine geeigneten Proberäume fanden, zog er schon 1920 mit seinem Theater nach Moskau um. Hier erhoffte er sich ein noch breiteres Publikum. Hatte er anfangs Maeterlinks *Der Blinde* und Gutzkows *Uriel Acosta* gespielt, so nahm er nun ausschließlich jiddische Autoren ins Programm. Drei Einakter von Scholem Alejchem, dazu dessen Stück *Tsvey hundert toyznt* oder etwa Avraham Goldfadns *Di kishef-makherin.* Seinem Darsteller Shlomo Mikkoels kam es ganz besonders darauf an, dem alten jiddischen Leben positive Züge zu geben, weshalb vorsichtig neu interpretiert wurde. Die Nachricht von diesem Theater wurde zum Lauffeuer, wie die Einladung nach Berlin bewies. Doch kurz nach jenem Abend, dem Johanna und Victor Schaechter im Theater des Westens im Oktober 1928 beigewohnt hatten, waren die Künstler dennoch aufgefordert worden, in die UdSSR zurückzukehren. Sie hatten im Ausland die Sowjetmacht in eindeutiger Farbe zeichnen und sie so legitimieren sollen, aber die Berliner Zeitungen vermeldeten anderes. Harry Kahn etwa schrieb in der Weltbühne, dass es den *Russen* auf das Theater um des Theaters, das Spiel um des Spiels willen ankäme, nicht auf Kassenrapport oder Klassenpropaganda, und so traf der Aufruf zur

Rückkehr auf einen Riss im Boden des Theaters. Auf der einen Seite jene, die lieber Folge leisten und zurückkehren wollten, auf der anderen die, welche das nicht vorhatten.

Auf Letzterer blieb am Ende Granowskij allein zurück, der froh war, nun am Deutschen Theater arbeiten zu können und Filme zu drehen, ehe er, als in Deutschland nicht nur der Wind drehte, nach Paris emigrierte. Dort starb er mit nur siebenundvierzig Jahren. Die Leitung seines Theaters oblag ab 1929 Shlomo Mikkoels. Der schaute sich nun um nach Stücken zeitgenössischer jiddischer Autoren, versuchte aber auch, die Spur des klassischen westlichen Theaters wiederaufzunehmen. Wie sonst hätte Joachim Schaechter den König Lear sehen können! Granowskijs Inszenierungen wurden auch weiterhin gezeigt, allerdings unterblieb die Nennung seines Namens.

Dass nach dem deutschen Überfall 1941 eine Evakuierung nach Taschkent erfolgte, das Theater zwei Jahre später nach Moskau zurückkehrte und Shlomo Mikkoels mittels eines inszenierten Verkehrsunfalls im Januar 1948 vom Leben zum Tode befördert werden sollte, war 1938 noch nicht zu ahnen. Als Direktor folgte ihm, für wenige Monate bis zu seiner Verhaftung im Dezember, Benjamin Suskin, Schauspielerkollege schon unter Granowskij. Es stand nicht gut um das Jüdische Theater. Die Zuschauer wurden zu Beginn der Veranstaltungen vor der Wurzellosigkeit dieser Kosmopolitentruppe gewarnt und durch die Miliz kontrolliert. Die DDR, anderer Schauplatz, gleiches Stück, war gerade einen guten Monat alt, als man es mangels Publikumsresonanz schloss.

Woran Benjamin Suskin dachte, als man ihn am 12. August 1952 gemeinsam mit zwölf anderen jüdischen Intellektuellen, vornehmlich Schriftsteller, in der Moskauer Lubjanka exekutierte, sollte für immer im Dunkel der *Nacht der ermordeten Poeten* bleiben.

* *

SIE ZITTERT VOR Aufregung. Die Fußsohlen kitzeln. Barbara streicht sich die Schlappen von den Füßen, die sie an Westermeyers nackten Waden reiben will. Dass er im Dienst mit kurzen Hosen erscheint, bringt ihm immer noch belustigte Blicke, ungläubiges Erstaunen ein. Wenigstens vermeidet er es, dazu Socken zu tragen, worauf sie einige Überzeugungskraft verwendet hat. Vor der Tür des Gropiusbaus zu stehen mit einem Mann, dessen Schmetterlinge derzeit in ihrem Bauch umherflattern, will ihr einigermaßen verrückt erscheinen. Was ist sie doch für ein junges Gemüse! *Blumenkohl,* sagt sie zusammenhanglos, lacht los. Lacht nicht. Lacht. Er liebt sie. Er liebt sie nicht? Er liebt. Sie. Sie sieht es an seinen Augen, seinem Mund, der nach ihrem zu schnappen versucht. Es ist gut, es ist schön. Claudia wird Augen machen.

Warum öffnet sie nicht? Barbara hat nämlich geklingelt. *The postman always rings twice,* sagt Westermeyer schließlich und drückt erneut auf den Knopf, aber die Tür bleibt zu. Nun muss sie doch selbst aufschließen, den Schlüssel zweimal umdrehen. Enttäuscht stellt sie fest, dass niemand da ist, weil nämlich Claudia diejenige ist, die den Schlüssel zweimal im Schloss umdreht, allerdings andersherum, wenn sie fortgeht. Warum ausgerechnet heute, sie hat ihr gar nichts davon gesagt. Barbara grummelt, bittet Westermeyer herein, dann die Treppe hinauf, aber er will erst einmal schauen, ist neugierig. Sie druckst, dass unten ihre Schwester wohne und es zwischen ihnen nicht üblich sei, die Räume der anderen ungefragt zu betreten. Und fragen könne sie Claudia ja nicht, wenn sie aushäusig sei. Na ja, Küche und Bad, das gehe schon, das seien *Gemeinschaftsräume.*

Sagt es und schiebt ihn hinein in die Kombüse, in der sich ein Großteil des Lebens auf dem Gropiuskahn abspielt. Die Gerüste verschatten das Fenster. Es ist schummrig. *Muschebubu,* sagt Westermeyer und schlingt seine Arme um Barbara, wobei seine Augenlider auf bezeichnende Art anschwellen.

Das muss sie sich jetzt verbitten, *Aber!, Aber!, Aber das geht jetzt aber nicht!,* jetzt, wo Claudia jeden Moment heimkommen könne!

Westermeyer gibt sich verwundert. Wenn es unüblich sei, die Zimmer der anderen zu betreten, wo liege dann das Problem? Außerdem gebe es in den meisten Fällen Zimmerschlüssel. Und Stühle, die man, sogar verkantet miteinander, vor die Tür schieben könne. Und und und.

Aber wir sind doch in der Küche!, entrüstet sich Barbara.

Na, das können wir ja ändern, sagt Westermeyer und will sie zur Treppe ziehen, als beide erneut einen Schlüssel im Schloss hören. Barbara springt einen Schritt zur Seite, als Claudia auch schon in der Küche steht und vor Überraschung beinahe den schweren Beutel fallen lässt, der an ihrem Arm hängt. Sie pustet die Luft aus, die sie im Erschrecken angehalten hat, und schickt einen fragenden Blick in die kleine Runde.

Westermeyer schnellt hinzu, ihr den Einkauf abzunehmen. (Dass es sich um einen solchen handelt, ist zu sehen, zwei Rotweinflaschen ragen heraus.) *Westermeyer, Xaver,* gibt er bekannt und stellt den Beutel auf den Tisch, als auch schon Barbara loslegt und erklärt. Sie habe Claudia überraschen wollen und zur Feier des Tages ihren, *nun ja,* Freund mitgebracht, Stadtrat in Marzahn-Hellersdorf. Sie habe ja schon hin und wieder erzählt von ihm, *du erinnerst dich?* Es habe sich so ergeben, dass man sich nähergekommen sei, und wie das so ist, sie habe ihn einfach einführen wollen zu Hause, als männliche Normgröße, die dabei sei, sie durchs Alter (sie hüstelt) führen zu wollen. So weiter. So fort.

Sie käst, findet Claudia. *Ach so,* sagt sie dann und geht daran, den Einkauf auszupacken. Rotwein, gesalzene Butter und Ciabatta auf die Arbeitsplatte. Ein Stück Fleisch in den Kühlschrank, Tiefkühlerbsen in den Frost. Zwei Kilo Dattelwein in ein Sieb, dann in die Spüle. Zum Schluss eine überdimensionierte Trüffelschachtel, *mein Gott, Claudia!,* die sie sofort aufreißt und in eine Etagere umpackt. Eine Praline verschwindet in ihrem Mund.

Auch Westermeyer hat Rotwein mitgebracht, er holt seine Tasche aus dem Flur und stellt zwei Flaschen hinzu. Schräg schaut ihn Claudia von der Seite an, unschlüssig, wie sie die Situation nun finden soll. Dass sie sich dann ja heute Abend besaufen könnten, sagt sie, und dass sie mit Werner Kapok tatsächlich am Wannsee gewesen sei. Schifffahrt. Mittagessen in der *Eselin von A.* Ja, sie habe heute früh daran gedacht, sich einen freien Tag zu genehmigen, die Arbeiten am Haus störten sowieso. Beim Besprechen des Ablaufs mit den Bauleuten habe sie Werner mit einer Tasse Kaffee am Fenster stehen sehen, und da sei ihr klar gewesen, dass sie rausmussten. Weg aus der *Eintracht,* hinaus in die weitere Welt. Den Wannsee kenne sie nicht so gut wie den östlichen Müggelsee, aber sie sei mit Barbara immerhin schon drei, vier Mal dort gewesen, sie hätten das Strandbad besucht oder eins der Lokale an seinen Ufern, einmal seien sie auch schon mit einem Dampfer unterwegs gewesen, von Tegel aus bis nach Werder gefahren. Baumblütenfest. Werner kenne ja nichts von alledem, und …

Jaja, wissen wir. Barbara schneidet die Rede ab, hält aber im letzten Moment die Neugier zurück, wie es gewesen sei. Mit Werner. Das ist ihr nicht schlecht in die Glieder gefahren, dass ihre Schwester nun einen Vorsprung hat, was ihn angeht. Aber ihr Blick spricht Bände, dass Claudia verstohlen lächeln muss.

Westermeyer kommt sich ein bisschen überflüssig vor. Barbara merkt das und fragt, was sie denn nun mit dem gemeinsamen Abend anfangen wollen. Sie hat einen Kennenlernabend vorgehabt, nun weiß sie gar nicht, ob es dazu kommen kann, denn die Neuigkeiten, die ihre Schwester mit sich herumträgt, interessieren sie ebenso brennend. Das sagt sie aber nicht.

Stattdessen meint Westermeyer, jetzt erst einmal eine Zigarette rauchen zu wollen, *du auch?* Die Erleichterung, für fünf Minuten verschwinden zu können, quittiert Barbara mit einem Griff in die Handtasche und schließt sich Werner an.

Claudia gibt den Weg frei durch ihr Wohnzimmer auf die Terrasse und von dort in den Garten. Das eingerüstete Haus hat sein jahrzehntelanges Aussehen abgelegt und lässt das neue noch nicht ahnen.

Westermeyer bemerkt, wie still es hier ist. Kein Kinderlärm in der Nähe, nur entfernt hört er etwas, das wie Fußballspiel klingt. Bei ihm in Niederlehme ist das ganz anders, da wohnen vornehmlich Gutsituierte, die oft erst nach dem Hausbau dem vermeintlichen Glück die Krone aufsetzten mit zwei, drei Kinderlein. Vom Gebiet um sein Hellersdorfer Rathaus herum ganz zu schweigen. Als Stadtrat ist er nicht nur für Kultur zuständig, sondern auch für Jugend. Aber selbst wenn er das nicht wäre, könnte er kaum übersehen, dass die Zahl junger Mütter dort über dem Berliner Durchschnitt liegt. Bis fünfundzwanzig, alleinstehend oft. Seine *Sorgenkindgruppe.*

Immer noch geben ihm deren teure Kinderwagen und Smartphones, die im Gegensatz zu ihrer statistischen Einkommenssituation stehen, zu denken auf. Er ist alt, merkt er dann, er rechnet anders. Aber wie? Er kommt nicht dahinter.

Die *Eintracht* hingegen erscheint ihm als Refugium des Alterns, Bratwurstduft zieht von einem Nachbargrundstück herüber, dazwischen das Klirren von Flaschen und Gläsern, das gleich wieder verschwindet. Kein Reden, keine Musik. Selbst der Wind scheint vorsichtig darauf aus, nur nicht stören zu wollen, und auch die Vögel halten sich auffallend zurück. Dabei haben sie hier doch das Eldorado vor dem Schnabel. Wo ist er hingeraten mit dieser Frau, die so scharfsinnig und fidel über sein Leben herfällt, dass er sie instinktiv inmitten der Großstadt verortet hat auf seiner inneren Landkarte? Wie passt ein solches Gemüt überhaupt zur piefigen Beschaulichkeit dieser Siedlung? Er zündet sich unversehens eine zweite Zigarette an und schaut hinauf zum Himmel.

Die schweigende Barbara tut es ihm nach. Sie hält für Enttäuschung, was sie auf seinem Gesicht ausmacht, und wird selbst ganz missmutig. Ach, die Empfindlichkeiten. Wie sie so plötzlich Besitz ergreifen wollen. Das kann sie nicht zulassen, merkt sie noch, aber der plötzliche Trotzanflug erlischt so schnell, wie er gekommen ist. Sie bleiben still, die beiden. So still, dass sie zu dieser *Eintracht* passen, die als Name über der Siedlung hängt.

Claudia deckt unterdessen in der Küche den Tisch. Für vier Personen. Vor ihrem Ausflug hat sie am Morgen noch einen Schichtsalat zubereitet, mit Werner, der ihn sich gewünscht hat. Wie *früher.* Nur, dass früher immer Mayonnaise hatte herhalten müssen dafür, die heute *Miracel Whip* heißt. In Schichten: Büchsenmais und -ananas, Kochschinken, gekochte Eier, Porree. *Wunderschlag* (Barbara) und geriebener Käse darüber, dann ab in den Kühlschrank für mehrere Stunden. Anstößige Mischung, aus heutiger Sicht, aber *früher* das Größte. Die große, gläserne Schüssel thront in der Mitte des Tisches, daneben das aufgeschnittene Brot.

Sie zieht sich in ihr Wohnzimmer zurück. Wartet ab, wie sie eben noch aufwartete. Nach einem Weilchen (oder auch zwei) klingelt es endlich, und Werner steht vor der Tür. Kann er nicht anders, als sie auf die Wange zu küssen? Er tut es jedenfalls, und sie errötet so heftig, dass die Flecken auf Ausschnitt und Gesicht wie ein rotweißes Leopardenfell aussehen und ihn zur Entschuldigung treiben. Er habe nicht gewollt. Nicht gewusst.

Schon gut, sagt sie und nimmt ihn mit in die Küche.

Vier Teller? Aber Renate sei doch heute im Kino, habe sie das vergessen?

Sie lächelt, stellt den Zeigefinger vor die Lippen und zieht ihn durchs Wohnzimmer auf die Terrasse. Von dort sehen sie Barbara eng umschlungen mit einem kurz behosten Mann unter dem Walnussbaum stehen. Sie kenne den nicht! Sei ihr eben erst vorgestellt worden!, erwidert sie Werners aushorchenden Blick und ruft Barbaras Namen in den Abend. Setzt laut *Westermeyer* hinzu.

Als sie kommen, entschuldigt sie sich sofort dafür, sie habe den Vornamen nicht mehr parat, wie heiße er gleich noch mal?

Xaver, erwidert Westermeyer.

Werner, sagt Werner und reicht ihm pflichtschuldig die Hand.

Barbara wundert sich über den Wunderschlagsalat, freut sich aber heißhungrig darauf und bittet zu Tisch. Obwohl das eigentlich ihr zustünde, mault Claudia. Das Entkorken der ersten Rotweinflasche nimmt ihr zumindest das Unwillige vom Gesicht. Trotzdem glaubt sie zu spüren, dass sich jeder im Raum mit einer Kruste gepanzert hat, einer dünnen, womöglich aber festen Hülle, in der sich die unsichere Verlegenheit staut, was von diesem für alle unerwarteten Zusammentreffen zu halten ist. Schließlich hatte sich jeder der Anwesenden eine Vorstellung davon gemacht, die nun aber nicht eintreten kann. Für jede Person sitzt eine andere zu viel am Tisch, das ist seltsam.

Mensch, jetzt erst mal Prost! Barbara hebt das Glas, die anderen auch, und als sie es, nachdem sie es in einem Zug ausgetrunken hat, schnaufend auf den Tisch knallen lässt, ist Claudia, als brechen die Krusten. Zumindest glaubt sie für den Moment, feine Splitter rieseln zu sehen.

Est gezunterhayt!

Werner Kapok hat das gesagt, in der rechten Hand das Messer, in der linken die Gabel auf den Tisch gestellt, und schaut nacheinander in die Gesichter der Anwesenden, als habe er unerwartet eine Grundsatzerklärung abgegeben und erwarte Reaktionen. Möglichst freudige.

Die Schwestern stutzen, Westermeyer hat nicht verstanden. *Esst Gesundheit?* Eine ihm unbekannte ostdeutsche Redewendung? Die Möglichkeit verunsichert ihn einen Augenaufschlag lang, dann aber sagt er sich, dass er ja wahrlich lange genug im Osten lebe und diesen Spruch noch nie gehört hat. Soll er nachfragen? Er zögert.

Den Schwestern dämmert etwas. Hatten sie ihre Mutter in deren letzten Lebenszeiten irgendwie an den Tisch bekommen und ihr den Latz umgebunden, hatte die Ähnliches geplappert, sie hatten dem aber keine Bedeutung zuweisen können als *Essen* und *Gesundheit* und ihrem Gebrabbel unterstellt, einfach nicht mehr verständlich zu sein. Hatten es ihr aber, da sie offenbar Gesundheit mit der Nahrungsaufnahme in Verbindung brachte, als relativ helle Momente angerechnet.

Wie bitte?

Claudia fragt nach, und Werner erzählt, er habe gedacht, dass ihnen als Juden, aschkenasischen noch dazu, das Jiddische nicht ganz fremd sei, und die Stimme schlägt dabei einen Haken, versackt für Sekunden, um dann wieder aufzutauchen. Aber nun ist sie von Verlegenheit rau, als er sagt, er habe online Jiddisch gelernt, wenigstens in Ansätzen, weil ihm das Hebräische zu schwierig gewesen sei. Die Transliteration habe ihm das eher ermöglicht. Er könne es zwar nicht lesen oder schreiben, aber ein bisschen sprechen und verstehen.

Er senkt den Blick, und auch das Besteck hat sich inzwischen in die Horizontale begeben.

Guten Appetit, das heißt einfach guten Appetit, und die Stimme schmiert ab.

Barbara schlägt sich vor den Kopf und meint, sie habe eins und eins nicht zusammenzählen können. Ihre Mutter habe in ihren verwirrtesten Zeiten auch *trejfe!, trejfe!* gerufen und sie sie mit *kosher* beruhigt. Als sie klein gewesen seien, habe Cilly manchmal Phrasen aus Kinderzeiten gebraucht und sich gefreut, wenn sie in Rätseln sprach für die Mädchen. Aber das sei selten vorgekommen und nur dann, wenn Cilly überaus fröhlich und gut gelaunt gewesen sei, und es habe ihrer beider Pubertät nicht überdauert.

Mameloschn.

Barbara sagt, in ihrem Kopf sei das Wort immer um Galoschen und Gamaschen und Spargroschen und Laufmaschen herumgekullert, als jiddisches habe sie es erst jenseits der Kindheit auffassen können.

Claudia erinnert sich daran, wie sie als Kind eines Sonntags im Fernsehen eine Sängerin gesehen habe, Lin Jaldati. Wobei, kichert sie jetzt, sie ihren Vater gerufen habe, weil die Frau *Soldati* in einer so merkwürdigen Sprache sang. Sie hatte den Eindruck, sie eigentlich zu verstehen, aber andererseits auch wieder nicht, ein merkwürdig unbestimmtes Gefühl.

's brent, briderlech, 's brent!, das war doch nicht nicht zu verstehen!

Und Joachim habe gemeint, dass das Jiddisch sei, die Sprache der osteuropäischen Juden. *Judenheit,* berichtigt sie sich, er habe *Judenheit* gesagt. Und dass die Frau nicht Soldati, sondern Jaldati heiße, habe er mit drohend erhobenem Zeigefinger und einer Lachfalte auf der Stirn nachgeschoben.

Ich dachte, als Cilly trejfe!, trejfe! schrie, dass nun bald ihr letztes Stündlein schlagen würde. Die äußeren Schalen ihres Verstandes hatten sich schon ganz pulverisiert, und im Laufe der Zeit waren darunter immer frühere Schichten zum Vorschein gekommen, bis auch die sich aufgelöst hatten. Immer kindlicher ist sie geworden, die Cilly, nur dass sie nicht so leicht zu bändigen war wie ein einigermaßen durchschnittliches Kind.

Claudia zuckt zurück. Woher weiß sie, wie heutzutage ein einigermaßen durchschnittliches Kind beschaffen ist? Barbara und Werner wissen das mit Sicherheit auch nicht. Westermeyer? Von dem weiß sie nichts, und sie hofft, dass auch er von ihr noch nichts weiß. Jedenfalls nichts Schwestergefiltertes.

Westermeyer hat bisher erstaunt zugehört, was hier verhandelt wird, und räuspert sich.

Ach, der Herr Stadtrat, beinahe ganz vergessen … Sind Sie nicht hungrig, Gnädigster? Barbara will ihm die Salatschüssel reichen, nimmt sie von der Tischplatte, aber Westermeyer sieht keinen Salat und hört keine Barbara, vielmehr sagt er etwas. Auf. Ein Gedicht?

di klejder in welche du hosst gesen mich –
sej wern kejnmol nischt alt,
mit ale kolirn fun regenbojgn
blien sej in majn schank.
doss lila klejd ssojdet sich mitn grinem
a grinem grosikn ssod,
doss rosa tuljet sich zu geln
un di blumen blien baj sejer sojm.
opgerukt, basunder in a winkl fun majn schank,
di arbl farworfn iber die akssleen,
cholemt fun dir majn bloj klejd.[6]

Barbara wagt jetzt erst die Schüssel abzustellen. Westermeyer hat es wieder einmal geschafft, sie zu betören. Verzückt schaut sie ihn an, wobei auch Verblüffung in ihrem Blick schwingt. Nun möchte sie aber doch wissen, was hier vorgeht, und Westermeyer spricht von seiner dritten Frau, die an der Göttinger Universität zu Rajzel Zychlinski gearbeitet habe. Promoviert. Betty habe dieses Gedicht so sehr geliebt, dass es zum verschworenen Code vor dem Kleiderschrank geworden sei, wenn sie sich anzog. Sie habe es gemurmelt oder laut aufgesagt, gesungen oder verändert, wenn sie das türkisfarbene herausnahm oder sich für das schwarze entschied, und er habe es bald gekonnt und gekontert, mit erfundenem Jiddisch, es sei ihre beste Zeit gewesen und die Erinnerung schön. Ganz im Gegensatz zu jener der Trennung, die dann gar nichts Schönes mehr bereitgehalten habe, man sei nicht im Guten auseinandergegangen.

Westermeyer hält inne. Hat er zu viel gesagt? Barbara möchte nichts wissen, vorerst, über Betty, fragt aber nach Rajzel Zychlinski, und Westermeyer erzählt, dass sie Betty in die USA gelockt habe. Lacht. Das könne er heute, fügt er entschuldigend hinzu, aber damals habe ihm das die Sprache verschlagen und die Lust genommen, der Apfel einfach zu sauer geschmeckt, in den er da zu beißen gehabt habe. Er wisse gar nicht mehr genau, wann Rajzel Zychlinski zur Welt gekommen sei. Irgendwo in Zentralpolen, von wo sie mit dem Einmarsch der Deutschen nach Lemberg geflohen sei. Als Lwów zwanzig Jahre polnisch gewesen, sei die Stadt nach dem Hitler-Stalin-Pakt von der Roten Armee besetzt und der Ukraine zugeschlagen worden. Nach dem nächsten deutschen Einfall, dem in die Sowjetunion, sei Zychlinski noch weiter nach Osten geflohen. *Worden,* sagt er, *damit ihr versteht.* Dort sei dann ein Sohn zur Welt gekommen, während Zychlinskis in Polen verbliebene Mutter und ihre Geschwister in Rauch aufgingen. Treblinka, glaube er, aber so genau ... Man müsse direkt noch mal nachschlagen ... Nach dem Krieg sei sie zurückgegangen nach Polen, das sich aber gesperrt habe, noch mal Heimat zu heißen. Also Paris, dann die USA. Zuletzt in der Nähe des Sohns. Kalifornien. Da sei sie auch gestorben. Erst Anfang der Zweitausender, meine er. Betty habe es in den Neunzigern doch tatsächlich geschafft, die Frau an die Strippe zu kriegen, man habe Briefe gewechselt, später dann sei sie hingeflogen, und als es sich fügte, dass ihr nach der Promotion eine Stelle an der Universität von Syracuse angetragen worden sei, genau zu ihrem Thema, habe sie nichts mehr gehalten in Deutschland. Auf zu Zychlinski. Die Söhne habe sie mitgenommen, er sich gefügt. Betty sei eine Expertin geworden, befindet er anerkennend. Die Söhne aber seien im Eimer. Also – so meine er das jetzt aber nicht! Er meine nur, für ihn. Für ihn seien sie fort, weg, rausgeschnitten aus dem gemeinsamen Haus, das er dann schnellstens verkauft habe. Im Eimer das Ganze, die Familie eben.

Die Familie also im Eimer. Na schön.

In die Tonne getreten, sagt Barbara. *Hättest ja mitgehen können.*

Das ist jetzt nichts für Westermeyer, er winkt ärgerlich ab.

Dass ich das überhaupt erzählt habe ... Wo ich doch tatsächlich fast am Verhungern bin!

Sie lachen betreten, als sie merken, dass sie soeben seufzen mussten.

Interessant. Potenzial!, meint Claudia.

Im Hinblick auf diesen Abend? Wär schön, denkt Barbara, fängt an zu spachteln, und dann tun sie's alle.

Im weiteren Fortgang kommt es zu interessiertem Austausch über Woher und Wohin. Auf und Ab. Vor und Zurück. Auf Augenhöhe, findet Werner Kapok, der zu viel Wein trinkt und eigentlich einhalten will. Geht Westermeyer rauchen, schließt sich Barbara an, und Werner verhandelt mit Claudia noch einmal, was er gehört hat. West-Linke sind ihm früher zuweilen begegnet, kurz vor und kurz nach dem Fall der Mauer, und die Erinnerung daran setzt viel von dem frei, was er seit Jahren in den Skat gedrückt hielt. Denkt er an einen Kongress in Westberlin, Freie Universität, kommt ihm nicht etwa das dort Verhandelte in den Sinn, sondern Farben, Gerüche, Hautempfindungen, Körpergefühl. Er wird durchgeschüttelt davon und muss sich, um Claudia nicht zu bemühen, mehr als einmal sehr festhalten an Tisch und Stuhl. Dass ihm das guttut, kann er nicht sagen, aber er merkt Neugier und – Mannesmut?, als Claudia ihn fragt, ob er denn politisch aktiv sei. *Natürlich,* sagt er, *aber im Kopf. Nur im Kopf.* Und der Kopf wird ihm schwerer und schwerer.

Kommen die Raucher zurück, geht es weiter. Werner Kapok spürt deutlich den Pragmatismus in Westermeyers Äußerungen, der ihn davon abhält, in linker Manier über all das von anderer Seite politisch Versäumte im Gegensatz zu eigener Haltung und Handlung zu räsonieren. All das Versagen des *Gegners* zusammenzufassen im Trickbecher der eigenen Vollkommenheit. Das Räsonieren der vermeintlichen Oppositionen ähnelt sich so sehr in seiner Freude, nicht an der Macht und nicht verantwortlich zu sein für alles, was derzeit schiefläuft, und in der paradoxen Gier, an genau diese Macht zu gelangen. Mit dem Versprechen, dass dann alles anders und natürlich unvergleichlich besser liefe. Und mit dem Wissen, dass der Trickbecher augenblicklich umkippen musste, Trickbecher eben. Ob Westermeyer das auch so sehe?

Der sieht in den Schwestern jetzt zwei jüdische Damen am Ende mittleren Alters. So schnell kann es gehen. Barbara hat dazu bislang nichts gesagt. Sie kennen sich aber auch noch nicht lange genug, entschuldigt er sie. Und sich gleich mit, dass er von Betty erzählt hat, die seine einzige, irgendwie leibhaftige Verbindung zum Jüdischen gewesen war. Wenn er daran denkt, dass er die ganze Nacht neben Barbara liegen, sie anschauen und leiden wird können, leibhaftig, ist er ganz glücklich.

Claudia geht Cilly nicht aus dem Kopf, ihre Mutter. Keine *jiddische mame,* was sie nicht als Verlust empfindet. Als Verlust bemerkt sie aber sehr deutlich den Abbruch aller Gespräche ums Jüdische, die sich manchmal, sehr selten, im Gropiusbau angebahnt hatten, als die Eltern noch lebten. Im Unterbewusstsein, korrigiert sie sich gleich, denn ausgesprochen worden war es fast nie. Aber doch von jedem bemerkt, wie hätte es sonst so zielgerichtet vom Tisch gewischt werden können. Sie hat fast gar nichts getrunken. Ganz klar im Kopf, aber still und in sich gekehrt.

Werner ist zum ersten Mal froh, Professor gewesen zu sein. Pro forma. Eigentlich. Für die kurze Zeit zwischen dem Neunundachtziger-Herbst und der Flucht nach Trebesee. Hat etwas wie Stolz sondiert in der Brust, als er es Westermeyer erzählte, der ihm gleich gratuliert hat. Zum Professor oder zur Flucht? Das wird ihm jetzt unklar. Er findet, dass er gebüßt hat. Strafe abgesessen. Wofür, wird ihm allerdings immer unklarer, sodass er dem Wein die Schuld gibt und sich schließlich verabschiedet. Nicht ohne, alter Galan, den Damen des Hauses je einen Handkuss verpasst zu haben.

Während Claudia unten, Barbara oben im Bad zugange ist, macht Westermeyer in der Küche grob sauber. Räumt das Geschirr in den Spüler, stellt ihn an. Wischt den Tisch ab, das Becken aus, ordnet die Stühle an. Staunt, dass sich noch immer nichts regt, die Damen sich offensichtlich in den Bädern verloren haben. Unschlüssig steht er vor Claudias Wohnzimmer, er würde ganz gern noch einmal in den Garten treten, eine Zigarette rauchen … Steht, hebt das Bein, zieht's zurück, geht dann doch einfach hindurch und befindet sich schließlich unter sternklarem Endausgusthimmel. So still. So kühl schon, dass ihm schnell kalt wird unter dem Mond. Der nimmt gerade zu, vielleicht in zwei Wochen wird er als dicke gelbe Fußballsemmel zu sehen sein.

Rajzel Zychlinski – ob sie den Mond verfolgt, gar geliebt hat? Betty war sehr sensibel, bei Vollmond war nicht gut schlafen mit ihr. Noch immer ist sie in Amerika, würde das Rentenalter bald erreicht haben. Ein Sohn lebt wieder in Deutschland, studiert in Göttingen, wo sonst, Medizin, und der andere hat sich in Richtung Australien verabschiedet, auch Betty hat im Moment wohl keinen Kontakt. Wie ein einziger Buchstabe etwas Loses wie den Kontakt zu seinen Söhnen zu etwas Verbindlichem werden ließe: zu einem Kontrakt …

Das Feuerzeug zischt, er entzündet die Zigarette, zieht tief in die Lunge.

Als er sich später zur lesenden Barbara ins Bett schiebt, wollen die Lider nicht schwellen. Er muss sie anschauen, er freut sich, dass es sie gibt, in der *Eintracht* liegt seine späte Liebe, aber er fragt sich, ob er ihr mitteilen kann, was ihm damals, als Betty sich verabschiedete nach Amerika, durch den Kopf geschossen war. Aus dem Hinterhalt, so, wie auch anderer Spott oft querschoss, der sich nicht etwa angemeldet hatte. Die Jüdin Rajzel Zychlinski hatte es geschafft, seine Frau von ihm weg über den Großen Teich zu locken, und sein Hirn hatte das mit dem Satz quittiert: *Die Juden sind unser Unglück.* Er hatte ihn nie ausgesprochen, ihn stets gleich wieder weggedrückt, sich auf der Stelle geschämt, ihn nicht wahrhaben wollen, aber er war noch jahrelang immer wieder grinsend durch den Vorhang gekrochen, hinter dem Betty nun lebte.

* *

ABENDS, WENN ER sicher war, dass die Küche von niemandem mehr benutzt werden würde, schlich sich Joachim Schaechter hinter den Vorhang in der Ecke, um sich auf dem alten Diwan auszustrecken. Es war Mitte Juni 1941. Seine Eltern wohnten im selben Haus. Sie schliefen bei Familie Petras, zwei Etagen höher, während für ihn das Küchensofa der Familie Alexander, Mutter und Tochter, herhalten musste, die ihre Wohnung zudem mit Elly Winter teilten, Emigrantin aus Bielefeld.

Knappe zwei Jahre lebten sie nun so. Ihm war das Haar nachgewachsen, ein interessanter Fall für die Mediziner des Sklifosowskij-Instituts, und er hatte ein bravouröses Abitur hingelegt. Eine Zeit der Ruhe, wie er fand, nach den Jahren zuvor, die ihnen in einem Maße zugesetzt hatten, dass er sie ganz gern ausblendete. Gelingen wollte ihm das nicht.

Eine Woche nach der Vorsprache bei Kalinin war ihnen im August 1938 auf einem Papier weiterer Aufenthalt in der UdSSR zugestanden worden, beigelegt eine Karte, auf der jemand mit einem Zirkel einen Kreis von einhundert Kilometern um das Moskauer Zentrum markiert hatte. Heiße Zone, die sie zu meiden hatten. Kolomna, 110 Kilometer südöstlich der Hauptstadt gelegen, kannten sie von einer mehrtägigen Reise in den ersten Sommerferien auf sowjetischem Boden, und so hatten sie um Erlaubnis nachgesucht, sich dort niederzulassen. Johanna Schaechter wurde Arbeit in einer Bonbonfabrik zugewiesen, und Lydia sollte ab September zur Schule gehen. Joachim aber konnte unter Verweis auf seine Volljährigkeit, seine Mitgliedschaft im Kommunistischen Jugendverband und eine Empfehlung von Nadjeshda Krupskaja, die ihm auch die Mazurs beschafft hatten, im Emigrantenheim der Roten Hilfe unterkommen. Zwar am anderen Ende Moskaus gelegen, sodass er zur Schule lange Fahrten auf sich nehmen musste, war es doch eine Möglichkeit, seinen Schulbesuch wie seine Arbeit fortzusetzen.

Diese Aussicht war grundlegend gestört worden, als im Herbst 1938 eine tödliche Infektion seine Schwester Lydia ausradierte, wo sie seit der Abwesenheit des Vaters doch eigentlich unter seine Schulter gehört hatte. Lange konnte er es sich nicht verzeihen, dass er nicht in Kolomna geblieben war und auf sein Abitur gepfiffen hatte. Aber Johanna wusste, dass Lydia nicht mehr hatte auftreten wollen im großen Zirkus, sie hatte das Erlahmen der glatten Irismuskulatur ihrer Tochter bemerkt. Licht hatte ungehindert ins Auge einfallen und Verblendungen hervorrufen können. In verblendetem Zustand war Lydia dann seltener und seltener aus dem Haus gegangen, und sie hatte sich schließlich gar nicht mehr erhoben, als die ersten Anzeichen einer Dysenterie in handfeste Symptome übergegangen waren und ein halbes Hundert Entleerungen am Tage zur Folge gehabt hatten. Entkräftet hatte sie sich schließlich, an einem Samstag im Oktober, ergeben. Johanna glaubte noch heute, sie habe ihrer Seele nachsehen können, wie sie sich von der stinkenden Bettstatt erhoben hatte und erst einmal bedächtig im Zimmer herumgestrichen war, als suche sie etwas Unwiederbringliches, was ihr das Jenseits erleichtern könne. Schließlich aber hatte sie sich durch den Spalt eines verzogenen, undichten Fensters einfach davongemacht.

Das türkisfarbene Nachbild eines Flämmchens, das von da an in stillen Stunden vor Johannas Augen erschienen war, hatte sie aufgemalt und trug es seither immer bei sich. Joachim aber, der an diesem Samstag nichts ahnend nach Kolomna gekommen war, um den Seinen Geld und Lebensmittel zu bringen, und sich auf ein turbulentes Wochenende gefreut hatte, war auf der Stelle lang hingeschlagen und hatte Verwünschungen seiner Person ausgestoßen, weil er seine Schwester nicht beschützt habe. Hatte sich am Boden gewälzt, gestöhnt, während Johanna mit ihr selbst unverständlicher Selbstverständlichkeit das Bett der Tochter frisch bezogen und sie gründlich gewaschen und gesalbt hatte. Als Joachim ihr dabei hatte helfen wollen, hatte sie ihn beiseitegenommen und ihm ruhig erklärt, dass eine Dysenterie für gewöhnlich eine ansteckende Angelegenheit sei. Als Mutter sei sie dagegen unbedingt gefeit, aber für ihn sei es lebensgefährlich, wobei sie ihn flehend angeschaut hatte. Das Flehen in ihren Augen hatte ihn davon abgehalten, seiner toten Schwester in die Armbeugen zu weinen oder ihr in die Seite zu stechen mit dem Zeigefinger, um sich zu überzeugen, dass sie kalt und reglos blieb. Er hatte ihr Glucksen geliebt, mit dem sie hatte zugeben müssen, *den Totstellreflex mal eben ein bisschen geübt* zu haben. *Den kann man nicht üben,* hatte er geantwortet, *der tritt nur bei größtem Erschrecken auf.* Dass das Erschrecken hier gewaltige Ausmaße annehmen konnte, hatte sie früher begriffen als er, der immer wieder die Geschehnisse umgefärbt, das Blut herausgewaschen und durch Worte ersetzt hatte. Worte wie *Mangel, Gebrechen, Irrtümer, Fehlurteile.* Sogar *Versehen* und *Schnitzer* waren vorgekommen, die es gar nicht ausgehalten hatten, auf solch unpassendem Platz zu hocken.

Johanna hatte irgendwann aufgegeben, sich einen eigenen Reim auf das, was ihr zustieß, zu machen. Das Mütterliche hatte ihr die Fähigkeit vorgestreckt, sowohl Lydias als auch Joachims Blick einzunehmen, sodass sie schließlich keine Notwendigkeit mehr verspürt hatte, einen eigenen zu riskieren. Dafür hatte sie sich den Leben ihrer Kinder verpflichtet, die sie auf den Wegen zu ihren jeweiligen Enden ein Stück begleiten wollte, und wenn Lydia nun gemeint hatte, angelangt zu sein, so hatte sie sich gefügt. Das Schicksal, kleiner roter Fuchs, war behände und flink zwischen ihren Füßen oder zum Abendbrot zwischen den Tellern auf dem Tisch herumgesprungen, sichtbar immer nur ihr, dafür aber untrügliches Zeichen, dass es nicht zu besiegen, sondern allgegenwärtig war. Das hatte sie jedenfalls geglaubt.

Nach Moskau hatten sie ein Jahr später zurückkehren können. Victor Schaechter hatte im Mai 1939, in Unkenntnis des Aufenthaltsortes seiner Familie, eines Abends an der Tür von Zofia und Oskar Mazur gestanden, die sofort Joachim benachrichtigt hatten. Mazurs hatten es nicht fertiggebracht, Victor vom Tode Lydias zu erzählen. Das Wissen, dass diese Mitteilung dazu führen würde, die Freudentränen in denen der Trauer verenden zu lassen, hatte ihnen zugesetzt, ihr Zittern war aber von Victor für eines der Wiedersehensfreude gehalten worden. Allerdings hatte er sich gewundert, dass es sich nicht beschwichtigen ließ. Als Joachim vor ihm gestanden hatte, war aus dessen Augen herzwehes Unglück über ihn hergefallen, das er zunächst nicht begriff. Joachim hatte laut heulend erzählt, wie er Lydia in Kolomna nur noch tot vorgefunden habe, und das Heulen war für den Abend das Einzige gewesen, was die vier Anwesenden tun konnten. Am nächsten Morgen hatten die Mazurs Kaselchen in seine schönsten Sachen gesteckt, und gemeinsam waren sie nach Kolomna hinübergefahren.

Dass Victor Schaechter umgehend erneut in die KPD aufgenommen werden sollte, die ihn vor einem Jahr aus der Mitgliederliste gestrichen hatte, und dass Johanna und Victor eine Kur zur Regenerierung im Kurort Kislowodsk in der Kaukasusregion Stawropol, die seit zwei Jahren Ordshonikidse-Kreis hieß, hinter sich bringen würden, ehe ihrer Rückkehr nach Moskau nichts mehr im Wege war, stand in jenen Nächten noch in den Sternen, die hell und offensichtlich furchtlos über die Oblast Moskau funkten. Victor Schaechter sollte es zeitlebens vermeiden, über die Umstände seiner Verhaftung und Internierung auch nur ein einziges Wort zu verlieren.

Joachim konnte schlecht schlafen in diesen Tagen, er war dabei, sein Herz abzutreten. Es fühlte sich anders an als damals, als er an Barbara Korsch gedacht hatte. Er wollte es Marja Sergejewna Brunzewa geben, die im Nachbarblock wohnte und seit letztem Herbst am *Stankoinstrumenalnij Institut* Maschinenbau paukte wie er selbst. Schon während der Abiturphase hatte er in verschiedenen technischen Arbeitsgemeinschaften gewerkelt. Der Stolz, dass sein Sohn nun sein Fach studierte, schien in Victor Schaechters geschwächtem Körper zu einem stabilen Kreuz heranzuwachsen, das ihn aufrecht hielt. Joachim war froh darüber.

In Vorahnung der Schlaflosigkeit hatte er am Abend seine dicke schwarze Winterjacke hervorgekramt. Er stellte das Radio, Frau Alexanders bestes Stück, auf den Küchentisch. Das graue, schlichte Gerät mit dem Schild SI-235 hatte sie vom ehemaligen Direktor des Moskauer elektromechanischen Werkes für Gardinen und Vorhänge bekommen, die sie für seine ungewöhnlich große Datscha in Kunzewo genäht hatte. Inzwischen war er schon lange nicht mehr Direktor, sondern ebenso von der Bildfläche verschwunden wie einst Victor Schaechter, und sie fragte sich, ob jemand Wind davon bekommen könnte, dass er ein Radio für sie abgezweigt hatte. Fröstelschauer überliefen ihre Haut bei jedem Anstellen des Apparates, den auszumustern sie sich aber nicht vorstellen konnte.

Um die anderen nicht zu stören, breitete Joachim die Jacke über Kopf und Gerät, darüber die Bettdecke, und stellte es an, die Lautstärke auf das gerade noch verständliche Maß dimmend. Das Lied, dessen erste Takte die Erkennungsmelodie des Senders ausmachten, sang er gern laut, mit Emphase, manchmal vor dem Spiegel, *Weites Land, meine Heimat.* Beim Radiohören wunderte er sich immer, wie zart und leise es angeschlagen wurde. Das deutsche Programm bot eine Sendung zu Ausgrabungen um Afrasiab im historischen Samarkand.

Seit dem Abschluss des Nichtangriffspaktes vor zwei Jahren gab es kaum Kritik an Hitlers Vorgehen, kaum Berichte zu Ereignissen in Deutschland oder der Welt, über die den Deutschen keine anderen Informationen als streng zensierte zugänglich waren. Wenn Joachim daran dachte, dass Leute wie seine Eltern, aber auch viele Mitarbeiter der deutschen Abteilung des Senders vor Hitlers Anhängerschaft Geflohene waren, wollte ihn das immer wieder verwundern. Dennoch stürzte er sich lieber ins Programm, als diesem Erstaunen nachzugehen. Vor zwei Tagen erst hatte die Nachrichtenagentur TASS eine Erklärung verbreitet, die sich mit den *Gerüchten* beschäftigte, der baldige Krieg zwischen Deutschland und der Sowjetunion stehe bevor. Plumpe Propaganda, verlautbarte TASS und setzte Deutschland mit der Sowjetunion ins gleiche Boot, das von Feinden beider Staaten, die an einer Ausdehnung des Krieges unmittelbares Interesse hätten, angegriffen würde. Beide Staaten seien gewissenhafter Pakterfüllung verpflichtet, Verhandlungen daher unnötig, und die Truppenbewegungen an den deutschen Ostgrenzen könnten nur Ursachen jenseits der deutsch-sowjetischen Beziehungen haben. Die Einberufung von Reservisten in der Sowjetunion habe ebenso wie das Abhalten von Manövern den Zweck, den Ausbildungsstand der Reserve-Einheiten sowie die Leistungsfähigkeit des Eisenbahnnetzes zu überprüfen, was *deutschfeindlich* zu nennen absurd sei.

Sein Vater sprach nicht anders. Anders sprachen Frau Alexander und Elly Winter aus Bielefeld. Sein Vater, Frau Alexander und Elly Winter wussten noch nichts von den Einschätzungen der jeweils anderen Seite. Joachim aber, in beiden

Haushalten zugange, spürte die Kluft zwischen den Frauen und seinem Vater als Haarriss in ihrem Einvernehmen, das er für felsenfest gehalten hatte.

Die Sendung zur Archäologie verfehlte die beabsichtigte Wirkung, es stellte sich keine Schläfrigkeit ein, aber auch kein Interesse an den Entdeckungen der Wissenschaft. Stattdessen überkam ihn ein unbezwingbarer Drang, die schwarze Jacke anzuziehen. Sie war Lydias letzter Wintermantel gewesen, einst mit schwarzem Kaninchenfellbesatz auf dem Kragen. Ihm freilich viel zu klein, aber der Wunsch, ein Stück seiner Schwester am Leibe zu tragen, hatte ihn dazu gebracht, die Arme in die Ärmel zu schieben, die schier platzen wollten unter dem Druck und Joachim in einer geradezu lächerlichen Haltung fixierten. Johanna war es gewesen, die schließlich die Nähte aufgetrennt, eine eigene alte Jacke zerschnitten und breite Streifen an Lydias Mantelteile angestückelt hatte. Nach dem Zusammennähen hatte ihm die Jacke gepasst, sie war eng genug, ihm ein leichtes Gefühl des Geschnürtseins zu geben. Das gefiel ihm. Auch jetzt. Das Kaninchenfell hatte Johanna abgenommen, es passte nicht mehr auf den vergrößerten Kragen. Die großen Heftstiche auf den Taschen, weißer Wollfaden, mit denen sie nach dem Erwerb des Mantels in einem staatlichen Kaufhaus versucht hatte, den Altfrauenmuff aufzulockern, waren herausgezogen worden. Eine recht ansehnliche Winterjacke, die ihm gute Dienste geleistet hatte und das auch noch einige Jahre tun würde. Er schob seine Nase in die Achsel, um Spuren von Lydias Geruch zu finden, aber der Frost des letzten Winters hatte dem Duft offenbar so zugesetzt, dass nichts mehr davon übrig war.

Als er sich wieder aufs Sofa gelegt hatte, stellte er sich vor, Marja Sergejewna unter, über, um und vor sich zu haben. Das führte zu einiger Betriebsamkeit unter seiner Bettdecke. Als die vorüber war, konnte er endlich schlafen.

Die nächsten Tage war er bemüht, sich Marja nicht aufzudrängen, die ihn kaum zu bemerken schien. Mit ihren Freundinnen Galja und Grunja besprach sie in den Pausen zwischen den Vorlesungen Aufgaben, oft mit großem Ernst, und ihre bewölkte Stirn zeigte Aufheiterungen meist erst zum Ende des Tages, wenn sie zur Metro lief oder sich mit Galja verabredete für ein Konzert. Er hielt sich im Freien möglichst unauffällig wenige Meter von ihr entfernt auf, setzte sich im Vorlesungssaal aber gerne neben sie, ohne ein Gespräch mit ihr zu wagen. Manchmal versuchte er, all seine innere Kraft im Hirn zu versammeln und einen stummen Blitz auszuschicken, der sie treffen sollte.

Am Samstag, dem 21. Juni, schien endlich solch ein Blitz eingeschlagen zu sein, jedenfalls antwortete sie mit einem Donnerschlag. Sie bat ihn, nach der Vorlesung mit ihr gemeinsam nach Hause zu fahren. Dabei sah sie ihn verzückt und bemutternd an, sodass er sich fragte, ob er den richtigen Blitz ausgesandt hatte. Angekommen, zog sie ihn die Stufen hinauf zum Dachboden, öffnete eine Fensterluke und schaute erwartungsvoll. Er verstand nicht, sodass sie einen Schritt zur Seite trat und seinen Blick, der bis dahin auf ihre Augen oder verschämt auf ihre rundlichen Brüste gerichtet war, zu jenem Gegenstand lenkte, um dessentwillen sie offenbar das Dachfenster aufgezogen hatte. Auf einem alten Tisch befand sich eine Vorrichtung, über deren Sinn und Zweck er sich nicht gleich im Klaren sein konnte. Hier oben standen Schüsseln und Eimer, um das durch Löcher im Dach gedrungene Regenwasser aufzufangen. Marja hatte eine alte Blechbadewanne über dem Tisch zwischen zwei Balken befestigt, die sie nun mit dem

Wasser füllte. In den Ablauf am Boden der Wanne hatte sie ein Rohr eingeschoben und die Verbindung abgedichtet. Dieses Rohr war mit einem Blechkasten verbunden, an dessen Seite ein Riementrieb angebracht war. Der dadurch offenbar anzutreibende Zapfen ragte aus einem weiteren Blechkasten hervor, und von ihm führte ein über einen Balken geworfenes Kabel zur Fassung einer Glühbirne. Wie sie im Luftzug der offenen Dachluke schaukelte, sah irgendwie hoffnungslos aus, dachte Joachim. Neben ihm, auf dem Boden und genau unter dem breiten Auslauf des ersten Blechkastens, stand ein riesiger, vielmals geflickter Holzzuber. Sie hatten im *Stankin* in den letzten Wochen verschiedene Typen von Wasserturbinen besprochen. Beim Bau des riesigen Wasserkraftwerkes DneproGES unweit der ukrainischen Stadt Saporoschje hatte man vor zehn, elf Jahren noch Generatoren von General Electrics und Turbinen von Newport News verwandt, weil die einheimische Industrie nicht nachgekommen war mit dem Nachbau. Inzwischen gab es eigene Forschungsreihen am Allunionsinstitut, und Marja hatte im Seminar deutliches Interesse an der Bánki-Turbine gezeigt. Das Institut hatte sie vor einigen Jahren auf ihre Eignung für große Fallhöhen untersucht. Marja hatte im Modell eine Turbine gebaut!

Sie zog den Stopfen aus dem Abfluss, es ratterte und ratterte, der Riemen drehte sich, und für einen Moment flackerte die Glühbirne. Marjas Augenstrahlen war stärker, aber darauf kam es ja nicht an. Sie begann zu reden. Ob sie auch wieder würde aufhören können? Joachim war bereit, ihre Begeisterung zu teilen, aber er hatte sich zumindest auch heimliches Küssen und Kneten versprochen.

Marja sprach davon, dass diese doppelbeaufschlagte Turbine im Inneren nicht wie die von Bánki oder Ossberger einen vertikalen, sondern einen horizontalen Strahlkanal aufweise und die Regelung des Wasserstroms nicht wie bei Bánki durch eine Klappe oder wie bei Ossberger durch eine Finksche Schaufel erfolge, sondern dass es dazu nur einer einfach zu betätigenden Schieberplatte bedürfe. Sogar ein Muscheldiagramm hatte sie erstellt, aus dem ersichtlich wurde, dass der höchstmögliche Wirkungsgrad bei 80 Prozent liegen könnte. Hui, das war angesichts der sehr einfachen Herstellung der Apparatur gar nicht schlecht, und für Kleinstkraftwerke könnte es tatsächlich interessant sein. Schlaue Marja. Sein Herz begann die schnellere Gangart. Er schickte seine Hände erfolglos in Richtung ihrer, die sich in flatternder Gestik ergingen und Bilder malten zum schnell wechselnden Ausdruck ihres Gesichts. Er drängte sich recht nah an Marja heran, die aber im Zuge bewegten Redens lieber einen Schritt zurückwich, als ihn auch nur wie nebenbei zu berühren. Da griff er zu und schloss ihren Mund, indem er seinen draufsetzte, wie von selbst schob sich seine Zunge gegen ihre. Auch ihr Körper wurde still, gab nach, bis er sich plötzlich beherzt in den Winkel zwischen seine Schulter und Arme schob und fordernd darin verharrte, als hätte er nie anderes getan.

Die Schicht aus Hemd und Kleid zwischen seiner Haut und ihren Brüsten wurde zusammengepresst, aber sie störte ihn zunehmend, sodass er begann, Knöpfe zu öffnen und Stoff hoch und zur Seite zu schieben. Als käme sie nun endlich zur Besinnung, stieß sie ihn heftig zurück, raffte beide Seiten der Knopfleiste zusammen, ordnete sich mit der anderen Hand das Haar, das ihr über Stirn und Augen geraten war. Die Lippen schienen aufgeschwollen, ihre anhaltende, sicher unbeabsichtigte Öffnung gab im Schummerlicht des Dachbodens feuchte, glänzende Zähne frei.

Dass sie schon wieder reden wollte, konnte er gar nicht glauben, aber sie setzte an zu einer ziemlich flammenden Ansprache über die Sauberkeit sozialistischer Beziehungen zwischen den Geschlechtern, die sie soeben habe in den Schmutz ziehen wollen, sie könne sich ohrfeigen dafür, und auch er müsse sich fragen lassen, wohin das hätte führen können, wäre es weitergegangen. Ihm sei doch wohl klar, dass erst die Ehe sie berechtige, sich einem Mann, noch dazu einem, den sie liebte, hinzugeben. Der Genosse Stalin habe nicht umsonst vor einigen Jahren die Abtreibung verboten, daran solle er, bitte schön, denken, wenn er sich ihr so unziemlich nähere.

Er versuchte, die Offenheit dieser Rede mit ihrem verklemmten Inhalt in Übereinstimmung zu bringen. Noch nie war ihm in der Sowjetunion jemand begegnet, der das Wort Abtreibung – *Abort* – in den Mund genommen oder die Beziehungen zwischen Mann und Frau als die zwischen *Geschlechtern* bezeichnet hatte. Als sei schon das Wort obszön, wurde es allenfalls verkappt umschrieben, und er hatte sich oft gefragt, wie die jungen Leute das Wissen bezogen, das nötig war, ein Kind zu zeugen. Marja wusste das offensichtlich, und sie hatte auch eine Vorstellung davon, wie es hätte *weitergehen* können mit ihnen. Zwischen ihnen. Er lächelte. Sie zu heiraten, wäre ihm nicht im Traum eingefallen. Aber es stimmte: Es war verpönt, einander in der Öffentlichkeit zu küssen, und schon das Schlendern, Hand in Hand, wurde argwöhnisch beäugt. Dabei hatte sein Vater ihm bald nach der Ankunft erzählt, dass in der Sowjetunion die Sexualität auf ihre eigenen schönen Beine gestellt worden sei mit der Revolution. Die Liebe hier frei und menschlich. Jedenfalls auf dem Wege dahin, man müsse natürlich die Langsamkeit der

Volksmassen mit einrechnen. Aber Alexandra Kollontai, und seine Augen waren lauter gewesen als seine Stimme, hätte die bürgerliche Sexualmoral so nachhaltig entzaubert, dass er ganz frei und offen mit ihm, seinem Sohn, darüber sprechen könne. *Worüber?*, hatte er fragen wollen, denn über das, was bei der Entzauberung herausgekommen sein mochte, hatte Victor Schaechter geschwiegen. Aber Joachim hatte instinktiv bemerkt, dass er die Grenze zum Unaussprechlichen nicht hätte überschreiten können. Dass Victors Aussage nicht zutraf und von Liebe und der Freiheit zu lieben hier keine Rede mehr war, musste ihn mit den Jahren enttäuscht haben. Vermutlich eine nicht erwähnenswerte, nur kleine Enttäuschung, wenn man die großen *Irrtümer* betrachtete, denen die Familie anheimgefallen war.

Marjas Brandrede hatte ihn auf seltsame Weise gestillt. Vielleicht war es auch die Erinnerung an die Worte seines Vaters gewesen, die das vollbracht hatte. Jedenfalls beglückwünschte er Marja zum Bau der Turbine und erbot sich, das Modell mit ihr gemeinsam, natürlich würden sie mehrmals fahren müssen, ins *Stankin* zu befördern. Sie sagte dazu nichts, schaute ihn aber irgendwie befriedigt an. Vor ihrer Wohnungstür verabschiedeten sie sich, und er lief hinüber zu seinen Eltern, die ihn zum Abendessen gebeten hatten.

Sein Vater war über die TASS-Erklärung von letzter Woche gebeugt, als suchte er sie zu verifizieren. Ihr nachhaltige Gültigkeit zuzusprechen. Die Leistungsfähigkeit des Eisenbahnnetzes überprüfen, indem man Reservisten einzog und Manöver abhielt? Noch immer wollte er das unbedingt glauben. Aber hin und wieder zogen, kleinen Teufelchen gleich, ketzerische Gedanken ihre dreizinkigen Gabeln hervor, um bedingungslos zuzustechen.

Volkskommissar für Eisenbahn- und Transportwesen war Lasar Moissejewitsch Kaganowitsch. Victor Schaechter dachte daran, dass er als Lasar Mossjewitsch Kogan geboren worden war. Jüdische Vorfahren. Hatte ihm Oskar Mazur erzählt, dabei hatte er es, Vor- und Vatersnamen nach, ohnehin geahnt. Meir Henoch Mojszewicz Wallach-Finkelstein, genannt Maxim Maximowitsch Litwinow, und Kaganowitsch waren, soweit er das überblickte, die einzigen – er brachte es nicht fertig, Juden zu denken, revidierte sich vorauseilend – jüdisch Geborenen? In Stalins engstem Kreis jedenfalls. Litwinow war bis 1939 Außenminister gewesen. Mazur hatte gesagt, Stalin habe ihn abgesägt und durch Molotow ersetzt, weil der keinen jüdischen Stammbaum habe. Und weil er Hitler nicht unnötig provozieren wolle durch einen jüdischen Außenminister, hatte er nachgeschoben. Noch immer war Litwinow, wenn Victor sich nicht täuschte, Mitglied des Zentralkomitees der Partei, und mit der Besetzung Ostpolens war er Vorsitzender der russischen Austauschkommission in Krakau geworden. Das Politbüro aber war ihm nicht vergönnt gewesen. Dort war Kaganowitsch das einzige Vollmitglied *seiner Art,* entschied er die Bezeichnung. Stalin hatte den Juden Birobidshan *geschenkt* … War es tatsächlich möglich, dass er um Hitlers willen Juden absetzte? Molotow hatte immerhin gleich nach seiner Amtsübernahme wieder einen *seiner Art* zu seinem Stellvertreter gemacht: Solomon Abramowitsch Losowski, der eigentlich Dridso hieß. Die Russifizierung des Zunamens versteckte das Jüdische in diesem Fall ja nicht. In anderen schon. Wenn er an Owsej-Gerschen Aronowitsch Radomyslski-Apfelbaum alias Grigorij Sinowjew oder an Leo Rosenfeld alias Lew Kamenew dachte, so wäre er von allein nicht darauf gekommen, sie als Vertreter *ihrer* (und *seiner*) *Art* anzusehen. Dass sie längst tot, erschossen waren, beruhigte ihn, denn sie waren Verbrecher gewesen, wie sie selbst zugegeben hatten. Wer sich nichts hatte zuschulden kommen lassen, *wie ich!,* sagte er plötzlich laut, dessen Unschuld hätte sich schon erweisen müssen. Auch das zeigte ja sein Beispiel. Plötzlich merkte er, dass er sich *seiner Art* schämte. Er musste besonders geradlinig, klar, der Partei verbunden und von allen üblen Charakterzügen frei auftreten, um *seine Art* vergessen zu machen.

Wie du?!

Joachim stellte die Frage mit drei Suppentellern vor sich auf den Tisch, sodass Victor die Zeitung beiseitenahm. Verlegenheit machte die Hand flattrig, er ließ das Papier fallen, hob es wieder auf. *Wie ich schon immer gesagt habe!,* beeilte er sich zu antworten, *die westliche Propaganda redet Unfrieden herbei zwischen Deutschland und der Sowjetunion. Die Deutschen sind keine Freunde. Trotzdem – Stalin war schlau genug, den Pakt mit ihnen zu schließen. Ruhe vor einem Krieg. Zumindest noch eine Weile, und hoffentlich so lange, bis wir ihnen Paroli bieten können. Nun eben Waffen produzieren. Aber das schaffen wir, das schaffen wir …* Als ginge er zum Selbstgespräch über, drehte er sich dabei von Joachim weg. Brabbelte weiter. Setzte die Brille ab und lief zum Fenster. Setzte die Brille wieder auf. Stopfte sein Hemd in die Hose und hielt Ausschau, was der lange, helle Abend zu bieten hatte.

Johanna brachte Fischsuppe, sie aßen. Nach zwei, drei Löffelchen griff sich Victor an den Hals, bekam keine Luft. Nesselausschlag zeigte sich. Die beiden anderen sprangen auf, öffneten ihm den Hemdkragen, legten ihn auf den Boden, stopften zwei Decken unter Nacken und Kopf. Joachim lief nach einem Glas Wasser, Victor mühte sich zu trinken. Was war das? Noch nie hatte er auf Fisch in solcher Art reagiert. Oder war es das Gemüse? Der Sellerie? Johanna handelte ruhig und planvoll, sie redete ihm gut zu, leise, und nach zwanzig Minuten war die erste Aufregung vorbei. *Apfelbaum,* flüsterte Victor, *Rosenfeld ...* Dann nickte er ein. Sie ließen ihn liegen, wo er war. Ein Apfelbaum im Rosenfeld. Er musste verwirrt sein. Kein Wunder.

Johanna war in Deutschland Mitglied des Heufieber-Bundes gewesen, weil Lydia wie ihre Großmutter deutliche Anzeichen dieser Erkrankung gezeigt hatte, und so war ihr der Begriff der Allergie nicht fremd. Anfang des Jahrhunderts vom Wiener Kinderarzt Pirquet geprägt, war er in den letzten Jahrzehnten vom Heufieber auf andere Krankheitsbilder ausgeweitet worden, die als untypische körperliche Reaktionen auf eigentlich harmlose Stoffe auftraten. Wie ihr Mann auf ihre Suppe reagiert hatte, während sie selbst und Joachim sie unbeschadet essen konnten, legte den Verdacht auf eine allergische Reaktion nahe. Sie würde ihm in Zukunft lieber keinen Fisch mehr anbieten. Aber sie konnte die gute Suppe doch unmöglich fortschütten!

Eindringlich bat sie Joachim, sich einen zweiten Teller zu nehmen. Noch lange saßen sie beieinander, den Vater nicht aus den Augen lassend, und sprachen leise über den morgigen Tag, an dem sie Victor bitten würde, sich einen Termin im Sklifosowskij-Institut zu holen. Schließlich verabschiedete sich Joachim und stieg die Treppen hinunter zu seinem Küchensofa.

Am Sonntagmorgen übertrug der Rundfunk eine Meldung, wonach Außenminister Molotow um zwölf Uhr eine Rede halten wolle. Joachims erster Gedanke galt einem möglichen Waffenstillstand zwischen Großbritannien und

Deutschland, den Molotow vielleicht kommentieren wolle. Immerhin war Rudolf Heß vor wenigen Wochen erst, heimlich?, nach Schottland geflogen. Mit Studienkollegen hatte er im *Stankin* darüber diskutiert. Sie hatten ihn als Deutschen ins Vertrauen gezogen und ihn dazu befragt, was er über Rudolf Heß wisse. Er wusste nichts. Hornberger Schießen. Wie so oft, wenn ihnen verlässliche Informationen fehlten und sie aufs Spekulieren angewiesen waren. Neugierig war er nicht auf Molotows Rede. Viel lieber wollte er heute in den Gorki-Park an der Moskwa gehen, um dort über Marja und die vermeintliche Liebe nachzudenken, was ihm angesichts des frischen Grüns draußen und des schönen Wetters verlockender schien, als in der schummrigen Küche Radio zu hören.

Aufgeladene Luft umfing ihn, als er vor die Haustür trat. Es gab eine lose Verabredung mit Wolodja Bintschuk, Architekturstudent und Freund aus den Zeiten an der Arbeiterfakultät. Bintschuk verbrachte die Sonntagvormittage oft lesend im Park, bevorzugte eine Bank unweit des Haupteinganges und saß dort eineinhalb oder zwei Stunden ab, in denen Joachim hinzustoßen konnte, wenn er wollte. Dann gingen sie manchmal noch *fiskultura* schauen, die Massengymnastik-Übungen junger Leute. Sie vergewisserten sich dabei ihrer Abneigung, sich daran zu beteiligen. Das fiel ihnen nicht schwer, denn es fehlte ihnen an Muskelpaketen ebenso wie an dem Wunsch, solche zu besitzen. Einmal hatten sie auch darüber gesprochen, ob die Körperkultur – *mens sana in corpore sano* – tatsächlich den gesunden Geist befördere, wie es allenthalben vermittelt wurde. Joachim misstraute dem Gedanken, dass sich das propagandistische Maß für diese Auffassung in Hitlers Reich von dem in der Sowjetunion nicht sonderlich unterschied. Immer, wenn er auftauchte, schob er ihn beiseite. Hatte Juvenil gelesen. *Orandum est, ut sit mens sano in corpore sano.* Beten sollte man darum, dass in einem gesunden Körper ein gesunder Geist sei. Aus den Satiren. Vermutlich war Juvenil oft genug das Gegenteil untergekommen, sodass der Spruch eher einer spöttischen Beschwörung gleichkam. (Diesen Gedankenweg verfolgte er nicht bis an sein Ende, an dem er zum Beispiel der infolge einer überstandenen Kinderlähmung stark hinkenden, sich an Krücken fortbewegenden Jewdokija Semjonowna Kusnetzowa begegnen musste, deren Eltern die Datscha neben der mazurschen in Perlowka besessen hatten. Jewdokija, zwei Jahre jünger als er, war so unglaublich klug und dabei zartfühlend gewesen, dass der Widerspruch zur herrschenden Vorgabe ihm womöglich das Herz zerrissen hätte.)

Was er sich, als Deutscher, nicht traute, hatte Wolodja leichthin ausgesprochen: Er fühle keine Krankheit seines Geistes, nur weil sein schlaksiger, hoch aufgeschossener, überaus dünner Körper sich nicht stählen oder stählen lassen wolle. Es tue ihm um die Zeit leid, sagte er, die er zu diesem Zwecke mit gymnastischer Zucht verbringen müsse, während auf seinem Schreibtisch oder in der Bibliothek Bücher über Bücher darauf warteten, von ihm gelesen zu werden. Joachim hatte tief in sich Unzufriedenheit verspürt, vor der er in hektische Betriebsamkeit geflohen war und Wolodja am Kiosk eine Pirogge spendiert hatte. Nur eine halbe hatte der essen können, den Rest Joachim mit vielem Dank zurückgegeben.

Ach, Wolodja. Kein Ersatz für Marja, natürlich, dachte Joachim, aber er freute sich auf den Freund, dessen Kopf so klar und geradlinig arbeitete, während sein eigener sich in wankelmütiger Unschärfe verlor, wenn ihm etwas zu viel zu werden drohte. Joachim sah das gewohnte Sonntagsleben, Familien strebten mit ihren Kindern dem Park zu, aber die großen, meist weißen Schleifen im Haar der Mädchen, deren dunkle Röcke und helle Blusen verlockten ihn nicht, wie sonst, zu festlich gehobener Stimmung. Er lief, sprang zwischendurch einen Schritt vor, zwei zurück, um sich des Spaßes zu versichern, den ihm dieser Tag bereiten sollte, aber Frohsinn blieb aus. Ratlos schlenderte er den kurzen Weg zum Fluss, sah über das Ufer der Moskwa auf die andere Seite und fragte sich, welche Ufer ihm noch bevorstünden, wenn er Moskau jemals den Rücken kehren sollte. Die dunklen Punkte zwischen den offenen Fragen hatten die Stadt kaum zur Heimat werden lassen in den letzten Jahren, aber auch andere Heimaten kannte er nicht. Mit dem Fuß schoss er Steine in den Fluss, sah ihnen nach, ehe er kehrtmachte.

Am Brunnen im Eingangsbereich empfing ihn seit einigen Jahren das *Mädchen mit Ruder*, die Skulptur einer nackten Frau, deren Brustwarzen aufrecht in der Sonne standen. Wie bei Marja auf dem Dachboden, musste er denken, nur, dass die Sonne dabei nicht hatte zuschauen können. Überhaupt sah er heute das Mädchen zum ersten Mal nicht als Statthalterin der viel beschworenen Körperkultur, wie es da innehielt, in der rechten Hand das Ruder, das auf dem Boden stand und über sie hinausragte. Das Mädchen blickte vom Ruder weg zur Seite und stemmte die linke Hand in die Hüfte, die Oberschenkel nah aneinandergeschoben und das Becken lasziv ein Stück ausgestellt. Die Fußspitze des Spielbeins verharrte auf dem Boden, während die angehobene Stellung der Ferse die Anmutung einer Pose verstärkte, in der sich die junge Frau ihrer sexuellen Attraktivität vergewisserte. Joachim staunte, dass er sie heute zum ersten Mal so sah, dabei musste der Künstler, der die Plastik erschaffen hatte, doch genau gewusst haben, was er tat. Dass sich Brustwarzen im Zustand der Erregung verhärteten, war ihm bis gestern unbekannt gewesen, und dass das auch für seine eigenen galt, hatte er nicht wahrgenommen bislang. Er erschauerte, lief, um das Zittern zu beenden, schneller und traf Wolodja auf besagter Bank. Dieser hatte heute kein Buch dabei, sondern zeigte Joachim seine Aufzeichnungen zu den Bauarbeiten am *Palast der Sowjets.* Südwestlich des Kreml hatte bis Anfang der Dreißigerjahre die Christ-Erlöser-Kirche gestanden, ein mächtiger Bau, den man abgerissen hatte, um den Entwurf von Boris Michailowitsch Iofan zu realisieren. Seit vier Jahren schon versuchte man sich an den Gründungsarbeiten. Das vorgesehene Plattenfundament hatte sich als nicht realisierbar erwiesen. Immer wieder war es während der Grabearbeiten zu Wassereinbrüchen durch die nahe gelegene Moskwa gekommen, und wegen des sumpfigen Moskauer Bodens waren Pfahlgründungen nötig. Wolodja hatte das genauestens begleitet, mit Zeichnungen, Zeitungsfotografien und Mitschriften von Aussagen der Bauarbeiter. Er war skeptisch. Während seiner Studien war er für Golosow, Leonidow oder die Gebrüder Wesnin entbrannt, deren konstruktivistische Bauten ihn begeisterten und der *Sache des Kommunismus* mehr zu entsprechen schienen als Iofans Richtung. Die war aber im letzten Jahrzehnt mehr und mehr zur vorherrschenden geworden. Sozialistischer Realismus. Wolodja war unentschieden, ihn abzulehnen, aber seine Sympathie gehörte ihm nicht. Der *Palast der Sowjets* sollte 415 Meter hoch werden – die Vereinbarkeit solcher Höhe mit dem Wort *Realismus* verschwand hinter dieser Vorstellung.

Was er vor Joachim ausbreitete, sorgte bei diesem für das übliche Wegducken, den Rückzug auf Nebensächlichkeiten.

Er wollte wissen, auf was für Papier Wolodja da geschrieben habe, es erscheine ihm doch als ein ganz besonderes, oder etwa nicht? Wolodja stutzte, hielt inne, denn es war ein Allerweltsheft mit billigem bräunlichem Papier, wie sie es schon während der Schulzeit benutzt hatten. Ach ja, jetzt sehe er es auch, die Sonne habe ihm doch tatsächlich ein X für ein U vormachen wollen, *х для и,* sagte er und befingerte das Papier, wendete eine Seite, nahm sie zwischen die Finger und rieb sie, weil er hoffte, Wolodja so von einem Blick in sein Gesicht abzuhalten. Er fühlte die Röte nur, aber Wolodja konnte sie sehen.

Da ihre Bank nahe beim Eingang stand und sich dort Lautsprecher befanden, war hier die Übertragung von Auszügen des Rundfunkprogramms besser zu hören als an vielen anderen Stellen des Parks. Kurz nach zwölf Uhr kratzte, schnurrte und knisterte es. Molotow begann zu sprechen, jetzt erinnerte sich Joachim der morgendlichen Ankündigung. Was er sagte, nahm ihm Atem und Stimmung, und aus dem Timbre von Molotows Stimme glaubte er Anzeichen ungläubigen Staunens herauszuhören. Die deutsche Armee habe an vielen Stellen, ohne Provokation und ohne Kriegserklärung, die Grenze der Sowjetunion überschritten, Flugplätze angegriffen. Molotow stockte einige Male, während er sprach, als habe er auf dem Papier seine Zeile verloren. Es dauerte vielleicht zehn Minuten, dann brach eine Art stiller Panik im Park aus. Die Menschen wollten hinaus, wechselten im Vorbeigehen schnell ein paar Worte miteinander. Joachim fühlte die Drohung, die auf einmal in allem lag, in der verschüchterten Luft, im plötzlich entmutigenden Rauschen des Laubs, im beunruhigenden Plätschern der Moskwa, im Verstummen der Vögel, die sich wie auf ein verabredetes Zeichen hin aus dem Staub gemacht hatten.

Hastig verabschiedete er sich von Wolodja, der seine Papiere zusammengerafft und in die Schultertasche gestopft hatte und nur noch nach Hause wollte, das in seinem Fall aus dem Kommunalkazimmer seiner Eltern bestand. Draußen eilten Menschen die Straße entlang, blieben stehen, kehrten um und versuchten entweder, in einer Sparkasse Geld abzuheben, oder aber mit dem, was sich in ihren Taschen befand, den nächstbesten Lebensmittelladen zu erreichen. Joachim sah ein Elternpaar, das seiner Tochter den Unterrock auszog, um ihn an einem Ende zu verknoten und auf diese Weise eine Art Einkaufsbeutel zu erhalten. Er sah schimpfende Leute vor einer Bäckerei, die kein Brot mehr im Angebot hatte. Und er sah einen Trinker, der mit glasigen Augen voller Unverständnis auf das Menschengewusel blickte und in lautes, kehliges Lachen ausbrach.

Der Sieg wird unser sein!

Molotows letzte Worte wurden von einer Seite seines Schädels zur anderen geworfen, als kämen sie gar nicht dazu, einen Ausgang zu suchen, und wollten stattdessen Kalotte oder Schädelbasis sprengen durch immer lauter werdendes Anrollen. Joachim hielt sich die Ohren zu, schloss die Augen und schrie Molotows letzten Satz, was offenbar niemanden erstaunte, so laut, dass er aus seinem Kopf verschwinden musste und sich in der Luft auflösen konnte. Nach einem Schütteln der Extremitäten, einem Verrenken des ganzen Körpers versuchte er vorsichtig, einen Fuß vor den anderen zu setzen. Das gelang, gelang immer besser, und bald hätte man den jungen Mann eilig nach Hause laufen sehen können, wäre man nicht allenthalben mit sich selbst beschäftigt gewesen.

Joachim Schaechter begab sich nach einem kurzen Gespräch mit seinem Vater stante pede zum Wehrkommando des Stadtbezirks, wo in langer Schlange Männer verschiedenen Alters beieinanderstanden. Sie alle warteten darauf, sich freiwillig zum Fronteinsatz melden zu können. Für sie stand offenbar außer Frage, dass Molotows letzter Satz stimmte. Joachim Schaechter wurde einer Truppe für den Bau von Befestigungsanlagen zugeordnet.

Schon nach einer Woche, er hatte sein Studium auf Eis gelegt, ging es im Güterwagen auf Transport. Der Zug hielt in der Nähe von Smolensk. Die Freiwilligen liefen unter einer Sonne, der der Anschein von Barmherzigkeit abhandengekommen war, für beinahe drei Tage in Richtung der alten Heerstraße, über die einst Napoleon einen hastigen Rückzug angetreten hatte. Hier sollten sie Panzersperren errichten, fragten sich jedoch, wozu. Die Front befand sich doch in einer Entfernung von Hunderten Kilometern weiter westlich!

Nach nur wenigen Tagen treckten erste Züge Flüchtender vorbei, gefolgt von nervös zurückweichenden Soldaten. Joachim schaufelte mit den anderen im Dauereinsatz, während Flugzeuge mit schwarzem Balkenkreuz über ihn hinwegdröhnten. Tote. Verwundete. Der Krieg war angekommen, hielt ihn knappe zwei Monate an jenem Ort im Maul, um ihn Ende August, deutsche Panzer brachen inzwischen durch, schon wieder in Richtung Moskau zurückzuspucken.

Man wollte ihn zunächst nicht an der Front einsetzen, sodass er in der Maschinenfabrik seines Vaters anheuerte. Überall wurde die Produktion umgestellt. Frontbedarf. Im Herbst dann Evakuierung der Fabrik in den Westen des Ural, die Familie zog um. Im Dezember erging der Befehl, in ein zwei Tagesmärsche entferntes Dorf überzusiedeln. Sie trafen dort auf Ausländer und wussten sich in der Verbannung. Kein Wasser. Kein Strom. Tagsüber Holz schlagen, um wenigstens heizen zu können. Große Überraschung, als Wochen darauf schon das Ende der Verbannung verkündet wurde.

Rückkehr, Wiederaufnahme der Arbeit. Fehlentscheidung regionaler Behörden, die von der Führung korrigiert worden war? Er floh geradezu in diese Annahme, um seine Kraft nicht anderweitig verausgaben zu müssen, und als im Januar 42 dann auch noch die Aufforderung kam, mit kleinem Gepäck im Kommando vorstellig zu werden, verwandelte sie sich sogar in Freude. Er erhielt eine Fahrkarte in eine Stadt im Nordural und die Anweisung, sich auf einer Dienststelle mit Feldpostnummer zu melden, man gab einen Siegelbrief mit.

Dass dies eine Fahrt ins Internierungslager, vor allem für Wolgadeutsche, war, quittierte er mit enttäuschtem Verständnis. Da er den Sieg der Sowjetunion für unausweichlich halten und seinen Teil dazu beitragen wollte, bearbeitete er zunächst unverdrossen mit der Spitzhacke den Frostboden. Zwar war ihm ein Ziel dieser Arbeiten nicht ersichtlich, jedoch vertraute er darauf, dass es eines geben musste. Bis zum Sommer entlud er Tag und Nacht Kohlezüge.

Im ungewöhnlich brütenden Juni des Jahres 1942 wurde er zum Kommandanten des Lagers gerufen. Dass er Gelbfisz hieß, löste in Joachim eine größere Verbundenheit mit ihm aus, als er sie für die vornehmlich Wolga-Deutschen um sich herum verspürte.

General Gelbfisz teilte ihm die von Moskau ergangene Anweisung mit, ihn mit sofortiger Wirkung aus dem Lager zu seiner Familie zu entlassen. In sein ehemaliges Arbeitskollektiv werde er ohne Umstände wieder aufgenommen. Sprach's und entschuldigte sich gar für die Internierung, die eine Fehlentscheidung gewesen sei. Komme im Krieg leider vor. Auch in diese Aussage floh Joachim ohne Umstände, dachte zwar an seine Mitgefangenen, viele seiner Meinung nach *gute Genossen* darunter, aber dass er sich in bewährter Art zurückzog, machte sie sehr klein in diesem großen Land und zu Schemen, die er im verschatteten Grund seines Kopfes gefangen halten wollte. Mit Freifahrtschein und einer kleinen Geldsumme fuhr er nach Hause. Seine Eltern, die Einzigen, mit denen er Briefe hatte wechseln dürfen während der Zeit im Lager, nahmen das kleine Glück seiner Ankunft für das größte, das ihnen unter den gegebenen Umständen widerfahren konnte.

Wieder nur drei Wochen später ein Telegramm, in dem ihn die Leitung der Kommunistischen Internationale anwies, nach Ufa zu kommen. Hauptstadt der Baschkirischen Republik. Die Komintern hatte im Herbst 1941 ihre Leitung nach dort verlegt, wo er erfahren sollte, dass die Exilleitung der KPD ihn an die Parteischule beordert hatte. Mit dem Flussschiff schipperte er die Belaja abwärts nach Kuschnarenkowo. Dort traf er zu seiner freudigen Überraschung auf ehemalige Mitschüler der Karl-Liebknecht-Schule, viele von ihnen waren selbst interniert gewesen. Er wusste, dass deren Eltern oftmals als Volksfeinde und Agenten in den Dreißigerjahren abgeurteilt worden waren. Darüber sprach man nicht, und obwohl sich nahezu alle kannten und die völlige Abwesenheit von Fremden keine Gefahr verhieß, hatten sie Decknamen am Hals. Verordnete Konspiration.

Während des folgenden Jahres lernte er zwar, mit dem Fallschirm abzuspringen, tote Briefkästen zu bedienen und unter den Bedingungen der Illegalität Flugblätter zu verfertigen. Der springende Punkt blieb aber politischer Unterricht. Der Punkt sprang wirklich so hoch, dass er den klammernden Joachim zu Höhenflügen mitriss. Er würde mit den anderen Kursanten das neue, antifaschistische Deutschland aufbauen.

Wann das sein würde, wurde ihm jedoch nicht mitgeteilt. Und so dauerte es noch eine Weile, ehe dem Absolventen, nach Moskau zurückgekehrt, die Übernahme ins Feldheer der Roten Armee vorgeschlagen wurde, der er im August 1943 mehr als freudig zustimmte. Es gab nicht viele Deutsche, denen die Ehre, Uniform zu tragen, zuteilwurde. Mit der 7. Abteilung der 8. Gardearmee durchquerte er die Ukraine und Belorussland, erreichte im Januar 1945 Łódź, das unter den Deutschen Litzmannstadt hieß, und sah zum ersten Mal ein, allerdings völlig entvölkertes, jüdisches Getto. Die Totenstille des von hohen Stacheldrahtzäunen umgebenen Zentrums der Stadt schaffte es, das Dröhnen der Militärfahrzeuge zu übertönen.

Über das blühende Oderbruch und die beschauliche Stadt Seelow gelangte er am 24. April 1945 nach Berlin. Als Angehöriger einer 7. Abteilung für die Arbeit unter den Truppen des Gegners und der Bevölkerung zuständig, hatte er dort vornehmlich Gespräche mit stark verängstigten Frauen und alten Männern zu führen, Flugblätter und eine zweiseitige Zeitung zu erstellen.

In den Morgenstunden des 2. Mai tippte er auf der Schreibmaschine den Befehl Helmuth Weidlings, General der Artillerie und Befehlshaber Verteidigungsbereich Berlin, den Kampf um Berlin einzustellen. Am Nachmittag desselben Tages fuhr er mit der Besatzung seines Lautsprecherwagens nach Steglitz, ungeachtet der Tatsache, sich damit in den Bereich einer anderen Armee als der seinen zu begeben, in die inmitten einer Trümmerlandschaft kaum zerstörte Straße, in der er einst gelebt hatte, und hielt vor seinem Haus. Einige wenige traten in einer Mischung aus Angst und Neugier heraus, und als er den Schneider erkannte, der hier wie in früheren Zeiten seine Werkstatt hatte, wusste er, dass er zu Hause angekommen und der Krieg zu Ende war.

* *

DAS NOVEMBERBROT. Claudia holt ein blau eingebundenes Buch vom Küchenregal und sieht nach: Bockshornkleesamen und Kürbiskerne. Sie weiß, dass sie auf Rituale aus ist. Kann lächeln darüber, hält sich an ihnen aber doch gern fest. Nach Cillys Tod hatte sie angefangen, selbst Brot zu backen. Nur dunkles, das helle holen sie, wenn sie es brauchen, aus irgendeinem Heckpartie-Laden. (Barbara kann sich nach wie vor nicht an Back-Shops gewöhnen. Wenn sie einen neuen betritt, folgt nach dem Kauf schnell noch der Vorschlag, diesen *Heckpartie-Laden* doch bitte einfach Bäckerei Weckmichel oder Krustenschön oder Brotmesse zu nennen.) In ihrem Buch hat Claudia wechselnde Zutaten für die zwölf Monate notiert. Bockshornkleesamen hat sie gar nicht im Haus, sie sind nicht so leicht zu besorgen. Also bleibt es für heute bei Kürbiskernen, wenn auch der November seinen dritten Tag zählt.

Das Haus trägt feinen taubenblauen Putz und sieht mit dem neuen Blechdach überaus modern aus. Als besonderes Tüpfelchen hat Barbara auf einem Internetportal ein altes Barock-Türblatt aufgetan, für viel Geld gekauft und in eine neue Haustür einarbeiten lassen. *Vorsetzen* ist sicher der bessere Ausdruck, denkt Claudia. Die Tür wurde erst vor ein paar Tagen geliefert und eingebaut. Seitdem verlässt Claudia das Grundstück öfter als in vielen Jahren zuvor, ruft nicht Barbara an, die ihr dies und jenes mitbringen soll, sondern läuft und fährt selbst. Lässt manchmal sogar eine Sache durchs Gedächtnis rutschen, damit sie sich erst wieder anfindet, wenn sie nach Hause zurückgekehrt ist vom Einkaufen. Dann kann sie nämlich noch mal los. Sie sieht einfach die Tür zu gern, deshalb steigt sie aus dem Bus zwei Stationen zu früh aus, wenn sie zurückkommt, und nimmt den auf ihre Straße treffenden Alpenrosenweg. Von hier aus kann sie die Tür langsam aufgehen sehen wie einen rechteckigen Honigmond. Birnbaumholz, hat der Schreiner gesagt, das Blatt in Ulme gefasst und beides in einem Goldton gebeizt. Wenn sie auf das Haus zuläuft, zeigt es noch immer kaum vertraute Züge, und erst wenn sie die Tür geöffnet hat und eingetreten ist, weiß sie, dass sie tatsächlich zu Hause ist.

Barbara fährt inzwischen für zwei oder drei Nächte pro Woche nach Niederlehme, kann also sowieso nicht immer einfach angepiepst werden, wenn etwas fehlt. Barbara fehlt ihr nicht, sie wundert sich. Für zwei oder drei Nächte pro Woche bringt Barbara aber auch Westermeyer mit in die *Eintracht.* Westermeyer entzückt sie. Sie wundert sich noch mehr. Westermeyer ist auf eine verlässliche Art distanziert, dennoch sehr verbindlich ihr gegenüber. *Westermeyer ist die Sensation des Jahres,* sagt Claudia zu Barbara, und Barbara hört das nicht gerne und klatscht ihr auf den Hintern. Freundschaftlich.

Angeheizt worden sind die Korrespondenzen. Mit Werner Kapok zum Beispiel. Postalisch und neuerdings per Mail, denn Claudia hat ihm ihren Laptop überlassen und sich einen neuen gekauft. Eigentlich wollte sie für Werner einen neuen besorgen, aber nach gewisser Überlegung kam sie zu dem Schluss, dass die Übernahme eines abgelegten Stückes ihn nicht so sehr an der Ehre kratzen würde wie eine Anschaffung extra für ihn. Hat sich schnell eingefuchst, der Gute, sie kann sicher sein, oft von ihm zu hören. Dabei – hören kann sie ihn natürlich nicht. Telefonieren? Das ist nichts für ihn. Ihm gefriere das Maul, wenn er sein Gegenüber nicht sehe während des Gesprächs. (Sie könnte ihm Skype vorschlagen, denkt sie.)

Die letzten Tage vor seiner Abfahrt Anfang September trug sie viel Zeit zu ihm hinüber und brachte sie auch wieder mit zurück. Gemeinsam sahen sie Joachims Filme an. Werner hatte sich die alte Weimar 2 nur eingehend anschauen müssen, war dem möglichen Weg des Films durch das ihr unverständliche Spulengewirr gefolgt und hatte es tatsächlich geschafft, das Gerät zum Laufen zu bringen. Er lachte beinahe grölend, als er sich selbst mit verbissenem Gesicht einen Speer werfen sah. Gartenolympiade. Sie war, wenn die Jahreszahlen stimmten, zwölf gewesen, als sie den Wettbewerb hinter dem Gropiusbau ausgetragen hatten. Speerwurf, Kugelstoßen, Hoch- und Weitsprung, Kürzeststrecke. *Zum Schreien!,* hatte Joachim Schaechter damals Cilly zugerufen und war nach der Kamera gelaufen.

Heute diese Filme zu sehen, war immer noch zum Schreien. Jedenfalls lachte Werner so laut, dass es scheppernd durchs Haus dröhnte und Claudia besorgt einen Blick aufs Gläserregal riskierte. Sie holte einen Karton aus dem Schlafzimmerschrank und wühlte eine der Medaillen hervor, die sie aufgehoben hatte: Papptaler, mit Goldpapier beklebt und von dickem Wollfaden aus Cillys Vorrat durchzogen. Werner zog die Schlaufe über den Kopf und bat Claudia, den Augenblick festzuhalten. Sie schenkte ihm später, zum vorläufigen Abschied, einen Ausdruck, was er noch einmal mit einem krachenden Gelächter quittierte. Manchmal stritten sie auch. Darüber, ob es heute verständlich sei, dass er sich damals einfach aus dem Staub gemacht habe. Kapok dachte wohl nur an seinen Umzug nach Trebesee dabei. In Claudias Rede schwang aber immer der plötzliche Abschied nach ihrer ersten und einzigen Kohabitation mit, auf die sie ihn freilich nicht ansprach. Stattdessen glaubte sie, er habe sie womöglich vergessen, so asexuell wie er sich gebärdete. Gebärdete er sich etwa so, weil er sich immer noch schämte? Oder wieder … Oder vielleicht sogar zum ersten Mal? Alt fühlte sie sich, als sie ihm so nahe war wie das Begehren fern. Erst als er weg war, merkte sie etwas, das ihn hätte halten wollen, aber noch immer fühlte sie sich zu alt.

Schreiben jedoch ist schön. Abends sitzt sie jetzt oft, Laptop auf den Knien, im Bett, eine Flasche kalten Weißwein auf dem Boden, ein Glas auf dem Nachttisch, und schreibt ihm auf, was sie tagsüber getan und gedacht hat. *Getan* ist einfach. Von Röcken, Blusen, Kostümen kann sie schreiben, die sie genäht hat. Für welche Boutique. Von Büchern, die sie gelesen, Filmen, die sie gesehen hat. Von Marmeladen und Säften, die eingeweckt auf Verkostung warteten. Von Westermeyer und welchen Witz er wieder gerissen hat. Vom Fortgang der Arbeiten am Haus, zu dessen Bebilderung ihr Handy beitrug. *Gedacht* war schwieriger. Nähen, lesen, Filme schauen, Obst konservieren und Westermeyer erleben sind Tätigkeiten, bei denen die Gedanken auf und davon gehen, sie muss sie rechtzeitig einholen, um ihm davon berichten zu können. Ist Barbara im Hause, bespricht sie mit ihr das Gedachte. Barbara denkt schärfer. Zwar nicht unbedingt an so viele Dinge wie Claudia, kann aber mitunter nadelspitz eindringen, wo Claudia angesichts der faszinierenden Oberfläche verharrt. Sich nicht traut. Auf diese Weise ergänzen sie sich seit jeher gut.

Mit ganzer Armkraft knetet sie, gibt Sauerteig zum Roggen- und Weizenmehl. Auch beim Brotkneten gehen die Gedanken einfach davon. Klettern die Küchenwand ein kleines Stück über Augenhöhe hinauf und machen sich am Bild der drei Schaechter-Kinder fest. 22. April 1933, Brandenburger Tor. Erst gestern hat sie die Gräber der Eltern und das der (auf dem Foto sehr kleinen) Lea winterfest gemacht. Hat für jeden einen schönen Kiesel auf den Grabstein gelegt. Sie denkt daran, wie Lea ein halbes Jahr nach dem Besuch in Sarajevo das Grab ihres Bruders sehen wollte. Fehim hatte versucht, sie davon abzuhalten. Als das nichts half, hatte er zugesagt, sie zu begleiten.

Mein Gott, wie sie das alte Mütterchen am Flughafen erst einmal hatten beruhigen müssen! Sie war schier außer sich gewesen, den Flug überlebt zu haben und in der Stadt ihrer Geburt angekommen zu sein, wenn ihr Pass auch Wien als solche auswies. Noch am selben Tag drängte sie dann darauf, zum Friedhof zu gehen, wollte das Stück unbedingt laufen. Um die Luft zu atmen, in der ihr Bruder gelebt hatte, aber auch, um sich mit eigenen Augen ein Bild zu machen von *seiner* Siedlung. Wieder einmal verspürten Claudia und Barbara dabei ausdrücklich Zufriedenheit, dass die *Eintracht* ihren Charakter bewahrt hatte. (Heute wie früher stach freilich der Gropiusbau heraus.) Auf dem Friedhof saß Lea lange, lange auf der Bank vor den Gräbern, murmelte, überlegte, schloss zuweilen die Augen, stand, um die Beine auszuschütteln, die Arme vor der Brust zu verschränken. Nahm wieder Platz, um nach geschlagenen drei Stunden mit erstaunlicher Entschlusskraft aufzustehen und auf die freie Stelle links vom Elterngrab zu zeigen.

Ovdje želim ležati!

Claudia und Barbara hielten die Augen nichts ahnend auf Fehim gerichtet, und als er den Satz übersetzt hatte, brauchten sie eine gewisse Zeit, ihn zu verstehen.

Da will ich liegen.

Sie waren überrascht, erst einmal sprachlos, aber der entschlossene Ausdruck in Leas Gesicht ließ keinen Zweifel. Zu Hause sprachen sie alles in Ruhe durch, Pragmatik-Barbara schlug einen Termin bei der Friedhofsverwaltung vor. Drei Tage später erklärte man ihnen dort, dass man als Verwaltung, *nun ja,* froh sei über jede belegte Grabstelle. Finanziell? Es müsse sich natürlich jemand finden, der die Kosten übernehme. Und Lea solle jemanden, möglichst schriftlich, mit der Totenfürsorge betrauen. Der könne dann ihren Wunsch durchsetzen, gegebenenfalls auch gegen den Willen der Angehörigen in Bosnien.

Und Tel Aviv, sagte Barbara.

Meinetwegen auch Tel Aviv, erwiderte die Verwaltungsangestellte.

Aber der Transport aus Sarajevo?

Im Zinksarg, mit Leichenpass. Das allerdings sei eine teure Angelegenheit.

Lea lächelte begütigend, wollte sofort Nägel mit Köpfen machen und zückte den Kugelschreiber, um die Nichten zu Totenfürsorgerinnen zu erklären. Allerdings, druckste die Angestellte, könne man das auch umgehen, indem man auf der Stelle eine Urnengrabstelle erwerbe.

Das wollte sie. Ließ sich nicht davon abbringen und kaufte das eigene Grab. Sie habe gespart, das sei kein Problem. Claudia schoss vor, was Lea unangenehm war. Um den Kauf an Ort und Stelle abschließen zu können, ließ sie sich letztlich darauf ein.

Wieder im Gropiusbau, verbrachte sie auf einmal viel Zeit mit Fehim im Gästezimmer. Er lächelte, wenn die Schwestern ihn darauf ansprachen, und verwies auf Leas Geburtsjahr und die mit dem erwarteten Lebensende zusammenhängenden Eigentümlichkeiten, die auch vor einem sehr klaren Altersverstand nicht haltmachten. Gelassen blieb er und ruhig, als zähle er mit Lea Erbsen, die vor Claudia und Barbara geheim zu halten seien und bitte schön ganz im Besitz der bosnischen Tante bleiben sollten. Ein bisschen Scham war dabei, glaubte Claudia zu bemerken, wenn Lea sich nach längerer Sitzung wieder in der Küche sehen ließ. Claudia lächelte sie regelmäßig weg.

Barbara hatte Urlaub genommen und fuhr die Anverwandte kreuz und quer durch Berlin. Am Brandenburger Tor ließ Lea sich in jener Perspektive fotografieren, in der sie auch 1933 gemeinsam mit ihren Geschwistern gestanden haben musste. Barbara und Claudia nahmen die Stellen ihres Vaters und Lydias ein, Lea war wie damals die Kleinste auf dem Foto. Ein paar Mal drückte Fehim auf den Auslöser, bis sie einen Passanten fragten, denn sie wollten auch alle vier verewigt werden.

Heute hängt ein Dreierfoto neben der Aufnahme des Korallenonkels an der Küchenwand. Und während Claudia den Teig mit einem sauberen Tuch bedeckt, um ihn aufgehen zu lassen, merkt sie schon wieder, dass sie vom Brotbacken gut und gern schreiben kann, das ist schnell erzählt. Aber die Gedanken, die sich dabei aufmachen, sie aus der Küche in ganz andere Gefilde zu verfrachten?

Sie seufzt, stellt den Teig auf einen Stuhl, den sie vor der Heizung platziert hat, als das Verfrachten auch schon weitergeht. Der Rückflug von Fehim und Lea sollte an einem Donnerstag Anfang Juli stattfinden. Mehr als zwei Jahre lag das zurück. Am Mittwoch, die beiden hatten schon gepackt, fuhren sie zu einem Abendessen ins St. Hubertus, nah am Wald gelegen, Köpenick von der ländlichen Seite. Bürgerliche deutsche Küche war das, was noch fehlte im Speisenangebot der vergangenen zwei Wochen. Es stellte sich heraus, dass Lea die schwarzbraunen Soßen auf den vorbeigetragenen Tellern verabscheute, Fehim vom Schwein auf der Speisekarte übel wurde und Claudia einen plötzlichen Ekel vor Gebratenem verspürte, wie sie ihn zu kennen meinte, jedoch nicht gleich wusste, bei welcher Gelegenheit er ihr bereits begegnet war. Die drei nahmen einen gemischten Salat, während Barbara sich eine fette halbe Ente kommen ließ, mit Klößen und Rotkohl und einer glänzenden Soße, die Lea zum Aufstoßen brachte. Sie lachten viel an diesem Abend, der einerseits, des Essens wegen, als *in die Hose gegangen* abgetan werden konnte, der aber andererseits jedem mehr erzählte über sich, als es Worte vermocht hätten. Fehim, Sohn einer bosniakischen Familie, war nicht gläubig, pflegte aber Ernährungsgewohnheiten, die seine Herkunft bezeugten. Lea, geborene Jüdin, Ziehkind bosnischer Juden, verheiratet gewesen mit einem Muslim, aber dem Serbisch-Orthodoxen durchaus zugetan, bestürzte es offenbar, das Fleisch, eigentlich zentrales Gestirn am Himmel ihrer Kochkünste, im angedickten Angebrannten schwimmen zu sehen. Es machte den Kohl zu fett, der um das Gehackte gewickelt war.

Claudia wurde erst langsam klar, woher sie den Ekel vor Gebratenem kannte. Er war aufgetreten, als sie die einzige Schwangerschaft ihres Lebens eingegangen war, um sie sofort wieder aufzulösen. Und Barbara liebte es wie immer einen Zahn dicker und schärfer als alle um sie herum. Aber Wein tranken sie alle, er schmeckte, fand Zuspruch. Und als sie zurückfahren wollten nach Hause, rief Claudia ein Taxi. Während der Fahrt bemerkte sie eine gewisse Unzufriedenheit Leas, dass sie so wenig über den Verbleib der leiblichen Eltern hatte herausfinden können. Ihr Grab, hatte sich Claudia erinnert, habe irgendwo in Sachsen-Anhalt gelegen und sei wohl in den Siebzigerjahren eingeebnet worden. Lea konnte sich so etwas offenbar nicht vorstellen. Ihre Zieheltern würden bis in alle Ewigkeit ihre Grabstelle auf dem Trebević behalten.

Barbara wollte das Auto am nächsten Morgen abholen, das Flugzeug ging erst um die Mittagsstunde. Sie war schon weg, als Claudia das Frühstück richtete für alle und hoffte, sie würde rechtzeitig wieder da sein für den letzten gemeinsamen Kaffee. Der sollte aber schon am Mittwochnachmittag getrunken worden sein, denn Lea kam nicht. Sie reagierte weder aufs Klopfen an ihrer Zimmertür noch zuckte sie zusammen, als Claudia sie, Barbara saß längst am Frühstückstisch, in die Seite stupste, um sie aufzuwecken. Lag auf dem Rücken, die Augen geschlossen, und war hinübergegangen. Auf ihrem Gesicht noch im Tode tiefe Zufriedenheit. Nicht darüber, es *nach Hause* geschafft zu haben, glaubte Claudia. Leas Leben hatte seine Gültigkeit einst in Deutschland verlieren sollen, sie war ihm anderswo wiedergegeben worden, und das war auch ein Glück. Die Zufriedenheit speiste sich wohl aus der Tatsache, dass sie in den letzten Tagen, wie Fehim nun erzählte, ihre Hinterlassenschaften mit ihm geordnet hatte und sich in der Nähe ihres Bruder ganz wohlfühlen wollte. Sie hatte ihn im Leben ebenso verloren wie er sie, und dass es der Tod war, der sie doch noch zueinanderbrachte, war in diesem Zusammenhang unwichtig.

Fehim flog Tage später nach Hause und kehrte mit Taida vier Wochen darauf zur Beerdigung zurück. Naida und Midhat mit ihren drei Kindern reisten ebenso an wie Cousine Hana. Aus Tel Aviv kam Aharon Baruch mit seiner Frau Milka und den drei Söhnen. Renates Haus war voll. Hanas Töchter vermochten den Betrag für die außerplanmäßige Flugreise aus Missouri nicht aufzubringen, außerdem kollidierte der Beerdigungstermin mit einer nicht unwichtigen Prüfung, wie sie schrieben. Das Bedauern war herzlich, sie wünschten der Großmutter Glück auf dem Weg ins Jenseits und baten die Schwestern, ein in Deutschland übliches Grabgesteck mit ihren Namen anfertigen zu lassen. Aharon Baruch wollte das Kaddisch sprechen für seine Mutter und nutzte eine stille Minute am Vorabend, in der außer ihm nur Claudia und seine Frau in der Küche weilten, sie zu fragen, wie viele Erwachsene denn am Begräbnis teilnähmen. Zunächst zeigte er sich bestürzt bei der Auskunft, dass es neun sein würden und einer fehlte, um den Minjan vollzumachen. Könne man nicht einen Nachbarn bitten, zur Beerdigung mitzukommen? Oder doch wenigstens Renate? Die war davor zurückgeschreckt, zur Beerdigung einer ihr nahezu Unbekannten zu gehen, und außerdem hatte sie zu arbeiten.

Aharons Frau Milka war es, die ihm klarmachte, er könne nicht davon ausgehen, es handele sich ausgerechnet bei deutschen Erwachsenen um Juden. Und selbst wenn er Hana als Tochter einer jüdischen Mutter dazuzähle, könne er das mit Naida und Midhat ebenso wenig tun wie mit Taida und Fehim. Ganz abgesehen davon, dass seine Mutter es vermieden hätte, sich als Jüdin zu bezeichnen. Zudem liege zwischen Tod und Begräbnis eine lange Zeit von vier Wochen. Hätte sie jüdisch bestattet werden wollen, hätte es eigentlich am selben

Tag geschehen müssen. Vor allem aber habe seine Mutter die Verbrennung gewählt, was sie von allen jüdischen Ritualen ja wohl ausschließe. Oder?

Zerknirscht hatte er sich gefügt. Claudia fragte sich angesichts des *Tohuwabohus* in der *Mischpoke,* warum er nicht selbst darauf gekommen war, und ertappte sich bei einem Glucksen darüber, dass diese beiden Wörter hebräischen Ursprungs waren.

Der Teig des Novemberbrotes macht, dass es säuerlich riecht im Haus, sie liebt diesen Duft. Ihr Blick fällt auf das alte Bild ihres Vaters mit seinen Geschwistern, Lea hatte es zu ihrem ersten, ihrem letzten Besuch mitgebracht. Die drei Schaechterkinder vor dem Brandenburger Tor. Gerührt sieht sie, dass Lydia und Lea einander fest bei den Händen halten. Stand nicht etwas von einem Korallenonkel auf der Rückseite der Fotografie?

Barbara schließt auf. Zieht die Schuhe aus und läuft nach oben? Claudia zuckt mit den Schultern. Ungewöhnlich. Dabei freut sie sich fast, heute nicht alleine zu bleiben im Haus. Gleich darauf hört sie Barbara die Treppe wieder herunterkommen, sie überschlägt sich fast und reißt die Küchentür auf. Der Elan erschlafft sofort, als sie sich auf einen Stuhl fallen lässt. Sehr erschöpft. Alle viere von sich. Natürlich erwartet sie Spott, und natürlich kneift Claudia die Augen zusammen und versucht, die Mundwinkel in der Geraden zu halten. Sagt aber nichts. Barbara sitzt und schaut, schnuppert träge und rührt sich nicht.

Der Westermeyer sagt, er würde mich heiraten. Glatt. Ohne umzuknicken. Hat der sie noch alle?

Sie habe sich daraufhin *erst mal 'ne Auszeit* gegönnt.

Und dann, lauter werdend: Das könne doch nicht wahr sei, dass der mit solchem Kram auf sie zurücke, wo sie noch nie im Leben an Heiraten gedacht habe! Immer froh gewesen sei, das Geseier um Weihnachten in Familie und Familienurlaub *und überhaupt – das ganze familiäre Gedöns* nicht mitmachen zu müssen! Und jetzt, wo sie alt sei, solle sie sich behängen mit vorvergangenen Ehefrauen und Kindern? Und Kindeskindern, die kennenzulernen sie weder Lust noch *Kapazitäten* habe? Diese kleinen Sabbermäuler, aus deren Fettriefen an Beinen, Armen und Hals man andauernd den Dreck entfernen müsse, der sich dort angesammelt habe. Sie kenne das von Kolleginnen, die ihre Kinder und später Enkel mit geschwollener Brust vorgeführt und sich zum Affen gemacht, indem sie die Gesichter zu ebensolchen Grinsefratzen verzogen haben wie diese Bälger in ihren kitschigen Karren! Mit denen sie den Fahrstuhl verstopften, dass alles warten musste! *Nee, nich mit mir!,* donnert sie, *ick hab mich nich umsonst dit janze Lehm jewehrt jejen diese Zumutungen!*

Inzwischen ist also ihr Elan ganz und gar zurückgekehrt, sodass Claudia die Art, in der sie sich eben noch auf den Stuhl fallen ließ, dieses Zurschaustellen von Kraft- und Antriebslosigkeit, als Ruhe vor dem Sturm umdeuten will. Als Sammeln zum Angriff. Nur lachen kann sie darüber, wider Erwarten, nicht. Das Ziel des Angriffs ist nicht auszumachen. Westermeyer? Wohl kaum. Sie kennt Barbara, und ein bisschen kennt sie inzwischen auch Westermeyer und die Aura des Heiligen, die Barbara ihm verpasst hat. Daran kann doch ein Heiratsantrag nicht kratzen, denkt sie, schließlich soll sie ja keine Nebenfrau Nr. 5 werden und die Kinder nicht adoptieren.

Na dem ham se doch woll alle juten Jeister jeklaut, schreit Barbara, *vons Brot jenomm ham se dem jegliche Wurscht, ditter nur noch trockne Stulle kaun kann! Ick fass dit nich! Mia mit so was ze komm, wo ick doch niemals hab heiraten wolln! Ick bin ehmt keen Bräutlein mit weißet Kleid un Jesteck, dit hatta jewusst! Die Flachflaume, der Kirschknorpel, der ausjelaufene Kürbis!*

Und so weiter.

Und so fort.

Was ist ein ausgelaufener Kürbis? Claudia macht ihn zum Notnagel in Barbaras Donnerwetter, an dem sie sich festhalten kann. Stellt sich vor, wie ein zu warm gelagerter Kürbis langsam seine Konsistenz verliert und sich unter Ausdünstung möglichst übler Gerüche von unten her aufzulösen beginnt. Sieht, wie die gelbe Substanz sich verflüssigt und in Matschmasse endet. Muss grinsen. Was Barbaras überraschendem Rappel sogar noch die Sporen gibt: *Der wachsweiche Fleddermausködel! Der rippenkranke Waschtopflappen! Dieser ohrenbestäubende Insektenvermehrer! Durchgelauchter Porreeverstärker! Oh, du fröhliche Hochzeitsstinkmorchel! Du Herzenssülzchen! Du Blödsprotte!*

Ihre Funktion als Schimpfwortgenerator ist noch intakt, stellt Claudia fest und ist froh, es bis hierhin ausgestanden zu haben. Was noch kommt, würde über kurz oder lang nur der übliche kleine Zusammenbruch sein, ein Weinkrämpfchen vielleicht, aus dem nach einiger Zeit die Entschuldigungsfloskeln aufsteigen, meist hingesummt. Betont hochdeutsch, zum Zeichen, dass sie sich wieder unter Kontrolle hat.

Entschieden will sich Claudia der Teigschüssel zuwenden, um zwei Laibe zu formen, muss aber zuvor noch das Foto von der Arbeitsfläche nehmen, den Rahmen dazu. Sie versucht, auf die Schnelle das Bild wieder einzupassen, passt aber schließlich wegen der *Verheddrigkeit* ihrer noch aufgeregten Finger und packt die Teile auf den Küchentisch. Nun muss sie achtgeben, dass das Brotformen gelingt. Sie verteilt Mehl auf der Arbeitsplatte, stößt den Teig mehrfach zusammen, teilt ihn mit der rechten Handkante und hebt eine Hälfte heraus. Rollt sie zwischen den Händen zu einer Kugel und lässt sie auf die Platte ploppen, nudelt sie dann etwas in die Länge und packt das Ergebnis auf das mit Backpapier ausgelegte Blech. Wiederholt den Vorgang mit der zweiten Teighälfte. Na, das ging ja noch mal gut, braucht nicht die Feinmotorik der Finger. Als das Brot im Ofen verschwunden ist, kann sie sich Barbara gegenüber an den Tisch setzen und versucht, ihr in die Augen zu schauen. Die gehen aber hin und her, als schaue Barbara aus einem Zugfenster und hielte sich immer wieder an einem draußen vorbeieilenden Objekt auf, das ihrem Blickfeld schnell entschwindet und dem nächsten Platz macht.

Nystagmus, denkt Claudia und seufzt hörbar.

Der habe ja bloß an ihrem Jüdischsein Gefallen gefunden, bemerkt Barbara, immer noch rotzend trotzig, das lasse den ja gar nicht mehr los, seit es an jenem Abend mit Werner auf den Tisch gekommen sei. Sie komme sich vor wie ein *(meinetwegen)* nubisches Objekt in Carl Hagenbecks zweiter Hamburger Völkerschau von 1876, mit Nasenring (sie ruckelt an ihrem Augenbrauenpiercing, das sie sich vor drei Jahren hat stechen lassen) und Henna-Tattoo (sie schiebt den Ärmel auf und zeigt den ebenso alten, tätowierten Ring in allen Regenbogenfarben), und wenn er so weitermache, werde sie noch nackt im Büro erscheinen, mit Lendenschurz und Bananenblatttop. Weil sie nicht für das ewig Jüdische stehen wolle. Dann lieber richtig fremd, innen wie außen, und das gehe in Deutschland am besten nackt oder psychisch krank. Lendenschurz und Bananenblatttop seien doch eine hübsche Mischung von beidem. Auf keinen Fall aber gehe es mit Westermeyers Attribuierung. Dass sie das Gefühl haben solle, er liebe sie, weil sie Jüdin sei, gehe ihr krachend auf die Nerven. Und an die Nieren, weil sie selbst ihm gegenüber davon nicht angefangen und es früher absolut keine Rolle gespielt habe zwischen ihnen. Und jetzt denke sie immer, der Linke Westermeyer setze zur großen lebensgeschichtlichen Entschuldigung an und hofiere das Jüdische in ihr, das er sich anheften wolle wie einen Orden. Und zur Hochzeit unter der Chuppa sein Totenhemd über dem Anzug tragen? Das sie ihm beschaffen müsse? Und dann solle sie womöglich die Haare verstecken unter einer Perücke? Wobei – eine Perücke sei angesichts des Haarfüllstandes ihrer Kopfhaut gar keine schlechte Idee. Sie lacht.

Sie lacht beißend, fährt es Claudia in die Knochen.

So beißend, wie sie sich auch als Schimpfwortgenerator bewiesen hat. Barbara ist doch klug genug, solchen Entwurf einer Hochzeit als Blödsinn, als Unmöglichkeit zurückzunehmen, wenn sie bei Sinnen ist. Ihr ist doch klar, dass eine Heirat nach jüdischem Ritus gar nicht sein kann, sie gehören keiner Gemeinde an und haben nie die Absicht gehabt, das zu tun. Und einen nicht jüdischen Mann bekommt man nicht unter die Chuppa, und überhaupt: Viel zu alt! Sie muss sich in Rage geredet haben, um dieses wirre Zeug erzählen zu können, von dem sie weiß, dass es von der Realität so weit entfernt ist wie sie selbst von einem eigenen Kind. Dessen Fehlen sie nun sticht und schmerzt und nicht nachfragt, wie es zustande kam. Das über viele Jahre schon stichelte und noch jedes Mal unter die Räder kommen konnte. Zum Glück? Das weiß sie nicht so genau, und sie möchte es jetzt auch nicht wissen.

Schluss. Aus. Irgendwie muss das Wort *Heirat* den Umstand der Kinderlosigkeit aus dem Trüben gefischt haben. Dabei hat das eine mit dem anderen gar nichts zu tun. Denkt sie schon lange. Aber das Denken schwimmt in einem gefühligen Sturzbach und muss sich behaupten, nicht unterzugehen.

Ich bin dann mal weg, sagt sie laut und berichtet kurz und bündig von ihrem Plan, zu Werner Kapok nach Trebesee zu fahren. Zu sehen, wie er lebt. Und wo. Deshalb habe sie gleich zwei Brote in den Ofen geschoben, eins zum Mitnehmen, eins zum Hierbleiben, und Barbara müsse das mit sich selbst abmachen, ob sie heiraten wolle. Heiraten lassen könne sich ja jede, aber es selbst zu tun, also jemanden zu ehelichen, auf Gedeih und Verderb sozusagen, sei eine Handlung, die nur sehenden Auges zu bewerkstelligen sei. Da könne sie ihr nicht helfen, weil sie ja nicht in ihr zu Hause sei und ihren Ausblick nicht habe. Ihren Durchblick? Ja, auch von dem könne sie sich momentan keinen Eindruck verschaffen. Nur weg. Weg von wirrem Zeug und Blödsinn, dem Wahrheit und Tatsachen wie dunkle Fusseln eingewebt seien, die man nicht so einfach herausziehen könne, wenn man das wolle. Sie habe für morgen eine Fahrkarte geordert und ausgedruckt, sagt sie.

* *

DIE FAHRKARTE NACH Schulitz in der Tasche, schaute Cilly Bokshorn möglichst forsch zum Zugfenster hinaus. Forschheit wollte sie schon zeigen, auch wenn sie keinen Stoff fand, aus dem sie zu schneidern gewesen wäre. Was für ein verregneter Märztag des Jahres 1943! Zum Weinen nass, sagte sie sich und wischte mit dem Ärmel über die Augen, um dann die abgerutschte Forschheit wieder fest ins Gesicht zu zurren.

Bis zum 27. Februar wäre ihr das nicht passiert. Wenn sie mit ihrer Freundin Hanka in ganz andere Gegenden Berlins gefahren war, wo sie, wie sie glaubten, niemand kannte, hatten sie mit einer verabredeten ruckartigen Bewegung den gelben Stern von ihren Jacken entfernt. Eigentlich sollte er fest aufgenäht auf Mänteln und Jacken prangen. Sie hatten sich dicke, dunkle Jacken gestrickt und einen Stern mit kleinen Häkchen versehen. Wenn sie die in die Jackenbrust einhakten, sah das wie festgenäht aus und war doch leicht zu entfernen. Sie wussten, was sie riskierten, waren aber jung genug, nicht versauern zu wollen. Im Zustand der Sternlosigkeit waren sie sogar ins Kino gegangen und hatten U- und S-Bahnen abseits der Judenabteile genutzt, in denen sie an allen Arbeitstagen stehen mussten.

Seit mehr als drei Jahren hatte Cilly im Elektromotorenwerk Siemens-Schuckert gearbeitet, was sie sich nicht ausgesucht hatte, aber doch froh gewesen war, diese Arbeit zu haben und vermeintlich unabkömmlich zu sein. Jeden Morgen Treff am Sammelpunkt, die ganze Abteilung geschlossen an der Stechuhr vorbei zu den Arbeitsplätzen, nach Schichtende geschlossen wieder runter. Sie hatte S- und Dampfbahn zu benutzen zur Arbeit. Bei so einer Fahrt hatte sie Hanka kennengelernt. Hanka hatte ihre Tage gehabt, ihr war übel geworden, das Blut an den Beinen abwärts in ihre Halbschuhe hineingelaufen. Nur mit Bewegungen der Hand hatte Cilly die Mitreisenden aufgefordert, einen Kreis um sie beide zu schließen und vor Kontrollen abzuschirmen, indem sie Überfüllung vorgaben, was nicht einmal der Unwahrheit entsprach. Zusammengerückt waren die anderen, und Cilly hatte Hanka auf den Boden gelegt, die Tasche unter den Kopf, und ihr aus ihrer Teeflasche zu trinken gegeben. Mit Tee hatte sie auch das Blut wegzuwischen versucht, nachdem sie Hanka die blutigen Strümpfe ausgezogen und ihr ein schmutziges Handtuch gegeben hatte. Ausgerechnet an jenem Tag hatte sie es aus der Fabrik mitgenommen, um es am Abend auszuwaschen. Irgendwie hatte Hanka es geschafft, das Handtuch in ihren Schlüpfer zu packen, indem sie den Rockbund geöffnet und es von oben eingeschoben hatte. Das ging nur, weil es peinlicher, als dem Blut beim Verschwinden in den Schuhen zuzusehen, ohnehin nicht mehr hatte werden können. Am Hackeschen Markt waren sie ausgestiegen, und als sie feststellten, dass sie nur wenige Häuser voneinander entfernt wohnten, war ihre Freundschaft besiegelt gewesen. Auch Hanka arbeitete für Siemens, jedoch im Siemens-Halske-Werk. Cilly sah sie am 27. Februar in aller Frühe zum letzten Mal, als Hanka ihr auf dem Bahnhof Hackescher Markt durch die schon geschlossene S-Bahn-Tür zuwinkte – wie so oft hatte Cilly abgehetzt, ohne Puste, den Bahnsteig erreicht, als der Zug gerade abfuhr. Da sie sich immer ein, zwei Bahnen früher als unbedingt nötig dort einfand, lachte sie Hanka hinterher.

Gerade wollte sie in die morgendliche Stulle beißen, als Marianne Winter neben ihr vorbeilief, eine junge Frau, die mit ihr bei Siemens am Band stand. Irgendwie gefiel Cilly, dass Marianne Winter sich, einer Löwin gleich, um ein blasses, spitznasiges Mädchen kümmerte, das keine Familie mehr hatte und als Springerin eingesetzt war. Dazu sei sie gesundheitlich nicht belastbar genug, hatte Marianne Winter dem Meister zu sagen gewagt, und der hatte, nach einem langen Blickschwenk von ihren Augen über Mund, Nase, Lippen, Brüste und Taille, tatsächlich zugestimmt und der Kleinen eine andere Arbeit zugewiesen. Wie abwesend, dabei in ziemlicher Eile, strich Marianne vorbei, sodass Cilly hinzusprang und sie am Ärmel zupfte. Marianne lachte kurz erfreut auf, dann aber zog sie Cilly die Treppen hinunter nach draußen, in einem S-Bahn-Bogen blieben sie stehen. Was Cilly nun hörte, sollte eine Energie in ihr freisetzen, die sie bei sich nicht mehr vermutet hatte. Überhastet erzählte Marianne, dass für heute eine große Aktion geplant sei, Juden direkt aus den Fabriken abzuholen und zu deportieren. Woher sie das habe? Das tue doch nichts zur Sache, sie habe eben ihre Freunde. Na ja, sie kenne da jemanden bei der jüdischen Gemeinde, der ihr das gesteckt habe. Der sei wahrscheinlich ein Schlepper, und sie habe schon beim Zuhören ein schlechtes Gewissen gespürt, aber so sei das nun mal, man wisse heute nicht, wem man trauen könne. Und wenn man jemandem schon nicht trauen könne, so sei der womöglich von größtem Nutzen, wie eben dieser Bekannte. Dessen Namen sie nicht nennen wolle, obwohl es nichts Besseres geben könne, als ihn allen bekannt zu machen. Sie schluckte, die Stimme sackte weg, fing sich aber gleich wieder.

Müsse weiter. Ihren Freunden Bescheid geben und dann verschwinden. Nur raus aus Berlin. Nur weg von hier.

Sagte es und war schon auf und davon.

Wer auf Transport ging, kam ins KZ. So viel war klar. Aus Theresienstadt kriegte der eine oder der andere manchmal Post. Dahin waren vor allem viele der Älteren gekommen, die sich schon hatten einfinden müssen am Sammelpunkt. Dass es ein Lager in Auschwitz gab, wusste man auch, aber von dort kam nie Post. Zwischen Theresienstadt und Auschwitz erstreckte sich dunkle Angst, die vor dem Namen davonrannte, den man ihr geben wollte. Das jedenfalls glaubte Cilly lieber, als sich ihr auszuliefern.

Auch Cillys Mutter war zur Zwangsarbeit verdonnert und der Firma Ehrich & Graetz in der Treptower Elsenstraße zugewiesen worden. Es hatte sie ein Jahr später als Cilly erwischt. Und Bruder Gotthold war nach verordnetem Schulabbruch als Küchenhilfe im Jüdischen Krankenhaus in Gesundbrunnen untergekommen. Auf Umwegen erreichte Cilly die Abteilung ihrer Mutter endlich telefonisch bei Graetz und ließ ausrichten, sie sei so schwer erkrankt, dass die Frau Bokshorn keinen Moment zögern dürfe, nach Hause zu kommen. Sprach mit zittriger, sterbender Stimme.

Zu Hause weckte sie ihren Bruder, der nach der letzten Spätschicht noch schlief. Tatsächlich, und darüber verwunderte sich Cilly ebenso wie sie sich freute, kam ihre Mutter nach nicht allzu langer Zeit schweißüberströmt und rotfleckig nach Hause und zeigte deutliche Zeichen eines Wutanfalls, als ihr die Tochter voller Freude, aber eben im Vollbesitz ihrer geistigen und körperlichen Kräfte, an den Hals sprang. Den in sich zusammengesunkenen, zitternden Gotthold sah sie hingegen nicht gleich, er hockte auf einem Stuhl in der Küche und versuchte, sich heißen Gerstenkaffee einzuflößen. Cilly erzählte der Mutter, was sie kurz zuvor auch Gotthold berichtet hatte: Dass aus sicherer Quelle zu erfahren gewesen sei, heute sollten arbeitende Juden geradewegs aus den Fabriken geholt und abtransportiert werden. Chaya Bokshorn weigerte sich, das zu glauben, lamentierte stattdessen, dass eine Entfernung von der Arbeit ohne Zeugnis eines *Krankenbehandlers* sie einiges kosten könne. Ob Cilly nicht bei Dr. Strunin vorbeischauen wolle? Der würde ihr sicherlich ein Attest geben, das ihre akute Hilfsbedürftigkeit bescheinigte. Wenigstens konnte Cilly sie mit der Aussicht auf ein solches Schriftstück davon abhalten, sofort wieder umzukehren nach Treptow. Wenn schon hilfsbedürftig, dann richtig, und dann verbiete es sich einfach, gleich wieder zur Arbeit zurückzufahren.

Die folgenden Stunden verbrachte Cilly damit, ihre Mutter zu überzeugen, das Haus zu verlassen. Sie hatten die Schlüssel von Malkas und Helmuts Wohnung in der Linienstraße, dort konnten sie Unterschlupf finden, bis sich etwas Sicheres böte. Helmut und Malka wohnten mit Töchterchen Hedi derzeit in Schulitz, wo Helmut als Angestellter einer Potsdamer Gartenbau-Firma einen kleinen Park um die Feld-Nachrichtenschule anzulegen hatte.

Aber Chaya Bokshorn hatte sich der Auffassung ergeben, dass sie nicht entwischen konnten. Suche sie die Polizei, finde sie sie auch, egal ob hier oder dort. Den Kontrast dieser Auffassung zur kurz darauf geäußerten Vorstellung, wenn man sich in der Wohnung einschlösse, würde man unbehelligt bleiben, vermochte ihr offenbar nicht deutlich zu werden.

Cilly arbeitete. Bearbeitete Gotthold und Chaya nach allen Regeln der Überzeugungskunst und verzweifelte schier daran, dass sie nicht griffen. Die nächsten beiden Tage saßen sie beieinander in der unbeleuchteten Wohnung, rührten sich kaum, Cilly glaubte, die Zunge brechen zu spüren unter der Anstrengung der beinahe tonlosen Dauerrede. Gotthold hatte aus der Krankenhausküche ein paar Kanten Brot mitgebracht, und als die verspeist waren, sah Cilly am dritten Tag aus dem Fenster, wie zwei Autos hielten, Männer absprangen und sich dem Hauseingang näherten.

Auf den Dachboden! Los! Kommt mit! Ich habe den Bodenschlüssel!

Aber Chaya bestand darauf, mit dem willenlosen Gotthold in der Wohnung zu bleiben, schob Cilly hinaus, warf Mantel,

Schal und Handschuhe hinterher und schloss ab. Die Flucht nach oben wurde von keinem anderen Hausbewohner bemerkt, katzengleich sprang Cilly hinauf, öffnete leise und stahl sich hinter einen Verschlag, in dem der Hausmeister Reinigungsmaterialien aufbewahrte. Hielt sich die Ohren zu, als sie das Holz der Wohnungstür splittern hörte. Mutter und Bruder hingegen hörte sie nicht. Nicht einmal ihr Schlurfen über Flur und Stufen, das von den Tritten fester Stiefel übertönt wurde. Stundenlang blieb sie da oben hocken und fragte sich, ob sie so hatte handeln dürfen oder ob sie mit ihrer Flucht auf den Dachboden ihre Familie im Stich gelassen hatte. (Da sie diese Frage übrigens zeitlebens nicht endgültig zu beantworten imstande war, sollte sie ihr schwere, kolikartige Gallenschmerzen bereiten, wenn sie daran dachte.)

Vom Vater war eine einzige Postkarte eingetroffen, dass er unterdessen in einem sibirischen Lager Kohle abbaue. An einem Novembertag des Jahre 1938 war er zu Cillys Schule gekommen. Sie absolvierte, wiederum mit einem Stipendium der jüdischen Gemeinde, eine Ausbildung zur Chemielaborantin. Hersch Bokshorn war erschienen, um sich von Cilly zu verabschieden und ihr aufzutragen, auch Mutter und Bruder von seinem Fortgang zu unterrichten. Er wolle zurück in die Gegend seiner Geburt ziehen, und da er nicht genug Schmackes aufbringen könne, die Familie zum Umzug zu bewegen, müsse er eben alleine gehen. Geküsst hatte er Cilly auf die Stirn, und eine Träne war auf den frischen Kragen gefallen. Inzwischen hatte die Sowjetunion sich jenen Teil Polens längst einverleibt, zum Wohle der dort ansässigen Bevölkerung, wie Cilly überzeugt war, und dass ihr Vater in einem sowjetischen Kohlebergwerk Arbeit gefunden hatte, erschien ihr folgerichtig paradiesisch. Leider hatte sie keine Ahnung, wie sie es bewerkstelligen könnte, sich zu ihm durchzuschlagen. Die Postkarte hatte Chaya Bokshorn verwahrt.

Das Haus hatte über den Dachboden eine Verbindungstür zum nächsten, und Cilly konnte ihr Glück kaum fassen, als sie sie zaghaft zu öffnen versuchte und tatsächlich über das benachbarte Treppenhaus entwischen konnte. Es dunkelte bereits, sie sah sich auf der Straße um, warf sich den Schal über den Kopf, zog ihn tief ins Gesicht und verknotete ihn unter dem Kinn. Der Weg führte sie umstandslos zu den Schwiegereltern ihrer Tante Malka. *Gute Kommunisten,* sagte sie sich, sie würden ihr weiterhelfen. Helmuts Vater zog sie rasch in die Wohnung, als sie klingelte.

Das war nun drei Wochen her, und Helmuts Vater war sofort mit der Ostbahn in Richtung Bromberg im Reichsgau Danzig-Westpreußen aufgebrochen. Offiziell, um Sohn und Familie in Schulitz zu besuchen. Unter der Hand aber hatte er einen halbwegs sicheren Ort für Cilly ausfindig machen wollen, und Schulitz schien ihm dafür brauchbare Voraussetzungen zu haben. Von Helmuts Potsdamer Firma ging die Rede, freilich hinter vorgehaltener Hand, dass sie auch Leute einstellte, die sich mit dem System nicht gut standen. Selbst Helmut, der ein halbes Jahr im Zuchthaus gesessen hatte, war dort untergekommen, ein *Genosse,* Karl Schöpkes, hatte ihn empfohlen und eingeführt. Und Karl Schöpkes war es, der ständig Kontakt hielt zu Helmut und ihn vorab informierte, wenn eine Inspektion aus Potsdam sich auf den Weg machte, in Schulitz nach dem Rechten zu sehen. Oft gehörte Schöpkes selbst zu den Inspektoren. Nach Rücksprache mit ihm wurde beschlossen, Cillys Unterbringung zu wagen. Schließlich fühlte sich auch Malka dort sicher, und zwar nicht etwa, weil die Ehe mit dem *arischen* Helmut sie eine Zeit lang hätte schützen können. Vielmehr hatte Malka falsche Papiere bekommen, die ihre jüdische Herkunft verschwiegen und den Geburtsnamen verändert hatten. So war das Paar gen Osten gefahren, wissend, dass die Mühlen zwar gründlich, aber mitunter langsam mahlten und sie dort weitab vom Berliner Schuss saßen. Vermutlich brauchte es einen Verräter, sie zu denunzieren.

Dass Cilly keine Papiere hatte, ließ die Reise nicht ungefährlich erscheinen, aber Berlin war gefährlicher für sie. Als der alte Markmann nach ein paar Tagen zurückkam, hatte sie es eigentlich kaum erwarten können, dorthin aufzubrechen. Helmuts Eltern schliefen zunächst schlecht, weil sie es für möglich hielten, dass sie sich nachts fortstahl. Dann aber wurde ihnen klar, dass sie das Geld für die Fahrkarte gar nicht hatte, und ohne eine solche auf die Fahrt zu gehen, hielten sie dann doch für zu unbesonnen für die kluge Cilly. Die blieb vorzugsweise in der Wohnung. Nur einmal unternahmen sie gemeinsam einen *Nachtspaziergang* zu ihrer letzten Adresse. Der alte Herr passte einen günstigen Augenblick ab, da ein junges Paar das Haus verließ, um hineinzuschlüpfen. Er berichtete, die Tür sei vernagelt und versiegelt, es bringe nichts, sie mit dem Schlüssel öffnen zu wollen, und Cilly verabschiedete sich seltsam gefasst von der Aussicht, das eine oder andere Papier, das eine oder andere Foto und vor allem ein paar dicke Wintersachen noch herausholen zu können. Es war nicht die Zeit, die gegen sie entschieden hatte.

Daran dachte sie, als sie aus dem Zugfenster der Ostbahn schaute, sie hatten eben Küstrin passiert, und bis der Onkel sie in Bromberg abholte, würde es noch lange dauern. Cilly wagte nicht zu schlafen, hellwach und aufgereckten Kopfes saß sie in ihrem Abteil. Helmuts Vater hatte ihr auf dem Bahnhof die letzte Ausgabe des Wochenblattes Das Reich gekauft, hinter dem sie sich verschanzen und dabei durch die Abteiltür stets einen Blick auf mögliche Polizeikontrollen riskieren wollte. Ihr gegenüber saß ein fünf- oder sechsjähriges Mädchen, dem es sehr schwerfiel, auf die von ihrer Mutter gewünschte Weise still zu sitzen, sie verspannte das unglückliche Gesichtchen so, dass Cilly Angst bekam, sie könne es nicht mehr loslassen. Der Frau neben Cilly musste das auch aufgefallen sein. Sie kramte ein Bilderbuch aus ihrem unter den Sitz geschobenen Koffer, packte es aus dem Seidenpapiereinschlag und reichte es der Kleinen. *Trau keinem Fuchs auf grüner Heid und keinem Jud bei seinem Eid! Ein Bilderbuch für Groß und Klein,* las Cilly mehr als ungläubig und sah die Frau von der Seite an. Sie kannte das Buch, das vor einigen Jahren erschienen war und rasche Verbreitung gefunden hatte. Da *die Partei* es auch kostenlos verteilte, hatte sie immer gehofft, es möge nicht wirklich so beliebt sein wie die Häufigkeit seines Ausliegens vermuten ließ. Auf dem Gesicht der Mutter glaubte sie ein pikiertes Angewidertsein auszumachen, als diese versuchte, die offensichtlich als Geschenk gemeinte Gabe, *das ist zwar sehr nett, aber doch nicht nötig!,* abzulehnen. Die Schenkende umgab sich augenblicks mit einer Aura, über die Cilly nur lachen konnte, und sie tat es laut und prustete ausgerechnet in jenem Moment los, da die Frau mit erhobener Hand (abgespreizter kleiner Finger, während Daumen- und Zeigefingerspitze aufeinanderlagen) erklärte, Elvira Bauer zu sein, Verfasserin und Illustratorin des vorliegenden Buches. Sie mochte um die dreißig Jahre alt sein und sprach mit fränkischem Einschlag, und auf Cillys Lachen hin wandte sie sich ihr einigermaßen entrüstet und mit fragendem Augenaufschlag zu. Aber Cilly war schlagfertig genug, mit dem Lachen nicht etwa aufzuhören, sondern sich dabei Zeit zu lassen, als könne sie einfach nicht anders, und als sie sich endlich dazu herabließ, es abebben, noch zwei, drei Mal ein Aufglucksen hören zu lassen und nach einem Taschentuch zu fingern, sich die Tränen aus den Augenwinkeln zu wischen, da gab sie zum Besten, ihre Mutter hätte genau so, mit der gleichen Geste, die Hand gehalten wie die Frau Bauer, und an ihre Frau Mutter zu denken, bereite ihr immer zuerst großen Spaß, bis sie daran erinnert werde, dass sie vor vier Jahre bereits gestorben sei. Von uns gegangen. Cillys Mundwinkel verzogen sich ins Weinerliche, und das Taschentuch brauchte sie gar nicht wieder wegzupacken, denn nun weinte sie, erleichtert, dass sie es tun konnte, um ihre Mutter und um ihren Bruder und um Hanka und um all jene, deren Aufenthalt unbestimmt, auf jeden Fall aber in einer Region der Hölle war, von der sie sich keine Vorstellung genehmigte. Die tabu war und schwarz und im Irgendwo, das auch das Nirgendwo sein konnte. Wer wollte das schon so genau wissen.

Die Mitreisenden zeigten sich überaus mitfühlend, Fräulein Bauer zog gar den Korken aus ihrer Thermosflasche und ließ schwarzen, echten Bohnenkaffee in eine mitgebrachte Tasse laufen. Cilly, die echten Kaffee kaum kannte, er hatte ihr nie geschmeckt, wenn er ihr von der Mutter eingeschenkt worden war, goss sich die dunkle Brühe in den Hals. Es war wunderbar, das Gallebittere zwischen Gaumen und Zunge zu spüren, und dieser Kaffee von Fräulein Elvira Bauer sollte für sie der Inbegriff der Vereinigung von Ekel und Genuss bleiben und sie sich bei nahezu jeder Tasse Kaffee erneut in wohliger Verzückung schütteln.

Während der letzten Turbulenzen hatte das kleine Mädchen die Gelegenheit beim Schopfe gepackt und war eingeschlafen, sodass sich ein Vorlesen des Buches erübrigte. Elvira Bauer schien darüber nicht gerade froh zu sein und erinnerte die Mutter daran, das Geschenk nicht zu vergessen. Die aber wandte verschüchtert ein, dass sie es *mit dem Politischen* nicht so habe, und versuchte, das Bilderbuch zurückzugeben. Aber das war nur das Stichwort, auf das Fräulein Bauer gewartet zu haben schien, denn sie legte los, dass die jüdische Frage ja so gar keine politische sei, sondern eine des Stolzes und der Erhabenheit des deutschen Volkes über die Weltniederungen des Jüdischen. Sie stamme aus Oberfranken, und gar nicht weit davon entfernt, in Unterfranken, habe man zum Beispiel den kleinen Karl Kessler im Wald gefunden, *völlig ausgeblutet!,* schrie sie wie einst Lehrer Weischke, und das sei ihr das wichtigste Fanal gewesen zum Kampf wider das internationale Judentum. Die Mutter legte sich erschrocken den Finger auf den Mund und verwies auf das Töchterchen, das tatsächlich kurz und offensichtlich irritiert die Augen geöffnet, sie aber gleich wieder geschlossen hatte. Fräulein Bauer konnte vom geplanten Vortrag nur unwillig ablassen, und als Cilly durch das Abteilfenster die befürchtete Kontrolle kommen sah, sagte sie artig, sie müsse mal austreten, entschuldigte sich und schritt gemessenen Schrittes Richtung Toilette. Vor deren Tür hielt sie sich eine ganze Weile auf, drei Personen benutzten den Abort währenddessen. Als die Polizei sich dem letzten Abteil vor der Toilette genähert hatte, schlüpfte sie hinein und verschloss die Tür nicht, zitterte, bibberte, aber niemand klopfte, weil niemand auf einer nicht verschlossenen Toilette jemanden vermutete. Wie nicht die Zeit gegen sie entschieden, als sie bei Nacht vor ihrem Wohnhaus gestanden und gewünscht hatte, noch etwas von ihren Sachen holen zu können, so war es diesmal auch nicht das Schicksal, das ihr beigestanden hatte.

Beinahe fröhlich kehrte sie an ihren Platz zurück, wo sie sich wunderte, wie schnell die verschiedenen Gefühle einander die Klinke in die Hand gaben, die sich irgendwo in ihrem Hohlkreuz befinden musste. Dort wurde sie nämlich neuer Empfindungen gewahr und konnte dann verfolgen, wie sie sich im ganzen Körper ausbreiteten. Nun also gelinde Fröhlichkeit, mit der es sich sogar neben Fräulein Bauer aushalten ließ, die Cillys Exemplar des Reiches inzwischen eingehend studierte und sozusagen im Nachhinein fragte, ob sie das denn dürfe.

Aber natürlich.

Sie könne die Zeitung sogar mitnehmen, denn sie habe sie schon ausgelesen, antwortete Cilly.

Daraufhin begann Fräulein Bauer unvermittelt von ihrem Reiseziel zu sprechen. Sie ziehe es nach Königsberg, wohin sie von ihrem Onkel, einem Professor der Albertina, eingeladen worden sei. Na ja, Albertina solle man ja eigentlich nicht mehr sagen, lieber Albertus-Universität, aber das falle selbst ihrem Onkel sehr schwer. Natürlich werde sie auch ihr schönes Bilderbuch dort vorstellen, dafür habe der Onkel gesorgt. Und wenn es wieder zurückgehe, dann nicht nach Nürnberg, sondern nach Berlin, wo sie bereits eine Wohnung angemietet habe. Wo wolle Cilly eigentlich hin?

Cilly ratterte die einstudierte Legende herunter. In Schneidemühl wolle sie umsteigen nach Bromberg, wo sie von einer guten alten Freundin erwartet werde, die als Köchin im Reichsbahnausbesserungswerk arbeite und ihr mitgeteilt habe, dass deutsche Mädels dort noch anheuern können. Köchin – warum nicht?, habe sie gedacht, und Fräulein Bauer schüttelte ihr auf einmal sehr freundschaftlich die Hand.

Wie es unter deutschen Mädels üblich ist!

Cilly war in der Tat ein *deutsches Mädel,* zweifelte keinen

Moment daran. Dass auch Fräulein Bauer nicht daran zweifelte, war vielleicht kein Glück, aber sehr angenehm. Für einen Moment glaubte Cilly zu fühlen, was es bedeutete, *nicht deutsche Mädels* aus diesem Bund ausgeschlossen zu wissen. Es war auch kein Glück, aber ebenfalls sehr angenehm. Sie kniff sich, um auf den Boden zu kommen.

Dorthin war gerade die Kleine abgerutscht und wurde entschuldigend wieder auf dem Sitz drapiert, diesmal aber liegend, den Oberkörper auf den Schoß der Mutter gebettet. Es zog sich. Nichts schien zu schieben.

Endlose polnische Weiten, dachte Cilly.

Schönes großes Deutschland, sagte Fräulein Bauer.

Als der Zug sich Schneidemühl näherte, packte Cilly ihre Sachen zusammen und verabschiedete sich. Eine innige Umarmung durch Elvira Bauer konnte sie nicht vermeiden.

Draußen war ihr nach Händewaschen zumute, sie sah sich nach einer Bahnhofstoilette um, beschloss aber, lieber gleich die weiterführende Bahn zu suchen. Als sie an ihren Fingern roch, nahm sie den Duft eines teuren Parfüms wahr. Sie hatte es nicht aufgelegt. Dass es sich um *Sortilège* handelte, vom großen Franzosen Paul Vacher kreiert und dem Fräulein Elvira von einem Verehrer aus Paris mitgebracht, konnte sie nicht ahnen.

In Bromberg stand Helmut am Gleis und erwartete sie. Cilly sah ihn früher als er sie, und so konnte sie genau beobachten, wie die Anspannung auf seinem Gesicht in erleichterte Freude überging, als er sie erblickte. Lange, lange wiegte er sie in den Armen. Man konnte sie für ein Liebespaar halten, das nach einer Zeit der Trennung nicht mehr wusste, wie man sich küsste.

Cilly erwartete, dass er sie hier abholte, um mit ihr gemeinsam für das letzte Stück nach Schulitz die Bahn zu nehmen. Aber Helmut hatte ein Goliath-Dreirad dabei, das seiner Firma gehörte. Als sie die Beifahrertür öffnete, um einzusteigen, fuhr sie wie beiläufig mit der linken Hand durch den Haufen Erde auf der Ladefläche. Der kleine Lieferwagen sollte sie zum Park bringen. Bald würde die Pflanzsaison beginnen, und Cilly ertappte sich dabei, es sich schön vorzustellen, mit den Händen den Boden zu durchwühlen und dabei kleine Schösslinge einzubringen. Helmut reichte ihr Kamm und Bürste, ehe er den Schlüssel ins Schloss steckte, und lud sie zum Besuch eines Fotografen ein, um ein Passbild machen zu lassen.

Passbild?

Aber ja, lass mich nur machen …

Das Auto fuhr um die dreißig Stundenkilometer, sie erreichten ihr Ziel nach etwa sechs Minuten, und Cilly wusste: Der Friedrichsplatz war etwa drei Kilometer vom Bahnhof entfernt. Offenbar hatte Helmut ihr Erscheinen mit dem Fotografen abgesprochen, der dort sein Atelier hatte, denn er erwartete sie und hatte frischen Tee aufgebrüht. Helmut bewegte sich mit einer gewissen Grandezza durch den großen Raum. Verschiedene Wechselkulissen hingen an Schiebestangen hintereinander, ein Kinderstühlchen mit Schnitzereien wartete auf kleine Hinterteile, und die Sitzgelegenheiten für Erwachsene reichten vom samtbezogenen Diwan über ein Doppelgestühl aus Stahlrohr bis zum schnöden Bürostuhl, hinter dem zu stehen, die Hände auf die Rückenlehne gestützt und das Spielbein lässig vor dem Sprungbein verschränkt, sicher eine schöne Dandypose abgab, wie Cilly sofort dachte. Der Fotograf, ein Herr Doktor, wie sie erstaunt registrierte, als Helmut ihn ansprach, meinte, Entspannung gehöre zu einem guten Porträt, und forderte seine Kunden auf, sich Gebäck zum Tee aus der Silberschale zu nehmen.

Aber sie wolle doch kein Porträt, nur Passbilder ...

Das stimme schon, sagte der Doktorfotograf, aber er habe da so seine Erfahrungen mit klemmigen Mienen, eingezogenen Lippen und weit aufgesperrten Augen, und er reichte Cilly einen mit kaltem Wasser getränkten Waschlappen, ihr Gesicht abzurubbeln. Wenn ihr auch eher danach war, endlich Malka zu umarmen und die kleine Hedi wiederzusehen, so tat sie das, sprang dann auf und fragte, wo sie sich denn hinstellen oder setzen solle.

Na ja, wenn's pressiert, nich?, da wollen wir das man mal hinter uns bringen, dat wird sons nuscht, nuschelte der Fotograf gerade noch vernehmlich. Was er nachfolgen ließ, blieb Cilly unverständlich.

Der grimassiert verbal, dachte sie, während er die Nuschelei durch den Bart in den Raum gleiten ließ. Als Singsang hing sie in der Luft. Hörbares Nachbild, fand Cilly. (Dass sie Synästhetikerin war, hatte ihr noch niemand gesagt, aber es hatte ihr Heranwachsen grundiert wie eine laute Wasserfarbe, sodass sie nicht darauf kam, ihre Wahrnehmungsqualität für eine besondere zu halten. Jede Zahl hatte ihre Farbe, jeder Buchstabe seinen Ton. Es ging durchaus bunt und geräuschvoll zu in ihrem Kopf.) Ihr dunkles Haar verlangte einen helleren Hintergrund, den der Fotograf hinter ihr über die groß gemusterte Tapete fallen ließ – sie erschrak, hatte nicht bemerkt, dass sogar von oben verschiedene Stoffbahnen herabgelassen werden konnten.

Das Foto war dann schnell gemacht, es wurde ein Termin in der kommenden Woche zur Abholung der Fotos vereinbart, und die knapp zwanzig Kilometer bis Schulitz verschlief

Cilly. Die Luft, die am Morgen noch die Berliner gewesen war und inzwischen der kujawischen das Feld überlassen hatte, strömte wohl etwas ruhiger in ihre Lungen und wieder hinaus, als es in ihren Träumen zuging. Während Helmut das Fahrzeug lenkte, schickte er zuweilen einen Blick auf die Beifahrerseite und sah, dass sich die Augäpfel unter den Lidern bewegten wie in zu engen Beutelchen, aus denen sie nicht herauskommen konnten. Manchmal zuckte der ganze Körper, und einmal schnippte der rechte Unterschenkel nach vorn, als habe etwas den Patellarsehnenreflex ausgelöst. Als trüge Cilly einen hartnäckigen Kampf gegen die eigene Erschöpfung aus, musste er denken.

Sie fuhren über die Bromberger Straße nach Süden und noch ein ganzes Stück in Richtung Stadtwald, bis an einer Wegkreuzung drei Häuser auftauchten. Ein Wirtshaus, die Försterei und das kleine, erst halb fertige Häuschen, das unverputzt und noch ohne Dachrinnen im Regen stand und vorübergehend Helmuts Familie beherbergte. Emil von Vorkampff-Laue, seit drei Jahren Forst-Assessor, ernannt vom Landesforstamt in Danzig, stand unter dem Vordach seines Hauses und grüßte mit jovialer Geste. Dass er ins Wirtshaus wollte, hielt Helmut nicht für möglich, ein Abkömmling alten baltischen Dienstadels mischte sich nicht unters Volk. Das bestand an den Abenden hier allerdings nur aus ein paar Hanseln. Tagsüber war dem Ausflugslokal etwas mehr Betrieb beschieden.

Als Helmut merkte, dass sich Vorkampff-Laue auf ihn zubewegte, wollte er möglichst gleichmütig bleiben und begann, tief ein- und ausatmend, an der Plane über der Pritsche herumzunesteln. Der Herr Assessor kam allerdings nur, um zu fragen, ob Helmut ihm morgen für wenige Stunden zwei von seinen polnischen Arbeitern überlassen könne. Der Sturm habe in der letzten Nacht doch mehr Schaden angerichtet als erwartet, er müsse den Weg nach Ruden wieder freischneiden, und seine *Mannen* seien anderweitig unabkömmlich.

Zunächst wollte Helmut das für seine Leute auch behaupten, sicherte dem Dicken dann aber kopfnickend zu, dass es so geschehen könne. Eine Diskussion wäre das Letzte gewesen, was er heute hier vorhatte, und er gab sich betont lässig und wies auf sein Haus, in dessen Tür nun schon Malka stand, Hedi auf dem Arm, und hektisch herüberwinkte. Es regnete noch immer Strippen, deshalb traute sie sich nicht so recht, mit dem Kind ins Freie zu laufen.

Helmut schritt langsam auf sie zu, Vorkampff-Laue drehte ab. Cilly blieb schlafend im Auto zurück, und Malka zitterte vor Angst, Helmut könnte sie nicht mitgebracht haben. Er schob seine erschrockene Frau ins Haus und erklärte ihr die Lage, holte einen Schirm und begab sich wieder zum Goliath.

Als er mit Cilly im Schlepptau zurückkam, standen drei Leute in der Tür seines Hauses und erwarteten sie. Edward, einer seiner polnischen Arbeiter, in Schulitz ansässig, hatte den ganzen Tag hier verbracht, um in eine unfertige Bodenkammer so etwas wie Gemütlichkeit einziehen zu lassen. Für Cilly. Einfach war das nicht gewesen, aber er hatte einen kleinen Kanonenofen an den Kamin angeschlossen, sodass es zumindest warm war, und aus ein paar Lagen alter Decken war eine Art Matratze entstanden, die auf einem selbst gezimmerten Bettrahmen lag und mit einem dicken, frisch bezogenen Federbett lockte. Edward machte nicht viele Worte, insbesondere fragte er nie. Auch nicht, für wen er diese Vorbereitungen hatte treffen sollen. Malka hatte ihm daraufhin beim Mittagessen erzählt, dass sie eine neue Mitarbeiterin bekommen würden. Aus Berlin. Ziemlich jung. Sie habe einen Schicksalsschlag hinter sich und brauche Beschäftigung.

Helmut verstand sich gut mit den Polen. Das war einigermaßen ungewöhnlich hier. Vor dreieinhalb Jahren, nach dem deutschen Überfall, war die Familie der Hedwig Katterer an der Straße nach Thorn erschossen aufgefunden worden. Mutter und sechs Kinder, dazu beide Großmütter. In Bromberg wütete an jenem Wochenende der *Blutsonntag,* dessen Hergang nie abschließend geklärt werden konnte. Im Gerangel hatten auch Polen dran glauben müssen. Dass die Angehörigen des einen über die des anderen Volkes herfielen, weil das andere dem einen den Krieg erklärt hatte und dieses sich in Recht und Rage fühlte, Vertreter des anderen abzuschlachten, war die eine Erklärung. Die nächste sprach davon, dass das andere Volk das eine durch Sabotage und zielgerichtete Provokationen auf das Eintreffen der deutschen Wehrmacht, die Bromberg zu jenem Zeitpunkt noch nicht erreicht hatte, habe einstimmen und durch vorauseilendes Gejohle das eigene Kartoffelmehl brachial zur Geltung bringen wollen. Das haben die Polen nicht zulassen können, sondern aufräumen müssen. Und so weiter. Und so fort.

Der *Führer* benutzte die Vorfälle, das harte Durchgreifen seiner Soldaten gegenüber der polnischen Zivilbevölkerung zu rechtfertigen, und sein Propagandaministerium brachte das Wort *Blutsonntag* in Umlauf. Die blühende deutsche Vervielfachung tatsächlicher Zahlen der Opfer in und um Bromberg herum, zu denen auch die Familie der Hedwig Katterer gehörte, führte dazu, dass man außerhalb Deutschlands an diese Geschichte eher überhaupt nicht mehr glauben wollte. Solange die Anhänger der verschiedenen Erklärungsmuster nach dem Krieg in ihren ebenso verschiedenen Lagern lebten und ihr Recht behaupteten, wurde die Klärung der Sachverhalte gar nicht erst aufgenommen. Zu spät gaben sie dann ihre entgegengesetzten Stellungen auf und verließen sie, als dass sie sich der Sache noch hätten annehmen können: Die Zeitzeugenschaft war inzwischen zu alt geworden und hatte sich mit dem eigenen Ende zu beschäftigen. Die eingefärbten Urteile sauber zu kriegen, wurde unmöglich, und Hedwig Katterer hatte gleich gar keine Nachfahren mehr. Natürlich war das Verhältnis zwischen Deutschen und Polen gespannt, was *das Allgemeine* anlangte, aber *im Besonderen* zeigten sich hier wie da, später wie früher, Freund- und Liebschaften zwischen Missgunst und Neid. Für Helmut als Anhänger des Klassengedankens stand dieser höher im Kurs als das Nationale, und seine polnischen Arbeiter waren in erster Linie Arbeiter, basta. Sie schienen irgendwie zufrieden mit ihm. So zufrieden, wie sie mit ihrer bescheidenen Lage in den besetzten Gebieten eben sein konnten.

Von einer der nächsten Goliath-Touren nach Bromberg brachte Helmut die Passbilder mit und ging daran, einen Ausweis für Cilly anzufertigen. Da er das auch für seine polnischen Arbeiter zu tun hatte, verfügte er über verschiedene auszufüllende Vorlagen und verwandte eine für Volksdeutsche. Darauf wurde sie als Angestellte der Potsdamer Landschaftsbaufirma Foerster vermerkt.

Und tatsächlich unterrichtete er sie in der Arbeit mit dem Theodoliten, die Vermessungsergebnisse brachte sie sauber und sicher zu Papier, fand Gefallen an der Arbeit. Gefallen fand auch ein Schüler der Feld-Nachrichtenschule, leider an Cilly. In den kommenden Wochen versuchte er, mit ihr anzubandeln, trieb sich manchen Abend sogar forsch in der Nähe des Wohnhauses der Familie herum.

Hinreißend groß, sagte er nur, als Helmut ihn dort am Beginn des Sommers zur Rede stellen wollte, drehte sich auf dem Stiefelabsatz um und verschwand in Richtung Schule, die gut zwei Kilometer entfernt lag.

Am nächsten Morgen in aller Frühe fand Cilly ein Buch unweit des Hauses, das er offenbar verloren hatte. *Der Dienstunterricht im Heere,* prangte als Titel über einem per Feldfernsprecher telefonierenden Soldaten, flankiert von einem schreibenden Kameraden. Als sie das Buch aufschlug, fand sie auf der ersten Seite eine Übersicht anscheinend wichtiger Daten. Der Inhaber des Buches hieß Walter Reddies und versah seinen Dienst seit dem 8. Dezember 1942. Die Zeile, in der er das Ablaufdatum seiner Ausbildung eintragen musste, war noch offen. Darunter fanden sich wichtige Vorgesetzte versammelt und wesentliche Ausbildungsinhalte, von denen er bereits einige absolviert hatte. Walter Reddies war ein strebsames Bürschchen, und als sie daran dachte, wonach er strebte, warf sie das Buch in hohem Bogen in den Graben am Weg. Holte es aber nach einiger Besinnung wieder heraus, weil sie den Nutzen abschätzte, den dieses Buch haben konnte. Sie wickelte es sorgfältig in eine Zeitung, steckte es in ihre Tasche neben Flasche und Brot, und als sie später mit Helmut zur Arbeit fuhr, erzählte sie ihm davon und meinte, dem jungen Mann das Buch persönlich wiedergeben zu wollen. Sie wisse schon, was sie ihm sagen müsse.

An der Schule stieg sie aus dem Wagen und lief zum Pförtnerhaus, von wo aus kein Durchkommen für sie gewesen wäre, hätte sie nicht ihren Dienstausweis vorzeigen können. Sie huschte durch das Gebäude in den Hof, wo sie die Schülersoldaten beim Frühsport antraf. Die Sonne stand schon recht hoch und blitzte und blinkte, dass man die Hand vor die Augen halten musste, stand man gegen sie. Walter Reddies sah Cilly früher, als sie es gewagt hätte, sich nach ihm umzuschauen. Als sie es tat, war sie bereits ein ganzes Stück an den jungen Männern vorbei und schnurstracks in Richtung Park geeilt, und nun sah sie Walter Reddies, der atemlos auf sie zugelaufen kam. Sie sprangen hinter eine dicke Eiche.

Sie sind so hinreißend groß, ich habe es Ihrem Chef schon gesagt. Entschuldigen Sie meine Vorstöße in Ihre Richtung, es soll nicht wieder vorkommen.

Ach, entgegnete sie, *Sie wissen wohl gar nicht, was ich hier habe?*

Schnell war das Buch ausgewickelt, Reddies wurde über und über rot, bedankte sich. Ob ihm schlecht wurde angesichts der Folgen, die der Verlust des Buches, den er offenbar noch gar nicht bemerkt hatte, hätte mit sich bringen können? Jedenfalls wich die Röte erstaunlich schnell einer fahlen Weißbrotfarbe. Cilly verpackte das Buch wieder und reichte es Reddies.

Vertrauen gegen Vertrauen. Ich sage niemandem etwas davon, und Sie halten sich bitte fern. Ich kann männliche Akquise im Moment schlecht ertragen, sie liegt mir quer, wenn Sie verstehen.

Dabei sah sie Reddies in die Augen und infizierte ihn noch viel grundsätzlicher mit dem Verlangen, seine Finger durch die Nässe ihrer Scham zu schieben. Sein Schwanz erwachte und stand auf. Sie sah es, als sie sich abwenden wollte, um im Park an ihr Tagwerk zu gehen: Walter Reddies' schlaffe Trainingshose erhob sich in der Mitte seines Körpers über einem stählern anmutenden Sporn. Davon hatte Cilly so manches gehört, aber noch nie solch ein Ding in Augenschein nehmen können. Neugierig trat sie auf Reddies zu und umfasste den Stachel fest. Reddies riss sich die Hosen herunter und forderte ihre Hand ohne Worte auf, an seinem *shmuck,* wie sie ihn in Gedanken nennen musste, auf Spritztour zu gehen. Wenige Rutscher reichten aus, einen weißen Strahl ans Tageslicht zu befördern, dem sie auszuweichen suchte. Sie bedankte sich bei Reddies, das mal gesehen haben zu dürfen, und verabschiedete sich. Als sie aber aus dem Schatten der Eiche trat und über die Wiese laufen wollte, spürte sie ein wiederkehrendes Zucken zwischen den Beinen, wie es sie noch nie überkommen hatte. Es hielt an, bis sie die Toilette aufsuchte und dort mit eigener Hand den Dingen auf den Grund ging: Geschwollen war ihre *mutersheyd,* dass die nassen Polster vergnügt aneinanderstießen. Vergnügter als ich, dachte sie, freute sich aber dennoch, dass es sie endlich ereilt hatte, das *fargenign,* das zum Glück bald verging.

Cilly Bokshorn hieß nach wie vor Cilly, weil die kleine Hedi sie bei diesem Namen rief. Aber auf ihrem Ausweis stand nun *Vonbock.* Lange hatten sie hin und her überlegt, nach einem unverfänglichen *arischen* Namen ähnlichen Klangs gesucht. *Posthorn?* Der war ebenso ungeeignet wie *Rotdorn* oder *Schmocksborn. Rosskorn* hatte die Favoritenliste angeführt, bis Helmut *von Bock* einfiel. Cilly aber war gegen die Aufrechterhaltung von Adelstiteln gewesen (im Scherz) und hatte die andere Schreibweise vorgeschlagen (im Ernst, denn mit einem Adelstitel fiele sie eher auf als ohne). So war zumindest der Bock nicht vollständig verschwunden aus ihrem Namen, und wenn sie sich verplapperte, konnte sie mit einem Scherz berichtigend umschwenken.

Es kam aber auch vor, dass Cilly Vonbock verschwinden musste. Manchmal mehrere Tage lang. Wenn zum Beispiel Mitarbeiter der Firma Foerster aus Potsdam sich ankündigten, um den Fortgang der Arbeiten am Park zu kontrollieren.

Dann riss Cilly in die umliegenden Wälder aus und beobachtete von den Hügeln aus die Herden, die auf den Wiesen weiter unten weideten. War kein Bauer in Sicht, rannte sie los und versorgte sich reichlich mit Möhren oder Rüben, die als Futter für das Vieh neben den Weiden in Bretterhorden lagerten. Zurückkommen konnte sie meist erst in der Dunkelheit. Als Zeichen, dass die Luft wieder rein war, stand eine Kerze im Küchenfenster. Die brannte eigentlich immer dort, für die Dauer ihres Wegbleibens aber wurde sie ausgeblasen und erst wieder angezündet, wenn der Inspektionsbesuch abgereist war. Vorkampff-Laue zum Beispiel bemerkte nichts, als dass Helmuts Familie wohl die Kerzen ausgegangen waren. Wenig später brannten sie wieder wie gewohnt. So ging das hin. Und hin. Die Zeit spannte sich grau über die Oberfläche der Welt, fand Cilly, und sie lechzte danach, sie mit kurzen, hitzigen Freudenstößen zu zerreißen. Ins Rot zu treiben. Ins Orange wenigstens. Das schaffte sie zuweilen mit einem Buch, das sie sich von der Familie des Lehrers Barthel auslieh, oder aber mit der Cousine Hedi, die es liebte, Märchen erzählt zu bekommen. Märchen konnte sich Cilly ganz wunderbar ausdenken. Obwohl Malka älter war als Cillys Mutter, war ihre Tochter fünfzehn Jahre nach Cilly zur Welt gekommen. *Mein spätes Mädchen* nannte sie sie. Das späte Mädchen verfügte über sehr weit abstehende Ohren, die ihrem Gesicht einen so lustigen Ausdruck verliehen, dass jedermann lachen musste. Sie nicht auslachte, sondern sich freute über die weitgespannte Linie aus Augen und Ohren, die das Lächeln noch breiter machte und jeder Traurigkeit ein baldiges Ende voraussagte.

Hedi konnte gut zuhören. So gut, dass sich Cilly davon eine Scheibe abschneiden wollte. Wenn Edward von den Füchsen erzählte, die ihm immer weder an die paar verbliebenen

Hühner gingen, ermahnte sie sich, nicht abzuschalten, obwohl sie weder von den Hühnern noch von den Eiern je etwas abbekommen würde. Dachte sie. Als sie aber Edward einfach den Rat gegeben hatte, die Hühner über Nacht ins Haus zu holen, dankte er es ihr tatsächlich mit zwei Eiern und den nun neuen Geschichten, die davon erzählten, wie es war, mit dem Federvieh unter einem Dach zu nächtigen. Diese Erzählungen nahmen sich wenigstens ein bisschen rosa aus im Grau der sich spannenden Zeit. Sie verging so langsam.

Nur zögerlich erreichte sie das Jahr 1944 und erschreckte die kleine Gemeinschaft damit, dass Helmut nun doch eingezogen wurde. Als ehemaliger Zuchthäusler war er wehrunwürdig gewesen. Mit steigendem Verheizungsgrad aber trat die Wehrunwürdigkeit zurück. Die Strafdivision 999 erwartete ihn in Griechenland, von wo noch drei Briefe nach Schulitz kamen. Jene, die Malka an ihn sandte, blieben unbeantwortet. Er verschwand von der Bildfläche und blieb verschollen. Karl Schöpkes, der Eingeweihte, konnte in Gesprächen mit der Firmenleitung erreichen, dass man ihn auf Helmuts Posten versetzte. Als er in Schulitz eintraf, versuchte er probeweise, in beiläufigen Gesprächen mit Schülern der Feldnachrichtenschule der militärischen Wahrheit näher zu kommen, die aber ihrerseits längst dabei war, geradezu auf ihn zuzurennen: Die Front rückte näher und näher. Deutsche machten sich zunächst unter Vorgabe dringender Familienbesuche, unter Mitnahme von erstaunlich viel Gepäck, auf den Weg in den Westen, bis es schwerer und schwerer wurde, eine Bahn zu erwischen, dringender Familienbesuch nicht mehr vorgeschützt und für einen Platz im Zug auch schon mal ein Koffer auf dem Bahnsteig stehen gelassen wurde. Cilly und Malka wollten die Russen nicht fürchten, von denen sie nichts anderes als Befreiung erwarteten. Was durchziehende Trecks aus Ostpreußen allerdings verlauten ließen, vermochten sie auch nicht so ohne Weiteres abzutun. Cilly nahm ihr vermeintliches Klassenbewusstsein zusammen und entschied, dass sie sich als Deutsche viel zu weit östlich, auf besetztem Territorium, aufhielten und dass es ihre Pflicht sei, sich zu trollen.

Heerscharen stürmten das Ernährungsamt, um sich Abmeldungen aus Schulitz zu besorgen. Cilly, die als Nebenvögelchen zwei Jahre lang ihren Hunger mit Helmuts und Malkas Lebensmittelkarten gestillt hatte, besah sich das Chaos eine Weile und entschied dann, genügend *Chuzpe* aufzubringen, um sich mit ihrem Betriebsausweis in die Schlange einzureihen. Tatsächlich war das Durcheinander groß genug, die *Chuzpe* erfolgreich sein zu lassen. Als sie zurückkam, wedelte sie mit dem ersten amtlichen Papier, das ihr nach zwei Jahren Untertauchens die Existenz als Cilly Vonbock bescheinigte. Ordentlich abgemeldet aus Schulitz. Glücklich lungerte (und hungerte) sie wenig später, im Januar des Jahres 1945, mit Malka und Hedi zwei Tage lang auf dem Bahnhof herum, während Karl Schöpkes alle Kraft darauf verwandte, einen der letzten Züge zu entern. Deren Abfahrtszeiten gehorchten längst keinem Plan mehr, und so wähnten sie sich im siebten Himmel, als sie Platz in einem Viehwaggon gefunden hatten und die Kleine auf den einzigen Koffer setzten, den sie mitgenommen hatten. Sie erreichten Berlin zwei Tage später und fanden die Stadt verheert. Geteert und gefedert, dachte Cilly, während sie sich zu Helmuts Eltern durchschlugen. Cillys *Chuzpe* meldete sich sehr rasch wieder, und so machte sie sich ganz selbstverständlich auf, mit ihrer Abmeldung aus Schulitz Lebensmittelkarten für Malka, Hedi und sich selbst zu verlangen. Selbstverständlich ersuchte sie auch um eine Wohnung, da

Malkas in der Linienstraße einem britischen Luftangriff zum Opfer gefallen war. Dass man ihr auch gleich noch eine Arbeit aufdrängte, konnte sie gar nicht fassen. In einer Bäckerei hatte sie Buch zu führen, Lebensmittelmarken zu sortieren und dem Chef hin und wieder einen Kaffee zu kochen. Die Bohnen bewahrte er in einem alten Stiefel in seinem Büro auf. Da er immer sehr schnell war, bei Fliegeralarm ins Auto zu steigen, um den Bunker zu erreichen, konnte Cilly die Zeit nutzen, hin und wieder eine Handvoll Marken zu klauen, die sie Malkas Schwiegereltern brachte. Das war ein Glück.

Weniger Glück brachte ihnen die Wohnung. Zu jener Zeit gab es für Wochen genügend freie Wohnungen in Berlin, da viele Anhänger des Regimes alles daransetzten, gen Westen zu entkommen. Dafür ließen sie vieles stehen und liegen. Selbst was nicht niet- und nagelfest war, konnte man mitunter in den Wohnungen finden. Malka freute sich über ein Paar schöne Lederschuhe, die wie für sie gefertigt in einem ansonsten leeren Schuhschrank auf sie gewartet zu haben schienen. Auch ein Federbett lag auf einer der Bettstellen. Leider konnten sie die Annehmlichkeit dieser Bleibe nur 73 Stunden genießen, denn schon am dritten Februar, einem Sonnabend, wurde das Haus im Zuge eines Angriffs der United States Army Air Forces dem Erdboden gleichgemacht. Die Bewohner hatten sich zu großen Teilen in den nahe gelegenen Bunker retten können. Allerdings wurde die kleine Hedi dabei totgetrampelt, was nicht nur Malka, sondern auch Cilly in einen apathisch-stuporösen Zustand versetzte.

Karl Schöpkes, der nach ihrer gemeinsamen Rückkehr aus Schulitz sofort wieder nach Potsdam gefahren war, nahm sich mit Helmuts Eltern der beiden Frauen an und ersuchte die Firma Foerster um Hilfe. Tatsächlich ließ die sich nicht lange bitten und mietete ein Zimmer für die Frau eines (wahrscheinlich ehemaligen) Angestellten. Dorthin zogen Cilly und Malka und taten – nichts. Deshalb wunderte sich die Vermieterin, als sie sie in der Nacht vom 14. auf den 15. April entschlossen hinaus- und in die brennende Straße davongehen sah, als suchten sie den Gevatter Tod. Diesmal waren es Verbände der British Air Force, die einer Stadt den Garaus machten. Cilly und Malka konnten den Gevatter nicht finden. Liefen wohl einige Male haarscharf an ihm vorbei, aber die stillen Gestalten fielen ihm im Getöse nicht allzu sehr auf. Von dieser Nacht an schwand allmählich die Apathie der beiden Frauen. Bei Cilly umstandsloser und mit weniger Rückschlägen als bei Malka, die noch Jahrzehnte später von langen Phasen einer sie völlig stilllegenden Depression heimgesucht werden sollte.

Cilly versuchte immer wieder, anstürmende Trecks aus dem Osten anzuhalten und die verängstigten Menschen mit Tee und Brotresten zum Bleiben anzuhalten, die Befreiung sei ja schon beinahe hörbar! Umso mehr verwunderte sie deren unaufhaltsamer Drang nach Westen, dem sie letztlich nichts entgegensetzen konnte. Als dann die Russen in der Stadt waren, lief Cilly dem ersten, den sie sah, voller Freude entgegen. Er nahm nicht nur ihre Uhr, er nahm auch sie.

In einem zerschossenen Hausflur.

* *

ZWEI STUNDEN UND fünfundvierzig Minuten braucht der Zug vom Berliner Hauptbahnhof nach Grimmen. Claudia Schaechter liebt das Lösen von Sudokus, sie hat im Presseladen einen dicken Band *extrem schwerer* Exemplare dieses Logikrätsels erstanden. Trotz dessen japanischen Namens handelte es sich beim Sudoku um eine Erfindung des Amerikaners Howard Garns, die er im Jahre 1979 unter dem Namen *Number Place* in einer Rätselzeitschrift publiziert hatte. Dieser Geistesblitz brauchte fünf Jahre, um in Japan einschlagen zu können. Dort bekam er auch seine weltumspannende Bezeichnung. Erstaunt hat Claudia das soeben gelesen, es ist auf dem Einband des Buches abgedruckt. Sie hat sich im Sitz des Regionalexpress genannten Zuges zurechtgezuckelt und hebt überrascht die Augen. Ob Howard Garns damit reich geworden ist?

Sie hat nie davon geträumt, einen reichen Mann zu heiraten. Während der ersten Hälfte ihres Lebens (grob geteilt) hatte es im ihr zugänglichen Bereich der Welt keine reichen Männer gegeben, denen sie hätte begegnen können, und in der zweiten Hälfte war ihr dieser Gedanke nicht gekommen. Nicht oder nicht mehr? Nie. Sie bleibt dabei. Überhaupt hatte sie nie mehr daran gedacht, eine Heirat als erstrebenswertes Lebensziel anzusehen, nachdem sie einst vielleicht einen halben Tag lang Werner Kapok hatte fragen wollen, ob er sie nehmen würde. Ach, das war lange her. Damals hatte sie sich nicht vorstellen können, wie die Koordinaten ihres Lebens fünfunddreißig Jahre später beschaffen sein würden. Damals wurden die Züge, die sie nach Grimmen hätten befördern können, von der *Deutschen Reichsbahn* betrieben, und sie erinnert sich eines Gespräches mit Barbara und Werner über den Namen dieses zeitweilig größten Arbeitgebers der DDR. Höhnisch hatte Barbara darauf verwiesen, dass sich das Land die Betriebsrechte in Westberlin nicht habe streitig machen lassen wollen, die dem Unternehmen nur unter diesem Namen von den Westalliierten gewährt worden waren. Typisch, für so was sei es sogar möglich, das doch längst verweste Reich wenigstens im Gedanken nicht zu Ende verwesen zu lassen, hatte sie gesagt, und dass Max von Baden 1918 der Mut verlassen habe, als Reichsverweser die Geschicke (respektive Geschichte) zu übernehmen. Einiges hätte anders verlaufen können, womöglich habe das dritte der Reiche durch diese Entscheidung bereits 1918 seinen Anfang genommen.

Claudia muss lächeln und stellt wieder einmal den scharfen Verstand ihrer Schwester fest, der sie damals deutlich abhob von ihrer und Werners relativer Geistlosigkeit. Sie hatten offenen Mundes danebengesessen und nicht gewusst, was darauf zu antworten gewesen wäre. Barbara hatte das mit einem abschätzigen *pfff* quittiert und sich davongemacht, lieber ihren Vater in ein Gespräch hierzu zu verwickeln. Wie es ausgegangen sein mochte, weiß Claudia bis heute nicht. Sie war bemüht gewesen, Werner aus dem Haus zu komplimentieren. Ein Schnittmusterbogen der *Sibylle* hatte es ihr angetan, sie wollte ihn auf Zeitung ausrödeln und dann an den Zuschnitt gehen. Für den geraden, weit geschnittenen Kleiderrock hatte sie einen überdimensionalen Perlmuttknopf von einem alten Cillymantel bekommen, und der karierte Baumwollstoff war offensichtlich Bückware gewesen, für die Cilly ihre Beziehungen hatte spielen lassen.

Als Werner hinübergegangen war, hatte sie sich dann aber in der *Sibylle* nicht sattsehen können an den Fotos einer jungen, ihr noch unbekannten Schauspielerin: Katharina Thalbach hieß sie und war ein Wesen voller Zartheit, mit rührendem Augenaufschlag und einer bezaubernden Innigkeit, die ihr beinahe die Tränen in die Augen getrieben und sie verführt hatte, deren Posen vor dem Spiegel nachvollziehen zu wollen. Nein, so konnte sie niemals aussehen. Die Bitterkeit dieser Erkenntnis hatte sie für Wochen, wenn nicht Monate außer Gefecht gesetzt und ihr sogar das Nähen verleidet. Wie hatte sie sich damals bemüht, eine gewisse Zartgliedrigkeit zu erreichen, indem sie am Essen sparte! Wie hatte sie Cilly bekniet, ihr von Tante Fanny einen Lippenglanzstift aus Westberlin besorgen zu lassen! Wie hatte sie mit ihrer Mutter deren Hüte und Baskenmützen ausprobiert, um wenigstens den Anschein der thalbachschen Anmut herauszufordern!

Wenn sie heute an die Thalbach denkt, so sieht sie ein selbst in Fernsehinterviews ungeschminktes Gesicht, das ihr nicht weniger schön vorkommt als das von 1974. Als sei ihr Schönheitsbegriff gemeinsam mit ihm ins Gegenteil gealtert? Sie wundert sich, wohin die Reise geht, die sie doch eigentlich nach Trebesee führen soll. Verwitternde Stadt von der Größe eines Dorfes. Gespannt ist sie drauf, wo sie doch eigentlich auf die Begegnung mit Werner neugierig sein sollte, den sie nie in eigenem Haushalt erlebt hat. Als sie die Augen schließt, möchte sie zu ihm, schläft darüber aber ein. Schläft, bis der Schaffner sie weckt und ein gut Teil der Strecke schon hinter ihr liegt. Spannung steigt. Blutdruck auch, merkt sie und schaut aus dem Fenster. Gnevkow. Sternfeld. Utzedel. Nie gehört. Demmin. Nur noch knapp zwanzig Minuten. Sie packt ihre Sachen zusammen. Rakow. Und endlich Grimmen, als sie schon längst an der Tür steht.

Draußen wartet Werner Kapok, kein bisschen verlegen, muss sie denken und ist froh darüber. Verlegenheit wäre das, was sie nun gar nicht gebrauchen könnte. Sie umarmen sich, dass ihre Wangen einander berühren. Es zischt, denkt Claudia, als ihr Blick in das Lächeln einer hinter ihm stehenden Frau fällt.

Ach ja, das ist die Frau Guttmann, unsere Ärztin, die uns nach Haus kutschiert, hört sie Werner den Moment der Irritation beenden und reicht ihr die Hand. Frau Guttmann ist jünger als sie. Könnte meine Tochter sein, denkt Claudia und schaut sie neugierig an, wie um Vertrautes in ihrem Gesicht zu entdecken. Als sie das merkt, reißt sie den Blick entnervt herum. Am Bahnhofsgebäude bleibt er hängen. Ein Monstrum, denkt sie sofort. Der Verfall zerrt an Tür- und Fensterstürzen, legt feine Risse zwischen die Ziegel, die ein altes Fachwerk ausfüllen. Metallene Sicherungsplatten sind den unteren Fenstern aufgepappt worden, an einem der oberen sieht Claudia eine ergraute Gardine. Aus Reichsbahnzeiten, kommt es ihr in den Sinn, und dass sie in Reichsbahnzeiten auch während der Fahrt hierher schon unterwegs war. Damals war der Bahnhof baulich womöglich nicht in wesentlich besserem Zustand gewesen, aber er funktionierte und wurde der Not nach geflickt und erhalten. Oben wohnte jemand, vielleicht vom Bahnpersonal. Es tut ihr leid um die alten Gebäude, deren Verrotten sie die ganze Zugfahrt über begleitete. Dabei hat die Bahn, die heute die Deutsche heißt, den Standort ja nicht einfach aufgegeben. Ein gläsernes Wartehäuschen steht neben dem Fahrkartenautomaten, und auf dem Bahnsteig eine Leuchtdiodenanzeige. Man braucht hier kein Personal mehr. Vom Band kommt die Ansage, die zum Einsteigen auffordert und das Türenschließen ankündigt.

Als Kind hatte sie Bahnhöfe und deren Gaststätten, Bockwurst und Fassbrause geliebt. Hatte Schrankenwärter beobachtet und Zugabfertiger nachgeahmt, wie sie die Kelle hoben. Schalterbeamte hatten meist grantig hinter der Scheibe gethront, im Bewusstsein der Macht kleine Kartonabschnitte aus dem Fahrkartenschrank genommen und mit der Datumspresse den Reisetag eingeprägt. Später, im Zug, wurden sie von der Lochzange des Schaffners gebissen. Wer das edmondsonsche Fahrkartensystem nie erlebt hat, kann es auch nicht vermissen. Aber ich, denkt Claudia. Mir war es ein Erlebnis, das sich ebenso einprägte wie der Aufdruck den Pappkarten: Man wird es nimmermehr los. Und wenn die Uhr, wie auf dem Bahnhof von Grimmen, dauerhaft auf sieben vor zwölf steht, so braucht es zur letzten Ankündigung der Einsturzkatastrophe vorläufig immer noch zwei Minuten, in denen vielleicht doch irgendetwas passieren kann. Nostalgie wird die betriebswirtschaftliche Effizienz nicht besiegen, aber ein Bildhauer kann auftauchen und Raum für Skulpturen brauchen. Der Rat der Stadt Grimmen kann sich entscheiden, einen Kulturbahnhof einzurichten und neben der Bibliothek hier eine Galerie und ein kleines Theater unterzubringen. Zur Not: Ein Privatmann kann auf der Suche sein nach einem außergewöhnlichen Wohnambiente. Eine Privatfrau natürlich auch, schiebt ihre feministische Herzkammer nach. Dabei kennt sie doch die anhaltenden Querelen um das Hellersdorfer Marguerite-Haus, das an der Peripherie der Millionenstadt vor sich hin dümpelt, aus Barbaras Tiraden, und das hier ist ja das völlige Abseits! Das Aus! Sie ist verrückt. Sie weiß es. Nicht erst, als Werner laut wird.

Bist du verrückt?

Ohrenbetäubend. Erschrocken kommt Claudia zurück auf den Boden. Nicht auf den der Tatsachen, sondern auf den von Grimmen, denn was Tatsache ist, will sich ihr nicht gleich erschließen. Werner ist puterrot. Nun doch sehr verlegen, aber nicht wütend. Frau Guttmann hat ihn wohl etwas gefragt. Sie zeigt auch rote Flecken. Schaut unschlüssig, und als Werner nichts über die Lippen bringt, ringt sie sich zu einer Entschuldigung durch. Sie habe sich erkundigt, ob Claudia seine Geliebte sei.

Geliebte …

Claudia lacht und muss nicht bemüht sein, Verlegenheit zu verbergen. Die fehlt nämlich, als sie freimütig mitteilt, dass sie nicht dazu gekommen sei, von Werner geliebt zu werden. Obwohl, und sie wisse jetzt nicht, ob sie so etwas überhaupt sagen dürfe, es Situationen gegeben habe, in denen ihr nichts lieber gewesen sei. Aber da sei sie noch grün hinter den Ohren gewesen und habe von Liebe gar keinen Begriff gehabt. Sagt's und greift ihre Tasche, die noch auf dem Boden steht vom Begrüßen. Frau Guttmann lacht nun auch, und sogar Werner schickt sich an, vom Grimmener Boden auf den der Tatsachen überzuwechseln, und nimmt Claudia selbstverständlich die Tasche ab. Gar nicht schwer, denkt er, aber was sollte für wenige Tage auch drin sein. (Er hat keine Augen für ihren Rucksack, in dem der Laptop die Schultern doch ganz schön nach unten zieht.)

Frau Guttmanns Auto erweist sich als Van mit viel Platz, den sie zu brauchen scheinen. Werner sitzt in der zweiten, Claudia neben ihrer Tasche in der dritten Reihe. Frau Guttmann wundert sich, sagt jedoch nichts. Steigt ein und fährt vom Bahnhof zum Kreisverkehr, nimmt aber gleich die erste Ausfahrt, sodass Werner erstaunt fragt, ob sie noch etwas zu erledigen habe hier.

Ach so, ich dachte, wir fahren zur Nummer 7, sagt sie und merkt offenbar sofort ihren Fehler.

Nein, nein, heute nicht. Habe gekocht, kannst gerne mitessen!

Claudia wundert sich, dass sie sich nicht wundert: Werner kann kochen. Erinnert sich dann, dass er einst bei Cilly in die Lehre gegangen war. Im Kapokhaus gab es bodenständige Küche. Die schmeckte nicht schlecht, war aber schwer und ihr auf die Dauer auch einfallslos vorgekommen. Samstag gab es Kartoffelpuffer mit Apfelmus und Malzkaffee. Sonntags Braten oder Gulasch, montags und mittwochs Eintöpfe, Reis oder Nudeln, donnerstags Bratwurst, freitags Buletten. Kartoffelbrei oder Salzkartoffeln gewöhnlich, Mischgemüse zur Bulette, Sauerkraut zur Bratwurst, Rotkohl oder Bayrisch Kraut zum Sonntagsbraten. Fisch gab es nicht. Dass sie das noch so genau weiß! Oder zu wissen glaubt? Jedenfalls hatte Cilly dem einiges entgegenzusetzen gehabt. Nicht nur mit ihrem wunderbaren Tscholent. Sie hatte zum Beispiel chinesisch gekocht, mit den deutschesten aller Zutaten. Gebratener Weißkohl. Gedämpfte Hefeklöße mit Hackfleischfüllung. Frühlingsrollen. Aus Mehl, Stärke und Wasser hatte sie einen noch flüssigen Teig bereitet und mit einem Pinsel in eine Pfanne gestrichen. Das hauchige, durchsichtige Ergebnis hatte sie herausgenommen und gestapelt, die einzelnen Blätter dann mit gewürztem Chinakohl, Möhren, Zwiebel, Erbsen gefüllt, manchmal mit Fleisch, und ab in den Frittiertopf. Dünne Kohlrabistücke dienten als Bambussprossenersatz. Gebratenes Rindleisch kam mit grünen Bohnen auf den Tisch. Dazu eine köstliche Soße, die sie aus ERWA-Speisewürze, Essig und sehr viel Pfeffer zusammengerührt hatte.

Der Speichel läuft, und Claudia spürt Hunger. Sie ist gespannt, was Werner auf den Tisch bringen wird. Frau Guttmann stellt inzwischen das *Du* in Aussicht, in das Claudia gerne einwilligt.

Claudia, sagt sie.

Hermine, erwidert Frau Guttmann.

Claudia: *Was für ein schöner Name!*

Hermine: *Finden Sie?*

Findest du!, mahnt Claudia.

Geplänkel.

(*Geplowder.* Claudia liebt das Wort in dieser Schreibweise, die sie immer sofort vor sich sieht.)

Inzwischen hat Hermine den Wagen auf dem nächsten Parkplatz vor einem Supermarkt gedreht und ist nun in der richtigen Richtung unterwegs, sie kommen noch einmal am Bahnhof vorbei, lassen ihn links liegen und fahren über das platte Land davon. Sehr platt, denkt Claudia, als sie auch schon eine Autobahn queren und dazu einen Brückenhügel hinauffahren müssen. Plattheit künstlich beseitigt. Aha. Werner ist endlich nicht mehr rot und versucht, Claudia links und rechts der Straße auf diesen und jenen Ort hinzuweisen, Gransebieth, Zarrentin, aber Claudia wühlt in der Tasche nach Strümpfen, die sie gestrickt und als eventuelle Mitbringsel eingepackt hat. Ein schönes, buntes Paar reicht sie Hermine nach vorn, sie gehen durch Werners Hände, der unnachahmlich grinst. Und das Grinsen setzt sich fort auf Hermines Gesicht, die erzählt, es gebe zwar, soweit sie im Bilde sei, keine mecklenburg-vorpommernschen Strickmeisterschaften, aber wenn es einmal dazu kommen sollte, sei ihre Mutter die erste Titelanwärterin. Claudia, gewohnt, *Ahhs* und *Ohhs* einzustreichen für ihre geringelten Socken, erwidert, Wettstricken gelte nicht, doch die Frau Mutter kennenzulernen, sei durchaus von Interesse für sie. Nicht wegen der Strickkunst, sondern so allgemein. So als Trebeseeerin, so als Plattlandmensch, so als Altersgenossin wahrscheinlich, wenn sie Hermine so anschaue. So als dörfliche Städterin, *du verstehst?* Wie Hermine ja auch eine sei. Ihr sei das so fremd, sie habe von allem Anfang an in Berlin gewohnt und die Stadt eigentlich eher so in Richtung Ausland verlassen, Paris oder Sarajevo, Indien und Südamerika oder so. Diese Region hingegen sei ihr so fremd wie nur irgendwas.

Soso, stutzt Hermine.

Seltsame Zusammenstellung. Zweimal Stadt, einmal Land, einmal Kontinent, und dann *oder so* drangehängt.

Sie habe in Greifswald studiert, dessen Universitätsmedizin einen außerordentlich guten Ruf habe. Das sei damals ein ziemlicher Aufbruch gewesen, zuvor habe sie nämlich ihr Abitur am Bugenhagen-Gymnasium in Franzburg abgelegt, einem Nachbarstädtchen von Trebesee und ungefähr ebenso trostlos. Kein Rauskommen, kein Fortkommen. Dass ihre häuslichen Verhältnisse solche der Armut waren, habe sie erst nach 1989 bemerkt, aber ihre Mutter habe jeden Strohhalm für die Ausbildung ihrer Töchter ergriffen und sei schon deshalb von ihrer Nachbarschaft für wirr im Kopf gehalten worden. Sie habe einen alten Familienschrank, wunderschön, bestehend aus drei übereinandergestellten Teilen und aus verschiedenen Hölzern gefertigt, auch Birne!, an einen Antiquitätenhändler aus Stralsund verkauft, als die Abiturfahrt nach London ohne Hermine stattzufinden gedroht habe. Das sei eben ihre Silvia, ihre Löwenmutter, sagt Hermine und will wohl am Steuer ins Sinnieren verfallen.

Dass das Franzburger Gymnasium vor fünf, sechs Jahren geschlossen worden sei, setzt Werner nun nach und fragt, wo Hermines Kinder, seien sie einmal so weit, denn überhaupt ihr Abitur machen können.

In Grimmen, näselt sie. Erzählt dann davon, dass sie sich in den letzten Jahren darauf verlegt habe, *das eigene Land* zu erkunden. *Das eigene Land* – sie hat es herausgehoben, höher gesprochen, als wolle sie Anführungszeichen setzen. Natürlich sei es nicht *ihr eigenes Land,* das fühle sie nicht, und es sei schon seltsam, diese Worte im Bewusstsein zweier Bedeutungen auszusprechen. Aber Claudia verstehe sicher, was sie damit sagen wolle. Das Inland eben. Im vergangenen Jahr Görlitz und Bautzen, davor Dessau, Münster oder Eschwege. Immer wolle sie Silvia mitnehmen, die sich aber lieber in ihren vier Wänden verkrieche und die Katzen vorschiebe. Manchmal habe sie es geschafft, sie zu überreden. *Du Katzensitter,* sagt sie und sieht Werner dankbar von der Seite an.

Der grinst, und nun schweigen sie alle, als der Wagen die Ortseinfahrt von Trebesee passiert. Durch das Steintor in die Altstadt (*ach, wie reizend!,* entfährt es Claudia), und schon halten sie vor einem sehr kleinen, sehr grauen Haus in der die Stadt durchziehenden Karl-Marx-Straße, keinen Kilometer lang bis zum Mühlentor am anderen Ende.

Drinnen scheint in einem Maße aufgeräumt worden zu sein, das nicht nur Claudia erstaunt, auch Hermine pfeift anerkennend. Werner hat den Tisch gedeckt, entkorkt Rotwein, holt dann einen Teller für Hermine hinzu, die tatsächlich zum Essen bleiben will. Leute, die draußen vorbeigehen, tun das keine drei Meter entfernt, aber trotz des Fehlens von Stores schaut niemand zum Fenster herein. Ein Gemüsecurry mit Mango kommt auf den Tisch, mit Limettenblättern und Zitronengras abgeschmeckt, und die Idee, Silvia ein Zeichen zu geben, kommt nicht von ungefähr, sondern während Werner sich vor die Stirn schlägt, weil er irgendetwas, *aber was denn nur?,* vergessen hat.

Erst will er hochlaufen und zusehen, sie von seinem Badfenster aus in ihrem Wohnzimmer zu erwischen, aber dann erscheint es ihm sinnvoller, sie anzurufen. Silvia geniert sich nicht lange, kommt umstandslos, setzt ihrer Tochter ein Küsschen auf die Stirn und Werner eins auf die Wange. Claudia bekommt einen sehr interessierten, ruhigen Blick ab, den sie beinahe genießt, und auch das Essen ist ein Genuss, wie die drei Frauen dem männlichen Koch wieder und wieder zuhauchen und zuschnäbeln und sich gar nicht fassen können, was er ihnen da gezaubert hat. *Mit Internet kein Problem,* sagt der nur und sielt sich im weiblichen Zuspruch. So viel Wohlgefallen hat Claudia nicht erwartet. Wenn sie sich im Zimmer umschaut, sieht sie Mittelmangel, wie sie es nennt, wenn jemandem das Geld fehlt, sich einzurichten. Der Mittelmangel ist halbwegs gekonnt kaschiert. Eine alte Pressspan-Schrankwand hat Werner mit dunkelblauer Farbe und blau-weißen Porzellanknöpfen in ein auf den ersten Blick interessantes Möbelstück verwandelt. Auf den zweiten sieht man freilich, dass die waagerechten Platten durchhängen und die rechten Winkel hier und da ausgehebelt scheinen. Ums klobige Sofa ist ein Ethno-Überwurf drapiert, der die Wucht mindert, und die alten Stühle sind mit Schafwollzopfkissen bestrickt, deren Urheberin wohl gerade am Rotwein nippt. Ein riesiges Graffito auf Sperrholz, das einen Großteil der Wand über dem Sofa einnimmt, lässt Claudia nach dem Sprayer fragen, der dafür verantwortlich ist, und Werner berichtet von einem Jungen, der der ortsansässigen Berufsschule verwiesen worden sei, weil er sie während einer Nacht-und-Nebel-Aktion *verschönert* hatte. Werner habe sich den verzweifelten Jungen geschnappt und mit ihm beim Direktor vorgesprochen, der Schulverweis sei unter der Auflage, die Graffiti vollständig zu entfernen und fürderhin jegliche öffentliche Aktion in dieser Richtung zu unterlassen, zurückgenommen worden. Der Junge arbeite heute als Kfz-Mechaniker in Greifswald und habe Werner das Bild zum Abschluss seiner Lehre geschenkt. Falls sie in den nächsten Tagen einen Abstecher ins Heimatmuseum vertrüge, könne sie auch dort Zeichen seines Talents entdecken, er sei gespannt.

Ja, ja, der David, säuselt Hermine versonnen, und auch Silvia zeigt Anzeichen von Weinseligkeit. Sie haben ja auch schon die zweite Flasche geleert, sieht Claudia mit einem Blick auf den Boden, neben den Tisch.

Oh, selbst ein Dessert hat Werner in petto, der jetzt ein großes Tablett aus der Küche holt: Zitronencreme mit selbst gebackenen Biskuits.

Mit Kümmel?, fragt Silvia nach einem Blick auf den Gebäckteller, und Werners Miene erlischt auf der Stelle. Postwendend trägt er das Dessert in die Küche zurück, entschuldigt sich dann: die Mäuse. Er wisse ja, dass sie allgegenwärtig seien im Haus, aber vor der Abfahrt nach Grimmen habe er vergessen, den Kühlschrank zu bemühen, und das Tablett einfach auf der Arbeitsplatte des Küchenschrankes stehen lassen, das habe sich ja nun gründlich gerächt.

Silvia kriegt sich kaum ein vor Lachen. Sie trägt ihm ihre Schätzchen an, bei denen sie jetzt aber mal wieder nach dem Rechten zu sehen habe, und Hermine meint, nun langsam an die Nachmittagssprechstunde denken zu müssen. Ihre Praxis liege auch im Altstadtkern, Luftlinie zweihundert Meter, an der Südquebbe. Auf dem Fundament eines alten Hauses ein neues gebaut. *Unter städtebaulichen Auflagen,* sagt sie, *stellt euch das mal vor! Für eine Klitsche wie Trebesee städtebauliche Auflagen!,* und ihr offensichtliches Kopfschütteln darüber ist wohl nicht dem Weingenuss geschuldet. Sie kriecht in Mantel und Stiefel, setzt den Hut auf den Kopf. *Könnt ruhig abends vorbeikommen!,* ruft sie noch im Davongehen. Silvia hat sie untergehakt.

Nun sind sie allein im Haus. Werner erzählt, dass er es für sehr wenig Geld, *beinahe gar nichts!,* vom Besitzer gemietet habe, der inzwischen in Sachsen zu Hause sei und es nicht habe losschlagen können. Keiner kaufe die Dinger. Zu seinem Glück, natürlich. Die neugierige Claudia schützt Müdigkeit vor, würde aber am liebsten auf Wernerpirsch gehen, Treppe hinauf oder hinab. In den Keller, den Hof? Gar den Garten?

Ich zeig dir dein Zimmer.

Diensteifrig (Barbara würde sagen: servil) nimmt Werner Claudias Tasche vom Flurboden auf und geht tatsächlich die schmale Treppe hinauf. Die Kammer ist herzallerliebst. Ein breites Bett mit rosa Blütendecke, ein Mädchentraum. Ein Nachttischchen, wie man es oft im Sperrmüll findet, aber weiß bemalt, Craquelé, er muss wissen, was Reißlack ist! Auf der Oberseite prangt ein romantisches Rosengesteck. *Serviettentechnik,* bemerkt Werner beinahe entschuldigend, als Claudia mit dem Finger darüberfährt. Sie setzt sich auf die Bettkante, obwohl sie eben noch den Stuhl hatte nehmen wollen, und merkt, dass ihr warm ist. So warm, dass sie den Pullover über die Schultern zieht und zusammengelegt auf den Stuhl packt. Da kann Werner sich nicht mehr draufsetzen, also landet er über kurz oder lang (was in diesem Falle bedeutet: nach etwa fünf Minuten Verwirrung) neben ihr auf der Bettkante, von der er sich nun wohl nicht mehr runterschubsen lassen möchte. Claudia verspürt keine Veranlassung, das zu tun. Die jähe Verwirrung muss irgendwo zwischen ihnen entstanden sein, sie haben beide gemerkt, wie sie von der Mitte der Kammer aus über sie kam und sie für Minuten außer Gefecht setzte. Das will aber nun seinen wirklichen Anfang nehmen. Überraschendes Blut hat Claudias Lippen voll und dunkel gefärbt, sie stehn leicht geöffnet wie kurz vor dem Sturm. Sie zittern.

Zwei schöne, lebendige Egel, denkt Werner, die wollen sich festsaugen, und drückt seinen Mund drauf. Und schmeckt. Und spürt mit der Zunge, was die Höhle hinter den Lippenegeln bereithält für ihn. Und kommt zu dem Schluss, dass er's mag, dass er's will. Dass er weiß, was nun kommt, aber in Wirklichkeit keinerlei Ahnung hat. Nicht von Tiefen und Gründen, nicht von Gerüchen und Hartem und Weichem, von Knochen und Haut und Haar und all dem, was sie mitgebracht hat, ohne daran zu denken. Sie ist – ein Gefisch?, denkt es ihn. Ein Geviert (Gruß: Heidegger). Eine Hafenmole in abnehmendem Licht, an deren Ende ein Leuchttürmchen steht. Eines, das ihm den Weg zeigt, über die Anlegestelle, das zeitweilige Vertäuen des Kahns weit hinaus. Sie ist ihm – vertraut? Kann nicht sein, will er schrein, bleibt aber stumm, bis er bald über ihr seinen pumpenden Herzschlag vernimmt. Was ihn umgibt, ist ein unbekannter, duftender Smog.

* *

SMOG HING WIE beinahe alle Tage so tief, dass er Flugzeuge erst freigab, wenn sie den Boden fast erreicht hatten. Jeffrey Patrick Bluemint stand am 30. November des Jahres 2000 in der Ankunftshalle des *Netaji Subhash Chandra Bose International Airport* in Calcutta und versuchte vergeblich, den Himmel zu sehen. Bluemint kannte die beiden Frauen, auf die er wartete. Jedenfalls hatte er sie, und das war dreizehn, vierzehn Jahre her, mit ihren Eltern in Paris getroffen. Sie waren die Töchter der jüngsten Schwester seines Großvaters Chaim, den er nie kennengelernt hatte. Claudia, die ältere, hatte er damals für die jüngere gehalten, war aber zum Glück nicht dazu gekommen, sich zu verraten. *Speckhase* hatte Vater Schaechter Barbara genannt. Auf Bluemints ratlosen Blick war *gros* *lapin* gefolgt, bis Schaechter sich besonnen hatte, dass er als Einziger in der Runde Französisch sprach. *Fat bunny?* Unsicherheit hatte ihn die Lippen nach oben ziehen lassen, aber alle verstanden und lachten los. Bis auf die peinlich berührte Barbara. Weder besonders flink noch beleibt, hatte sie das Bild einer eher durchschnittlichen Endzwanzigerin abgegeben, allerdings mit einem selbst für Pariser Verhältnisse überdurchschnittlichen Modeempfinden. *Speckhase* hatte auf eine amüsante Art Englisch gesprochen. Wenn das Gespräch ins Politische zu geraten drohte, war es ihr einen Tick flüssiger von der Zunge gegangen als bei schnurgeraden Alltagsdingen, mit denen er ihr eigentlich hatte entgegenkommen wollen. Er hatte gerade mal ein Jahr bei seinem britischen Arbeitgeber hinter sich und war von London aus nach Paris geflogen, um den ostdeutschen Teil seiner Verwandtschaft zu sehen. Sein Vater Bruno war nach einem Schlaganfall nicht mehr zu langen Reisen in der Lage gewesen, zu einem Überseeflug schon gar nicht, und so hatte er es auf sich genommen, Familie Schaechter zu treffen. Als ein paar Jahre später in Berlin die Mauer fiel, war ihm erst klar geworden, warum sein Vater ihn so bedrängt hatte, unbedingt nach Paris hinüberzudüsen: Dass es etwas Besonderes war, Ostdeutsche in Paris zu treffen, war ihm nicht bewusst gewesen. Während ihres Treffens, das sich auf ein paar Stunden in einem Restaurant, einem Park und dem Père Lachaise beschränkte, hatten sie nicht darüber gesprochen, was ihm später seltsam vorgekommen war. Er hatte sich vielmehr gewundert, was sein Vater für ein Aufhebens machte um diese vier Leute, die es bis dahin nicht einmal für nötig gehalten hatten, ihn zu besuchen. Dass ihnen das Geld dafür gefehlt hatte, wäre die einfachste Erklärung gewesen, schien ihm aber, als er die auffallend elegant gekleidete

Verwandtschaft gesehen hatte, passé. Er schüttelte den Kopf über die eigene *bêtise* von damals.

Jeffrey Bluemint hatte für die beiden ein Zimmer gemietet im *Hindusthan International* für die erste Woche ihres geplanten Aufenthaltes, da sein Londoner Freund Mahendra-Prasad Mukhopadhyay, in Calcutta gebürtig, mit seiner Freundin Nele das Gästezimmer der Wohnung noch für ein paar Tage benötigte. Eigentlich hatte er bei seinen Eltern wohnen wollen, die aber die Tatsache, dass er eine deutsche Freundin mitgebracht hatte, nicht hatten tolerieren können. Ihrem Selbstverständnis und ihrer Parteizugehörigkeit nach waren sie Kommunisten und hatten, als das Erwachsenenalter ihres Sohnes noch weit entfernt gewesen war, stets betont, wie frei sie in Liebesdingen mit den Ambitionen des Jungen umgehen wollten. Als es aber so weit war und sich Mahendra in die deutsche Studentin Nele Schwarz verliebt hatte, waren sie lieber umgeschwenkt, um mit sich selbst im Reinen zu bleiben. Den Zutritt zu ihrer Wohnung hatten sie den beiden nicht untersagt, sie waren auch beinahe Tag für Tag ein Stündchen dort, aber jedes Mal augenscheinlich froh gewesen, dass Jeffrey Bluemint nun in Calcutta lebte. Wenn er ihnen dafür auch in London vermutlich fehlte, dachte Jeffrey.

Die Anzeigetafel wies die aus Frankfurt über Delhi kommende Maschine als um drei Stunden verspätet aus. Den Fluch verkniff er sich, stieß aber ärgerlich die Faust in die Luft und sah sich nach einer Telefonzelle um, seine Frau anzurufen. Abby wartete zu Hause, er wollte, dass sie schlafen ging. Die drei Kinder hielten sie tagsüber genug in Atem, als dass sie sich auch noch die Nächte um die Ohren schlagen musste. Dass sie keine Jüdin war, hatte er seinen Eltern verheimlicht, stattdessen ihren vollen Namen ausgeschrieben in den Briefen nach Hause: *Meine Abigail.* Oder: *Abigail wird am Montag kommender Woche 25 Jahre alt.* Dann: *Ich liebe sie. Ich werde meine Abigail heiraten, aber ich werde das in London tun, und eine große Feier werden wir uns verkneifen.* Nun waren sie schon acht Jahre lang ein Ehepaar und Eltern dreier Töchter, die blond gelockt und erstaunlich blauäugig in die Welt schauten. Erstaunlich nur, wenn man seine dunklen Augen, sein schwarzes Haar dazu in Beziehung setzte. Abby hatte sich eben durchgesetzt, dachte er und lächelte, als er sie an die Strippe bekam, berichtete und sie bat, sich hinzulegen. Er würde die Schwestern gleich ins Hotel bringen, nicht erst nach Hause, und das Kennenlernen könne sie dann auf morgen vertagen. Im Hintergrund lärmten die beiden Älteren, Rosie und Phoebe, während er das Saugen und Schmatzen von Leela, der Jüngsten, an Abbys Brust hörte. Die Kinder waren also noch nicht einmal im Bett, dabei war es bald 23 Uhr. Sicher waren auch Mahendra und Nele nicht weit und daran beteiligt, sie nicht zur Ruhe kommen zu lassen. Besonders Nele war eine begnadete Kinderbespielerin, konnte mit Taschen- und Küchentüchern, einem Knopf oder einem Papierstück Aufmerksamkeit einfangen, die ihr erhalten blieb, bis sie selbst das Spiel beendete. Als er aufgelegt hatte, war er unsicher, das Richtige getan zu haben.

Er setzte sich in eine der langen Stuhlreihen und versuchte zu dösen, war aber zu angespannt. Urlaub hatte er nicht nehmen können für seine Besucherinnen, denn den würde er brauchen, um im der hiesigen Regenzeit in London auf die Suche nach einer passablen Unterkunft zu gehen: Rosie würde im kommenden Jahr das Schulalter erreichen, und sie hatten beschlossen, ihre Zelte in Calcutta abzubrechen.

Bis 1983 hatte er an der Georgia State University in Atlanta Wirtschaftsmathematik und Business Administration studiert und nach dem Abschluss die erstbeste Gelegenheit beim Schopfe gepackt, sich aus dem Staube zu machen. Ein britisches Druckereiunternehmen in Bury St Edmunds hatte auf seine Initiativbewerbung sehr schnell positiv reagiert, und er hatte seine Siebensachen gepackt und war hinübergeflogen. Die Grafschaft Suffolk hatte ihn bezaubert mit ihren Cottages, in denen die Vergangenheit in den Strohdächern eine dauerhaft unangreifbare Verteidigungsposition eingenommen zu haben schien. Dennoch war er, als sich die Möglichkeit bot, bald ins 130 Kilometer entfernte London umgezogen. Seine Firma hatte sich dort um eine Verpackungsabteilung erweitert, und er sich unterdessen auf Logistik spezialisiert. Als er Abby bereits kannte, hatte man ihm 1992 die Stelle eines *General Manager for Marketing and Sales* in der Dependance Calcutta angetragen, und er hatte nicht gezögert, ihr einen Heiratsantrag zu machen, um mit ihr gemeinsam dorthin gehen zu können. Immerhin war er unterdessen 35 Jahre alt geworden, und wenn er auch keine Kinder hatte haben wollen, weil er meinte, damit doch nur den Wunsch seiner Eltern nach Enkeln erfüllen zu sollen, hatte Abby ihn mit ihrer Erscheinung und ihrem Wesen wortlos umgestimmt. Ihre Töchter waren mit großer Selbstverständlichkeit zur Welt gekommen.

Zwei kleine Jungen wuselten um seine Füße herum, sie sprachen Urdu. (Einige der indischen Sprachen konnte Jeffrey unterdessen zumindest identifizieren.) Sie stritten lauthals um ein Plastikflugzeug, das der Größere fest in den Händen hielt und es dem anderen vor der Nase davonfliegen ließ. Der Kleinere verfolgte ihn, um das Flugzeug zu ergattern, dabei ging es ebenso am Boden zwischen den Beinen der *amused* oder *not amused* dreinschauenden Menschen hindurch wie *über Tische und Bänke.* Das hatte sein Vater oft gesagt, erinnerte sich Jeffrey. Mit zunehmendem Alter habe er sich immer stärker *zum Juden gemacht,* war das Fazit, das Jeffreys Mutter am Tage seiner Beerdigung Anfang September 1990 gezogen hatte.

Woher diese Gedankenschleife?

Er war bei seinen Töchtern gewesen, als die Jungen aufgetaucht waren ... Ja, er hatte es Abigail nie gesagt, aber er war froh, keine Söhne einer jüdischen Mutter zu haben! Es lag nahe, dass die beiden Urdu sprechenden Bürschchen Moslems und beschnitten waren. Er hätte Söhne nicht beschneiden lassen wollen. Dass ihm das aber wie Verrat vorgekommen wäre, zumindest am Urgrund seiner Seele, den er zum Glück nur selten aufsuchte, zeigte sich in den Gedanken, die ihn, wie jetzt, heimzusuchen schienen, wenn keine Kontrollinstanz sie am Auftauchen hinderte. Er hatte sein Leben der Synagoge nach und nach entzogen, während sein Vater die Berechtigung des seinen am Ende nirgendwo anders als dort bestätigt gefunden hatte. Jeder wie er kann und mag? Natürlich. Dennoch war, was die Aura einer Familie bildete, in seinem Falle schwer auszumachen gewesen.

Seine Mutter Lilian musste sich früh, noch vor seiner Geburt, für die Bürgerrechtsbewegung entschieden haben, während die Segregation für seinen Vater außerhalb seines persönlichen Zirkels stattgefunden hatte. Dabei waren sie doch selbst als Juden *redlined* worden, wie man es später nannte! Schon als kleinen Jungen hatte Lilian ihn mitgeschleppt, wenn wieder einmal an irgendeiner öffentlichen Schule schwarzen Kindern der Zugang verweigert werden sollte. Vom Obersten Gerichtshof war die Trennung längst für verfassungswidrig erklärt worden, im Einzelnen aber bestand sie fort. Wie in Georgia. Dabei hätte seinem Vater als Lehrer, der noch dazu an solch einer öffentlichen Schule arbeitete, die volkswillentliche Herabsetzung um der Rasse willen doch gegen den Strich gehen müssen. Oder? Er war doch selbst seiner Rasse wegen aus einem vermeintlichen Volkskörper ausgestoßen und von der Familie getrennt worden, die er nie mehr hatte wiedersehen sollen. Das hatte Jeffrey freilich nicht gewusst, als er klein und am Rockzipfel seiner Mutter durch das Civil Rights Movement gezogen worden war. Damals hatte es ihn verstört, dass seine Mutter etwas tat, was der Vater nicht billigen wollte, und das deshalb zum Streit zwischen ihnen führte.

Aus Puzzlestücken hatte sich später ein Bild zusammengesetzt, das er bis zum Tode seiner Mutter vor zwei Jahren immer wieder neu konturieren, anders ausmalen oder gar aus anderer Perspektive betrachten musste. Er wusste nicht mehr, wie alt er gewesen war, als Lilian ihm erzählte, dass sein Vater aus der Reformgemeinde in eine andere wechseln wolle. Schließlich war er bei *Ahavath Achim* gelandet, während sie selbst ihren Rabbi der Tempelgemeinde, Jacob Rothschild, wegen seines offenen Zusammengehens mit Martin Luther King jr. bewunderte und bestaunte. Als er noch kein Jahr alt gewesen war, hatte dieses offene Zusammengehen wohl den Ausschlag dafür gegeben, dass der Ku-Klux-Klan die Synagoge *The Temple* am 12. Oktober 1958 mit einem Bombenanschlag verheerte. Damals habe sie sich ganz eins gefühlt mit den Schwarzen, wie sie später oft sagte. Wenn er sich daran erinnerte, so merkte Jeffrey wohl, dass dieser Satz nur ein halber gewesen war und die andere Hälfte mit *jetzt* hätte beginnen müssen. So, wie seine Mutter versonnen in die Ferne geblickt hatte, vermutete er, dass der zweite Halbsatz zwar nicht das Gegenteil des ersten hätte ausdrücken sollen, aber ein gewisses Abrücken vom Gefühl des Einsseins bedeuten musste. Dass sie das nicht aussprach, hatte womöglich auch damit zu tun, dass sie seinem Vater nicht recht geben wollte. Sie konnte ihm zeitlebens nicht nachsehen, dass er zwei Jahre nach dem Anschlag auf eine private Schule übergewechselt war, wie sie damals, um des Fortbestandes der Segregation willen, aus dem Boden geschossen waren. Erst sein Ausscheiden aus dem Schuldienst hatte schließlich wieder dazu geführt, dass sie beim Frühstück miteinander sprachen. Dass sie sich nicht getrennt hatte von ihm, hatte er sich mit ihrer jüdischen Herkunft erklärt, die eine Scheidung von vornherein ausschloss. Überhaupt hatte ja ihr Engagement in der Bürgerrechtsbewegung nicht zum Abfallen vom Glauben geführt. Vielmehr hatte sie diesen Glauben gehandhabt wie einen Topflappen, der sie im selbstverständlichen Umgang mit all den heißen Gegenständen davor bewahrte, sich an ihnen zu verbrennen, während sein Vater ihn benutzt hatte wie ein überdimensionales Laken, mit dem er sich alle Aussicht verhängte.

Als Jeffrey nach dem Studium noch immer nicht daran dachte, zu heiraten, hatte Bruno Bluemint das Heft in die Hand nehmen wollen und ihn aufgefordert, die Dienste von Dor Yeshorim in Anspruch zu nehmen und eine Blutprobe abzugeben, damit er eine Identifikationsnummer bekäme. Das sei für die Heiratsvermittlung, die er im Anschluss in Anspruch nehmen wolle, unabdingbar. Dor Yeshorim gab es damals erst seit zwei oder drei Jahren. Für Jeffrey war das ein Grund gewesen, das Weite zu suchen, und seine Mutter hatte ihn, wie immer ohne viele Worte, dabei unterstützt. Dass sie gestorben war, änderte nichts daran, dass er zu anderen Verwandten in den USA nur noch sehr lose Kontakte unterhielt, und vermutlich würde er auch nicht dorthin zurückkehren.

Die Jungen wurden inzwischen von ihren Müttern unmissverständlich aufgefordert, das Toben zu lassen. Die eine zog ihr Kind unsanft am Arm neben sich auf eine Bank, was es mit lautem Geschrei quittierte und gequält zu seinem Spielgefährten hinübersah. Als sei er, der es eben noch an der Nase herumgeführt hatte, sein rettendes Engelchen! Jeffrey musste grinsen, doch fiel es ihm schwer, den harten Griff der Frau um den Oberarm des Jungen nicht selbst schmerzhaft zu spüren. Jetzt ohrfeigte sie ihn sogar. Er verspürte den Impuls, aufzuspringen und ihr die Meinung zu geigen, als er auch schon die missbilligenden Gebärden der anderen Mutter sah und in den Sessel zurücksank. Dass er empfindlich auf die Verletzung dessen reagierte, was er als Kinderrechte einforderte, ohne dass er sich jemals darin kundig gemacht hatte, wusste er wohl. Hier in Calcutta wurden die Rechte von Kindern in einer Art und Weise missachtet, die ihresgleichen suchte. Wobei das Wort *Missachtung,* berichtigte er sich sofort, den Sachverhalt nicht traf. Wenn man etwas missachtete, musste man es erst einmal wahrgenommen haben. So weit kam es hier aber meist gar nicht.

In dieser urbanen Ansammlung von Dreck waren Kinder, auf den ersten Blick schabenähnliche Geschöpfe, vornehmlich damit beschäftigt, den Erwachsenen den Müllhaufen nicht über den Kopf wachsen zu lassen, dachte er bitter. Was sonst sollten sie auch tun, wenn sie am Leben bleiben wollten. Er wohnte in der Broad Street in Ballygunge, Firmenwohnung. Eigentlich eine bessere Gegend für hiesige Verhältnisse, vor allem weit genug weg von der großen Müllhalde in Howrah. Manchmal fuhr er dorthin, stets allein, um zu fotografieren, brachte es aber nie übers Herz. Als er zum zweiten Mal dort war, hatte er Abbys Charlie-Parfüm erbeten, das goldene. Damit hatte er den Mund-und-Nasen-Schutz mehrmals reichlich beträufeln wollen, aber es hatte letztlich nichts genutzt. Der bestialische Gestank war stärker als der Parfümeur Francis Camail, sodass er bald davon abgelassen hatte, es zu verschwenden. Wieder zu Hause, hatte er lange, lange geduscht. Das Leitungswasser war nicht zu trinken, nicht einmal das Zähneputzen gestattete er der Familie damit. Die Schaechter-Schwestern musste er unbedingt darauf hinweisen, wenn er sie ins Hotel brachte.

Als er zur Uhr sah, merkte er, dass endlich Zeit vergangen war. Noch eine gute Stunde blieb bis zum verspäteten Eintreffen der Maschine. Langsam stand er auf, schüttelte die Glieder, bemerkte überrascht, dass die beiden Frechdachse mit ihren Müttern verschwunden waren.

Er lief langsam von hier nach da, von da nach hier, und dachte daran, dass der Flughafen (nicht nur) in seinem Kopf nach wie vor Dum Dum hieß, wie bei seiner Ankunft in Westbengalen. Inzwischen hatte man ihm, vor fünf Jahren?, den Namen des Nationalhelden verpasst, Subhash Chandra Bose. *Netaji.* Der *Führer.* Er hatte wohl ungläubig dreingeschaut, als ein Kollege ihm den Namen auseinandergesetzt und darauf verwiesen hatte, dass der *Führer* in Boses Fall gar nicht so weit hergeholt war. In den Dreißigern Oberbürgermeister von Calcutta, war er später Vorsitzender der Kongresspartei geworden und Anfang der Vierziger, nachdem die Kolonialregierung ihn unter Hausarrest gestellt hatte, aus Indien geflohen. Letztlich, um militärischen Beistand von irgendwoher zu holen. Da war er anders gewesen als Nehru und Gandhi, seine einst parteiinternen Rivalen, die der Gewalt abgeschworen hatten. Auf abenteuerlichem Weg soll er über Kabul und Moskau nach Deutschland gelangt sein, aber den dortigen *Führer,* der ihn nur einmal empfangen habe, nicht zu heller Sympathie für die dunkelhäutigen Inder aufstacheln können. Wenigstens schaffte er es, in Berlin ein Zentrum *Freies Indien* zu installieren, mit eigener Zeitung und eigenem Radiosender. Bald ging er daran, einen militärischen Verband aufzubauen, der vornehmlich aus britischen Kriegsgefangenen indischer Herkunft, aber auch aus einigen in Deutschland lebenden indischen Zivilisten bestand. Jeffrey wusste nicht mehr genau, was die Aufgabe der Indischen Legion gewesen sein mochte, glaubte sich zu erinnern, dass sie wohl bis nach Frankreich geschickt wurde und einen verlustreichen Rückweg anzutreten gehabt hatte. Aber dass sie 1944 der Waffen-SS unterstellt wurde und die Legionäre den Eid auf beide *Führer* zugleich abzulegen hatten, stand so unverrückbar auf einem Blatt seines inneren Zettelkastens, dass er es beinahe ablesen konnte.

So unfassbar war ihm die Umbenennung des Flughafens erschienen, dass er sich bei indischen Kollegen vorsichtig umgehört hatte, wie sie zum *Netaji* stehen mochten. Nichts als Sympathie war herauszuhören gewesen. Nur Raja Chatterjee, mit einer Deutschlehrerin verheiratet, hatte für einen Moment beiseitegeschaut und dann gemeint, dass man in Indien im Allgemeinen nichts wisse vom Schicksal der europäischen Juden in den Dreißger- und Vierzigerjahren. Danach hatte Jeffrey gar nicht gefragt, aber es machte ihm klar, dass er sich in Calcutta im Jenseits der Welt befand, die ihn die längste Zeit seines bisherigen Lebens beherbergt hatte, und dass Subhash Chandra Bose, umgekehrt, nicht anders gefühlt haben mochte, als er nach Deutschland gelangte. Zur gleichen

Zeit übrigens, da die Vokabel *Endlösung* als Gardine, die man lieber nicht beiseiteschob, die Fenster der Bürokratie abzuschirmen begann.

Allerdings hatte Bose schon in den Dreißigern, während eines ausgedehnten Erholungsaufenthaltes in Europa, Protest eingelegt gegen die Rassengesetze, von denen immerhin auch Inder in Deutschland betroffen waren. In jener Zeit hatte er auch eine Österreicherin kennengelernt und sie 1937 geheiratet. Weder Standesamt noch Kirche hatte er bemüht, sie zu ehelichen, sondern vorgegeben, eine hinduistische Zeremonie vollzogen zu haben. Ja, Jeffrey hatte in einem Buch eines britischen Historikers gelesen, dass Bose in den Vierzigern vom Auswärtigen Amt eine luxuriöse Unterkunft bereitgestellt worden sei, mit Koch und Gärtner und SS-Chauffeur, und dass seine Frau das alles gern mitgenommen habe. Im Parteiapparat habe man um die nicht gerade ordentlich registrierte Beziehung gewusst, sich aber zurückgehalten. Und 1942 war die gemeinsame Tochter geboren worden, von der Jeffrey nicht zu sagen vermochte, ob Bose sie überhaupt hatte laufen sehen. Schon 1943 hatte er Deutschland nämlich wieder verlassen, mit einem deutschen U-Boot, das ihn irgendwo hatte umsteigen lassen in ein japanisches, und in Japan hatte er dann, vermutlich auch das auf Empfehlung des anderen *Führers,* seine *Indian National Army* geschaffen. Mehr als 80 000 Mann! In der dritten Phase des Burmafeldzugs hatte er die an Japans Seite kämpfen lassen. Der geplante Übergriff auf Indien misslang, Schlachten gingen verloren, und zum Schluss wurde die Armee Mitte 1945 gänzlich aufgerieben und kapitulierte zeitgleich mit der japanischen. Bei einem Flug über Taiwan nach Japan soll der Absturz einer Maschine Boses Leben beendet haben. Er hatte zumindest Notiz genommen von der rassischen Verfolgung in Deutschland, trotzdem aber alles dafür getan, Hitler und dessen Verbündete als starke Partner zu gewinnen, um die Briten abzuschütteln.

Es schüttelte Jeffrey. Gleichzeitig, wenn er seinen Standpunkt auch nur um Zentimeter verschob, sah er Boses Vorgehen als einleuchtend an und erschrak darüber. Wahrscheinlich musste es so sein, dass einem Menschen mit Vaterland und Muttersprache daran gelegen war, beide frei und geachtet zu sehen. Er hatte die Erfahrung kolonialer Abhängigkeit seines Staatswesens nie gemacht, allerdings war die Segregation schlimm genug gewesen, wütend darüber zu sein. Dagegen angehen zu wollen. Seine Mutter hatte sich wie andere Juden mit jenen Schwarzen verbündet, die – wie Gandhi, kam es ihm in den Sinn – auf Gewaltlosigkeit setzten. Die das nicht taten, pochten auf ihr Recht, jedes Mittel einzusetzen. *By any means necessary,* hatte Malcolm X gesagt. Wie Bose, dachte Jeffrey, musste aber zugeben, dass Malcolm X nach seiner Pilgerfahrt und der Afrikarundreise friedfertiger geworden war. Auch Glaubenskorrekturen seines Islam anmahnte, die Stellung der Frau betreffend. Er glaubte auf einmal, in beiden betrachteten Auseinandersetzungen jede der Positionen zu verstehen.

Hatte er eigentlich Vaterland und Muttersprache? Was die Sprache betraf, mochte es noch angehen. Die seiner Mutter war das Amerikanische gewesen. Natürlich, es von ihr zu lernen. Aber seinem Vater hörte man auch im Alter noch die fremde Herkunft an. Geschimpft hatte er mit Jeffrey auf Deutsch, während alle Zärtlichkeit Zeit und offenbar Mühe brauchte, um englisch ausgesprochen zu werden. Jeffrey radebrechte inzwischen allenfalls auf Deutsch und versuchte nicht mehr, es zu sprechen. Das Land seiner Mutter waren die USA, sein Vater hingegen schien das, was man Heimat nannte, womöglich während der großen Überfahrt des Jahres 1936 in der Nähe des Bermudadreiecks versenkt zu haben, um seinen Verlust hinter sich zu lassen. Den Schmerz zu deckeln, den er um die Verlassenheit litt. Und er litt. Und litt. Darüber kein Wort. Und litt, als habe ihn seine Frau verlassen, als sie mit den Schwarzen ging, und habe ihn verlassen, als sie die Gemeinde nicht wechselte, und habe ihn verlassen, als sie ihm nicht hinter das Laken folgte. Und litt, dass sie blieb. Und litt, als Jeffrey nicht nach seinem Wunsch heiraten wollte, und litt, als er nach Bury St Edmunds aufbrach. Und litt sicher auch, als er Abby zur Frau nahm und Töchter bekam, die ihren Großvater nicht kennenlernten.

Ach, mein Alter, dachte Jeffrey, bestimmt hast du am letzten deiner Tage am meisten gelitten, weil du im Tode gar meintest, nun habe deine Frau sich zuletzt doch noch von dir getrennt. Dabei warst du es, der als Erster von euch beiden ging, aber das war dir im Sterben womöglich nicht klar. Dem heiklen Druck zu entkommen, in dem seine Eltern es schweigend miteinander auszuhalten schienen und von dem er allenfalls von seiner Mutter sagen konnte, dass sie eine Ahnung davon gehabt hatte, war das Einzige gewesen, was er hatte tun können.

Nun musste er fast rennen, um rechtzeitig zum Ausgang des National Terminal zu gelangen. Dass er aber auch immer so weit abtauchte, wenn keine Instanz da war, die ihn aufhielt. Er merkte sehr plötzlich, dass er sich am wohlsten noch immer in Abby fühlte. In Dankbarkeit wurde ihm heiß.

Barbara und Claudia Schaechter klagten über geschwollene Beine nach dem langen Flug. Kompressionsstrümpfe hatten sie ausgeschlagen und es nun sehr schwer, einen Fuß vor den anderen zu setzen. Ihre flachen Wildlederstiefeletten mit weitem, flappendem Schaft, Barbara türkis, Claudia rot, hatten sie deshalb nicht, wie geplant, gegen die Slipper aus dem Handgepäck getauscht. Nichts war ihnen im Moment peinlicher als diese unbedacht eingehandelte Elephantiasis. Die Abfertigung im Ankunftsbereich kam Barbara irgendwie vorsintflutlich vor, die Beleuchtung funzelig, das Abfertigungspersonal abweisend bis gelangweilt. Sie hatten zu viel gegessen im Flieger, zu wenig geschlafen, das Übliche. Im trüben Licht fragte sich Barbara, ob sie etwa ebenso grau aussah wie ihre Schwester. Sie wollte verstohlen nach der Puderdose in der Handtasche suchen, ließ es aber nach einem Blick auf die umstehenden, durchweg gut geschminkten, modern oder traditionell gekleideten Inderinnen, viele von ihnen wohlgenährt, sein. Nach der Passkontrolle warteten sie noch eine Weile auf ihre Koffer, und Claudia griff den Willkommensgruß, den sie auf dem Frankfurter Flughafen für Jeffrey erstanden hatten, aus ihrem Cityrucksack: Eine Swatch Irony Windfall. *Nicht sehr originell,* wie Barbara jetzt bemerkte. Claudia beantwortete es mit einem pikierten Lippenschnalzen.

Jeffrey Bluemint erkannte sie sofort und kam auf sie zugestürmt mit ausgebreiteten Armen. *So hatte ich ihn gar nicht in Erinnerung!,* beeilte sich Barbara durch die zum Lächeln fest verzogenen Lippen zu quetschen. Claudia wollte das nicht gehört haben und lief Jeffrey mit ebenso ausgebreiteten Armen entgegen. Diese Art der Begrüßung war Barbara zuwider, sie kannte Jeffrey ja kaum, wenn man von der einmaligen Begegnung in Paris absah. 1986? Ja, wahrscheinlich, ungefähr ein Jahr, nachdem auch Cilly in Rente gegangen war. Sie hatten den Antrag auf eine gemeinsame Reise nach Paris gestellt, sicher eine unerhörte Frechheit, aber auf ebenso unerhörte Art und Weise war diesem Antrag umstandslos entsprochen worden. Eine Weile hatten sie noch gerätselt, bis Barbara es als Erste ausgesprochen hatte: *Vielleicht wollen sie die ganze unbequeme Sippe auf einmal loswerden.* Na, den Gefallen hatten sie ihnen jedenfalls nicht getan.

Sein schräg gestellter Kopf in Christus-am-Kreuz-Position passte nicht sofort zum herzlichen Blick, den er nach der ausgiebigen Claudiabegrüßung in Richtung Barbara aussandte. Deren Arme hielten sich an ihren Körper gepresst, sodass er eine lebensgroße Statue ans Herz zu drücken schien.

Fat bunny!, nannte er sie.

Sie fasste es nicht, war dennoch froh, dass das Hirn ihr den Weg zum *Speckhasen* bahnte, wie sie seit Joachims Tod nun wirklich niemand mehr genannt hatte.

Als er sie losließ und sich anschickte, beinahe freudig ihre beiden großen Koffer hinter sich her zum Taxi zu ziehen, erinnerte sich Claudia des gemeinsamen Mitbringsels, das sie noch immer in der Hand hielt. Sie gab ihm die in auserlesenes Papier eingeschlagene Schachtel und hoffte, dass er sie nicht sofort auswickelte. Als habe sie Barbaras Bemerkung über den Mangel an Originalität doch noch angesteckt.

Er riss sie leider sofort auf, und die augenscheinliche Freude schien kein bisschen geheuchelt. Woher sie nur gewusst hätten, dass seine Armbanduhr in der vergangenen Woche zu Bruch gegangen sei … Er habe sie zur Reparatur gebracht, aber noch keine Gelegenheit gefunden, sie wieder abzuholen. Die Swatch landete sofort auf seinem linken Handgelenk. Barbara nahm Claudias triumphierenden Blick unwillig aus den Augenwinkeln wahr.

Im Taxi, einem gelben, altertümlichen Vehikel mit fein säuberlich in Metallgittern verpackten Rückstrahlern, beschloss Barbara, die Augen zu schließen. Links und rechts der Fahrbahn hatten sich Menschen zum Schlafen gelegt, die Köpfe in Auspuffhöhe der vorbeifahrenden Autos. Hin und wieder huschten Ratten über sie hinweg, die sie nicht einmal aufzuwecken schienen. Zwischen Bergen von Müll und stinkenden Lachen lagen sie auf dem blanken Boden, die meisten ohne eine Zudecke, und obwohl Barbara sich reiseliterarisch darauf eingestimmt zu haben glaubte, wollte sie das nicht sehen. Nicht jetzt. Nicht im Zustand der Erschöpfung, die ihre Augäpfel unter den geschlossenen Lidern einfach nicht zur Ruhe kommen ließ. Ihr war schlecht. Claudia hingegen hatte genug über Calcutta gelesen, um zu wissen, dass es die Luft sein konnte, die in Übelkeiten trieb. Sie hielt sich ein Taschentuch vor Mund und Nase. Die Schwestern merkten trotzdem, wie müde sie waren und wie sehr sie sich nach einer Schlafstatt sehnten. Jeffrey Bluemint hielt sich vornehm zurück.

Gut, dass es Nacht war. Wenige Fahrzeuge zeigten sich auf den Straßen, Ampeln galten nichts, was angesichts des geringen Verkehrsaufkommens nicht weiter beunruhigte. Als sie schließlich zwischen Park Street und Circus Ave doch bei Rot stehen blieben, vielleicht, weil dem Taxifahrer eine Polizeistreife aufgefallen war, und wer wusste schon, ob Polizisten genug Geld verdienten, geschah etwas, das Claudia zur Spätgebärenden machen sollte.

Die linke hintere Tür des Wagens wurde aufgerissen und sofort wieder zugeknallt. Der Verursacher des Geschehens geriet den Insassen zunächst nicht in den Blick, denn was er den Frauen zugeworfen hatte, ein kleines, nicht zu schweres Bündel, in dem Claudia zunächst eine Katze oder einen Hund vermutete, sorgte nach seinem Aufprall auf Claudias Schoß für lautes, wehklagendes Geschrei. Die Sekunden der Verblüffung nutzte der Mann, um schnellstmöglich zu verschwinden.

Das Bündel war ein weibliches Kind, dessen Alter zwar Jeffrey Bluemint, nicht aber die Schaechterschwestern zu schätzen vermochten. Das Kind hatte lockiges schwarzes Haar, war schmutzig und stank. Die eiterverklebten Augen hielt es notgedrungen geschlossen, und als Claudia es instinktiv aufnahm, um es mit Brust und Bauch zu beschützen, rutschte das gestreifte Tuch, in das es eingewickelt war, von Kopf und Schultern. Der Anblick des Nackens, den zunächst nur Barbara und Jeffrey wahrnahmen – der Taxifahrer hatte den Motor ausgestellt und war aus dem Wagen gesprungen, den Mann einzuholen –, löste ein schweigendes, dennoch laut hörbares Zittern aus. Claudia griff hinter den Kopf des Kindes, um ihn zu stützen. Dabei fasste sie in warmen, schmierigen Matsch, und als sie erschrocken die Hand zurückzog, zeigten sich Blutspuren auf der Handfläche. Die Tatsache, dass Maden ihre Finger bevölkerten, vermochte sie zunächst nicht einzuordnen. Vier oder fünf von ihnen, zentimeterlang, bewegten sich, die Körper krümmend, linkisch über ihre Haut und fielen bald ab. Als sie das Kind umdrehte, schlug ihr Herz so laut, dass ihr das schweigende Zittern der anderen auf der Stelle erklärlich war. Eine schwärende, heißrote, madenzerfressene Wunde verunzierte den Hautbogen vom rechten Ohr bis zum vorstehenden Punkt des siebten Halswirbels.

Claudia setzte sich das Kind mit erstaunlich ruhiger Selbstverständlichkeit in den Schutzraum zwischen rechtem Arm und Oberkörper. Sie hielt es so fest, als wolle sie es nie mehr hergeben, und doch ließ sie ihm dabei so viel Raum in ihren Armen, dass es sich nicht bedrängt fühlen musste. Als das Kind tatsächlich aufhörte zu schreien, fiel sie erleichtert in tiefe Bewusstlosigkeit. Barbara nahm sich des Mädchens an, während Jeffrey versuchte, die Ohnmächtige mitten auf der Straße in stabile Seitenlage zu bringen.

Kopfsturzgeburt der Claudia Schaechter am 30. November 2000, 2:45–2:51 (IST)

Caro oder Clemens solltest du heißen, wärest du zur Welt gekommen vor nunmehr bald zwanzig Jahren. Nun bist du ein Mädchen.

Als Kind hatte ich auch oft eiterverklebte Augen, das Äpfelchen trollt sich halt nicht vom Stamm, meine Kleine. Bist du ein Blauäugelchen? Mal sehen. Schlaf, Kindchen, schlaf. Mit Näglein besteckt, schlupf unter die Deck. Dass du doch noch den Weg zu mir gefunden hast – ist das vielleicht ein Wunder? Ich hab dich mir ausgemalt. Immer wieder. Du bist mir nicht aus dem Kopf gegangen. Man hatte schließlich schon deinen Geburtstermin vorausberechnet: Am achtzehnten März 1981 hättest du geboren werden sollen. Die Zeit vom Ausbleiben meiner Regel bis zur Gewissheit, dass es dich gab, war ein ständiges Auf und Ab, ein Hü und Hott. Der Gefühle? Zu großes Wort. Ich war zwar schon vierundzwanzig, aber in Liebesdingen nicht nachhaltig. Manchmal denk ich, das lag auch daran, dass ich keine eigene Wohnung hatte, dabei stand ich schon längst in Lohn und Brot. Wohnungen gab's nicht. Ich musste noch drei Jahre warten bis zum ersten kleinen Loch in Schöneweide.

Das Achselhaar trug man damals noch ganz selbstverständlich, und auch die Beine hätte ich mir nicht rasieren wollen. Ganz abwegig wäre mir das erschienen. Und als dein Vater zu mir gekommen war, ganz leicht ging das und beinahe ohne ein Wort, da war mir, als mochte er ganz besonders den Achselgeruch, und verkroch sich darin, und strich sein Kopfhaar drin lang.

Ich arbeitete damals beim Fernsehen, hatte Urlaub. Lag tagsüber oft im Bett. Bis zum Mittag zumindest, meine Kleine. Und er kam gegen neun und klingelte, ich hörte nicht gleich, aber er wusste, dass ich zu Hause war, und die Eltern nicht da. Arbeiten. Als ich mich schließlich aus dem Bett gewühlt hatte und verdrossen die Treppe hinuntergewankt war, sah ich den Umrissen, durch die kleine Milchglasscheibe der Haustür, an, dass es Werner Kapok sein musste. So heißt er, dein Vater. Ich war nicht gerade erfreut, wollte mich wieder trollen und machte auf dem Hacken kehrt, als er meinen Namen rief und meinte, irgendetwas ganz dringend zu brauchen, was in Barbaras Zimmer sein musste. Und Barbara sei ja nicht zu Hause, da ginge es nun nicht anders, als mich zu bitten, ihn suchen zu lassen. Ich merkte, dass ich nun nicht mehr so leicht würde weiterschlafen können, und hab ihm geöffnet, ihn aufgefordert, zu tun, was er nicht lassen könne.

Wirklich?, fragte er plötzlich und hielt mich auf einmal im Arm, und sein Gesicht kam ganz nahe an meines. Ich hatte zwar diesen und jenen mehr als geküsst, aus Neugier, aber große Gefühle waren mir dabei nicht gekommen, außer vielleicht einem Ziehen zwischen den Beinen. Das kam auch jetzt, aber es griff mich diesmal besonders an, setzte mir zu, dass ich mir am liebsten den Kopf hätte stoßen wollen, damit der Schmerz das Ziehen überrollen konnte. Aber da hatte Werner Kapok schon seine rechte Hand genau dahin gelegt, wo es zog, und nun zuckte und zuckte es, dass ich gar nicht mehr anders wollte, als ihn genau dort suchen zu lassen nach mir. Und er fand mich ganz schnell, dass wir nicht mal mehr in mein Zimmer raufkamen, sondern gleich unten im langen Flur auf dem kleinen Teppich ineinanderrutschten. Sehr feucht. Wir tropften beide danach, und er lachte und meinte, mir etwas Besseres schenken zu wollen. Er trug mich tatsächlich hinauf in mein Zimmer, legte mich auf mein Bett. Ich hatte wohl so etwas wie Benommenheit im Blick, weil ich doch längst nicht fertig geworden war mit ihm, deinem Vater. Der sprach eine kleine Weile vom Wetter und der sonnigen Welt vorm Fenster, den letzten Erdbeeren und den mittleren Kirschen im Kapokgarten, die sauren würden noch kommen. Erdbeeren standen auch in einer kleinen Schale neben meinem Bett, ich hatte mir das Einschlafen damit versüßt, und ich zeigte sie ihm. Er legte ein großes, besonders dunkles Exemplar in meine Nabelmulde und machte sich dran, sie mit der Zunge langsam zu umkreisen, bis ich schreien musste. Er flüsterte mir ins Ohr, dass ich mit diesem Schrei die Refraktärphase einfach umwerfend beendet habe, wir lachten, und fing an, mich ganz auszuhebeln, nahm meine Brüste in beide Hände, und wenn er sie auseinanderzog, dann, um ganz tief seinen Kopf zu versenken dazwischen. Währenddessen lernte ich Präpositionen. Solche mit Genitiv, solche mit Dativ und solche mit Akkusativ, vor allem aber die Wechselpräpositionen. Sagte sie laut auf *(an, auf, hinter, in, neben, über, unter, vor und zwischen)* und merkte, dass jede im Wortsinn eine Prä-Position bezeichnete, der eine weitere und dann wieder eine andere folgen sollte. Denn Werner wollte diesmal so schnell kein Ende fabrizieren, und mir sollte es recht sein. Ich dachte an niemanden außer an mich und an ihn, also uns, und ich sah und hörte auch nichts außer ihm und mich selbst. Also uns. Als er kam (das sagten wir damals noch nicht, in der Schule hatte ich gelernt, dass es *Orgasmus haben* heißt), presste er stockend hervor: *Du – bist – so – weich – so – ganz – anders – als –* … und brach plötzlich ab. Und ich wusste, wie's hätte weitergehen sollen: Barbara. Kam auf den Boden der Tatsachen ganz schnell zurück. Er sah so erschrocken aus, wie auch ich vermutlich aussah, ich hab mich ja nicht gesehen. Gestillt, wie ich war, schob ich ihn sanft aus dem Bett und rollte mich in meine Decke, und still ging er runter und raus. Dachte nicht dran, sich irgendwas aus Barbaras Zimmer zu holen. Die war unterwegs, *Freundschaftszug* nannte man es, wenn man damals in Richtung Osten, wohin denn auch sonst, unterwegs war. Moskau, Leningrad und Vilnius standen auf ihrem Programm, sie wollte dorthin, weil sie eine gewisse Neugier nicht leugnen konnte. Nicht wollte. Im Russischunterricht war sie immer sehr gut, den anderen mehr als zwei Nasenlängen voraus. Sicher, weil diese Sprache sie schon als kleines Mädchen umschwärmt hatte. Als sie dann einen Artikel aus einer sowjetischen Fachzeitschrift, Erziehungswissenschaft, ins Deutsche übertragen und damit einen Übersetzungswettbewerb der Uni gewonnen hatte, war das ihr Lohn. Eine Reise zurück. In die Kindheit. *In die Zukunft,* hatte sie höhnisch gesagt und Feinstrumpfhosen und viele Packungen Gravistat eingepackt, die die Töchter von Cillys und Joachims Freunden geordert hatten bei ihr. Ich hatte die Pille wegen Mangel an Gelegenheit gerade erst abgesetzt. So selten geriet ich in die Nähe eines Beischlafs, und so lange zierte ich mich jedes Mal, dass genug Zeit blieb, während des Kennenlernens wieder damit anzufangen. Dachte ich.

Den ganzen Tag verschlief ich, und abends kam meine Mutter ins Zimmer, nach mir zu sehen. Noch immer lag ich wohl warm und rosig in den Federn (die an jenem Tage aus einer dünnen Steppdecke bestanden, es war ja Hochsommer), denn Cilly flüsterte, wie schön es sei, dass ich so lange habe schlafen können. Ich sehe so gut aus, *so still und so tief!*, sagte sie ganz versonnen und ging wieder hinaus. Barbara sollte am nächsten Tag wieder *aufschlagen* in Schönefeld, wie mein Vater es immer nannte, und Panik begann sich in mir auszubreiten. Dass Barbara etwas mit Werner austrug, wusste ich ja. Seit Jahren schon waren sie unter der Hand ein Paar, nichts Offizielles. Bis ein Jahr zuvor war er außerdem bei der Armee gewesen, selten nach Hause gekommen. Ich hatte immer gedacht, dass Liebe so sei. So verschwiegen. So, dass die einen wie die anderen Eltern nichts dazu sagen sollten, vorerst, sie waren ja zu erschüttern, und Barbara hatte mir außerdem erzählt, dass sie mit Werner übe, als Frau zu bestehen. Dass er eigentlich noch nicht schlau genug für sie sei, dass er aber gute Fortschritte mache unter ihrer Hand. Bei jedem Urlaub von der Armee habe sie das geprüft. Und nun war Werner zu mir übergelaufen, und ich schämte mich. Ja, bei uns war die kleine Schwester die Große, unangreifbar, so klug und so ernsthaft, das hatte ich beinahe immer ganz neidlos hingenommen. Vielleicht auch, weil es keine Rolle spielte für Vater und Mutter, die uns immer das Gefühl gaben, die größten Schätze zu sein, die sie je gehoben hatten. Die eine wie die andere. Und wenn ich dran dachte, was morgen geschehen würde, so war ich auf einmal entsetzt über mich, die eigene Schwester hintergangen zu haben auf niederträchtigste Art. Mein Gott, ich war nicht bewandert in menschlichen Dingen, und Barbara hätte womöglich gelacht, wenn ich's heute bedenke, und mir alles Gute gewünscht beim Weiterprobieren … Also einerseits wie vom Donner gerührt über das eigene Tun und Nicht-Lassen, und andererseits war da gar kein Gefühl, an welcher Stelle etwas wie Schuld überhaupt seinen Anfang hätte nehmen können. Es war einfach passiert, in aller gebotenen Unschuld. Spielgefährten eben, hätte man sagen können, aber damals durchstieg ich das nicht und war klamm vor Bestürzung und Unverstand. Barbaras Kommen umging ich mit ausgedehntem Besuch der Mokka-Milch-Eisbar, wo ich den Fruchtbecher gar nicht auslöffeln konnte vor Zittern und meine Freundin Marion mich fragte, ob sie mich begleiten solle nach Hause. Aber ich wollte wissen, ob ich bei ihr schlafen könne für eine Nacht, das sei doch einfacher. Sie wohnte ja ganz in der Nähe. Am frühen Morgen zurück, als Barbara noch schlief. Wir sahen uns dann am Nachmittag, Barbara war wie immer, die Kleine, die Große. Werner ließ sich nicht sehen. Wartete sie auf ihn? Im Gegenteil. Sie schien erpicht darauf, ihn nicht sehen zu müssen. Zeigte sich kaum im Garten und selten am Fenster, war darauf aus, sich vorsichtshalber verleugnen zu lassen, klingelte es. Zwei Wochen später blieb meine Regel aus. Anfangs dachte ich nichts dabei, das kam öfter mal vor. Aber dann briet Cilly Buletten, die ich so liebte, und ich musste kotzen, als ich es roch. Da war ich dann doch durcheinander. Die Tage vergingen, und Cilly merkte natürlich, was los war. Wir parkten immer unsere angebluteten Schlüpfer im Deckeleimer mit kaltem Wasser, bis zur nächsten Kochwäsche. Und von mir kam da nichts. Ich hatte erst überlegt, mit rotem Filzstift ein X für ein U auszugeben, mich aber glücklicherweise besinnen können. Eigentlich wartete ich ja gerade darauf, dass Cilly mich ansprach. Das tat sie, als ich zum zweiten Mal passen musste, die Schlüpfer in den Eimer zu geben. In mein Zimmer kam sie, setzte sich auf die Bettkante und strich mir über den Kopf, bis ich weinte. Dann nahm sie mich in den Arm und sagte, ein Kind sei in jedem, wirklich in jedem der Fälle nichts als ein Glück, und zwar ein sehr großes. Nichts durfte sie Barbara erzählen, und dass sie nach deinem Vater nicht fragte, das habe ich ihr hoch angerechnet. Ich hätte es ihr sicher gesagt, hätte ich dich zur Welt gebracht. Aber daran dachte ich nur einen halben Tag lang. Als nämlich Barbara eines Morgens sagte, der Werner sei quasi ausgezogen zu Hause. Henny habe es ihr hinter vorgehaltener Hand berichtet. Sagte es, pfiff sich eine Haarsträhne aus dem Gesicht und schlug die Hände aneinander ab, als habe sie sie eben in Mehl gewendet. Ich war ja so froh, dass Barbara ihn aus irgendeinem Grunde, den ich bis heute nicht kenne, nicht mehr sehen wollte. Nun musste ich ihm nur noch von dir erzählen, und dass ich ihn heiraten wolle. So war ich damals drauf, ganz auf heile Familie. Ich kann gar nicht sagen, warum. Nicht nur eine meiner einstigen Mitschülerinnen lebte inzwischen, alleinerziehend, als Mutter. Das war nichts Besonderes mehr, zumal in Berlin, und auch in meinem Ausbildungsjahrgang hatte es vier Mütter gegeben, drei davon ohne Vater zum Kind. Es hat mich vermutlich erschreckt, ein Kind allein aufzuziehen. Vielleicht war mein Vater mir einfach zu nahe, als dass ich mir vorstellen wollte, meinem Kinde fehle der seine. Setzte mich also an einen Brief, in dem ich Werner Kapok von dir berichtete. Wollte dann rüber zu Henny, Adresse erfragen, als ich zum Mittag hörte, wie Joachim – ach ja, mein Vater, ich sagte Joachim zu ihm wie zur Mutter oft Cilly – mit Kurt Kapok vorm Hause zugange war. Sie unterhielten sich. Ich lief zum Fenster, hörte nun mit. Der Werner habe 'ne Freundin, er wohne eigentlich schon mehr bei ihr als zu Hause, denn ihre Eltern haben eine ziemlich große Wohnung, und es sei auch nicht so weit bis zur Uni. Stolzgeschwellte Brust, besonders beim letzten Absatz. Dass meine Entscheidung, dich nicht zu mir zu lassen, sofort fiel, kannst du dir sicher nicht vorstellen. Es war aber so. Ich wurde still und bleich, raufte mir nicht die Haare und ging am nächsten Morgen zum Gynäkologen, dann gleich ab in die Klinik. Krankenhaus Köpenick. Wie in Trance blieb ich zwei Tage dort, dann warst du gegessen. Sagte der Arzt, als er mich schließlich entließ. *Das ist jetzt gegessen.* Das saß. Saß mir immer im Nacken, auch als ich mich später auf später vertröstete, immer wieder. Fing sogar an, jüdische Gebete zu sprechen, wohl, weil ich dachte, das tut keiner außer mir, das muss doch was nützen. *Gepriesen seist du Ewiger, unser Gott, du regierst die Welt. Du hast mich als Frau erschaffen!* Wenn ich menstruierte, kam es mir immer wieder leise über die Lippen. Und wenn ich geschlafen hatte mit jemandem, so sprach ich, war ich wieder allein, vor mich hin: *Ewiger der Heerscharen, wenn du siehest auf das Elend deiner Magd und mein gedenkest und nicht vergissest deiner Magd, und gewahrest deiner Magd männlichen Samen, so will ich ihn schenken dem Ewigen für all seine Lebenstage.* Eigentlich hatte ich erst nach dem Eingang des einen ins andere Land nach freierem Zugang zur jüdischen Frage gesucht, die zuvor immer verblasst war in den Gesichtern der Eltern, hatte ich sie vorsichtig gestellt. Jetzt besorgte ich Bücher, ging auch zur Jüdischen Gemeinde, die unglaublich wuchs durch die russischen Juden. Von denen auch manche durch ein halbes Schaf oder ein älteres deutsches Auto zu Juden wurden, wie mein Vater mitunter bemerkt hatte. Fühlte mich aber nicht zugehörig, so gerne ich es für eine Weile gewollt hätte. Als die Weile vorbei war, schminkte ich mir für meinen Teil das Jüdische ab und versenkte es in meinem Bauch, wo es nun hin und wieder noch grummelt. Vielleicht ist das auch der Grund, dass kein Kind daneben mehr Platz finden konnte? Und keine Beziehung kam übers

Anfangsstadium hinaus, denn ich brach sie ab. Auch als ich schon längst keinen Vater für dich mehr zu brauchen vorgab – du bliebst mir fern. Wahrscheinlich schmerzt mich die Leerstelle in meinem tiefen, jüdisch beladenen Bauch nicht weniger als dich dieser Madenfraß, mein Mädchen, da sind wir ganz eins. Ist das Glück, dass du eben hereinschneitest in einer warmen bengalischen Nacht, mein bengalisches Feuer? Du warst so schnell erloschen vor mehr als zwanzig Jahren, dass ich nicht wusste, wie ich dich jemals wieder zum Leuchten bringen sollte. Und du leuchtest auch nicht, du bist halb Tod und halb Leben, wie ich mich gefühlt hab, nachdem ich dich fortgeschickt hatte. Unentschieden. Ausgang offen. Aber dass ich dich noch einmal einfach loslasse, wird nicht passieren. Ich wünschte, ich könnte dich dieses Mal halten. Halt! Was machen sie da? Das riecht scheußlich, ich muss den Kopf drehen, wegdrehen …

… von diesem Geruch. Jemand hatte eine Ampulle Riechsalz aufgebrochen. Dass es das hier noch gab, verwunderte Jeffrey, jedoch war er froh, als Claudia endlich zurückkehrte.

Inzwischen hatte der Fahrer mithilfe einiger weiterer männlicher Personen, die ihre Schlafstellen verlassen hatten, den Kindswerfer einholen und herbringen können. Er schien sich gegen die Inanspruchnahme zu wehren, gestikulierte wild. Der Fahrer wollte Barbara das Kind entreißen, um es dem Mann zurückzugeben, als endlich die Sicherung durchbrannte bei ihr und sie sich mit ihm in Richtung Straßenrand zu bewegen begann, langsam, stockend, zur Zeitlupe verdammt. Und sie schrie. Schrie so durchdringend, dass die wenigen nächtlichen Menschen zurückwichen, als sei es gefährlich, mit einer Verrückten in Berührung zu kommen. Von irgendwoher hatte es inzwischen eine Polizeistreife herangewedelt. Man vermochte sich kaum zu entscheiden zwischen der Schreienden am Straßenrand und dem unterdessen nicht unbeträchtlichen Aufruhr auf dem Kreisverkehr, als Jeffrey es endlich schaffte, einem der beiden Beamten begreiflich zu machen, dass es sich um Ausläufer ein und desselben Geschehens handelte. Die Polizisten befahlen, das Taxi, in dem Claudia wieder Platz genommen hatte, verwirrt und inzwischen verweint, an den Straßenrand zu fahren. Dort kam es zu den Schwestern und Jeffrey unverständlichen Wortgefechten zwischen Fahrer, Polizisten und Kindswerfer. Sie sprachen Bengali. Im Verlauf wollte Jeffrey mehrfach auf Englisch eingreifen. Vergeblich. Bis er auf einmal schrie wie eben noch Barbara: Besinnungslos. Laut. Dann auf Englisch bestand. Einer der Beamten ließ sich, nachdem er sich mehrfach umgeschaut hatte, darauf ein und insistierte, das Kind einfach zurückzugeben und die trotz nächtlicher Zeit größer werdende Versammlung aufzulösen. Das war für Jeffrey zu viel, er selbst wolle das Kind ins nahe gelegene Chittaranjan Hospital bringen und den Kindswerfer gleich mit, der aber nun heulte und seinerseits schrie. Er habe das Mädchen heute den dritten Tag vor seinem kleinen Laden sitzen sehen, habe ihm mehrfach zu essen und zu trinken zu geben versucht und immer gehofft, jemand würde es wieder abholen. Es sei aber niemand gekommen, wie auch, wo doch das Kind offenbar eine Verbrühung im Nacken erlitten hatte, die behandelt werden musste. Und als das Fieber sich seiner bemächtigte, dass es mehr lag als saß, habe er es heute nach Ladenschluss aufgenommen und ins Krankenhaus bringen wollen. Genau in jenes, das Jeffrey zuvor genannt hatte. Dort aber habe man ihm das Kind nicht abgenommen, auf die ungeklärte Herkunft verwiesen und Ärzte genannt, widerstrebend, bei denen er versuchen könne, es versorgen zu lassen. Das sei ihm in den Stunden danach aber nirgends gelungen. Er sei so verzweifelt gewesen, dass er schließlich das haltende Taxi mit den ausländischen Frauen darin als seine letzte Rettung gesehen und das Mädchen hineingeworfen habe. Er habe mit ihm nichts zu tun, es sei weder seine Tochter noch sei ihm bekannt, wer die Mutter sei. Er müsse an die Kundschaft denken, das sei doch klar, und wenn auch ein kleines verlassenes Kind vor dem Laden nichts Besonderes sei, so sei doch die fortschreitende Infektion wie die Tatsache, dass Fliegen sich an der Wunde zu schaffen machten, Grund genug, es dort weghaben zu wollen …

Jeffrey schluckte. Und schluckte.

Die Polizisten gingen endlich dazu über, die Personalien des Mannes aufzunehmen. Was sie mit einem derart verletzten Kind anstellen sollten, schien ihnen mehr als unklar zu sein, sodass sie sich mit *bräsigen* (Claudia) Mienen darauf einließen, die Taxigesellschaft zum Krankenhaus zu begleiten, nachdem sie dem Kindswerfer eingeschärft hatten, dass das letzte Wort in dieser Angelegenheit noch nicht gesprochen sei. Der lief schließlich, schneller werdend mit jedem Schritt, davon, und die Autos fuhren in Richtung Krankenhaus. Claudia hatte das Kind inzwischen wieder in der beruhigenden Höhlung zwischen rechtem Arm und Oberkörper untergebracht, von wo es so etwas wie vereinzelte Schluchzer vernehmen ließ. Ein gelegentliches Aufstoßen, das bemüht war, die äußere Seelenhülle nicht zu zerreißen, wie Claudia denken musste.

Die Vorgänge im Krankenhaus nahm sie kaum wahr, zu fest wollte sie das Mädchen halten. Unter stetem Zureden Jeffreys gab sie dem Bemühen des Personals, das Kind aus der

Höhle zu nehmen, schließlich nach und sah, wie es fortgebracht wurde. Jeffrey ließ sich als erster Ansprechpartner für die Belange des Kindes sowohl in der Krankenhausaufnahme als auch von den Polizisten vermerken. Letztere schienen erleichtert, diesen Ort endlich verlassen zu können, nachdem sie sicher sein konnten, dass den Ausländern mehr Beachtung geschenkt wurde als dem hiesigen Händler. Falls seine Geschichte stimmte.

Der Taxifahrer wartete unverdrossen, natürlich auf Jeffreys Anweisung hin, und so fuhren die Frauen endlich, es dämmerte bereits, ins *Hindusthan.* Jeffrey verabschiedete sich, nachdem er die beiden in ihrem Zimmer wusste. Als er im Taxi in die Broad Street saß, fiel ihm doch tatsächlich ein, dass er den Trinkwasserhinweis vergessen hatte. Er überlegte, ob er im Hotel anrufen sollte, aber vermutlich schliefen die beiden längst. Er sah auf seine neue Uhr und erschrak nicht einmal, als er merkte, dass er in zwei Stunden an seinem Arbeitsplatz erwartet wurde.

Tatsächlich war Claudia unterdessen in einen tiefen Erschöpfungsschlaf gefallen. Barbara hingegen wusste nicht, was mit ihr los war: Sie konnte nicht einschlafen.

Kopffehlgeburt der Barbara Schaechter am 30. November 2000, 5:16–5:23 (IST)

Mein Gott, was war denn das … Damit hatte ich ja nun nicht im Mindesten gerechnet, als wir losflogen. So ein kleines, versehrtes Mädchen im Arm zu halten. Nicht schwer, das Kind, eher wie'n kleinerer Hund. Hund und Kind: gleiche Endung, -nd. Cillys *Neues Deutschland.* Mein Hirn spinnt, glaub ich. Kann ich ihm ja nicht krummnehmen nach so einer Nacht.

Nicht mal die Augen des Kindes konnten wir sehen, und doch war mir, als beobachtete es uns sehr genau. Als kriegte es mit, welche Rollen wir spielen könnten in diesem Theater, und wolle sich darauf einrichten, mitzuspielen. Aber das geht doch nicht, Kleines! Du greifst nach dem großen Bagel und triffst nur das Loch! Denn dass es ein Loch ist, merke ich grade mal wieder: Ich hab keine Kinder. Hab auch nie dran gedacht. Nur ans Kindervermeiden. Mit Gravistat fing das an, später andere Pillen. Bis heute.

Das Loch im Zeitbagel, ja. Als Zeit bin ich ein großer, runder Kuchen gewesen, als ich noch jung war, und seitdem fresse ich mich, meine Zeit, aus der Mitte heraus langsam auf. Bis eines Tages nur noch ein dünner Rand übrig sein wird. Wenn der dann bricht, bin ich dran. Ohne Kind. Ohne Kegel. Wenn ich dran denke, bin ich erleichtert darüber. Und sauer zugleich, dass ich es nicht gewagt habe, als die Zeit noch ganz voll war. Jetzt hätte ich Angst. Lust empfand ich doch nie bei der Vorstellung, mich mit kleinen mümmelnden Fratzen herumzuschlagen zu müssen und nicht mehr tun zu können, wonach mir der Sinn steht! Aber stand mir der Sinn denn nach Sinn? Warum weiß ich das auf einmal nicht mehr? Ist es ein Fehler, dass mir ein Kind fehlt? *Fehlen – ein Teekesselchenwort!,* hätte Joachim gesagt. *Fehlen* kann heißen, nicht da zu sein, durch Abwesenheiten zu glänzen. Und *fehlen* kann sein, man begeht einen Fehler, einen Verstoß wider die Regel. *Regel – auch ein Teekesselchenwort!,* höre ich Cilly einstimmen, und was das heißt, geht den Frauen in der Familie einen Tick schneller auf als Joachim. Und Joachim würde glatt widersprechen, hätte er's endlich geschnallt. Ich hör ihn so klar: *Die Regel, die ihr meint, kommt vom Wort Regelblutung, und das bezieht sich nun ganz klar auf die ganz und gar eindeutige Regel-*

haftigkeit dieses Weibskörpergeschehens, kapiert? Damit wäre klar, dass Regel eins und Regel zwei ein und denselben Ursprung haben und mitnichten in die Phalanx der Teekesselchen aufzunehmen sind! Aber wartet mal – da fällt mir doch glatt auf: Auch fehlen *ist eines Teekesselchens nicht würdig. Bedeutungsverschiebungen – ja, aber am selben Stamm, am lateinischen* fallere*: sich oder jemanden täuschen, enttäuschen, versagen, vergessen, verbergen. Noch weitere denkbar.* Fehlen *kann* sündigen *heißen, bezeichnet aber auch den Mangel an etwas.* Und er würde lachen über sich. Ach Väterchen, du hast ja so recht. Die Bedeutungen fasern sich auf, die Wurzel bleibt eins. Indem ich die Regel nur hormonell gesteuert, nur zum Schein stattfinden lasse, verstoße ich gegen sie. Aber auch gegen die anders zu deutende Regel: die Abmachung der Mutterschaft. Die ich nicht getroffen hab, klar, und sie deswegen auch nicht einhalten muss. Manchmal hast du gesagt, dass dir ein Enkelkind fehlt [sic!], bist immer sofort, und dafür hab heißen Dank, zu anderem übergegangen. Um mich mein Tun nicht als Fehler, als Regelverstoß spüren zu lassen? Regel eins, Regel zwei? Auseinander? Und doch wieder zusammen? In eben gedachter Weise? Puh, dieses Chaos im Kopf. In dieser Stadt, dieser Hitze, die trotz der Frühe des Tages schon durch alle Ritzen zu kriechen scheint. Ich fehlte wahrscheinlich, als Gott die Freuden der Mutterschaft über den Herzen der Frauen ausgoss, und ich fehlte womöglich ebenso (oder anders?, indem ich etwas Unrechtes tat?), als ich es dabei beließ und mich nicht etwa bequemte, noch einmal nachzufragen. Ob Gott nicht ein Mutterschaftsquäntchen für mich doch noch frei machen kann. Ob Gott nicht verspätet noch einmal nachgießen möchte. Und jetzt denk ich wieder: Ich bin ja zufrieden! Dass Gott das nicht tat! Oder nicht? Oder doch? Was ist los? Wir fehlen, indem wir fehlen. Die Regel ist eine Regel ist eine Regel. Regelverstoß führt zu Kinderlosigkeit. Allerdings führt auch eine Fehlgeburt in die Kinderlosigkeit. Ein Regelverstoß der Natur, nicht der Frau. Aber die Frau ist doch auch Natur … Schluss jetzt, es geht nicht. Will schlafen. Mir fehlt das Kind, das ich nie bekam, nur als falsches Zeichen der Vollständigkeit. Ich bin über vierzig. Ich will keins. Es gibt viel zu viele davon. Hier besonders. Die Fehlgeburt meines Kindes ist nicht das Ende vom Lied, das die Leute hier singen. Ich stehe zu meiner Fehlstelle, zum dunklen Loch im Bagel. Im jüdischen? Quatsch. Ich habe einfach gefehlt. So oder so. Wie habe ich lange mit Cilly bekakelt, dass mir die Pille fehlt, ich war vielleicht fünfzehn, sechzehn damals. Ich wollte nur wissen, wie's ist, eine unreife Neugier auf Reife. Cilly fand's besser, den ersten Pillenzyklus abzuwarten, ich war rational, war vernünftig, war ab- wie aufgeklärt, ja. Cilly hat mir geholfen, sie zu beschaffen, was nicht weiter schwer war in unserem *Siziolasmus.* Und dass es der Werner sein musste, lag an seiner Verfügbarkeit und der Langeweile, die die Jungs in der Schule mir zumuteten. Werner gehörte einfach zu uns, seit er klein war, und nun war er beinahe groß, und vielleicht auch ein Mann. Es gefiel mir nicht schlecht, und ich muss sagen, dass ich die Führung genoss in dem Spiel, das ich einigermaßen geheim hielt. Genoss es, dass ein Kind mich nicht abbringen konnte von gespannter Erwartung. Der Kampf, den wir spielten, hätte leicht aushärten können, aber ich legte längere Pausen ein, ehe ich ihn dann wieder zuließ. Er legte längere Pausen ein, als er für drei Jahre zur Armee ging. Gewöhnte mich auch an diese Abstände. Doch es wurde gefährlich, als ich schließlich mitkriegte, dass er angeheuert worden war. Dass er Berichte schrieb. Ich sagte es ihm auf den Kopf zu, wir schlugen, verletzten uns gar, doch die Neugier verlagerte sich auf ein anderes Feld: Er war doch mein Zögling! Diese scharfe, spritzende Lust! Ich wollte sie steigern, indem ich es selbst verfasste, was man von ihm verlangte. Er ließ sich drauf ein, und wieder hatten wir hitzig riskanten Spaß. Wir trieben ihn auf die Spitze, mit Härte. Bis zur Reise nach Moskau, im Achtziger-Sommer. Wenn ich dran denke, so schmeck ich das Moskauer Eis, und plötzlich bittert sie, die Vanille. Wird Galle, ätzt die Geschmacksknospen taub. Weil Susan und Daniel mich abpassten vor dem Hotel, um mir mitzuteilen, dass sie in Undine Michlenz, mit der ich das Zimmer teilte, eine Zuträgerin vermuteten, ich solle mich hüten. Erst wollte ich lachen, doch dann drang plötzlich das Bild *meines* letzten Berichtes herauf, und ich wurde wohl grau und ernst, denn die beiden meinten, ich solle mir das nicht so zu Herzen nehmen. Wenn ich's jetzt wüsste, könnte ich's ja vermeiden, mich um Kopf und Kragen zu reden, wie's meine Art sei.

Nein, ich wollte auf der Stelle nicht mehr. Und ich wusste sehr plötzlich, ich musste Werner allein seinen Weg gehen lassen, egal, wohin, wollte ich mich nicht hassen müssen. Das Sexuelle so sehr verquickt mit dem Kick! Jeder Beischlaf ein Stoß ins Herz der Stasi! Welch irre Selbsttäuschung! Welche Verblendung! Ich hatte gefehlt, ich hatte mich überhoben, einen anderen Menschen, Werner, zum Popanz gemacht, ich schämte und grämte mich fortdauernd, dass ich während der Reise verstummte. Meine Pillen fortschmiss, ins Klo, weil ich Angst haben wollte, Werner noch mal zu begegnen. Weil ich dachte, ein mögliches Kind ist eine schöne Drohung, die wird ihn mir austreiben. Und meinen Missbrauch gleich mit. Womöglich hätte Undine Michlenz, hätte ich sie später gefragt, mir gesagt, sie habe mir doch um Himmels willen nicht geschadet! Freilich hätte ich später selbst sagen können, ich habe ja niemandem geschadet!, es hätte sogar gestimmt, wenn man von Werner und mir absieht, aber diese Formel ekelt mich seit zehn Jahren so sehr, dass ich es mir hätte verbeißen wollen, so zu sprechen.

Und dann war er fort. Erst unsicher, dachte ich später, er hat es ebenso begriffen wie ich. Und löste mich ganz von ihm, indem ich ihn nicht mehr sah. Er blieb weg. Und heiratete bald. Und bekam auch ein Kind. Ich war froh. Die Pille habe ich dann jahrgangsweise wieder genommen, doch wurden Männer mir fremd. Ich probte den einen, den andern, sie rissen mich nicht gerade mittendurch.

Kein Zeitmaß im Zeitfraß.
Kein Kind und kein Kegel.
Ein Loch im (doch jüdischen) Bagel.

Wie ein Mantra wiederholte sie ihre letzten Worte und schlief endlich ein.

Später, viel zu früh, brachte ein Page zunächst eine Zeitung, dann zwei Glas Tee. Noch später dann einen Beutel für Schmutzwäsche, und immer wollte er nicht sofort wieder gehen und stand im Zimmer herum. Dass er Bakschisch erwartete, wurde Claudia beim vierten Mal klar, als er Schuhputzzeug brachte. Sie hatten noch nicht getauscht, gaben ihm eine Mark, die ihm offenbar nicht gefiel. Aber er verschonte sie erst einmal.

* *

BARBARA HAT SICH gewundert, den Impuls verspürt, ganz schnell auf die Palme zu klettern, als Claudia ihre Reise nach Trebesee so unvermittelt aufs Tapet brachte. Doch jetzt findet sie es gar nicht so schlecht, allein zu Hause zu sein. Das war sie selten, seit sie hier wohnt. Fast gaben sie ein altes, grilliges Ehepaar ab, wenn sie in die Oper gingen oder ins Theater, immer die eine lauernd auf das, was der anderen auf der Zunge lag. Die grinsende Befriedigung, wenn sich die stille Vorwegnahme bestätigte. Sie merkt, wie sie schon beim Gedanken daran grinst.

Es ist Samstag. Westermeyer ist zu irgendeiner Veranstaltung seines Parteivorstandes gefahren, Kommunalpolitiker im Austausch. Hat sie gebeten, mitzukommen, der Abende, der Nächte wegen. Sie aber hat sich eine Auszeit verordnet nach der vermeintlichen Querele von letzter Woche. Ums Jüdische. Das sie als Grund für seinen Heiratsantrag hatte ausmachen wollen. Nun ja, mutwillig. Unbegründet. Zwei oder drei Tage hat sie gebraucht, sich zurechtzurücken. Und es gibt etwas in ihr, das nach ihm verlangt. Noch immer staunt sie über die Liebe. Deren Verspätung. Zum Glück hat Westermeyer nicht hören müssen, wie sie Schimpfworte ausschleuderte. Aber eigentlich gefallen ihr diese Schimpfworte immer wieder. Sie sollte eine kleine Sammlung verschriftlichen. Für den Fall der Altersdemenz doch eine weise Voraussicht. Barbara räumt den Tisch ab und setzt sich, klappt den Laptop auf. In der Küche hat sie es nicht so weit zum Kühlschrank. Zum Wein. Sie nimmt einen Schluck. Sieh an, Claudia ist online. Soll sie ruhig. Und wenn sie was will, soll sie anklingeln, sie sieht ja auch, dass Barbara bereitsteht. Beziehungsweise -sitzt. Was sie da ausheckt mit Werner? Soll ihr egal sein. Ist es aber nicht. Nicht ganz jedenfalls.

Sie will den Unwillen abstreifen, von dem sie nicht weiß, was er bedeuten könnte. Noch ein entschlossener Schluck, und dann holt sie aus dem Flur das Paket, das der Postmann heute brachte. Sie weiß ja, was drin ist. Und Neugier lässt sie das Packband zerschneiden, den Karton aufreißen. Drin sind die meisten der Filme, die sie in Vorbereitung der Hausüberholung fanden. Ausgenommen einige Märchen, meist Scherenschnittanimation, die die Eltern ihnen gern gezeigt hatten, als sie klein waren. Was aber Joachim selbst aufgenommen hatte, hat sie endlich digitalisieren lassen, nachdem sie den September über verzweifelt waren am Rückspulen, Scharfstellen, Rödeln. Der alte Projektor funktionierte, aber wie aufwendig und raumgreifend der Aufbau, das Ent- und Einrollen der Leinwand, das Auf- und Einklappen des Spulapparates! Vor allem: Wie schwer das Gerät! Nein, sie sei zu alt, es jedes Mal auf den Tisch und wieder runterzuhieven, hatte sie Anfang Oktober beschlossen, sich im Netz einen Anbieter gefischt, mit ihm verhandelt. Sie waren übereingekommen, und nun ist sie gespannt.

Die Filmspulen lässt sie gleich drin im Karton, nimmt die DVDs heraus und will es sich gut sein lassen. Joachims Ordnungssystem haben sie nicht entschlüsselt, aber die Filme nach Jahreszahlen sortiert. Wenn nicht thematisch, dann wenigstens Chronologie. Blind tippt sie auf eine der Scheiben, 1970–1972 steht darauf, und legt sie ein. Elf bis dreizehn, sensibles Alter, denkt sie, sucht sich aber vergeblich auf den Bildern, die das Laufen zum Glück nicht mehr lernen müssen. Sucht überhaupt einen Anker, an dem sie sich festmachen könnte, sieht aber nur eine Kamerafahrt durch den schmuddeligen Dresdener Hauptbahnhof. Dann die Prager Straße. *Nun denn: Rom mach ich groß und frei!*, singt sie den *Rienzi*. Es ist still, der Film stumm, dass sie Zuflucht sucht zu ihrer alt gewordenen Spottlust. Dann aber erinnert sie sich, dass sie bei der Jugendweihefahrt nach Dresden, das muss also 1973 gewesen sein, sehr aufrecht mit den anderen den breiten, kalten Boulevard entlangflaniert war und sich groß gefühlt hatte angesichts der Neubauten. Die sozialistische Brigaden in heroischer Arbeit errichtet hatten. Die Pubertät musste noch gezögert haben, endgültig über sie herzufallen, denn später hatte sie stets, wenn von sozialistischem Arbeiten und Planerfüllen die offizielle Rede ging, gekontert und von ihren Erlebnissen im Schulfach *Produktive Arbeit* erzählt. Dazu war sie einmal wöchentlich ins Kabelwerk Oberspree gefahren. Wie schlau die Leute dort die Bilanzen frisierten. Wie sie, war das eine Material nicht da, das minderwertigere einsetzten, um das ausgegebene Ziel zu erreichen. Gesagt hatte sie das, weil es sie aufregte, dass man von oben offenbar log, um sich zu feiern. Aber unten hatte man es ihr ebenso übel genommen, als Verrat ausgelegt, dabei hatte sie nie einen Namen genannt. Wenigstens war ihr damals klar geworden, dass die oben und die unten sich ganz nett eingerichtet hatten miteinander und lieber nicht gestört werden wollten, dabei hatte sie doch für die unten Partei ergreifen wollen und gegen die oben opponieren, die blödsinnige, nicht zu erfüllende Vorgaben machten.

Die Kamera zeigt jetzt einen anderen Teil von Dresden, viel Brache, Ruinen, begonnene Neubauten dazwischen. Ein Straßenschild, *Fiedlerstraße,* wird in den Fokus genommen, der sich bald weitet. Der Kameramann Joachim Schaechter wandert, kommt wieder zurück, einige Schnitte sind deutlich erkennbar. Längeres Verharren hier und da, ausgiebige Aufnahmen von Lücken im Straßenbild, verfallenen Häusern. Keine Barbara bekannte Person, nur Passanten, mit Einkaufsbeuteln oder den damals modernen Knautschlacktaschen. So eine hatte sie auch gehabt, ein weißes, geliebtes Teil mit Fransen und einer goldenen Schmuckschnalle.

Wenn das so weitergeht, wird sie gähnen.

Sie gähnt.

Schließt unwillkürlich die Augen.

Als sie sie wieder öffnet, verschwindet gerade ein handgeschriebener Abspann und macht der nächsten Episode Platz, in der Barbara beim Besteigen eines kleinen grauen Esels zu erkennen ist. Sie springt zurück, liest:

Lieber Korallenonkel, du bist verschwunden wie deine Fabrik, Falls du da oben irgendwo sitzt: Mach dir dein Bild. Dein Joachim.

Vaters Handschrift. Sie stoppt die Wiedergabe. Bei genauem Hinsehen, sie schiebt das Gesicht nahe an den Bildschirm, ist erkennbar, dass es sich um einen Bogen Karopapier handelt. Joachim hatte es anderen Sorten stets vorgezogen. *Deine Buchstaben sitzen ja immer nur im Gefängnis!,* hatte sie früher gesagt. Ihr ist selbst liniiertes Papier nicht geheuer, sie liebt es blank und bloß, bis heute, kommt aber nicht oft dazu, noch handschriftliche Notizen zu machen.

Er musste es mit einer Tuschfeder geschrieben haben, wie die dick ausgezogene Schrift verrät. *Lieber Korellenonkel. Dein Joachim.* Enge Verbindung? Wen nannte er so? Ihr Vater hatte früher mit einer Korelle fotografiert, aber nie jemanden erwähnt, der damit in Zusammenhang stehen mochte. Sie weiß es nicht. Will aber auf den Dachboden steigen, auf dem verschiedene Kartons mit alten Sachen nach der Neueindeckung wieder ihren Platz gefunden haben. Ihren vorläufigen. Diesen Kompromiss hat Claudia ihr abgerungen, die ihr vor Wochen sogar den Aufstieg verstellt hatte. Claudia ist eine Freundin der Müllabfuhr, während sie selbst lieber behält, allenfalls verkauft, zögernd, abwartend, häppchenweise. Die alte AK8 ihres Vater hat sie für 70 Euro auf einem Internetportal verscheuert, die Fotoapparate warten noch darauf.

Ganz leicht fällt es nicht, die Scherentreppe auszuklappen. Kalt ist es hier oben, sodass sie sich beeilt, wieder hinunterzukommen, den Karton unterm Arm. Sie bringt ihn nicht in die Küche, sondern in ihr eigenes Wohnzimmer. Wer weiß, wann Claudia zurückkommt, sie hat keine Lust, sich wegen vermeintlich ausufernden Krempels in der Küche ausufernde Nörgelei einzufangen. Als es ans Heben der Schätzchen geht, spürt sie ein schmerzhaftes Ziehen in der Hüfte, sie nörgelt jetzt selbst. Über das Alter. Die Gebrechen, die es mit sich bringt. Die Gebresten, die es über sie wirft. Sie will es warm haben. Bequem. Nimmt sich den Heizschuh aus dem Schrank, den sie neulich heimlich gekauft hat, und stellt die Füße hinein. Nun kann es losgehen. Obenauf liegen die Apparate, die ihre Kindheit begleiteten und von denen sie nicht weiß, warum Joachim sie aufgehoben hatte. Ja, sie weiß nicht einmal mehr, wie sie aus ihrem Besitz wieder in seinen hatten übergehen können. Ihre Penti 2 zum Beispiel hatte sie bei ihrem Auszug doch mitgenommen, oder? Sie war auf die Pouva Start gefolgt, die sie zur Einschulung bekommen hatte. Aber ein gesteigertes Interesse an Fotografie hatte sie nie entwickelt. Auch Claudias Penti findet sich, sie hatte sie als junges Mädchen mit einem Abziehbild, kleines Watschelentchen, verschönt. *Typisch,* raunzt Barbara in die Tiefe des Kartons, aus der sie die schaechterschen Altkameras hervorzieht: eine Ercona II, mehrere Modelle der Praktica-Reihe – und die Reflex-Korelle, tatsächlich. Mit dem Handy fotografiert sie alle

Apparate (bis auf diese) und beschließt, sie kurzerhand im Paket zum Kauf anzubieten. Die Korelle nimmt sie mit hinunter in die Küche, sie will Claudia nach deren Ankunft ins Bild setzen von der Entdeckung.

Fortgesetzt Filme. Ein Besuch der Wartburg bei Eisenach. Schon bevor sie ins Bild kommt, weiß Barbara Bescheid: Graue Esel hatten die Burg seit dem Mittelalter mit Trinkwasser, Lebensmitteln oder Holz beliefert, ehe sie zur Touristenattraktion umgesattelt wurden, und sie erinnerte sich genau der kribbligen Freude, die sie während des Ritts verspürt hatte. (Oben hatten sie dann auch das Eseltreiberstübchen besichtigt.) Eine Maidemonstration, Karl-Marx-Allee, bunte Luftballons in den Händen der kleineren Kinder, während Claudia und Barbara an Cillys Seite sichtlich missgelaunt mittrotten. Vom Kameramann werden sie mehrfach zum Lachen provoziert, das aber immer nur kurz und sichtlich widerwillig ausfällt. Szenen mit der Familie im Garten hinter dem Gropiusbau. Die Eltern im Liegestuhl, Claudia auf einer Decke beim Sonnenbaden. Womöglich hatte sie selbst diese Aufnahmen gemacht? Schließlich ein Urlaub an der Ostsee, im Zelt. Hatte sie nicht, lange bevor sie mit Werner Kapok nach Erfahrungen suchte, dort zum ersten Mal *richtig* geküsst? Einen Jungen namens Ronald, erinnert sie sich, der mit Freunden dort zeltete. Durchaus wechselseitiges Interesse. Fingern im Zeltkino. Strandpetting bei Nacht. Nie hätte sie an ihn jemals wieder gedacht, denkt sie, gäbe es nicht diese Filme, als sie Ronald tatsächlich drauf sieht: Haare länger als üblich, das hatte ihr schon gefallen. Volle Lippen. Unsicherheit im Blick. Von Weitem sehr gut aussehend. Aus der Nähe picklig, erinnert sie sich, aber das Schwarz-Weiß des Films gibt das nicht her. Jetzt fällt ihr der Ort wieder ein: Das war Lobbe, auf Rügen, und nun sieht sie sich von hinten mit ihm Hand in Hand Richtung Göhren verschwinden. Mit Standpausen. Das hatte Joachim heimlich gefilmt, sonst hätte sie wohl nicht solch enge Umschlingungen zugelassen. Schließlich erscheint auch ihr Vater selbst noch einmal, dafür fehlt Cilly im Bild. Alles klar, FKK. Ihr nackter Vater spielt Volleyball am Strand, sein Ding hüpft ihm zeitlich leicht hinterher, wenn er nach dem Ball hechtet oder einen Flatteraufschlag zum Besten gibt. Am Rand des Spielfelds sie selbst, mit Bikinihöschen, während die nackte Claudia einen leichten Ansatz zur Pummligkeit zeigt. Ach, wie niedlich. Sie stoppt das Bild, als ihr Vater in die Höhe springt, sich streckt, die Arme erhoben, und sieht ihn an, und sieht die Häkelkappe auf seinem Kopf, und sieht auf einmal Cilly am Küchentisch sitzen und häkeln, und sieht, wie sie lacht und das Mützchen Joachim überstülpt, und sieht wieder ihren Vater auf dem Bildschirm, und sieht im Schwarz-Weiß des Films auf einmal den blauen Rand des kleinen weißen Käppchens, und sieht den blauen Stern, der den Schädel bedeckt, und sieht zum ersten Mal, dass er Kippa trägt auf dem schönen, kahlen Kopf.

Das Kappel.

Die Jarmulke.

Und sieht, dass sie nötig war und er ohne sie gar nicht hätte am Strand weilen können, denn es war sehr warm gewesen und ausgesprochen sonnig.

* *

AM 21. APRIL 1933, einem schon mäßig warmen und sonnigen Tag, der nach Frühling roch, fuhr der 60-jährige Dresdener Fabrikant Franz Kochmann mit seiner Frau Clare im eigenen Wagen nach Berlin. Er hatte telefonisch ein Zimmer in einem kleineren Hotel nahe des Kurfürstendamms gebucht, denn er hatte gehört, dass dem einen oder anderen jüdischen Unternehmer aus seiner Heimatstadt eine Unterkunft in den Luxusetablissements verweigert worden war. Das wollte er sich ersparen, wenn er sich auch nicht vorstellen konnte, seine jüdische Abkunft sei bis zu einem noblen Berliner Hotelier vorgedrungen. Sein alter Freund Schaechter aus Brünn hatte ihm geschrieben. Der hatte sich vor Jahren schon mit seinem Sohn Victor überworfen, nun aber über verschiedene Umwege gehört, dass man ihn in Berlin weggefangen habe. Er sorgte sich auch um seine Enkelkinder, deren jüngstes, Lea, er noch nicht einmal gesehen hatte. In seinem Brief bat der alte Schaechter darum, Franz Kochmann möge doch seine Beziehungen spielen lassen, um an genauere Informationen zu gelangen. Dresden sei, erstens, näher an Berlin als Brünn, und seine Frau, zweitens, in einem derart schlechten Zustand ob der Berliner Gerüchte, dass er sie einfach nicht allein lassen könne. Vom Sohn sei er in solch heftigem Streite geschieden, dass er nicht wisse, ob seine Frau ihm überhaupt die Tür öffnen würde. Obwohl sie sich aus dieser Auseinandersetzung weitgehend herausgehalten habe, gottlob. Zum Glück sei er wenigstens im Besitz der Adresse, den Kindern habe er hin und wieder Briefe und kleine Geschenke senden können.

Kochmann hatte die Bitte nicht abschlagen wollen und sich wenige Tage nach Erhalt des Briefes auf den Weg gemacht. Seine Frau saß nicht neben ihm auf dem Beifahrersitz, sondern im Fond des Wagens. Sie strickte gern, besonders auf längeren Autofahrten, was Kochmann einigermaßen absonderlich fand. Er fragte sich, wie eine solch genaue Feinmotorik erfordernde Tätigkeit angesichts des Rumpelns und

Pumpelns auf den Straßen überhaupt gelingen konnte, verlor aber kein Wort darüber. Clare hatte es sich bequem gemacht, den Wollkorb auf dem Nebensitz abgestellt und die Herstellung eines ärmellosen Pullunders mit Zopfmuster und V-Ausschnitt begonnen, wie sie ihn an Thronfolger Edward, Prince of Wales, so liebte.

Vor zwölf Jahren hatte Kochmann seine Fabrik fotografischer Apparate in Dresden gegründet, bis vor Kurzem auch Plattenkameras gebaut. Seit 1924 gab es bereits seine Enolde Reflex, mit ungewöhnlichem Bildformat. Die erste Korelle hat er 1930 auf den Markt gebracht, wollte aber auch ein Spiegelreflex-Modell, 6×6 cm, nachschieben. Diesem galt im Moment ein Großteil seiner Aufmerksamkeit. Wenn sie unterwegs Rast machten, sah er immer wieder technische Zeichnungen durch. Der Ehrgeiz hatte ihn seit jeher fest in seinen Fängen gehabt, und der Erfolg zeigte sich auch darin, dass seine Firma vor nicht allzu langer Zeit zum zweiten Mal einen besseren Standort beziehen konnte. Zur Ausgburger Str. 3 brauchte er nur zehn Minuten von der Villa Kochmann in der Blasewitzer Residenzstraße. Er legte sie stets zu Fuß zurück, genoss es, über die Zäune auf die gepflegten Grundstücke und Villen seiner Nachbarn zu sehen und sich an der eigenen Wohlsituiertheit in erfreulicher Umgebung zu ergehen. Man grüßte sich auf die Entfernung, in dem man die mitgeführte Zeitung in Stirnhöhe hob und sehr breit lächelte. In den letzten Wochen waren mehrere Hauseigentümer dazu übergegangen, ihn nur noch eines verkniffenen Kopfnickens zu würdigen. Kein Mann der Angst, meinte er, dass das ja wohl unmöglich lange anhalten könne.

Vor einem Jahr hatte man begonnen, die Fernverkehrsstraßen zu nummerieren. Sie bewegten sich über die F 96 in

Richtung Senftenberg, überquerten zum zweiten Male die Schwarze Elster, als Clare um eine Pinkelpause bat. Franz Kochmann schlug vor, ein Lokal aufzusuchen, aber Clare hatte einen großen Picknickkorb gepackt und wollte eben *nur mal schnell in die Büsche.* Also hielt er an geeigneter Stelle, sogar zwei, drei Bänke standen dort unter Birken, und verließ den Fahrersitz, um sich währenddessen die Beine zu vertreten. In Senftenberg hatte sein Freund Georg von Mayenburg, Architekt in Dresden, eine Werkssiedlung entworfen für die Arbeiter und Beamten der Ilse Bergbau AG. Es war bestimmt zwanzig Jahre her, dass er zu den Einweihungsfeierlichkeiten geladen worden war. Ihm hatte der Gartenstadtcharakter der Siedlung *Marga* gut gefallen, allerdings war er überzeugt, dass dem Modell der zur gleichen Zeit entstandenen Gartensiedlung von Hellerau, nah seiner Heimatstadt gelegen, wegen des sozusagen genossenschaftlichen Errichtungs- und Nutzungskonzeptes der Vorzug zu geben war. Der Direktor der Bergbau AG hatte seine Stammbelegschaft ködern wollen, aber Hellerau lag ein sozialreformerisches Projekt zugrunde. Dass auch hier ein Fabrikant, der Möbelbauer Karl Schmidt, Initiator des Baugeschehens war, änderte daran nichts, fand Franz Kochmann. Er bewunderte Schmidt für die Euphorie, die sein Vorhaben einer Lebensreform damals, auch international, ausgelöst hatte. Leider war ihr keine lange Dauer beschieden gewesen nach Krieg und Inflation.

Als Clare zurückkam und ihren Kartoffelsalat auspackte, breitete Kochmann die Picknickdecke über eine Bank. Sie setzten sich. Jetzt war er ganz froh, nicht in der *Kaiserkrone* der *Marga* zu sein, jenem Lokal, in dem er 1913, kurz nach Eröffnung, mit Mayenburg so viel Bier getrunken hatte, dass er nicht bemerkte, wie dieser ihm Opiumzigaretten andrehte. Er wusste bis heute nicht, wo er die herbekommen haben konnte, aber die Wirkung stand ihm noch immer klar vor Augen. Er wollte daran lieber nicht denken und griff mit der Rechten nach einem gekochten Ei, mit der Linken nach Clares Händen, die ihr Haar zu bändigen versuchten. Ja, er hatte sie gern. Schade, dass sie keine Kinder bekommen hatten und demzufolge keine Enkel eines Tages durch die große Villa toben würden. Er schluckte. Solche Augenblicke überkamen ihn nicht mehr besonders häufig. Hatten sie ihn jedoch erst einmal gestreift, zeigte sich für längere Zeit Melancholie in seinem Blick.

Die Sorge des alten Schaechter um die Enkel teilte er umstandslos, hatte Geld abgehoben, das er deren Mutter, sollte sie es brauchen, geben wollte. Und er war sich darin einig mit seiner Frau. Die Streitereien zwischen dem alten Schaechter und seinem Sohn waren wohl auf dessen Absage an seine jüdische Herkunft zurückzuführen gewesen und die Hinwendung zum Ideal der klassenlosen Gesellschaft, die auf dem Weg einer Diktatur der Arbeiterklasse über die Minderheit der expropriierten Kapitalisten zu erreichen sein sollte. Nun ja. Er lächelte. Das kam in den besten Familien vor, sagte er sich, und dass er selbst in seiner Jugend ein gewisses Interesse für derlei recht neue Theorien gehabt hatte. Und dass er die Idee der Hellerauer Siedlung besser fand als die der Senftenberger, zeigte doch auch nichts anderes als seinen nebenher laufenden Wunsch, dem Gemeinwohl zu dienen mit seinem Gewinn. Den er dafür freilich möglichst maximieren musste zuvor.

Clare unterbrach den Gedankenfluss, indem sie sich in Positur setzte und ihn mit einem Lächeln, das er noch immer aufreizend fand, zum Fotografieren ihrer Person aufforderte.

Er lief zurück zum Wagen. Zwar hatte er seine Enolde mit, probierte aber auch mit dem jeweils einzeln hergestellten und sukzessiver Verbesserung anempfohlenen Testmodell seiner derzeitigen Kreation. Zu Hause hatte er einen neuen Film eingelegt und machte einige Aufnahmen.

Gern hätte er ein halbes Stündchen geschlafen, *aber Berlin wartet ja nicht, was?*, sagte er mit einer Spur Resignation in der Stimme und setzte sich wieder ans Lenkrad. Clare rätselte einen Moment, warum Berlin keine Zeit haben sollte, ordnete dann den Spruch unfreiwillig dahergesagtem Unsinn zu und machte sich an ihre Strickarbeit.

Sie erreichten Berlin in den Nachmittagsstunden und bezogen ihr Hotelzimmer, ehe sie die Steglitzer Adresse aufsuchten. Johanna Schaechter öffnete ihnen verhalten die Tür, mit fragendem Ernst im Blick. Franz Kochmann wollte zu einer umfassenden Erklärung der Situation ansetzen, aber Clare, die ihren Mann kannte, kürzte ab und bat freundlich darum, eingelassen zu werden. Viele Worte seien nichts fürs Treppenhaus. Nach kurzem Zögern bat Johanna Schaechter sie herein. Zwei Mädchen hatten im Wohnzimmer ein Zelt aus Decken und Stühlen gebaut, in dem sie offenbar mit Puppen spielten. So setzten sich die Erwachsenen in die Küche, um ungestört – und ohne zu stören, wie Clare bemerkte – sprechen zu können. Kochmann erklärte ihr nun, wer sie seien und wer sie ausgesandt habe, nach ihnen zu sehen.

Johanna Schaechter weinte. Wahrscheinlich vor Freude, wie sie sagte, und umarmte die beiden. Kaffee konnte sie ihnen nicht anbieten, obwohl ein moderner elektrischer Perkolator hinter der Glasscheibe des Küchenschrankes zu sehen war. Sie sprach davon, eine kleinere Wohnung zu suchen, da die derzeitige nicht zu finanzieren sei ohne den Verdienst ihres Mannes, und um zu sparen, verzichte sie eben seit einiger Zeit. Stattdessen griff sie zur Packung *Kathreiner.* Ehe sie den Malzkaffee aufkochen konnte, kam auch ihr Sohn Joachim nach Hause. Gestern hatte das neue Schuljahr begonnen. Seine Schule hieß nun wieder Kaiser-Friedrich-Realgymnasium. Der Direktor der Karl-Marx-Schule sei schon im Februar, einen Tag vor den anstehenden Reifeprüfungen, beurlaubt worden und mit seiner Familie in die Schweiz entkommen, erzählte Johanna, und sie sei nicht nur auf der Suche nach einer Unterkunft, sondern auch nach einer angemessenen Schule für ihren Sohn, der sich zunehmend Repressionen ausgesetzt sehe.

Der Junge war schlank und gut gewachsen, wirkte aber merkwürdig entstellt. Auf welche Weise, konnten die Kochmanns nicht gleich ausmachen und warfen einander irritierte Blicke zu. Joachim setzte sich, nachdem er seine Jacke ausgezogen hatte, zu ihnen an den Tisch, behielt aber seine Schiebermütze auf. Jetzt erst nahm Clare wahr, dass sich kein Härchen zeigte, wo die Mütze endete, und ihr fiel auch der Grund für den merkwürdigen Eindruck auf, den der Junge hinterließ: Ihm fehlten Augenbrauen und Wimpern.

Clare sah, wie ihm seine Mutter einen irgendwie begütigenden Blick zukommen ließ, woraufhin er die Mütze vom Kopf nahm. Franz Kochmann war so erschrocken, dass er unwillkürlich ein Stück zurückwich. Und Johanna Schaechter erzählte den Hergang des Haarverlusts als eine Folge der Wohnungsdurchsuchung durch die SA, die noch nicht lange zurückliege. Ihr Mann sei verhaftet worden im März, habe aber aus dem Haftkrankenhaus fliehen können. Dies sei der Grund für das Einfallen des SA-Trupps gewesen. Man habe sich von einer Einschüchterung der Familie Hinweise auf den

Verbleib Victor Schaechters versprochen. Dazu könne sie wirklich nichts sagen, meinte sie, sah Clare und Franz Kochmann aber so durchdringend (und nun ohne zu weinen) an, dass die nicht anders konnten, als ihn in Sicherheit zu glauben. Und fragten nicht weiter. Nickten.

Die Mädchen kamen, einander zeckend, um Streitschlichtung aus dem Wohnzimmer gelaufen, und als sie die ihnen Fremden sahen, beeilte sich Clare Kochmann, ihren Mann als Korellenonkel vorzustellen. Sie selbst sei eben die Korellentante. Die Mädchen lachten, hatten den Anlass ihres Scharmützels schon vergessen. Franz Kochmann lud die Familie zum Abendessen ins *Kempinski* ein. Für den nächsten Tag verabredete man sich zu einem Spaziergang durch den Tiergarten, zum Brandenburger Tor.

Spät am Abend erzählte Johanna Schaechter ihrem Sohn, dass Kochmann sich anerboten habe, die Miete für die Wohnung vorläufig zu übernehmen. Sie war erleichtert und ohne Scham, das anzunehmen. Die Leute seien herzlich und im Auftrag seines Großvaters gekommen, sie danke Gott für diese Bekanntschaft, die ihr Luft verschaffe, den Fortgang aus Deutschland gründlicher vorzubereiten als unter dem Damoklesschwert der Zahlungsunfähigkeit. Joachim verspürte Hochachtung vor dem alten Herrn und seiner Frau. Vor drei Wochen hatte der verordnete Judenboykott, der nach wenigen Tagen stillschweigend wieder abgeblasen worden war, ihn in Angst und Schrecken versetzt. Überhaupt hatte er nicht mehr gut schlafen können seit dem 30. Januar. Die Verhältnisse hatten sich so rasch geändert wie nie zuvor in seinem Leben, dabei hatte er bis dahin geglaubt, dass schon der Fortzug aus Brünn ein einschneidendes Ereignis gewesen sei. An diesem Abend schlief er ruhig ein und ließ sich auch nicht, wie sonst, durch kleinste nächtliche Geräusche aufschrecken, sodass die Familie dem nächsten Morgen das Licht und die Sonne nur zu gerne abnahm, um mit dem Korellenonkel und seiner Frau unterwegs zu sein.

Zum Abschied schenkte die Tante jedem Mädchen eine Zelluloidpuppe der Waltershäuser Firma Kämmer & Reinhardt, für die sie Jacken, Hosen und Mützen gestrickt hatte. Joachim bekam eine nagelneue *Korelle* geschenkt und verfolgte in nächster Zeit die Arbeit des Onkels aus der Ferne. Zum letzten Mal las er in deutschen Zeitungen in Moskau, dass er 1935 auf der Leipziger Messe eine einäugige Spiegelreflexkamera vorgestellt hatte, seine Korelle *6x6*. Mit wechselbarem Aufnahmeobjektiv und Bildzählwerk. Immer wieder verbessert, war schließlich die Reflex-Korelle auf den Markt gelangt.

Franz Kochmanns unternehmerische und erfinderische Reputation mochte ihn eine Weile auf seinem Platz gehalten haben, aber 1938 verlor auch er Betrieb und Vermögen. Später dachte lange Zeit niemand daran, nach jenem Sturm zu fragen, der die vielen Kunstwerke, signiert von Oskar Kokoschka oder Ludwig Meidner, von den Wänden des repräsentativen Dresdener Wohnhauses gefegt hatte. (Meidner hatte die Villa seines Mäzens gar auf einem Gemälde, *Das Eckhaus,* festgehalten.) Franz Israel Kochmann versuchte, mit seiner Frau Clare Sarah in den USA Aufnahme zu finden. Das misslang. Jedoch wurde ihm die Ausreise nach Utrecht in den Niederlanden gestattet. Nach dem Krieg blickte er desillusioniert nie nach Osten, streckte auch keinen Finger mehr über die Grenze, die er ein für alle Mal passiert und sich im Schneckenhaus der Anonymität verkrochen hatte. Dass die Gebäude seiner Fabrik den Bombenangriffen auf die Stadt Dresden zum Opfer gefallen waren, bereitete ihm beinahe so etwas wie stille Genugtuung. Auf seine alten Tage trat er noch einmal eine Stelle in der *Optische en Fotografische Apparatenfabriek Vena N. V.* in Amsterdam an, wo er am Entwurf einiger recht erfolgreicher Kameraserien wie der *Venaret* beteiligt war. Da es sich aber um schlichte, kostengünstig zu produzierende Modelle handeln sollte, konnte er die hochwertigen Ergebnisse seiner Dresdener Arbeit nicht wiederholen. Dennoch war die Ähnlichkeit der *Venaret* mit der *Reflex-Korelle* nicht zu leugnen. Das Ausland produzierte zunehmend besser, sodass die Fabrik im Jahre 1951 in Insolvenz ging. Kochmann ließ sich, um sterben zu können, am 25. Juni 1956 in Utrecht von einem Auto überfahren, während seine Frau Clare erst mit 91 Jahren, am 15. April 1971, das Zeitliche segnete.

* *

WIE DIE TAGE zuvor ist der 8. November 2014 ein vernebelter Tag im Trebeltal. Trebesee mutet wie der geheimnisumwitterte Ort eines Kapitalverbrechens an. Englische Kleinstadt. Häuserkonturen schälen sich nur gelegentlich aus dem Grau, wenn eine Schwade sich auflöst oder eine Windzunge dazwischengeht. Claudia ist eine ausgesprochene Liebhaberin des britischen Kriminalfilms. So schön langsam. So schön unaufgeregt geschichtsversessen. So der *Britishness* voll, dass sie sich *Germanness* im Krimi schon gar nicht mehr vorstellen möchte. Und nun bietet der Ausblick aus Kapoks Mädchentraumkammer eine Stadt, die sie morgen am liebsten mitnehmen will. Als Fotografie zumindest.

Die Handyaufnahmen sehen nach nichts aus.

Seufzend zieht sie die Bürste durchs Haar. Das Bett, das ihr beim ersten Betreten des Zimmers so breit vorgekommen war, ist während der vier Nächte, die sie darin zugebracht hat, zu einer mäßig großen Spielstätte geschrumpft. Am Mittwoch hatte sie einen scharlachroten Ausschlag in der unteren Hälfte des Gesichts getragen, der von Weitem wie feiner Netztüll wirkte.

Leib und Seele mussten sich auf dieselben unergründlichen, gemeinsamen Abwege begeben haben wie 1976, da sie zum ersten Mal mit einem Jungen geschlafen hatte. In einem Hotel in Anklam hatte sie es auf das Waschmittel der Bettwäsche, die stehende Luft im kalten Zimmer oder den schalen Sekt zum vorausgehenden Abendbrot geschoben, als sich ganz ähnliche Erhebungen auf ihrer Haut gezeigt hatten. Ihr Freund, ein angeberischer Psychologiestudent und Alleswisser, hatte nur fein gelächelt und gemeint, dass einem mit der Unschuld schon mal die glatte Oberfläche abhandenkomme. Er wisse das aus Erfahrung, hatte von *Psychosomatik* gesprochen. Auch damals hatte es zwei Tage gedauert, bis die Pickelage allmählich die Farbe verlor und sich zurückzog, und wenn sie jetzt über Kinnpartie und Wangen streicht, merkt sie nur noch feinen Grieß, der die Hautfarbe beinahe schon wieder erreicht hat.

Kapok ist mit dem Fahrrad zum nächsten Discounter gefahren, in dessen Räumlichkeiten auch eine Grimmener Bäckerei eine Filiale eröffnet hat. Frühstücksbrötchen zum Samstag. Sie läuft hinunter, macht Kaffee, deckt den Tisch. Werner bringt Kürbiskern- und Mohnbrötchen, hat frische Bioeier gekauft, von denen er drei Stück kocht. Zwei für sich. Sie sieht ihm dabei zu, versonnen. Ein alternder Mann. Den sie übers Leben am liebsten hatte vergessen wollen. Jedenfalls nicht hervorholen aus dem Erinnerungsvorrat. Ja, gibt sie zu, sie hat an ihn denken müssen zuweilen. Fast fünfundzwanzig

Jahre lang war er dabei nicht gealtert. Er hatte einst ein bengalisches Feuer in ihrem Körper entzündet, sie es schnell zum Erlöschen gebracht. Bis es in Calcutta wieder zu seinem Namen kam. Von alldem hat sie ihm bis heute nichts erzählt. In den Übergängen vom Wachsein zum Schlaf hatte sie ihn *Vater meines verlorenen Judenkindes* genannt. Dabei hatte sie ihr Kind nicht verloren, sondern entfernt, und das *Judenkind* ist heute wie damals nichts als ein Trugbild, wenn es auch ganz sicher keine Chimäre gewesen war. Manchmal hatte sie den eigenen Bauch um ein Kissen unter dem Kleid vergrößert. Heimlich. Für sich. Aber sein Gesicht gehörte für lange nicht zur Geschichte, um die es hier geht, bis es vor zweieinhalb Monaten plötzlich auftauchte, aus der Versenkung, aus dem *selbst gewählten Exil,* wie er sagt, und das Rauchblau der Augen steht unverändert. Was aber Enttäuschung ist und was Zähigkeit, was Behagen, was Seelennot, hat sich ohne ihr Zutun in seine Züge gefressen, sodass sie, will sie ihn kennenlernen, neu anfangen muss. So oder so. Vier Nächte reichen vielleicht, ihr Dasein als alternde Jungfer, doch!, erst einmal zu beenden, aber was sein wird, was kommt, was anliegt, ist nicht zu besprechen. Wird sich erweisen. Müssen.

Vielleicht wird ja Abstand sein. Und bleiben.

Vielleicht kommt ja nichts.

Vielleicht liegt Ernüchterung an.

Sie köpft ihr Ei, greift zur Butter.

Wie flüssige Butter kommt ihr die Zeit vor, in der sie schwimmen. Der Film auf der Haut spricht davon. Wie geölt sie ineinandergerieten. Wie selbstverständlich, dabei sprach nichts dafür. Nichts dagegen? Das auch, wenn sie ehrlich ist, und das möchte sie schon sein. Fragt sich aber, ob es tatsächlich sie selbst ist, die hier sitzt, in der klitzekleinen mecklenburgischen Stadt Trebesee, an Werner Kapoks Küchentisch. Sie hätte es gern, sein Kind, das eine andere bekam, die es schon lange nicht mehr hat. Es gehört sich selbst. Will sie jetzt sogar eine gewisse Verwandtschaft fühlen mit Henry, der nichts davon weiß, dass sie seinen Bruder, seine Schwester für kurze Zeit beherbergte in ihrem Bauch?

Sie wehrt sich.

Ein Räuspern.

Wovon sollten wir im Weiteren schweigen?, fragt Werner.

Von unserem Kind, denkt sie.

Erzählt aber, dass Kürbiskernbrötchen ihre Lieblingsbrötchen sind und sie zu Hause das samstägliche Eierritual ebenso pflegen. Dass der Nebel heute die Stadt aussehen lässt wie einen mittelenglischen Verbrechensschauplatz. Dass viel Arbeit auf sie wartet, Schneiderarbeit, die die Tage über liegen geblieben ist. Sie kann ja keinen Urlaub nehmen als Selbstständige. Und die Aufträge laufen ihr auch nicht gerade in einem Maße hinterher, dass sie sich immer aussuchen kann, was sie will.

Sie redet.

Und redet, als wär ihr der Schnabel durch eine Kieferklemme aufgesperrt worden, dass sie ihn nicht mehr zukriegt.

Trotzdem merkt Werner, dass sie weiterhin schweigt, und fragt sich, zu welchem Thema. Langsam schiebt er seine Hand in Richtung ihres Mundes und legt sie darüber. Ihr schreckgeweiteter Blick bringt den seinen dazu, Beschwichtigung auszustrahlen. Der Balsam darin schmeckt ihr nicht bitter, sondern fremd. Keinesfalls süß. Eher muss sie an Fruchtwasser denken. Das kennt sie zwar auch nicht, kann sich aber gut vorstellen, dass es in seiner Körperwärme ebenso tröstet wie Kapoks Blick. Jetzt zieht sie ihn zu sich, weil sie ja getröstet sein will und aufgehoben in seinem Zuspruch, und so, wie sie nun bald miteinander schlafen, auf dem Küchenboden, in Langsamkeit, auf keinen Fall zu viel Bewegung riskierend, könnte man meinen, eines prüfe am anderen seinen Gehalt an Bitterstoffen, um sie dann freizusetzen. Die Küche ist zwar beheizt, aber dennoch wird Claudia kalt, sodass sie umziehen in sein Bett. Ein großes, doppeltes, das ihr ganz fremd ist und sie auf Werners Nestseite rutschen lässt. Ein inzwischen vertrauter Geruch. Werner treibt Claudia sehr still auf die Spitze, und sie klettert lautlos wieder hinab.

Er ist eingeschlafen, wie so oft danach. Das weiß sie nun schon und schaut ihn an, wittert Wermut. Diesen Geruch kennt sie, er hing zuweilen im Schlafzimmer der Eltern, bis einer das Fenster öffnete und ihn hinauswarf. Sie hatte das selten getan, das Zimmer nur betreten, wenn sie etwa gebügelte Wäsche in die Schränke hatte packen wollen. Es war ein angenehmer, gelöster Duft gewesen, den sie genossen und dessen Ursprung sie nicht hatte ausmachen können. Die Bitterkeit aller Liebe war ihr damals ebenso wenig klar gewesen wie heute, denkt sie, und zieht den Duft tief in sich hinein, dass er sich ausbreiten möge in ihr.

Als Werner Kapok erwacht, setzt sie an. Fragt, ob er sich erinnere an den Juli 1980, die Begegnung im Gropiusbau.

Sein Körper habe sich daran erinnert, sagt er schnell, als er im August in Berlin gewesen sei. Sofort. Er habe den Geist einschalten müssen, dass er dem nachgehe. Und da sei es ihm wieder vor Augen gestanden wie damals. Ihr weicher Körper, ihr Nachgeben, ihr Anschmiegen. So neu sei ihm das gewesen, so unergründlich, dass er dem tatsächlich nicht hatte auf den Grund gehen wollen. Und erzählt nun von Barbara.

Deren harter, ebenso unergründlicher Begierde, der er habe zu Willen sein müssen. Und wollen, ja, bis ihm mit Claudia das andere widerfahren sei. Das habe ihn damals in heftige Nöte gestürzt, aus denen er habe fliehen müssen. In eine letztlich desolate Beziehung zur dicken Ditte.

Mit der du aber einen Sohn hast …, sagt Claudia zögernd, die Stimme versandet mit der letzten Silbe. Sie zieht sie aus dem Staub und hebt neu an, und was er da hört, macht, dass er schwer wird und schwerer und den Kopf nicht aus dem Kissen kriegt und die Augen schließt, und sie sieht seinen Adamsapfel auf und ab gehen und spricht und schweigt nun nicht mehr.

Ein Kind. Ein zweites? Sein erstes. Von dem er nicht gewusst hat bis eben. Sie bezichtigt sich, hört er, ihm das Leben genommen zu haben. Erzählt, dass sie das so oft habe korrigieren wollen, ein paar Mal auch geglaubt, für ein oder zwei Wochen, schwanger geworden zu sein, was sich aber niemals bewahrheitet habe. Vor vierzehn Jahren dann habe in Indien, im bengalischen Calcutta, ein Mädchen buchstäblich alles an Mutterinstinkt, was in ihr gewesen sei, an sich gerissen. Mit den Jahren dann sei es ganz ihre Tochter geworden, was sie freilich mit niemandem habe teilen können. Schon gar nicht mit Barbara, die …

Halt, das möchte er jetzt aber genauer hören. Ob sie noch einmal ansetzen könne, langsamer bitte, damit er sie ganz verstehe? Denn er weiß zwar, dass Calcutta in Indien liegt, aber dass sie eine bengalische Tochter haben will, erscheint ihm schwer fassbar.

In die entstandene Pause schiebt sich eine gewisse Unschlüssigkeit, wie das gehen soll. Kann sie ihm das lang und breit wirklich alles erzählen? Wird das Zutrauen, das sie dafür braucht, in seine Verlässlichkeit wechseln können? Sie ist selbst nicht erwachsen geworden in dieser Frage. Und wie kann das weitergehen, wenn sie die eigene Unreife bloßlegt. Wenn sie Wunden zeigt, die er um Gottes willen nicht lecken darf. Wenn sie noch gar nicht weiß, wie viel sie miteinander zu tun haben wollen.

Aber: Was raus will, rollt an.

Claudia spricht.

Wir fuhren vom Flughafen ins Hindusthan International, mit dem Taxi. Jeffrey Bluemint hatte uns abgeholt. Er ist der Sohn … nein, warte … der Enkel des Onkels unserer Mutter Cilly. Muss mir das immer wieder klarmachen, wie die alle zusammenhängen in der mütterlichen Linie. Chaim Blauminz war der Älteste der Blauminz-Bokshorn-Kinderreihe, seine jüngere Schwester Chaya Cillys Mutter. Wir haben sie ja durch die Bank nicht mehr kennengelernt. Nur Malka und Fanny. Die Kommunistinnen waren übrig geblieben in dieser Familie, alle anderen tot. Chaim Blauminz hatte zwei Söhne, Bruno und Mendel. Die wurden nach Amerika geschickt in den Dreißigerjahren, ohne die Eltern, und wuchsen dort in Pflegefamilien auf. Von Mendel haben wir kaum was gehört, er hatte den Faden nach Deutschland ganz abgerissen. Aber mit Bruno hat Cilly des Öfteren Briefe und Fotos getauscht. Und seinen Sohn Jeffrey, inzwischen Bluemint, haben wir sogar 1986 getroffen, in Paris! Das war auch so ein Korken, dass die uns alle hatten ausreisen lassen. Aber davon wollte ich gar nicht reden.

Wir also im Taxi mit Jeffrey, der zu jener Zeit für ein paar Jahre in Calcutta arbeitete. Hat auch Familie. Frau und drei Töchter damals, inzwischen gibt's noch ein Söhnchen. Wäre das Gästezimmer in Jeffreys Wohnung in der Broad Street nicht belegt gewesen für die erste Woche unseres Aufenthaltes, wären wir gar nicht in die Verlegenheit gekommen, den großen Kreisverkehr am Circus Park in Calcutta zu nehmen. Das sind alles Zufälle, sage ich dir! Jede Ampel hatte der Taxifahrer bis dahin total ignoriert, aber hier blieb er auf einmal bei Rot stehen. Mir war so schlecht. Die verpestete Luft, sogar nachts. Und er macht das Autofenster auf, was ja sowieso nichts nützte, und da kommt doch von irgendwoher wer gelaufen und wirft das Kind hindurch! Mir auf den Schoß! Ich nahm's erst gar nicht für 'n Kind, eher Hund oder Katz, bis ich das Tuch ein wenig zurückschlug. Ich drückte es sofort an mich, ganz fest, als ich sah, was es war. Da hatte ich die riesige Fleischwunde, in der Maden herumkrochen, noch gar nicht gesehen. Hinten am Hals, bis zum rechten Ohr. Ich war so perplex, als ich da reinfasste und mir die Maden von der Hand fielen. Wurde irgendwie ohnmächtig, kam wieder zu mir. Jeffrey dirigierte den Taxifahrer zu einem Hospital, Name vergessen, wo wir das Kind abgaben. Was heißt abgaben *– mir war schon ganz klar, dass ich dieses Kind nicht einfach irgendwo abgebe. Behandlung war aber dringend erforderlich, das sah ich ja ein. Ich glaube, Polizei begleitete uns. Man hatte den Mann, der das Kind abgeworfen hatte, ja auch eingefangen, Personalien aufgenommen. Er sagte, es hätte den dritten Tag vor seinem Laden gesessen, und niemand hätte das Kind abgeholt. Er war verzweifelt, weil ihm das Krankenhaus das Mädchen nicht abgenommen, sondern ihn zu verschiedenen Ärzten geschickt hatte. Keiner wollte einen Finger krümmen. Ich weiß noch, dass schon wieder die Ohnmacht drohte, als eine dicke Schwester das Kind von meinen Knien nahm und damit um die Ecke verschwand, aber irgendwie habe ich das dann doch alles ganz gut hingekriegt.*

Zum großen Glück hatten wir Jeffrey dabei. Damals wusste ich nicht, dass er sich seine Gedanken machte um Kinder, um eigene wie fremde. Ich sprach mal alleine mit ihm, das heißt, ich wollte, mein Englisch war aber auf Sparflamme. Da bat ich die Frau, die das Gästezimmer bei Jeffrey besetzt hielt mit ihrem Freund Mahendra, um Hilfe. Die war auch so eine Kinderversteherin, und eine Deutsche dazu. Ich war ganz von den Socken, als ich mitkriegte, wie die jungen Leute von heute keine Grenzen mehr kennen. Mahendra, aus Calcutta gebürtig, verliebt sich in London in eine junge Deutsche, und die beiden höhlen die Vorbehalte der Eltern, beidseits, gehörig aus …

Na gut, auch das wollte ich eigentlich gar nicht erzählen. Wir also endlich im Hindusthan angekommen. Isch fühl misch Mudda, soll ich gemurmelt haben, ehe ich einschlief, sagte Barbara. Zehn Jahre später. Als Kanak Sprak in aller Munde war. So ist sie.

Warum waren wir eigentlich nach Indien geflogen Ende 2000? Ist auch so 'ne lange Geschichte, für sich genommen. Aber eigentlich geht's auch kurz. Erstens: Wir wollten Jeffrey wiedersehen. Zweitens: Wir wollten nach Indien fliegen, möglichst abseits des Pauschalreisewesens. Wie wunderbar, dass wir von ihm Post aus Calcutta bekamen, weil er uns seine neue Adresse mitteilen wollte! Das war die Gelegenheit. Wir wandelten damals schon hin und wieder auf familiären Pfaden und erhofften uns Auskünfte über seinen Vater und dessen Bruder Mendel. Die ja sozusagen Cousins unserer Mutter waren.

Auf Verwandtschaft hatten Joachim und Cilly so viel nicht gegeben. Tante Malka, natürlich, die ältere Schwester von Cillys Mutter Chaya, war eine feste Größe, allerdings mehr in Erzählungen. Sie arbeitete, arbeitete, arbeitete, zuletzt im Magistrat von Berlin, Abteilung Volksbildung. Und wenn sie nicht arbeitete, musste sie sich erholen. Zu uns kam sie selten, und wir waren auch nicht oft bei ihr. Cilly erzählte, sie habe mit ihrem Mann eine kleine Tochter gehabt. Ganz verzückt schien Cilly von diesem Kind. Aber erst ging der Mann verschollen, irgendwo in

Griechenland, und dann kam das Kind bei einem Bombenangriff ums Leben. Wurde totgetrampelt beim Ansturm auf einen Bunker. Vielleicht hat Malka deshalb an uns vorbeigeschaut, als ertrüge sie uns nicht. Wir kannten sie nur allein. Nicht Mann noch Maus. Ich glaube, je älter sie wurde, umso mehr kam es zu Differenzen mit meinen Eltern, politische Dinge und auch ihre Arbeit betreffend. Darüber haben sich Joachim und Cilly nie verbreitet, das ließen sie jenseits unseres Horizontes. Mitte der Siebziger ist sie dann gestorben, und ich weiß noch, wie ich endlich! *dachte, so miesepetrig, wie sie immer ausgesehen hatte. Man sah einfach, dass das Leben ihr keinen Spaß machte. Am Totensonntag ist Cilly jedes Jahr zu ihrem Grab gefahren, hatte aber ansonsten eine Grabpflege beauftragt. Und dann hatten wir noch Tante Fanny, auch eine ältere Schwester unserer unbekannten Großmutter, in Westberlin. Von ihr wurde erzählt, sie habe in den Dreißigerjahren im Pariser Untergrund gelebt und sei mit einem Franzosen liiert gewesen. Natürlich ein Kommunist. Er habe gegen Franco gekämpft und sei später in der Sowjetunion interniert worden und ums Leben gekommen. Fanny habe nach 1945 kein Zutrauen in die Sowjets gehabt und sich fernhalten wollen. Auch darüber verbreiteten sich Cilly und Joachim nicht weiter, dennoch merkten wir Kinder, dass sie sie mochten. Wie sie uns, umgekehrt, auch. Trotz Mauer saß sie viel öfter an unserem Tisch als Malka. Von ihr lernten wir, Kaffee zu trinken. Aber auch, sie nicht nach ihrem Leben zu fragen. Sie starb gefühlte fünf Jahre später als Fanny, vielleicht um 1980 herum, und beide Eltern durften zu ihrer Beerdigung nach Westberlin fahren. Einer von beiden kam ja hin und wieder mal raus, aber nicht beide zusammen. Das war also neu, und wenn der Anlass auch ein trauriger war, so hatten sie doch gestaunt. Danach war dann nur noch Bruno. Im Gegensatz zu Malka und Fanny war er sehr religiös, was meine Mut-*

ter ziemlich unsicher machte. Viel erzählt hat sie nicht von ihm. Aber was sollte sie auch: Bruno und Mendel hatte sie zuletzt gesehen, als sie im Halbwüchsigenalter waren, und später hatte es nur noch brieflichen Kontakt zu einem von ihnen gegeben. Als Kinder hätte es uns wohl kaum interessiert, was der Onkel aus Amerika zu sagen hatte. Seinen Sohn Jeffrey, unser Alter, sahen wir auf Fotos im Fond eines riesigen Autos sitzen oder in geradezu vornehm wirkender Kleidung auf kleinen, später größer werdenden Stühlen. Und zur Bar-Mizwa vor einer Thorarolle sitzend, mit einem Stift in der Hand. Von Jeffrey ging die Saga, er habe sich vor Jüdischkeit, Cilly, wie Jüdischsein, Joachim, aus dem Staube gemacht, über den Großen Teich, nach London, und Joachim hatte den Kopf geschüttelt über so viel Unverstand. Er meinte den des Alten, der es Jeffrey offenbar verübelte. Cilly hatte auch den Kopf geschüttelt. Über das offensichtliche Unvermögen, das Wort Religionsmündigkeit wenigstens wörtlich zu nehmen und ein Kind mit deren Eintritt selbst entscheiden zu lassen.

Ich habe mir das gemerkt, weil sich ein Streit anschloss über das Judentum. Hinter geschlossenen Türen, aber ich hatte das Ohr am Schlüsselloch. Religion oder Volk. Kultur oder Abstammung. Sie diskutierten sehr erhitzt, ohne dass ich verstanden hätte, was sie entzweite, denn ich fand ihre Positionen recht nah beieinander. Sie fanden das nicht. Schade, dass ich, als ich mich selbst dafür zu interessieren begann, nicht mehr fragte. Und es nach Joachims Tod auch nicht mehr konnte, weil Cillys Demenz den Intellekt einfach auffraß.

Alles in allem: Wir wollten wissen, wie Kultur die Familie zurichten kann. Also auf zu Jeffrey, und auf nach Indien, in diesem besonderen Fall.

Das zugeworfene Kind hat das alles gründlich verändert. Ich befand mich im Tunnel, sah links nichts und rechts nichts, während Barbara darauf pochte, nach Indien gekommen zu sein, um Land und Leute in Augenschein zu nehmen. Mein Augenschein galt dem Kind. Jeffreys auch. Als ich Nele in den ersten Tagen gebeten hatte, mir beizuspringen mit ihrem Englisch, fragten wir Jeffrey auch mal, warum er nach der Ablieferung des Kindes im Hospital jede freie Minute dort zuzubringen versuche. Mit mir im Schlepptau übrigens, während Barbara sich in der Stadt umsah und auf die Idee kam, ein Reisparfüm zu kreieren. Jeffrey war im Grunde auch Ausländer, aber mit anderem Status und schon vertrauter mit den Gepflogenheiten. Er sagte, dass Mädchen in Indien nichts gelten, und aufgefundene schon gar nicht. Deshalb müssten wir alles versuchen, das Kind möglichst rasch unterzubringen, und dazu hätten wir erst einmal darauf achtzugeben, dass es nicht aus dem Krankenhaus verschwinde. Deshalb gehe er täglich mit mir dorthin, um Eindruck zu machen. Nach gut einer Woche, wir hatten das Hindusthan schon verlassen und wohnten bei Abby und Jeffrey, kam er überglücklich nach Hause, weil er eine Journalistin eines viel gelesenen Blattes auf das Schicksal des Mädchens hatte aufmerksam machen können.

Den Artikel mit Foto der Kleinen hüte ich übrigens wie meinen Augapfel, ich habe ein dickes Album zu Hause. Den letzten Absatz bildete die Aussage, dass das Krankenhaus mit dem zuständigen Juvenile Board im engen Austausch stehe, und dass das Kind selbstverständlich nach seiner Gesundung von diesem betreut werde. Oder so ähnlich.

Ich war erleichtert, hoffte aber nur inständig, dass das alles möglichst transparent vonstattengehen möge. In meinem Kopf hatte sich nämlich ein Wort festgesetzt, das ich nicht mehr herausbekam. Es gab ein deutsches Generalkonsulat in Calcutta, ich ersuchte um einen Termin, wurde aber abgewimmelt, als ich der Dame am Telefon das Anliegen auseinanderklamüsert hatte: Be-

ratung zu Fragen einer Adoption. Da könne sie gar nichts machen, Adoptionen indischer Kinder seien außerordentlich schwierig zu bewerkstelligen. Es gebe noch eine Zusammenarbeit mit einer Organisation in Baden-Württemberg, wenn sie richtig informiert sei, aber insgesamt seien Adoptionen nach Deutschland sehr, sehr selten geworden. Ein Auslaufmodell. Von deutscher wie indischer Seite. Ich möge mir keinerlei Hoffnung machen, denn als alleinstehende Person käme ich keinem hiesigen Richter gerade recht, mir ein Kind zu übergeben. Und so weiter. Trotzdem hielt sich das Wort auch später in Deutschland noch eine Weile, ehe es seine drückende Farbe verlor.

Wir hatten für die Reise Barbaras gesamten Jahresurlaub veranschlagt, etwa sechs Wochen. Zurück sollte es am 2. Januar gehen, was ich mir nicht vorstellen wollte. Ich blieb ganz fixiert auf das Kind, für das ich Kleidchen und Spielzeug kaufte, dem ich Obst brachte und das ich an mein Herz drückte, wenn niemand es sehen konnte. Das gab es leider nicht sehr oft. Auch vor Jeffrey wäre es mir wie eine Blöße erschienen, die ich mir freiwillig gegeben hätte. In Nachhinein bin ich froh, denn ich habe die Kleine ja nicht bedrängen wollen. Ihre Gesundung gestaltete sich nicht ganz einfach. Im Krankenhaus war es erst einmal um die Wunde gegangen, die gut verheilte. Aber sie litt auch an wiederkehrendem Durchfall und heftigem Bauchschmerz. Lange diagnostizierte man daran herum, bis die Diagnose stand: Darmtuberkulose. Das Kind blieb im Krankenhaus über den Jahreswechsel hinaus, und Jeffrey versprach mir, sich zu kümmern.

Meine ganze Erinnerung an Indien ist die an mein Kind.

Wieder zurück, berichtete Barbara vom Besuch in Belur Math und dem sich anschließenden des Dakshineswar-Kali-Tempels, auf der anderen Seite des Hugli gelegen. Von langen Aufenthalten in Seagulls Buchladen, von einer Kunstmesse auf dem Maidan und natürlich ihrer Fahrt zur Müllhalde von Howrah, mit Jeffrey, von wo sie blass und entsetzt nach Hause kam.

Wieder zurück, intensivierte sich aber auch das Drama zusehends. Jeffrey, das Engelchen!, hatte ein Heim gefunden, einen Ashram, der einem deutschen Verein in Karlsruhe unterstand, und einen Mitarbeiter des Ashrams ins Krankenhaus gebeten, um die weitere Medikation zu besprechen. Mindestens ein halbes Jahr lang sollte das Streptomycin verabreicht werden. Wenn sich jemand fand, das zu kontrollieren, musste das Kind nicht noch länger im Hospital bleiben. Der Deutsche notierte sich alles, machte sich mit dem Kind bekannt. Als das in Sack und Tüten war, die Entlassung innerhalb der nächsten beiden Wochen bevorstand, erlaubte sich Jeffrey, nur zwei Tage lang nicht in die Klinik zu gehen, weil er Aufgaben liegen gelassen hatte und abarbeiten wollte. Am Abend des zweiten Tages erhielt er einen aufgeregten Anruf von jenem deutschen Mitarbeiter des Ashrams. Er hatte nach dem Kind sehen wollen, da er ohnehin in der Nähe zu tun gehabt hatte, und war zum Chittaranjan gefahren. Es habe im Dreck an der Bushaltestelle gesessen, von allen verlassen, die in den vergangenen Wochen die Helfer gegeben hatten. Jeffrey war so sauer, dass er die Klinik verklagen wollte, aber es sei alles abgeprallt. Der leitende Arzt habe von einem Fehler gesprochen, der ihnen wohl unterlaufen sei, als sie das Kind einer Frau mitgegeben hatten, ohne darauf zu dringen, dass sie sich ausweise. Er habe sie sich beschreiben lassen, und was denkst, was rauskam?, *fragte mich Jeffrey, als er mir das am Telefon erzählte.* Die haben dich wiederbelebt! Exakt deine Person! *Sogar vom Leberfleck auf der Stirn sollen sie berichtet haben, den sieht man ja eigentlich kaum unterm Pony.*

Aber in Indien hatte ich mir oft mit einem Tuch die Haare aus der Stirn gebunden, wegen der Wärme. Jedenfalls hat jener Deutsche, leider habe ich seinen Namen nie erfahren, das Kind sofort im Ashram untergebracht, und da war es dann gut und sicher aufgehoben. Barbara und ich übernahmen die Patenschaft. Für mein Kind wurde nach einigem Hin und Her ein birth certificate ausgestellt, es heißt seitdem Poonam Prakash und lebt in einer Großfamilie des Ashrams. Besuchte später die Jewish Girls School. Wir zahlen noch immer monatlich einen Beitrag für sie an den Verein, der auch die Post abwickelt, indem er Sendungen einsammelt. Hin und zurück. Die Briefe an uns sind mit Glitter und Klimbim geschmückt, sie passen gut zu meiner Erinnerung an das Land: bunt, glitzernd, blinkend noch in den Slums.

Nun ist sie schon siebzehn, wird achtzehn, meine bengalische Feuertochter, und sie hilft mir noch immer, mich rauszuhalten aus dem Gezerre von Schuld und Unschuld, das manchmal die Überhand gewinnt über mich. Es ist keine handfeste Schuld, eine Schwangerschaft abgebrochen zu haben, ich weiß. Vielleicht wuchs der Schuldgedanke ja auch erst dadurch, dass ich später kein Kind mehr bekam, als ich's wollte. Es ist nur so, als habe ich damals meinem Leben eine Richtung aufgezwungen, die ihm ganz fremd war. Der große Vorwurf. Und wie ein kleines Mädchen, das nichts überblickt, gerate ich manchmal in komische Zustände deswegen. Und bilde mir ein, ein bisschen zumindest abgetragen zu haben dadurch, dass ich Poonam nicht einfach losließ, als man sie mir im Krankenhaus vom Schoß nahm. Keine Ahnung, ob du da mitgehen kannst. Das Mädchen hätte ja auch einfach verrecken können vor jenem Laden in Calcutta. Dass es sich durch ein Taxifenster in meine deutsche Behäbigkeit schob, hielt ich für 'n jüdisches Zeichen. Nicht zu beschreiben. Ich ahne da nur, das aber heftig. Vielleicht ist es in solchen Situationen ja immer so, dass der Verstand Haken sucht, um sich festhalten zu können. Und die Haken dann derart umklammert, dass sie nicht mehr zu sehen sind in seinem Griff. Und der jeweilige Eigentümer des Verstandes den

Haken auch gar nicht mehr loslassen kann, sonst stürzte er ab. Will sagen: Ich will das alles gar nicht auf einen gewissen Punkt bringen, von dem aus es überschaubar ist, denn ich weiß nicht, ob ich das aushalten würde. So aber ist es einigermaßen erträglich, wenn es sich vordrängt.

Sie lacht jetzt, weil sie nicht geheult hat. War das ein bisschen viel für ihn? War sie schwer zu verstehen? Ihre pflaumenförmigen Augen haben im schalen Licht auch die Farbe von Pflaumen angenommen, die er kosten möchte. Er küsst ihre Lider, die sich drübergeschoben haben, und liegt ganz still. Während sie sprach, waren ihm immer wieder Bilder von Henry erschienen. Henry als Säugling, als kleiner Junge, als Schulanfänger. Dann erst wieder als Erwachsener, im letzten August. Er weiß nicht, wie er das mit dem, was er gehört hat, in Einklang bringen könnte. Wenn er die Augen schließt, flattern die Lider. Das erste, das zweite, das dritte Kind. Das Mädchen auf dem Neuköllner Friedhof dazu. Und Graffiti-David. Keins ist im Grunde seins, doch alle sind nicht erfunden. Haben mit ihm zu tun auf verschiedene Weisen. Das juckt ihn, das beißt. Abseits des Biologischen. Dennoch körperverquickt offenbar, denn jetzt schmerzt ihm die Hüfte, das Stechen wandert über die Wirbelsäule zur Schulter, dass er sich aufsetzt und streckt, die Arme wechselseitig einige Male nach hinten reißt. Dann schlägt er vor, nach draußen zu gehen. Den Kopf auszulüften. Er wolle ihr gut sein, sagt er nur, als er den Pullover gerade über den Kopf gezogen hat, und weiß nicht, wo's herkommt.

Sie laufen. Die Trebel an der Nordmauer entlang, dann durchs Moor. Über die Felder zurück, in konzentrischen Kreisen durch die Altstadt. Sagen nicht viel. Fragen, ob dem anderen kalt sei. Ob es ihr zu viel werde, so unterwegs zu sein, Ob er Hunger habe.

Nein, nein. Ach iwo. Woher denn.

In der Dunkelheit brennt später Licht in der *Königlichen Präparandenanstalt.* Wie ungewöhnlich!, denkt der Herr Pfarrer, als er auf dem Weg zur Kirche vorbeiläuft. Durchs Fenster sieht er Werner Kapok mit der nicht mehr jungen Frau, die bei ihm zu Besuch ist in dieser Woche. Auf dem Rückweg dann nimmt er den anderen Weg, hinter der Kirche entlang, der ihn näher an die Fenster des Museums heranbringt. Zwar bleibt er nicht davor stehen, zu klein ist die Stadt, als dass es niemanden geben könne, der die Szene beobachtet, doch geht er viel langsamer jetzt. Schlendert, trödelt, hebt einen Stein auf, rollt ihn zwischen den Händen. Die beiden da drin sitzen nebeneinander vor einem überdimensionalen Buch. Zwei Hände sind ineinander verschlungen, die rechte der Frau wie Kapoks linke aber blättern von Zeit zu Zeit um. Das ist die neue Stadtchronik, an der Werner Kapok arbeitet und die der Herr Pfarrer sich auch schon anschauen durfte, zum Museumstag im Mai. Und für deren Gestaltung David Triesener verantwortlich zeichnet. Der Junge, dem Kapok die Lehre gerettet hatte vor einigen Jahren.

Nur noch wenige Schritte, und er ist zu Haus.

* *

NACH NUR WENIGEN schnellen Schritten im Hausflur blieb Jeffrey Patrick Bluemint stehen, machte auf dem äußerst flachen, genau genommen: gar nicht vorhandenen, Absatz seines rechten Schuhs kehrt, lief das kleine Stück zum Fahrstuhl zurück und drückte auf den Knopf der dritten Etage seines

Wohnhauses in der Kolkataer Broad Street. Seit dem 1. Januar 2001, nur zwei Wochen her, hieß Calcutta wieder Kolkata. Das war nicht allen recht, aber kaum aufzuhalten gewesen. Auch Madras hieß seit wenigen Jahren Chennai, Benares Varanasi, Bombay Mumbai. Dass diese Städte ihre Namen in die jeweilige Landessprache überführten, war ein verspäteter Reflex auf die britische Kolonialgeschichte. Hatte seine Verwandte Barbara Schaechter die Tatsache, dass sie in Calcutta angekommen, vor zwölf Tagen aber aus Kolkata abgeflogen war, nicht mit stechendem Spott bedacht? Als er versuchte, ihn zu rekapitulieren, scheiterte er.

In der Wohnung fand er Abby schon wieder beim Stillen, Leela hatte sie in der Nacht kaum schlafen lassen. Da er keine Brust hatte, konnte er wenig helfen, hatte Abby aber darauf gebracht, Milch abzupumpen. Die könne man einfrieren, und dann könne auch er den einen oder anderen Nachtdienst schieben.

Abby fragte, ob er etwas vergessen habe.

Er nickte nur kurz und lief an ihr vorbei in die Küche. Gestern hatte er einen *marble cake* gebacken und gar auf ein altes jüdisches Backbuch zurückgegriffen, das er an einem der Buchmarktstände um die College Street aus einem Karton gefischt hatte. Er schnitt den Kuchen zur Hälfte durch und packte einen Teil in Pergamentpapier, steckte das Päckchen in die Tasche, denn er hatte sich zum Nachmittag mit Aline Cohen verabredet, und verabschiedete sich erneut von seiner Familie.

Eigentlich brauchte er Trost.

Wenn er in Calcutta Trost brauchte, ging er oft auf den jüdischen Friedhof. Ganz allein meist, nur ein, zwei Mal mit Abby und den Kindern. Er verstand inzwischen, warum es ihn hierher zog: ein Ort zum Alleinsein.

Niemand kam, niemand ging. Meistens. Entdeckt hatte er das weite Gelände, als sie sich zu Beginn ihres Aufenthaltes nach Wohnungen umgeschaut und ein Drei-Zimmer-Apartment in der Ramakrishna Samadhi Rd besichtigt hatten. Viel zu klein.

Er konnte vom Park Circus bis zur Station Sir Gurudas Banerjee, unweit der Narkeldanga Main Road, den Zug nehmen. Der knappe Kilometer von dort bis zum Friedhof reichte meist aus, dass er seinen Kopf leerte. Zielsicher suchte er dann das Grab von Habiba Helene Cliffe auf, zu dem er sich hingezogen fühlte, seit er zum ersten Mal hier gewesen war. Ihre Lebensdaten standen in lateinischen Buchstaben auf dem Grabstein: geboren am 9. April 1906, gestorben am 1. November 1985. Dass ihr Sterbetag mit dem seines Umzugs von Bury St Edmunds nach London zusammenfiel, schien ihm bedeutungsvoller, als es, hatte er den Friedhof wieder verlassen, tatsächlich war. Aber er saß oft lange Zeit in praller Sonne neben ihrem Grab und versuchte sich vorzustellen, wie sie gelebt und ausgesehen haben mochte.

Habiba sah er schwarz-weiß, in einem hellen, langen Kleid und als alte Frau mit silbrigem Haar. Sie buk, kochte und wusch Wäsche. Abraham und Rachel Cliffe, deren Gräber sich neben dem ihren befanden, mochten ihre Schwiegereltern gewesen sein, während er sich nicht entscheiden konnte, ob Henry (Haskell) oder Nissim Meyer Hye Cliffe ihr Mann gewesen war. Nissim hatte die Welt 1967, Henry 1968 verlassen. Vielleicht hatte sie mit ihrem Witwenschicksal gehadert, es aber womöglich auch einfach hingenommen und weitergemacht. Habiba war ihm die Großmutter, die er nie gehabt hatte, und er ertappte sich immer wieder, wie er sie umgarnte mit seinen Geschichten und darauf aus war, ihre Meinung zu erfahren. Und wirklich hatte sie ihm zwei, drei Mal zu verstehen gegeben, dass sie seine Bestürzung ob der Haldenkinder von Howrah missbillige. Selbstverständlich stünden sie als Weiße über dem Kastenwesen der Inder, das sei doch wohl klar, und die Müllkinder gehörten ja nicht mal einer Kaste an, sondern seien als Tribals eben auf der untersten Stufe. Wenn die Menschen hier sich ihre Welt so eingerichtet haben (so *unchristlich,* hatte er sie sagen hören), dann sei es nicht seine, eines ebenso Weißen, Sache, daran etwas ändern zu sollen. Fernhalten sei die Devise. Selbst darin hatte ein Trost gelegen: Er sagte sich dann, dass sie zum Glück nicht seine Großmutter war. Seine Mutter hatte ihn eines Besseren belehrt, und Linderung seiner Beschwernis hatte sich umstandslos eingestellt. Er hatte stets einen Kiesel auf den Grabstein gelegt.

Bei seinen Besuchen auf dem Friedhof hatte er auch Aline Cohen kennengelernt. Sie war ihm aufgefallen, als sie mit Gruppen junger Leute, Studenten, wie sich später herausstellte, zwischen den Gräbern herumgelaufen war und doziert hatte. Es mochte vor drei Jahren gewesen sein, dass er sich dem Trupp eines Tages einfach angeschlossen hatte. Man war ins Gespräch gekommen. Alines Vorhaben, den Bestand der Gräber zu digitalisieren, hatte ihn fasziniert. Er erfuhr, dass das Verzeichnis der Begrabenen bis 1963, nach dem Muster des Rabbi Musleah, streng nach Geschlechtern getrennt, geführt worden war. Die Frauen waren im Gegensatz zu den Männern nach ihren Vornamen alphabetisch geordnet worden. Alle später Verstorbenen wurden nach Stellung ihres Zunamens im Alphabet verzeichnet. Diese Liste war bis Mitte 1998, dem Beginn der Digitalisierung, von Mr Esmond Ezra geführt worden, der allerdings kaum noch in die Verlegenheit gekommen war, etwas aufzuschreiben. Aline lag auch daran, die hebräischen Inschriften ins Englische zu übersetzen, aber das Geld reichte dafür vorerst nicht.

Aufgebracht beziehungsweise konsequent vorgetragen hatte die Bitte um digitale Erfassung Mr David Nahoum, der seine berühmte jüdische *bakery* im New Market bis zum heutigen Tag als Zentrum jüdischer Angelegenheiten führte. Aline Cohen hatte Jeffrey mitgenommen in Nahoums Laden. Dieser Besuch löste eine Explosion, wie er sie nicht hatte voraussehen können, in Jeffrey Patrick Bluemints Kopf aus.

David Nahoum war gerade damit beschäftigt, zwei amerikanischen Touristen eine Art Passierschein auszustellen, mit dem sie die Tür der Maghen David Synagoge würden aufhebeln können. Diese war, wie auch die andere, nahebei befindliche namens Beth El, nämlich allezeit verschlossen und eigentlich unzugänglich für herumstreunende Aus- wie Inländer. Mr Nahoum behielt es sich vor, Leuten nach eingehender Befragung zu bescheinigen, dass sie zum Eintritt in eines der Häuser berechtigt seien. Es stellte sich heraus, dass er die im Schwinden befindliche jüdische Gemeinde, die noch um die 20 Mitglieder zählte, zu einiger Bedeutung aufzublasen vermochte mit seiner Art, sie zu repräsentieren. In allen jüdischen Angelegenheiten Calcuttas war er zugange, sei es die *Jewish Girls' School* oder die den Jungen vorbehaltene *Elias Meyer Free School and Talmud Torah,* seien es Wohltätigkeitsorganisationen oder Synagogenvorstände. Gottesdienste wurden, der schwerlich zusammenzustellenden Minjans wegen, nicht mehr abgehalten. Die Synagogen wurden von durchweg muslimischen Angestellten in Schuss gehalten, die diese Arbeit über Generationen zu ihrer Familienangelegenheit gemacht hatten und einen gewissen Stolz darauf zu hegen schienen. Muslimischer Herkunft war auch die Mehrzahl der Schüler beider Schulen, die seit fast 30 Jahren nicht einen jüdischen Eleven mehr verzeichneten. Die meisten nahmen sich des Jüdischen an wie eines beliebigen Lernstoffes, der dazugehörte.

Jeffrey Bluemint hatte sich trotz der Größe des Friedhofes keine Gedanken gemacht um das Vorhandensein einer jüdischen Gemeinde, und obwohl die große Mehrzahl der Grabsteine, die er gesehen hatte, weit zurückliegende Sterbedaten aufwies, war sein Verstand einfach am Exodus vorbeigegangen. Der hatte die einstigen Landeskinder seit der Unabhängigkeit Indiens mehr und mehr in andere Teile der Erde verschlagen. Die Verbliebenen waren alt. Als Jeffrey David Nahoum kennenlernte, brach ein Sturm in ihm los, der ihm die eigene jüdische Herkunft hier, auf der Rückseite seiner bisherigen Welten, in einem Licht erscheinen ließ, das nichts zu tun hatte mit seinem Vater oder seiner Mutter, der eigenen Beschneidung oder der seiner möglichen Söhne, der Synagoge *The Temple* in Atlanta oder seinem ihm unbekannten Großvater Chaim Blauminz. Das Andocken an den Untergang schien ihm auf einmal Verlockung. Hier starb sie aus, die jüdische Gemeinde, allerdings unter heftigem Aufbegehren, und wenn er sich als einer der Ihren offenbarte, würde er noch eine Weile daran teilhaben können. Das entsprach seinem Wunsch, seine jüdische Herkunft nicht verleugnen zu müssen, sie jedoch nicht zur alles bestimmenden Lebenskonstanten zu machen. Zur Religion sozusagen. Da er sie aber seit seinem Fortgang aus den USA bei keinem Anlass thematisiert hatte, hatte er sie verleugnet, und damit war sie gehalten gewesen, sich in seinem Inneren zu einer Größe aufzubauschen, die ihm über den Kopf zu wachsen drohte. Seltsames Hirn, dachte er hin und wieder.

Von da an hatte er Anteil zu nehmen versucht, wobei die Zeit, die ihm neben seiner Tätigkeit im Unternehmen und den Familienobliegenheiten blieb, nicht gerade reichlich bemessen war. Heute hatte er sich zum Nachmittag eine Freistunde gegönnt unter der Maßgabe, abends länger in der Firma zu bleiben. Aline Cohen arbeitete als Sekretärin der *Jewish Girls School* in der Park Street, wobei sie sich in dieser Position an weit bedeutenderer Stelle befand als jede beliebige Sekretärin der Schulen, die Jeffrey in Atlanta besucht hatte. Das hatte er bei seinem ersten Besuch dort unschwer bemerkt. Sie war geradezu ehrfurchtsvoll von den Schülerinnen gegrüßt und auch von den Lehrerinnen der Schule mit großem Respekt behandelt worden. Erst später war ihm aufgegangen, dass dafür auch die Tatsache ihrer Herkunft ausschlaggebend sein mochte: Sie war die einzige in der Schule beschäftigte Jüdin. Nach ihrem Alter hatte er sie nicht gefragt, schätzte sie aber auf Ende fünfzig.

Er brauchte, wie gesagt, Trost.

In den letzten Wochen hatte er um ein Kind gefiebert, das nicht seins war. Dessen kleinem, schmächtigem Körper er, hätte er es am Straßenrand sitzen sehen, den Zugang zu seinem Inneren ganz sicher hätte verwehren wollen, um bei sich zu bleiben. So aber hatte es die Intimdistanz durchbrochen und ihn buchstäblich ins Herz getroffen, was er nicht hatte voraussehen können. Dass es Claudia Schaechter ebenso ergangen war, hatte er bemerkt und war froh darüber, ließ es ihn doch nicht allein mit einer vermeintlich übersteigerten Reaktion. Vor Abby versuchte er das zu verbergen, sie war mit den eigenen Töchtern beschäftigt genug, als dass er ihr mit einem fremden Kind hätte kommen wollen. Er würde Kolkata in einem halben Jahr verlassen. Was er bis dahin noch tun konnte für das Mädchen, wollte er unbedingt tun, und Aline Cohen schien ihm in ihrer praktischen, zugewandten Art geeignet genug, ihm ein möglichst aussichtsreiches Trostpflaster zu verabreichen. Welcher Art das sein konnte, wusste er nicht, und während er seiner Arbeit nachging, hatte er zum Glück auch keine Gelegenheit, darüber nachzudenken.

Sie erwartete ihn im Sekretariat, einem großen, mit behäbigen, altertümelnden Möbeln angefüllten Raum, und berichtete sofort, Mr Nahoum sei ins Krankenhaus eingeliefert worden. Hoffentlich nichts Ernstes. Ihre Stellung in der jüdischen Gemeinde würde sich unweigerlich dem verlorenen Posten nähern, fiele er aus. Die Sorge war ihr deutlich anzumerken. So viele Dinge hatten sich in den letzten Jahren buchstäblich erledigt. Sie wusste, dass das jüdische Calcutta der Vergangenheit angehörte, und war gerade deshalb darauf versessen, ein möglichst detailliertes Bild davon in die Zukunft zu reichen. Vor drei, vier Jahren hatte sie das letzte Matzah-Backen in der Beth El Synagoge filmen lassen. Hindus, Frauen wie Männer, buken unter strenger Aufsicht verbliebener Juden das ungesäuerte Brot. Das war nun Geschichte, aber sie war glücklich, es festgehalten zu haben.

In letzter Zeit war sie auf das Internet aufmerksam geworden, das ihr Möglichkeiten eröffnete, weltweit Kontakte zu Calcuttaer Juden zu suchen.

Jeffrey sah ihr an, dass sein Besuch sie freute. Sie bot ihm ein Glas Chai an und stellte eine Schale mit Keksen auf den Tisch, während er seinen *marble cake* auspackte. *Kosher!,* wie er mit gespanntem Augenaufschlag betonte.

Zögerlich begann er, ihr von den vergangenen Wochen zu erzählen. Die Ungewissheit, ob er sich ihres Verständnisses sicher sein konnte, stand anfangs in umgekehrt proportionalem Verhältnis zur Zahl der Worte, die ihm zur Verfügung zu stehen schienen. Zum Glück ließ die Diskrepanz nach, je näher er an den Kern der Sache kam: Seine Sorge, das Mädchen im Sommer ohne seinen Beistand zurücklassen zu müssen. Ihr Blick sagte, dass sie sehr gut verstand. Deshalb wunderte er sich, dass sie ihn plötzlich zu einem Rundgang durch die Schule aufforderte. Irritiert schaute er auf, aber sie war wirklich eine handfest praktische Person und stand schon beinahe gebietend in der Tür, als er ein Sträuben unterdrückte und ihr folgte. In den Klassenräumen, mit hellblauem Ölsockel gestrichen, standen Stuhlgruppen um verstreut angeordnete Tische herum, oder die Tische waren zusammengestellt worden, sodass die Schülerinnen im großen Kreis um sie herum sitzen konnten.

Die Fotografien im weitläufigen Foyer malten einen Schulalltag in buntesten Farben, die freilich seine Skepsis anstachelten, wer hier wen ausstellen wollte. Die Schule sich selbst, dachte er. Sicher waren auch hier die Schülerinnen schon mit dem Tag ihrer Geburt anzumelden, um ihnen zumindest die Chance auf einen Platz zu erhalten, und er fragte sich, welchen Preis, so oder so, die Eltern dafür zu zahlen hatten. Aline Cohen bemerkte seinen Argwohn. Lächelte. Lächelte nicht einfach über sein offensichtliches Misstrauen hinweg, sondern mit der Gewissheit, es ad absurdum führen zu können, ließe er es zu. Das verwunderte ihn.

Natürlich lernten die Mädchen das eine oder andere über jüdische Festtage und Gebräuche. Aber ohne jüdische Lehrerinnen aus zweiter Hand, sozusagen, und Religion würde überhaupt nicht vermittelt, wie er sich denken könne. Vielversprechende Karrieren seien von hier ausgegangen.

Bis zur Heirat, platzte es bissig aus ihm heraus.

Ja, zuweilen nur bis zur Heirat, gab sie zu. Verwies ihn aber darauf, dass eine nicht geringe Anzahl der Lehrerinnen einst selbst diese Schule besucht hatten, und dass ihre Ärztin, die zugegebenermaßen noch nicht sehr besorgt um sie sein müsse, eine ehemalige Schülerin sei.

Gut, er musste sich zusammenreißen. Wenige Monate nach seiner Hochzeit war Rosie geboren worden, und seither hatte auch Abby kaum noch gearbeitet, weil die anderen beiden bald hinterherpurzelten. Dabei war sie Violinlehrerin. Wenn sie wieder in London sein würden, wollte sie sich drei oder vier Privatschüler suchen, das höchste der Gefühle. Ja, auch Abbys Berufs wegen mussten sie nach Europa zurück …

Kannst du dir das vorstellen?

Er war zu sehr mit sich selbst beschäftigt gewesen, um den Grund dieser Frage verstanden zu haben. Bat um Entschuldigung und nochmaliges Erläutern.

Schon wieder lächelte sie mit dieser übergroßen Gewissheit.

Eine Heimstatt müsse er finden für das Mädchen, wobei sie für einen europäischen Trägerverein der Einrichtung plädiere. Höchstpersönlich werde sie die weitere Entwicklung des Kindes beobachten und es zu gegebener Zeit mit einem Platz in dieser Schule versorgen. Ob er sich das vorstelle könne.

Da war es, das Pflasterchen.

Ungestüm umarmte er sie, wurde sich dann erst des Mangels an Förmlichkeit bewusst, aber sie sah es ihm nach und zupfte die Bluse wieder zurecht.

Später besprachen sie das weitere Vorgehen. Sie schickte ihn zu einem Heim, das ein deutscher Verein weiter südlich von hier, in Santoshpur, unterhielt. Zwar nehme das Haus ihres Wissens nur Jungen auf, genieße aber einen hervorragenden Ruf und sei gut vernetzt mit anderen Einrichtungen. Sicher könne er dort Rat finden. Und was die derzeitige Unterbringung im Krankenhaus betraf: Er solle sich unbedingt weiterhin möglichst täglich sehen lassen. *You never know, anything can happen.* Ihre Frisur hatte sich während des Nachmittags verändert, einige Strähnen des eben noch fest nach hinten gekämmten Haares hatten sich aus ihrem Verbund gelöst und wippelten erstaunlich jung über ihre Stirn. Sie waren von tiefbrauner, fast schwarzer Farbe und überraschender Elastizität. Ihr Gesicht bekam etwas Mädchenhaftes, was Jeffrey rührte und ihn dazu brachte, ihr unbedingt Glauben zu schenken, wenn er sonst schon nichts anderes hatte.

Stimmt nicht – er hatte einen *marble cake* mitgebracht.

Als er sich von Aline Cohen verabschiedete, lag noch ein einzelnes Stück davon etwas verloren auf dem Teller herum.

* *

Earl Grey?

Sie weiß, dass Claudia ihn hasst. Barbara hat die betreffende Dose gar nicht aus dem Schrank genommen, sondern zeigt Claudia ein Päckchen Bio-Darjeeling. *Du albern alternde Jungfer,* hätte Claudia sagen können und erhaben die Nase rümpfen. Etwas in dieser Richtung hat Barbara erwartet. Da Claudia nun aber nichts sagt, sondern sich langsam und recht zufrieden auf einem Küchenstuhl zurechtfläzt, tut Barbara so, als habe sie selbst nichts gesagt. Und es wäre ihr für den Moment tatsächlich lieber, nichts gesagt zu haben. Claudia sieht nämlich anders aus. Irgendwie neu. Barbara glaubt, ihr aber anzusehen, dass sie nicht hingehört hat. *Hör hin!,* hatte Cilly immer gesagt, wenn sie eine von ihnen am Wickel gehabt hatte, weil etwas zum einen Ohr rein- und zum anderen wieder rausgeflutscht war. Nicht *hör zu,* und Barbara grinst. Über ihre Mutter, die Erinnerung an sie und eigentlich auch über sich selbst. Sie benimmt sich wirklich wie ein altes, grilliges Gespons. Peinlich, auf einmal.

Barbara brüht Darjeeling und schneidet eine Zitrone auf, presst sie aus. Sie weiß nicht nur, dass Claudia Earl Grey hasst, sondern auch, dass Claudia Zitrone zum Tee unbedingt liebt. Sie hingegen braucht frische Milch. Nicht die fettarme. Das sagt sie immer wieder, und immer wieder holt Claudia nur die fettarme. In der letzten Woche musste Barbara selbst einkaufen und hat Biomilch mit 3,8 % Fett besorgt. Es gelingt ihr nicht, sie ohne im Triumph flackernde Augen aus dem Kühlschrank zu nehmen. Aber die bemerkt Claudia ebenso wenig. Wie ihr auch nicht auffällt, dass ihre Schwester eine Zitrone für sie ausgepresst hat. Barbara nimmt für sich selbst den braunen Rohrohrzucker aus dem Schrank, der gehört nämlich ebenso zum Tee wie die frische Milch. Endlich aber will sie Claudia prüfen und stellt ihr den Süßstoff auf den Tisch, von dem sie für gewöhnlich behauptet, dass er sie zu sehr ekle, als dass sie die Dose überhaupt anfassen könne. Heute sagt sie das nicht, und Claudia greift einfach zu und lässt gedankenverloren drei Tabletten davon in ihr Teeglas fallen. Barbara ist gewarnt.

Dass Claudia ihre Rückkehr aus Trebesee nicht angekündigt hat, ist ebenso ungewöhnlich wie die Tatsache, dass sie ihre Schwester nicht ein einziges Mal anrief, während sie dort war.

Eigentlich, denkt Barbara, hätte sie schon früher gewarnt sein können.

Aber sie hat Claudia ja auch nicht angerufen.

Na, wie war's?

Das ist ebenso blöd wie Claudias einziges Wort bislang: Hat den Kopf durch die Tür gesteckt vorhin, blechern *hallihallo* herausgebracht. Tür wieder zu. Hat dann abgelegt, Hut und Mantel an die Garderobe gehängt, die Schuhe ausgezogen.

Nun sitzt sie da, hängt, fläzt sich, und Barbara möchte schon wissen, was anders ist als eine Woche zuvor.

Die fette Zeitratte hat einen langen Schwanz. So lang, dass Barbara ihn am liebsten abhauen würde. Nur weiß sie, dass die Ratte dann vor Schmerz schrie und versuchte, den Stumpf mit dem Maul zu erreichen. Sie würde mit nichts anderem beschäftigt sein, als dem eigenen Schwanz (oder dem, was davon übrig ist) hinterherzuspringen. Barbara kennt das. Hat die Zeitratte zwischen ihnen Platz genommen, sind Hopfen und Malz verloren, wenn man sie stört. Lässt man sie in Frieden, wird ihr – mit der Zeit! – langweilig, dann kann sie verschwinden. Kann. Wenn nicht, muss man sie aushungern, indem man was tut. Gegen die Zeit, die keinen Anfang hat und kein Ende, kann man nichts tun. Also ignoriert man sie am besten und beschäftigt sich.

Barbara nimmt die Reflex-Korelle vom Küchenschrank auf den Tisch und erzählt von den DVDs, die angekommen sind, während Claudia in Trebesee war.

Erreicht sie das?

Hör hin!, ermahnt Barbara sie, lauter als nötig.

Weißt du, was mich umgehauen hat?

Und die Ansprache setzt sich fort mit der waschechten Kippa, die Cilly Joachim gehäkelt und die er im Film am Ostseestrand auf dem Kopf getragen habe. Sie sagt tatsächlich *waschecht,* womit sie aber eher das charakteristische

Zeichen meint, den Stern auf dem Deckel, als die Antwort auf die Frage, ob sie etwa ausbleichte, wenn man sie wusch. Gewaschen werden habe sie sicher oft müssen, sie sei mit ihrem strahlenden, wenn auch nur erinnerten Weiß am empfindlichsten gewesen unter den Häkel- und Strickkippas aus Cillys Händen. Dass die Glatze nicht friert. Dass die Sonne nicht brennt. Ein und dasselbe Ding für entgegengesetzte Anlässe. Barbara könne sich jetzt deutlich erinnern, dass ihr Vater nicht ohne Hut oder Mütze aus dem Haus gegangen sei. Die Kippaexemplare jedoch habe er stets zu Hause oder im Urlaub getragen. Sie seien oft bunt und verspielt gewesen. Nichts für die ehemals grauen Straßen Berlins. Heute trüge er sie bestimmt auch nicht ganz selbstverständlich. Dass ihnen nie das Jüdische dieser Kopfbedeckung in den Sinn kam, sei, nun sagt sie's, das, was sie umgehauen habe.

Claudia hat offensichtlich *hingehört*. Sie erhebt sich ebenso langsam, wie sie sich hingebrezelt hat, und trottet in ihr Schlafzimmer. Zurück kommt sie mit einem samtbezogenen, blutroten Kästchen, dem sie ein begonnenes, grasgrünes Häkelkäppchen entnimmt, dazu die Nadel und das Knäuel Wolle. Das sei die einzige Arbeit gewesen, mit der Cilly am Ende zumindest halbstundenweise zu fixieren gewesen sei, sagt sie, und dass die Betreuerin der Pflegestation ihr das letzte angefangene Käppchen ausgehändigt habe, nach Cillys Tod. Habe denn Barbara gar nicht bemerkt, dass die Alten auf der Station reihenweise solche Dinger auf dem Kopf getragen haben? Die Männer natürlich. Setzte eine Frau sich eins auf, habe Cilly getobt und gebelfert, bis es wieder runter gewesen sei vom Kopf. Barbara schweigt, ihr fällt ein, dass Claudia mehr Zeit für Cilly aufbringen konnte und musste als sie. Obwohl leicht erklärlich, ist die Sache doch nicht sehr angenehm.

Von Kippot habe sie nicht viel Ahnung, sagt Claudia. Sie seien ein Brauch, keine Vorschrift, so viel habe sie verstanden, als sie für kurze Zeit die Jüdische Gemeinde besucht habe. Die Sprache der Kippot sei deutlich und von nicht Eingeweihten nicht zu verstehen. Die gehäkelte Kippa zum Beispiel stehe für nationalreligiösen Zionismus. Das könne Cilly unmöglich gewusst haben, sonst sei ihr ja nicht nur die Häkelnadel abgebrochen, sondern womöglich auch der Faden verbrannt in der Hand. Jedenfalls als sie noch hell genug gewesen sei im Kopf. *Lass doch mal sehen!*

Und Barbara holt ihren Laptop, sie schauen mal wieder Film. Claudia möchte den ganzen sehen nach der Ostsee-Episode, und Barbara beeilt sich, die Dresdenepisode anzuschieben. Das Interesse erwacht erst beim Abspann, Claudia fordert das Standbild und liest, liest noch mal und noch mal, schlägt sich vor die Stirn und nimmt dann das Bild von der Wand, das Lea mitgebracht hatte. Die drei Schaechtergeschwister vorm Brandenburger Tor. Sie öffnet den Rahmen und hebt die Fotografie vorsichtig heraus, dreht sie um – und da steht es, ganz klar. Der Korallenonkel mutiert zum Korellenonkel. So was aber auch. Wie konnte sie nur. So blöd sein! Auf in die Kiefholzstraße, Vater fragen. Ja, das werde sie tun. Auch wenn der ihr nun keine Antwort mehr geben wird. Habe so wenig erzählt. Cilly auch. Und sie beide hätten so wenig wissen wollen. Claudia wird ärgerlich. Das hätte sie mit ihren Kindern ganz anders gemacht, *dit kannste gloom!*

Claudia hat noch nie berlinert. Denkt Barbara jedenfalls und wundert sich schon wieder. Was ist da los? Das fragt sie aber nicht, sondern verfällt in alten Spott: *Mit wem hättste dit nich jemacht? Mit deine Jören? Dit ick nich lache – du bist ja nich mal inne Nähe vonnem schwellenden Bauch jeraten in dein janzet*

Lehm! De heilje Claudia der Mutterschaft! De heilje Mutterschaft vonne Claudia Schaechter! Jepudert mitm Klammersack vom Windeluffhängn! Dit isn Spaß!

Das ist offenbar kein Spaß. Claudias Gesicht spricht Tacheles. Tacheles versteht Barbara nicht. Kann sie auch nicht verstehen, denkt Claudia, sagt aber nichts. Wie immer zu diesem Thema. Zu nahe geht ihr das. Sie gießt sich Zitrone in den Tee, blickt überrascht auf und sagt *danke!*, ihre Augen stehen randvoll mit Wasser, das zum Glück nicht überläuft. Im Kopfdrehen schnell abgewischt. Dann erzählt sie vom Trebesee, der siechen Schönheit, von der St.-Thomas-Kirche überragt und mit ruinösen und Brach-Flächen übersät. Das weiß Barbara schon, hört sie ja nicht zum ersten Mal und erinnert die Schwester daran, dass Werner Kapok im Grunde dasselbe erzählte von dem Städtchen. Sagt es, weil es sie eigentlich interessiert, wie Werner dort lebt. Vor sich hin? Der Verdacht sei ihr schon gekommen bei seinem Erzählen. So eigenbrötlerisch. Auf sich gestellt, und allein.

Ganz so sei das nicht. Claudia berichtet von Hermine Guttmann und deren Mutter Sylvia, von David Triesener und einer Handvoll Menschen, die Werner freundlich ansprechen, begegneten sie ihm. *Mehr als eine Handvoll Menschen ist auch in der Regel nicht unterwegs in der Stadt. In der inneren, der Alt-Stadt,* ergänzt sie. Und jetzt läuft sie von der Straße sehr plötzlich in die Mädchenkammer hinauf, dass ihr gleichzeitig warm und eng wird ums Herz, und sie sagt, wobei sie Barbara sehr geradeaus in die Augen schaut: *Wir haben es getan. Miteinander geschlafen. Ich hab schon nicht mehr gewusst, dass es wirklich gut sein kann, bin ihm dankbar. Und mir, dass ich den Mut hatte, hinzufahren.*

Für einen Moment scheinen die Wände der Küche vor ihr

zurückzuweichen, als sie sich erhebt und in ihr Wohnzimmer hinübergeht, leise die Tür schließt. Aber sie sind schnell wieder auf ihrem Platz, findet Barbara. Und könnte schreien, weil offenbar nicht einmal Westermeyer in der Lage ist, ihr diesen Kapok ganz und gar auszutreiben, dass es ihr nichts mehr ausmachte, so was zu hören. Westermeyer! Der sie heiraten will! Den sie nicht heiraten will! Auf keinen Fall! Aber da merkt sie schon wieder das warme Gefühl im Bauch, das entsteht, wenn die Schmetterlinge zu flattern beginnen, und mit ihnen flattern die Worte *keinen* und *jeden* umeinander, und als sie aufspringt, um einen klaren Gedanken zu fassen, steht dieser auch schon fest.

Auf jeden Fall.

So fühlt es sich also an, wenn man heiraten will, denkt sie verblüfft.

Will sie das?

Aber ja.

Aber nicht sofort.

Aber abwarten wird man doch noch ein Weilchen dürfen. Jetzt sind sie so alt geworden, dass sie prüfen können, statt sich sofort ewig zu binden. Wobei die Ewigkeit ganz schnell vorbei sein kann.

Westermeyer erwartet doch wohl kein weißes Kleid, keinen Schleier von ihr. Ungefähr ein Jahr würde sie vom ersten Kennenlernen schon vergehen lassen wollen. Dann kann man ja, wenn man es noch für richtig hält, einen Gang zum Standesamt anberaumen und das Ganze durchziehen.

Mit Cilly hatte sie manchmal über deren Hochzeit gesprochen, ein Foto sehen wollen. In ihrer Klasse war zwischen den Mädchen ein Wettbewerb ums schönste Hochzeitskleid der jeweiligen Mutter ausgebrochen. Sie hatte sich nicht daran beteiligt, aber die Neugier war angestachelt worden. Ausgerechnet von ihrer Hochzeit hatten die Eltern nie erzählt, dabei musste sie stattgefunden haben, wenn sie beide denselben Namen trugen. Cilly hatte wie obenhin bemerkt, dass es kein Foto gebe. So eine Hochzeit sei für sie nur bürgerlicher Mief gewesen, sie haben es beide im Grunde nicht gebraucht. Sie wisse gar nicht mehr genau, wessen Idee es letztlich gewesen sei, sie denke, Joachims. Und so sei es eben geschehen, an einem Mittwoch im Oktober 1948.

Frappierend, diese Ähnlichkeit der Auffassungen.

Je länger sie sinnt, desto nachdrücklicher rückt der Wunsch an, sich vielleicht doch ein besonderes Kleid von Claudia nähen zu lassen. Ein ganz besonderes. In dem sie mit Grandezza zu aller Eleganz auflaufen kann, die ihr angebuckelter Körper hergibt. Vielleicht auch einen Hosenanzug, dann stakseln die Beine nicht so. Ein dunkles Türkis, mit Knöpfen und Samtbesätzen von dunklem Pink.

Sie spinnt.

Claudia und Werner also … Na, wenigstens sah Claudias Gesicht nicht nach Doppelhochzeit aus, als sie es erzählte. Eher nach Melancholie, die aber nicht mutlos schien. Barbara rückt näher ans Fenster und schaut hinaus. Der Spätherbst hat die alten Bäume im Garten längst ausgezogen. Sicher ist ihnen kalt. Das Bild wird allmählich versöhnlicher, als die Dämmerung einsetzt.

* *

AM MORGEN DES 13. Oktober 1948 ging die Dämmerung gegen 6:30 Uhr ihrem Ende entgegen. Der Wecker klingelte, Cilly Bokshorn lag in ihrem Bett im Studentenwohnheim in der Leipziger Sebastian-Bach-Straße. Am Abend dieses Tages, eines ansonsten sehr gewöhnlichen Mittwochs, würde sie einen anderen Namen tragen, und diese Aussicht führte dazu, dass sie schneller aus dem Bett sprang als sonst. Joachim Schaechter, der ihr zu der schönen Aussicht verholfen hatte, lag vier Zimmer weiter. In der letzten Nacht hatte Jette Berner, Cillys Mitbewohnerin, keine Möglichkeit gefunden, anderswo zu schlafen. Sie hatte sich mit ihrem Freund überworfen, der ein Zimmer zur Untermiete im Leipziger Osten bewohnte und zu dem sie sich oft genug hingeschlichen hatte, als der Stern noch fix genug über ihrer Beziehung stand. Nun war er untergegangen, und Jette musste wieder im Wohnheim schlafen. Cilly fand, es stehe ihr nicht zu, darüber traurig zu sein. Ohnehin hatte sie ihre Tage, was Joachim nicht unbedingt davon abhielt, mit ihr schlafen zu wollen. Ihr jedoch graute dann immer vor dem erhöhten Wäscheaufkommen, das bewältigt werden musste. Nicht gerade einfach in einer Küche für alle, mit großen Töpfen für alle, und für alle sichtbar, was an Kochwäsche hineinkam.

Das graue Kostüm hatte sie gestern bei einer Freundin, die noch bei ihren Eltern wohnte, mit dem Plätteisen bearbeiten können. Zu gerne hätte sie ein Paar Nylons gehabt, aber sie hatte niemanden von ihren Heiratsplänen unterrichtet. Somit konnte auch Fanny nicht versuchen, sie in Westberlin auf dem Schwarzmarkt zu ergattern. In einem Winkel ihres Herzens war sie froh, dass ihren reaktionären Nylongelüsten ein objektiver Riegel vorgeschoben worden war. Also die baumwollenen, die Falten schlugen über den Schuhen. Wenigstens waren sie grau und nicht braun, was zum Kostüm katastrophal ausgesehen hätte. Vorerst begnügte sie sich mit ihrem dicken Morgenrock und legte eine Kohle in den Ofen. Nur nicht zu viel heizen am Morgen, auch Jette würde bald zu einer Vorlesung aufbrechen.

In der Gemeinschaftsküche brühte sie Tee. *Viel zu viel!,* hätte Jette gesagt, aber Joachim kippte morgens fast eine ganze Kanne in sich hinein. Er kam bald angeschlurft, in einem guten Flanellpyjama, über dessen Herkunft er nie ein Wort verlor. Die beiden umschlangen und küssten sich. Lange und inständig, wobei die Hose des weiten Pyjamas sich deutlich ausbeulte über dem Schritt.

Ihre erste leibhaftige Bekanntschaft mit dem *shmuck* des Mannes lag dreieinhalb Jahre zurück. Sie wollte sich der Szene im zerschossenen Potsdamer Hausflur lieber nicht erinnern, zuweilen aber überkam es sie doch. Kein Schrei war damals über ihre Lippen gekommen, sie hatte, als ihr klar wurde, was der Soldat wollte, ihre Strümpfe und den Schlüpfer ausgezogen und sie ordentlich neben ihren Kopf gepackt, sodass sie sie immer ansah, während der Mann in ihr zugange gewesen war. Kurz, aber keinesfalls schmerzlos. Hinterher hatte er beinahe schüchtern ausgesehen und ihr die Uhr zurückgegeben, die er zuvor grob von ihrem Handgelenk gelöst hatte. Sie war so erschlagen gewesen, dass sie bis heute glauben wollte, das könne unmöglich stattgefunden haben. Niemandem hatte sie davon erzählt, auch Joachim nicht, der selbst als roter Soldat in Berlin einmarschiert war.

Mit Malka war sie Herbst 1945 zurück nach Berlin gegangen, und sie hatten sogar beide eine Anstellung im Schulamt der Stadt Berlin bekommen. Cilly als Schreibkraft, Malka als Sachbearbeiterin. Zwar räumlich um einige Zimmer entfernt vom obersten Chef, Otto Winzer, aber doch nahe genug dran an seiner kommunistischen Vergangenheit und Zukunft, dass sie bald merkten, in ein Nest von Gleichgesinnten geraten zu sein. Einige Genossen waren im KZ gewesen oder emigriert, Winzer selbst hatte in Frankreich und der Sowjetunion überhitlert. Da war es nicht weit zu der schönen Aussicht, jetzt aber, alle an einem Strang, ein neues, besseres Deutschland aufzubauen! Auf in die Zukunft! Nach sowjetischem Muster! Cilly krallte sich dran, nach allem, was hinter ihr lag. Malka, nie ausgetreten aus der Kommunistischen Partei, war noch immer deren Mitglied, als man sie wieder zuließ, und Cilly trat ein. Monate später begrüßten sie das Zusammengehen mit den Sozialdemokraten, und als immer noch nicht alter Genossin bot man Malka einen Sonderlehrgang für angehende Funktionäre an der im Februar wieder eröffneten Universität Leipzig an. Die Begabtenprüfung legte sie ohne viel Federlesens ab und begann. Cilly zog mit und ließ sich ab Oktober 1946 an der Leipziger Vorstudienanstalt zur Hochschulreife treiben, was anfangs mehr Kraft kostete, als sie hatte. Sogar jetzt noch war es oft der Hunger, der sich ihr in den Weg stellte und es den Lerninhalten schwer machte, Cillys Aufmerksamkeit zu erreichen. Dennoch hatte sie es durch heftige Büffelei geschafft, zu den Guten zu gehören. Zu den Guten zu gehören, war das Beste, was sie sich vorstellen wollte. Nach dem Abitur würde sie an der Gesellschaftswissenschaftlichen Fakultät ein zweijähriges Aufbaustudium absolvieren, das sie in die Lage versetzen sollte, journalistisch zu arbeiten. Ja, sie war vor dem Krieg zur Chemielaborantin ausgebildet worden und hatte durchaus eine Ader für das Naturwissenschaftliche. Dennoch erschien es ihr mehr als verlockend, sich eine Journalistin nennen zu dürfen. Cilly Bokshorn-Mittellos aus dem Berliner Scheunenviertel würde als Cilly Schaechter womöglich von den Brennpunkten des Weltgeschehens berichten. Verrückte Aussichten, die sie besoffen machen konnten.

Dass Joachim Schaechter sich für sie entschieden hatte, glaubte sie ihm inzwischen. Als sie ihn kennengelernt hatte, war das ganz anders gewesen. Er wurde, sonnengleich, von Studentenplaneten in unterschiedlichen Umlaufbahnen umkreist. Die männlichen versuchten, wenn sie ihm nahe kamen, ebenso gut auszusehen und zu parlieren wie er, wobei das Parlieren, er sprach beinahe ebenso gut Russisch wie Deutsch, sehr schnell zu fremdwortgespicktem Vortragen der Grundzüge des Marxismus-Leninismus geriet. Er glänzte. Er bestach. Hin und wieder wurde ihr noch immer schwindlig davon. Am Anfang war sie sogar geflohen, wenn sie von Weitem hörte, dass er in der Gruppe das Wort führte. Zu hoch war ihr das, zu unerreichbar gewesen. Die weiblichen Studentenplaneten versuchten oft genug den Zusammenstoß. Vor Cilly hatte er sich gnädig eingelassen auf manche kurzzeitige Fusion und es offenbar genossen, umschwärmter Kenner zu sein. Der Materie, wie er oft sagte, der ja ohnehin das Primat gegenüber dem Niederschlag menschlichen Geistes gebühre. So dialektisch müsse der Materialismus schon sein. Sie hatte sich ferngehalten und sich nicht vorstellen können, dass eines solchen Mannes Auge ausgerechnet auf sie fiele.

Eines Tages, sie hatte noch nicht lange den Bettplatz neben Jette Berner im Wohnheim bezogen, saß eine junge Frau heulend in der Küche. Eine schöne, große Gestalt mit langem, rotblondem Haar. Dass sie kaum sehen konnte, merkte Cilly erst, als sie ihre äußerst dicke Brille wieder aufgesetzt hatte, um Cilly anschauen zu können. Cilly setzte sich begütigend neben sie, legte den Arm um ihre Schulter und fragte, ob sie helfen könne. Das könne niemand, kam die plauzende Antwort, von neuerlichem lautem Aufheulen begleitet. Joachim

Schaechter habe ihr die Verlobung versprochen, sie aber habe ihn gestern eng umschlungen mit Irma Häusler gesehen, unzweideutig, und nun sei er unauffindbar, und wenn er so weitermache, bliebe ihr nichts, als Tabletten zu schlucken. Cilly versprach, Joachim Schaechter zu berichten, dass sie ihn gesucht habe, und die junge Frau verabschiedete sich. Nach einer Zeit, die für Cilly eine versäumte Vorlesung bedeutete. Aber sie schrieb ihre Adresse auf. Charlotte Baumann, Blümnerstraße 8. Für alle Fälle. Cilly hatte keineswegs vor, Joachim Schaechter zur Rede zu stellen. Vielmehr war die Sorge um die junge Frau groß genug, dass sie zum Abend unter besagter Anschrift nach ihr schaute. Charlotte hatte tatsächlich Tabletten geschluckt, und Cilly kam gerade noch rechtzeitig, ärztliche Hilfe anzufordern und sie ins Krankenhaus bringen zu lassen.

Von da an ging sie täglich dort vorbei und versuchte, der jungen Frau ihren Schwarm auszureden, indem sie auf ihre Verantwortung pochte, sie selbst zu bleiben und sich nicht einem Mann leibeigen zu machen. Über Schaechter verlor Cilly kein Wort, obwohl die junge Frau nur zu gern eins mit ihr gewesen wäre im schimpfenden Verurteilen. Aber Cillys Auffassung, dass ein Mann einer Frau nur auf Augenhöhe begegnen könne und dass die Frau deshalb ihre Augen eben genauso hoch tragen müsse wie der Mann, war so unerschütterlich, dass Charlotte nach vier Tagen meinte, nun keinen Besuch mehr zu brauchen.

Nach dieser Episode begegnete Cilly Joachim Schaechter wie zuvor in der Küche, auf Versammlungen, manchmal auch auf einem der überaus bunten Abende im Wohnheim, und es dauerte noch etwa sechs Wochen, bis sie hörte, dass Schaechter Jette Berner nach ihr gefragt habe. Ob sie etwa Cilly heiße.

Wo sie herkomme. Er habe von ihr gehört, *auf Umwegen, die nichts zur Sache tun,* und er wolle schon wissen, wer sie sei.

Eines Abends stand er dann vor der Berner-Bokshorn-Tür und klopfte. Cilly war gerade damit beschäftigt, ihr langes, volles Haar nach dem Waschen auszukämmen, und trug nichts als ein Unterhemd zum karierten Rock, und als Joachim Schaechter sie so sah, die knochigen Schultern derart rührend zart unter der Haut, da klappte ihm der Mund wieder zu, der sich eben zum Vorbringen seines Anliegens hatte auftun wollen. Die Augen des Mädchens schauten ihn mehr als erschrocken an, als erwartete es eine Gardinenpredigt. Das passte nicht zu dem, was Charlotte ihm in einem Brief mitgeteilt hatte. Dass sie sich leider, leider ans Leben hatte gehen wollen. Zu jenem Zeitpunkt habe sie gesagt, seinetwegen. Es gebe jemanden, ganz in seiner Nähe, von dem sie Stolz hätte lernen können, wenn sie dazu in der Lage gewesen sei. Sei sie aber nicht, schade, deshalb heule sie nach wie vor um ihn und sei nach Halle zurückgegangen zu ihren Eltern. Damit sie ihn nicht mehr sehen müsse und er nicht mehr sehen könne, wie sie sich nach ihm verzehre. Cilly Bokshorn sei eine tolle Frau, bei der er einen Stein im Brett haben müsse, so, wie sie ihn ganz rausgelassen habe aus der Geschichte und Charlotte darauf gebracht, die Gründe für ihren blöden Entleibungsversuch bei sich selbst zu suchen. So. Sie glaube das auch, und deshalb wünsche sie ihm, dass ihm klügere Frauen begegnen mögen als Charlotte Baumann, die den Neuen Menschen wohl noch nicht verinnerlicht habe.

Joachim, der davon nichts gewusst hatte bis zu Charlottes Brief, ging, man kann es so sagen, in sich. Sicher, er hatte dem Mädchen (sabbernd?) eine Verlobung in Aussicht gestellt. Da war er schon kurz davor gewesen, verrückt zu werden, weil er sich nicht hatte vorstellen wollen, dass sie einen Rückzieher mache, als sie ihn zwar gestreichelt und geküsst, aber seinem besten Stück keinen Zugang gestattet hatte. Für den Rückzieher, hatte er gesagt, sei schließlich er zuständig, er wolle ihr ja kein Kind anhängen. Von Hochzeit hatte sie nicht gesprochen. Er hätte sich wohl nicht hinreißen lassen, ihr die in Aussicht zu stellen, auch wenn er einem Standesamt keine Befähigung zusprach, von einem Stück Papier eine lebenslange Verpflichtung abzuleiten. Eine Verlobung aber war ja nicht einmal das. Bürgerlich engherzig. Immerhin hatte er, ihr unsichtbar, Zeige- und Mittelfinger gekreuzt hinter dem Rücken, während er dazu *Ja* sagte. Und dann war er in sie eingedrungen und nicht zum Ende gekommen, was er ihr übel nahm, denn sie hatte wie ein gefrorener Fisch auf dem Bett gelegen. Er hatte es schnell vergessen wollen. Dass sie verschwunden war, hatte er auf das unschöne Erlebnis seiner plötzlichen Impotenz zurückgeführt, die ihn selbst überrascht hatte. Genauso überrascht war er, da er später den scheuen Blick Cilly Bokshorns sah, die ihm offenbar einen großen Dienst geleistet hatte (Charlotte auch, funkte sein Verstand hinzu) und keinen Argwohn wider ihn zu hegen schien. Ihre Scheu war jedoch auch keine der Ehrfurcht oder der Vergötterung.

Er merkte, dass er ganz abseits ihrer Belange lag und sie wohl nur erschrocken dreinschaute, weil ihr zu spät eingefallen war, eine Bluse überzuziehen.

Sein Stipendium reichte immerhin, ihr am nächsten Tag eine solche zu besorgen. Er hatte eben seine Beziehungen, auch zu Schwarzmarktschneiderinnen, denn einschlägige Geschäfte gab es kaum. Und nun waren sie schon lange genug zusammen, um ihr jeglichen Zweifel daran, dass er wirklich sie meinte mit seiner Hingabe, ausgetrieben zu haben. Anfang

September hatte er ihr einen Antrag gemacht, der ihn selbst am meisten verwunderte.

Sie setzten sich. Er trank tatsächlich sehr viel zum Frühstück. Was sollte er auch essen, wenn die Marken ausgegangen waren. Zwar gab es seit Kurzem die HO, und sie brachten zuweilen Lebensmittel, die man ohne dort kaufen konnte, nach Hause. Aber das Angebot war nicht groß und vor allem meist ausverkauft, wenn sie am Nachmittag vorbeigingen. Ein paar kalte Kartoffeln hatte sie übrig vom gestrigen Abendbrot, die sie nun aufschnitt und für ihn mit einem Rest süßem Rübensirup bestrich, während sie Salz bevorzugte. Ihr Hochzeitsfrühstück unterschied sich nicht sonderlich von dem anderer Tage. Da sie niemanden von der bevorstehenden Unterschrift unterrichtet hatte, erwarteten sie auch niemanden. Die Kommilitonen erführen es noch früh genug, und familiär war da nicht viel.

Von Cilly aus gesehen: Malka. Fanny.

Von Joachims Seite: nichts.

Sie wusste inzwischen von seiner Schwester, die in der Sowjetunion an der Ruhr gestorben war. Seine Eltern waren kurz nach Kriegsende zurück nach Berlin gekommen, alsbald in die Provinz Sachsen gegangen. (Ein Jahr später hieß sie Sachsen-Anhalt, ehe sie 1947 zum Land Sachsen-Anhalt mit der Hauptstadt Halle wurde.) Victor Schaechter hatte in der dortigen Verwaltung Verantwortung für den industriellen Wiederaufbau tragen sollen, Johanna war in einem Kindergarten untergekommen. Joachim hatte sie Ende August 1945 im Ammendorf besucht und bei dieser Gelegenheit ein Auto geklaut, wie er Cilly erzählt hatte, es aber nach einer Spritztour pflichtschuldigst zurückgebracht.

Er wusste jedoch nicht, welch verwirrendes Anliegen für

Victor Schaechter die Organisation des industriellen Wiederaufbaus gewesen war. In großen Demontagewellen waren im Jahr nach dem Krieg Betriebsanlagen komplett abgebaut und als Reparationsleistungen nach der Sowjetunion verfrachtet worden. Hochqualifizierte gleich mit. Victor Schaechter fand das einerseits mehr als gerecht, schließlich hatte er das Elend der Kriegszeit erlebt, und wie es aussah, war das Lebensniveau auch danach in der Sowjetunion noch immer weitaus niedriger als das im zerbombten Hungerdeutschland. Andererseits stellte es ihn vor enorme Schwierigkeiten, das Kaninchen aus dem Hut zu zaubern. Das schien sich ab Juni 1946 zu ändern, als die sowjetische Militäradministration dazu überging, deutsche Betriebe in sowjetische Aktiengesellschaften zu überführen, vor Ort zu produzieren und, was sie brauchte, der laufenden Produktion zu entnehmen. Aber die Demontagen gingen nach kurzem Stocken entschieden weiter, besonders betroffen waren etwa die Filmfabrik Agfa in Wolfen und die Leuna-Werke. Victor Schaechter litt Not, sich als Genosse in diesen Wirren zu positionieren. Am 27. September 1946 schrieb er dem Gardegeneralmajor Gorochow wie dem Generalleutnant Bokow von der Kommandantur-Dienstverwaltung einen Brief, dass er sich außerstande sehe, den Aufbau im Lande voranzutreiben, wenn es ihm nicht einmal möglich sei, genügend Leute zu Schulungen und Informationsgesprächen zu bewegen. Zunehmend fürchteten sie um ihre eigene Sicherheit, so, wie die Soldaten der Roten Armee sich aufführten. Man hole sich in Halle, Dessau oder Merseburg zu Hause ab und veranstalte regelrechte Geleitzüge zu den Schulungsorten, was einerseits den psychologischen Effekt der gemeinschaftlichen Stärke befördere, andererseits den Soldaten aber auch signalisiere, dass es nicht einfach ist, gegen eine ganze Gruppe vorzugehen. Aber er könne doch seine Landsleute unmöglich dazu auffordern, sich gegen die Roten Soldaten zu verteidigen wie gegen einen Feind! Das müsse er offen und freimütig bekennen. Angehängt war ein Verzeichnis ihm bekannt gewordener Übergriffe und verschleppter oder nicht erfolgter Lohnzahlungen an deutsche Beschäftigte der Sowjetbetriebe.

In der darauffolgenden Woche fuhr er mit Johanna Schaechter im Auto von Halle nach Magdeburg, um dort die Maschinenfabrik der *SAG Transmasch – vormals Kyffhäuserhütte Artern* zu besichtigen. In der Schlossstraße von Allstedt, beidseits Baumbestand, kreuzte ein kapitaler Keiler die Bahn des Fahrzeugs, das von seinem Wege abkam und ausgerechnet mit einem Lastwagen voller demontierter Maschinenteile der Mansfeld AG Kupfer- und Messingwerke zusammenstieß. Der Wanderer W23 wurde dabei völlig zerdrückt, alle drei Insassen kamen zu Tode. Beerdigt wurde das Ehepaar Schaechter auf dem Friedhof von Ammendorf.

Joachim hatte Cilly vom Tod seiner Eltern erzählt, über dessen Umstände ihm allerdings nur Bruchstücke zugänglich geworden waren. Das Grab seiner Eltern befand sich in einer Luftlinienentfernung von knapp 30 Kilometern zum Wohnheim in der Sebastian-Bach-Straße. Erst zweimal hatte er, nach der Beerdigung, das Grab aufgesucht, zur schönen Jahreszeit, mit dem Fahrrad. Voraussetzung dafür war, dass er genug zu essen hatte während solcher Fahrten, und so konnten sie unter normalen Umständen kaum stattfinden. Für Hin- und Rückfahrt hätte er um die 8 Mark berappen müssen, was er nicht übers Herz brachte. Cilly hatte gemeint, sie sollten wenigstens am Wochenende nach ihrer Hochzeit hinüberfahren, um sich seinen Eltern vorzustellen, und er hatte überraschenderweise genickt und das Geld dafür beiseitegelegt.

Gegen 8:30 Uhr verließen sie gemeinsam das Wohnheim. Der Akt war als feierlicher vorgesehen, aber Braut und Bräutigam mussten an mehreren Stellen des Prozederes kichern. Sie hatten nicht einmal Ringe, was für Verwirrung sorgte, dann aber akzeptiert wurde. Als sie aus dem Standesamt traten, wusste Cilly Schaechter, geborene Bokshorn, dass sie kein zweites Mal heiraten würde.

* *

AM 1. APRIL 2015 ist Xaver Westermeyer zu einem besonderen Scherz aufgelegt, der darin besteht, Barbara zu gestehen, er werde wohl wieder Vater. Beide sind unterwegs, fahren von Niederlehme in die *Eintracht.* Nicht mit dem Mini, sondern mit seinem Auto, weil sie später mit Claudia und Werner Kapok zum Flughafen Tegel fahren wollen, um Poonam Prakash in Empfang zu nehmen. Das heutige Datum ist Barbara glücklicherweise nicht entgangen, sodass sie weiß, worum es sich bei Westermeyers Mitteilung handeln dürfte. Dennoch flucht es in ihrem Kopf, denn sie kann sie nicht decodieren. Also tut sie gelangweilt und wartet, er wird schon rausrücken mit dem Sinn, wenn sie sich nicht äußert.

Tut er aber nicht. Stattdessen schlägt er vor, an der nächsten Tankstelle noch einen Kaffee zu trinken, er habe beim Frühstück einfach nicht daran gedacht, wie wenig Schlaf er letzte Nacht hatte. Barbara fasst nach seinem Oberschenkel, was er als Zustimmung deutet.

Sie haben beschlossen, im August zu heiraten, aber bis dahin, beharrt Barbara, wolle sie nicht dauernd mit ihm zusammenwohnen, und ob sie es danach tun werde, wisse sie auch noch nicht. Westermeyer kennt sie unterdessen gut genug, um vergleichsweise lässig darüber hinwegzugehen.

Im September wollen sie nach Israel fliegen. Einen Besuch in Tel Aviv bei Aharon Baruch und Milka Bigeleisen hatte Barbara schon anlässlich der Beerdigung Leas mit ihrem Cousin besprochen. Als Westermeyer die Hochzeitsreise vorschlug, betonte Barbara, wie Milka ihren Namen behalten zu wollen. Zwar merkte sie, dass dies ein nochmaliges Aufbäumen gegen die Vorstellung war, er wolle die Jüdin in ihr ehelichen, nahm es aber nicht zurück. Sie ist zu alt geworden mit ihrem Namen.

Im Gropiusbau ist derweil Claudia dabei, mit Werner Kapok kleine Schildchen auf in der Küche befindliche Gegenstände zu kleben. An den Möbeln, dem Kühlschrank, der Waschmaschine prangen größere: *Stuhl, Tisch, Schrank, Kühlschrank, Waschmaschine.* Poonam soll schneller Deutsch lernen als sie vor Zeiten Englisch.

Werner kommt jetzt öfter, hat Claudia Barbara im Dezember, wenige Tage nach Achernkötters Tod, eröffnet. Die schaute daraufhin pikiert aus der Wäsche, und Claudia setzte sofort nach: *Ich werde auch öfter hinfahren.* Das *öfter* sieht nun so aus, dass Claudia häufiger in Trebesee ist als Werner in der Eintracht. Er ist kein Ruheständler, hat zu arbeiten, eine Festanstellung als Gärtner bekommen und kann höchstens mal für ein Wochenende verschwinden. Das ist ihm zu kurz. *Das ist uns beiden zu kurz,* sagt Claudia.

Und mir zu teuer, leider, sagt er, peinlich berührt.

Auch Claudia ist keine Ruheständlerin und hat sich deshalb eine Nähmaschine nach Trebesee liefern lassen. Das kommende Jahr aber werden sie sich seltener sehen, denn

Poonam kommt. Claudia kann es noch immer nicht fassen. Werner bemerkt das selbstverständlich, wieder und wieder, während Barbara es einfach als anstehenden Tagesordnungspunkt zu nehmen scheint. Wie auch Achernkötters Beerdigung: Was dran ist, ist dran. Gut, dass es Barbara gibt, die zuweilen Sozialämter ersetzt.

Henry Kapok taucht wie früher in unregelmäßigen Abständen bei Renate auf, hat seinen Vater zweimal gesehen seit der ersten Begegnung im letzten August. Er will noch nicht wissen, ob er mich hat, denkt Werner von Zeit zu Zeit, wird aber nicht unruhiger dabei.

Renate hält sich in gewohnter enger Ferne zu den Schaechterschwestern auf, sie mag sie, will ihnen jedoch nicht zu nahe kommen. An diesem Vormittag hat sie aber einen Obstkuchen gebracht, Stachelbeere mit Baiser, zur Begrüßung des Patenkindes. Der steht auf dem gedeckten Tisch. *Gooseberry with meringue,* hat Claudia auf einen Zipfel Papier geschrieben, dem Internet gedankt, ihn auf ein Partyfähnchen geklebt und in die Mitte des Kuchens gesteckt. Zu den vier Stühlen holt sie zwei aus dem Wohnzimmer herbei. Ein bisschen eng um den Tisch, aber sie hat Renate zum Kaffee gebeten.

Poonam wird während eines Freiwilligen Sozialen Jahres in einem Köpenicker Seniorenzentrum arbeiten. Der Karlsruher Trägerverein des Ashrams in Kolkata war *immerhin christlich genug* (Barbara), eine christliche Berliner Einrichtung zu bewegen, Poonam zu beschäftigen, und Barbara hat ihr Wohnzimmer geräumt, damit sie dort unterkommen kann. Wenn allerdings Jeffreys Familie aus London kommt im Sommer, wird es eng werden. Sie hat ein Zelt gekauft für den Garten.

Als Werner noch einmal losrennt, um Reis zu kaufen, den Claudia vergessen hat, von dem sie aber, ganz Barbara auf einmal, meint, dass er zu Poonam gehöre wie der Stuhl zum Arsch, setzt sie sich, ein Glas Wein in der Hand, auf ihr Wohnzimmersofa. Jahre über Jahre haben sie so ziemlich alles, was auch nur ein Stückchen entfernt lag von ihrer doch ziemlich engen Straße aufs Alter zu, ohne hinzusehen aufgespießt, in eine imaginäre Truhe verfrachtet und sie unwissentlich auf dem Dachboden neben Joachims Film- und Fotokisten verwahrt. Und wenn nicht auf dem Dachboden, dann doch über ihren Köpfen, denn dass mit dem Beschluss der Haussanierung plötzlicher Regen einsetzte, ist nicht zu bestreiten: Von oben prasseln die Möglichkeiten auf sie herab, dass sie gar nicht anders können, als die eine, die andere auszuprobieren. Hach, sie ist aber auch manchmal eine poetische Natur, denkt sie und schubst das Wort *Möglichkeit* in andere Richtungen, dass es ein wenig die Gestalt ändert und auch nach *Gelegenheit* aussieht, ein bisschen nach *Ausweg*, mehr nach *Chance* und am meisten wie *Hoffnung*. Und ins Hoffnunghaben kommen nun Barbara und Westermeyer hinein, die ganz schön staunen, eine so ruhige, beseelte Claudia auf ihrem Sofa vorzufinden, wo sie doch gedacht hatten, sie könne sich vor Eifer gar nicht mehr einkriegen. Freilich bekommt Westermeyer keinen Wein, er muss fahren, aber Barbara nimmt ein Schlückchen.

Drei Stunden später stehen sie im Ankunftsbereich des Flughafens. Claudia immer noch ruhig, Barbara witzelnd. Hinter ihnen Westermeyer und Werner Kapok, gespannt wie die Flitzbögen.

Als Poonam Prakash (unverkennbar: die lockigen Haare!, das feine Gesicht!) mit zwei großen Koffern und Rucksack die Schiebetür passiert, staunt Werner Kapok leise *Wie die Welt schrumpft!* in Claudias rechtes Ohr.

Zugegeben, ich werde nicht Vater. Höchstens Patenvater. Als Mann der Patenmutter, gesteht Westermeyer nahe an Barbaras linkem.

Ich hätte das Geschrei sowieso nicht ertragen, flüstert sie ihm zu, *dein Glück!*

Mein Glück, denkt Claudia.

ANMERKUNGEN

1. Depressio oeconomica usque gravescens voluntatem separationis auget – *deutsch:* Ein stetig zunehmendes wirtschafliches Tief lässt den Wunsch zur Abtrennung steigen.

2. AGH-MAE – Arbeitsgelegenheit mit Mehraufwandsentschädigung

3. MOPR – **М**еждународная **о**рганизация **п**омощи борцам **р**еволюций – Internationale Hilfsorganisation für die Kämpfer der Revolution, 1922 von der Komintern gegründet

4. PVAP – Polnische Vereinigte Arbeiter-Partei

5. Auskunft von Stalin an einen jüdischen Journalisten Februar 1931, laut Otto Heller: Der Untergang des Judentums. Verlag für Literatur und Politik Wien / Berlin 1931, S. 238

6. Rajzel Zychlinski, *di lider / Die Gedichte 1928–1991.* Jiddisch und deutsch. Übersetzt und hrsg. von Hubert Witt. Zweitausendeins, Frankfurt am Main 2003, S. 448, 449

ANMERKUNGEN

1 [illegible]

2 [illegible]

3 [illegible]

4 [illegible]

5 [illegible]